MICHAEL ROBOTHAM

Dein Wille geschehe

GOLDMANN
Lesen erleben

Michael
Robotham

Dein Wille geschehe

Psychothriller

Deutsch
von Kristian Lutze

GOLDMANN

MIX
Papier aus verantwortungsvollen Quellen
FSC® C014496

Verlagsgruppe Random House FSC-DEU-0100
Das FSC®-zertifizierte Papier *München Super* für dieses Buch
liefert Arctic Paper Mochenwangen GmbH.

Einmalige Sonderausgabe Mai 2012

Umschlaggestaltung: UNO Werbeagentur, München
Umschlagmotiv: FinePic®, München / Werner Schlosser
Gestaltung der Umschlaginnenseiten: UNO Werbeagentur, München
Motiv der Umschlaginnenseiten: FinePic®, München / Werner Schlosser
Umschlagherstellung: Klaus Voigt, München
Umschlagdruck und Veredelung: RMO Druck, München
Druck und Einband: GGP Media GmbH, Pößneck
Printed in Germany
ISBN 978-3-442-47805-7

www.goldmann-verlag.de

Für Mark Lucas, vor allem anderen ein Freund

Der Schlaf der Vernunft gebiert Ungeheuer.

FRANCISCO DE GOYA, CAPRICHO NR. 43

Glatter als weiche Butter ist sein Mund,
und Feindschaft ist sein Herz;
geschmeidiger als Öl sind seine Worte,
aber sie sind gezogene Schwerter.

PSALM 55, 22

Es gibt einen Moment, in dem alle Hoffnung vergeht, aller Stolz schwindet, alle Erwartung, aller Glaube, alles Sehnen. Dieser Moment gehört mir. Dann höre ich den Klang einer zerbrechenden Seele.

Es ist kein lautes Knacken wie von splitternden Knochen, wenn ein Rückgrat bricht oder ein Schädel birst. Auch nicht weich und feucht wie ein gebrochenes Herz. Es ist ein Klang, bei dem man sich fragt, wie viel Schmerz ein Mensch ertragen kann; ein Laut, der das Gedächtnis zerschmettert und die Vergangenheit in die Gegenwart sickern lässt; ein Ton, so hoch, dass nur die Hunde der Hölle ihn hören können.

Hört ihr das? Jemand hat sich zu einer winzigen Kugel zusammengerollt und weint leise in eine endlose Nacht.

1

Universität Bath

Es ist elf Uhr morgens, Ende September, und es regnet so heftig, dass Kühe in den Flüssen treiben und Vögel auf den aufgeblähten Kadavern hocken.

Der Hörsaal ist voll. Zwischen den Treppen zu beiden Seiten des Raums erstrecken sich ansteigende Sitzreihen, so hoch, bis sie sich in der Dunkelheit verlieren. Mein Auditorium sieht blass aus, ernst, jung und verkatert. Die Orientierungswoche mit ihren zahlreichen Erstsemesterpartys ist in vollem Gange, und viele der Anwesenden haben offenbar heftig mit sich gerungen, ob sie heute zu den Vorlesungen kommen oder wieder ins Bett gehen sollten. Vor einem Jahr haben sie noch Teenie-Filme geschaut und mit Popcorn gekrümelt. Jetzt leben sie weit weg von zu Hause, betrinken sich mit subventioniertem Alkohol und sind gespannt darauf, etwas zu lernen.

Ich betrete das Podium und klammere mich mit beiden Händen am Rednerpult fest, als hätte ich Angst umzufallen.

»Mein Name ist Joseph O'Loughlin. Ich bin klinischer Psychologe und werde Sie durch diesen Einführungskurs in die Verhaltenspsychologie begleiten.«

Ich mache eine Pause und blinzele in die Lichter. Ich hätte nicht gedacht, dass es mich nervös machen würde, wieder zu lehren, aber plötzlich zweifle ich daran, irgendetwas Wissenswertes vermitteln zu können. Ich habe noch Bruno Kaufmans Rat im Ohr. (Bruno ist der Chef des psychologischen Instituts der Universität und mit einem perfekten teutonischen Namen für diese Position ausgestattet.) »Nichts von dem, was wir ihnen beibringen, nützt ihnen in der wirklichen Welt irgendwas, alter Junge«, hat er gesagt. »Unsere Aufgabe besteht lediglich darin, ihnen ein Bluffometer an die Hand zu geben.«

»Ein was?«

»Wenn sie fleißig sind und ein bisschen was kapieren, lernen sie zu erkennen, ob ihnen jemand kompletten Schwachsinn erzählt.«

Bruno hatte gelacht, und ich hatte unwillkürlich eingestimmt.

»Geh es locker an«, fügte er hinzu. »Noch sind sie sauber, munter und wohlgenährt. In einem Jahr reden sie dich mit Vornamen an und denken, sie wüssten alles.«

Wie soll ich es locker angehen?, will ich ihn jetzt fragen. Ich bin doch selbst ein Novize. Ich atme tief ein und beginne.

»Warum steuert ein eloquenter Hochschulabsolvent, der Stadtplanung studiert hat, ein Passagierflugzeug in einen Wolkenkratzer und tötet Tausende von Menschen? Warum schießt ein Junge im Teenageralter auf einem Schulhof wahllos um sich, oder warum bringt ein minderjähriges Mädchen in einer Toilette ein Baby zur Welt und lässt es im Mülleimer liegen?«

Schweigen.

»Wie hat sich ein unbehaarter Primat zu einer Spezies entwickelt, die Atomwaffen konstruiert, sich *Big Brother* anschaut und fragt, was es bedeutet, ein Mensch zu sein, und wie wir hier hergekommen sind? Warum weinen wir? Warum sind manche Witze komisch? Warum neigen wir dazu, an Gott zu glauben oder auch nicht? Warum erregt es uns, wenn jemand an unseren Zehen nuckelt? Warum haben wir Probleme, uns an manche Dinge zu erinnern, während wir einen nervtötenden Britney-Spears-Song nicht mehr aus dem Kopf bekommen? Was bewegt uns, zu lieben oder zu hassen? Und nicht zuletzt: Warum sind wir alle so verschieden?«

Ich blicke in die Gesichter in den vorderen Reihen. Ich habe ihre Aufmerksamkeit gewonnen, zumindest für einen Moment.

»Wir Menschen beschäftigen uns nun schon seit Tausenden von Jahren mit uns selbst, entwickeln zahllose Theorien und Philosophien, erschaffen erstaunliche Meisterwerke der Kunst, der Technik und originelle Gedankengebäude; aber in all der Zeit haben wir ungefähr so viel gelernt.« Mit Daumen und Zeigefinger deute ich einen Zentimeter an.

»Sie sind hier, um Psychologie zu studieren – die Wissenschaft von der menschlichen Seele; die Wissenschaft, die sich mit Erkenntnis, Glauben, Gefühl und Begehren befasst, die unverstandenste Wissenschaft von allen.«

Mein herabhängender linker Arm zittert.

»Haben Sie das gesehen?«, frage ich und hebe den anstößigen Arm. »Das macht er gelegentlich. Manchmal denke ich, er habe einen eigenen Willen, aber das ist natürlich unmöglich. Unser Wille wohnt nicht in einem Arm oder Bein.

Hier ist meine erste Frage: Eine Frau kommt in eine Klinik. Sie ist mittleren Alters, gebildet, redegewandt und gut gekleidet. Plötzlich schnellt ihr linker Arm hoch, und ihre Finger krallen sich um ihren Hals. Ihr Gesicht läuft rot an. Ihre Augen treten hervor. Sie wird gewürgt. Und dann kommt ihre rechte Hand zu ihrer Rettung. Sie schält die Finger der linken von ihrem Hals und drückt die Hand wieder an die Seite. Was sollte ich tun?«

Schweigen.

Ein Mädchen in der ersten Reihe hebt nervös den Arm. Sie hat kurze rotblonde Haare, die sich federngleich um ihren glatten Nacken schmiegen. »Eine detaillierte Krankengeschichte aufnehmen?«

»Das ist bereits geschehen. Sie hat keine Vorgeschichte psychischer Erkrankungen.«

Eine weitere Hand geht hoch. »Es ist ein Fall von selbstverletzendem Verhalten.«

»Offensichtlich, aber sie erwürgt sich nicht freiwillig. Es geschieht ungewollt. Ist beunruhigend. Sie sucht Hilfe.«

Ein Mädchen mit dick getuschten Wimpern streicht mit einer Hand ihre Haare hinters Ohr. »Vielleicht hat sie Suizidneigungen.«

»Ihre linke Hand ja. Ihre rechte Hand ist aber offensichtlich anderer Ansicht. Es ist wie in einem Monty-Python-Sketch. Manchmal muss sie sich auf ihre linke Hand setzen, um sie unter Kontrolle zu halten.«

»Ist sie depressiv?«, fragt ein Junge mit Zigeunerohrring und Gel im Haar.

»Nein. Sie hat Angst, aber sie kann auch den komischen Aspekt ihrer Lage erkennen. Es kommt ihr lächerlich vor. Trotzdem erwägt sie in ihren schlimmsten Momenten eine Amputation. Was, wenn ihre linke Hand sie in der Nacht erwürgt, während ihre rechte Hand schläft?«

»Ein Hirnschaden?«

»Es gibt keine erkennbaren neurologischen Defekte – keine Lähmung oder übertriebene Reflexe.«

Die Stille dehnt sich und steigt über unseren Köpfen auf, wo sie sich wie Spinnwebenfäden in der warmen Luft bewegt.

Eine Stimme aus der Dunkelheit füllt das Vakuum. »Sie hatte einen Schlaganfall.«

Ich erkenne die Stimme. Bruno macht an meinem ersten Tag einen kleinen Kontrollbesuch. Ich kann sein Gesicht in der Dunkelheit nicht sehen, aber ich weiß, dass er lächelt.

»Geben Sie diesem Mann eine Zigarre«, erkläre ich.

Das eifrige Mädchen in der ersten Reihe schmollt. »Aber Sie haben gesagt, es läge kein Hirnschaden vor.«

»Ich sagte, es gäbe keine erkennbaren neurologischen Defekte. Diese Frau hat einen leichten Schlaganfall in der rechten Gehirnhälfte erlitten, in einem Bereich, der für die Emotionen zuständig ist. Normalerweise kommunizieren unsere beiden Gehirnhälften miteinander und kommen zu einer Übereinkunft, was jedoch in diesem Fall nicht geschah. So musste ihr Gehirn einen dauernden physischen Kampf unter Benutzung der beiden Körperhälften ausfechten.

Dieser Fall ist fünfzig Jahre alt und einer der berühmtesten der Hirnforschung. Mit seiner Hilfe entwickelte ein Neurologe namens Dr. Kurt Goldstein eine der ersten Theorien über das geteilte Hirn.«

Mein linker Arm zittert erneut, aber diesmal ist das Zittern eigenartig beruhigend.

»Vergessen Sie alles, was man Ihnen über Psychologie erzählt hat. Sie werden dadurch nicht zu einem besseren Pokerspieler, und sie hilft Ihnen auch nicht, Mädchen anzumachen oder sie besser zu verstehen. Ich lebe mit dreien zusammen, und sie sind mir alle ein vollständiges Rätsel.

Es geht nicht um Traumdeutung, ESP, multiple Persönlichkeiten, Gedankenlesen, Rohrschach-Tests, Phobien, wiedergefundene Erinnerungen oder Verdrängung. Und am allerwichtigsten – es geht nicht darum, besser mit sich selbst in Kontakt zu kommen. Falls das Ihr Ehrgeiz ist, schlage ich vor, Sie kaufen sich einen *Playboy* und suchen sich ein stilles Eckchen.«

Hier und da erhebt sich schnaubendes Gelächter.

»Ich kenne noch niemanden von Ihnen, aber ich weiß schon einiges über Sie. Einige von Ihnen möchten aus der Menge hervorstechen, andere lieber darin verschwinden. Möglicherweise sichten Sie die Kleider, die Ihre Mutter für Sie eingepackt hat, und planen gleich morgen einen Ausflug zu H&M, wo sie sich maschinell zerknitterte Klamotten kaufen, die Ihre Individualität ausdrücken, indem sie Sie so aussehen lassen wie alle anderen auf dem Campus.

Andere fragen sich vielleicht, ob man von einem einzigen Besäufnis schon einen Leberschaden davontragen kann, oder spekulieren darüber, wer heute früh um drei Uhr im Studentenwohnheim den Feueralarm ausgelöst hat. Sie wollen wissen, ob ich streng zensiere oder Ihnen für Referate eine Fristverlängerung gebe. Möglicherweise überlegt die eine oder der andere auch, ob er nicht besser Politik statt Psychologie gewählt hätte. Bleiben Sie dabei, dann bekommen Sie ein paar Antworten – heute jedoch nicht mehr.«

Ich stolpere leicht, als ich zur Bühnenmitte gehe.

»Ich werde Sie mit einem Gedanken allein lassen. Ein Stück des menschlichen Gehirns von der Größe eines Sandkorns enthält einhunderttausend Neuronen, zwei Millionen Axonen und eine Milliarde Synapsen, die alle miteinander reden. Die Zahl der Permutationen und Kombinationen von Aktivität, die in jedem unserer Köpfe theoretisch möglich sind, übersteigt die Zahl der Elementarteilchen im Universum insgesamt.«

Ich mache eine Pause, um die Zahlen über sie hinwegrollen zu lassen. »Willkommen im großen Unbekannten.«

»Brillant, alter Junge, du hast ihnen einen gehörigen Schrecken eingejagt«, sagt Bruno, während ich meine Unterlagen einpacke. »Ironisch. Leidenschaftlich. Amüsant. Inspirierend.«

»Na ja, nicht direkt, Mr. Chips.«

»Sei nicht so bescheiden. Keiner dieser jungen Banausen hat je von Mr. Chips gehört. Sie sind mit der Lektüre von *Harry Potter und der Weinstein* aufgewachsen.«

»Ich glaube, es heißt ›Stein der Weisen‹.«

»Egal. Mit deiner kleinen Marotte hast du alles, was man braucht, um ausgesprochen beliebt zu werden, Joseph.«

»Meine Marotte?«

»Dein Parkinson.«

Er verzieht keine Miene, als ich ihn ungläubig ansehe. Ich klemme meine ramponierte Aktentasche unter den Arm und gehe zum Seitenausgang des Hörsaals.

»Nun, es freut mich, dass du glaubst, sie hätten zugehört«, sage ich.

»Oh, zuhören tun sie nie«, erwidert Bruno. »Wenn manchmal etwas durch ihren Alkoholnebel dringt, geschieht das per Osmose. Aber du hast dafür gesorgt, dass sie garantiert wiederkommen.«

»Wie das?«

»Sie wissen nicht, wie sie dich anlügen sollen.«

Seine Augen verschwinden beinahe zwischen den Falten. Bruno trägt eine Hose ohne Taschen. Aus irgendeinem Grund habe ich einem Mann, der keine Hosentaschen braucht, nie getraut. Was macht er mit seinen Händen?

Die Flure und Wege sind voller Studenten. Ein Mädchen, das ich aus der Vorlesung wiedererkenne, kommt auf mich zu. Sie hat glatte Haut und trägt Desert Boots und schwarze Jeans. Der dicke dunkle Lidschatten lässt sie aussehen wie ein Waschbär mit einem traurigen Geheimnis.

»Glauben Sie an das Böse, Professor?«

»Verzeihung?«

Sie wiederholt ihre Frage und drückt ein Notizbuch an ihre Brust.

»Ich glaube, das Wort ›böse‹ wird zu häufig verwendet und hat dadurch an Wert verloren.«

»Werden Menschen böse geboren oder von der Gesellschaft dazu gemacht?«

»Sie werden dazu gemacht.«

»Es gibt also keine Psychopathen von Geburt an?«

»Ihre Zahl ist zu gering, um sie zu quantifizieren.«

»Was für eine Antwort ist das denn?«

»Die richtige.«

Sie möchte mich noch etwas fragen, kämpft aber noch mit sich, den Mut dazu aufzubringen. »Würden Sie ein Interview geben?«, platzt sie dann plötzlich heraus.

»Wem?«

»Der Studentenzeitung. Professor Kaufman sagt, Sie wären gewissermaßen prominent.«

»Ich glaube kaum …«

»Er sagt, Sie wären angeklagt worden, eine ehemalige Patientin ermordet zu haben, und hätten sich rausgewunden.«

»Ich war unschuldig.«

Die Unterscheidung scheint zu subtil für sie. Sie wartet noch immer auf meine Antwort.

»Ich gebe keine Interviews, tut mir leid.«

Sie wendet sich achselzuckend zum Gehen, bevor ihr noch etwas einfällt. »Ihre Vorlesung hat mir gefallen.«

»Danke.«

Sie verschwindet den Flur hinunter. Bruno sieht mich verlegen an. »Ich weiß nicht, wovon sie redet, alter Junge. Da muss sie irgendwas falsch verstanden haben.«

»Was erzählst du den Leuten?«

»Nur Gutes. Sie heißt Nancy Ewers und ist ein intelligentes junges Ding. Studiert Russisch und Politik.«

»Warum schreibt sie für die Zeitung?«

»Wissen ist kostbar, egal, ob es auch nur den geringsten menschlichen Nutzen hat oder nicht.«

»Wer hat das gesagt?«

»A.E. Housman.«

»War der nicht Kommunist?«

»Er war eine Schwuchtel.«

Es regnet immer noch. Es gießt, genauer gesagt, in Strömen. So geht das jetzt schon seit Wochen. Vierzig Tage und vierzig Nächte müssten beinahe vorüber sein. Eine ölige Flut aus Schlamm, Schutt und Matsch, die über den Südwesten Englands schwappt, macht Straßen unpassierbar und verwandelt Keller in Swimmingpools. Es gibt Radioberichte über Überschwemmungen im Malago Valley, Hartcliffe Way und Bedminster. Für den Avon, der in Evesham über die Ufer getreten ist, sind weitere Warnungen ausgegeben worden. Schleusen und Dämme sind gefährdet. Menschen werden evakuiert. Tiere ersaufen.

Der Regen fällt, gepeitscht von seitlichen Böen, auf den Hof. Studenten suchen Schutz unter Schirmen oder hüllen sich fest in ihre Mäntel, wenn sie zur nächsten Vorlesung oder in die Bibliothek hasten. Andere bleiben, wo sie sind, und drängeln sich in der Halle. Bruno beobachtet die hübscheren Mädchen, ohne sich aber je zu verraten dabei.

Es war sein Vorschlag, dass ich als Dozent arbeite – zwei Stunden pro Woche plus vier halbstündige Tutorien. Sozialpsychologie. Wie schwer konnte das sein?

»Hast du einen Schirm?«, fragt er.

»Ja.«

»Wir teilen ihn uns.«

Binnen Sekunden sind meine Schuhe voll Wasser. Bruno hält den Schirm und drängt mich im Laufen beiseite. Vor dem Psychologischen Institut steht ein Streifenwagen in einer Nothaltebucht. Ein junger schwarzer Constable im Regenmantel tritt aus dem Gebäude. Er ist groß und kurzhaarig, seine Schultern sind leicht gebeugt, als hätte der Regen sie niedergedrückt.

»Dr. Kaufman?«

Bruno nickt kaum merklich.

»Wir haben eine Notsituation auf der Clifton Bridge.«

Bruno stöhnt. »Nein, nein, nicht jetzt.«

Eine Weigerung hat der Constable nicht erwartet. Bruno drängt, noch immer meinen Schirm in der Hand, an ihm vorbei zur Glastür des Psychologischen Instituts.

»Wir haben versucht, Sie telefonisch zu erreichen«, ruft der Polizist. »Ich habe den Auftrag, Sie abzuholen.«

Bruno bleibt stehen und wendet sich, Kraftausdrücke murmelnd, um. »Es muss doch noch jemand anderen geben. Ich habe keine Zeit.«

Regentropfen kullern über meine Wange. Ich frage Bruno, was los sei.

Seine Miene hellt sich plötzlich auf. Er springt über eine Pfütze und gibt mir meinen Regenschirm zurück, als würde er die olympische Fackel weiterreichen.

»Das ist der Mann, den Sie eigentlich suchen«, sagt er zu dem Polizisten. »Mein geschätzter Kollege, Professor Joseph O'Loughlin, ein klinischer Psychologe mit herausragendem Ruf. Ein alter Hase mit großer Erfahrung in diesen Dingen.«

»In welchen Dingen?«

»Na, mit Leuten, die springen.«

»Verzeihung?«

»Auf der Clifton Suspension Bridge«, fügt Bruno hinzu. »Irgendein Schwachkopf, der nicht genug Grips hat, bei dem Regen zu Hause zu bleiben.«

Der Constable öffnet mir die Beifahrertür. »Weiblich. Anfang vierzig«, präzisiert er.

Ich begreife noch immer nicht.

»Komm schon, alter Junge«, fügt Bruno hinzu. »Das ist Dienst an der Allgemeinheit.«

»Warum machst du es nicht?«

»Wichtige Termine. Ein Treffen aller Institutsleiter mit dem Rektor.« Er lügt. »Keine falsche Bescheidenheit, alter Junge. Was ist mit dem jungen Burschen, dem du in London das Leben gerettet hast? Wohlverdiente Lorbeeren. Du bist ungleich besser qualifiziert als ich. Mach dir keine Sorgen. Wahrscheinlich springt sie eh, bevor du da bist.«

Ich frage mich, ob er sich manchmal selbst reden hört.

»Ich muss mich sputen. Viel Glück.« Er stößt die Glastür auf und verschwindet in dem Gebäude.

Der Polizist hält noch immer die Wagentür auf. »Die Brücke ist abgesperrt worden«, erklärt er. »Wir müssen uns wirklich beeilen, Sir.«

Die Scheibenwischer schlagen hin und her, eine Sirene heult. Im Innern des Wagens klingt sie eigenartig gedämpft, sodass ich mich immer wieder nach einem Streifenwagen umsehe. Es dauert eine Weile, bis ich begreife, dass die Sirene noch viel näher ist, nämlich auf dem Dach über mir.

Gemauerte Türme tauchen am Horizont auf. Die Clifton Suspension Bridge ist Brunels Meisterwerk, ein Wunderwerk der Ingenieurskunst im Dampfzeitalter. Rücklichter verschwimmen. Der Verkehr staut sich länger als eine Meile vor der Auffahrt zur Brücke. Auf dem Randstreifen fahren wir an den stehenden Fahrzeugen vorbei bis zur Straßensperre der Polizei.

Der Constable öffnet mir die Tür und gibt mir meinen Regenschirm. Eine Böe weht mir den Regen seitlich ins Gesicht und reißt mir den Schirm fast aus der Hand. Vor mir liegt die verlassene Brücke. Die gemauerten Türme stützen die gigantischen verketteten Trägerkabel, die sich anmutig bis zur Fahrbahn schwingen und zum gegenüberliegenden Ufer hin wieder ansteigen.

Eine Eigenschaft von Brücken besteht darin, dass sie die Möglichkeit bieten, eine Überquerung zu beginnen, ohne je auf der anderen Seite anzukommen. Für Menschen, die das so sehen, ist eine Brücke virtuell, ein offenes Fenster, an dem sie vorbeigehen oder durch das sie hinausklettern können.

Die Clifton Suspension Bridge ist eine Sehenswürdigkeit, eine Touristenattraktion und eine bekannte Selbstmörderbrücke. Gut ausgelastet, häufig benutzt; »beliebt« wäre aber vielleicht eine zu unglückliche Wortwahl. Manche Leute sagen, auf der Brücke spukten die Geister früherer Selbstmörder, auf der Fahrbahn wurden unheimliche Schatten gesichtet.

Heute gibt es keine Schatten. Und der einzige Geist auf der Brücke ist aus Fleisch und Blut: Eine nackte Frau steht auf der anderen Seite des Sicherheitszauns, den Rücken an das Metallgitter gepresst. Die Absätze ihrer roten Schuhe balancieren auf der Kante.

Wie bei einer Figur auf einem surrealistischen Gemälde wirkt ihre Blöße nicht besonders schockierend oder unpassend. Sie steht mit steifer Würde aufrecht und starrt mit der Miene eines Menschen aufs Wasser, der sich von der Welt abgekoppelt hat.

Der Einsatzleiter stellt sich vor. Er trägt Uniform. Sergeant Abernathy. Seinen Vornamen bekomme ich nicht mit. Ein anderer Polizist hält seinen Schirm. Wasser strömt von dessen dunkler Nylonkuppel auf meine Schuhe.

»Was brauchen Sie?«, fragt Abernathy.

»Einen Namen.«

»Haben wir nicht. Sie spricht nicht mit uns.«

»Hat sie irgendwas gesagt?«

»Nein.«

»Möglicherweise steht sie unter Schock. Wo sind ihre Kleider?«

»Nichts gefunden.«

Ich blicke den Fußgängerweg hinunter. Er ist von beiden Seiten eingezäunt mit fünf Bahnen Draht auf der Krone, sodass man ihn nur mit Mühe überwinden kann. Der Regen fällt so dicht, dass ich das andere Ende der Brücke kaum ausmachen kann.

»Wie lange ist sie schon da draußen?«

»Etwa eine Stunde.«

»Haben Sie ein Fahrzeug gefunden?«

»Wir suchen noch.«

Wahrscheinlich ist sie von der dicht bewaldeten Ostseite aus gekommen. Aber selbst wenn sie sich erst auf der Brücke ausgezogen hat, müssen Dutzende von Fahrern sie gesehen haben. Warum hat niemand sie aufgehalten?

Eine große Frau mit stoppelkurzen, schwarz gefärbten Haaren unterbricht unsere Beratung. Sie zieht die Schultern hoch und hat die Hände in den Taschen ihres Regenmantels vergraben, der bis zu ihren Knien hängt. Sie ist riesig. Vierschrötig. Und sie trägt Männerschuhe.

Abernathys Pose wird steifer. »Was machen Sie denn hier, Mam?«

»Ich versuche bloß, nach Hause zu kommen, Sergeant. Und nennen Sie mich nicht Mam. Ich bin nicht die verdammte Queen.«

Sie blickt zu den Fernsehteams und Pressefotografen, die sich auf dem begrasten Ufer versammelt haben und ihre Stative und Lichter aufbauen. Schließlich wendet sie sich mir zu.

»Was zittern Sie denn so, Schätzchen? So unheimlich bin ich auch nicht.«

»Tut mir leid. Ich habe Parkinson.«

»Schicksal. Kriegt man da eine Plakette?«

»Eine Plakette?«

»Für Behindertenparkplätze. Damit kann man praktisch überall parken. Das Ding ist fast so gut, wie Detective zu sein, nur dass wir auch noch Leute erschießen und schnell fahren dürfen.«

Sie ist offensichtlich höherrangig als Abernathy.

Sie blickt zur Brücke. »Sie machen das schon, Doc, kein Grund, nervös zu werden.«

»Ich bin Professor, kein Arzt.«

»Schade. Ich hatte Sie mir schon als Doctor Who vorgestellt und mich als ihren weiblichen Komplizen. Sagen Sie, was glauben Sie, wie die Daleks es geschafft haben, weite Teile des Universums zu erobern, obwohl sie nicht mal Treppen steigen konnten?«

»Ich nehme an, das ist eines der großen Rätsel des Lebens.«

»Davon kenne ich noch jede Menge.«

Ein Funkgerät wird unter meine Jacke geschoben, und man legt mir einen reflektierenden Sicherheitsgurt an, der auf der Brust zugeklickt wird. Die Frau zündet sich eine Zigarette an und zupft einen Tabakkrümel von ihrer Zungenspitze. Obwohl sie den Einsatz nicht leitet, strahlt sie natürliche Autorität aus, sodass die uniformierten Beamten offenbar bereitwillig alles befolgen, was sie sagt.

»Möchten Sie, dass ich mit Ihnen gehe?«, fragt sie.

»Ich komme schon zurecht.«

»Also gut, dann sagen Sie dem Hungerhaken da draußen, dass ich ihr ein Diät-Muffin kaufe, wenn sie auf unsere Seite des Zauns kommt.«

»Mache ich.«

Beide Zufahrten sind vorübergehend abgesperrt, die Brücke ist bis auf zwei Krankenwagen und wartende Notärzte und Sanitäter vollkommen leer. Autofahrer und Schaulustige drängen sich unter Schirmen und Regenmänteln. Einige sind wegen der besseren Sicht eine Böschung hinaufgestiegen.

Regen prasselt auf den Asphalt, Tropfen zerstieben in winzigen pilzförmigen Wolken, bevor sie durch Gullys rauschen und wie ein Vorhang aus Wasser vom Brückenrand fallen.

Ich ducke mich unter den Straßensperren durch und gehe langsam auf die Brücke. Meine Hände sind nicht in den Taschen, und mein linker Arm weigert sich zu schwingen. Das macht er manchmal – er kommt beim Plansoll einfach nicht mit.

Vor mir sehe ich die Frau. Aus der Entfernung hatte ihre Haut makellos ausgesehen, aber nun fällt mir auf, dass ihre

Schenkel zerkratzt und schlammverschmiert sind. Das Dreieck ihres Schamhaars ist dunkler als ihr Haar, das sie in einem locker geflochtenen Zopf im Nacken trägt. Und da ist noch etwas – Buchstaben auf ihrem Bauch. Ein Wort. Als sie sich zu mir umdreht, kann ich es lesen.

HURE.

Warum die Selbstanklage? Warum nackt? Das ist eine öffentliche Erniedrigung. Vielleicht hatte sie eine Affäre und hat einen geliebten Menschen verloren. Jetzt möchte sie sich selbst bestrafen, um zu beweisen, dass es ihr wirklich leidtut. Oder es könnte eine Drohung sein – das ultimative Spiel mit dem Risiko: »Wenn du mich verlässt, bringe ich mich um.«

Nein, das ist zu extrem. Zu gefährlich. Teenager drohen bei scheiternden Beziehungen manchmal, sich etwas anzutun. Es ist ein Zeichen emotionaler Unreife. Diese Frau ist Ende dreißig oder Anfang vierzig, mit kräftigen Schenkeln und kleinen Zellulitedellen an Pobacken und Hüften. Eine Narbe fällt mir ins Auge. Ein Kaiserschnitt. Sie ist Mutter.

Ich bin jetzt bis auf wenige Schritte herangekommen.

Sie drückt den Po fest gegen den Gitterzaun und hat den linken Arm um einen der Drähte auf der Krone geschlungen. Mit der anderen Hand presst sie ein Handy ans Ohr.

»Hallo. Ich heiße Joe. Und Sie?«

Sie antwortet nicht. Von einer kräftigen Böe erfasst, scheint sie kurz das Gleichgewicht zu verlieren und nach vorne zu schwanken. Der Draht schneidet in ihre Armbeuge, und sie zieht sich zurück.

Ihre Lippen bewegen sich. Sie telefoniert. Ich muss ihre Aufmerksamkeit gewinnen.

»Sagen Sie mir nur Ihren Namen. Das ist doch nicht so schwer. Sie können mich Joe nennen, und ich kann Sie …«

Der Wind weht eine Haarsträhne in ihr Gesicht, sodass nur ihr linkes Auge sichtbar ist.

Nagende Ungewissheit macht sich in meinem Magen breit. Weshalb die hochhackigen Schuhe? War sie in einem Nachtclub? Dafür ist es eigentlich schon zu spät am Tag. Ist sie betrunken? Steht sie unter Drogen? Ecstasy kann psychotische Zustände auslösen. LSD. Vielleicht Ice.

Ich schnappe Fetzen ihres Gespräches auf.

»*Nein. Nein. Bitte. Nein.*«

»Wer ist am Telefon?«, frage ich.

»*Das mache ich. Versprochen. Ich habe alles getan. Bitte verlangen Sie nicht …*«

»Hören Sie mir zu. Sie wollen das nicht tun.«

Ich blicke nach unten. Gut siebzig Meter tiefer schiebt sich ein breiter Lastkahn mit Maschinenkraft gegen die Strömung flussaufwärts. Der angeschwollene Fluss leckt an den Ginster- und Weißdornbüschen am Ufer. Auf der Oberfläche treibt buntes Konfetti aus Müll: Bücher, Äste und Plastikflaschen.

»Ihnen ist bestimmt kalt. Ich habe eine Decke.«

Wieder gibt sie keine Antwort. Ich muss dafür sorgen, dass sie mich zur Kenntnis nimmt. Ein Nicken oder ein einziges zustimmendes Wort ist schon genug. Ich muss sicherstellen, dass sie mir zuhört.

»Vielleicht könnte ich versuchen, sie Ihnen über die Schulter zu legen – nur um Sie zu wärmen.«

Ihr Kopf schnellt zu mir herum, und sie schwankt nach vorne, als wolle sie loslassen. Ich bleibe wie angewurzelt stehen.

»Okay, ich komme keinen Schritt näher. Ich bleibe, wo ich bin. Sagen Sie mir nur Ihren Namen.«

Sie wendet den Blick zum Himmel und blinzelt in den Regen wie ein Gefangener auf dem Hof, der einen kurzen Moment der Freiheit genießt.

»Was auch schiefgelaufen ist, was immer passiert ist oder Sie aufgewühlt hat, wir können darüber reden. Ich möchte Ihnen Ihre Entscheidung auch gar nicht ausreden. Ich will nur verstehen, warum.«

Ihre Zehen sacken ab, und sie muss sich mit aller Kraft auf ihre Absätze stellen, um das Gleichgewicht zu halten. In ihren

Muskeln staut sich Milchsäure, ihre Waden müssen starr vor Schmerz sein.

»Ich habe schon Leute springen sehen«, erkläre ich ihr. »Sie sollten nicht glauben, dass es ein schmerzfreier Tod ist. Ich werde Ihnen erzählen, was passiert: Sie werden in weniger als drei Sekunden auf dem Wasser aufschlagen und bis dahin eine Fallgeschwindigkeit von etwa einhundertzwanzig Stundenkilometern erreicht haben. Ihr Brustkorb wird zertrümmert werden, und die gebrochenen Rippen werden sich in Ihre inneren Organe bohren. Manchmal wird das Herz durch den Aufschlag zusammengedrückt und reißt sich von der Aorta los, sodass Ihr Brustkorb voller Blut laufen wird.«

Ihr Blick ist starr auf das Wasser gerichtet. Ich bin sicher, dass sie mir zuhört.

»Ihre Arme und Beine werden unversehrt bleiben, aber Ihre Hals- oder Lendenwirbel werden vermutlich brechen. Es ist kein schöner Anblick. Und es ist nicht schmerzlos. Jemand muss Sie bergen. Jemand muss Ihre Leiche identifizieren.«

Hoch über uns hört man ein Donnergrollen. Die Luft vibriert, und die Erde scheint zu zittern. Irgendetwas naht.

Sie sieht mich an.

»Sie verstehen nicht«, flüstert sie mir zu und lässt das Telefon sinken. Für den Bruchteil einer Sekunde scheint es an ihren Fingerspitzen zu kleben, als wolle es sich an sie klammern, bevor es trudelnd im Abgrund verschwindet.

Der Himmel verdüstert sich, und mir tritt ein halb verschwommenes Bild vor Augen – eine sich verflüchtigende Gestalt, den Mund zu einem Schrei der Verzweiflung aufgerissen. Ihr Po ist nicht mehr gegen das Gitter gepresst, ihr Arm nicht um den Draht geschlungen.

Sie wehrt sich nicht gegen die Schwerkraft, rudert nicht mit Armen und Beinen oder klammert sich an die Luft. Sie ist verschwunden, stumm aus meinem Blickfeld gefallen.

Alles scheint stehen zu bleiben, als ob die Welt einen Herzschlag ausgesetzt hätte oder zwischen zwei Pulsschlägen hängen geblieben wäre. Und dann gerät plötzlich alles wieder in Bewegung. Notärzte und Polizisten rennen an mir vorbei. Menschen schreien und weinen. Ich wende mich ab und gehe zurück zu der Absperrung, während ich mich frage, ob das Ganze nicht Teil eines Traumes ist.

Sie blicken auf den Punkt, wohin sie gestürzt ist, und stellen alle die gleiche Frage oder denken sie zumindest: Warum habe ich sie nicht gerettet? Ich schrumpfe unter ihren Blicken. Ich kann ihnen nicht ins Gesicht sehen.

Mein linkes Bein versagt, und ich sinke auf alle viere und starre in eine schwarze Pfütze. Ich rappele mich wieder hoch, dränge mich durch die Menschenmenge und ducke mich unter der Straßensperre durch.

Ich stolpere am Straßenrand entlang, platsche durch Pfützen und schlage nach den Regentropfen. Vor dem Himmel zeichnen sich kahle Bäume ab, die sich anklagend in meine Richtung neigen. Im Straßengraben rauscht und schäumt Wasser. Die Fahrzeugschlange wirkt wie ein unbeweglicher Strom. Ich höre zwei Fahrer miteinander reden. Einer ruft mir etwas zu.

»Ist sie gesprungen? Was ist passiert? Wann wird die Brücke wieder freigegeben?«

Wie ein Schlafwandler gehe ich weiter und starre wütend geradeaus. Mein linker Arm schwingt nicht mehr mit. In meinen Ohren rauscht Blut. Vielleicht war es mein Gesicht, was sie dazu bewogen hat. Das parkinsonsche Maskengesicht, starr wie abkühlende Bronze. Hat sie etwas gesehen oder etwas nicht gesehen?

Ich taumle zum Rinnstein, beuge mich über das Geländer und übergebe mich, bis mein Magen leer ist.

Auf der Brücke kotzt sich ein Typ die Seele aus dem Leib. Er hockt auf allen vieren und redet mit einer Pfütze, als ob die zuhören würde. Frühstück. Mittagessen. Alles rausgewürgt. Ich hoffe, er muss schwer schlucken, wenn ihm etwas Rundes, Behaartes hochkommt.

Menschen schwärmen auf die Brücke und starren über den Rand. Sie haben gesehen, wie mein Engel gefallen ist. Wie eine Marionette, deren Fäden gekappt wurden, ist sie mit schlaffen Gliedern und Gelenken in die Tiefe getaumelt, nackt, wie sie auf die Welt gekommen ist.

Ich habe ihnen eine Show geboten, einen Hochseilakt; eine Frau, die über den Rand ins Nichts getreten ist. Habt ihr gehört, wie ihre Seele zerbrochen ist? Habt ihr gesehen, wie die Bäume im Hintergrund zu einem grünen Wasserfall verschwammen? Einen Moment war es, als würde die Zeit stillstehen.

Ich nehme den Stahlkamm aus der Gesäßtasche meiner Jeans und ziehe gleichmäßige Furchen von der Stirn bis in den Nacken, ohne den Blick von der Brücke zu wenden. Ich presse die Stirn ans Fenster und betrachte die im flackernden Licht der Einsatzfahrzeuge blau und rot glänzenden, geschwungenen Kabel.

Böen, die an den Läden rütteln, wehen winzige Tropfen gegen die Scheibe, die an dem Glas hinunterperlen. Es wird dunkel. Ich wünschte, ich könnte von hier aus den Fluss sehen. Trieb sie auf der Wasseroberfläche, oder ist sie direkt auf den Grund gesunken? Wie viele Knochen sind gebrochen? Hat sich ihr Darm im Moment ihres Todes entleert?

Das Turmzimmer befindet sich in einem georgianischen Haus, das einem Araber gehört, der England für den Winter verlassen hat. Ein reicher, in Öl gebadeter Wichser. Vor der Luxussanierung war das Haus eine alte Pension, zwei Straßen entfernt von der Avon Gorge. Aus meinem Turmfenster kann ich über die Dächer hinweg bis zur Schlucht sehen.

Ich frage mich, wer der Mann auf der Brücke ist? Er kam mit einem großen Constable und ist seltsam gehinkt, mit einem Arm, der die Luft zersägte, während der andere schlaff herunterhing. Vielleicht ein Unterhändler. Ein Psychologe. Kein Freund großer Höhen jedenfalls.

Er hat versucht, sie zur Umkehr zu bewegen, aber sie hat

nicht auf ihn gehört. Sie hat mir zugehört. Das ist der Unterschied zwischen einem Profi und einem beschissenen Laien. Ich weiß, wie man eine Seele zerbricht. Ich kann einen Willen brechen oder beugen, ein Bewusstsein für den Winter abmelden, ein Gehirn auf tausend verschiedene Weisen waschen.

Ich habe mal mit einem Typen namens Hopper gearbeitet, einem bulligen Redneck aus Alabama, der beim Anblick von Blut immer kotzen musste. Er war früher beim US Marine Corps und hat mir ständig erklärt, dass die tödlichste Waffe der Welt ein Marine mit seinem Sturmgewehr sei. Wenn er nicht gerade kotzt.

Hopper war filmsüchtig und zitierte ständig aus Full Metal Jacket *– die Figur des Gunnery Sergeant Hartman, der seine Rekruten als Maden und undisziplinierte Haufen amphibischer Urscheiße anbrüllte.*

Hopper war nicht aufmerksam genug, um ein guter Verhörspezialist zu werden. Er war ein brutaler Schläger, aber das reicht eben nicht. Man muss schlau sein. Man muss die Menschen studieren – in Erfahrung bringen, was ihnen Angst macht, wie sie denken, woran sie sich im Ernstfall klammern. Man muss beobachten und zuhören. Menschen verraten sich auf tausend verschiedene Weisen. Durch ihre Kleidung, ihre Hände, ihre Stimmen, durch ihr Zögern, ihre Ticks und Gesten. Hört aufmerksam zu und seht genau hin.

Mein Blick schweift über die Brücke zu den perlgrauen Wolken, die immer noch um meinen Engel weinen. Im Fallen sah sie wunderschön aus, wie eine Taube mit einem gebrochenen Flügel oder von einem Luftgewehr getroffen.

Als Kind habe ich auf Tauben geschossen. Unser direkter Nachbar, der alte Mr. Hewitt, hatte einen Taubenschlag und ließ seine Vögel bei Rennen starten. Es waren richtige Brieftauben, und er nahm sie immer auf Reisen mit und ließ sie fliegen. Ich saß am Fenster meines Zimmers und erwartete sie. Der blöde alte Sack konnte nicht begreifen, warum es nur so wenige nach Hause schafften.

Heute Nacht werde ich gut schlafen. Ich habe eine Hure zum Schweigen gebracht und eine Botschaft an die anderen gesandt.

An die eine …

Sie wird zurückkommen wie eine heimkehrende Brieftaube. Und ich werde warten.

2

Ein schlammbespritzter Land Rover bremst am Straßenrand und kommt auf dem Schotter schlitternd zum Stehen. Der weibliche Detective, dem ich auf der Brücke begegnet bin, beugt sich vor und öffnet unter klagendem Quietschen der Angeln die Beifahrertür. Ich bin klatschnass, meine Schuhe sind mit Erbrochenem bekleckert. Sie sagt, ich solle mir keine Gedanken machen.

Sie fährt los und traktiert die harte Gangschaltung des Land Rover, während sie ihn durch enge Kurven steuert. Die nächsten Meilen fahren wir schweigend. »Ich bin Detective Inspector Veronica Cray. Freunde nennen mich Ronnie.«

Sie macht eine kurze Pause, um zu sehen, ob mir die Ironie des Namens auffällt. Ronnie und Reggie Kray waren in den Sechzigern legendäre Gangster im East End.

»Cray mit einem C und nicht mit einem K«, fügt sie hinzu. »Mein Großvater hat die Schreibweise geändert, weil er nicht wollte, dass jemand denkt, wir wären mit zwei gewalttätigen Psychopathen verwandt.«

»Das heißt, Sie sind verwandt?«, frage ich.

»Ein entfernter Cousin oder so.«

Die Scheibenwischer schlagen hart gegen die untere Kante der Windschutzscheibe. Der Wagen riecht vage nach Pferdedung und feuchtem Heu.

»Ich bin Ronnie einmal begegnet«, erzähle ich ihr. »Kurz vor seinem Tod. Ich habe an einer Studie für das Innenministerium gearbeitet.«

»Wo haben Sie ihn getroffen?«

»In Broadmoor.«

»Die Haftanstalt für Irre.«

»Genau die.«

»Wie war er?«

»Altmodisch. Mit guten Manieren.«

»Ja, die Sorte kenne ich – immer nett zu seiner Mutter«, meint sie lachend.

Wir fahren eine weitere Meile schweigend.

»Ich habe mal die Geschichte gehört, dass die Pathologen nach Ronnies Tod sein Gehirn entnommen haben, um Experimente damit zu machen. Seine Familie hat davon erfahren und das Gehirn zurückgefordert. Sie haben es dann separat beerdigt. Ich habe mich immer gefragt, was bei der Beerdigung eines Gehirns anders sein könnte.«

»Kleinerer Sarg.«

»Schuhkarton.«

Sie trommelt mit den Fingern aufs Lenkrad.

»Es war nicht Ihre Schuld, wissen Sie, eben auf der Brücke.«

Ich antworte nicht.

»Der Hungerhaken hatte den Entschluss zu springen schon gefasst, bevor Sie überhaupt auf der Bildfläche erschienen sind. Sie wollte gar nicht gerettet werden.«

Mein Blick schweift nach links aus dem Fenster. Es ist fast dunkel, keine Aussicht mehr möglich.

Sie setzt mich an der Universität ab und schüttelt mir zum Abschied die Hand. Sie hat kurze Fingernägel und einen kräftigen Händedruck. Als sie wieder loslässt, klebt eine Visitenkarte in meiner Handfläche.

»Meine Privatnummer steht auf der Rückseite«, sagt sie. »Wir sollten uns mal zusammen betrinken.«

Mein Handy war abgeschaltet. Auf der Mailbox sind drei Nachrichten von Julianne. Ihr Zug aus London ist vor mehr als einer Stunde angekommen. Ihre Stimme wechselt von Nachricht zu Nachricht von verärgert über besorgt zu hektisch.

Ich habe sie seit drei Tagen nicht gesehen. Sie war mit ihrem Boss, einem amerikanischen Spekulanten, auf Geschäftsreise in Rom. Meine großartige Frau spricht nämlich vier Sprachen und macht gerade Karriere in der Finanzwelt.

Sie sitzt auf ihrem Koffer und arbeitet an ihrem PDA, als ich in der Kurzparkerzone am Bahnhof halte.

»Kann ich Sie vielleicht mitnehmen?«, frage ich.

»Ich warte auf meinen Mann«, antwortet sie. »Er hätte schon vor einer Stunde hier sein sollen, ist aber nicht gekommen. Hat nicht angerufen. Jetzt kommt er auch nicht mehr, wenn er nicht eine sehr gute Erklärung vorbringen kann.«

»Tut mir leid.«

»Das ist eine Entschuldigung, keine Erklärung.«

»Ich hätte anrufen sollen.«

»Das ist die Feststellung des Offensichtlichen, aber immer noch keine Erklärung.«

»Wie wär's, wenn ich dir eine Erklärung, eine unterwürfige Entschuldigung und eine Fußmassage anbiete?«

»Du massierst mir die Füße nur, wenn du Sex willst.«

Ich will widersprechen, aber sie hat recht. Als ich aus dem Auto steige, spüre ich den kalten Bürgersteig durch meine Socken.

»Wo sind deine Schuhe?«

Ich blicke auf meine Füße.

»Sie waren voller Erbrochenem.«

»Jemand hat dich vollgekotzt.«

»Ich selber.«

»Du bist ja völlig durchnässt. Was ist passiert?« Unsere Hände berühren sich am Griff des Koffers.

»Ein Selbstmord. Ich konnte sie nicht zur Umkehr bewegen. Sie ist gesprungen.«

Sie nimmt mich in die Arme. Sie hat einen Geruch an sich. Irgendwie anders. Holzrauch. Üppiges Essen. Wein.

»Tut mir leid, Joe. Das muss schrecklich gewesen sein. Weißt du irgendwas über sie?«

Ich schüttele den Kopf.

»Wie bist du in die Geschichte verwickelt worden?«

»Die Polizei ist zur Uni gekommen. Ich wünschte, ich hätte sie retten können.«

»Du darfst dir nicht die Schuld geben. Du kanntest sie doch gar nicht. Du wusstest nicht, welche Probleme sie hatte.«

Öligen Pfützen ausweichend, verstaue ich ihren Koffer im Kofferraum und halte ihr die Fahrertür auf. Sie rutscht hinters Lenkrad und zupft ihren Rock zurecht. Das macht sie inzwischen automatisch – sich ans Steuer setzen. Von der Seite sehe ich eine Wimper über ihre Wange streichen, als sie blinzelt, und ihre rosafarbene Ohrmuschel, die zwischen ihrem Haar hervorlugt. Mein Gott, ist sie schön.

Ich weiß noch genau, wie mein Blick in einem Pub in der Nähe des Trafalgar Square zum ersten Mal auf sie fiel. Sie studierte im ersten Jahr Sprachen an der University of London, wo ich Postgraduate-Student war. Sie war Zeugin eines meiner heroischsten Momente geworden, einer Rede gegen das Übel der Apartheid, gehalten auf einer Obstkiste vor der südafrikanischen Botschaft. Ich bin sicher, irgendwo in den Gedärmen des MI5 schlummert noch eine Mitschrift dieser Rede sowie ein Foto meiner Wenigkeit mit Schnauzer und Schlaghosen.

Nach der Kundgebung gingen wir in einen Pub, und Julianne kam zu mir und stellte sich vor. Ich lud sie zu einem Drink ein und versuchte, sie dabei nicht anzustarren. Sie hatte einen kleinen dunklen Fleck auf der Unterlippe, der absolut betörend war … und immer noch ist. Wenn ich mit ihr rede, wird mein Blick davon angezogen, wenn ich sie küsse, meine Lippen.

Ich musste nicht mit Dinner bei Kerzenschein und Blumen um Julianne werben. Sie hat mich ausgewählt. Und ich schwöre, am nächsten Morgen haben wir bei Toast und Tee unser gemeinsames Leben geplant. Ich liebe sie aus so vielen Gründen, aber vor allem, weil sie auf und an meiner Seite und ihr Herz groß genug für uns beide ist. Sie macht mich besser, mutiger, stärker; sie erlaubt mir zu träumen; sie hält mich zusammen.

Wir fahren zwischen Hecken, Zäunen und Mauern auf der A 37 Richtung Frome.

»Wie war deine Vorlesung?«

»Bruno Kaufman meinte, sie wäre inspirierend gewesen.«

»Du wirst ein großartiger Lehrer sein.«

»Laut Bruno Kaufman ist mein Parkinson ein Bonus, weil er mir einen Flair von Aufrichtigkeit verleiht.«

»Rede nicht so«, sagt sie ärgerlich. »Du bist der aufrichtigste Mann, der mir je begegnet ist.«

»Das war ein Witz.«

»Na, dann war er nicht komisch. Dieser Bruno klingt zynisch und sarkastisch. Ich weiß nicht, ob ich ihn mag.«

»Er kann sehr charmant sein. Du wirst sehen.«

Sie wirkt nicht überzeugt, und ich wechsele das Thema. »Wie war deine Reise?«

»Anstrengend.«

Sie fängt an, mir zu erzählen, dass ihre Firma im Namen einer Firma in Deutschland über den Kauf einer Reihe italienischer Radiosender verhandelt. Irgendwas daran ist bestimmt interessant, aber ich schalte schon lange vorher ab. Nach neun Monaten kann ich mir die Namen ihrer Kollegen und ihres Chefs immer noch nicht merken. Schlimmer noch, ich kann mir nicht einmal vorstellen, sie zu behalten.

Wir fahren auf einen Parkplatz vor einem Haus in Wellow. Ich beschließe, meine Schuhe wieder anzuziehen.

»Ich habe Mrs. Logan angerufen und ihr gesagt, dass wir später kommen«, sagt Julianne.

»Wie klang sie?«

»Wie immer.«

»Sie denkt bestimmt, wir wären die schlimmsten Rabeneltern auf der ganzen Welt. Du bist eine Superkarrierefrau, und ich bin ein … ein …«

»Ein Mann?«

»Das reicht allemal.«

Wir lachen beide.

Mrs. Logan passt donnerstags und freitags auf unsere dreijährige Tochter Emma auf. Nachdem ich jetzt an der Universität lehre, brauchen wir ein Fulltime-Kindermädchen. Am Montag führe ich Gespräche mit Bewerberinnen.

Emma stürmt an die Tür und schlingt ihre Arme um mein Bein. Mrs. Logan steht im Flur. Ihr XL-T-Shirt hängt von ihrer Brust gerade herunter und verbirgt einen Knubbel der Unsicherheit. Ich kann einfach nicht ausmachen, ob sie schwanger ist oder fett, deshalb halte ich die Klappe.

»Tut mir Leid, dass wir zu spät kommen. Ein Notfall«, erkläre ich. »Es wird nicht wieder vorkommen.«

Sie nimmt Emmas Mantel vom Haken und drückt mir ihre Tasche in die Arme. Die wortlose Behandlung ist völlig normal. Ich hebe Emma hoch. Sie hält ein Wachsmalkreidenbild in der Hand – ein Gekritzel aus Linien und Punkten.

»Für dich, Daddy.«

»Das ist wunderschön. Was ist das?«

»Ein Bild.«

»Weiß ich. Aber ein Bild wovon?«

»Einfach nur ein Bild.«

Sie hat die Gabe ihrer Mutter, das Offensichtliche festzustellen und mich wie einen Idioten dastehen zu lassen.

Julianne nimmt sie mir ab und knuddelt sie. »Du bist in vier Tagen gewachsen.«

»Ich bin drei.«

»Das stimmt.«

»Charlie?«

»Sie ist zu Hause, Schätzchen.«

Charlie ist unsere ältere Tochter. Sie ist zwölf und geht hart auf die einundzwanzig zu.

Julianne schnallt Emma auf ihrem Kindersitz an, und ich lege ihre Lieblings-CD mit vier mittelalten Australiern in Teletubbie-farbenen Tops auf. Sie plappert auf dem Rücksitz mit und zieht ihre Socken aus, um sich bodenständiger zu fühlen.

Seit wir aus London weggezogen sind, sind wir wahrscheinlich alle ein bisschen bodenständiger geworden. Es war Juliannes Idee. Sie meinte, es wäre weniger stressig für mich, was stimmt. Günstigere Häuser. Bessere Schulen. Mehr Platz für die Mädchen. Die üblichen Argumente.

Unsere Freunde hielten uns für verrückt. Somerset? Das kann nicht euer Ernst sein. Es ist voller AGA-Herd-Schnösel und Brigaden in grünen Gummistiefeln, die zu den Treffen des Pony Clubs gehen und mit Allradfahrzeugen beheizbare Pferdehänger hinter sich herziehen.

Charlie wollte ihre Freundinnen nicht verlassen, ließ sich jedoch von der Aussicht, ein eigenes Pferd zu bekommen, umstimmen, was zurzeit noch verhandelt wird. Jetzt leben wir also in der westenglischen Wildnis und werden von den Einheimischen, die uns ohnehin erst vollständig trauen werden, wenn vier Generationen von O'Loughlins auf dem Dorffriedhof begraben sind, wie Zugereiste behandelt.

Das Haus ist erleuchtet wie ein Studentenwohnheim. Charlie muss ihr Bedürfnis, unseren Planeten zu retten, noch mit der Gewohnheit in Einklang bringen, das Licht anzulassen, wenn sie ein Zimmer wieder verlässt. Jetzt steht sie, die Hände in die Hüften gestemmt, am Tor.

»Ich hab Dad im Fernsehen gesehen. Gerade eben … in den Nachrichten.«

»Du guckst doch nie Nachrichten«, sagt Julianne.

»Manchmal schon. Eine Frau ist von einer Brücke gesprungen.«

»Dein Vater möchte nicht daran erinnert werden …«

Ich hebe Emma aus dem Wagen. Sofort schlingt sie die Arme um meinen Hals wie ein Koalabär um einen Baum.

Charlie erzählt Julianne weiter von dem Bericht in den Nachrichten. Warum sind Kinder so fasziniert vom Tod? Tote Vögel. Tote Kleintiere. Tote Insekten.

»Wie war's in der Schule?«, versuche ich das Thema zu wechseln.

»Gut.«

»Hast du was gelernt?«

Charlie verdreht die Augen. Seit sie in die Vorschule gekommen ist, stelle ich ihr jeden Nachmittag die gleiche Frage. Sie hat mich längst abgeschrieben.

Plötzlich ist das Haus von Lärm und Geschäftigkeit erfüllt. Julianne macht Abendessen, während ich Emma bade und zehn Minuten nach ihrem Schlafanzug suche, während Emma nackt in Charlies Zimmer herumturnt.

»Ich kann Emmas Schlafanzug nicht finden«, rufe ich nach unten.

Ich weiß, was passieren wird. Julianne wird den weiten Weg nach oben machen und den Schlafanzug direkt vor meiner Nase entdecken. Man nennt so etwas häusliche Blindheit. »Hilf deinem Vater, Emmas Schlafanzug zu finden«, ruft sie Charlie zu.

Emma möchte eine Gutenachtgeschichte hören. Ich muss eine erfinden, in der eine Prinzessin, eine Fee und ein sprechender Esel vorkommen. Das hat man davon, wenn man einer Dreijährigen die kreative Kontrolle überlässt. Ich gebe ihr einen Gutenachtkuss und lasse die Tür einen Spalt offen.

Abendessen mit einem Glas Wein. Ich mache den Abwasch. Julianne döst auf dem Sofa ein und entschuldigt sich verträumt, als ich sie nach oben führe und ein Bad für sie einlaufen lasse.

Das sind unsere besten Abende, wenn wir uns ein paar Tage nicht gesehen haben, uns im Vorbeigehen berühren und es fast nicht erwarten können, bis Charlie im Bett ist.

»Weißt du, warum sie gesprungen ist?«, fragt Julianne, als sie in die Wanne steigt. Ich sitze auf dem Rand und versuche, ihr weiter in die Augen zu sehen. Aber mein Blick will weiter nach unten wandern, wo ihre Brustspitzen durch den Schaum lugen.

»Sie wollte nicht mit mir reden.«

»Sie muss sehr traurig gewesen sein.«

»Ja, das war sie wohl.«

3

Mitternacht. Es regnet wieder. Wasser gurgelt in den Fallrohren vor unseren Schlafzimmerfenstern und fließt den Hügel hinunter in einen Bach, der zum Fluss angeschwollen ist und den Damm und die Brücke überspült hat.

Früher habe ich immer gerne wach gelegen, wenn meine Mädchen geschlafen haben. Dann kam ich mir vor wie ein Hüter, der über ihre Sicherheit wacht. Heute Nacht ist es anders. Jedes Mal wenn ich die Augen schließe, sehe ich Bilder eines fallenden Körpers, und der Boden unter mir tut sich auf.

Julianne wacht einmal auf, schiebt ihre Hand unter der Decke auf meine Brust, als wollte sie mein Herz beruhigen.

»Alles ist gut«, flüstert sie. »Du bist hier bei mir.«

Sie hat die Augen nicht aufgemacht. Ihre Hand rutscht wieder weg.

Um sechs Uhr morgens nehme ich eine kleine weiße Tablette. Mein Bein zittert wie bei einem Hund, der im Schlaf Kaninchen jagt. Langsam beruhigt es sich wieder. Im Parkinson-Jargon bin ich jetzt »drauf«. Das Medikament beginnt zu wirken.

Vor vier Jahren hat meine linke Hand mir die Botschaft geschickt. Nicht von Hand oder Maschine geschrieben, nicht auf edlem Papier gedruckt. Es war ein unbewusstes, unwillkürliches Zucken meiner Finger, eine geisterhafte Bewegung, ein real gewordener Schatten. Mein Gehirn hatte damals noch ohne mein Wissen die Scheidung von meinem bewussten Willen begonnen. Seither ist es eine sich lange hinziehende Trennung ohne Gerichtsurteil über die Aufteilung der Vermögenswerte – wer kriegt die CD-Sammlung und die antike Kommode von Tante Grace?

Die Trennung begann mit meiner linken Hand und breitete sich in meinen Arm, mein Bein und meinen Kopf aus. Jetzt fühlt es sich so an, als ob mein Körper von einem anderen besessen und angetrieben wird, der so aussieht wie ich, nur weniger vertraut.

Wenn ich mir alte Privatvideos ansehe, kann ich die Veränderung schon in den zwei Jahren vor der Diagnose erkennen. Ich stehe an der Seitenlinie und sehe Charlie beim Fußballspielen zu. Meine Schultern sind leicht vorgebeugt, als würde ich mich gegen einen kalten Wind stemmen. Ist das der Beginn einer gekrümmten Fehlhaltung?

Ich habe die fünf Stadien der Trauer durchlaufen. Ich habe die Krankheit geleugnet, gegen ihre Ungerechtigkeit angewettert, Pakte mit Gott geschlossen, mich in einem dunklen Loch verkrochen und mein Schicksal schließlich akzeptiert. Ich habe eine fortschreitende degenerative neurologische Störung. Das Wort unheilbar möchte ich nicht benutzen. Es gibt eine Therapie. Man hat sie bloß noch nicht gefunden. Bis dahin geht die Scheidung weiter.

Ich wünschte, ich könnte berichten, dass ich mittlerweile meinen Frieden gemacht habe, dass ich glücklicher denn je bin, das Leben umarmt, neue Freunde gefunden habe und ein erfüllter, spiritueller Mensch geworden bin. Ich wünschte es mir wirklich.

Wir haben ein verfallendes Häuschen, eine Katze, eine Ente und zwei Hamster, Bill und Ben, die allerdings auch Weibchen sein könnten. Der Besitzer des Tierladens schien nicht ganz sicher.

»Es ist wichtig«, erklärte ich ihm.

»Warum?«

»Ich hab schon genug Frauen im Haus.«

Laut unserer Nachbarin Mrs. Nutall haben wir außerdem ein Hausgespenst, eine frühere Bewohnerin, die die Treppe hinuntergefallen ist, nachdem sie erfahren hatte, dass ihr Mann im Großen Krieg, dem Ersten Weltkrieg, gefallen war.

Der Begriff erstaunt mich immer wieder: Der Große Krieg. Was war so groß daran? Acht Millionen Soldaten und etwa ebenso viele Zivilisten starben. Es ist wie die Große Depression. Sollten wir das nicht irgendwie anders benennen?

Wir leben in einem Dorf namens Wellow, fünfeinhalb Meilen vom Bath Spa entfernt. Es ist eines dieser malerischen, postkartengerechten Ansammlungen von Gebäuden, die kaum groß genug erscheinen, um die eigene Geschichte zu beherbergen. Das Fox & Badger, der Dorfpub, ist zweihundert Jahre alt und hat einen hauseigenen Zwerg. Wie dörflich ist das?

Dafür haben wir keine Fahrschüler mehr, die rückwärts in unsere Einfahrt setzen, Hunde, die auf Bürgersteige kacken, und heulende Autoalarmanlagen auf der Straße. Wir haben jetzt Nachbarn. In London hatten wir auch Nachbarn, haben aber so getan, als würden sie nicht existieren. Hier kommen sie vorbei, um Gartengeräte oder eine Tasse Mehl zu borgen. Sie teilen sogar ihre politischen Ansichten mit, was für jeden Londoner ein absolutes Tabuthema ist, Taxifahrer und Politiker ausgenommen.

Ich weiß nicht, was ich von Somerset erwartet habe, aber es reicht, wie es ist. Und man verzeihe mir bitte meine Skepsis, daran ist Mr. Parkinson schuld. Manche Menschen glauben, Sentimentalität wäre ein unverdientes Gefühl. Meine nicht. Ich zahle jeden Tag dafür.

Draußen nieselt es nur noch. Die Welt ist feucht genug. Ich halte einen Mantel über meinen Kopf, öffne das Gartentor und gehe den Weg hinunter. Mrs. Nutall reinigt einen verstopften Abfluss im Garten. Sie trägt Lockenwickler und Gummistiefel.

»Guten Morgen«, sage ich.

»Verrecke.«

»Vielleicht hört es endlich auf zu regnen.«

»Verpiss dich und stirb.«

Laut Hector, dem Wirt des Fox & Badger, hat Mrs. Nutall

nichts gegen mich persönlich. Offenbar hatte der Vorbesitzer des Häuschens ihr die Ehe versprochen, bevor er mit der Frau des Postamtsvorstehers durchbrannte. Das war vor fünfundvierzig Jahren, aber Mrs. Nutall hat nichts vergeben oder vergessen. Schuld hat immer der jeweilige Besitzer des Hauses.

Als ich zum Dorfladen gehe, versuche ich den Pfützen auf meinem Weg auszuweichen und die innen neben der Ladentür gestapelten Zeitungen nicht nass zu tropfen. Ich beginne mit den Boulevardblättern und blättere sie auf der Suche nach einer Erwähnung des gestrigen Vorfalls durch. Es gibt ein Foto, aber der Artikel ist nur ein paar Absätze lang. Selbstmörder machen keine guten Schlagzeilen, weil Chefredakteure immer Angst haben, Nachahmer anzustiften.

»Wenn Sie sie hier lesen wollen, bringe ich Ihnen einen bequemen Stuhl und eine Tasse Tee«, sagt Eric Vaile, der Ladeninhaber, und blickt von der Ausgabe des *Sunday Mirror* unter seinen tätowierten Unterarmen auf.

»Ich habe bloß etwas gesucht«, entschuldige ich mich.

»Ihre Brieftasche vielleicht.«

Eric sieht aus, als würde er statt eines Dorfladens eine Hafenkneipe führen. Seine Frau Gina, die hochgradig nervös ist und jedes Mal zusammenzuckt, wenn Eric sich zu plötzlich bewegt, kommt aus dem Lagerraum. Sie trägt ein Tablett mit Getränkedosen und bricht unter dem Gewicht fast zusammen. Eric tritt einen Schritt zurück, um sie vorbeizulassen, bevor er seinen Ellbogen wieder auf die Ladentheke pflanzt.

»Ich hab Sie im Fernsehen gesehen«, knurrt er. »Ich hätte Ihnen sagen können, dass sie springt. Ich hab es kommen sehen.«

Ich antworte nicht. Es macht ohnehin keinen Unterschied. Er wird nicht aufhören.

»Erklären Sie mir mal was. Wenn die Leute Schluss machen wollen, warum sind sie dann nicht so rücksichtsvoll, es irgendwo privat zu machen, wo sie nicht den Verkehr lahmlegen und das Geld des Steuerzahlers verschwenden?«

»Sie war offensichtlich sehr verstört«, murmle ich.

»Feige, meinen Sie.«

»Man braucht viel Mut, um von einer Brücke zu springen.«

»Mut«, höhnt er.

Ich sehe Gina an. »Und man braucht sogar noch mehr Mut, um um Hilfe zu bitten.«

Sie wendet sich ab.

Am späten Vormittag rufe ich die Zentrale der Bristol Police an und frage nach Sergeant Abernathy. Es hat endlich aufgehört zu regnen. Über den Baumkronen sehe ich ein Fleckchen blauen Himmel und einen blassen Regenbogen.

»Was wollen Sie, Professor?«, fragt eine knurrige, verschleimte Stimme am Telefon.

»Mich für gestern entschuldigen, weil ich so plötzlich abgehauen bin. Ich habe mich nicht wohl gefühlt.«

»Muss ansteckend sein.«

Abernathy mag mich nicht. Er hält mich für unprofessionell oder unfähig. Ich kenne Polizisten wie ihn – Kriegertypen, die glauben, sie wären anders als normale Menschen und stünden über der Gesellschaft.

»Wir brauchen Ihre Aussage«, sagt er. »Es wird eine Untersuchung geben.«

»Haben Sie sie identifiziert?«

»Noch nicht.«

Pause. Mein Schweigen ärgert ihn.

»Falls es Ihrer Aufmerksamkeit entgangen sein sollte, Professor, sie trug keine Kleider, was bedeutet, dass sie keinerlei Ausweis bei sich hatte.«

»Das verstehe ich natürlich. Es ist bloß …«

»Was?«

»Ich dachte, dass jemand sie mittlerweile vermisst gemeldet hätte. Sie war so gepflegt, ihr Haar, ihre Augenbrauen, ihre Bikinizone; die Fingernägel sorgfältig manikürt. Sie hat Zeit und Geld in ihr Aussehen investiert. Wahrscheinlich hat sie Freunde, einen Beruf, Menschen, die sich um sie sorgen.«

Abernathy macht sich offenbar Notizen. Ich höre ihn kritzeln. »Was können Sie mir sonst noch sagen?«

»Sie hatte eine Kaiserschnittnarbe, muss also Kinder haben. Wenn man ihr Alter bedenkt, gehen die wahrscheinlich zur Schule. In die Grundschule oder eine weiterführende Schule.«

»Hat sie etwas zu Ihnen gesagt?«

»Sie hat über Handy mit jemandem gesprochen – ihn angefleht.«

»Worum angefleht?«

»Das weiß ich nicht.«

»Und das ist alles, was sie gesagt hat?«

»Sie hat noch gesagt, ich würde es nicht verstehen.«

»Nun, damit hatte sie zumindest recht.«

Der Fall ärgert Abernathy, weil er nicht klar und eindeutig ist. Solange er keinen Namen hat, kann er die nötigen Aussagen nicht zusammentragen und die Sache dem Coroner übergeben.

»Wann soll ich kommen?«

»Heute.«

»Hat das nicht Zeit?«

»Wenn ich samstags arbeite, können Sie es auch.«

Die Polizeizentrale von Avon und Somerset liegt in Portishead an der Severn-Mündung, neun Meilen westlich von Bristol. Die Architekten und Planer hatten möglicherweise die irrige Vorstellung, wenn sie eine Polizeizentrale weit entfernt von den verbrechensgeplagten Vierteln der Innenstadt von Bristol bauten, dann würden die Kriminellen ihren Tatort ebenfalls verlagern und den Gesetzeshütern folgen. Wenn wir es gebaut haben, werden sie schon kommen.

Der Himmel ist aufgerissen, aber die Felder sind immer noch überflutet, und Zaunpfähle ragen aus brackigem Wasser wie die Maste gesunkener Schiffe. Am Stadtrand von Saltford sehe ich an der Bath Road ein Dutzend Kühe, die sich auf einer Insel aus Gras zusammendrängen. Unter ihren Hufen ist ein aufgeplatzter Heuballen verstreut.

Anderswo stauen sich Schlamm, Wasser und Müll an Zäunen, Bäumen und Brücken auf. Tausende von Nutztieren sind ertrunken, Gerätschaften liegen, in eine Schlammschicht gehüllt, in der Landschaft verstreut wie angelaufene Bronzeskulpturen.

Abernathy hat eine Sekretärin in Zivil, eine kleine graue Frau, deren Kleider farbenprächtiger sind als ihre Persönlichkeit. Sie erhebt sich widerwillig von ihrem Stuhl und führt mich in sein Büro.

Der Sergeant, ein großer Mann mit Sommersprossen, sitzt am Schreibtisch. Sein Button-Down-Hemd ist kräftig gestärkt mit einer scharfen Bügelfalte von den Handgelenken bis zu den Schultern.

Seine Stimme ist ein tiefes Grummeln. »Ich nehme an, Sie können Ihre Aussage selbst aufsetzen.« Er schiebt mir einen Block herüber.

Auf seinem Schreibtisch sehe ich ein Dutzend Umschläge und Stapel mit Fotos. Erstaunlich, wie viel Papierkram in derart kurzer Zeit produziert wurde. Auf einer der Akten steht »Obduktionsbericht«.

»Haben Sie was dagegen, wenn ich einen Blick hineinwerfe?«

Abernathy sieht mich an, als hätte ich Nasenbluten, und schiebt mir die Akten über den Tisch.

CORONER VON AVON & SOMERSET
Obduktionsbericht Nr.: DX-56 312
Datum und Zeitpunkt des Todes: 28. 9. 2007, 17.07 Uhr

Name:	*unbekannt*
Geburtsdatum:	*unbekannt*
Geschlecht:	*weiblich*
Gewicht:	*58,52 kg*
Größe:	*168 cm*
Augenfarbe:	*braun*

Es handelt sich um die Leiche einer gut entwickelten und wohlgenährten Frau weißer Hautfarbe mit brauner Iris und klarer Kornea. Die Pupillen sind starr und erweitert.

Die Leiche ist kühl und weist die typische Blässe sowie teilweise ausgebildete Totenstarre auf. Keine Tätowierungen, Missbildungen oder Amputationen. Das Opfer hat am Bauch eine gerade OP-Narbe von dreizehn Zentimeter Länge, die auf eine Kaiserschnittentbindung hindeutet.

Beide Ohrläppchen sind durchstochen. Die Haare sind etwa vierzig Zentimeter lang, braun und gewellt. Alle Zähne sind natürlich und in gutem Zustand. Die Fingernägel sind kurz, rund gefeilt und lackiert. Auch die Fußnägel sind rosa lackiert.

Die schweren Gewebeabschürfungen sowie massive Hämatome durch stumpfe Gewalteinwirkung an Rücken und Unterleib entsprechen den Folgen eines Sturzes aus großer Höhe.

Äußere und innere Geschlechtsorgane weisen keinerlei Spuren von sexueller Gewalt oder Penetration auf.

Die Fakten sind von nüchterner Grausamkeit. Ein Mensch mit einem Leben voller Erfahrungen wird taxiert wie ein Möbelstück in einem Katalog. Der Pathologe hat ihre Organe gewogen, ihren Mageninhalt untersucht, Gewebe- und Blutproben entnommen. Der Tod kennt keine Privatsphäre.

»Was ist mit dem toxikologischen Bericht?«, frage ich.

»Der ist nicht vor Montag fertig«, sagt Abernathy. »Denken Sie an Drogen?«

»Wäre möglich.«

Abernathy will etwas sagen, überlegt es sich dann aber anders. Er nimmt eine Satellitenaufnahme aus einer Pappröhre und breitet sie auf seinem Tisch aus. In der Mitte sieht man die Clifton Suspension Bridge, die aus dieser Perspektive flach auf dem Wasser zu liegen scheint, statt sich fünfundsiebzig Meter darüber zu erheben.

»Das ist Leigh Woods«, sagt er und zeigt auf eine dunkelgrüne Fläche auf der Westseite der Avon Gore. »Am Freitag um

13.40 hat ein Mann, der mit seinem Hund im Ashton Nature Reserve spazieren war, eine fast nackte Frau in einem gelben Regenmantel gesehen. Als er auf sie zuging, rannte sie weg. Sie telefonierte mit einem Handy, und er dachte, es handelte sich womöglich um Fernsehaufnahmen.

Um 15.45 wurde sie zum zweiten Mal gesehen. Der Fahrer einer Reinigung sah eine splitternackte Frau, die in der Nähe der St. Mary's Road über die Rownham Hill Road ging.

Um 16.02 Uhr hat eine Überwachungskamera an der Brückenauffahrt auf der Westseite sie erfasst. Das heißt, von Leigh Woods muss sie über die Bridge Road gekommen sein.«

Die Details sind wie Markierungen auf einer Zeitlinie, die den Nachmittag in mehrere unerklärlich erscheinende Abschnitte unterteilt. Zwischen der ersten und der zweiten Zeugenbeobachtung liegen eine Lücke von zwei Stunden und eine halbe Meile.

Der Sergeant blättert so schnell durch die Fotos der Überwachungskamera, dass es aussieht, als würde sich die Frau in stockender Zeitlupe bewegen. Durch Regentropfen auf der Linse sind die Fotos an den Rändern verwischt, aber die Blöße der Frau könnte nicht schärfer sein.

Das letzte Foto zeigt ihre Leiche an Deck eines flachen Boots. Albinoweiß. Mit einem Stich ins Fahle um die Hüften und die flachgedrückten Brüste. Die einzig erkennbare Farbe ist das Rot ihres Lippenstifts und der verschmierten Buchstaben auf ihrem Bauch.

»Haben Sie das Handy gefunden?«

»Im Fluss untergegangen.«

»Was ist mit ihren Schuhen?«

»Jimmy Choos. Teuer, aber mit reparierten Absätzen.«

Die Fotos werden beiseitegeschoben. Der Sergeant zeigt wenig Mitgefühl für die Frau. Sie ist ein zu lösendes Problem, und er will eine Erklärung – nicht für seinen Seelenfrieden oder aus professioneller Neugier, sondern weil ihn irgendwas an dem Fall verstört.

»Was ich nicht verstehe«, sagt er, ohne zu mir aufzublicken, »warum ist sie durch den Wald gewandert? Wenn sie sich umbringen wollte, warum ist sie nicht gleich zur Brücke gegangen oder gefahren und runtergesprungen?«

»Vielleicht hat sie es sich noch überlegt.«

»Nackt?«

Er hat recht. Es scheint bizarr. Das Gleiche gilt für die Körperbemalung. Selbstmord ist der ultimative Akt der Selbstverachtung, aber gleichzeitige öffentliche Selbsterniedrigung und Demütigung sind völlig untypisch.

Mein Blick schweift immer noch über die Fotos, bis er an einem hängen bleibt. Ich sehe mich auf der Brücke stehen. Durch die perspektivische Verzerrung sieht es aus, als wäre ich nahe genug, um sie zu berühren, sie zu packen, bevor sie fällt.

Abernathy bemerkt das Bild ebenfalls. Er steht auf und öffnet mir die Tür, bevor ich auch nur auf den Füßen bin.

»Es war ein schlechter Tag an der Front, Professor. Solche Tage hat jeder von uns. Machen Sie Ihre Aussage, und gehen Sie nach Hause.«

Das Telefon auf seinem Schreibtisch klingelt. Ich stehe noch in der Tür, als er abnimmt, und höre nur seinen Teil des Gesprächs.

»Sind Sie sicher? Wann hat sie sie zuletzt gesehen? … Okay … Und seither hat sie nichts mehr von ihr gehört? Verstehe … Ist sie jetzt zu Hause? …

Schicken Sie jemanden vorbei, um sie abzuholen. Und besorgen Sie auf jeden Fall ein Foto. Ich will nicht, dass eine Sechzehnjährige eine Leiche identifiziert, wenn wir nicht verdammt sicher sind, dass es ihre Mutter ist.«

Mein Magen fühlt sich an wie im freien Fall. Eine Tochter. Sechzehn. Bei Selbstmord geht es nicht um Selbstbestimmung oder freien Willen. Irgendjemand bleibt immer zurück.

4

Zu Fuß braucht man zehn Minuten vom Boat House im Eastville Park bis zur Stapleton Road. Ich meide das Gewerbegebiet und die schlammbedeckten Ufer des Kanals und folge dem Betonungetüm der Überführung über die M32.

Die Plastiktüten mit meinen Einkäufen schneiden in meine Finger. Ich stelle sie auf dem Bürgersteig ab und lege eine Pause ein. Ich habe mir Vorräte besorgt: Tiefkühlgerichte, ein Sechserpack Bier, ein Stück Käsekuchen in einem Plastikdreieck – mein Festschmaus für einen Samstagabend, gekauft bei einem pakistanischen Lebensmittelhändler, der neben den in Plastikfolie verpackten Pornoheften unter der Ladentheke eine Schrotflinte aufbewahrt.

In vier Richtungen gehen enge Straßen ab, gesäumt von Reihenhäusern und Ladenfassaden. Ein Spirituosengeschäft. Ein Buchmacher. Ein Second-Hand-Laden der Heilsarmee. Plakate verkünden das Verbot, zwecks Anbahnung unsittlicher Kontakte im Schritt zu fahren, öffentlich zu urinieren und, das ist das Allerbeste, Plakate anzukleben. Niemand schert sich einen Dreck darum. Wir sind in Bristol – der Stadt der Lügen, der Gier und der korrupten Politiker. Die rechte Hand weiß immer, was die linke tut: Sie plündert. So etwas würde mein Dad sagen: Ständig beklagt er sich, dass die Leute ihn bescheißen.

Wind und Regen haben die Bäume entlang der Fishpond Road kahl gefegt und die Gullys verstopft. Eine Kehrmaschine, klobig mit vier Rädern, schert zwischen geparkten Wagen aus. Schade, dass sie den ganzen menschlichen Müll nicht gleich mit aufkehren kann – nervöse Kids aus den Slums, die darauf aus sind, dass ich sie ficke oder ihnen Crack abkaufe.

Eine der Huren steht an der Ecke. Ein Wagen hält. Sie verhandelt, wirft ihren Kopf in den Nacken und wiehert wie ein Pferd. Eine Stute auf Drogen. Reite sie nicht, Kumpel, du weißt nicht, wo sie schon war.

In dem Café an der Ecke Glen Park und Fishpond Road hänge ich meinen wasserdichten Mantel, meinen Regenhut und meinen orangefarbenen Schal an einen Haken neben der Tür. In dem Café ist es warm, und es riecht nach heißer Milch und Toast. Ich setze mich an einen Tisch am Fenster und ziehe meinen Metallkamm hart über meine Kopfhaut bis in den Nacken.

Die Kellnerin ist grobknochig und beinahe hübsch, noch ein paar Jahre vom Fett-Sein entfernt. Ihr gerüschter Rock streift meinen Schenkel, als sie sich zwischen den Tischen bewegt. Sie trägt ein Pflaster am Finger.

Ich zücke meinen Notizblock und einen Bleistift, der spitz genug ist, um damit jemanden zu verstümmeln, und beginne zu schreiben. Zuerst das Datum. Dann eine Liste von zu erledigenden Dingen.

Am Tisch in der Ecke sitzt eine Frau und verschickt SMS. Wenn sie mich ansieht, werde ich lächeln.

Sie wird mich nicht ansehen, glaube ich. Ich gebe ihr zehn Sekunden. Neun … acht … sieben … sechs … fünf …

Wieso mache ich mir überhaupt die Mühe? Arrogante Ziege. Ich könnte das blasierte Grinsen in Sekunden aus ihrem Gesicht radieren. Ich könnte Mascara über ihre Wangen fließen und sie an ihrem eigenen Namen zweifeln lassen.

Ich erwarte nicht, dass jede Frau mich zur Kenntnis nimmt. Aber wenn ich hallo sage, sie anlächle oder ihnen sonst eine kleine Nettigkeit erweise, sollten sie zumindest so höflich sein, freundlich zu reagieren.

Die indische Frau aus der Bibliothek mit dem Henna-Tattoo auf den Händen und dem enttäuschten Blick lächelt ständig. Die anderen Bibliothekarinnen sind alt und müde und behandeln jeden wie einen Bücherdieb.

Die Inderin hat schlanke Beine. Sie sollte kurze Röcke tra-

gen und mehr aus sich machen, anstatt sie immer zu bedecken. Ich kann ihre Knöchel sehen, wenn sie an ihrem Schreibtisch die Beine übereinanderschlägt. Das macht sie oft. Ich glaube, sie weiß, dass ich sie beobachte.

Mein Kaffee ist gebracht worden. Die Milch müsste heißer sein. Ich werde ihn nicht zurückgehen lassen. Die Kellnerin mit dem beinahe hübschen Gesicht wäre enttäuscht. Ich sage es ihr beim nächsten Mal.

Die Liste ist fast fertig. In der linken Spalte eine Liste mit Namen. Kontakte. Personen von Interesse. Ich werde sie nacheinander ausstreichen, wenn ich sie gefunden habe.

Ich lasse ein paar Münzen auf dem Tisch liegen und ziehe Mantel, Hut und Schal wieder an. Die Kellnerin sieht mich nicht gehen. Ich hätte ihr das Geld persönlich aushändigen sollen. Dann hätte sie mich angucken müssen.

Mit den Einkaufstaschen komme ich nur langsam voran. Regen tropft in meine Augen und gurgelt in den Fallrohren. Schließlich habe ich das Ende der Bourne Lane erreicht und stehe vor dem Tor eines eingezäunten und mit Stacheldraht gesicherten Hofs, auf dem sich früher die Werkstatt eines Autoschlossers mit angrenzendem Wohnhaus befand.

Die Tür ist mit drei Schlössern gesichert – einem Chubbschloss, einem Profilzylinderschloss von Weiser und einem Lips-8362C-Zylinderschloss. Ich beginne mit dem untersten und spüre, wie sich die Stahlstifte im Zylinder ordnen.

Beim Eintreten steige ich über die Vormittagspost. Im Flur gibt es kein Licht. Ich habe die Birne herausgedreht. Zwei Etagen des Hauses stehen leer. Abgesperrt. Die Heizkörper sind kalt. Bei der Unterzeichnung des Mietvertrags fragte mich Mr. Swingler, der Vermieter, ob ich eine große Familie hätte.

»Nein.«

»Wozu brauchen Sie dann ein so großes Haus?«

»Ich habe große Träume«, sagte ich.

Mr. Swingler ist Jude, sieht aber aus wie ein Skinhead. Er besitzt außerdem noch eine Pension in Truro und einen Miet-

block in St. Pauls, ganz in der Nähe. Er fragte mich nach Referenzen. Ich hatte keine.

»Haben Sie einen Job?«

»Ja.«

»Keine Drogen. Keine Partys. Keine Orgien.«

Vielleicht meinte er auch diese Hunde, »Corgis«. Ich konnte seinen Akzent ohnehin nicht verstehen, aber nachdem ich drei Monatsmieten im Voraus bezahlt hatte, war er still.

Ich nehme eine Taschenlampe vom Kühlschrank und gehe in den Flur zurück, um die Post aufzuheben: eine Gasrechnung, die Speisekarte eines Pizza-Service und einen großen weißen Umschlag mit dem Wappen einer Schule in der oberen linken Ecke.

Ich nehme den Umschlag mit in die Küche und lege ihn auf den Küchentisch, bevor ich meine Einkäufe verstaue und eine Dose Bier aufmache. Dann setze ich mich, schiebe einen Finger unter die Lasche des Umschlags und reiße ihn in einer gezackten Linie auf.

Der Umschlag enthält ein Hochglanzmagazin und den Brief einer Sekretärin der Oldfield Girls School in Bath.

Sehr geehrte Mrs. Tyler,
auf Ihre Anfrage bezüglich der Adressen ehemaliger Schülerinnen muss ich Ihnen leider mitteilen, dass wir über ehemalige Schülerinnen keine laufenden Unterlagen führen. Es gibt jedoch eine »Old Girls«-Website. Um Benutzernamen, PIN und Passwort zu erhalten, die den Zugang zu der geschützten Seite mit den Kontaktdaten der Ehemaligen ermöglichen, müssten Sie sich an die Webmasterin Diane Gillespie wenden.
Ich lege ein Exemplar des Schuljahrbuchs von 1988 bei und hoffe, dass es angenehme Erinnerungen wachruft.

Viel Glück bei Ihrer Suche
Mit freundlichen Grüßen
Belinda Casson

Auf dem Titel prangt das Foto von drei lächelnden Mädchen in Schuluniform, die durch das Tor der Schule gehen. Das Wappen der Schule hat einen lateinischen Wahlspruch: »Lux et veritas.« Licht und Wahrheit.

In dem Buch finden sich weitere Fotos. Ich blättere die Seiten um und streiche mit dem Finger über die Bilder. Einige sind Klassenfotos, die Mädchen sind in Dreierreihen platziert. In der ersten Reihe sitzen sie mit zusammengekniffenen Knien und im Schoß gefalteten Händen. Die mittlere Reihe von Mädchen steht, genau wie die dritte, diese aber vermutlich auf einer unsichtbaren Bank. Ich lese die Bildunterschriften, studiere die Klassen und Jahrgänge.

Da ist sie – meine Geliebte – die Hure der Huren. In der zweiten Reihe. Die Vierte von rechts. Sie trägt einen braunen Bob. Ein angedeutetes Lächeln auf ihrem runden Gesicht. Damals warst du achtzehn Jahre alt und ich noch zehn Jahre weit weg. Zehn Jahre. Wie viele Sonntage sind das?

Das Jahrbuch unter den Arm geklemmt, hole ich mir ein weiteres Bier. Oben summt der Computer auf meinem Schreibtisch. Ich gebe ein Passwort ein und rufe ein Online-Telefonbuch auf. Der Bildschirm baut sich neu auf. Im Abschlussjahrgang von 1988 waren achtundvierzig Mädchen. Achtundvierzig Namen. Heute werde ich sie nicht finden. Nicht heute, aber bald.

Vielleicht gucke ich mir das Video noch mal an. Ich sehe so gern, wie sie fällt.

5

Charlie trägt Jeans und ein Sweatshirt und tanzt mit Emma zu laut aufgedrehter Musik im Wohnzimmer. Sie hebt ihre Schwester auf ihre Hüfte, wirbelt sie herum und lässt sie nach hinten sinken. Emma kichert und prustet.

»Vorsichtig. Nicht, dass ihr schlecht wird.«

»Guck mal unser neues Kunststück.«

Charlie hebt Emma auf ihre Schultern, beugt sich vor und lässt die Kleine an ihrem Rücken hinunterkrabbeln.

»Ganz toll. Ihr solltet zum Zirkus gehen.«

Charlie ist in den letzten paar Monaten so groß geworden, dass es schön ist, sie wieder wie ein Kind mit ihrer Schwester spielen zu sehen. Ich möchte nicht, dass sie zu schnell älter wird. Ich möchte nicht, dass sie eins von diesen Mädchen wird, die man mit gepierctem Bauchnabel und »I slept with your boyfriend«-T-Shirts durch Bath streunen sieht.

Julianne hat eine Theorie. Immer und überall geht es um Sex, nur nicht im wirklichen Leben. Sie meint, auch wenn Teenager sich vielleicht kleiden wie Paris Hilton und tanzen wie Beyoncé, bedeute das nicht, dass sie Amateurpornos drehen oder auf Kühlerhauben Sex haben. Lieber Gott, mach, dass sie Recht hat.

Ich kann die Veränderungen an Charlie bereits erkennen. Sie macht diese einsilbige Phase durch, in der man keine Worte an seine Eltern verschwendet. Sie spart sie für ihre Freundinnen auf und verbringt Stunden damit, SMS zu versenden und zu chatten.

Als wir aus London weggezogen sind, haben Julianne und ich überlegt, sie auf ein Internat zu schicken, aber ich wollte ihr jeden Abend einen Gutenachtkuss geben und sie jeden Morgen wecken. Julianne meinte, ich würde versuchen, die Zeit wieder gut zu machen, die ich nicht mit meinem Vater, Gottes Leibarzt im Wartestand, verbracht hätte, der mich, als ich acht war, auf ein Internat geschickt hat.

Vielleicht hat sie recht.

Julianne kommt nach unten, um zu sehen, was es mit dem Lärm auf sich hat. Sie hat in ihrem Arbeitszimmer gearbeitet, Dokumente übersetzt und E-Mails verschickt. Ich fasse sie um die Hüfte, und wir tanzen zu der Musik.

»Ich finde, wir sollten für unseren Tanzkurs üben«, sage ich.

»Was meinst du?«

»Am Dienstag geht's los. Latein für Anfänger – Samba und Rrrrrumba!«

Sie macht plötzlich ein langes Gesicht.

»Was ist los?«

»Ich kann nicht.«

»Warum nicht?«

»Ich muss morgen Nachmittag zurück nach London. Wir fliegen gleich Montag früh nach Moskau.«

»Wir?«

»Dirk.«

»Oh, Dirk, der Arsch.«

Sie sieht mich ärgerlich an. »Du kennst ihn doch gar nicht.«

»Kann er keinen anderen Dolmetscher finden?«

»Wir arbeiten seit drei Monaten an diesem Deal. Er will keinen anderen Dolmetscher. Und ich will die Sache nicht jemand anderem übergeben. Tut mir leid, ich hätte es dir sagen sollen.«

»Schon okay. Du hast es vergessen.«

Mein Sarkasmus macht sie wütend.

»Ja, Joe. Ich habe es vergessen. Mach bitte keine große Sache draus.«

Es entsteht ein unbehagliches Schweigen. Eine Pause zwischen zwei Songs. Charlie und Emma haben aufgehört zu tanzen.

Julianne blinzelt zuerst. »Es tut mir leid. Ich bin am Freitag zurück.«

»Dann sage ich die Tanzstunde ab.«

»Du kannst doch hingehen. Du hast bestimmt eine Menge Spaß.«

»Aber ich war noch nie bei einer Tanzstunde.«

»Es ist ein Anfängerkurs. Niemand erwartet, dass du Fred Astaire bist.«

Der Tanzkurs war meine Idee. Das heißt, vorgeschlagen hat es Jock, mein bester Freund, ein Neurologe. Er hat mir Fachliteratur geschickt, in der der positive Effekt von Koordinationstraining für Parkinson-Patienten beschrieben wurde. Yoga oder Tanzen. Am besten beides.

Ich habe es Julianne erzählt. Sie fand es romantisch. Ich habe es als Herausforderung gesehen.

Ich wollte Mr. Parkinson den Fehdehandschuh hinwerfen; ein Duell auf Leben und Tod mit Pirouetten und wirbelnden Füßen. Möge der Bessere gewinnen.

Emma und Charlie tanzen wieder. Julianne schließt sich ihnen an und findet mühelos den Rhythmus. Sie streckt ihre Hand aus. Ich schüttele den Kopf.

»Komm schon, Dad«, sagt Charlie.

Emma wackelt mit dem Hintern. Das ist ihre tänzerische Paradedisziplin. Ich habe keine Paradedisziplin.

Wir tanzen und singen, bis wir lachend auf dem Sofa zusammenbrechen. Es ist lange her, dass Julianne und ich so zusammen gelacht haben. Mein linker Arm zittert, und Emma hält ihn fest. Es ist ein Spiel, das sie gerne spielt. Sie packt ihn mit beiden Händen und lässt ihn dann los, um zu sehen, ob er noch zittert, bevor sie ihn erneut packt.

Später am Abend, als die Mädchen schlafen und unser horizontaler Walzer vorüber ist, kuschele ich mich an Julianne und werde melancholisch.

»Hat Charlie dir erzählt, dass sie unser Gespenst gesehen hat?«

»Nein. Wo?«

»Auf der Treppe.«

»Ich wünschte, Mrs. Nutall würde aufhören, ihr mit diesen Geschichten zu kommen.«

»Mrs. Nutall ist eine verrückte alte Schachtel.«

»Ist das eine professionelle Diagnose?«

»Absolut«, sage ich.

Julianne starrt ins Leere, ihre Gedanken sind anderswo ... in Rom vielleicht oder Moskau.

»Du weißt ja, dass ich den Mädchen ständig erlaube, Eis zu essen, wenn du nicht da bist«, erzähle ich ihr.

»Weil du ihre Liebe kaufen willst«, erwidert sie.

»Und ob. Sie ist käuflich, und ich will sie.«

Sie lacht.

»Bist du glücklich?«, frage ich.

Sie sieht mich direkt an. »Das ist eine merkwürdige Frage.«

»Ich muss immer an die Frau auf der Brücke denken. Irgendwas hat sie unglücklich gemacht.«

»Und du denkst, ich bin genauso?«

»Es war schön, dich heute lachen zu hören.«

»Es ist schön, zu Hause zu sein.«

»Der schönste Ort von allen.«

6

Montagmorgen. Grau. Trocken. Die Agentur schickt mir drei Kandidatinnen zum Vorstellungsgespräch. Ich glaube, man nennt sie nicht mehr Kindermädchen. Es sind Erzieherinnen oder Kinderpflegerinnen.

Julianne ist auf dem Weg nach Moskau, Charlie im Bus zur Schule, und Emma spielt im Esszimmer mit Puppenkleidern und versucht, Stinky, unserer neurotischen Katze, einen Hut aufzusetzen. Stinkys voller Name lautet Stinkiges Klopapier. Das hat man davon, wenn man einer Dreijährigen das Recht auf Namensgebung für die Haustiere einräumt.

Das erste Vorstellungsgespräch fängt gleich schlecht an. Sie heißt Jackie und ist nervös. Sie kaut an den Nägeln und nestelt dauernd an ihren Haaren herum, als müsse sie sich vergewissern, dass sie noch da sind.

Juliannes Anweisungen waren klar und deutlich. Ich soll darauf achten, dass das Kindermädchen keine Drogen nimmt, nicht trinkt und nicht zu schnell fährt. Wie genau ich das in Erfahrung bringen soll, ist mir schleierhaft.

»Und jetzt soll ich herausfinden, ob Sie Ihre Oma hauen«, erkläre ich Jackie.

Sie sieht mich verwirrt an. »Meine Oma ist tot.«

»Aber Sie haben sie nicht geschlagen, oder?«

»Nein.«

»Gut.«

Ich streiche sie von der Liste.

Die nächste Kandidatin ist vierundzwanzig und aus Newcastle, mit einem spitzen Gesicht, braunen Augen und dunklen Haaren, die so straff nach hinten gebunden sind, dass sie ihre

Augenbrauen hoch ziehen. Sie scheint das Haus zu taxieren, als wollte sie es später mit ihrem Einbrecher-Freund ausrauben.

»Was für einen Wagen werde ich fahren?«, fragt sie.

»Einen Astra.«

Sie wirkt wenig beeindruckt. »Ich kann keinen Schaltwagen fahren. Und ich denke, das sollte man von mir auch nicht erwarten. Habe ich einen Fernseher in meinem Zimmer?«

»Das lässt sich bestimmt einrichten.«

»Wie groß?«

»Ich weiß nicht genau.«

Will sie damit fernsehen oder das Gerät verscherbeln?, frage ich mich. Ich hake sie ab. Das war der zweite Streich.

Um elf Uhr unterhalte ich mich mit einer hübschen Jamaikanerin, die geflochtene Zöpfe untereinandergewunden und mit einer Schildpattklammer am Hinterkopf festgesteckt. Sie heißt Mani, hat gute Referenzen und eine wunderbar tiefe Stimme. Ich mag sie. Sie hat ein nettes Lächeln.

Mitten in unserem Gespräch ertönt plötzlich ein Schrei aus dem Esszimmer. Emma hat sich wehgetan. Ich versuche aufzustehen, aber mein linkes Bein versagt. Man nennt es Bradykinese, ein Symptom der Parkinson-Krankheit, und es hat zur Folge, dass Mani zuerst bei Emma ist. Sie hat sich die Finger unter dem Deckel der Spielzeugtruhe eingeklemmt. Als Emma die dunkelhäutige Fremde sieht, heult sie noch lauter.

»Sie war noch nicht oft auf dem Arm von Schwarzen«, versuche ich, die Situation zu retten, was alles noch schlimmer macht. »Es ist nicht Ihre Hautfarbe. Wir haben in London viele schwarze Freunde. Dutzende.«

Mein Gott. Will ich etwa andeuten, dass meine dreijährige Tochter eine Rassistin ist?

Emma hat aufgehört zu weinen. »Es ist meine Schuld. Ich habe sie zu hastig hochgehoben«, sagt Mani und sieht mich traurig an.

»Sie kennt Sie noch nicht«, erkläre ich.

»Ja.«

Mani packt ihre Unterlagen ein.

»Ich rufe die Agentur an«, sage ich. »Die geben Ihnen Bescheid.«

Aber wir wissen beide, was Sache ist. Sie wird einen anderen Job annehmen. Es ist schade. Ein Missverständnis.

Nachdem Mani gegangen ist, mache ich Emma ein Butterbrot und lege sie zum Mittagsschlaf hin. Ich habe Pflichten zu erledigen – Waschen und Bügeln. Ich weiß, dass ich das nicht zugeben sollte, aber zu Hause zu sein ist langweilig. Emma ist wundervoll und entzückend, und ich liebe sie grenzenlos, aber irgendwann wird es ermüdend, mit Handpuppen zu spielen, ihr zuzusehen, wie sie auf einem Bein steht, oder zuzuhören, wie sie von der Spitze des Klettergerüsts verkündet, dass sie die Königin des Schlosses ist, während ich wieder mal nur ein dreckiger Halunke bin.

Auf kleine Kinder aufzupassen ist der wichtigste Job der Welt. Ganz bestimmt. Aber die traurige, nie ausgesprochene Wahrheit ist auch, dass es langweilig ist. Die Typen, die in Raketensilos sitzen und darauf warten, dass das Unsagbare geschieht, haben auch einen wichtigen Job, aber niemand kann mir erzählen, dass sie sich nicht zu Tode langweilen und an den Pentagon-Computern endlos Solitär und Schiffeversenken spielen.

Es klingelt. Vor der Tür steht ein Teenager mit rotbraunen Haaren in Hüftjeans, einem T-Shirt und einer karierten Jacke. An ihren Ohrläppchen glitzern Stecker wie Quecksilbertropfen.

Sie drückt eine Umhängetasche an die Brust und steht ein wenig vorgebeugt. Der Oktoberwind wirbelt welke Blätter um ihre Füße.

»Ich hatte niemanden mehr erwartet«, erkläre ich.

Sie legt stirnrunzelnd den Kopf zur Seite.

»Sind Sie Professor O'Loughlin?«

»Ja.«

»Ich bin Darcy Wheeler.«

»Kommen Sie rein, Darcy. Wir müssen leise sein. Emma schläft.«

Sie folgt mir durch den Flur in die Küche. »Sie sehen sehr jung aus. Ich hatte jemand Älteren erwartet.«

Wieder sieht sie mich fragend an. Ihre Augen sind blutunterlaufen und vom Wind gerötet.

»Wie lange arbeiten Sie schon als Kinderbetreuerin?«

»Verzeihung?«

»Wie lange betreuen Sie schon Kinder?«

Nun wirkt sie beunruhigt. »Ich gehe noch zur Schule.«

»Das verstehe ich nicht.«

Sie drückt ihre Tasche noch ein wenig fester an sich, als wollte sie sich wappnen. »Sie haben mit meiner Mutter gesprochen. Sie waren da, als sie gestürzt ist.«

Ihre Worte erschüttern die Stille, als hätte jemand ein Tablett mit Gläsern fallen lassen. Mir fällt die Ähnlichkeit auf, die Form ihres Gesichts, die dunklen Augenbrauen. Die Frau auf der Brücke.

»Wie hast du mich gefunden?«

»Ich habe den Polizeibericht gelesen.«

»Wie hast du hergefunden?«

»Ich habe den Bus genommen.«

Bei ihr klingt es ganz selbstverständlich, aber so etwas sollte nicht passieren. Trauernde Töchter haben nicht einfach vor meiner Tür zu stehen. Die Polizei hätte Darcys Fragen beantworten und sich um ihre therapeutische Betreuung kümmern müssen. Man hätte einen Verwandten auftreiben sollen, der sich um sie kümmert.

»Die Polizei sagt, es wäre Selbstmord gewesen, aber das ist unmöglich. Mum würde nie… sie könnte es nicht, nicht so.«

Ihre Stimme zittert vor Verzweiflung.

»Wie hieß deine Mutter?«

»Christine.«

»Möchtest du eine Tasse Tee, Darcy?«

Sie nickt. Ich setze den Kessel auf und hole zwei Tassen, um mir Gelegenheit zu geben, meine Antwort zurechtzulegen.

»Wo warst du?«

»Ich bin in einem Internat.«

»Weiß die Schule, wo du bist?«

Darcy antwortet nicht. Sie krümmt die Schultern und sinkt noch weiter in sich zusammen. Ich setze mich ihr gegenüber und warte, bis sie mich ansieht.

»Ich möchte ganz genau wissen, wie du zu mir gefunden hast.«

Die Geschichte sprudelt heraus. Die Polizei hatte sie Samstagnachmittag befragt. Sie wurde von einer Sozialarbeiterin betreut und dann zurück nach Hampton House, einer privaten Mädchenschule in Cardiff, gebracht. Samstagabend wartete sie, bis das Licht gelöscht war, schraubte die Holzbarrieren vor dem Fenster ihres Schlafhauses ab und öffnete sie weit genug, um hinauszuschlüpfen. Sie drückte sich um den Wachmann herum, ging zu Fuß bis Cardiff Central und wartete auf den ersten Zug. Sie nahm den Zug um 8.04 nach Bath Spa und einen Bus nach Norton St. Phillips. Die letzten drei Meilen bis Wellow ist sie gelaufen. Die Reise hat fast den ganzen Vormittag gedauert.

Ich sehe die Grashalme in ihren Haaren und den Schlamm an ihren Schuhen. »Wo hast du gestern Nacht geschlafen?«

»In einem Park.«

Mein Gott, sie hätte erfrieren können. Darcy führt den Teebecher an die Lippen und hält ihn fest in beiden Händen. Ich betrachte ihre klaren braunen Augen, den nackten Hals, ihre dünne Jacke und den dunklen BH, der sich unter ihrem T-Shirt abzeichnet. Sie ist auf linkische Teenager-Art hübsch-hässlich, aber dazu auserkoren, in ein paar Jahren ungewöhnlich schön zu sein und grenzenloses Leid über eine große Zahl von Männern zu bringen.

»Was ist mit deinem Vater?«

Sie zuckt die Achseln.

»Wo ist er?«

»Keine Ahnung. Er hat Mum verlassen, bevor ich geboren wurde. Danach haben wir nichts mehr von ihm gehört.«

»Überhaupt nichts mehr?«

»Nie.«

»Ich muss deine Schule anrufen.«

»Dorthin gehe ich nicht zurück.« Die unvermittelt stählerne Entschlossenheit in ihrer Stimme überrascht mich.

»Wir müssen Bescheid sagen, wo du bist.«

»Warum? Denen ist es egal. Ich bin sechzehn. Ich kann machen, was ich will.«

Ihr Trotz klingt nach einer im Internat verbrachten Kindheit. Das hat sie stark gemacht. Unabhängig. Wütend. Warum ist sie hier? Was erwartet sie von mir?

»Es war kein Selbstmord«, sagt sie noch einmal. »Mum hatte Angst vor großen Höhen. Ich meine, wirklich Angst.«

»Wann hast du zuletzt mit ihr gesprochen?«

»Am Freitagmorgen.«

»Wie klang sie?«

»Normal. Glücklich.«

Sie starrt in ihren Becher, als wollte sie seinen Inhalt lesen. »Wir haben uns gestritten.«

»Worüber?«

»Das ist nicht wichtig.«

»Erzähl es mir trotzdem.«

Sie zögert und schüttelt den Kopf. Die Traurigkeit in ihren Augen erzählt die halbe Geschichte. Ihre letzten Worte an ihre Mutter waren voller Wut. Sie möchte sie zurücknehmen und von Neuem sagen können.

Um das Thema zu wechseln, öffnet sie die Kühlschranktür und schnuppert an den diversen Tupperware-Dosen und Gläsern. »Haben Sie was zu essen?«

»Ich kann dir ein Butterbrot machen.«

»Und gibt es Cola?«

»Wir haben keine kohlensäurehaltigen Getränke im Haus.«

»Echt?«

»Echt.«

Sie hat in der Speisekammer eine Packung Kekse gefunden und reißt die Plastikverpackung mit den Fingernägeln auf.

»Mum sollte Freitagnachmittag in der Schule anrufen. Ich wollte übers Wochenende nach Hause kommen, aber dafür brauchte ich ihre Erlaubnis. Ich hab sie den ganzen Tag angerufen – auf ihrem Handy und zu Hause. Ich habe ihr Dutzende SMS geschrieben. Aber ich konnte sie nicht erreichen.

Ich habe der zuständigen Lehrerin gesagt, dass irgendwas passiert sein müsste, aber sie meinte, Mum wäre wahrscheinlich bloß sehr beschäftigt, und ich solle mir keine Sorgen machen, aber ich habe mir Sorgen gemacht. Den ganzen Freitagabend und Samstagmorgen. Die zuständige Lehrerin meinte, Mum wäre wahrscheinlich übers Wochenende weggefahren und hätte vergessen, es mir zu erzählen, aber ich wusste, dass das nicht stimmt.

Ich habe um eine Heimfahrerlaubnis gebeten, aber ich durfte nicht. Deshalb bin ich Samstagnachmittag abgehauen und einfach so nach Hause gefahren. Mum war nicht da. Ihr Wagen war weg. Alles sah nach einem überstürzten Aufbruch aus. Da habe ich die Polizei angerufen.«

Sie verharrt vollkommen regungslos.

»Die Polizisten haben mir ein Foto gezeigt. Ich habe ihnen erklärt, dass es jemand anderer sein müsse. Mum wollte nicht mal das Londoner Riesenrad, das London Eye, besteigen. Und als wir im letzten Sommer in Paris waren und auf den Eiffelturm gefahren sind, ist sie in Panik geraten. Sie hat Höhen gehasst.«

Darcy erstarrt. Die Kekspackung ist in ihren Händen aufgeplatzt, und Krümel rieseln zwischen ihren Fingern auf den Tisch. Sie starrt auf den angerichteten Schaden, beugt den Oberkörper vor, zieht die Knie an die Brust und stößt ein lang gezogenes Schluchzen aus.

Als Profi weiß ich, dass ich jeden körperlichen Kontakt

vermeiden muss, aber mein väterlicher Impuls ist stärker. Ich nehme sie in die Arme und ziehe ihren Kopf an meine Brust.

»Sie waren da«, flüstert sie.

»Ja.«

»Es war kein Selbstmord. Sie würde mich nie allein lassen.«

»Es tut mir leid.«

»Bitte helfen Sie mir.«

»Ich weiß nicht, ob ich das kann, Darcy.«

»Bitte.«

Ich wünschte, ich könnte ihr den Schmerz nehmen. Ich wünschte, ich könnte ihr sagen, dass es nicht für immer so wehtun und sie eines Tages vergessen wird, wie es sich angefühlt hat. Ich habe Pädagogen davon sprechen hören, wie schnell Kinder vergeben und vergessen. Das ist Quatsch! Kinder erinnern sich. Kinder bewahren ihren Groll. Kinder hüten Geheimnisse. Kinder wirken manchmal stark, weil ihr Abwehrmechanismus noch nie von einer Tragödie durchbrochen oder untergraben wurde, aber er ist so zart und zerbrechlich wie Glasgespinst.

Emma ist aufgewacht und ruft nach mir. Ich gehe nach oben, hocke mich halb auf ihr Bettchen und nehme sie in den Arm. Ihr feines dunkles Haar ist vom Schlaf zerzaust.

Ich höre unten die Toilettenspülung rauschen. Darcy hat sich das Gesicht gewaschen, das Haar gebürstet und es zu einem Knoten im Nacken gebunden, sodass ihr Hals unglaublich lang wirkt.

»Das ist Emma«, sage ich, als wir in die Küche zurückkommen.

»Hallo, Süße«, sagt Darcy und schafft es zu lächeln.

Emma gibt sich kokett und wendet das Gesicht ab. Dann entdeckt sie die Kekse und streckt die Hand danach aus. Ich setze sie ab, und sie marschiert überraschend direkt auf Darcy zu und klettert auf ihren Schoß.

»Sie mag dich offensichtlich«, sage ich.

Emma spielt mit den Knöpfen von Darcys Jacke.

»Ich muss dir ein paar Fragen stellen.«

Darcy nickt.

»War deine Mutter wegen irgendwas aufgewühlt? Oder deprimiert?«

»Nein.«

»Hatte sie Schlafprobleme?«

»Sie hatte Tabletten.«

»Hat sie regelmäßig gegessen?«

»Klar.«

»Was hat deine Mutter gemacht?«

»Sie war Hochzeitsplanerin. Sie hatte ihre eigene Firma – Blissful. Sie hat sie zusammen mit ihrer Freundin Sylvia gegründet. Die beiden haben die Hochzeit für Alexandra Phillips ausgerichtet.«

»Wer ist das?«

»Ein Promi. Kennen Sie nicht die Fernsehsendung über die Tierärztin, die sich in Afrika um Tiere kümmert?«

Ich schüttele den Kopf.

»Jedenfalls, die hat geheiratet, und Mum hat das Ganze organisiert. Es war in allen Zeitschriften.«

Noch hat Darcy von ihrer Mutter nicht in der Vergangenheitsform gesprochen. Das ist nicht ungewöhnlich und hat noch nichts mit Leugnung zu tun. Zwei Tage reichen nicht, dass die Realität sich setzen und ihre Gedanken durchdringen kann.

Ich verstehe immer noch nicht, was sie hier will. Ich konnte ihre Mutter nicht retten, und ich kann ihr auch nicht mehr sagen als die Polizei. Christine Wheelers letzte Worte waren zwar an mich gerichtet, aber sie hat mir keinen Hinweis gegeben.

»Was soll ich tun?«, frage ich.

»Kommen Sie mit mir zu unserem Haus. Dann werden Sie sehen.«

»Was werde ich sehen?«

»Dass sie sich nicht umgebracht hat.«

»Ich habe sie springen sehen, Darcy.«

»Dann muss irgendwas sie dazu gebracht haben.« Sie küsst Emma auf den Kopf. »So würde sie es nie machen. Sie würde mich nicht allein lassen.«

7

Über der Tür des kleinen Landhauses aus dem 18. Jahrhundert winden sich knorrige Glyzinien bis zum Dachvorsprung. Die angebaute Garage war früher einmal ein Stall und ist jetzt Teil des Haupthauses.

Darcy schließt die Haustür auf, tritt in den düsteren Flur, zögert.

»Irgendwas nicht in Ordnung?«

Sie schüttelt wenig überzeugend den Kopf.

»Du kannst draußen bleiben und auf Emma aufpassen.«

Sie nickt.

Emma wirbelt mit den Füßen welkes Laub auf dem Pfad auf.

Ich gehe durch die mit Schiefer ausgelegte Halle, streife einen leeren Mantelhaken und bemerke den Schirm, der darunter an der Wand lehnt. Zur Rechten geht es in die Küche. Durchs Fenster kann ich in den Garten blicken und den Holzzaun sehen, der die sorgfältig beschnittenen Rosenbüsche von den angrenzenden Gärten trennt. Auf dem Abtropfgestell stehen eine Tasse und eine Müslischale. Das Waschbecken ist trocken und sauber gewischt. Im Mülleimer befinden sich Gemüseabfälle, die Spirale einer Orangenschale und alte Teebeutel in der Farbe von Hundekot. Der Tisch ist bis auf einen kleinen Stapel mit Rechnungen und geöffneten Briefen leer.

»Wie lange wohnt ihr hier schon?«, rufe ich über die Schulter.

»Acht Jahre«, antwortet Darcy durch die offene Haustür. »Mum musste eine zweite Hypothek aufnehmen, als sie die Firma gegründet hat.«

Das Mobiliar im Wohnzimmer ist geschmackvoll, aber abgenutzt, ein altes Sofa, Sessel und eine große Kommode mit Kratzspuren an den Ecken. Auf dem Kaminsims stehen gerahmte Fotos. Die meisten zeigen Darcy in einem Ballettkostüm entweder hinter oder auf der Bühne. Weitere Fotos sowie Ballettpokale und -medaillen sind in einer Vitrine ausgestellt.

»Du tanzt?«

»Ja.«

Eigentlich hätte ich es gleich sehen müssen. Sie hat den Körper einer klassischen Tänzerin, schlank und gelenkig mit leicht nach außen gestellten Füßen.

Meine Fragen haben Darcy ins Haus gelockt.

»Hast du alles genau so vorgefunden?«

»Ja.«

»Du hast nichts verstellt?«

»Nein.«

»Oder etwas angefasst?«

Sie überlegt.

»Ich habe das Telefon benutzt… um die Polizei anzurufen.«

»Welches Telefon?«

»Das im ersten Stock.«

»Warum hast du nicht das da benutzt?« Ich zeige auf einen Hörer, der auf einem Beistelltisch in seiner Ladestation liegt.

»Das Mobilteil war tot. Der Akku war leer.«

Vor dem Tisch liegt ein Häufchen mit abgelegten Frauenkleidern – verwaschene Jeans, Top und eine Strickjacke. Ich knie mich hin. Unter dem Sofa leuchtet ein Farbklecks – nicht sorgfältig versteckt, sondern in Eile weggeworfen. Ich ertaste den Stoff. Unterwäsche, ein BH samt passendem Slip.

»Hat deine Mutter sich mit irgendwem getroffen? Hatte sie einen Freund?«

Darcy unterdrückt den Impuls, laut loszulachen.

»Was ist daran so komisch?«

»Meine Mutter ist auf dem besten Weg, eine von diesen alten Frauen mit einem Rudel von Katzen und einem Kleiderschrank voller Strickjacken zu werden.« Sie lächelt, bevor ihr einfällt, dass sie von einer Mutter spricht, die keine Zukunft mehr hat.

»Hätte sie es dir erzählt, wenn sie einen Freund gehabt hätte?«

Darcy ist sich nicht sicher.

Ich halte die Unterwäsche hoch. »Gehört das deiner Mutter?«

Sie nickt und runzelt die Stirn.

»Was?«

»Sie war regelrecht zwanghaft, wenn es darum ging, Sachen nicht auf dem Boden liegen zu lassen. Ich durfte mir nur Kleider von ihr leihen, wenn ich sie hinterher aufgehängt oder sofort gewaschen habe. Der Fußboden ist kein Kleiderschrank, hat sie immer gesagt.«

Ich steige die Treppe hinauf zum Schlafzimmer im ersten Stock. Das Bett ist unberührt, ohne eine Falte auf der Bettdecke. Fläschchen stehen aufgereiht auf der Kommode, im angrenzenden Badezimmer liegen ordentlich gefaltete Handtücher in Regalen.

Ich betrete den großen begehbaren Kleiderschrank und kann Christine Wheeler riechen. Ich berühre ihre Kleider, ihre Röcke und Blusen. Ich schiebe die Hand in die Taschen ihrer Jacketts und finde eine Taxiquittung, einen Abholschein von der Reinigung, eine Pfundmünze und ein Pfefferminzbonbon. Es gibt Kleider, die sie jahrelang nicht getragen, aber trotzdem instand gehalten hat. Eine Frau, die früher einmal viel und plötzlich nicht mehr genug Geld hatte.

Ein Abendkleid rutscht von einem Bügel. Als ich es aufhebe, spüre ich, wie mir der Stoff durch die Finger gleitet. Am Boden steht ein Schuhregal mit mindestens einem Dutzend Paar sorgfältig aufgereihter Schuhe.

Darcy setzt sich aufs Bett. »Mum mochte Schuhe. Sie sagte, die wären der einzige Luxus, den sie sich leistet.«

Ich erinnere mich an die knallroten Jimmy Choos, die Christine auf der Brücke getragen hat. Partyschuhe. Im unteren Regal klafft eine Lücke.

»Hat deine Mutter nackt geschlafen?«

»Nein.«

»Ist sie je nackt durchs Haus gelaufen?«

»Nein.«

»Hat sie die Vorhänge zugezogen, bevor sie sich ausgezogen hat?«

»Da habe ich nie drauf geachtet.«

Ich blicke aus dem Schlafzimmerfenster auf ein Grundstück mit Gemüsebeeten und einem Gewächshaus im Schutz einer Ulme. Zwischen den Ästen spannen sich Spinnweben wie feiner Musselin. Man könnte das Haus problemlos unbemerkt beobachten.

»Wenn jemand an der Haustür geklingelt hätte, hätte sie aufgemacht oder die Kette vorgelegt?«

»Keine Ahnung.«

Meine Gedanken wandern immer wieder zurück zu den Kleidern neben dem Telefon. Christine hat sich ausgezogen, ohne sich die Mühe zu machen, die Vorhänge zuzuziehen. Sie hat ihre Kleider nicht gefaltet oder auf einen Stuhl gelegt. Das schnurlose Mobilteil lag auf dem Boden.

Was einen Freund oder Geliebten angeht, könnte Darcy sich irren, aber das Bett sieht völlig unbenutzt aus. Keine Kondome. Keine Taschentücher. Genauso wenig wie Hinweise auf einen Eindringling. Nichts scheint angerührt zu sein, nichts zu fehlen. Es gibt keine Zeichen für einen Kampf oder eine Suche. Das Haus ist sauber. Aufgeräumt. Nicht das Haus eines Menschen, der alle Hoffnung aufgegeben hat und nicht mehr leben will.

»War die Haustür verriegelt?«

»Ich kann mich nicht erinnern«, sagt Darcy.

»Es ist wichtig. Als du nach Hause gekommen bist, hast du einen Schlüssel ins Schloss gesteckt. Brauchtest du zwei verschiedene Schlüssel?«

»Nein. Ich glaube nicht.«

»Hatte deine Mutter einen Regenmantel?«

»Ja.«

»Wie sah er aus?«

»Es war so ein billiges Plastikding.«

»Welche Farbe?«

»Gelb.«

»Wo ist er jetzt?«

Sie führt mich in den Hausflur – ein leerer Mantelhaken erzählt den Rest der Geschichte. Am Freitag hat es geregnet, in Strömen gegossen. Sie hat den Regenmantel genommen und den Schirm stehen lassen.

Emma sitzt am Küchentisch und macht sich mit Buntstiften über ein Blatt Papier her. Ich gehe an ihr vorbei ins Wohnzimmer und versuche ein Bild von dem heraufzubeschwören, was am Freitag geschehen ist. Ich kann mir das Gewöhnliche dieses Tages vorstellen, eine Frau, die ihre alltäglichen Pflichten erledigt, eine Tasse gespült, das Waschbecken gewischt hat, als das Telefon klingelte. Sie nahm ab.

Dann zog sie ihre Kleider aus, ohne die Vorhänge zuzuziehen. Sie verließ das Haus nackt, nur mit einem Plastikregenmantel bekleidet, ohne die Haustür doppelt zu verriegeln. Sie war in Eile. Ihre Handtasche liegt noch auf einer Ablage im Flur.

Die dicke Glasplatte des Couchtischs wird von zwei Keramikelefanten mit gereckten und über dem Kopf geplätteten Rüsseln getragen. Ich knie mich neben den Tisch, betrachte die glatte Glasfläche aus der Nähe und entdecke kleine Brösel von abgebrochener Kreide oder Lippenstift. Hier hat sie sich das Wort »Hure« auf den Leib geschrieben.

Ich entdecke noch etwas auf dem Glas, eine Reihe halb durchsichtiger Kreise und stumpfe Lippenstiftstriche. Die Kreise sind getrocknete Tränen. Sie hat geweint. Und die Striche können die Ränder geschwungener Buchstaben sein, die über ein Blatt hinausgingen. Christine hat etwas mit Lippenstift geschrieben.

Eine Telefonnummer kann es nicht gewesen sein, dafür hätte sie einen Stift benutzt. Wahrscheinlich war es eher eine Botschaft oder ein Zeichen.

Vor achtundvierzig Stunden bin ich Zeuge geworden, wie diese Frau in den Tod gesprungen ist. Es konnte nur Selbstmord gewesen sein, aber psychologisch ergibt das überhaupt keinen Sinn. Jede ihrer Handlungen deutet auf Vorsatz hin, aber sie war nur ein widerwilliger Teilnehmer.

Als Letztes hat Christine Wheeler zu mir gesagt, dass ich nicht verstehen würde. Da hatte sie recht.

8

Sylvia Furness lebt in einer Wohnung im ersten Stock eines georgianischen Reihenhauses in der Great Pulteney Street, das wahrscheinlich in jeder historischen BBC-Serie seit der Original-*Forsythe-Saga* auftaucht. Ich wäre kaum überrascht, Pferdekutschen vorfahren und Frauen mit Hüten herumstolzieren zu sehen.

Sylvia Furness trägt keinen Hut. Ihre kurzen blonden Haare sind mit einem Stirnband aus dem Gesicht gebunden, und sie hat schwarze Stretch-Shorts, einen weißen Sport-BH und ein hellblaues T-Shirt mit tiefem Ausschnitt an. An ihrem dicken Schlüsselbund, den ständig mit sich herumzuschleppen allein schon einige Kalorien verbrennen muss, baumelt die Mitgliedskarte eines Fitness-Clubs.

»Verzeihen Sie, Mrs. Furness. Haben Sie einen Moment Zeit?«

»Was auch immer Sie anzubieten haben, ich kaufe es nicht.«

»Es geht um Christine Wheeler.«

»Ich komme zu spät zu meinem Spinning-Kurs. Ich rede nicht mit der Presse.«

»Ich bin kein Journalist.«

Sie blickt an mir vorbei und entdeckt Darcy auf dem Treppenabsatz. Mit einem spitzen Schmerzensschrei drängt sie an mir vorbei, schlingt die Arme um das Mädchen und drückt ein paar Tränen heraus. Darcy wirft mir einen Blick zu, der sagt: Ich hab's ja immer gewusst.

Sie wollte nicht mit hoch kommen, weil sie wusste, dass die Geschäftspartnerin ihrer Mutter ein großes Theater machen würde.

»Was für ein Theater?«

»Theater halt.

Die Wohnungstür wird geöffnet, wir werden hineingebeten. Sylvia hält immer noch Darcys Hand. Emma folgt uns, unvermittelt still und mit einem Daumen im Mund. Die Wohnung ist mit poliertem Holz ausgelegt, geschmackvoll möbliert und hat Decken so hoch wie die Wolken draußen. Überall ist ein weiblicher Touch zu erkennen – von den Kissen mit afrikanischen Folkloremustern bis zu den Trockenblumenarrangements.

Mein Blick schweift durch den Raum und fällt auf eine neben dem Telefon stehende Geburtstagseinladung. Alice ist zu Pizza und einer Pyjama-Party eingeladen. Ihre Freundin Angela wird zwölf.

Sylvia Furness hält nach wie vor Darcys Hand fest, stellt ihr Fragen und bekundet ihr Mitgefühl. Schließlich schafft es das Mädchen, sich ihrem Griff zu entwinden, und sie erzählt Emma, dass es in dem Park an der Ecke auf der Rückseite des Museums Schaukeln und eine Rutsche gibt.

»Darf ich sie mitnehmen?«, fragt Darcy.

»Du wirst sie ohne Ende anschubsen müssen«, warne ich sie.

»Das ist okay.«

»Wir reden, wenn du zurück bist«, sagt Sylvia, die ihre Sporttasche auf das Sofa gestellt hat. Sie sieht auf die Uhr – ein sportliches Modell aus Edelstahl. Sie wird es nicht zu ihrem Spinning-Kurs schaffen. Sie lässt sich in einen Sessel fallen und sieht mich ärgerlich an. Ihre Brüste bewegen sich nicht. Ich frage mich, ob sie echt sind. Sie strafft die Schultern, als hätte sie meine Gedanken gelesen.

»Warum interessieren Sie sich so für Christine?«

»Darcy glaubt nicht, dass es Selbstmord war.«

»Und was geht Sie das an?«

»Ich möchte mich bloß vergewissern.«

Ihre Augen mustern mich mit freundlicher Neugier, als ich meine Verwicklung in Christines Tod erkläre und berichte, wie

Darcy mich gefunden hat. Sylvia legt ihre muskulösen Beine auf den Couchtisch und zeigt, was zahllose Kilometer in einer Tretmühle bei einer Frau bewirken können.

»Sie waren Geschäftspartnerinnen.«

»Wir waren mehr als das«, erwidert sie. »Wir sind zusammen zur Schule gegangen.«

»Wann haben Sie Christine zum letzten Mal gesehen?«

»Freitagmorgen, als sie ins Büro kam. Sie hatte einen Termin mit einem jungen Paar, das zu Weihnachten eine Hochzeit plant.«

»Was für einen Eindruck hat sie auf Sie gemacht?«

»Alles bestens.«

»Sie war nicht irgendwie besorgt oder beunruhigt?«

»Nicht übermäßig. Chris war nicht der Sorgentyp.«

»Wie war sie denn?«

»Ein absolut liebenswürdiger Mensch. Vollkommen einmalig. Manchmal hab ich gedacht, sie ist zu nett.«

»Wieso?«

»Sie war zu weich für dieses Geschäft. Die Leute haben ihr irgendeine rührselige Geschichte erzählt, und sie hat ihnen gleich Zahlungsaufschub oder Rabatt gewährt. Chris war eine hoffnungslose Romantikerin. Sie hat an Märchen geglaubt. Märchenhochzeiten. Traumhochzeiten. Seltsam, wenn man bedenkt, dass ihre eigene Ehe nicht länger als zwei Jahre gehalten hat. Ich meine, wer hat heutzutage noch eine Brauttruhe? Und sie hat immer gesagt, dass es für jede von uns einen besonderen Seelengefährten gebe. Einen Mr. Right.«

»Sie sind offensichtlich anderer Ansicht.«

Sie dreht den Kopf in meine Richtung. »Sie sind Psychologe. Glauben Sie wirklich, dass es in der großen weiten Welt nur einen Menschen für jeden von uns gibt?«

»Es ist ein hübscher Gedanke.«

»Nein, ist es nicht. Es ist langweilig.« Sie lacht. »Und wenn es stimmt, soll mein Seelenfreund gefälligst einen Waschbrettbauch und ein sechsstelliges Jahresgehalt haben.«

»Was ist mit Ihrem Mann?«

»Er ist ein Fettklops, aber er weiß, wie man Geld macht.« Sie streicht über ihre Beine. »Wie kommt es, dass verheiratete Männer sich immer gehen lassen, während ihre Frauen Stunden daran arbeiten, schön auszusehen?«

»Das wissen Sie nicht?«

Sie lacht. »Vielleicht sollten wir das ein anderes Mal diskutieren.«

Sylvia steht auf und geht ins Schlafzimmer. »Haben Sie etwas dagegen, wenn ich mich umziehe?«

»Überhaupt nicht.«

Sie lässt die Tür offen und streift T-Shirt und BH ab. Ihre Rückenmuskeln sehen aus wie flache Steine unter der Haut. Sie lässt die schwarzen Shorts zu Boden gleiten, aber ich kann nicht sehen, was sie stattdessen überstreift; Bett und Blickwinkel verhindern weitere Einblicke.

Gekleidet in eine cremefarbene Hose und einen Kaschmirpullover kehrt sie ins Wohnzimmer zurück und wirft ihre winzigen Shorts und den BH in die Sporttasche.

»Worüber sprachen wir?«

»Die Ehe. Sie sagten, Christine habe daran geglaubt.«

»Sie war Vortänzerin bei den Cheerleadern und hat auf jeder von uns geplanten Hochzeit geweint. Vollkommen fremde Menschen schlossen den Bund fürs Leben, und sie hatte die Taschen voller feuchter Tempos.«

»Hat sie deswegen Blissful gegründet?«

»Es war ihr Baby.«

»Wie lief das Geschäft?«

Sylvia lächelt trocken.

»Wie gesagt, Chris war zu weich. Die Leute verlangten Traumhochzeiten – mit allen Glöckchen und Schleifchen – und verweigerten oder verzögerten die Bezahlung. Chris war nicht hart genug.«

»Es gab finanzielle Probleme?«

Sie reckt die Arme über den Kopf. »Regen. Absagen. Ein Gerichtsverfahren. Es war keine gute Saison. Wir brauchen im Monat einen Umsatz von fünfzigtausend Pfund, um mit einer schwarzen Null abzuschließen. Eine Hochzeit kostet im Schnitt fünfzehntausend. Größere Aufträge waren selten.«

»Wie hoch waren Ihre Verluste?«

»Chris hat eine zweite Hypothek aufgenommen, als wir die Firma gegründet haben. Zurzeit ist das Konto um zwanzigtausend überzogen, und wir stehen mit mehr als zweihunderttausend in der Kreide.«

Sylvia rattert die Zahlen ohne erkennbare Regung herunter.

»Sie haben ein Gerichtsverfahren erwähnt.«

»Im Frühling hatten wir eine katastrophale Hochzeit. Nicht ganz einwandfreie Mayonnaise auf einem Fischbüffet. Lebensmittelvergiftung. Der Vater der Braut ist Anwalt und ein echter Wichser. Christine hat angeboten, die Rechnung zu zerreißen, aber er verlangt Schadensersatz.«

»Dagegen müssen Sie doch versichert sein.«

»Der Versicherer versucht, ein Schlupfloch zu finden. Möglicherweise geht die Sache vor Gericht.«

Sie nimmt eine Plastikflasche voll Wasser aus ihrer Sporttasche, trinkt einen Schluck und wischt sich die Lippen mit Daumen und Zeigefinger ab.

»Sie wirken nicht sehr beunruhigt, wenn ich das sagen darf.«

Sie lässt die Flasche sinken und sieht mich fest an.

»Das meiste Geld hat Chris eingebracht. Meine Beteiligung war minimal, und mein Mann ist sehr verständnisvoll.«

»Nachsichtig.«

»Das könnte man sagen.«

Die finanziellen und juristischen Probleme könnten erklären, was am Freitag geschehen ist. Vielleicht war die Person am Telefon jemand, dem Christine Wheeler Geld schuldete. Entweder das, oder sie hat die Hoffnung verloren und keinen Ausweg mehr gesehen. »War Christine der Typ, der Selbstmord begehen würde?«, frage ich.

Sylvia zuckt die Achseln. »Es heißt doch immer, dass die, die darüber reden, es nur selten wirklich tun – also, Chris hat nie darüber geredet. Sie war der positivste, fröhlichste, optimistischste Mensch, den ich je gekannt habe. Das ist mein Ernst. Und sie hat Darcy geliebt, über alle Maßen. Die Antwort lautet also: Nein – ich habe keine Ahnung, warum sie es getan hat. Ich schätze, sie ist einfach zusammengebrochen.«

»Was passiert jetzt mit der Firma?«

Wieder blickt sie auf ihre Uhr. »Seit einer Stunde gehört sie dem Konkursverwalter.«

»Sie machen dicht.«

»Was soll ich denn sonst machen?«

Sie zieht auf eine mühelos lässige Art, die nur Frauen beherrschen, die Beine an. Ich kann keinerlei Anzeichen von Bedauern oder Enttäuschung erkennen. Die gestählte Sylvia Furness ist innerlich ebenso hart wie äußerlich.

Darcy und Emma warten unten auf mich. Ich nehme Emma auf den Arm. »Wohin fahren wir?«, fragt Darcy.

»Zur Polizei.«

»Sie glauben mir.«

»Ich glaube dir.«

9

Detective Inspector Veronica Cray trägt weite Jeans, deren Beine in Gummistiefeln stecken, und ein Männerhemd mit geknöpften Brusttaschen, die beinahe waagerecht auf ihrem Busen liegen, als sie aus einer Scheune tritt.

»Sie haben mich beim Scheißeschippen erwischt«, sagt sie und lehnt sich an das schwere Tor, das auf rostigen Angeln nach innen schwingt. Sie klemmt ein Brett in die Lücke. Ich höre und rieche Pferde in ihren Boxen.

»Vielen Dank, dass Sie Zeit für mich haben.«

»Sie wollten also doch noch einen trinken«, sagt sie und wischt sich die Hände an den Hüften ab. »Ein perfekter Tag dafür. Mein freier Tag.«

Sie entdeckt Darcy auf dem Beifahrersitz meines Wagens und Emma, die mit dem Lenkrad spielt.

»Sie haben die Familie mitgebracht.«

»Das kleine Mädchen ist meins.«

»Und die andere?«

»Ist Christine Wheelers Tochter.«

Ihr Kopf schnellt in meine Richtung.

»Sie haben die Tochter gesucht?«

»Sie hat mich ausfindig gemacht.«

Ein Teil ihrer freundlichen Leutseligkeit ist Argwohn gewichen.

»Was um Himmels willen tun Sie da, Professor?«

»Christine Wheeler hat sich nicht selbst umgebracht.«

»Bei allem Respekt, ich denke, das sollten wir dem Gerichtsmediziner überlassen.«

»Sie haben sie gesehen. Sie war völlig verängstigt.«

»Vor dem Tod?«

»Vor dem Fall.«

»Sie stand am Rand einer Brücke, Herrgott noch mal.«

»Nein, Sie verstehen nicht.«

Ich werfe einen Blick zu Darcy, die müde, aber aufmerksam wirkt. Sie sollte wieder zur Schule gehen oder in der Obhut eines Verwandten sein. Wenn sie Verwandte hat.

Detective Inspector Cray atmet tief ein und seufzt aus voller Brust. Dann geht sie zum Wagen und hockt sich neben die offene Fahrertür.

»Bist du eine Fee?«, fragt sie Emma.

Emma schüttelt den Kopf.

»Eine Prinzessin?«

Erneutes Kopfschütteln.

»Dann musst du ein Engel sein. Freut mich, dich kennenzulernen. In meinem Beruf trifft man nicht viele Engel.«

»Bist du ein Mann oder eine Frau?«, fragt Emma.

Detective Inspector Cray lacht.

»Ich bin ganz Frau, Süße. Einhundert Prozent.«

Sie sieht Darcy an. »Das mit deiner Mutter tut mir sehr leid. Kann ich irgendetwas für dich tun?«

»Glauben Sie mir«, sagt sie leise.

»Normalerweise bin ich auch für ungewöhliche Ideen aufgeschlossen, aber in diesem Fall muss man mich vielleicht überzeugen. Wollen wir reingehen? Da ist es wärmer.«

Unter dem Türsturz muss ich den Kopf einziehen. DI Cray streift ihre Gummistiefel ab. Schlammbrocken fallen auf den Boden.

Sie wendet sich ab und geht den Flur hinunter.

»Ich dusche schnell, Professor. Setzen Sie die Mädchen vor den Kamin. Ich habe sechs verschiedene Sorten heißen Kakao und bin in der Stimmung, einen auszugeben.«

Emma und Darcy haben kein Wort mehr gesagt, seit sie aus dem Wagen gestiegen sind. Veronica Cray kann einen sprachlos machen. Sie ist unumstößlich. Unerschütterlich.

Ich höre das Wasser im Bad laufen, setze einen Kessel auf den AGA-Herd und durchsuche die Speisekammer. Darcy hat im Fernsehen einen Zeichentrickfilm für Emma gefunden. Ich habe ihr seit dem Frühstück außer Keksen und Bananen nichts mehr zu essen gegeben.

An einer Korkpinnwand hängt ein Kalender, in dem Termine von Futterlieferanten, Hufschmieden und Pferdeauktionen verzeichnet sind. Außerdem hängen offene Rechnungen und Memos an dem Brett. Ich schlendere ins Wohnzimmer und sehe mich nach Spuren eines Lebenspartners um. Auf dem Kaminsims und dem Kühlschrank stehen Fotos eines dunkelhaarigen jungen Mannes, vielleicht ein Sohn.

Normalerweise sehe ich mich nicht so unverhohlen in anderer Leute Privatsphäre um, aber Veronica Cray fasziniert mich. Sie wirkt, als hätte sie ein Leben lang dafür gekämpft, als die akzeptiert zu werden, die sie ist. Und jetzt fühlt sie sich wohl mit ihrem Körper, ihrer Sexualität und ihrem Leben.

Sie kommt, ein Handtuch um den Körper gewickelt und zwischen den Brüsten geknotet, aus dem Badezimmer und muss um mich herumgehen. Wir weichen beide in dieselbe Richtung aus und wieder zurück. Ich entschuldige mich und drücke mich an die Wand.

»Keine Angst, Professor, ich bin aufblasbar. Normalerweise habe ich Größe sechsunddreißig.«

Sie lacht. Ich bin der Einzige, der verlegen ist.

Sie schließt die Schlafzimmertür. Zehn Minuten später taucht sie in gebügeltem Hemd und Hose in der Küche auf. In ihrer Stachelfrisur glitzern Wassertropfen.

»Sie züchten Pferde.«

»Ich rette alte Springpferde vor dem Abdecker.«

»Was machen Sie mit ihnen?«

»Ich suche ein Zuhause für sie.«

»Meine Tochter Charlie möchte ein Pferd haben.«

»Wie alt ist sie?«

»Zwölf.«

»Ich kann ihr eins besorgen.«

Die Mädchen trinken Kakao. DI Cray bietet mir etwas Kräftigeres an, aber ich soll wegen meiner Medikamente eigentlich nicht mehr trinken. Stattdessen begnüge ich mich mit einem Kaffee.

»Wissen Sie eigentlich, was Sie da tun?«, fragt sie eher besorgt als wütend. »Die Mutter des armen Mädchens ist tot, und Sie schleppen sie in aussichtsloser Mission durch die Gegend.«

»Sie hat mich ausfindig gemacht. Sie ist aus dem Internat abgehauen.«

»Und Sie hätten sie postwendend dorthin zurückschicken sollen.«

»Und was ist, wenn sie recht hat?«

»Hat sie nicht.«

»Ich war in Christine Wheelers Haus. Ich habe mit ihrer Geschäftspartnerin gesprochen.«

»Und?«

»Sie hatte finanzielle Probleme, aber nichts deutet auf eine Frau am Rande des Nervenzusammenbruchs hin.«

»Selbstmord ist eine impulsive Tat.«

»Ja, aber die Leute entscheiden sich trotzdem für etwas, was zu ihnen passt, normalerweise etwas, was sie für kurz und schmerzlos halten.«

»Worauf wollen Sie hinaus?«

»Sie springen jedenfalls nicht von Brücken, wenn sie Höhenangst haben.«

»Wir haben sie beide springen sehen.«

»Ja.«

»Deshalb ist Ihre Argumentation sinnlos. Niemand hat sie gestoßen. Sie standen am nächsten. Haben Sie irgendjemanden gesehen? Oder glauben Sie, dass sie per Fernsteuerung ermordet wurde? Hypnose? Gedankenkontrolle?«

»Sie wollte nicht springen. Sie hat sich einfach ergeben. Sie hat ihre Kleider ausgezogen und einen Regenmantel angelegt. Sie hat keinen Abschiedsbrief hinterlassen. Sie hat weder ihre

Angelegenheiten geregelt noch ihre Besitztümer verteilt. Nichts an ihrem Verhalten war typisch für eine Frau, die sich umbringen will. Eine Frau mit Höhenangst springt nicht freiwillig von einer Brücke. Sie tut es nicht nackt. Sie beschmiert ihren Körper nicht mit Beleidigungen. Frauen ihres Alters sind sehr körperbewusst. Sie kleiden sich vorteilhaft.«

»Sie machen Ausflüchte, Professor. Die Lady ist gesprungen.«

»Sie hat mit jemandem telefoniert. Er könnte etwas zu ihr gesagt haben.«

»Vielleicht hat sie eine schlechte Nachricht erhalten: ein Todesfall in der Verwandtschaft oder eine schlimme Diagnose. Vielleicht hatte sie auch einfach einen Streit mit ihrem Freund, weil der sie abserviert hat.«

»Sie hatte keinen Freund.«

»Hat die Tochter Ihnen das erzählt?«

»Warum hat sich die Person am Telefon noch nicht gemeldet? Wenn eine Frau droht, von einer Brücke zu springen, ruft man doch die Polizei oder einen Krankenwagen.«

»Wahrscheinlich ist er verheiratet und will nicht in die Sache verwickelt werden.«

Es gelingt mir nicht, sie zu überzeugen. Ich habe eine Theorie, aber keine schlagenden Beweise, um sie zu belegen. Theorien erlangen die Beständigkeit von Tatsachen durch Beharrlichkeit und zunehmende Bedeutung. Das Gleiche gilt für Trugschlüsse. Dadurch werden sie aber nicht wahrer.

Veronica Cray starrt auf meinen linken Arm, der zu zucken begonnen hat und meine Schultern zittern lässt. Ich halte ihn fest.

»Wie kommen Sie darauf, dass Mrs. Wheeler Höhenangst hatte?«

»Darcy hat es mir erzählt.«

»Und Sie glauben ihr – einem minderjährigen Mädchen, das unter Schock steht, trauert und nicht verstehen kann, wie der wichtigste Mensch in seinem Leben es verlassen konnte ...«

»Hat die Polizei ihr Auto untersucht?«

»Der Wagen wurde sichergestellt.«

Das ist nicht das Gleiche, und sie weiß es.

»Wo ist der Wagen jetzt?«, frage ich.

»In der Polizeigarage.«

»Kann ich ihn sehen?«

»Nein.«

Sie weiß nicht, was ich im Sinn habe, aber was auch passiert, ich werde der Polizei zusätzliche Arbeit bereiten. Ich ziehe die offizielle Ermittlung in Zweifel.

»Es ist nicht mein Fall, Professor. Ich muss wirkliche Verbrechen aufklären. Es war ein Selbstmord. Tod durch Schwerkraft. Wir waren beide Zeugen. Selbstmorde sollen keinen Sinn ergeben, weil sie sinnlos sind. Und ich sage Ihnen noch etwas, die meisten Menschen hinterlassen auch keinen Abschiedsbrief. Sie drehen einfach durch und lassen alle ratlos zurück.«

»Es gab keinerlei Anzeichen dafür, dass sie –«

»Lassen Sie mich ausreden«, herrscht sie mich an. Meine Haut kribbelt vor Betretenheit. »Schauen Sie sich an, Professor. Sie leiden unter einer Krankheit. Wachen Sie jeden Morgen auf und denken: Wow, ist das Leben nicht wunderbar? Oder betrachten Sie an manchen Tagen Ihre zitternden Gliedmaßen, überlegen, was vor Ihnen liegt, und denken nur einen Moment, eine flüchtige Sekunde lang an einen Ausweg?«

Sie lehnt sich auf ihrem Stuhl zurück und starrt an die Decke. »Das tun wir alle. Wir tragen unsere Vergangenheit mit uns herum – die Fehler, die Traurigkeit. Sie sagen, Christine Wheeler wäre eine Optimistin gewesen. Sie hat ihre Tochter geliebt. Sie hat ihren Beruf geliebt. Aber Sie kennen sie eigentlich gar nicht. Vielleicht hat ihr irgendwas an all den Hochzeiten zugesetzt. All die Märchen, weißen Kleider und Blumen, all die Jaworte. Vielleicht hat es sie an ihre eigene Hochzeit erinnert und daran, dass sie nicht an ihre Fantasien herangereicht hat. Ihr Mann hat sie verlassen. Sie hat allein ein Kind großgezogen. Ich weiß es nicht. Niemand weiß es.«

DI Cray dreht den Kopf von einer Seite zur anderen und dehnt ihre Halsmuskeln. Sie ist noch nicht fertig.

»Sie haben Schuldgefühle. Das verstehe ich. Sie denken, Sie hätten sie retten sollen, aber was auf dieser Brücke geschehen ist, ist nicht Ihre Schuld. Sie haben getan, was Sie konnten. Und dafür sind Ihnen die Leute dankbar. Bringen Sie Darcy zurück zu ihrem Internat. Fahren Sie nach Hause. Es ist nicht mehr Ihre Sache.«

»Und wenn ich Ihnen erzählen würde, dass ich etwas gehört habe?«, entgegne ich.

Sie stutzt und mustert mich argwöhnisch.

»Was haben Sie gehört?«

»Ein Wort.«

»Welches?«

»Spring!«

Ich beobachte die subtile Veränderung in ihrem Verhalten. Detective Inspector Cray scheint durch ein einziges Wort ein wenig geschrumpft. Sie betrachtet ihre großen, quadratischen Hände, bevor sie mich ohne jede Verlegenheit wieder direkt ansieht. Sie will diesen Fall nicht weiterverfolgen.

»Sie glauben, Sie hätten es gehört?«

»Ja.«

»Nun, ich denke, dann sollten Sie das dem Coroner erzählen. Ich bin sicher, er wird hocherfreut sein, das zu hören. Wer weiß, vielleicht überzeugen Sie ihn, aber daran habe ich ernste Zweifel. Mir ist es egal, ob Gott persönlich am anderen Ende dieser Telefonverbindung war, man kann jemanden nicht zwingen zu springen – jedenfalls nicht auf diese Weise.«

Die Scheinwerfer eines entgegenkommenden Wagens erleuchten einen Moment das Wageninnere und verschwinden dann in der Dunkelheit.

Darcy hebt den Blick zur Windschutzscheibe.

»Diese Polizistin wird uns nicht helfen, oder?«

»Nein.«

»Sie geben also auf.«

»Was erwartest du von mir, Darcy? Ich bin kein Polizist. Ich kann sie nicht zwingen zu ermitteln.«

Sie wendet sich ab und zieht die Schultern hoch, als wolle sie ihre Ohren vor weiteren Worten schützen. Wir fahren eine Meile schweigend.

»Wohin fahren wir?«

»Ich bringe dich zurück zu deinem Internat.«

»Nein!«

Die Aggressivität in ihrer Stimme überrascht mich. Emma zuckt zusammen und blickt vom Rücksitz zu uns.

»Ich gehe nicht zurück.«

»Hör mal, Darcy, ich weiß, dass du sehr selbstbewusst bist, aber ich glaube nicht, dass du schon vollkommen begriffen hast, was geschehen ist. Deine Mutter kommt nicht zurück. Und du bist nicht plötzlich erwachsen, bloß weil sie nicht mehr da ist.«

»Ich bin alt genug, selbst zu entscheiden.«

»Du kannst nicht nach Hause zurückkehren – nicht allein.«

»Dann bleibe ich in einem Hotel.«

»Und wie willst du das bezahlen?«

»Ich habe Geld.«

»Du musst doch noch andere Verwandte haben.«

Sie schüttelt den Kopf.

»Was ist mit Großeltern?«

»Mangelware.«

»Was soll das heißen?«

»Einer ist noch übrig, und der sabbert. Er lebt in einem Pflegeheim.«

»Gibt es sonst noch jemanden?«

»Eine Tante. Sie lebt in Spanien. Mums ältere Schwester. Sie leitet einen Gnadenhof für Esel. Ich glaube jedenfalls, dass es Esel sind. Es könnten auch Mulis sein. Ich kenne den Unterschied nicht. Meine Mum hat gesagt, sie wäre eine Brigitte Bardot für Arme, wer immer das ist.«

»Ein Filmstar.«

»Egal.«

»Wir rufen deine Tante an.«

»Ich will nicht mit Eseln zusammenleben.«

Es muss doch noch andere Möglichkeiten, andere Namen geben. Ihre Mutter hatte Freundinnen. Eine von ihnen kann sich bestimmt ein paar Tage um Darcy kümmern. Darcy weiß ihre Telefonnummern nicht. Sie versucht nicht einmal, hilfsbereit zu sein.

»Ich könnte bei Ihnen bleiben«, sagt sie und drückt ihre Zunge von innen gegen die Wange, als würde sie ein Bonbon lutschen.

»Ich glaube nicht, dass das eine gute Idee ist.«

»Warum nicht? Ihr Haus ist groß genug. Sie suchen ein Kindermädchen. Ich könnte Ihnen helfen, auf Emma aufzupassen. Sie mag mich …«

»Ich kann nicht erlauben, dass du bei uns bleibst.«

»Warum nicht?«

»Weil du sechzehn bist und in der Schule sein solltest.«

Sie greift nach ihrer Tasche auf dem Rücksitz. »Halten Sie an. Lassen Sie mich hier raus.«

»Das kann ich nicht.«

Das Seitenfenster gleitet auf elektronischen Druck nach unten.

»Was machst du da?«

»Ich werde Vergewaltigung, Entführung oder so was schreien, bis Sie anhalten und mich aussteigen lassen. Ich gehe nicht zurück zur Schule.«

Emma unterbricht uns. »Kein Streit«, meldet sie sich vom Rücksitz.

»Wie bitte?«

»Kein Streit.«

Sie sieht uns streng an.

»Wir streiten nicht, Schätzchen«, erkläre ich. »Wir führen ein ernstes Gespräch.«

»Ich mag keinen Streit«, verkündet sie. »Streit ist doof.«

Darcy lacht und sieht mich trotzig an. Woher hat sie dieses Selbstbewusstsein? Woher hat sie diese Unerschrockenheit?

Am nächsten Kreisverkehr wende ich.

»Wohin fahren wir jetzt?«, fragt sie.

»Nach Hause.«

10

Wenn Darcy ein trauernder Ehemann oder ein Kumpel wäre, würden wir in die Kneipe gehen und uns sinnlos besaufen. Dann würden wir nach Hause torkeln, Sky Sports einschalten und irgendein obskures kanadisches Eishockeyspiel oder diese seltsame Sportart gucken, bei der man auf Skiern durch die Landschaft läuft und zwischendurch auf Zielscheiben schießt. Männer machen so was. Alkohol ist kein Ersatz für Tränen. Er nährt sie von innen, wo sie weniger öffentlich sind und keine Taschentücher feucht werden.

Mädchen im Teenageralter sind komplizierter. Das weiß ich aus meiner psychologischen Praxis. Sie sind eher geneigt, zu grübeln, nicht zu essen, depressiv oder verworren zu werden. Darcy ist ein einzigartiges Geschöpf. Sie plappert nicht wie Emma und Charlie. Sie benimmt sich so erwachsen; sie ist schlagfertig, schlau und keck, aber hinter all der gespielten Tapferkeit verbirgt sich ein verletztes Kind, das weniger über die Welt weiß als eine Blinde in einer Kunstgalerie.

Sobald das Geschirr weggeräumt war, ist sie in das Gästezimmer gegangen. Vor ein paar Minuten habe ich mein Ohr an die lackierte Holztür gelegt, und mir war, als hätte ich sie weinen hören, aber vielleicht habe ich mir das auch nur eingebildet.

Was soll ich machen? Ich kann wegen des Todes ihrer Mutter nicht ermitteln. Vielleicht hat DI Cray recht, und niemand wird die Wahrheit je erfahren.

Ich sitze im Arbeitszimmer, öffne die Hände und betrachte sie. Meine linke Hand zittert unkontrolliert, aber ich will heute nicht noch mehr Tabletten nehmen. Meine Dosis ist ohnehin schon zu hoch, und die Wirkung der Medikamente nimmt mit jedem Mal ab. Vincent Ruiz' Visitenkarte liegt vor mir auf der Schreibtischunterlage.

Ruiz ist ehemaliger Detective Inspector der London Metropolitan Police. Vor fünf Jahren hat er mich wegen Mordverdachts verhaftet, nachdem man eine frühere Patientin von mir am Ufer des Grand Union Canal erstochen aufgefunden hatte. Mein Name stand in ihrem Terminkalender. Es ist eine lange Geschichte. Bezeichnen wir sie als vergangen.

Seither ist Ruiz eine dieser Randfiguren geblieben, die in meinem Leben auftauchen und wieder verschwinden und das Grau ein wenig heller machen. Vor seiner Pensionierung hat er sich regelmäßig zum Abendessen eingeladen, mit Julianne geflirtet und mein Fachwissen für seine laufenden Mordermittlungen angezapft. Er hat die Mädchen gekitzelt, zu viel Wein getrunken und dann die Nacht auf dem Sofa verbracht.

Julianne hat eine Schwäche für Ruiz, die größer ist als die Leber dieses Mannes, was sowohl etwas über seine Trinkgewohnheiten als auch über ihr Talent sagt, Streuner anzuziehen.

Erst im dritten Anlauf schaffe ich es, Ruiz' Nummer einzutippen. Ich höre ein Freizeichen.

»Hallo, Vincent.«

»He, he, wenn das nicht mein Lieblingsseelenklempner ist.«

Er hat eine Stimme, die zu seinem Körper passt, innerlich hart und äußerlich weich und schwabbelig – Kieselsteine in einer Schleimhülle.

»Ich hab dich neulich abends in einer dieser Reality-Shows im Fernsehen gesehen«, sagt er. »Ich glaube, *News at Ten* hieß sie. Du hast eine Frau von einer Brücke geschubst.«

»Sie ist gesprungen.«

»Echt?« Er lacht. »Kein Wunder, dass du so viele Titel vor deinem Namen hast. Wie geht es deiner hinreißenden Frau?«

»Sie ist in Moskau.«

»Allein?«

»Mit ihrem Boss.«

»Warum kann ich nicht ihr Boss sein?«

»Weil du keine Ahnung von Investmentbanking hast und bei dem Begriff Expandieren wahrscheinlich zuerst daran denkst, dir deine Hose beim nächsten Mal eine Nummer weiter zu kaufen.«

»Das ist hart, aber wahr.«

Ich höre Eiswürfel in einem Glas klimpern.

»Hast du Lust, ein paar Tage in den Westen zu kommen?«

»Nö. Ich bin allergisch gegen Schafe.«

»Ich brauche deine Hilfe.«

»Sag doch gleich, was du meinst, Baby.«

Ich erzähle ihm von Christine Wheeler und beschreibe die letzten zwölf Stunden in Stichpunkten, wie sie für Expolizisten fast zur zweiten Sprache geworden sind. Ruiz weiß die Lücken zu füllen. Ohne dass ich DI Cray erwähnt habe, sagt er ihre Reaktion auf meine Bitte präzise voraus.

»Bist du dir deiner Sache sicher?«

»So sicher, wie ich es im Augenblick sein kann.«

»Was brauchst du?«

»Vor ihrem Sturz hat Christine Wheeler per Handy mit jemandem telefoniert. Ist es möglich, den Anruf zurückzuverfolgen?«

»Hat man das Handy gefunden?«

»Auf dem Grund des Avon.«

»Kennst du die Telefonnummer der Lady?«

»Darcy kennt sie.«

Er schweigt eine Weile. »Ich kenne jemanden, der für British Telecom arbeitet. Er ist Sicherheitsberater. Er war unser Ansprechpartner, wenn wir Telefone abgehört oder Anrufe zurückverfolgt haben – alles ganz legal, versteht sich.«

»Selbstredend.«

Ich höre, dass er sich Notizen macht. Ich sehe sogar das marmorierte Notizbuch vor mir, das von Visitenkarten und eingesteckten Zetteln überquillt und von einem Gummiband zusammengehalten wird.

Wieder klimpern Eiswürfel in einem Glas.

»Darf ich mit deiner Frau schlafen, wenn ich nach Somerset komme?«

»Nein.«

»Ich dachte, ihr Leute vom Land wärt so gastfreundlich.«

»Das Haus ist mehr oder weniger voll. Du kannst im Pub übernachten.«

»Na, das ist beinahe genauso gut.«

Ich beende den Anruf und lege Ruiz' Karte in eine Schublade. Es klopft. Charlie kommt herein, setzt sich seitwärts in einen absolut intakten Sessel und lässt die Beine über die Armlehne baumeln.

»Hi, Dad.«

»Hi.«

»Was gibt's?«

»Nichts Besonderes, und bei dir?«

»Ich schreibe morgen einen Geschichtstest.«

»Hast du gelernt?«

»Yep. Wusstest du, dass man den toten Pharaonen im alten Ägypten vor ihrer Einbalsamierung das Gehirn mit einem Haken aus dem linken Nasenloch gezogen hat?«

»Das wusste ich nicht.«

»Danach haben Sie die Leiche zum Austrocknen auf ein Salzbett gelegt.«

»Tatsächlich?«

»Ja.«

Charlie hat eine Frage, braucht jedoch noch Zeit, um sie zu formulieren. So ist sie, sehr präzise ohne Ohs und Ähs und lange Pausen.

»Warum ist sie hier?«

Sie meint Darcy.

»Irgendwo musste sie bleiben.«

»Weiß Mum es schon?«

»Noch nicht.«

»Was soll ich ihr sagen, wenn sie anruft?«

»Überlass das mir.«

Charlie starrt auf ihre Knie. Sie denkt viel intensiver über die Dinge nach, als ich es meiner Erinnerung nach je getan habe. Manchmal grübelt sie tagelang, entwickelt eine Theorie oder Meinung, die sie aus heiterem Himmel zum Besten gibt, nachdem alle längst nicht mehr daran denken oder die ursprüngliche Diskussion komplett vergessen haben.

»Die Frau in den Nachrichten neulich, die gesprungen ist.«

»Was ist mit ihr?«

»Das war Darcys Mum.«

»Ja.«

»Sollte ich irgendwas zu ihr sagen? Ich meine, ich weiß nicht, ob ich das Thema ganz vermeiden und so tun soll, als ob alles in Ordnung wäre.«

»Wenn Darcy nicht darüber reden will, wird sie es dir sagen.«

Charlie nickt. »Gibt es eine Beerdigung oder so?«

»In ein paar Tagen.«

»Wo ist ihre Mum jetzt?«

»In der Leichenhalle. Das ist ein Ort, wo …«

»Ich weiß«, unterbricht sie mich und klingt sehr erwachsen. Wieder entsteht eine längere Pause. »Hast du Darcys Turnschuhe gesehen?«

»Was ist damit?«

»Genau solche will ich auch haben.«

»Okay. Sonst noch was?«

»Nee.«

Charlie wirft den Pferdeschwanz über eine Schulter und marschiert schnurstracks hinaus.

Ich bleibe allein zurück mit einem Stapel von Rechnungen, die sortiert, bezahlt oder abgeheftet werden müssen. Julianne hat die Quittungen von ihrer Arbeit in einem Umschlag gebündelt.

Als ich die Schublade zuschiebe, fällt mir ein zerknüllter Beleg auf dem Boden ins Auge. Ich hebe ihn auf und streiche ihn auf der Schreibtischunterlage glatt. Zuoberst steht in kunstvoller Schrift der Name des Hotels. Es ist die Rechnung für ein vom Zimmer-Service gebrachtes Frühstück inklusive Champagner, Eiern, Speck, Obst und Pasteten. Julianne hat sich richtig was gegönnt. Normalerweise isst sie nur Müsli oder Obstsalat.

Ich knülle die Rechnung wieder zusammen und will sie wegwerfen. Ich weiß nicht, was mich davon abhält – ein Fragezeichen, ein Anflug von Unbehagen. Das Gefühl zerstreut sich und verfliegt. Draußen ist es zu still. Ich will mich nicht selber denken hören.

11

Um ein Schloss zu knacken, braucht man größtes Fingerspitzengefühl und ein feines Ohr. Zuerst stelle ich mir den Mechanismus bildhaft vor und konzentriere meine Gedanken darauf. Alle Sinne sind wichtig – nicht nur Hören und Tasten. Man muss sehen, um Modell und Bauart zu identifizieren, riechen, um festzustellen, ob es kürzlich geschmiert wurde, schmecken, um festzustellen, womit.

Jedes Schloss hat eine Persönlichkeit. Zeit und Wetter verändern seine Eigenschaften. Temperatur. Feuchtigkeit. Kondensation. Wenn ich den Dietrich hineingeschoben habe, schließe ich die Augen und taste. Fühle. Wenn der Dietrich über die Stifte gleitet, muss ich ein bestimmtes Maß an Druck ausüben, um den Widerstand zu testen. Das erfordert Sensibilität, Geschicklichkeit, Konzentration und analytisches Denken. Alles ist im Fluss – aber es gibt Regeln.

Dieses Schloss ist ein Hochsicherheitsschloss nach DIN-Norm. Es hat sechs Stifte, einige von ihnen pilzförmig. Das Profil des Schlüsselzylinders ist parazentrisch wie ein missgebildeter Blitz. Versicherer geben die Zeit, die man im Durchschnitt braucht, um es zu knacken, wegen des Schwierigkeitsgrads mit zwanzig Minuten an. Ich kann es in dreiundzwanzig Sekunden öffnen. Dafür braucht man Übung. Stunden. Tage. Wochen.

Ich kann mich noch daran erinnern, wie ich zum ersten Mal in ein Haus eingebrochen bin. Es war in Deutschland, in Osnabrück, etwa 90 km nördlich von Dortmund. Das Haus gehörte einem Kaplan der Army, der meine Frau seelsorgerisch betreut und sie besucht hat, während ich weg war. Ich habe seinen

Hund im Gefrierschrank, im Bad und in der Waschmaschine zurückgelassen.

Das zweite Gebäude, in das ich eingebrochen bin, war ein Club der Special Forces in Knightsbridge, ein paar Schritte vom Hinterausgang von Harrods entfernt. Kein Schild an der Fassade weist auf seine Existenz hin. Es ist ein privater Club für jetzige und ehemalige Mitglieder der Geheimdienste und des SAS. Aber ich kann kein Mitglied werden, weil meine Mission so geheim ist, dass kein Mensch je von mir gehört hat. Ich bin unberührbar. Unbenennbar.

Ich kann durch Wände gehen. Schlösser zerbröseln unter meinen Fingern. Für mich sind die verschiedenen Stifte wie unterschiedliche Töne mit ihrem jeweils eigenen Klang und Timbre. Hört ihr? Das war der Schlussakkord. Die Tür öffnet sich.

Ich betrete die Wohnung und gehe behutsam über die lackierten Holzdielen. Mein Werkzeug packe ich wieder ein. Was ich jetzt brauche, ist eine Taschenlampe.

Die Schlampe hat Geschmack, was nicht immer unbedingt mit Geld einhergeht. Keines ihrer Möbelstücke ist in einem flachen Pappkarton geliefert und mit Inbusschlüsseln zusammengeschraubt worden. Der Couchtisch ist aus gehämmertem Kupfer, und die Keramikschalen sind handbemalt.

Ich halte nach Telefonen Ausschau. In der Küche liegt ein Mobilteil, im Wohnzimmer und Schlafzimmer steht jeweils eine Aufladestation.

Ich arbeite mich von Zimmer zu Zimmer vor und skizziere im Kopf den Grundriss der Wohnung. Es gibt Briefe zu lesen, Rechnungen zu sortieren, Telefonnummern und Fotos zu betrachten. Neben dem Telefon lehnt eine Geburtstagseinladung.

Was finde ich noch? Hier ist ein knalliger Umschlag aus Glanzpapier – Du bist herzlich eingeladen zu einer »Hen's Party«. Ein Junggesellinnenabschied. Von Hand ist am unteren Rand hinzugefügt: Tanzschuhe mitbringen.

Die Wohnung hat drei Schlafzimmer. Das kleinste gehört

einem Kind. An der Wand hängen ein Coldplay-Poster und ein Harry-Potter-Kalender, daneben Pferdefotos und Schleifen von einem Pony Club. Ihr Schlafanzug liegt unter dem Kopfkissen. An einem Haken am Fensterbrett baumelt ein Kristall. Aus einer Truhe in der Ecke quellen Stofftiere.

Das Elternschlafzimmer hat ein eigenes angrenzendes Bad. Die Schubladen des Schminktischs sind vollgestopft mit Lippenstiften, Peeling-Lotionen, Nagellacken und Toilettenartikeln von Hotels und Fluglinien. In der untersten Schublade liegt ein Kosmetiktäschchen aus Kunstfell mit einem kleinen pinkfarbenen Vibrator und Handschellen.

Eine Veränderung des Luftdrucks lässt die Fensterscheiben klappern. Die Haustür ist aufgegangen und hat Zugluft im Treppenhaus erzeugt. Man hört Schritte. Einen Moment stehe ich mit gespitzten Ohren im Schlafzimmer. Schlüssel klimpern, bevor einer in den Zylinder geschoben und gedreht wird.

Die Wohnungstür geht auf und wieder zu. Ich spüre eine winzige Erschütterung unter meinen Füßen und höre ihre Stimmen. Mäntel werden ausgezogen und an Haken gehängt. Ein Wasserkessel wird gefüllt. Leises Lachen und der Duft von Essen steigt nach oben – irgendein asiatisches Imbissgericht mit Koriander und Koskosmilch. Ich höre, wie das Essen auf Teller gegeben und vor dem Fernseher verzehrt wird.

Anschließend wird das Geschirr abgeräumt. Jemand kommt nach oben. Ich ziehe mich rasch in einen Kleiderschrank zurück und verstecke mich hinter den Kleidern. Ich atme den Duft der Schlampe ein, verblasstes Parfüm und Schweiß.

Als Kind habe ich für mein Leben gern mit meinem Bruder Verstecken gespielt; diese Anspannung, die einem alle Eingeweide bis in die Eier zusammenzieht, die Furcht vor der Entdeckung. Manchmal habe ich mich zusammengerollt und versucht, nicht zu atmen, aber mein Bruder hat mich immer gefunden. Er sagte, er könne mich hören, weil ich mich zu sehr anstrengte, keinen *Mucks zu machen.*

Ein Schatten huscht an der Tür vorbei. Ich sehe die Schlampe in dem geneigten Spiegel. Sie geht auf die Toilette. Ihr Rock ist hochgeschoben, ihre Strumpfhose nach unten gerollt. Ihre Oberschenkel sind blass wie Kerzenwachs. Sie steht auf, betätigt die Spülung und dreht eine Pirouette zum Waschbecken, um sich im Spiegel zu betrachten. Sie zerrt an der Haut um ihre Augen und redet mit sich selbst. Ich kann nicht hören, was sie sagt. Sie wirft die Strumpfhose beiseite, hebt die Arme und lässt ein Nachthemd über ihre Schulter gleiten. Der Saum fällt bis zu ihren Knien.

Ihre Tochter ist in ihr Zimmer gegangen. Ich höre, wie eine Schultasche in die Ecke geworfen wird, bevor die Dusche läuft. Später kommt sie, um gute Nacht zu sagen. Küsschen in die Luft, eine Hand, die durch zerzaustes Haar streicht. Träum süß.

Ich bin allein mit der Schlampe. Es ist kein Mann im Haus. Er ist vertrieben worden, verstoßen, abgelegt, entrechtet; der König ist tot, lang lebe die Königin!

Sie hat den Fernseher angemacht und zappt sich im Bett liegend von Sender zu Sender, der Widerschein des Bildschirms erscheint als helles Rechteck in ihren Augen. Sie sieht gar nicht richtig hin, sondern greift stattdessen zu einem Buch. Spürt sie, dass ich da bin? Ein ahnungsvolles Schaudern oder Unbehagen wie bei einem Gespenst, das Fußspuren auf ihrem Grab hinterlässt?

Es ist meine Stimme, die sie hören wird, wenn sie stirbt. Meine Worte. Ich werde sie fragen, ob sie Angst hat. Ich werde ihre Seele aufbrechen. Ich werde ihr Herz stillstehen lassen. Ich werde sie am Boden zerschmettern und mich an ihrem blutigen Mund laben.

Wann?

Bald.

12

Heute Morgen wollen sich meine Beine nicht bewegen. Es bedarf strenger Worte und starker Willenskraft, um sie aus dem Bett zu hieven. Ich stehe auf und ziehe einen Bademantel an. Es ist schon nach sieben. Charlie müsste mittlerweile aufgestanden sein. Sie kommt zu spät zur Schule. Ich rufe nach ihr. Niemand antwortet.

Die Kinderzimmer sind leer. Ich gehe nach unten. Auf dem Küchentisch stehen zwei frisch benutzte Müslischalen. Keiner hat die Milch zurück in den Kühlschrank gestellt.

Das Telefon klingelt. Es ist Julianne.

»Hallo.«

Einen Moment herrscht Schweigen.

»Hi. Wie geht es dir?«

»Gut. Wie ist Rom?«

»Ich bin in Moskau. Rom war letzte Woche.«

»Ah, stimmt.«

»Alles okay bei dir?«

»Alles gut. Ich bin gerade aufgewacht.«

»Wie geht es meinen wunderschönen Mädchen?«

»Ausgezeichnet.«

»Wie kommt es, dass sie, wenn ich da bin, absolut scheußlich sein können, aber bei dir immer so gut gelaunt sind?«

»Ich besteche sie.«

»Stimmt. Hast du ein Kindermädchen gefunden?«

»Noch nicht.«

»Was ist passiert?«

»Ich führe immer noch Gespräche mit Bewerberinnen. Ich suche nach Mutter Teresa.«

»Du weißt, dass die tot ist.«

»Wir wär's mit der Schauspielerin Scarlett Johansson?«

»Scarlett Johansson wird nicht auf unsere Kinder aufpassen.«

»Und wer ist jetzt wählerisch?«

Sie lacht. »Kann ich mit Emma sprechen?«

»Die ist gerade nicht hier.«

»Wo ist sie denn?«

Ich blicke zu der offenen Tür und höre das Rascheln meines eigenen Atems in der Sprechmuschel. »Im Garten.«

»Dann hat es wohl aufgehört zu regnen.«

»Hmhm. Wie ist die Reise?«

»Anstrengend. Die Russen halten uns hin. Sie wollen einen besseren Deal.«

Ich stehe am Waschbecken und gucke aus dem Fenster. Die untere Hälfte der Scheiben ist beschlagen, die obere rahmt einen blauen Himmel.

»Bist du sicher, dass alles in Ordnung ist?«, fragt sie. »Du klingst sehr seltsam.«

»Mit geht es gut. Ich vermisse dich.«

»Ich vermisse dich auch. Ich muss Schluss machen. Tschüss.«

»Tschüss.«

Ich höre ein Klicken. Wie auf ein Stichwort kommt in diesem Moment Emma durch die Hintertür gehüpft, gefolgt von Darcy. Das Mädchen schnappt sich die Kleine und drückt sie fest an sich. Beide lachen.

Darcy trägt ein Kleid von Julianne. Sie muss es im Bügelkorb gefunden haben. Im Gegenlicht zeichnet sich ihr Körper unter dem Stoff ab. Teenager spüren die Kälte nicht.

»Wo seid ihr gewesen?«

»Wir waren spazieren«, sagt sie abwehrend. Emma streckt die Arme zu mir aus, und ich hebe sie hoch.

»Wo ist Charlie?«

»Auf dem Weg zur Schule. Ich habe sie zur Bushaltestelle gebracht.«

»Du hättest mir Bescheid sagen müssen.«

»Sie haben geschlafen.« Sie gibt mir von der Seite einen sanften Stoß mit der Hüfte und nimmt die Müslischale.

»Dann hättest du eine Nachricht hinterlassen sollen.«

Sie lässt Spülwasser einlaufen. Erst jetzt bemerkt sie, dass mein Arm zuckt und mein Bein solidarisch mitkrampft.

»Was ist das für ein Zittern?«

»Ich habe Parkinson.«

»Was ist das?«

»Es ist eine fortschreitende, degenerative neurologische Störung.«

Darcy streift sich einen BH-Träger über die Schulter. »Ist es ansteckend?«

»Nein. Ich zittere. Ich nehme Tabletten.«

»Das ist alles?«

»So ziemlich.«

»Meine Freundin Jasmine hatte Krebs. Sie musste eine Knochenmarkstransplantation machen. Ohne Haare sah sie irgendwie cool aus. Ich glaube nicht, dass ich das gekonnt hätte. Ich würde lieber sterben.«

In diesem letzten Satz liegt die ganze rücksichtslose Übertreibung der Jugend. Nur Teenager können aus Pickeln Katastrophen und aus Leukämie eine modische Verlegenheit machen.

»Heute Nachmittag spreche ich mit der Direktorin deiner Schule …«

Darcy öffnet den Mund zum Protest, aber ich schneide ihr das Wort ab. »Ich werde ihr sagen, dass du der Schule ein paar Tage fernbleiben wirst – bis zur Beerdigung, oder bis wir entschieden haben, was du machen willst. Sie wird Fragen stellen und wissen wollen, wer ich bin.«

Darcy antwortet nicht, sondern wendet sich wieder dem Abwasch zu.

Mein Arm zittert. Ich muss duschen und mich anziehen. Auf der Treppe höre ich ihre abschließende Bemerkung.

»Vergessen Sie nicht, Ihre Tabletten zu nehmen.«

Ruiz kommt um kurz nach elf. Sein alter forstgrüner Mercedes ist an den Stoßstangen und Türen schlammbespritzt. Es ist die Sorte Wagen, die nach Inkrafttreten der neuen Schadstoffnorm verboten werden wird, weil mit jeder Tankfüllung ganze Pazifikatolle verschwinden.

Ruiz hat zugenommen, seit er im Ruhestand ist, und sich die Haare bis über die Ohren wachsen lassen. Ich kann nicht sagen, ob er zufrieden ist. Glück ist etwas, das ich nicht mit Ruiz assoziiere. Er stellt sich der Welt entgegen wie ein Sumoringer, der sich auf die Schenkel klopft und sein massiges Gewicht in den Kampf wirft.

Zerknittert und abgehärmt wie eh und je gibt er mir einen Knochen zermalmenden Händedruck. Nach wie vor kein Anflug von Zittrigkeit. Ich beneide ihn.

»Danke, dass du gekommen bist«, sage ich.

»Wofür hat man Freunde?«

Das meint er ganz ohne Ironie.

Darcy steht am Tor und sieht in dem Kleid aus wie ein Elfenmädchen. Bevor ich sie Ruiz vorstellen kann, hält er sie für Charlie, packt sie an der Hüfte und wirbelt sie herum.

Sie wehrt sich. »Lassen Sie mich los, Sie alter Bock!«

Ruiz setzt sie abrupt ab und sieht mich an.

»Du hast gesagt, Charlie wäre gewachsen.«

»So viel nun auch nicht.«

Ich weiß nicht, ob es ihm peinlich ist. Woran erkennt man das? Darcy zupft an ihrem Kleid und streicht sich eine Haarsträhne aus den Augen.

Ruiz lächelt und verbeugt sich knapp. »Nichts für ungut, Miss. Ich habe Sie für eine Prinzessin gehalten. Ich kenne ein paar, die hier in der Gegend wohnen. In ihrer Freizeit verwandeln sie Frösche in Prinzen.«

Darcy sieht mich verwirrt an, hat das Kompliment jedoch nicht überhört. Die leichte Röte in ihrem Gesicht ist jedenfalls nicht auf die Kälte zurückzuführen. Derweil kommt Emma den Weg heruntergerannt und wirft sich in Ruiz' Arme. Er hält sie hoch in die Luft und sieht sie an, als würde er schätzen, wie weit er sie werfen könnte. Emma nennt ihn Dooda. Ich habe keine Ahnung, warum. Seit sie sprechen kann, hat sie ihn bei jedem seiner Besuche so angeredet. Und auch wenn sie sonst gegenüber Erwachsenen eher schüchtern ist, war das mit Ruiz nie ein Problem.

»Wir müssen los«, sagt er. »Ich habe vielleicht jemanden gefunden, der uns helfen kann.«

Darcy sieht mich an. »Kann ich mitkommen?«

»Du musst auf Emma aufpassen. Nur für ein paar Stunden.«

Ruiz ist schon beim Wagen. An der Beifahrertür bleibe ich noch einmal stehen und sehe mich zu Darcy um. Obwohl ich das Mädchen kaum kenne, vertraue ich ihr meine jüngste Tochter an. Julianne hätte bestimmt einiges dazu zu sagen. Dieses Detail erzähle ich ihr wohl lieber nicht.

Wir fahren über die Küstenstraße nach Portishead Richtung Bristol, vorbei an der Severn-Mündung. Die über den Dächern kreisenden Möwen stemmen sich gegen den böigen Wind.

»Sie ist ein hübsches Ding«, sagt Ruiz und lässt die Finger über das Lenkrad baumeln. »Wohnt sie bei dir?«

»Für ein paar Tage.«

»Was sagt Julianne dazu?«

»Ich habe es ihr noch nicht erzählt.«

Seine Miene zeigt keine Regung. »Glaubst du, dass Darcy dir alles erzählt – über ihre Mutter?«

»Ich glaube nicht, dass sie lügt.« Wir wissen beide, dass das nicht das Gleiche ist.

Ich berichte ihm die Einzelheiten des vergangenen Freitags, schildere ihm Christine Wheelers letzte Augenblicke auf der Brücke, erzähle von ihrer Kleidung, die in ihrem Haus neben dem Telefon auf dem Fußboden lag, und einer Nachricht, die sie möglicherweise, auf den Couchtisch gestützt, mit Lippenstift geschrieben hat.

»Hatte sie einen Freund?«

»Nein.«

»Und finanzielle Probleme?«

»Ja, aber sie hat sich deswegen offenbar keine allzu großen Sorgen gemacht.«

»Du meinst also, Sie wäre bedroht worden?«

»Ja.«

»Wie?«

»Ich weiß es nicht. Erpressung, Einschüchterung … Sie hatte panische Angst.«

»Warum hat sie nicht die Polizei angerufen?«

»Vielleicht konnte sie das nicht.«

Wir biegen in ein neues Gewerbegebiet voller Bürogebäude aus Metall und Glas ab. Der graue Asphalt der Straßen wirkt inmitten der frisch angelegten Blumenbeete besonders kahl.

Ruiz fährt auf einen Parkplatz. Auf einem einzelnen Schild neben der Klingel des Gebäudes steht *Fastnet Telecommunications*. Die Empfangssekretärin ist kaum zwanzig mit einem knielangen, engen Rock, einer weißen Bluse und noch weißeren Zähnen. Nicht einmal Ruiz' Anblick kann ihr einnehmendes Lächeln erschüttern.

»Wir möchten zu Oliver Rabb.«

»Bitte nehmen Sie Platz.«

Ruiz zieht es vor stehen zu bleiben. An der Wand hängen Poster von schönen jungen Menschen, die mit Designer-Handys telefonieren, die ihnen augenscheinlich viel Glück, Wohlstand und heiße Dates bescheren.

»Stell dir vor, das Mobiltelefon wäre früher erfunden worden«, sagt Ruiz. »Dann hätte General Custer die Kavallerie anrufen können.«

»Und der Freiheitskämpfer Paul Revere hätte sich einen langen Ritt erspart.«

»Nelson hätte vom Kap Trafalgar eine SMS schicken können.«

»Mit welchem Inhalt?«

»Schaffe es nicht zum Abendessen.«

Die Empfangssekretärin ist zurück und führt uns in einen Raum mit etlichen Bildschirmen und Regalen mit Software-Handbüchern. Er verströmt den Geruch von neuen Computern, gepresstem Plastik, Lösungsmitteln und Klebstoff.

»Was macht dieser Oliver Rabb?«, frage ich.

»Er ist Telekommunikationstechniker – der beste, sagt mein Kumpel bei der British Telecom. Manche Typen reparieren Telefone. Er repariert Satelliten.«

»Kann er Christine Wheelers letzten Anruf zurückverfolgen?«

»Das werden wir ihn fragen.«

Oliver Rabb schleicht sich beinahe ins Zimmer. Unvermittelt tritt er durch eine zweite Tür. Er ist hochgewachsen, mit Glatze, großen Händen und leicht gebeugt, sodass er beim Nicken und Händeschütteln zur Begrüßung die Krone seines Kopfes präsentiert. Als routinierter Beobachter von Ticks und Marotten glaube ich, dass er der Typ ist, der eine Fliege oder Hosenträger nicht aus modischen Gründen trägt, sondern einfach weil er sie praktisch findet.

»Fragen Sie los, fragen Sie los«, fordert er uns auf.

»Wir suchen eingehende Anrufe für eine Mobilfunknummer«, erklärt Ruiz.

»Ist das eine offizielle Ermittlung?«

»Wir unterstützen die Polizei.«

Ich frage mich, ob Ruiz so gut lügen kann, weil er in seinem Leben so vielen Lügnern begegnet ist.

Oliver hat sich in den Computer eingeloggt und gibt nacheinander eine Reihe von Passwörtern ein, bevor er Christine Wheelers Handynummer eintippt. »Es ist erstaunlich, wie viel man über einen Menschen erfahren kann, indem man sich seine Telefondaten anschaut«, sagt er und überfliegt den Bildschirm. »Vor ein paar Jahren hat ein Student am Massachusetts Institute of Technology für eine Doktorarbeit einhundert kostenlose Mobiltelefone an Studenten und Angestellte verteilt, neun Monate lang ihre Anrufe überwacht und dreihundertfünfzigtausend Stunden Datenmaterial gesammelt. Dabei hat er nicht die eigentlichen Gespräche belauscht, sondern nur die gewählten Nummern, Zeit und Dauer des Gesprächs sowie den Standpunkt der Anrufer protokolliert.

Aber als er fertig war, wusste er sehr viel mehr. Er wusste, wie lange eine Person schlief, wann sie aufwachte und zur Arbeit ging, wo sie einkaufte, er kannte ihre besten Freunde, Lieblingsrestaurants, Stammkneipen und Urlaubsziele. Er wusste, wer Kollege und wer Lebenspartner war. Und er konnte mit fünfundachtzigprozentiger Genauigkeit voraussagen, was die Leute als Nächstes tun würden.«

Ruiz dreht sich zu mir um. »Hört sich nach deinem Gebiet an, Professor. Wie oft liegst du richtig?«

»Ich habe es mit den Abweichungen zu tun, nicht mit dem Durchschnitt.«

»Da hast du auch wieder recht.«

Der Bildschirm baut sich mit den Details von Christine Wheelers Mobiltelefonkonto und dem Einzelverbindungsprotokoll neu auf.

»Das sind die Anrufe der letzten Monate.«

»Was ist mit Freitagnachmittag?«

»Wo hat sie sich aufgehalten?«

»Auf der Clifton Suspension Bridge – gegen fünf.«

Oliver startet eine neue Suche. Der Monitor wird von einer Welle von Zahlen überschwemmt, die offenbar von einem blinkenden Cursor abgelesen werden. Die Suche bleibt ergebnislos.

»Das verstehe ich nicht«, sage ich. »Sie hat per Handy telefoniert, als sie gesprungen ist.«

»Vielleicht hat sie Selbstgespräche geführt«, erwidert Oliver.

»Nein. Ich habe eine zweite Stimme gehört.«

»Dann muss sie ein anderes Telefon benutzt haben.«

Meine Gedanken kreisen um weitere Möglichkeiten. Woher hatte sie ein zweites Handy? Warum hat sie die Telefone gewechselt?

»Könnte ein Datenfehler vorliegen?«, fragt Ruiz.

Die bloße Andeutung empört Oliver. »Meiner Erfahrung nach sind Computer verlässlicher als Menschen.« Er streicht über die Oberkante des Monitors, als hätte er Angst, die Gefühle des empfindsamen Geräts könnten verletzt worden sein.

»Erklären Sie mir noch einmal, wie das System funktioniert«, bitte ich ihn.

Die Frage freut ihn sichtlich. »Ein Mobiltelefon ist ein komplizierteres Funkgerät, wie ein Walkie-Talkie, aber während Letzteres nur gut eineinhalb Kilometer und ein CB-Funk-Gerät etwa acht Kilometer weit senden kann, ist der Radius eines Mobiltelefons gewaltig, weil es von Sendemast zu Sendemast springen kann, ohne das Signal zu verlieren.«

Er streckt seine Hand aus. »Zeigen Sie mir Ihr Handy.«

Ich gebe es ihm.

»Jedes Mobiltelefon hat eine zweifache Kennung. Die MIN, die Mobile Identification Number, wird von dem Mobilfunkprovider zugeteilt und entspricht einer siebenstelligen Festnetznummer mit dreistelliger Vorwahl. Die elektronische Seriennummer (ESN) ist eine zweiunddreißigstellige binäre Nummer, die durch den Hersteller festgelegt wird und nicht verändert werden kann.

Wenn Sie auf Ihrem Handy angerufen werden, ist ein Signal im Mobilfunknetz unterwegs, bis es eine Basisstation in Ihrer Nähe erreicht.«

»Eine Basisstation?«

»Ein Telefonmast. Sie haben sie vielleicht schon auf hohen Gebäuden oder Bergen gesehen. Der Mast sendet Funkwellen, die von Ihrem Mobiltelefon empfangen werden. Außerdem bekommen Sie einen Kanal für jedes Telefonat zugeteilt, damit Sie nicht unvermittelt in einer Party-Line landen.«

Oliver tippt weiter. »Jeder abgehende oder ankommende Anruf hinterlässt ein digitales Protokoll wie eine Spur von Brotkrumen.«

Er zeigt auf ein rotes Dreieck auf dem Bildschirm.

»Laut Einzelverbindungsprotokoll wurde Mrs. Wheelers Mobiltelefon zum letzten Mal am Freitagmittag um 12.26 Uhr angerufen. Der Anruf lief über einen Mast in der Upper Bristol Road. Das ist auf den Albion Buildings.«

»Das ist nicht weit von ihrem Haus entfernt«, stelle ich fest.

»Wahrscheinlich der nächste Mast.«

Ruiz späht ihm über die Schulter. »Kann man auch sehen, wer sie angerufen hat?«

»Der Anruf kam von einem anderen Handy.«

»Und wer ist der Besitzer?«

»Für derartige Informationen brauchen Sie eine richterliche Genehmigung.«

»Ich sag es keinem weiter«, erwidert Ruiz und klingt wie ein Schuljunge vor einem verstohlenen Kuss hinter dem Fahrradschuppen.

»Wann endete das Gespräch?«

Oliver wendet sich wieder dem Bildschirm zu und ruft eine neue, mit Zahlen bedeckte Karte auf. »Das ist interessant. Die Signalstärke hat abgenommen. Sie muss sich bewegt haben.«

»Woher wissen Sie das?«

»Diese roten Dreiecke bezeichnen die Position der Mobilfunkmasten. In bebauten Gegenden stehen sie normalerweise etwa drei Kilometer voneinander entfernt, aber auf dem Land können es auch schon mal bis zu fünfunddreißig Kilometer werden.

Je weiter man sich von einem Mast entfernt, desto schwächer wird das Signal. Die nächste Basisstation – der Mast, auf den man sich zu bewegt – registriert das stärker werdende Signal. Die beiden Basisstationen koordinieren sich, und der Anruf wird an den neuen Mast übergeben. Das passiert so schnell, dass wir es kaum mitbekommen.«

»Christine Wheeler hat also noch über ihr Handy telefoniert, als sie ihr Haus verlassen hat?«

»Sieht so aus.«

»Können Sie uns sagen, wohin sie gegangen ist?«

»Wenn Sie mir genug Zeit lassen. Brotkrumen, wie gesagt. Es könnte ein paar Tage dauern.«

Ruiz hat ein plötzliches Interesse für die Technik entwickelt. Er hat sich einen Stuhl herangezogen und starrt auf den Bildschirm.

»Uns fehlen drei Stunden. Vielleicht können wir herausfinden, wohin Christine Wheeler gegangen ist.«

»Solange sie ihr Mobiltelefon bei sich hatte«, erwidert Oliver. »Wenn ein Handy eingeschaltet ist, sendet es auf der Suche nach einer Basisstation in der Nähe kontinuierlich ein Kontrollsignal. Möglicherweise erreicht es dabei auch mehr als eine Basisstation, dann orientiert es sich nach dem stärksten Signal. Das ausgesendete Kontrollsignal ist eine kurze Nachricht von weniger als einer Viertelsekunde, die jedoch die MIN und die ESN eines Mobiltelefons enthält, den digitalen Fingerabdruck. Diese Information wird von der Basisstation gespeichert.«

»Das heißt, man kann jedes Handy orten?«

»Solange es eingeschaltet ist.«

»Wie präzise können Sie den Aufenthaltsort bestimmen? Können Sie den genauen Standpunkt orten?«

»Nein. Es ist nicht wie GPS. Der nächste Mast könnte Kilometer weit entfernt sein. Manchmal kann man das Signal von drei oder mehr Masten triangulieren, um eine genauere Positionsbestimmung zu erreichen.«

»Wie genau?«

»Bis auf die Straße, auf keinen Fall bis auf ein einzelnes Gebäude.« Mein fassungsloser Gesichtsausdruck lässt ihn schmunzeln. »Das ist etwas, was Ihr freundlicher Mobilfunkbetreiber ungern laut anpreist.«

»Die Polizei auch nicht«, fügt Ruiz hinzu, der begonnen hat, sich Notizen zu machen, und einzelne Punkte mit Kästchen und Kreisen markiert.

Wir wissen, dass Christine Wheeler irgendwann am Freitagnachmittag auf der Clifton Suspension Bridge angekommen ist. Irgendwann vorher hat sie aufgehört, ihr eigenes Handy zu benutzen und ein anderes genommen. Wann ist das geschehen und warum?

Oliver stößt sich am Tisch ab und rollt mit seinem Stuhl zu einem anderen Computer. Seine Finger fliegen über die Tastatur.

»Ich durchsuche alle Basisstationen in der Gegend. Wenn wir von fünf Uhr an chronologisch rückwärts gehen, finden wir vielleicht Mrs. Wheelers Handy.«

Er zeigt auf den Monitor. »Es gibt drei Basisstationen in der Nähe. Die nächste ist auf dem Sion Hill am Anfang der Queen Victoria Avenue. Der Mast steht auf dem Dach des Princes' Building. Der am zweitnächsten entfernte Mast befindet sich zweihundert Meter entfernt auf dem Dach der Clifton Library.«

Er gibt Christine Wheelers Handynummer in eine Suchmaske ein. Der Bildschirm baut sich erneut auf.

»Da!« Er weist auf ein Dreieck auf dem Monitor. »Sie war um 15.20 in der Gegend.«

»Hat sie da immer noch mit demselben Anrufer gesprochen?«

»Sieht so aus. Das Gespräch endete um 15.26 Uhr.«

Ruiz und ich sehen uns an. »Wie ist sie zu einem zweiten Handy gekommen?«, fragt er.

»Entweder hat es ihr jemand gegeben, oder sie hatte es bei sich. Darcy hat kein zweites Telefon erwähnt.«

Oliver hört mit und wird langsam in die Suche hineingezogen. »Warum interessieren Sie sich so für diese Frau?«

»Sie ist von der Clifton Suspension Bridge gesprungen.«

Er atmet langsam aus, wodurch sein Gesicht noch mehr an einen Totenschädel erinnert.

»Es muss doch eine Möglichkeit geben, das Gespräch auf der Brücke zurückzuverfolgen«, sagt Ruiz.

»Nicht ohne Nummer«, erwidert Oliver. »Über die nächstgelegene Basisstation liefen achttausend Anrufe pro Viertelstunde. Wenn wir die Suche nicht eingrenzen können ...«

»Was ist mit der Dauer? Christine Wheeler stand eine Stunde lang am Rand der Brücke und hat die ganze Zeit telefoniert.«

»Die Anrufe werden nicht nach Dauer protokolliert«, erklärt er. »Ich würde Tage brauchen, um sie einzeln zu überprüfen.«

Mir kommt eine andere Idee. »Wie viele Anrufe haben um Punkt 17.07 geendet?«

»Warum?«

»Da ist sie gesprungen.«

Oliver wendet sich wieder der Tastatur zu und startet eine erneute Suche. Auf dem Bildschirm rauscht ein rasender Strom von Zahlen vorbei, der zu einem schwarzweißen Wasserfall verschwimmt.

»Erstaunlich«, sagt Oliver und zeigt auf den Monitor. »Es gibt einen Anruf, der genau um 17.07 beendet wurde. Das Gespräch dauerte mehr als neunzig Minuten.«

Er fährt mit dem Finger an den Details entlang und stutzt.

»Was ist los?«, frage ich.

»Das ist eigenartig«, antwortet er. »Mrs. Wheeler hat mit einem anderen Handy telefoniert, das über dieselbe Basisstation lief.«

»Und was bedeutet das?«

»Dass derjenige, mit dem sie telefoniert hat, entweder selbst mit auf der Brücke war oder sie zumindest sehen konnte.«

13

Mädchen spielen Hockey auf einem Rasenplatz. Blaue Faltenröcke, die über schlammverschmierten Knien wirbeln, wippende Zöpfe und Schläger, die gegeneinander krachen. Das Wort knospend kommt einem in den Sinn. Ich habe seinen Klang immer gemocht. Er erinnert mich an meine Jugend und an die Mädchen, die ich ficken wollte.

Die Sportlehrerin ist Schiedsrichterin, ihre Stimme gellt schrill wie ihre Pfeife. Kreischend treibt sie die Mädchen an, sich nicht auf einem Fleck zu drängeln, sondern auf dem Feld zu verteilen und den Ball zu passen.

»Dranbleiben, Alice. Biete dich an.«

Einige der Mädchen kenne ich mit Namen. Louise hat lange braune Haare, Shelly ein Sonnenscheinlächeln, und die arme Alice hat seit Beginn des Spiels noch keinen einzigen Ball geschlagen.

Eine Gruppe pubertierender Jungen im Schatten einer Eibe sieht zu. Feixend taxieren sie die Mädchen.

Wenn ich die Mädchen sehe, stelle ich mir jedes Mal meine Chloe vor. Sie ist jünger. Sechs mittlerweile. Ihren letzten Geburtstag habe ich verpasst. Sie ist geschickt mit dem Ball. Sie konnte ihn schon mit vier Jahren fangen.

Ich habe ihr einen Basketballkorb gebaut und niedriger als vorgeschrieben aufgehängt, damit sie ihn erreichen konnte. Wir haben immer eins gegen eins gespielt, und ich habe sie jedes Mal gewinnen lassen. Zuerst hat sie kaum einen Ball auf den Korb bekommen, aber sie wurde besser und präziser, bis sie schließlich zwei von drei Bällen versenkt hat.

Das Hockeyspiel ist vorbei. Die Mädchen rennen zum Um-

ziehen nach drinnen. Shelly mit dem Sonnenscheinlächeln läuft zu den Jungen und flirtet mit ihnen, bis sie von der Sportlehrerin weggeführt wird.

Ich packe den kalkigen Stein in meiner Hand fester und kratze Buchstaben in die Mauerkrone. Der Kalkstaub sinkt tief in die Rillen, und ich ziehe die Konturen der Buchstaben noch einmal nach.

CHLOE.

Ich male ein Herz um ihren Namen, durchbohrt von Amors Pfeil mit dreieckiger Spitze und am Ende gespreiztem Schaft. Ich schließe die Augen, denke an meinen Wunsch und zwinge ihn, in Erfüllung zu gehen.

Langsam öffne ich die Augen wieder und blinzele zwei Mal. Vor mir steht die Sportlehrerin, einen Hockeyschläger über der Schulter, das bunte Schweißband um seinen Griff fest gepackt.

Sie macht den Mund auf. »Verschwinden Sie, oder ich rufe die Polizei, Sie Widerling!«

14

Es gibt Momente, und ich kenne sie gut, in denen Mr. Parkinson sich weigert, sich hinzulegen und mannhaft seine Medizin zu schlucken. Er spielt mir gemeine Streiche und bringt mich in aller Öffentlichkeit in Verlegenheit.

In unserem Körper laufen Tausende unwillkürlicher Prozesse ab, die wir nicht steuern können. Wir können unser Herz nicht stillstehen lassen, nicht verhindern, dass wir schwitzen oder dass unsere Pupillen sich erweitern. Andere Bewegungen hingegen unterliegen dem Willen, und die lassen mich im Stich. Meine Gliedmaßen, mein Kinn, meine Gesichtsmuskeln zittern, zucken oder blockieren bisweilen. Ohne Vorwarnung erstarrt mein Gesicht zu einer Maske, sodass ich nicht mehr freundlich lächeln, keine Trauer oder Besorgnis zeigen kann. Und was tauge ich noch als klinischer Psychologe, wenn ich die Fähigkeit verliere, Gefühle auszudrücken?

»Du starrst mich wieder so an«, sagt Ruiz.

»Tut mir leid.« Ich wende den Blick ab.

»Wir sollten nach Hause gehen«, sagt er sanft.

»Noch nicht.«

Wir sitzen vor Starbucks und trotzen der Kälte, weil Ruiz um keinen Preis in dem Laden gesehen werden will und sowieso denkt, wir wären besser in eine Kneipe gegangen.

»Ich will einen Espresso, keinen halben Liter Bier«, erklärte ich ihm.

Worauf er erwiderte: »Versuchst du mit Absicht, so zu klingen wie mein Frisör?«

»Trink deinen Kaffee.«

Er hat die Hände in den Manteltaschen vergraben. Es ist

derselbe zerknitterte Mantel, in dem ich ihn vor fünf Jahren zum ersten Mal gesehen habe. Er unterbrach einen Vortrag, den ich vor Prostituierten in London hielt. Ich wollte ihnen helfen, ein einigermaßen sicheres Leben auf der Straße zu führen. Ruiz wollte einen Mord aufklären.

Er war mir sympathisch. Männer, die zu sehr auf ihre Erscheinung achten, wirken schnell eitel und übertrieben ehrgeizig, aber Ruiz kümmerte sich offensichtlich schon lange nicht mehr darum, was andere von ihm hielten. Er wirkte wie ein unförmiges dunkles Möbelstück, das nach Tabak und feuchtem Tweed roch.

Was mir ebenfalls auffiel, war sein Talent, auch in geschlossenen Räumen in die Ferne zu blicken, als ob er jenseits der Wände einen Ort ausmachen könnte, wo alles klarer, besser oder zumindest fürs Auge gefälliger war.

»Weißt du, was ich an diesem Fall nicht verstehe?«, fragt er.

»Was?«

»Warum hat niemand sie aufgehalten? Eine nackte Frau verlässt ihr Haus, steigt in ihr Auto, fährt fünfzehn Meilen, klettert über einen Sicherheitszaun auf einer Brücke, und kein Mensch schreitet ein. Hast du eine Erklärung dafür?«

»Das nennt man den Zuschauereffekt.«

»Das nennt man Gleichgültigkeit«, knurrt er.

Ich erzähle ihm die Geschichte von Kitty Genovese, einer Kellnerin aus New York, die Mitte der 1960er Jahre vor ihrem Haus überfallen wurde. Vierzig Nachbarn hörten ihre Hilfeschreie oder beobachteten, wie sie niedergestochen wurde, aber keiner rief die Polizei oder versuchte ihr zu helfen. Der Angriff dauerte zweiunddreißig Minuten. Sie konnte zwei Mal fliehen, aber ihr Angreifer holte sie jedes Mal wieder ein und stach weiter auf sie ein.

Der Anrufer, der schließlich doch Alarm schlug, rief zunächst einen Freund an, den er fragte, was er tun sollte, bevor er zu einem Nachbarn ging und ihn bat, die Polizei zu alarmieren, weil er selber »nicht in die Sache verwickelt werden wollte«. Kitty Genovese starb nur zwei Minuten, nachdem die Polizei schließlich eintraf.

Das Verbrechen löste in Amerika und darüber hinaus massive Empörung und Fassungslosigkeit aus. Übervölkerung, Urbanisierung und Armut wurden als ausschlaggebende Faktoren für die Heranbildung einer Generation von Stadtbewohnern ausgemacht, die die Moral und das Verhalten von Käfigratten an den Tag legten.

Nach Abflauen der allgemeinen Hysterie und aufgrund gründlicher Studien identifizierten Psychologen den so genannten Zuschauereffekt. Wenn eine Gruppe von Menschen Zeuge eines Notfalls wird, erwartet jeder, dass ein anderer reagiert und die Initiative ergreift. Alle lassen sich durch die so genannte pluralistische Ignoranz bis zur Tatenlosigkeit einlullen.

Dutzende von Personen müssen Christine Wheeler am Freitagnachmittag gesehen haben – Autofahrer, Beifahrer, Fußgänger, Mautwächter, Hundebesitzer, die in Leigh Woods ihre Hunde ausgeführt haben –, und jeder von ihnen erwartete, dass ein anderer sich einmischen und ihr helfen würde.

Ruiz grunzt skeptisch. »Sind die Menschen nicht einfach liebenswert?«

Er schließt die Augen und atmet langsam aus, als wolle er die Welt ein wenig wärmen. »Wohin jetzt?«, fragt er.

»Ich möchte mir Leigh Woods ansehen.«

»Warum?«

»Vielleicht hilft es mir für mein Verständnis.«

Wir verlassen die Autobahn an der Abfahrt 19 und folgen einer Nebenstraße nach Clifton, die sich zwischen Sportplätzen, Bauernhöfen und Bächen windet, die nach der zurückgehenden Flut brackig und träge dahinfließen.

Die Pill Road geht in die Abbots Leigh Road über, und zur Linken tut sich hinter den Bäumen der dramatische Abgrund der Schlucht auf. Eine lokale Legende erzählt, dass sie von zwei

Riesen stammt, den Brüdern Vincent und Goram, die sie mit einer einzigen Spitzhacke schlugen. Als die Riesen starben, trieben ihre Leichen den Avon hinunter und wurden zu den Inseln im Bristol Channel.

Die Legende und die Namen gefallen Ruiz, vermutlich weil er einen Sinn fürs Absurde hat.

Ein Bogen aus Sandstein bildet den Eingang zu Leigh Woods. Die schmale Zufahrtsstraße endet auf einem kleinen Parkplatz. Hier hat man Christine Wheelers Wagen gefunden, geparkt unter herbstlichen Laubbäumen. Kein Ort, den sie unbedingt gekannt haben musste. Wenn sie nicht schon einmal hier war, hätte ihr jemand den Weg beschreiben können.

Dreißig Meter vom Parkplatz entfernt steht ein Wegweiser mit Hinweisschildern für verschiedene Rundwanderwege. Der rote Weg ist zwei Meilen lang und führt an den Rand von Paradise Bottom mit diversen Aussichten auf die Schlucht. Der violette Weg ist kürzer, führt dafür jedoch an Stokeleigh Camp vorbei, einer Hügelfestung aus der Steinzeit.

Ruiz geht voran und bleibt hin und wieder stehen, bis ich ihn eingeholt habe. Ich habe nicht die richtigen Schuhe an. Das hatte Christine Wheeler auch nicht. Wie nackt und entblößt sie sich gefühlt haben muss. Frierend und verängstigt ist sie in hochhackigen Pumps gegangen, ist gestolpert und gestürzt. Sie hat sich die Haut an Brombeersträuchern aufgekratzt. Irgendjemand hat ihr Anweisungen gegeben und sie von dem Parkplatz weg dirigiert.

In den Gräben türmt sich Herbstlaub wie Schneeverwehungen, und der Wind weht Tropfen von den Ästen. Dies ist ein uralter Wald, und das riecht man; feuchte Erde, verrottende Baumstämme und modernde Blätter, eine Kavalkade von Gerüchen. Hin und wieder kann ich zwischen den Bäumen einen Gitterzaun ausmachen, der ein Grundstück begrenzt. Dahinter schimmern vereinzelt Hausdächer durch.

Während der Unruhen in Irland hat die IRA häufig unterirdische Waffendepots in der offenen Landschaft angelegt und dabei die Sichtlinien zwischen drei Landmarken als Markierung für die ansonsten nicht gekennzeichneten Lager benutzt. Britische Patrouillen auf der Suche nach diesen Waffendepots lernten die Landschaft lesen und augenfällige Punkte erkennen. Es konnte ein andersfarbiger Baum, ein Steinhügel oder ein schiefer Zaunpfahl sein.

Ich merke, dass ich das Gleiche tue – ich suche nach Bezugspunkten oder psychologischen Markierungen, die auf Christine Wheelers letzten Weg hindeuten. Ich zücke mein Handy und überprüfe den Empfang. Drei Balken. Stark genug.

»Sie hat diesen Weg genommen.«

»Was macht dich so sicher?«, fragt Ruiz.

»Er ist ungeschützter. Er wollte sie sehen können. Und er wollte, dass sie gesehen wird.«

»Warum?«

»Das weiß ich noch nicht genau.«

Die meisten Verbrechen sind Zufall – eine Verkettung von Umständen. Ein paar Minuten oder ein paar Meter mehr oder weniger, und es wäre nie geschehen. Diese Tat ist anders. Der Täter kannte Christine Wheelers Telefonnummern und wusste, wo sie wohnte. Er hat sie angewiesen hierherzukommen. Er hat bestimmt, welche Schuhe sie trug.

Wie? Woher kanntest du sie?

Du musst sie irgendwo schon einmal gesehen haben. Vielleicht trug sie da rote Schuhe.

Warum hast du sie hierhergeführt?

Du wolltest, dass sie gesehen wird, aber dieser Weg ist zu offen, zu öffentlich. Jemand hätte sie aufhalten oder die Polizei rufen können. Selbst an einem stürmischen Tag wie Freitag waren hier Menschen unterwegs. Wenn du sie wirklich hättest isolieren wollen, hättest du praktisch jeden Ort wählen können. Irgendwo abgeschieden, wo du mehr Zeit gehabt hättest.

Aber anstatt sie im Stillen zu ermorden, hast du es in aller Öffentlichkeit getan. Du hast ihr befohlen, auf die Brücke zu gehen und über den Zaun zu klettern. Diese Art von Kontrolle über einen anderen Menschen ist geradezu irre, unfassbar.

Christine hat sich nicht gewehrt. Unter ihren Fingernägeln hat man keine Hautpartikel gefunden, an ihrem Körper keine Blutergüsse. Du musstest keine Fesseln oder körperliche Gewalt anwenden, um sie zu bändigen. Niemand hat dich mit Christine Wheeler im Wagen gesehen. Keiner der Zeugen hat eine Person in ihrer Begleitung erwähnt. Du musst auf sie gewartet haben; irgendwo, wo du dich sicher gefühlt hast – in einem Versteck.

Ruiz ist stehen geblieben und wartet auf mich. Ich gehe an ihm vorbei, verlasse den befestigten Weg und erklimme eine kleine Anhöhe. Auf der Kuppe stehen drei Bäume. Man hat einen unverstellten Blick auf die Avon Gorge. Ich knie mich ins Gras und spüre, wie die Feuchtigkeit des Bodens an Knien und Ellbogen durch meine Hosenbeine und Mantelärmel sickert. Man kann den Weg über hundert Meter in beide Richtungen überblicken. Es ist ein gutes Versteck, ein Ort für unschuldige Liebespaare oder kriminelle Stalker.

Plötzlich bricht die Sonne durch die rasch am Himmel dahintreibenden Wolken. Ruiz ist mir auf die Anhöhe gefolgt.

»Jemand hat von hier aus Menschen beobachtet«, erkläre ich ihm. »Siehst du das niedergedrückte Gras? Jemand hat auf dem Bauch gelegen und sich mit den Ellbogen hier aufgestützt.«

Beim Reden wird mein Blick von einem Stück gelbem Plastik angezogen, das ein Dutzend Meter entfernt in einem Brombeergestrüpp hängt. Ich erhebe mich, gehe hinüber und beuge mich über die dornigen Zweige, bis ich einen Fetzen von einem Plastikregenmantel in der Hand halte.

Ruiz atmet leise pfeifend aus. »Du bist ein Freak. Das weißt du.«

Der Motor läuft. Die Heizung ist voll aufgedreht. Ich versuche, meine Hose zu trocknen.

»Wir sollten die Polizei anrufen«, sage ich.

»Und was wollen wir denen sagen?«, entgegnet Ruiz.

»Wir erzählen von dem Regenmantel.«

»Das bringt gar nichts. Die Polizei weiß bereits, dass Christine Wheeler in dem Wald war. Zeugen haben sie gesehen. Du hast gesehen, wie sie gesprungen ist.«

Ich stelle mir Dutzende uniformierter Beamter vor, die jeden Quadratzentimeter Boden absuchen, Hunde, die einer Fährte folgen.

»Du weißt, wie heftig es seit Freitag geregnet hat. Hier gibt es nichts mehr zu finden.«

Er holt eine Dose Drops aus der Jackentasche und bietet mir eins an. Das steinharte Bonbon klappert beim Lutschen gegen seine Zähne.

»Was ist mit ihrem Handy?«

»Das liegt im Fluss.«

»Nein, das erste, das sie von zu Hause mitgenommen hat.«

»Es würde uns nichts verraten, was wir nicht schon wissen.«

Ich weiß, dass Ruiz denkt, ich würde zu viel in den Fall hineindeuten und mich nach einem sauberen Ende sehnen. Das stimmt nicht. Es gibt nur ein Ende – jenes, dem keiner von uns entgehen kann. Das Ende, auf das Christine Wheeler mit einhundertzwanzig Stundenkilometern geprallt ist. Ich will die Wahrheit nur um Darcys willen wissen.

»Du hast gesagt, sie hätte finanzielle Probleme gehabt. Ich habe gehört, dass Kredithaie recht massiv werden können.«

»Das wäre aber schon eine Nummer heftiger, als einem Schuldner das Bein zu brechen.«

»Vielleicht hat man sie so unter Druck gesetzt, dass sie zusammengebrochen ist.«

Ich starre auf meine linke Hand, Daumen und Zeigefinger »drehen Pillen«. So beginnt der Tremor, ein rhythmisches Zucken von zwei Fingergliedern mit drei Schlägen pro Sekunde. Ich konzentriere mich auf meinen Daumen und schaffe es für den Augenblick, das Zittern zu stoppen.

Unbeholfen schiebe ich die Hand in die Manteltasche. Ich weiß, was Ruiz sagen wird.

»Noch eine Station«, wende ich ein. »Dann fahren wir nach Hause.«

15

Die Polizeigarage von Bristol liegt, hinter verrußten Mauern und einem Stacheldrahtzaun verborgen, in der Nähe der Bedminster Railway Station. Jedes Mal wenn ein Zug vorbeirattert oder an einem Bahnsteig hart bremst, bebt der Boden.

Es riecht nach Schmiere, Getriebe- und Altöl. Ein Automechaniker späht durch die dreckige Scheibe eines Büros und stellt seine Teetasse ab. Er trägt einen orangefarbenen Overall über einem karierten Hemd und begrüßt uns an der Tür, einen Arm gegen den Rahmen gestemmt, als warte er darauf, ein Passwort zu hören.

»Tut uns leid, wenn wir stören«, sagt Ruiz.

»Sie wollen mich stören?«

Der Mechaniker wischt sich pro forma die Hände an einem Lappen ab.

»Vor ein paar Tagen wurde ein Wagen aus Clifton hierhergeschleppt. Ein blauer Renault Laguna. Er gehörte der Frau, die von der Brücke gesprungen ist.«

»Wollen Sie ihn abholen?«

»Wir wollen ihn uns ansehen.«

Die Antwort scheint nicht nach seinem Geschmack. Er kaut eine Weile darauf herum und spuckt in seinen Lappen. Er mustert mich von der Seite und überlegt, ob ich Polizist sein könnte.

»Warten Sie drauf, eine Marke zu sehen, mein Junge?«, fragt Ruiz.

Er nickt abwesend, nicht mehr ganz so selbstsicher.

»Ich bin pensioniert«, sagt Ruiz. »Ich war Detective Inspector bei der London Metropolitan Police. Sie werden mir heute einen Gefallen tun, und wissen Sie, warum? Weil ich mir bloß ein Auto angucken will, das nicht einmal Gegenstand einer kriminaltechnischen Ermittlung ist und nur noch hier steht, bis ein Angehöriger der Toten es abholt.«

»Ich nehme an, das geht in Ordnung.«

»Sagen Sie's offen heraus.«

»Ja, klar, er steht da hinten.«

Der blaue Renault parkt an der Nordwand der Garage, neben einem eingedrückten Autowrack, das mindestens ein Leben gekostet haben muss. Ich öffne die Fahrertür des Renaults und lasse mir einen Moment Zeit, mich an die Dunkelheit zu gewöhnen. Die Innenbeleuchtung ist nicht hell genug, um die Schatten zu verscheuchen, und ich weiß nicht, wonach ich suche.

Im Handschuhfach und unter den Sitzen ist nichts. Ich durchsuche die Fächer in den Türen, finde Taschentücher, Feuchtigkeitscreme, Make-up und Kleingeld. Unter dem Sitz klemmen ein Lappen zum Abwischen der Windschutzscheibe und ein Eiskratzer.

Ruiz hat den Kofferraum geöffnet. Nur ein Ersatzreifen, ein Werkzeugkasten und ein Feuerlöscher.

Ich gehe zurück zur Fahrertür, setze mich hinter das Steuer und versuche, mir einen nassen Freitagnachmittag vorzustellen, Regen, der die Windschutzscheibe hinunterströmt. Christine Wheeler ist fünfzehn Meilen gefahren, nackt unter ihrem Regenmantel. Die Lüftung lief auf Hochtouren, genau wie die Heizung. Hat sie das Fenster geöffnet, um Hilfe zu rufen?

Mein Blick fällt auf die Scheibe rechts neben mir, die von Fingerabdrücken und etwas anderem verschmiert ist. Ich brauche mehr Licht.

»Bitte eine Taschenlampe!«, rufe ich Ruiz zu.

»Was hast du entdeckt?«

Ich zeige auf die Spuren an der Scheibe.

Der Mechaniker holt eine Arbeitslampe in einer Metallfassung. Das Stromkabel hängt über seiner Schulter. Als das Licht sich durch die Garage bewegt, huschen riesige Schatten über die Backsteinmauer und lösen sich wieder auf.

Ich halte die Lampe von außen vor die Scheibe und kann feine Linien ausmachen wie die Kinderzeichnung an einem beschlagenen Fenster, nachdem es aufgehört hat zu regnen. Aber diese Striche stammen nicht von Kinderhand. Sie wurden auf die Scheibe übertragen, als jemand etwas dagegengepresst hat.

Ruiz sieht den Mechaniker an. »Rauchen Sie?«

»Ja.«

»Ich hätte gerne eine Zigarette.«

»Hier drinnen ist Rauchen verboten.«

»Seien Sie so nett.«

Ich sehe Ruiz verwirrt an. Ich war schon mindestens zwei Mal Zeuge, wie er das Rauchen aufgegeben hat, habe jedoch nie miterlebt, wie er spontan wieder damit anfängt.

Ich folge den beiden ins Büro. Ruiz zündet sich eine Zigarette an, zieht heftig daran und starrt beim Ausatmen an die Decke.

»Nimm auch eine«, fordert er mich auf.

»Ich rauche doch nicht.«

»Nimm einfach.«

Der Mechaniker gibt mir Feuer. Derweil fischt Ruiz die Kippen aus dem Aschenbecher und zerstampft die Asche zu einem feinen grauen Puder.

»Haben Sie eine Kerze?«

Der Mechaniker durchsucht sämtliche Schubladen, bis er eine gefunden hat. Ruiz zündet sie an, lässt Wachs auf einen Unterteller tropfen und drückt die Kerze hinein, bis sie aufrecht steht. Dann hält er eine Kaffeetasse seitlich über die Flamme, bis sie komplett mit Ruß überzogen ist.

»Ein alter Trick«, erklärt er, »den mir ein gewisser George Noonan beigebracht, ein Typ, der mit Toten redet. Er ist Pathologe.«

Ruiz beginnt, Ruß von der Tasse in den Aschehaufen zu

kratzen und beides mit einer Bleistiftspitze vorsichtig zu verrühren.

»Jetzt brauchen wir einen Pinsel. Etwas Feines, Weiches.«

Christine Wheeler hatte ein kleines Schminktäschchen im Handschuhfach. Ich hole es und leere es auf den Schreibtisch – Lippenstift, Mascara, Eyeliner und ein Edelstahldöschen mit Rouge und einem Pinsel.

Ruiz fasst den Pinsel behutsam mit Daumen und Zeigefinger, als könnte er in seiner Hand zerbröseln. »Das müsste gehen. Nehmen Sie die Lampe mit.«

Wir gehen zurück zu dem Renault, wo Ruiz sich auf den Fahrersitz setzt und die Tür offen stehen lässt, während der Mechaniker die Lampe von außen vor die Scheibe hält. Sorgsam darauf bedacht, nicht zu heftig zu atmen, beginnt Ruiz, die Mischung aus Ruß und Asche auf die Innenseite der Scheibe zu pinseln. Das meiste rieselt direkt auf seine Schuhe, aber eine feine Spur des Puders bleibt an den seltsamen Zeichen auf dem Glas haften. Wie bei einem Zaubertrick bilden sich Symbole heraus, die sich zu einem Wort formen.

HILFE

Ein lang anhaltendes Donnergrollen zerreißt die Luft, und tief in mir reißt auch etwas. Christine Wheeler hat mit Lippenstift ein Schild geschrieben, es von innen gegen das Wagenfenster gedrückt und gehofft, dass jemand es sehen würde. Niemand hat Notiz davon genommen.

Mitten im Hof balancieren Bogenlampen auf Stativen und tauchen das Gelände in ein so grelles Weiß, dass alles jenseits davon ganz im Schatten versinkt. Die weißen Overalls scheinen von innen zu leuchten.

Der Wagen wird auseinandergenommen. Sitze, Matten, Scheiben, Armaturen und Innenverkleidung werden entfernt, abgesaugt, auf Fingerabdrücke untersucht, gesiebt, abgekratzt und gerupft wie der Kadaver eines Metalltiers. Jedes Bonbonpapier, jede Faser, jede Fussel, jeder verschmierte Abdruck wird fotografiert, gesichert und verzeichnet.

Feine Bürsten tanzen über alle harten Oberflächen und hinterlassen eine Schicht aus schwarzem oder silbernem Puder, das viel feiner ist als die selbst gemachte Version von Ruiz. Magnetstäbe tasten die Luft ab und nehmen Details wahr, die für das menschliche Auge unsichtbar sind.

Der Leiter des Spurensicherungsteams ist stämmig und kommt aus Birmingham. In seinem Overall sieht er aus wie ein weißes Gummibärchen. Offenbar hält er gerade einen Master-Kurs für eine Gruppe von Trainees ab: Er spricht von der »Flüchtigkeit des Beweismaterials« und der Wichtigkeit, »die Unversehrtheit eines Tatorts zu bewahren«.

»Wonach genau suchen wir?«, fragt einer der Auszubildenden.

»Nach Beweisen, mein Junge, wir suchen nach Beweisen.«

»Beweisen wofür?«

»Die Vergangenheit.« Er streicht die Plastikhandschuhe über seinen Handflächen glatt. »Es mag erst fünf Tage her sein, aber es ist dennoch Vergangenheit.«

Draußen wird es dunkel und kälter. Detective Inspector Veronica Cray steht im Tor der Garage, einem schwarzen Backsteinbogen unter der Eisenbahnüberführung. Ein Zug rattert über ihrem Kopf.

Sie zündet sich eine Zigarette an und schiebt das abgebrannte Streichholz hinter die anderen in dem Briefchen. Dadurch entsteht eine nachdenkliche Pause, in der sie ihrem Stellvertreter Anweisungen gibt.

»Ich will wissen, wie viele Leute den Wagen angefasst haben, seit er gefunden wurde. Ich möchte, dass jedem von ihnen Fingerabdrücke abgenommen werden, die wir mit den Abdrücken im Wagen abgleichen können.«

Der Sergeant trägt eine Stahlbrille und einen Bürstenschnitt. »Was genau untersuchen wir eigentlich, Boss?«

»Einen verdächtigen Todesfall. Das Haus der Wheeler ist

ebenfalls Tatort. Ich will, dass es versiegelt und bewacht wird. Außerdem könnten Sie schon mal einen guten indischen Imbiss in der Gegend suchen.«

»Haben Sie Hunger, Boss?«

»Ich nicht, Sergeant, aber Sie werden die ganze Nacht hier verbringen.«

Ruiz sitzt mit geschlossenen Augen in seinem Mercedes. Ich frage mich, ob es ihm schwerfällt, in Fällen wie diesem als Rentner anderen den Vortritt zu lassen. Bestimmt erwachen alte Instinkte in ihm, ein Bedürfnis, das Verbrechen zu lösen und die Ordnung wiederherzustellen. Er hat mir einmal erklärt, das Geheimnis bei der Lösung eines Gewaltverbrechens sei es, sich auf den Verdächtigen zu konzentrieren und nicht auf das Opfer. Ich arbeite genau umgekehrt. Indem ich mit dem Opfer vertraut bin, weiß ich über den Verdächtigen Bescheid.

Ein Mörder geht nicht immer gleich vor. Umstände und Ereignisse beeinflussen seine Tat. Ebenso das Opfer. Wie hat sie unter Druck reagiert? Was hat sie gesagt?

Christine Wheeler scheint mir nicht der Typ gewesen zu sein, der besonders aufreizend aufgetreten ist oder durch ihr Aussehen oder ihre Art Aufsehen erregt hat. Sie kleidete sich konservativ, ging selten aus und war eher zurückhaltend. Verschiedene Frauen repräsentieren einen unterschiedlichen Grad von Verletzlichkeit und Risiko. Das alles muss ich wissen. Indem ich Christine kennenlerne, komme ich auch ihrem Mörder einen Schritt näher.

DI Cray steht jetzt neben mir und starrt in eine Ölwanne.

»Sagen Sie, Professor, verschaffen Sie sich eigentlich regelmäßig Zugang zu Polizeigaragen und zerstören wichtige Beweismittel?«

»Nein, Detective Inspector.«

Sie bläst Qualm aus, schnaubt zwei Mal und blickt auf den Vorhof, wo Ruiz vor sich hin döst.

»Wer ist Ihr Tanzpartner?«

»Vincent Ruiz.«

Sie blinzelt. »Sie wollen mich auf den Arm nehmen.«

»Keineswegs.«

»Woher zum Teufel kennen Sie Vincent Ruiz?«

»Er hat mich mal verhaftet.«

»Ich verstehe, dass das ein verlockender Gedanke sein könnte.«

Sie hat den Blick nicht von Ruiz gewandt.

»Sie konnten es nicht auf sich beruhen lassen.«

»Es war kein Selbstmord.«

»Wir haben sie beide springen sehen.«

»Sie hat es nicht aus eigenem Antrieb getan.«

»Ich habe keinen gesehen, der ihr eine Pistole an den Kopf gehalten hat, niemanden, der sie gestoßen hat.«

»Eine Frau wie Christine Wheeler beschließt nicht plötzlich, sich nackt auszuziehen und mit einem Schild, auf dem ›Hilfe‹ steht, aus der Tür zu spazieren.«

DI Cray unterdrückt einen Rülpser, als wäre ihr irgendetwas, was ich gesagt habe, sauer aufgestoßen. »Okay, nehmen wir einen Moment an, dass Sie recht haben. Wenn Mrs. Wheeler bedroht wurde, warum hat sie dann nicht jemanden angerufen oder ist zur nächsten Polizeiwache gefahren?«

»Vielleicht konnte sie das nicht.«

»Glauben Sie, dass er mit ihr im Auto war?«

»Als sie das Schild hochgehalten hat, wohl nicht.«

»Das heißt, er hat zugehört.«

»Ja.«

»Und vermutlich hat er sie in den Tod gequatscht?«

Ich antworte nicht. Ruiz ist aus seinem Mercedes gestiegen, streckt seine Glieder und lässt seine Schultern träge kreisen. Er kommt zu uns, und die beiden mustern sich wie zwei Hähne im Hühnerstall.

»DI Cray, das ist Vincent Ruiz.«

»Ich habe schon viel von Ihnen gehört«, sagt sie und schüttelt ihm die Hand.

»Glauben Sie kein Wort davon.«

»Tu ich auch nicht.«

Er blickt auf ihre Füße. »Sind das Herrenschuhe?«

»Ja. Haben Sie ein Problem damit?«

»Überhaupt nicht. Welche Größe haben Sie?«

»Wieso fragen Sie?«

»Vielleicht hab ich Ihre Größe.«

»Sie sind nicht groß genug.«

»Reden wir hier über Schuhe oder was andres?«

Sie lächelt. »Sie sind wirklich ein niedliches Kerlchen.«

Dann wendet sie sich mir zu. »Ich möchte Sie gleich morgen früh in meinem Büro sehen.«

»Ich habe schon eine Aussage gemacht.«

»Das ist erst der Anfang. Sie werden mir helfen, diese Sache zu begreifen, denn im Moment verstehe ich nur einen Scheißdreck.«

16

»Was ist denn mit Ihnen passiert?«

»Ich habe im Matsch gekniet.«

»Oh.«

Darcy steht in der Tür und mustert mich mit kurzer, aber entwaffnender Besorgnis. Ich ziehe die Schuhe aus und lasse sie auf der Stufe vor der Hintertür stehen. Der Duft von Zucker und Zimt liegt in der Luft. Emma steht mit einem Schokoladenbart und einem Holzlöffel in der Hand auf einem Stuhl in der Küche.

»Nicht im Matsch spielen, Daddy. Du machst dich dreckig«, sagt sie ernst, bevor sie verkündet: »Ich mache Kekse.«

»Das sehe ich.«

Sie trägt eine viel zu große Schürze, die ihr bis zu den Knöcheln reicht. Im Spülbecken stapelt sich eine Pyramide von dreckigem Geschirr.

Darcy drängt sich an mir vorbei neben Emma. Die beiden haben sich verbündet. Ich komme mir beinahe wie ein Eindringling vor.

»Wo ist Charlie?«

»Sie ist oben und macht ihre Hausaufgaben.«

»Tut mir leid, dass es so lange gedauert hat. Habt ihr alle gegessen?«

»Ich habe Spaghetti gekocht.«

»'paghetti«, bestätigt Emma nickend.

»Es gab mehrere Anrufe«, sagt Darcy. »Ich habe die Nachrichten entgegengenommen. Mr. Hamilton, der Installateur, hat gesagt, er könnte nächsten Dienstag kommen. Und Ihr Brennholz wird am Montag geliefert.«

Ich setze mich an den Küchentisch und probiere feierlich einen von Emmas Keksen, die zu den besten je gebackenen ihrer Art erklärt werden. Das Haus müsste ein einziges Chaos sein, aber das ist es nicht. Bis auf die Küche ist alles blitzsauber. Darcy hat geputzt. Sie hat sogar das Büro aufgeräumt und eine Glühbirne im Waschraum ausgewechselt, die seit unserem Einzug nicht funktioniert hat.

Ich bitte sie, sich zu setzen.

»Die Polizei wird den Tod deiner Mutter untersuchen.«

Für einen Moment bewölkt sich ihr Blick.

»Sie glauben mir?«

»Ja. Ich muss noch ein paar Fragen zu deiner Mutter stellen. Wie war sie? Offen und vertrauensvoll oder vorsichtig und zurückhaltend? Wenn jemand sie bedroht hätte, hätte sie eher aggressiv reagiert oder schockiert geschwiegen?«

»Warum müssen Sie das alles wissen?«

»Wenn ich mit ihr vertraut bin, weiß ich auch mehr über ihn.«

»Ihn?«

»Den Menschen, der als Letzter mit ihr gesprochen hat.«

»Ihr Mörder.«

Sie wirkt eingeschüchtert von ihrer eigenen Feststellung. Über ihrer rechten Augenbraue klebt Mehl an ihrer Stirn.

»Du hast einen Streit mit deiner Mutter erwähnt. Worum ging es da?«

Darcy zuckt die Achseln. »Ich wollte auf die National Ballet School. Ich sollte nicht zum Vortanzen, aber ich habe Mums Unterschrift gefälscht und bin auf eigene Faust mit dem Zug nach London gefahren. Ich dachte, wenn ich einen Platz kriege, würde sie ihre Meinung vielleicht ändern.«

»Was ist passiert?«

»Pro Jahr werden nur fünfundzwanzig Tänzer angenommen. Hunderte bewerben sich. Als der Brief mit der Zusage kam, hat Mum ihn gelesen und in den Müll geworfen. Dann hat sie sich in ihrem Schlafzimmer eingeschlossen.«

»Warum?«

»Die Studiengebühren betragen zwölftausend Pfund pro Jahr. Das konnten wir uns nicht leisten.«

»Aber sie zahlt doch deine Schulgebühren …«

»Ich habe ein Stipendium. Wenn ich von der Schule abgehe, verliere ich das Geld.« Darcy knibbelt an ihren Fingernägeln herum und kratzt Mehlstaub aus ihren Nagelbetten. »Mums Firma lief nicht so besonders. Sie hat sich eine Menge Geld geliehen und konnte es nicht zurückzahlen. Ich sollte nichts davon wissen, aber ich habe einen Streit zwischen ihr und Sylvia belauscht. Deswegen wollte ich von der Schule abgehen, jobben und Geld sparen. Ich dachte, ich könnte vielleicht nächstes Jahr auf die Ballettschule gehen.« Sie senkt die Stimme zu einem Flüstern. »Als Mum mir die Spitzenschuhe geschickt hat, dachte ich, sie hätte ihre Meinung geändert.«

»Die Spitzenschuhe? Das verstehe ich nicht.«

»Fürs Ballett.«

»Ich weiß, was Spitzenschuhe sind.«

»Irgendwer hat mir ein Paar geschickt. In einem Päckchen. Der Hausmeister hat es am Samstagmorgen vor dem Schultor gefunden. Adressiert an mich. Darin war ein Paar Spitzenschuhe – Gaynor Mindens. Die sind echt teuer.«

»Wie teuer?«

»Achtzig Pfund das Paar.«

Sie hat die Hände in den Taschen der Schürze vergraben. »Ich dachte, Mum hätte sie geschickt. Ich habe versucht, sie anzurufen, aber ich bin nicht durchgekommen.«

Sie schließt die Augen und atmet tief ein.

»Ich wünschte, sie wäre hier.«

»Ich weiß.«

»Ich hasse sie dafür.«

»Tu das nicht.«

Sie wendet das Gesicht ab und streift mich beim Aufstehen. Ich höre ihre Schritte auf der Treppe. Sie schließt die Tür hinter sich, lässt sich aufs Bett fallen. Den Rest male ich mir aus.

17

Die Gänge des Supermarkts sind verlassen. Sie kauft abends ein, weil sie tagsüber zu beschäftigt ist und am Wochenende lieber ausschläft oder ins Fitness-Studio geht, anstatt sich den Haushaltspflichten zu widmen. Sie kauft eine Lammkeule. Rosenkohl. Crème fraîche. Vielleicht hat sie Gäste zum Essen eingeladen oder plant ein romantisches Dinner.

Ich blicke an den Kassen vorbei zum Zeitungsständer. Alice liest eine Musikzeitschrift und leckt an einem Lutscher. Sie trägt ihre Schuluniform: blauer Rock, weiße Bluse und ein dunkelblauer Pullover.

Ihre Mutter ruft sie. Alice steckt das Magazin wieder in den Ständer und hilft ihrer Mutter, die Einkäufe in Tüten zu packen und zum Kofferraum eines schnittigen VW Golf Cabriolet zu tragen.

Alice wird angewiesen, beim Wagen zu warten. Ihre Mutter schlendert mit schwingenden Hüften und erhobenem Kopf über den Parkplatz. An einer roten Fußgängerampel bleibt sie stehen. Ich halte mich auf der anderen Straßenseite und folge ihr vorbei an hell erleuchteten Geschäften und Cafés, bis sie eine Reinigung betritt.

Ein junges asiatisches Mädchen hinter dem Tresen lächelt sie an. Nach ihr hat ein zweiter Kunde den Laden betreten. Ein Mann. Sie kennt ihn. Sie geben sich ein Küsschen links, ein Küsschen rechts. Seine Hand verharrt an ihrer Hüfte. Sie hat einen Verehrer. Sein Gesicht kann ich nicht sehen, aber er ist groß und schick gekleidet.

Sie stehen dicht beieinander. Sie lacht und strafft die Schultern. Sie flirtet mit ihm. Ich sollte ihn warnen. Ich sollte ihm sa-

gen, dass er das Vorspiel weglassen kann. Spar dir eine Hochzeit samt schmutziger Scheidung. Kauf der Schlampe ein Haus und gib ihr den Schlüssel – das kommt langfristig billiger.

Ich beobachte sie von der anderen Straßenseite aus, neben einem Stadtplan für Touristen. Die Lichter eines Restaurants fallen auf meinen Körper, doch mein Gesicht bleibt im Schatten. Eine Küchenhilfe kommt heraus, um eine Zigarette zu rauchen. Sie nimmt eine Schachtel aus der Tasche ihrer Schürze und blickt mich über die mit der Hand abgeschirmte Flamme ihres Feuerzeugs an.

»Haben Sie sich verlaufen?«, fragt sie und wendet den Kopf ab, als sie Qualm ausatmet.

»Nein.«

»Warten Sie auf jemanden?«

»Schon möglich.«

Ihr kurzes blondes Haar ist hinter die Ohren gesteckt. Ihre Augenbrauen sind braun, ihre echte Haarfarbe.

Sie folgt meinem Blick. »Interessieren Sie sich für sie?«

»Ich dachte, ich hätte sie wiedererkannt.«

»Sieht so aus, als wären sie sich schon näher gekommen. Könnte sein, dass Sie zu spät dran sind.«

Wieder wendet sie den Kopf ab, um Rauch auszuatmen.

»Wie heißen Sie?«

»Gideon.«

»Ich bin Cheryl. Wollen Sie einen Kaffee?«

»Nein.«

»Ich kann Ihnen einen holen.«

»Nicht nötig.«

»Wie Sie wollen.« Sie tritt ihre Zigarettenkippe aus.

Ich blicke wieder zu der Reinigung. Die Frau flirtet immer noch. Die beiden verabschieden sich. Sie stellt sich auf die Zehenspitzen und gibt ihm einen Kuss auf die Wange, näher bei den Lippen diesmal und länger. Dann geht sie leicht mit den Hüften schwingend zur Tür, über der linken Schulter ein Dutzend in durchsichtiges Plastik gehüllte Kleider.

Sie überquert die Straße und kommt direkt auf mich zu. Sechs Schritte, und sie steht vor mir. Sie hebt nicht einmal den Blick. Sie geht an mir vorbei, als wäre ich gar nicht da oder unsichtbar. Vielleicht ist es das – ich verblasse bereits.

Manchmal wache ich nachts voller Angst auf, ich könnte im Schlaf verschwunden sein. Das passiert, wenn man allen egal ist. Man verschwindet Stück für Stück, bis die Menschen einfach durch einen hindurchsehen, als wäre man aus Glas.

Es geht nicht um Liebe, es geht ums Vergessenwerden. Wir existieren nur, wenn andere an uns denken. Es ist wie mit einem Baum mitten im Wald, der umstürzt, ohne dass jemand es mitbekommt. Wem außer den Vögeln ist das nicht scheißegal?

18

Ich hatte einmal einen Patienten, der fest davon überzeugt war, sein Kopf sei voller Meerwasser und ein Krebs würde darin hausen. Als ich ihn fragte, was mit seinem Gehirn geschehen sei, erklärte er mir, dass es von Außerirdischen mit einem Strohhalm herausgesaugt worden sei.

»So ist es besser«, insistierte er. »Jetzt hat der Krebs mehr Platz.«

Diese Geschichte erzähle ich meinen Studenten und ernte einen Lacher. Die erste Semesterwoche liegt hinter ihnen. Sie sehen gesünder aus. Zweiunddreißig sind zu dem Tutorium erschienen, das in einem hässlichen modernen Raum mit niedrigen Decken und Rigipswänden stattfindet, die zwischen bemalten Trägern montiert sind.

Auf dem Tisch vor mir steht ein großer, mit einem weißen Tuch zugedeckter Glaskrug. Meine Überraschung. Ich weiß, dass sie sich fragen, was ich ihnen zeigen werde. Ich habe sie lange genug warten lassen.

Ich fasse die Zipfel des Tuches und lüfte es. Der Stoff bauscht sich und gibt den Blick auf ein in Formalin konserviertes menschliches Gehirn frei.

»Das ist Brenda«, erkläre ich. »Ich weiß nicht, ob das ihr richtiger Name ist, aber ich weiß, dass sie achtundvierzig war, als sie starb.«

Ich streife Handschuhe über und nehme das gummiartige graue Organ in beide Hände. Es tropft auf den Tisch. »Möchte irgendjemand sie auch mal halten?«

Niemand rührt sich.

»Ich habe noch mehr Handschuhe.«

Trotzdem finden sich keine Freiwilligen.

»Jede Religion, jedes Glaubenssystem in der Geschichte hat behauptet, dass es in uns eine Kraft gibt – eine Seele, ein Gewissen, den heiligen Geist. Niemand weiß, wo diese innere Kraft sitzt. Es könnte im großen Zeh sein, im Ohrläppchen oder in einer Brustwarze.«

Gedämpftes Lachen und Kichern bestätigt mir, dass sie zuhören.

»Die meisten Menschen würden vielleicht eher das Herz oder den Verstand als logischen Sitz vermuten. Sie sind eingeladen zum Mitraten. Wissenschaftler haben mit Röntgenstrahlen, Ultraschall, Magnetresonanz- und Computertomografie jeden Teil des menschlichen Körper kartografiert. Seit vierhundert Jahren sind Menschen in Scheiben und Würfel geschnitten, seziert, sondiert und analysiert worden, doch bis jetzt hat noch niemand ein Geheimfach, einen schwarzen Punkt, eine magische innere Kraft oder ein strahlendes inneres Licht gefunden. Keinen Geist in einer Flasche, keinen Geist in der Maschine, keinen Zwerg, der manisch auf einem Fahrrad vor sich hin strampelt.

Was können wir daraus schließen? Sind wir nichts als Fleisch und Blut, Neuronen und Nerven, eine großartige Maschine? Oder gibt es in uns eine Seele, einen Geist, den wir nicht sehen oder verstehen können?«

Jemand hebt die Hand. Eine Frage! Es ist Nancy Ewers – die Reporterin der Studentenzeitung.

»Was ist mit unserem Selbstbewusstsein?«, fragt sie. »Das muss uns doch von Maschinen unterscheiden.«

»Vielleicht. Glauben Sie, dass wir mit diesem Selbstbewusstsein geboren werden, mit diesem Gefühl eines eigenen Ichs, einer einzigartigen Persönlichkeit?«

»Ja.«

»Vielleicht haben Sie recht. Ich möchte, dass Sie über eine andere Möglichkeit nachdenken. Was, wenn unser Bewusstsein, unser Ich-Gefühl sich aus unseren Erfahrungen herausbildet – unseren Gedanken, Gefühlen und Erinnerungen? Anstatt mit einer Blaupause unserer Existenz auf die Welt zu kommen, sind wir das Produkt unseres Lebens und eine Reflexion dessen, wie andere uns sehen. Wir werden eher von außen als von innen erleuchtet.«

Nancy lässt sich schmollend auf ihren Platz zurücksinken. Um sie herum machen sich Leute wie wild Notizen. Ich habe keine Ahnung, warum. Es wird nicht in der Prüfung vorkommen.

Nach Ende des Seminars fängt Bruno Kaufman mich ab.

»Hallo, alter Junge, ich dachte, ich könnte dich vielleicht zu einem Mittagessen überreden.«

»Ich bin schon verabredet.«

»Ist sie hübsch?«

Ich sehe Ruiz vor mir und verneine die Frage. Bruno geht weiter neben mir. »Scheußliche Geschichte, das auf der Brücke letzte Woche, absolut scheußlich.«

»Ja.«

»So eine nette Frau.«

»Du kanntest sie?«

»Meine Exfrau ist mit Christine zur Schule gegangen.«

»Ich wusste gar nicht, dass du mal verheiratet warst.«

»Ja. Maureen hat es ziemlich schwer getroffen, die Ärmste. Ein Schock verständlicherweise.«

»Das tut mir leid. Wann hat sie Christine zuletzt gesehen?«

»Ich denke, ich könnte sie fragen.« Er zögert.

»Ist das ein Problem?«

»Dafür würde ich sie anrufen müssen.«

»Ihr redet nicht miteinander?«

»Die Geschichte unserer Ehe, alter Junge. Es war wie ein Stück von Harold Pinter: voll tiefgründigem Schweigen.«

Wir gehen die überdachte Treppe hinunter und überqueren den Platz.

»Das hat sich natürlich jetzt alles geändert«, sagt Bruno. »Sie ruft mich jeden Tag an und will reden.«

»Sie ist aufgewühlt.«

»Vermutlich«, sinniert er. »Seltsamerweise genieße ich ihre Anrufe. Ich habe mich vor acht Jahren von der Frau scheiden lassen, und mein Wohl oder Wehe hängt immer noch davon ab, was sie über mich denkt. Was hältst du davon?«

»Klingt wie Liebe.«

»Gütiger Gott, nein! Freundschaft vielleicht.«

»Du willst also sagen, dass du lieber mit einer Doktorandin kuschelst, die halb so alt ist wie du?«

»Das ist eine Romanze. Ich versuche, beides tunlichst nicht durcheinanderzubringen.«

Ich lasse Bruno an der Treppe des Psychologischen Instituts stehen. Ruiz wartet Zeitung lesend in seinem Wagen auf mich.

»Was gibt's Neues in der Welt?«, frage ich.

»Tod und Zerstörung wie üblich. Ein Jugendlicher in Amerika hat in einer Highschool um sich geschossen. Das kommt dabei raus, wenn man in der Schulmensa halbautomatische Waffen verkauft.«

Ruiz reicht mir einen Pappbecher mit Kaffee von einem Tablett auf dem Beifahrersitz.

»Wie ist Ihr Zimmer im Fox & Badger?«

»Zu nah bei der Bar.«

»Laut, was?«

»Zu verlockend. Ich hab ein paar Einheimische kennengelernt. Es gibt hier einen Zwerg.«

»Nigel.«

»Ich dachte, er wolle mich verarschen, als er meinte, sein Name wäre Nigel. Er wollte mit mir vor die Tür gehen und sich mit mir prügeln.«

»Das macht er dauernd.«

»Er ist ein Zwerg!«

»Er ist trotzdem ein nerviges kleines Arschloch.«

Ich habe eine Verabredung mit Veronica Cray in der Trinity Road Police Station in Bristol.

»Bist du sicher, dass du mich dabeihaben willst?«

»Warum nicht?«

»Der Job ist erledigt. Du hast bekommen, was du wolltest.«

»Du kannst nicht zurück nach London fahren – noch nicht. Du bist doch gerade erst angekommen. Du hast dir Bath gar nicht angesehen. Du kannst nicht in den Westen kommen, ohne dir Bath anzusehen. Es wäre, als ob man nach L.A. fliegt, ohne mit Paris Hilton zu schlafen.«

»Auf beides kann ich gerne verzichten.«

»Was ist mit Julianne? Sie kommt heute Nachmittag nach Hause? Sie wird dich sehen wollen.«

»Das ist schon verlockender. Wie geht es ihr?«

»Gut.«

»Seit wann ist sie weg?«

»Seit Montag, aber es kommt mir länger vor.«

»Das ist immer so.«

Die Polizeistation in der Trinity Road ist ein nach innen gewandtes Gebäude ohne Fenster in den unteren Stockwerken. Es wirkt wie ein Bunker zum Schutz vor Belagerung und ist ein ideales Monument moderner Strafverfolgung mit einer Überwachungskamera an jeder Ecke und Eisendornen auf der Mauer. Jemand hat die Backsteinmauer mit Graffiti beschmiert. *Stop Killer Cops: End State Terrorism.*

Die gegenüberliegende Holy Trinity Church ist mit Brettern vernagelt und verlassen. Eine alte, schwarz gekleidete Frau, gekrümmt wie ein abgebranntes Streichholz, hat sich vor ihrem Eingang untergestellt.

Wir warten vor dem Gebäude, bis jemand kommt. Eine Metalltür öffnet sich, und ein großer Schwarzer muss beinahe den Kopf einziehen, um hindurchzupassen. Meine erste Vermutung ist verkehrt. Er wird nicht aus dem Gewahrsam entlassen. Er gehört hierher.

»Ich bin Detective Constable Abbott«, sagt er, »aber Sie können mich Monk nennen. Das macht hier so ziemlich jeder.«

Seine Hände sind so groß wie Boxhandschuhe. Ich fühle mich wieder zehn Jahre alt.

»Hat hier jeder einen Spitznamen?«, fragt Ruiz.

»Die meisten.«

»Was ist mit der DI?«

»Wir nennen sie Boss.«

»Das ist alles?«

»Wir mögen unsere Jobs.«

Veronica Crays Büro ist eine Schachtel in einer Schachtel, die mit einem schlichten Schreibtisch und mehreren Aktenschränken möbliert ist. An den Wänden hängen Fotos von unaufgeklärten Fällen und bisher nicht gefassten Verdächtigen. Andere Menschen füllen Schubladen oder Terminkalender mit ihren unerledigten Aufgaben, DI Cray lässt sie zur Tapete werden.

Sie ist schwarz gekleidet und frühstückt gerade. Eine Tasse Tee und ein Berliner, ausgebreitet auf irgendwelchen Akten.

Sie nimmt den letzten Bissen und sucht ihre Notizen zusammen.

»Ich habe jetzt eine Einsatzbesprechung. Sie können zuhören.«

Der Besprechungsraum ist sauber, modern und offen und parzelliert durch versetzbare Raumteiler und Tafeln. An einer von ihnen haftet ein Foto. Daneben steht Christine Wheelers Name.

Die Versammelten sind in der Mehrzahl Männer, die aufstehen, als DI Cray hereinkommt. Ein Dutzend Beamte sind für die Ermittlung eingeteilt worden, die noch nicht als Mordermittlung firmiert. Wenn die Ermittlungskommission nicht binnen fünf Tagen entweder ein Motiv oder einen Verdächtigen präsentieren kann, werden die Vorgesetzten den Fall zur Entscheidung an den Coroner weiterschieben.

DI Cray leckt sich Puderzucker von den Fingern und fängt an.

»Am vergangenen Freitag um 17.07 ist diese Frau von der

Clifton Suspension Bridge in den Tod gesprungen. Oberste Priorität hat die Rekonstruktion der letzten Stunden ihres Lebens. Ich will wissen, wo sie war, mit wem sie gesprochen hat und was sie gesehen hat.

Außerdem möchte ich, dass ihre Nachbarn, Freundinnen und Geschäftskontakte befragt werden. Sie hat Hochzeiten organisiert. Ihre Firma hatte finanzielle Probleme. Reden Sie mit den üblichen Verdächtigen – Kredithaien, Geldverleihern –, und finden Sie heraus, ob sie in diesen Kreisen bekannt war.«

Sie skizziert den Ablauf der Ereignisse vom vergangenen Freitag, beginnend mit dem Vormittag. Christine Wheeler verbrachte zwei Stunden in ihrem Büro bei Blissful und ging dann nach Hause. Um 11.34 Uhr erhielt sie auf ihrem Festnetztelefon einen Anruf aus einer öffentlichen Telefonzelle in Clifton an der Ecke Westfield Place und Sion Lane mit Blick auf die Clifton Suspension Bridge.

»Das Telefonat dauerte vierunddreißig Minuten. Vielleicht war es jemand, den sie kannte. Vielleicht hat sie sich mit ihm verabredet. Das Gespräch über die Festnetzleitung endete, kurz nachdem ihr Handy zu klingeln begann. Möglicherweise ist der zweite Anruf ein Ergebnis des ersten.«

DI Cray gibt einem Beamten ein Zeichen, der einen Overheadprojektor bedient. Eine Karte der Gegend um Bristol und Bath wird an eine weiße Tafel hinter ihr projiziert. »Telefontechniker triangulieren die Signale von Christine Wheelers Handy, um die wahrscheinlichste Route zu bestimmen, die sie am Freitag von ihrem Haus nach Leigh Woods genommen hat.

Wir haben zwei Augenzeugen, die sie definitiv gesehen haben. Diese Zeugen müssen noch einmal befragt werden. Außerdem will ich den Namen von jedem, der sich am Freitagnachmittag in Leigh Woods aufgehalten hat. Und ich will wissen, warum er dort war und wo er wohnt.«

»Es hat geregnet, Mam«, lässt sich einer der Detectives vernehmen.

»Wir sind in Bristol – hier regnet es immer, verdammt noch mal. Und nennen Sie mich nicht Mam.«

Sie sieht die einzige Frau unter den Detectives an. »Alfie.«

»Ja, Boss.«

»Ich möchte, dass Sie das Register der Sexualstraftäter durchgehen. Machen Sie mir eine Liste von allen bekannten Perversen, die im Umkreis von fünf Meilen von Leigh Woods wohnen, in der Reihenfolge der Schwere ihres Verbrechens mit Datum ihrer letzten Anklage beziehungsweise ihrer Entlassung aus dem Gefängnis.«

»Ja, Boss.«

DI Cray lässt ihren Blick schweifen. »Jones und McAvoy, Sie gehen die Aufnahmen der Überwachungskamera noch mal durch. Auf der Brücke gibt es vier Kameras.«

»In welcher Zeitspanne?«, fragt einer von ihnen.

»Von Mittag bis 18 Uhr. Sechs Stunden vier Kameras, na, das können Sie sich selbst ausrechnen.«

»Wonach genau suchen wir, Boss?«

»Notieren Sie jedes Autokennzeichen. Lassen Sie sie durch die automatische KFZ-Erkennungs-Software laufen. Stellen Sie fest, ob sich ein Wagen als gestohlen erweist, und gleichen Sie die Namen mit Alfies Liste ab. Vielleicht haben wir ja Glück.«

»Wir reden hier von mehr als tausend Autos.«

»Dann fangen Sie besser gleich an.« Sie wendet sich einem anderen Detective zu, der eine kurzärmelige Jacke und Jeans trägt. Sie nennt ihn »Safari Roy« – noch ein Spitzname. Er passt zu ihm.

»Überprüfen Sie ihre Geschäftspartnerin Sylvia Furness. Die Firmenunterlagen. Finden Sie heraus, wer die Hauptgläubiger sind und ob einer von ihnen schweres Geschütz aufgefahren hat.«

Sie erwähnt den Zwischenfall mit der Lebensmittelvergiftung. Der Vater der Braut verlangt eine Entschädigung und droht mit Klage. Safari Roy macht sich eine Notiz, die Sache zu überprüfen.

DI Cray wirft eine Akte auf den Schoß eines anderen Detective. »Das ist eine Liste jedes sexuellen Übergriffs und jeder Beschwerde über unsittliches Verhalten in Leigh Woods in den letzten zwei Jahren, inklusive nackter Sonnenanbeter und Flitzer. Ich möchte, dass Sie jeden von ihnen aufspüren. Fragen Sie sie, was sie am Freitagnachmittag gemacht haben. Nehmen Sie D.J. und Curly mit.«

»Sie glauben, es hat einen sexuellen Hintergrund, Boss?«, fragt Curly.

»Die Frau war nackt, und auf ihrem Bauch stand ›Hure‹.«

»Was ist mit ihrem Handy?«, fragt Alfie.

»Das haben wir immer noch nicht gefunden. Monk wird die Suche in Leigh Woods leiten. Diejenigen, die noch keinen Auftrag haben, schließen sich ihm an. Klingeln Sie an Türen und reden Sie mit den Bewohnern. Ich will wissen, ob sich irgendjemand eigenartig verhalten hat oder ob in den letzten paar Wochen etwas Ungewöhnliches passiert ist. Hat ein Spatz gefurzt? Hat ein Bär in den Wald geschissen? Sie verstehen schon.«

Ein neues Gesicht taucht auf, ein leitender Beamter in Uniform mit polierten Knöpfen und einer unter den linken Arm geklemmten Mütze.

Die Detectives sind eilfertig aufgesprungen.

»Machen Sie weiter, machen Sie weiter«, sagt er in einem Tun-Sie-als-wäre-ich-gar-nicht-hier-Ton. DI Cray macht uns bekannt. Assistant Chief Constable Fowler ist klein und breitschultrig mit einem kugelsicheren Händedruck und dem Gehabe eines Generals auf dem Schlachtfeld. Er konzentriert seine Aufmerksamkeit auf mich.

»Ein Professor in was?«, fragt er.

»Psychologie, Sir.«

»Sie sind Psychologe?« Aus seinem Mund klingt es wie eine Krankheit. »Woher kommen Sie?«

»Ich bin in Wales geboren. Meine Mutter ist Waliserin.«

»Wissen Sie, wie man einen Waliser mit vielen Freundinnen nennt?«

»Nein, Sir.«

»Einen Schafhirten.«

Er sieht sich in dem Raum um und wartet auf das Gelächter, das sich nach einer Weile auch pflichtschuldig einstellt. Zufrieden setzt er sich, legt seine Mütze auf einen Schreibtisch und seine Lederhandschuhe hinein.

DI Cray setzt die Einsatzbesprechung fort, wird jedoch gleich wieder unterbrochen.

»Warum ist es kein Selbstmord?«, fragt Fowler.

Sie wendet sich ihm zu. »Wir sehen uns die Sache noch einmal an, Sir. Das Opfer hat mit einem selbst angefertigten Schild um Hilfe gerufen.«

»Ich dachte, die meisten Selbstmorde seien an sich ein Hilferuf.«

DI Cray zögert. »Wir glauben, dass die Person, mit der Mrs. Wheeler telefoniert hat, ihr gesagt hat, dass sie springen soll.«

»Jemand hat ihr gesagt, dass sie springen soll, und sie hat es getan – einfach so?«

»Wir glauben, dass sie bedroht oder eingeschüchtert worden sein könnte.«

Fowler nickt lächelnd, doch es wirkt irgendwie gönnerhaft. Er wendet sich an mich. »Das ist Ihre Meinung, oder, Professor? Wie genau wurde diese Frau durch Drohung oder Einschüchterung dazu gebracht, sich umzubringen?«

»Ich weiß es nicht.«

»Sie wissen es nicht?«

Ich spüre, wie mein Kinn steif und meine Miene starr wird. Leute, die andere rumschubsen, haben diesen Effekt auf mich. In ihrer Gegenwart werde ich ein anderer Mensch.

»Sie glauben also, dass da draußen irgendein Irrer Frauen sagt, sie sollen von Brücken springen?«

»Nein, kein Irrer. Ich habe keinen Hinweis auf eine Geisteskrankheit entdeckt.«

»Wie bitte?«

»Ich finde die Verwendung von Bezeichnungen wie Irrer oder Spinner nicht hilfreich. Außerdem ermutigt es einen Täter womöglich, seine Taten zu entschuldigen oder eine Verteidigung auf eingeschränkter Zurechnungsfähigkeit aufzubauen.«

Fowlers Miene wird steifer als ein gestärkter Hemdkragen. Er starrt mich direkt an.

»Wir haben hier gewisse Regeln, Professor O'Loughlin, und eine dieser Regeln lautet, dass leitende Beamte mit ›Sir‹ oder ihrem korrekten Dienstrang angesprochen werden. Das ist eine Frage des Respekts. Und ich glaube, den habe ich verdient.«

»Jawohl, Sir, mein Fehler.«

Fowler droht kurz die Selbstbeherrschung zu verlieren, fängt sich jedoch rasch wieder. Er steht auf, nimmt Mütze und Handschuhe und marschiert aus dem Raum. Niemand hat sich gerührt.

Ich sehe Veronica Cray an, doch sie senkt den Kopf. Ich habe sie enttäuscht.

Die Besprechung ist beendet. Die Detectives zerstreuen sich.

Auf dem Weg zur Treppe entschuldige ich mich bei DI Cray.

»Machen Sie sich deswegen keine Gedanken.«

»Ich hoffe, ich habe mir oder Ihnen niemanden zum Feind gemacht.«

»Der Mann schluckt jeden Morgen schon zum Frühstück eine Wichtigtuer-Pille.«

»Er ist ein ehemaliger Soldat«, sage ich.

»Woher wissen Sie das?«

»Er trägt seine Mütze unter dem linken Arm, damit er den rechten zum Salutieren frei hat.«

Cray schüttelt den Kopf. »Woher wissen Sie solchen Mist?«

»Weil er ein Freak ist«, antwortet Ruiz.

Ich folge ihm nach draußen. Eine Zivilstreife wartet mit laufendem Motor in der Ladezone. Der Constable am Steuer, eine Frau, öffnet die Beifahrertür. Veronica Cray und Monk brechen nach Leigh Woods auf.

Ich wünsche ihnen Glück.

»Glauben Sie an Glück, Professor?«

»Nein.«

»Gut. Ich auch nicht.«

19

Julianne kommt mit dem Zug der Great Western Main Line von Paddington um 15.40 Uhr. Um diese Tageszeit ist die Fahrt angenehm, weil der meiste Verkehr in die Gegenrichtung fließt.

Emma ist in ihrem Kindersitz festgeschnallt, Darcy sitzt neben mir auf dem Beifahrersitz, die Arme um die hochgezogenen Knie geschlungen. Wenn sie ihren Körper so ziehharmonikagleich zusammenfaltet, nimmt sie kaum Platz ein.

»Wie ist Ihre Frau?«, fragt sie.

»Wundervoll.«

»Lieben Sie sie?«

»Was für eine Frage ist das denn?«

»Bloß eine Frage.«

»Nun, die Antwort ist: Ja.«

»Das müssen sie vermutlich sagen«, gibt sie zurück und klingt dabei sehr abgeklärt. »Wie lange sind Sie schon verheiratet?«

»Sechzehn Jahre.«

»Hatten Sie je eine Affäre?«

»Ich glaube nicht, dass dich das etwas angeht.«

Sie zuckt die Achseln und guckt aus dem Fenster. »Ich glaube nicht, dass es normal ist, einem Menschen ein ganzes Leben lang treu zu sein. Wer sagt, dass man nicht irgendwann aufhört, jemanden zu lieben, oder jemanden trifft, den man noch mehr liebt?«

»Du klingst sehr weise. Warst du je verliebt?«

Sie macht eine abschätzige Kopfbewegung. »Ich verliebe mich nicht. Ich habe gesehen, was dabei herauskommt.«

»Manchmal sind wir machtlos.«

»Wir haben es immer in der Hand.«

Sie stützt ihr Kinn auf die Knie, und ich bemerke den violetten Nagellack, den sie aufgetragen hat.

»Was macht Ihre Frau?«

»Nenn sie Julianne. Sie ist Dolmetscherin.«

»Ist sie viel weg?«

»In letzter Zeit öfter.«

»Und Sie bleiben zu Hause?«

»Ich habe eine Teilzeitstelle an der Universität.«

»Wegen des Zitterns?«

»Ja, vermutlich schon.«

»Sie sehen nicht krank aus, wenn Sie das tröstet – bis auf das Zittern, meine ich. Sie sehen okay aus.«

Ich lache sie an. »Na, vielen Dank.«

Julianne steigt aus dem Zug, und ihre Augen werden wie von Zauberhand größer, als sie die Blumen sieht.

»Wer ist die Glückliche?«

»Ich will das letzte Mal wiedergutmachen.«

»Du hattest einen Grund.«

Ich küsse sie. Sie entscheidet sich für ein flüchtiges Küsschen, während meine Lippen verharren wollen. Sie hakt sich bei mir unter. Ich ziehe ihren Koffer hinter uns her.

»Wie geht es den Mädchen?«, fragt sie.

»Großartig.«

»Und was ist das jetzt mit dem Kindermädchen? Du warst am Telefon ziemlich zurückhaltend. Hast du jemanden gefunden?«

»Nicht direkt.«

»Was soll das heißen?«

»Ich habe mit den Bewerbungsgesprächen angefangen.«

»Und?«

»Es hat sich etwas ergeben.«

Jetzt bleibt sie stehen und dreht sich besorgt um.

»Wo ist Emma?«

»Im Auto.«

»Wer ist bei ihr?«

»Darcy.«

Ich versuche, gleichzeitig weiterzugehen und zu reden. Die Räder ihres Koffers rattern über die Pflastersteine. Nachdem ich die Geschichte im Kopf durchgegangen bin, sollte sie absolut natürlich klingen, aber während sie über meine Lippen kommt, wird ihre Logik immer zweifelhafter.

»Bist du vollkommen verrückt geworden?«, fragt sie.

»Pssst.«

»Versuch nicht, mich zu beschwichtigen, Joe.«

»Du verstehst das nicht.«

»Doch, ich glaube schon. Du willst mir erzählen, dass unser Kind von einem Teenager beaufsichtigt wird, dessen Mutter gerade ermordet wurde.«

»Es ist kompliziert.«

»Und sie wohnt in unserem Haus.«

»Sie ist ein gutes Mädchen. Und sie kann toll mit Emma umgehen.«

»Das ist mir egal. Sie hat keine Ausbildung und keine Referenzen. Sie sollte in der Schule sein.«

»Psst.«

»Du sollst das lassen, habe ich gesagt.«

»Sie ist hier.«

Juliannes Blick schnellt hoch. Darcy steht vor dem Auto und kaut rhythmisch auf einem Kaugummi. Emma balanciert zwischen ihren Armen auf der Stoßstange.

»Darcy, das ist Julianne. Julianne, das ist Darcy.«

Julianne lässt ihr aufgesetztes extrabreites Lächeln aufblitzen. »Hallo.«

Darcy hebt die Hand ein paar Zentimeter zu einem nervösen Winken. »Hatten Sie eine angenehme Reise?«

»Ja. Danke.« Julianne nimmt ihr Emma ab. »Das mit deiner Mutter tut mir sehr leid, Darcy. Eine wirklich schreckliche Geschichte.«

»Was ist denn passiert?«, fragt Emma.

»Nichts, worüber du dir Sorgen machen musst, Schätzchen.«

Wir fahren schweigend nach Hause. Nur Emma redet, stellt und beantwortet alle Fragen. Darcy hat sich in eine Blase aus Schweigen und Unsicherheit zurückgezogen. Ich weiß nicht, was mit Julianne los ist. Es ist ganz untypisch für sie, so abweisend und unnachgiebig zu sein.

Zu Hause kommt Charlie nach draußen gerannt, um uns zu begrüßen. Sie platzt vor Neuigkeiten für Julianne, die in der Mehrzahl von Darcy handeln, weshalb sie sie nicht loswerden kann, weil Darcy neben ihr steht.

Ich trage das Gepäck ins Haus, während Julianne wie bei einer Inspektion von Zimmer zu Zimmer geht. Vielleicht erwartet sie, ein Chaos vorzufinden, ungewaschene Wäsche, ungemachte Betten und dreckigen Abwasch im Spülbecken. Stattdessen sieht das Haus absolut makellos aus, was sie aus irgendeinem Grund noch bockiger macht. Sie trinkt zwei Gläser Wein zum Essen – einem von Darcy zubereiteten Auflauf –, aber das entspannt sie auch nicht nennenswert. Sie presst die Lippen zu schmalen Linien zusammen, und ihre Kommentare klingen spitz und vorwurfsvoll.

»Ich bade Emma«, sagt Julianne und wendet sich zur Treppe. Als Darcys und meine Blicke sich treffen, weitet sie fragend die Augen.

Nachdem die Spülmaschine eingeräumt ist, gehe ich nach oben, wo Julianne auf unserem Bett sitzt. Ihr Koffer ist offen. Sie sortiert Kleidung. Warum ist sie über Darcys Anwesenheit so verärgert? Es scheint beinahe eine Frage von Eigentum, Markierung von Territorium, Verteidigung eines Anspruchs. Aber das ist lächerlich. Darcy stellt keine Bedrohung dar.

Ich bemerke ein Bündel schwarzer Wäsche in ihrem Koffer. Ein Mieder und ein Höschen.

»Wann hast du denn die gekauft?«

»Letzte Woche in Rom.«

»Die hast du mir gar nicht gezeigt.«

»Hab ich vergessen.«

Ich hänge die Träger des Mieders über meinen Zeigefinger. »Ich wette, an dir sehen sie noch besser aus. Vielleicht führst du sie mir später vor.«

Sie nimmt mir die Teile ab und wirft sie in den Waschkorb. Für wen hat sie sie getragen? Irgendetwas rührt sich in meiner Brust – das gleiche nagende Unbehagen wie nach der Entdeckung der Hotelrechnung für ein Champagnerfrühstück.

Julianne trägt keine sexy Unterwäsche. Sie sagt, es wäre unbequem und unpraktisch. Jedes Mal wenn ich ihr zum Valentinstag etwas Knapperes geschenkt habe, hat sie es nur einmal getragen. Sie bevorzugt Pantys von Marks & Spencer, hochgeschnitten, Größe 38, schwarz oder weiß. Weshalb hat sie ihre Meinung geändert?

Sie hat in Rom Reizwäsche gekauft und sie mit nach Moskau genommen. Ich will sie fragen, warum, aber ich weiß nicht, wie ich die Frage formulieren soll, ohne eifersüchtig oder schlimmer zu klingen.

Der Moment vergeht. Julianne wendet sich ab. Sie ist sichtlich müde. Sie macht kleine Schritte und lässt die Schultern hängen.

Die Prämisse, dass, wo Rauch ist, auch Feuer sein muss, akzeptiere ich nicht, genauso wenig wie ich an Omen und Vorahnungen glaube, aber ich kann das unbehagliche Gefühl nicht abschütteln, dass sich zwischen uns eine Kluft auftut. Ich sage mir, dass Julianne oft unterwegs war, in zu viele verschiedene Richtungen gezerrt wurde, sich zu viel zugemutet hat.

Zu ihrem Geburtstag vor einem Monat hatte ich ein besonderes Essen geplant. Ich bin nach Bristol gefahren und habe auf dem Markt Meeresfrüchte gekauft. Kurz nach sechs rief sie an, um zu sagen, dass sie noch immer in London sei. Irgendeine Krise wegen eines fehlenden Fond-Transfers. Sie werde nicht heimkommen.

»Wo wirst du übernachten?«

»In einem Hotel, das die Firma bezahlt.«

»Du hast keine Kleider zum Wechseln dabei.«

»Es muss halt so gehen.«

»Du hast heute Geburtstag.«

»Es tut mir leid. Ich mache es wieder gut.«

Ich habe ein Dutzend Austern gegessen und den Rest in den Müll geworfen. Dann bin ich den Hügel hinauf zum Fox & Badger gestapft, wo ich drei Bier mit Nigel und einem holländischen Touristen getrunken habe, der mehr über die Gegend wusste als sonst jemand in der Kneipe.

Es gab andere Augenblicke. Ich werde sie nicht Zeichen nennen. An einem Freitag sollte Julianne aus Madrid zurückkommen, ich versuchte vergeblich, sie über Handy zu erreichen, also rief ich in ihrem Büro an. Eine Sekretärin erklärte mir, dass Mrs. O'Loughlin schon am vergangenen Abend gelandet und den ganzen Tag in London gewesen sei.

Als ich Julianne schließlich erreichte, entschuldigte sie sich und sagte, sie habe mich anrufen wollen. Ich fragte sie nach den Flügen, aber sie meinte, ich müsse mich irren. Ich habe keinen Grund, ihr nicht zu glauben. Wir sind seit sechzehn Jahren verheiratet, und ich kann mich an keinen einzigen Moment erinnern, der mich an ihrer Treue hätte zweifeln lassen. Gleichzeitig ist sie mir immer noch ein Rätsel. Wenn man mich fragt, warum ich Psychologe geworden bin, sage ich: »Wegen Julianne. Ich wollte wissen, was wirklich in ihr vorgeht.« Es hat nicht funktioniert. Ich habe nach wie vor keine Ahnung.

Ich beobachte, wie sie ihre Kleider sortiert, aggressiv Schubladen aufzieht und Bügel von der Stange reißt.

»Warum bist du so aggressiv?«

Sie schüttelt den Kopf.

»Rede mit mir.«

Sie knallt den Koffer zu. »Hast du einen Schimmer, was du tust, Joe? Bloß weil du die Frau auf der Brücke nicht retten konntest, kümmern wir uns jetzt um ihre Tochter.«

»Nein.«

»Nun, warum ist sie dann hier?«

»Sie wusste nicht, wo sie sonst hingehen sollte. Ihr Zuhause ist ein Tatort. Ihre Mutter ist tot …«

»Ermordet?«

»Ja.«

»Und hat die Polizei den Mörder gefasst?«

»Noch nicht.«

»Du weißt nichts über dieses Mädchen oder seine Familie. Hat sie überhaupt begriffen, dass ihre Mutter tot ist? Sie wirkt nicht gerade sehr bekümmert.«

»Du bist nicht fair.«

»Na, dann sag mir, ist sie psychisch stabil? Du bist doch der Fachmann. Besteht die Gefahr, dass sie ausflippt und meinem Kind etwas antut?«

»Sie würde Emma nie wehtun.«

»Und worauf gründest du diese Einschätzung …?«

»Zwanzig Jahre Erfahrung als Psychologe.«

Den letzten Satz bringe ich mit der mir eigenen Variante kühler Gewissheit heraus. Julianne hört auf. Wenn es um professionelle Einschätzungen geht, liege ich selten falsch, und das weiß sie.

Sie setzt sich aufs Bett, schiebt sich ein Kissen in den Rücken, lehnt sich an die Wand und spielt mit der Quaste am Ende ihres Bademantelgürtels. Ich krieche auf dem Bett auf sie zu.

»Stopp«, sagt sie und hebt die Hand wie ein Polizist, der den Verkehr regelt. »Komm nicht näher.«

Ich setze mich auf meine Seite des Betts. Wir können uns im Spiegel ansehen. Es ist, als würde man eine Sitcom gucken.

»Wenn ich wegfahre, möchte ich nicht, dass sich irgendwas verändert, Joe. Ich will nach Hause kommen und alles so vorfinden, wie ich es verlassen habe. Ich weiß, das klingt egoistisch, aber ich will nichts verpassen.«

»Wie meinst du das?«

»Weißt du noch, als du Emma beigebracht hast, Dreirad zu fahren?«

»Klar.«

»Sie war so aufgeregt. Sie wollte über nichts anderes mehr reden. Du hast diesen Augenblick mit ihr zusammen erlebt. Ich habe ihn verpasst.«

»Das wird hin und wieder vorkommen.«

»Das weiß ich, und es gefällt mir nicht.« Sie lehnt ihren Kopf an meine Schulter. »Was, wenn ich verpasse, wie Emma ihren ersten Zahn verliert oder Charlie zu ihrem ersten Date geht? Ich will nicht, dass sich etwas verändert, wenn ich weg bin, Joe. Ich weiß, dass das irrational, egoistisch und unmöglich ist. Ich will, dass du sie konservierst, wie sie sind, bis ich nach Hause komme, damit ich auch dabei bin.«

Julianne streicht mit einem Finger über meinen Schenkel. »Ich weiß, dass es dein Job ist, Menschen zu helfen. Und ich weiß auch, dass psychisch kranke Menschen oft stigmatisiert werden, aber ich will nicht, dass Charlie und Emma beschädigten Menschen und ihren Wahnvorstellungen ausgesetzt werden.«

»Ich würde nie …«

»Ich weiß, ich weiß, aber denk an letztes Mal.«

»Letztes Mal?«

»Du weißt, was ich meine.«

Sie redet von einem meiner ehemaligen Patienten, der versucht hat, mich zu zerstören, indem er mir alles nehmen wollte, was ich liebte – Julianne, Charlie, meine Karriere, mein Leben.

»Das ist etwas völlig andres«, sage ich.

»Ich warne dich bloß. Ich will deine Arbeit nicht in diesem Haus haben.«

»Darcy ist keine Gefahr. Sie ist ein gutes Kind.«

»Wie ein Kind sieht sie mir nicht aus«, sagt sie und sieht mich an. Ihre Mundwinkel sind leicht herabgezogen. Es ist weder ein Lächeln noch die Einladung zu einem Kuss. »Findest du sie hübsch?«

»Nur bis du aus dem Zug gestiegen bist.«

Drei Uhr nachts. Die Mädchen schlafen. Ich schlüpfe aus dem Bett und schließe die Tür zu meinem Arbeitszimmer, bevor ich das Licht anmache. Ich könnte wieder den Medikamenten die Schuld geben, aber in meinem Kopf schwirren einfach zu viele Gedanken durcheinander.

Dieses Mal denke ich nicht über Christine Wheeler oder Darcy nach und durchlebe auch nicht noch einmal den Moment auf der Brücke. Meine Sorgen sind eher privater Natur. Ich denke immer wieder an die Reizwäsche und die Hotelrechnung. Ein Gedanke führt zum anderen. Die Anrufe spätabends, für die Julianne die Tür zum Arbeitszimmer schließt. Die Übernachtungen in London. Die plötzlichen Änderungen in ihrem Terminplan, die sie von zu Hause ferngehalten haben …

Ich hasse Klischees darüber, dass Ehen ihre Höhen und Tiefen haben und Veränderungen durchmachen. Julianne ist ein besserer Mensch als ich. Sie ist emotional gefestigter und hat mehr in den Zusammenhalt der Familie investiert. Und hier ist noch ein Klischee – in unserer Ehe gibt es einen Dritten. Er heißt Mr. Parkinson und ist vor vier Jahren bei uns eingezogen.

Die Hotelrechnung klemmt zwischen den Seiten eines Buches. Das Hotel Excelsior. Julianne hat erzählt, dass es nur ein paar Schritte von der Spanischen Treppe und dem Trevi-Brunnen entfernt liegt. Ich wähle die Nummer. Eine Frau antwortet, die Nachtbesetzung der Rezeption. Sie klingt jung und müde. In Rom ist es vier Uhr morgens.

»Ich habe eine Frage bezüglich einer Rechnung«, flüstere ich, die Hand halb über dem Hörer.

»Ja, Sir. Wann haben Sie bei uns übernachtet, Sir?«

»Nein, es geht nicht um mich. Es geht um eine Angestellte.«

Ich denke mir eine Geschichte aus. Ich bin ein Buchhalter aus London, der wegen einer Buchprüfung anruft. Ich nenne Juliannes Namen und die Daten ihres Aufenthalts. »Mrs. O'Loughlin hat ihre Rechnung vollständig beglichen. Sie hat mit Kreditkarte bezahlt.«

»Sie ist in Begleitung eines Kollegen gereist.«

Dick. Wie heißt er noch mit Nachnamen. Ich kann mich nicht erinnern.

»Ich wollte auch nur wegen einer Frühstücksrechnung des Zimmer-Service nachfragen … mit Champagner.«

»Zweifelt Mrs. O'Loughlin die Rechnung an?«, fragt sie.

»Könnte es sich um einen Irrtum handeln?«

»Die Rechnung des Zimmerservice wurde Mrs. O'Loughlin zur Unterzeichnung vorgelegt.«

»Unter den gegebenen Umständen scheint es mir für eine Person doch recht viel. Ich meine, schauen Sie sich die Bestellung an: Eier mit Speck, Räucherlachs, Pfannkuchen, Gebäck, Erdbeeren und Champagner.«

»Ja, Sir, ich habe die Details der Bestellung vorliegen.«

»Das ist sehr viel für eine Person.«

»Ja, Sir.«

Offenbar begreift sie nicht, worauf ich hinauswill.

»Wer hat die Rechnung unterschrieben?«

»Irgendjemand hat die Bestellung quittiert, als das Frühstück serviert wurde.«

»Sie können mir also nicht sagen, ob Mrs. O'Loughlin sie unterzeichnet hat?«

»Zweifelt sie die Richtigkeit der Rechnung an, Sir?«

»Sie kann sich nicht erinnern, so viel bestellt zu haben«, lüge ich.

Es entsteht eine Pause. »Möchten Sie, dass ich Ihnen eine Kopie der Unterschrift zufaxe, Sir?«

»Ist sie leserlich?«

»Ich weiß nicht, Sir.«

Im Hintergrund klingelt ein anderes Telefon. Die Frau ist allein an der Rezeption. Sie schlägt vor, dass ich am späteren Vormittag noch einmal anrufe, um dann mit dem Hoteldirektor zu sprechen.

»Ich bin sicher, er wird Mrs. O'Loughlin den Betrag gerne rückerstatten. Der Betrag wird auf ihr Kreditkartenkonto zurücküberwiesen.«

Ich erkenne die Gefahr. Julianne wird die Erstattung auf ihrem Kontoauszug sehen.

»Nein, schon in Ordnung. Machen Sie sich keine Umstände.«

»Aber wenn Mrs. O'Loughlin den Eindruck hat, dass man ihr zu viel in Rechnung gestellt hat –«

»Vielleicht hat sie sich geirrt. Entschuldigen Sie die Störung.«

20

Ein Dutzend Frauen haben eine Ecke des Lokals okkupiert und Tische und Stühle an den Rand der Tanzfläche geschoben. Die Schlampe tanzt, lässt die Hüften kreisen wie ein Go-go-Girl, das Gesicht gerötet vom Lachen und zu viel Wein. Ich weiß, was sie denkt. Sie denkt, jeder Mann in dem Laden sieht sie an, begehrt sie, aber ihr Gesicht ist zu hart, und ihr Körper ist noch härter.

Zum Glück ist es nicht jugendliche Unschuld, die ich begehre. Nicht Reinheit. Ich will im Dreck waten. Ich will die Risse in ihrem Make-up und die Schwangerschaftsstreifen auf ihrem Bauch sehen. Ich will ihre Leiche baumeln sehen.

Irgendjemand lacht kreischend. Die angehende Braut ist so betrunken, dass sie kaum noch stehen kann. Ich glaube, sie heißt Cathy und ist entweder spät dran oder tritt schon zum zweiten Mal vor den Altar. Sie rempelt einen Typen an einem Tisch an und entschuldigt sich mit der Aufrichtigkeit eines Hurenkusses. Der arme Kerl, der seinen Schwanz da reinsteckt, tut mir leid!

Alice geht zur Jukebox und liest die Liste der Songs unter der Scheibe. Was für eine Mutter nimmt ihre kaum halbwüchsige Tochter zu einer solchen Party mit? Sie sollte zu Hause im Bett liegen. Stattdessen schmollt sie feist und wie angewachsen vor sich hin, isst Chips und trinkt Limonade.

»Tanzt du nicht gerne?«, frage ich sie.

Alice schüttelt den Kopf.

»Muss ziemlich langweilig sein, wenn man nicht gerne tanzt.«

Sie zuckt die Achseln.

»Du heißt Alice, stimmt's?«

»Woher wissen Sie das?«

»Ich hab gehört, wie deine Mutter es gesagt hat. Es ist ein schöner Name. ›Bitte geh noch etwas schneller! sprach der Weißfisch zu der Schnecke. Hinter uns – dreh dich nicht um – krabbelt zwickzwack eine Zecke. Sieh! Die Schildkröt und der Hummer laufen schon aufs Ufer zu! Und sie warten schon am Strande – sagst du mir das Tänzchen zu? Willst du, magst du, willst du, magst du, sagst du mir das Tänzchen zu?‹«

»Das ist aus Alice im Wunderland«, sagt sie.

»Ja, das stimmt.«

»Das hat mein Dad mir immer vorgelesen.«

»Ülkiger und ülkiger: Wo ist dein Dad jetzt?«

»Nicht hier.«

»Ist er geschäftlich unterwegs?«

»Er reist viel.«

Ihre Mum wird über die Tanzfläche gewirbelt, sodass ihr Kleid hochweht und ihr weißer Slip hervorblitzt.

»Deine Mum amüsiert sich.«

Alice verdreht die Augen. »Sie ist peinlich.«

»Alle Eltern sind peinlich.«

Sie mustert mich eingehender. »Warum tragen Sie eine Sonnenbrille?«

»Damit ich nicht erkannt werde.«

»Vor wem verstecken Sie sich?«

»Was glaubst du, vor wem ich mich verstecke? Vielleicht bin ich berühmt.«

»Sind Sie?«

»Ich bin inkognito hier.«

»Was bedeutet das?«

»Getarnt.«

»Das ist aber keine besonders gute Tarnung.«

»Vielen Dank.«

Sie zuckt die Achseln.

»Was für Musik magst du, Alice? Warte! Sag es mir nicht. Ich glaube, du bist ein Coldplay-Fan.«

Sie reißt die Augen auf. »Woher wissen Sie das?«

»Du bist offensichtlich ein Mädchen mit sehr gutem Geschmack.«

Dieses Mal lächelt sie.

»Chris Martin ist ein Kumpel von mir«, sage ich.

»Nie im Leben.«

»Doch.«

»Sie kennen den Leadsänger von Coldplay?«

»Klar.«

»Wie ist er denn so?«

»Ein guter Typ. Gar nicht eingebildet.«

»Wie meinen Sie das?«

»Na ja, großspurig. Von sich überzeugt und so.«

»Ja, nun. Aber sie ist eine blöde Kuh.«

»Gwyneth ist in Ordnung.«

»Meine Freundin Shelly sagt, Gwyneth Paltrow wäre eine Möchtegern-Madonna. Shelly sollte lieber still sein, denn sie hat Danny Green auch erzählt, ich fände, er wäre echt cool, dabei habe ich das nie gesagt. Von wegen! Ich finde ihn kein bisschen gut.«

Im offenen Eingang zündet sich jemand eine Zigarette an. Sie kräuselt die Nase. »Die Leute sollten nicht rauchen. Davon kriegt man Krebs. Mein Dad und meine beiden Onkel rauchen auch. Ich hab es einmal probiert und danach auf Mums Ledersessel gekotzt.«

»Sie war bestimmt beeindruckt.«

»Shelly hat mich dazu überredet.«

»Ich würde nicht so viel auf Shelly hören.«

»Sie ist meine beste Freundin. Sie ist hübscher als ich.«

»Das glaube ich nicht.«

»Woher wollen Sie das wissen? Sie haben sie noch nie gesehen?«

»Ich kann mir bloß schwer vorstellen, dass jemand hübscher sein soll als du.«

Alice runzelt skeptisch die Stirn und wechselt das Thema.

»Was ist der Unterschied zwischen einem Freund und einem Ehemann?«

»Warum fragst du?«

»Es ist ein Witz. Ich hab ihn irgendwo gehört.«

»Ich weiß nicht. Was ist der Unterschied zwischen einem Freund und einem Ehemann?«

»Fünfundvierzig Minuten.«

Ich lächle.

»Okay. Und jetzt erklären Sie ihn mir«, sagt sie.

»So lange dauert eine Trauungszeremonie. Der Unterschied zwischen einem Freund und einem Ehemann sind fünfundvierzig Minuten.«

»Oh. Ich dachte, es wäre etwas Unanständiges. Jetzt erzählen Sie mir einen Witz?«

»Ich kann mir Witze nie merken.«

Sie ist enttäuscht.

»Kennen Sie Chris Martin wirklich?«

»Klar. Er hat ein Haus in London.«

»Waren Sie schon dort?«

»Ja.«

»Mensch, haben Sie ein Glück.«

Sie hat ein kleines, beinahe mandelförmiges Muttermal am Hals unter ihrem rechten Ohr. Noch ein Stück tiefer baumelt ein Hufeisenanhänger an einem Goldkettchen, als sie auf den Fersen auf und ab wippt.

»Magst du Pferde?«

»Ich habe eins. Eine Fuchsstute. Sie heißt Sally.«

»Wie groß ist sie?«

»Stockmaß 1,50.«

»Das ist eine gute Größe. Wie oft reitest du?«

»Jedes Wochenende. Und montags nach der Schule habe ich Reitunterricht.«

»Reitunterricht? Wo denn?«

»In den Clack Mill Stables. Meine Reitlehrerin ist Mrs. Lehane.«

»Du magst sie?«

»Klar.«

Erneut hallt kreischendes Gelächter durch die Kneipe. Zwei Männer haben sich der Party angeschlossen. Einer von ihnen hat den Arm um die Hüfte ihrer Mum gelegt und hält in der anderen ein Bierglas. Er flüstert ihr etwas ins Ohr. Sie nickt.

»Ich wünschte, ich könnte nach Hause gehen«, sagt Alice verzweifelt.

»Ich würde dich fahren, wenn ich könnte«, sage ich, »aber das würde deine Mum nicht erlauben.«

Alice nickt. »Ich soll nicht mal mit Fremden reden.«

»Ich bin doch kein Fremder. Ich weiß alles über dich. Ich weiß, dass du Coldplay magst, ein Pferd namens Sally hast und in Bath wohnst.«

Sie lacht. »Woher wissen Sie, wo ich wohne? Das habe ich Ihnen nicht erzählt.«

»Doch, hast du.«

Sie schüttelt stur den Kopf.

»Nun, dann muss es deine Mutter erwähnt haben.«

»Kennen Sie sie?«

»Kann sein.«

Ihre Limonade ist leer. Ich lade sie zu einer weiteren ein, aber sie lehnt ab. Die feuchte Kälte von der offenen Tür lässt sie zittern.

»Ich muss los, Alice. War nett, dich kennenzulernen.«

Sie nickt.

Ich lächle, aber mein Blick schweift zur Tanzfläche, wo ihre Mutter sich an ihren neuen Freund klammert, der sie nach hinten beugt und an ihrem Hals knabbert. Ich wette, sie riecht wie eine überreife Frucht. Sie wird schnell angestoßene Stellen bekommen. Sie wird leicht platzen. Ich kann den Saft schon schmecken.

21

Das Telefon klingelt in meinen Schlaf. Julianne greift über mich hinweg und nimmt ab.

»Wissen Sie, wie spät es ist?«, fragt sie wütend. »Es ist noch nicht einmal fünf Uhr. Sie haben das ganze Haus aufgeweckt.«

Ich entwinde ihr den Hörer. Am anderen Ende der Leitung ist Veronica Cray.

»Einen wunderschönen guten Morgen, Professor. Aufstehen. Ich schicke Ihnen einen Wagen.«

»Was ist los?«

»Es gibt eine neue Entwicklung.«

Julianne hat sich umgedreht und energisch die Bettdecke ans Kinn gezogen. Sie tut, als würde sie schlafen. Ich beginne mich anzukleiden und kämpfe mit den Hemdknöpfen und den Schnürsenkeln. Schließlich richtet Julianne sich doch auf, zupft an meinem Hemd und zieht mich an sich. Ich rieche die weiche Säure ihres verschlafenen Atems.

»Zieh nicht deine Cordhose an.«

»Was ist verkehrt an Cord?«

»Die Zeit reicht nicht, dir zu erklären, was mit Cord verkehrt ist. Glaub mir einfach.«

Sie schraubt mein Tablettendöschen auf und holt mir ein Glas Wasser. Ich fühle mich klapprig. Dankbar. Wehmütig.

»Ich dachte, es würde sich ändern«, flüstert sie mehr für sich als zu mir.

»Wie meinst du das?«

»Als wir von London weggezogen sind, dachte ich, manches würde anders. Keine Detectives und Streifenwagen mehr und keine grausamen Verbrechen, über die du nachgrübelst.«

»Sie brauchen meine Hilfe.«

»Du willst ihnen helfen.«

»Wir reden später«, sage ich und beuge mich hinab, um sie zu küssen. Sie hält mir die Wange hin und zieht die Decke enger um ihren Körper.

Monk und Safari Roy erwarten mich vor dem Haus. Monk öffnet mir die Wagentür, und Roy brettert mit solcher Geschwindigkeit um den Wendekreis vor der Kirche, dass Kies und Schlamm auf den Rasen spritzen. Weiß der Himmel, was die Nachbarn denken.

Monk ist so groß, dass es aussieht, als hätte er die Beine vor dem Armaturenbrett zusammengeklappt. Das Radio plappert vor sich hin. Keiner der beiden scheint gewillt, mir zu erklären, was los ist.

Eine halbe Stunde später halten wir im Schatten des Fußballstadions von Bristol City, wo sich drei brutal hässliche Wohntürme über viktorianischen Reihenhäusern, Fertigbaufabrikhallen und einem Parkplatz erheben. An der Ecke parkt ein Polizeibus, in dem ein Dutzend Einsatzkräfte sitzen, einige tragen kugelsichere Westen. Veronica Cray hebt den Kopf. Auf der Kühlerhaube vor ihr ist ein Stadtplan auf dem abkühlenden Blech ausgebreitet. Daneben steht Oliver Rabb leicht gebückt, als wäre ihm seine Größe neben ihr peinlich.

»Tut mir leid, wenn ich ehelichen Unfrieden gestiftet habe«, sagt DI Cray unaufrichtig.

»Schon in Ordnung.«

»Unser Oliver war sehr fleißig.« Sie weist auf einen Punkt auf der Karte. »Gestern Abend um 19.00 Uhr begann Christine Wheelers Handy Signale zu einem Funkturm etwa vierhundert Meter von hier entfernt zu senden. Es ist dasselbe Telefon, mit dem sie am Freitagnachmittag das Haus verlassen hat. Es hat sich nicht mehr gemeldet, seit das Signal in Leigh Woods ausgeschaltet wurde und Christine auf das zweite Handy wechselte.«

»Jemand hat es benutzt?«, frage ich.

»Um eine Pizza zu bestellen, die zu einer Wohnung geliefert wurde, in der ein gewisser Patrick Fuller lebt, ein Exsoldat. Er wurde aus der Armee entlassen, weil er vom Temperament her ungeeignet gewesen sei.«

»Was heißt das?«

Sie zuckt die Achseln. »Das ist Ihr Gebiet, nicht meins. Fuller wurde vor etwa einem Jahr bei einem Bombenanschlag an einer Straße im Süden Afghanistans verwundet. Zwei Soldaten seines Zugs kamen ums Leben. Eine Krankenschwester in einem Militärhospital in Deutschland beschuldigte ihn, sie begrapscht zu haben. Die Armee entließ ihn.«

Ich betrachte die beiden grauen Betontürme, die wie Inseln am langsam heller werdenden Himmel aussehen.

DI Cray redet immer noch.

»Vor vier Monaten hat Fuller seinen Führerschein verloren, nachdem er positiv auf Kokain getestet wurde. Etwa zur selben Zeit hat ihn auch seine Frau verlassen und die beiden Kinder mitgenommen.«

»Wie alt ist er?«

»Zweiunddreißig.«

»Kennt er Christine Wheeler?«

»Wissen wir nicht.«

»Und was passiert jetzt?«

»Wir verhaften ihn.«

Der Wohnturm hat ein Treppenhaus und einen Fahrstuhl. Der Hintereingang riecht nach aufgeplatzten Mülltüten, Katzenpisse und feuchten Zeitungen. Patrick Fuller wohnt im vierten Stock.

Ein Dutzend Polizisten in Kampfmontur nimmt die Treppe. Vier weitere Beamte benutzen den Fahrstuhl. Ihre Bewegungen sind bis ins Letzte choreografiert, Resultat monatelanger Ausbildung. Trotzdem wirkt das Ganze übertrieben und unnötig, wenn man bedenkt, dass der Mann bisher nicht wegen Gewalttätigkeit auffällig geworden ist.

Vielleicht ist das die Zukunft – ein Vermächtnis des 11. Septembers und der Bombenanschläge in der Londoner U-Bahn. Die Polizei klopft nicht mehr an die Tür und bittet Verdächtige höflich mit auf die Wache. Stattdessen legen sie gepanzerte Rüstungen an und brechen Türen mit Rammböcken auf. Privatsphäre und persönliche Freiheit sind weniger wichtig als die öffentliche Sicherheit. Ich verstehe die Argumente, aber ich vermisse die alten Zeiten.

Der Einsatzleiter hat die Wohnungstür erreicht und drückt auf die Klingel. Er dreht sich um und nickt. Veronica Cray nickt zurück. Sie holen kurz mit dem Rammbock aus, und die Tür ist verschwunden. Das Einsatzkommando bleibt abrupt stehen. Ein knurrender Pitbull springt den ersten Beamten an, der taumelt rückwärts und fällt. Mit gefletschten Zähnen stürzt sich der Pitbull auf seine Kehle, wird jedoch zurückgehalten.

Ein Mann in weiter Hose und Sweatshirt hat das Halsband des Hundes gepackt. Er wirkt älter als zweiunddreißig. Blasse Augen, schütteres blondes, ordentlich nach hinten gekämmtes Haar. Er beschimpft die Polizisten lautstark, schreit, sie sollen ihn in Ruhe lassen und sich verpissen. Der Hund bäumt sich auf den Hinterbeinen auf und will sich losreißen. Pistolen werden gezogen. Irgendjemand wird erschossen werden.

Ich beobachte das Ganze vom Treppenhaus aus. Weitere Beamte haben sich ein Stück in den Flur zurückgezogen. Eine weitere Gruppe steht auf der anderen Seite der Tür etwa vier Meter entfernt.

Fuller kann nicht entkommen. Alle Beteiligten sollten sich beruhigen.

»Verhindern Sie, dass man ihn erschießt«, sage ich.

Veronica Cray sieht mich spöttisch an. »Wenn ich ihn erschießen wollte, würde ich es selber machen.«

»Lassen Sie mich mit ihm reden.«

»Überlassen Sie das uns.«

Ich beachte sie gar nicht, sondern dränge mich an den Polizisten vorbei. Fuller steht vier Meter entfernt und schreit immer noch, begleitet vom Knurren seines schäumenden Hundes.

»Hören Sie mir zu, Patrick«, rufe ich. Er zögert und mustert mich. In seinem Gesicht arbeitet es unaufhörlich vor Wut und Empörung. »Ich heiße Joe.«

»Verpiss dich, Mr. Joe.«

»Was ist denn das Problem?«

»Gar nichts, wenn die mich in Ruhe lassen.«

Ich mache einen weiteren Schritt nach vorne, und der Hund bäumt sich auf.

»Ich lasse ihn los.«

»Ich bleibe hier stehen.«

Ich lehne mich an die Wand und blicke auf den Betonboden, der von ölig schwarzen, festgetretenen Kaugummis verunstaltet ist. Ich ziehe mein Handy aus der Tasche, blättere mich durch die Menü-Optionen und rufe ein paar alte SMS auf. Der Pitbull fühlt sich weniger bedroht, wenn ich den Augenkontakt meide. Es entsteht ein Moment der Ruhe, in dem sich alle entspannen können.

Aus dem Augenwinkel sehe ich, dass die Pistolen noch immer angelegt sind.

»Sie werden Sie erschießen, Patrick, oder Ihren Hund.«

»Ich habe nichts Unrechtes getan. Sagen Sie ihnen, dass sie abhauen sollen.«

Sein Tonfall ist kultivierter, als ich erwartet habe. »Das werden sie nicht tun. Dafür ist es schon zu weit gekommen.«

»Die haben meine verdammte Tür eingetreten.«

»Okay, sie hätten vielleicht vorher klopfen sollen. Darüber können wir später reden.«

Der Pitbull bäumt sich wieder auf. Fuller reißt ihn zurück. Das Tier würgt und röchelt.

»Kennen Sie diese amerikanischen Reality-Shows, in denen Fernsehteams aus Hubschraubern und Autos Verfolgungsjagden und Verhaftungen filmen?«

»Ich sehe nur selten fern.«

»Okay, aber Sie wissen, was ich meine. Erinnern Sie sich an O.J. Simpson und den Ford Bronco? Das haben wir alle gesehen: TV-Helikopter haben die Bilder von O.J. auf diesem Freeway in die ganze Welt übertragen.

Wissen Sie, was ich an diesen Szenen jedes Mal idiotisch finde? Es ist immer das Gleiche mit spektakulären Fluchten. Typen, die versuchen zu fliehen, verfolgt von einer Kolonne von Streifenwagen, einem Hubschrauber in der Luft und Fernsehreportern, die das Ganze filmen. Selbst wenn sie den Wagen gegen eine Wand gesetzt haben, steigen sie aus und springen über Hindernisse, Drahtzäune und Gartenmauern. Es ist total lächerlich, weil sie nicht entkommen können – nicht, wenn sie von so vielen Leuten verfolgt werden. Und sie erreichen bloß, dass sie als noch viel schuldiger dastehen.«

»O.J. wurde nicht verurteilt.«

»Das stimmt. Ein Dutzend Geschworene konnten sich nicht auf einen Schuldspruch einigen, aber wir anderen schon. O.J. wirkte schuldig. Er klang schuldig. Die meisten Menschen glauben, dass er schuldig war.«

Patrick beobachtet mich angespannt. Seine Gesichtszüge haben sich beruhigt. Der Hund ist verstummt.

»Sie machen den Eindruck, als ob Sie ein ziemlich intelligenter Typ sind, Patrick. Und ein intelligenter Typ wie Sie würde diesen Fehler nicht machen. Er würde sagen: Meine Herren, was soll das Theater? Selbstverständlich beantworte ich Ihre Fragen. Lassen Sie mich nur kurz meinen Anwalt anrufen.«

Die Spur eines Lächelns. »Ich kenne keine Anwälte.«

»Ich besorg Ihnen einen.«

»Können Sie mir Johnny Cochran herbeischaffen?«

»Ich besorg Ihnen seinen entfernten Cousin Frank.«

Diesmal ernte ich ein richtiges Lächeln. Ich schiebe mein Handy wieder in die Tasche.

»Ich habe für dieses Land gekämpft«, sagt Patrick. »Ich habe Kameraden sterben sehen. Wissen Sie, wie das ist?«

»Nein.«

»Sagen Sie mir, warum ich mir diesen Mist gefallen lassen muss.«

»Das ist das System, Patrick.«

»Scheiß auf das System.«

»Meistens funktioniert es.«

»Nicht für mich.«

Ich richte mich gerader auf und breite meine Hände offen aus.

»Es liegt an Ihnen. Wenn ich kehrtmache und diesen Flur hinuntergehe, erschießen die Ihren Hund oder Sie. Sie können den Hund aber auch im Schlafzimmer einschließen und mit erhobenen Händen rauskommen. Dann wird niemand verletzt.«

Er denkt noch eine Weile darüber nach, bevor er heftig an dem Halsband zieht und das Tier zurück in die Wohnung zerrt. Eine Minute später kommt er wieder heraus. Die Polizisten umringen ihn.

Er wird auf die Knie und dann auf den Bauch gezwungen, die Hände hinter dem Rücken gefesselt. Ein Hundeexperte ist mit einem Netz an einem langen Stab eingetroffen. Als er den Pitbull nach draußen trägt, strampelt der wild in der Luft.

»Nicht den Hund«, flüstert Patrick. »Tun Sie meinem Hund nichts.«

22

Ein Polizeiverhör ist ein Schauspiel in drei Akten. Im ersten werden die Figuren vorgestellt, im zweiten wird der Konflikt ausgebreitet, und der dritte liefert die Lösung.

Dieses Verhör ist anders verlaufen. Seit einer Stunde versucht Veronica Cray einen Sinn in Patrick Fullers weitschweifigen Antworten und bizarren Erklärungen zu erkennen. Er leugnet, in Leigh Woods gewesen zu sein. Er leugnet, Christine Wheeler getroffen zu haben. Er leugnet, aus der Armee entlassen worden zu sein. Er scheint im Begriff, seine eigene Geschichte zu leugnen. Gleichzeitig kann er sich plötzlich und unerklärlicherweise in einer Einzelheit verlieren, auf die er sich konzentriert, während er alles andere ausblendet.

Ich beobachte ihn durch den Einwegspiegel und komme mir vor wie ein Voyeur. Der Verhörraum ist neu, in Pastellfarben gestrichen und mit gepolsterten Stühlen ausgestattet. An den Wänden hängen Drucke von Küstenlandschaften. Patrick läuft, den Kopf gesenkt und mit hängenden Armen, alle vier Ecken ab, als hätte er seinen Busfahrschein verloren. DI Cray fordert ihn auf, Platz zu nehmen. Das tut er auch, aber nur für einen Moment. Jede neue Frage bringt ihn wieder auf Trab.

Er greift in seine Gesäßtasche auf der Suche nach irgendwas – einem Kamm möglicherweise. Er ist nicht mehr da. Dann kämmt er sich die Haare mit den Fingern nach hinten. Er hat eine Narbe auf der linken Hand, ein »x«, das sich von der Basis seines Daumens und seines kleinen Fingers bis zu beiden Seiten des Handgelenks erstreckt.

Eine Pflichtverteidigerin wurde hinzugerufen, um ihn zu beraten. Sie ist mittleren Alters und von geschäftsmäßiger Nüchternheit. Sie sitzt, den Koffer zwischen die Knie geklemmt, mit einem großen Block unter den gefalteten Händen aufrecht vor ihm. Patrick scheint nicht besonders beeindruckt. Er wollte einen Mann.

»Bitte weisen Sie Ihren Mandanten an, sich hinzusetzen«, fordert Veronica Cray.

»Ich versuche es.«

»Und sagen Sie ihm, er soll aufhören, uns auf der Nase herumzutanzen.«

»Er ist absolut kooperativ.«

»Das ist eine interessante Interpretation.«

Die beiden Frauen mögen sich nicht. Vielleicht kennen sie sich von früher. DI Cray legt einen versiegelten Plastikbeutel auf den Tisch.

»Ich frage Sie noch einmal, Mr. Fuller, haben Sie dieses Telefon schon einmal gesehen?«

»Nein.«

»Es wurde in Ihrer Wohnung gefunden.«

»Dann muss es wohl meins sein.«

»Woher haben Sie es?«

»Der Finder darf es behalten.«

»Wollen Sie damit sagen, Sie hätten es gefunden?«

»Ich weiß nicht mehr.«

»Wo waren Sie Freitagnachmittag?«

»Am Strand.«

»Es hat geregnet.«

Er schüttelt den Kopf.

»War irgendjemand bei Ihnen?«

»Meine Kinder ...«

»Sie haben auf Ihre Kinder aufgepasst?«

»Jessica hat Muscheln in einem Eimer gesammelt, und George hat eine Sandburg gebaut. George kann noch nicht schwimmen, aber Jessica lernt es gerade. Sie haben gepaddelt.«

»Wie alt sind Ihre Kinder?«

»Jessica ist sechs, und ich glaube, George ist vier.«

»Sie scheinen sich nicht sicher.«

»Natürlich bin ich mir sicher.«

DI Cray versucht, ihn auf Einzelheiten festzunageln. Wann er am Strand angekommen ist, wann sie gegangen sind und wer sie vielleicht gesehen haben könnte. Fuller beschreibt einen typischen Ausflug an einem Sommertag mit Eiscreme auf der Strandpromenade und Warteschlangen beim Eselreiten.

Es ist eine überzeugende Vorstellung und trotzdem völlig unglaubhaft. Am Freitag gab es in einem Dutzend Countys eine Flutwarnung. An der Atlantikküste und im Severn tobte ein Sturm.

Veronica Cray ist langsam frustriert. Es wäre leichter, wenn Fuller gar nichts sagen würde – dann könnte sie zumindest die Indizien logisch ausbreiten und zu einer Mauer von Fakten gegen ihn auftürmen. Stattdessen findet er ständig neue Ausflüchte, die sie zwingen, immer wieder anzusetzen.

Das Phänomen ist mir nicht ganz unbekannt. Ich habe es in meiner Praxis schon öfter gesehen – Patienten, die komplizierte Fiktionen und Einbildungen produzieren und sich auf nichts festlegen lassen wollen.

Das Verhör wird unterbrochen. Im Vorraum ist es still. Monk und Roy wechseln viel sagende Blicke und ein verstohlenes Grinsen. Offenbar haben sie ein schadenfrohes Vergnügen daran, ihre Chefin scheitern zu sehen. Ich bezweifle, dass das sehr häufig vorkommt.

DI Cray schleudert ein Klemmbrett gegen die Wand. Papiere fallen auf den Boden.

»Ich glaube nicht, dass er vorsätzlich lügt«, sage ich. »Er versucht, kooperativ zu sein.«

»Der Typ ist verrückter als ein Clownspimmel.«

»Es könnte sein, dass er sich nicht erinnern kann.«

»Was für ein Haufen Scheiße!«

Ich stehe verlegen vor ihr. Monk betrachtet seine polierten Schuhspitzen. Safari Roy studiert seinen Daumennagel. Fuller ist nach unten in eine Arrestzelle gebracht worden.

Eine Hirnverletzung könnte sein Verhalten erklären. Er wurde in Afghanistan verwundet. Ein Bombenanschlag auf einer Straße. Wenn man sichergehen wollte, müsste man nur seine Krankenakte anfordern oder ihn psychologisch begutachten.

»Lassen Sie mich mit ihm reden.«

Einen Moment herrscht Schweigen. »Was soll uns das nutzen?«

»Ich sage Ihnen, ob er ein rechtmäßig Verdächtiger ist.«

»Er ist bereits ein Verdächtiger. Er hatte Christine Wheelers Handy.«

»Ich möchte Fuller wie einen Patienten behandeln. Keine Aufnahme. Kein Video. Ganz inoffiziell.«

Veronica Crays Schultern beben vor Zorn. Monk und Roy sehen mich mitleidig an wie einen bereits Verurteilten. DI Cray beginnt Gründe aufzuzählen, warum sie mich nicht in den Verhörraum lassen darf. Sollte Patrick Fuller des Mordes angeklagt werden, könnte er die Befragung durch mich als Schlupfloch benutzen, einer Anklage zu entgehen, weil das gesetzlich vorgeschriebene Verfahren verletzt wurde.

»Und wenn wir es als psychologische Begutachtung bezeichnen?«

»Dem müsste Fuller zustimmen.«

»Ich rede mit seiner Anwältin.«

Fullers Pflichtverteidigerin hört sich meine Argumente an, und wir einigen uns auf die Regeln. Nichts, was ihr Mandant sagt, darf gegen ihn verwendet werden, wenn er der Aufzeichnung der Befragung nicht vorher ausdrücklich zustimmt.

Patrick wird wieder nach oben gebracht. Ich beobachte aus dem dunklen Observationsraum, wie er konzentriert durch den Verhörraum schreitet, kehrtmacht und versucht, seine Füße auf exakt dieselben Stellen zu setzen wie zuvor. Er zögert. Er hat vergessen, wie viele Schritte er zurück zu seinem Ausgangspunkt braucht. Er schließt die Augen und versucht, sich zu erinnern, bevor er sich wieder in Bewegung setzt.

Als ich die Tür öffne, erschrickt er. Einen Moment ist ihm nicht klar, wer ich bin. Dann erinnert er sich an mich. Seine Besorgnis weicht einer Folge winziger Grimassen, als wollte er seine Gesichtsmuskeln fein justieren, bis er mit dem Ausdruck, den er der Welt zeigt, zufrieden ist.

Seine Anwältin kommt nach mir in den Raum und setzt sich auf einen Stuhl in der Ecke.

»Hallo, Patrick.«

»Mein Hund?«

»Ihr Hund wird gut versorgt.«

»Was haben Sie eben auf dem Boden gesehen?«

»Nichts.«

»Sie haben darauf geachtet, auf irgendetwas nicht zu treten.«

»Die Mausefallen.«

»Wer hat die Mausefallen aufgestellt?«

Er sieht mich hoffnungsvoll an. »Sie können sie sehen?«

»Wie viele können Sie sehen?«

Er zeigt mit dem Finger und zählt. »Zwölf, dreizehn …«

»Ich bin Psychologe, Patrick. Haben Sie schon einmal mit einem Menschen wie mir gesprochen?«

Er nickt.

»Nach Ihrer Verwundung?«

»Ja.«

»Haben Sie Albträume?«

»Manchmal.«

»Wovon handeln die Albträume?«

»Blut.« Er setzt sich und steht sofort wieder auf.

»Blut?«

»Zuerst sehe ich Leons Leiche, die über mir liegt. Er hat die Augen nach innen verdreht. Überall ist Blut. Ich weiß, dass er tot ist. Ich muss ihn von mir runterschieben. Spikes Beine sind unter der Karosserie des Jeeps eingeklemmt, keine Chance, ihn anzuheben. Kugeln prallen von dem Blech ab wie Regentropfen, und wir suchen verzweifelt Deckung.

Spike schreit wie am Spieß, weil seine Beine eingeklemmt sind und der Wagen brennt. Und wir wissen alle, dass der Jeep in die Luft fliegen wird, wenn die Flammen den Tank erreichen.«

Patrick atmet in kurzen stockenden Zügen, auf seiner Stirn stehen Schweißperlen.

»Ist das in Wirklichkeit passiert, Patrick?«

Er antwortet nicht.

»Wo ist Spike jetzt?«

»Er ist tot.«

»Ist er bei der Feindberührung ums Leben gekommen?«

Patrick nickt.

»Wie ist er gestorben?«

»Er wurde erschossen.«

»Wer hat ihn erschossen?«

»Ich«, flüstert er.

Seine Anwältin will dazwischengehen, aber ich hebe die Hand, weil ich noch länger fragen will.

»Warum haben Sie Spike erschossen?«

»Er war von einer Kugel in der Brust getroffen worden, aber er schrie immer noch. Die Flammen hatten seine Beine erreicht. Wir konnten ihn nicht befreien. Wir steckten fest. Wir erhielten den Befehl zum Rückzug. Er hat geschrien. Er hat mich angefleht … im Sterben.«

Patricks Gesichtsmuskeln zucken vor Schmerz. Er bedeckt sein Gesicht mit den Händen und sieht mich zwischen den gespreizten Fingern hindurch an.

»Es ist okay«, erkläre ich ihm. »Entspannen Sie sich.« Ich gieße ihm einen Becher Wasser ein.

Er greift danach, braucht jedoch beide Hände, um den Becher an die Lippen zu führen. Während er trinkt, lässt er mich nicht aus den Augen. Dann bemerkt er meine linke Hand. Daumen und Zeigefinger drehen wieder Pillen, ein Detail, das er offenbar registriert und speichert.

»Ich werde Ihnen einige Fragen stellen, Patrick. Es ist kein Test, aber Sie müssen sich konzentrieren.«

Er nickt.

»Welchen Tag haben wir heute?«

»Freitag.«

»Und welches Datum?«

»Den Sechzehnten.«

»Eigentlich ist heute der Fünfte. Welcher Monat?«

»August.«

»Wie kommen Sie darauf?«

»Es ist heiß draußen.«

»Sie sind aber gar nicht für warmes Wetter angezogen.«

Beinahe überrascht mustert er seine Kleidung. Dann sehe ich, wie sein Blick abschweift und sich auf etwas hinter mir konzentriert. Ich plaudere weiter übers Wetter und wende den Kopf weit genug, um den gerahmten Druck zu sehen, der neben dem Spiegel hängt – eine Strandszene mit spielenden Kindern und Paddelbooten. Im Hintergrund sieht man ein Riesenrad und einen Eiswagen.

Patrick hat sich aus einem einzigen Bild ein komplettes Alibi konstruiert. Es hat ihm geholfen, Details des vergangenen Freitags auszuschmücken, an die er sich nicht erinnern konnte. Deswegen war er so sicher, dass es ein heißer Tag war und er mit den Kindern ans Meer gefahren ist.

Patrick hat ein Problem mit seinem kontextuellen Gedächtnis. Er behält Fetzen autobiografischer Informationen, kann sie jedoch nicht mit einem bestimmten Ort oder Zeitpunkt verknüpfen. Die Erinnerungen treiben lose in seinem Kopf, Bilder prallen zusammen. Deswegen erzählt er wirre Geschichten und meidet den Blickkontakt. Er sieht Mausefallen auf dem Boden.

Die Wirklichkeit wird in seinem Kopf einer permanenten Revision unterzogen. Wenn eine Frage auftaucht, von der er glaubt, er müsse sie beantworten können, sucht er nach Hinweisen und entwickelt um diese ein neues, passendes Drehbuch. Das Foto an der Wand hat ihm einen Rahmen geliefert, und er hat eine Geschichte darum gesponnen, ohne Abweichungen wie den Regen oder die Jahreszeit zu beachten.

Wenn Patrick mein Patient wäre, würde ich einen Behandlungsplan aufstellen und um Einsicht in seine Krankenakte bitten. Vielleicht würde ich sogar einen Hirnscan veranlassen, der wahrscheinlich eine Verletzung der rechten Hirnhälfte belegen würde – irgendeine Gehirnblutung. Auf jeden Fall leidet er zumindest an posttraumatischem Stress-Syndrom. Deswegen flunkert und fabuliert er, erfindet fantastische Geschichten, um Dinge zu erklären, an die er sich nicht erinnern kann. Er macht es unabsichtlich. Automatisch.

»Patrick«, sage ich sanft, »wenn Sie sich nicht erinnern, was am vergangenen Freitag passiert ist, sagen Sie es mir einfach. Ich halte Sie deswegen bestimmt nicht für dumm. Jeder vergisst mal was. In Ihrer Wohnung hat man ein Telefon gefunden, das einer Frau gehörte, die in Leigh Woods war.«

Er starrt mich mit leerem Blick an. Ich weiß, dass die Erinnerung da ist. Er hat bloß keinen Zugriff auf die Information.

»Sie war nackt«, sage ich. »Sie trug einen gelben Regenmantel und hochhackige Schuhe.«

Sein Blick hört auf zu schweifen, und er sieht mich direkt an. »Ihre Schuhe waren rot.«

»Ja.«

Es ist, als ob die Räder in seinem Kopf plötzlich stillstehen und hinter der Scheibe alle die gleiche Furcht zeigen. Verstreute Fragmente von Erinnerung und Gefühl fallen zusammen.

»Sie haben sie gesehen?«

Er zögert. Diesmal wird es eine echte Lüge sein. Ich lasse ihm keine Gelegenheit.

»Sie war auf dem Weg.«

Er nickt.

»War sie in Begleitung?«

Er schüttelt den Kopf.

»Was hat sie gemacht?«

»Sie ist gelaufen.«

»Haben Sie sie angesprochen?«

»Nein.«

»Sind Sie ihr gefolgt?«

Er nickt. »Mehr habe ich nicht gemacht.«

»Wie sind Sie in den Besitz des Telefons gekommen?«

»Ich habe es gefunden.«

»Wo?«

»Sie hat es im Wagen liegen lassen.«

»Und da haben Sie es sich genommen?«

»Er war nicht abgeschlossen«, murmelt er, weil ihm keine andere Ausrede einfällt. »Ich hab mir Sorgen um sie gemacht. Ich dachte, sie brauchte vielleicht Hilfe.«

»Warum haben Sie dann nicht die Polizei angerufen?«

»I-i-i-ch hatte kein Telefon.«

»Sie hatten das von ihr.«

Sein Gesicht ist ein einziger Aufruhr von Ticks und Zuckungen. Er ist aufgesprungen und läuft wieder auf und ab, diesmal ohne die Mausefallen zu beachten. Er sagt etwas. Ich bekomme es nicht mit. Ich bitte ihn, es zu wiederholen.

»Der Akku war leer. Ich musste ein Aufladegerät kaufen. Das hat mich zehn Pfund gekostet.« Er sieht mich hoffnungsvoll an. »Meinen Sie, das bekomme ich erstattet?«

»Ich weiß nicht.«

»Ich hab das Telefon nur ein paar Mal benutzt.«

»Hören Sie mir zu, Patrick. Sehen Sie mich an. Haben Sie mit der Frau im Park gesprochen?«

Sein Gesicht fängt wieder an zucken.

»Was hat sie gesagt, Patrick? Es ist wichtig.«

»Nichts.«

»Schütteln Sie nicht den Kopf, Patrick. Was hat sie gesagt?«

Er zuckt die Achseln und sieht sich in dem Raum nach einem anderen Bild um, das ihm weiterhilft.

»Ich will nicht, dass Sie sich etwas ausdenken, Patrick. Wenn Sie sich nicht erinnern, sagen Sie es einfach. Aber es ist wirklich wichtig. Denken Sie scharf nach.«

»Sie hat nach ihrer Tochter gefragt. Sie wollte wissen, ob ich sie gesehen hätte.«

»Hat sie gesagt, warum?«

Er schüttelt den Kopf.

»Ist das alles, was sie gesagt hat?«

»Ja.«

»Was ist dann passiert?«

Er zuckt die Achseln. »Sie ist weggelaufen.«

»Sind Sie ihr gefolgt?«

»Nein.«

»Hatte Sie ein Telefon bei sich, Patrick? Hat sie mit jemandem gesprochen?«

»Kann sein. Ich weiß nicht. Ich hab nichts gehört.«

Ich stelle weiter Fragen, um so etwas wie ein Gerippe aus Wahrheit zusammenzusetzen, bis er plötzlich ohne jede Vorwarnung verstummt und auf den Boden starrt. Er hebt einen Fuß und steigt über eine »Mausefalle«. Ich habe ihn wieder verloren. Er ist woanders.

»Vielleicht sollten wir ihm eine Pause gönnen«, sagt die Anwältin.

Vor dem Verhörraum setze ich mich mit den Detectives zusammen und erkläre ihnen, warum Patrick meiner Ansicht nach wirr redet und Geschichten erfindet.

»Das heißt, er hat einen Hirnschaden«, versucht Safari Roy, meine klinische Beschreibung zusammenzufassen.

»Deswegen ist er noch nicht unschuldig«, fügt Monk hinzu.

»Ist das ein Dauerzustand?«, fragt Veronica Cray.

»Ich weiß es nicht. Patrick behält den Kern einer Information, kann sie jedoch mit keinem bestimmten Ort oder Zeitpunkt verknüpfen. Seine Erinnerungen schweben frei. Wenn Sie ihm ein Foto zeigen und ihm beweisen, dass er in Leigh Woods war, wird er es akzeptieren. Aber das heißt nicht, dass er sich daran erinnert, dort gewesen zu sein.«

»Das heißt, er könnte trotzdem unser Mann sein.«

»Sehr unwahrscheinlich. Sie haben ihn ja gehört. In seinem Kopf prallen Gesprächsfetzen, Bilder, Erinnerungen an seine Frau und seine Kinder sowie an Erlebnisse vor seiner Verwundung ohne jede Ordnung aufeinander. Er kann funktionieren. Er kann einen einfachen Job erledigen. Aber jedes Mal, wenn sein Gedächtnis ihn im Stich lässt, denkt er sich etwas aus.«

»Das heißt, wir kriegen keine Aussage«, sagt DI Cray abschätzig. »Die brauchen wir auch nicht. Er gibt zu, am Tatort gewesen zu sein. Und er hatte ihr Telefon.«

»Er hat sie nicht dazu gebracht zu springen.«

DI Cray unterbricht mich. »Bei allem gebotenen Respekt, Professor, ich weiß, dass Sie gut sind in dem, was Sie tun, aber Sie haben keine Ahnung, wozu dieser Mann fähig ist.«

»Sie können glauben, dass ich mich irre, aber das ist noch kein Grund, das Nachdenken einzustellen. Ich habe Ihnen meine Meinung vorgetragen. Sie machen einen Fehler.«

DI Cray wirkt entschlossen, als sie einen Packen Papiere ordnet und beginnt, Anweisungen zu erteilen. Sie will, dass der Geschäftsführer und der Assistent des Handy-Ladens auf das Revier gebracht werden.

»Patrick hat ihren Wagen abgeschlossen«, sage ich.

Veronica Cray stutzt mitten im Satz. »Inwiefern ist das irgendwie relevant?«

»Es scheint mir nur merkwürdig für einen Mörder.«

»Haben Sie ihn gefragt, warum?«

»Er sagte, er wollte nicht, dass ihn jemand klaut.«

23

Die kleine Alice reitet ihre braune Stute. Ihre Haare sind zu einem Zopf geflochten, der in ihrem Rücken auf und ab wippt, während sie sich auf ihren langsamen Runden durch die Koppel im Sattel bewegt.

Drei weitere Reitschülerinnen sind hinzugekommen, alle in Reithosen, Reitstiefeln und Reiterhelmen. Die Lehrerin, Mrs. Lehane, hat breite Hüften und strubbelige blonde Haare. Sie erinnert mich an die Frau eines Kommandeurs, die ich in Deutschland kennengelernt habe und die furchterregender war als ihr Mann.

Ich kann die Pferde riechen. Traue keinem Tier, das größer ist als du, ist mein Motto. Auf Fotos sehen Pferde vielleicht intelligent und friedlich aus, aber in Wirklichkeit und von Nahem lassen sie schnaubend ihre Muskeln spielen. Und hinter diesen großen, weichen Augen verbirgt sich ein Geheimnis. Wenn der Umsturz kommt, werden Vierbeiner die Welt regieren.

Ein paar Eltern sind geblieben, um ihre Kleinen reiten zu sehen. Andere unterhalten sich auf dem Parkplatz. Alice hat niemanden, der ihr zuguckt, außer mir. Mach dir keine Sorgen, Schneeflöckchen, ich sehe dir zu. Sitz gerade. Hopp, hopp, hopp …

Ich tippe die Nummer in mein Handy und drücke auf die grüne Taste. Eine Frau meldet sich.

»Spreche ich mit Sylvia Furness?«

»Ja.«

»Der Mutter von Alice?«

»Ja. Wer ist denn da?«

»Ich bin der gute Samariter, der auf Ihre Tochter aufpasst.«

»Wie meinen Sie das?«

»Sie ist vom Pferd gefallen. Hat sich heftig das Knie verdreht. Aber jetzt ist es okay. Ich hab es gesund geküsst.«

Sie atmet scharf ein. »Wer sind Sie? Wo ist meine Tochter?«

»Sie liegt hier auf dem Bett direkt neben mir, Sylvia.«

»Was soll das heißen?«

»Nach dem Sturz war sie ein bisschen mit Schlamm bespritzt. Ihre Reithose war schmutzig. Ich hab sie in die Waschmaschine gesteckt und Alice gebadet. Sie hat so wunderbare Haut. Welche Spülung benutzt sie? Ihr Haar fühlt sich so weich an.«

»I-i-ich weiß nicht.«

»Und dieses hübsche, mandelförmige Muttermal an ihrem Hals. Ich werde es küssen.«

»Nein! Fassen Sie sie nicht an!«

Schmerz und Verwirrung würgen ihr die Stimme ab. Angst. Panik. All das macht sie gerade durch. Gefühlsüberlastung.

»Wo ist Mrs. Lehane?«, fragt sie.

»Bei den anderen Reitschülerinnen.«

»Lassen Sie mich mit Alice sprechen.«

»Sie kann nicht sprechen.«

»Warum nicht?«

»Weil ihr Mund mit Klebeband zugeklebt ist. Keine Angst, Sylvia, sie kann sie hören. Ich halte ihr das Telefon ans Ohr. Sie können ihr sagen, dass Sie sie lieben.«

Ein Stöhnen. »Bitte lassen Sie sie gehen.«

»Aber wir haben so viel Spaß zusammen. Sie ist ein so süßes kleines Ding. Ich passe auf sie auf. Kleine Mädchen brauchen jemanden, der auf sie aufpasst. Wo ist Alices Daddy?«

»Er ist nicht da.«

»Kleine Mädchen brauchen einen Vater.«

»Er ist geschäftlich unterwegs.«

»Warum benimmst du dich wie eine Hure, wenn er weg ist?«

»Das tue ich nicht.«

»Alice findet das schon.«

»Nein.«

»Sie wird größer, eine knospende Frau.«

»Bitte rühren Sie sie nicht an.«

»Sie ist sehr tapfer. Sie hat nicht geweint, als ich die Kleider aufgeschnitten habe. Jetzt ist sie ein bisschen verlegen, weil sie nackt ist, aber ich habe ihr gesagt, dass sie sich keine Sorgen machen soll. Ich konnte ihr ja schlecht ihre schlammigen Kleider wieder anziehen. Man sollte sie übrigens wirklich mit einem BH ausstatten. Ich glaube, sie ist so weit … ich meine, sie wird im Mai zwölf.«

Sie bettelt mich jetzt an, schluchzt am Telefon.

»Ich weiß alles über Alice. Sie mag Coldplay. Ihr Pferd heißt Sally. Auf ihrem Nachttisch steht ein Foto von ihrem Vater. Ihre beste Freundin heißt Shelly. Sie mag einen Jungen von ihrer Schule namens Danny Green. Sie ist noch ein bisschen jung für einen Freund, aber es wird nicht mehr lange dauern, bis sie den Jungen im Kino in der letzten Reihe einen bläst und in der ganzen Stadt ihre Beine breitmacht. Ich werde sie zureiten.«

»Nein, bitte. Sie ist doch noch –«

»Eine Jungfrau, ich weiß. Ich habe es überprüft.«

Sylvia hyperventiliert.

»Beruhige dich«, erkläre ich ihr. »Atme tief ein. Es ist wichtig für Alice, dass du mir gut zuhörst.«

»Was wollen Sie?«

»Ich will, dass du mir hilfst, sie zur Frau zu machen.«

»Nein. Nein.«

»Hör mir zu, Sylvia. Unterbrich mich nicht.«

»Bitte lassen Sie sie gehen.«

»Was habe ich gesagt?«

»Bitte.«

Ich schlage das Telefon auf meine Hand. »Hast du das gehört, Sylvia? So klingt es, wenn ich mit der Faust in Alice' Gesicht schlage. Ich werde sie wieder schlagen, wenn du mich noch einmal unterbrichst.«

»Nein. Bitte. Tut mir leid.«

Sie verstummt.

»So ist es gut, Sylvia. Viel besser. Ich werde dir jetzt erlauben, Alice hallo zu sagen. Sie kann dich hören. Was willst du ihr sagen?«

»Baby, hier ist Mummy«, schluchzt sie. »Alles wird gut. Hab keine Angst. Ich werde dir helfen. Ich … ich …«

»Sag ihr, dass sie sich entspannen soll.«

»Entspann dich einfach.«

»Sag ihr, sie soll kooperieren.«

»Tu, was der Mann sagt.«

»Das ist sehr gut, Sylvia. Sie ist schon viel ruhiger. Jetzt kann ich anfangen. Und du kannst mir helfen. In welches Loch soll ich sie zuerst ficken?«

Sie heult auf. »Bitte, fassen Sie sie nicht an. Bitte nicht. Bringen Sie sie nach draußen. Setzen Sie sie auf der Straße ab. Ich werde die Polizei nicht rufen.«

»Warum sollte ich das tun?«

»Sie ist noch ein Kind.«

»In manchen Ländern werden Mädchen in ihrem Alter verheiratet. Außerdem beschneidet man sie und näht ihnen die Fotze zu.«

Ein Stöhnen aus den Tiefen ihres Körpers.

»Nehmen Sie mich. Sie können mich haben.«

»Warum sollte ich dich nehmen, wenn ich die kleine Alice habe? Sie ist jung. Du bist alt. Sie ist rein. Du bist eine Nutte.«

»Bitte nehmen Sie mich.«

»Kannst du sie atmen hören? Ich lege meinen Kopf auf ihre Brust. Ihr Herz pocht. ›Klopf, klopf, klopf.‹«

»Nehmen Sie mich, bitte. Ich mache alles, was Sie wollen.«

»Oh, vorsichtig, was du sagst, Sylvia. Willst du wirklich ihren Platz einnehmen?«

»Ja.«

»Könntest du … würdest du …?«

»Ja.«

»Woher weiß ich, dass ich dir trauen kann?«

»Das können Sie. Bitte lassen Sie sie gehen.«

In der anderen Hand habe ich ein zweites Handy. Ich wähle eine neue Nummer. Sylvia deckt ihren Hörer mit der Hand zu und geht an ihr Handy. »Helfen Sie mir!«, flüstert sie drängend. »Bitte! Rufen Sie die Polizei. Er hat meine Tochter.«

Ich spreche jede Silbe ihres Namens überdeutlich aus. »Sylviii-aa. Rate mal, wer hier ist?«

Sie heult verzweifelt auf.

»Alice hat mir deine Handy-Nummer gegeben. Das war ein Test. Ich kann dir nicht mehr vertrauen. Ich werde jetzt auflegen. Du wirst Alice nie wiedersehen.«

»Nein! Nein! Nein!«, schluchzt sie. »Es tut mir leid. Bitte. Es war ein Fehler. Er wird nicht noch mal vorkommen.«

»Ich halte das Telefon wieder an Alice' Ohr. Sag ihr, dass es dir leidtut. Eigentlich wollte ich sie nur vergewaltigen und zurückschicken. Jetzt wirst du sie nie wiedersehen.«

»Bitte tun Sie ihr nichts.«

»Oh, schau! Jetzt weint sie.«

»Alles. Ich tue alles.«

»Ich liege auf ihr, Sylvia. Entspann dich, Kleine. Keine Angst. Es ist Mummys Schuld. Sie war nicht vertrauenswürdig.«

»Nein, nein, nein, bitte …«

»Spreiz die Beine, Kleine. Es wird wehtun. Und wenn ich fertig bin, vergrabe ich dich so tief, dass deine Mummy dich nie findet. Aber die Würmer finden dich. Deine Leiche wird ihnen so süß schmecken.«

»Nehmen Sie mich! Nehmen Sie mich!«, kreischt Sylvia. »Rühren Sie sie nicht an! Tun Sie meinem Kind nichts.«

»Sag ihr, dass es dir leidtut. Und dann sag Lebewohl.«

»Nein. Hören Sie. Ich mache alles. Tun Sie ihr nichts. Nehmen Sie mich stattdessen.«

»Bist du auch würdig, Sylvia? Du musst mir beweisen, dass du würdig bist, ihren Platz einzunehmen.«

»Wie?«

»Zieh dich aus.«

»Was?«

»Alice ist nackt. Ich will, dass du auch nackt bist. Zieh dich aus. Oh, sieh nur! Alice nickt. Sie will, dass du ihr hilfst.«

»Kann ich noch mal mit ihr sprechen?«

»Okay. Sie hört dich.«

»Baby, kannst du mich hören? Es ist okay. Hab keine Angst. Mummy kommt und holt dich. Ich verspreche es dir. Ich liebe dich.«

»Das war wirklich rührend, Sylvia. Bist du schon nackt?«

»Ja.«

»Geh zum Fenster und zieh die Vorhänge auf.«

»Warum?«

»Ich habe meine Augen überall, Sylvia. Ich kann dir genau sagen, wie dein Schlafzimmer und dein Kleiderschrank aussehen, deine Kleider an den Bügeln, deine Schuhe …«

»Wer sind Sie?«

»Ich bin der Mann, der deine Tochter zu Tode fickt, wenn du nicht genau das machst, was ich sage.«

»Ich möchte bloß Ihren Namen wissen.«

»Nein, das möchtest du nicht. Du willst eine Verbindung herstellen. Du willst eine Beziehung zu mir aufbauen, weil du denkst, dass es dadurch weniger wahrscheinlich wird, dass ich Alice etwas antue. Spiel keine Spielchen mit mir, Sylvia. Ich bin ein Profi. Ich weiß, wie man Leute manipuliert und ihnen den Verstand verdreht. Das ist mein Beruf. Ich habe es für unser Land gemacht.«

»Wie meinen Sie das?«

»Ich meine, dass ich weiß, was du denkst. Ich weiß alles über dich. Ich weiß, wo du wohnst. Ich kenne deine Freundinnen. Ich werde dir noch eine Prüfungsaufgabe stellen. Denk dran, was beim letzten Mal passiert ist. Ich kenne eine deiner Freundinnen: Sie heißt Helen Chambers.«

»Was ist mit Helen?«

»Ich will, dass du mir sagst, wo sie ist.«

»Ich weiß nicht, wo sie ist. Ich habe sie seit Jahren nicht gesehen.«

»Du lügst!«

»Nein, es ist wahr. Sie hat mir vor ein paar Wochen eine E-Mail geschickt.«

»Was hat sie geschrieben?«

»Sie-sie-sie sagte, sie würde nach Hause kommen. Sie wollte sich mit mir treffen.«

»Syl-vii-a, lüg mich nicht an.«

»Ich lüge nicht.«

»DU BIST EINE BESCHISSENE LÜGNERIN!«

»Nein.«

»Bist du schon nackt?«

Unter Tränen: »Ja.«

»Du hast die Vorhänge noch nicht aufgezogen.«

»Doch, habe ich.«

»Das ist gut. Jetzt geh zu deinem Kleiderschrank. Ich will, dass du deine schwarzen Stiefel suchst, die spitzen mit den Fick-mich-Absätzen. Ich will, dass du sie anziehst.«

Ich höre, wie sie die Schuhe sucht, und stelle mir vor, wie sie auf Knien herumwühlt.

»Ich kann sie nicht finden.«

»Doch, das kannst du.«

»Dafür muss ich das Telefon weglegen.«

»Nein. Wenn du das Telefon weglegst, stirbt Alice. Es ist ganz einfach.«

»Ich suche ja.«

»Das dauert zu lange. Ich werde Alice die Augenbinde abnehmen müssen. Weißt du, was das heißt? Sie kann mich erkennen. Ich werde sie töten müssen. Ich löse die Schleife. Wenn sie die Augen öffnet, stirbt sie.«

»Ich hab sie gefunden! Da sind sie!«

»Zieh sie an.«

»Ich muss das Telefon weglegen, um den Reißverschluss hochzuziehen.«

»Nein, das musst du nicht.«

»Es ist unmög –«

»Hältst du mich für blöd, Sylvia? Denk nicht, dass ich das hier nicht schon mal gemacht hätte. Es gibt tote Mädchen landauf und landab. Man liest in den Zeitungen von ihnen und sieht ihre Fotos im Fernsehen. Vermisste Teenager. Ihre Leichen wurden nie gefunden. Das war ich! Ich hab das getan! Also versuch nicht, mich zu verarschen, Sylvia.«

»Das tue ich nicht. Sie werden Alice laufen lassen. Ich meine, wenn ich tue, was Sie sagen, lassen Sie sie laufen?«

»Ein oder zwei kommen davon, aber nur, wenn jemand bereit ist, ihren Platz einzunehmen. Bist du dazu bereit, Sylvia? Enttäusch mich nicht. Und enttäusch Alice nicht. Entweder du tust es für mich, oder sie tut es für mich.«

»Ja.«

Ich dirigiere sie ins Bad. In der zweiten Schublade ihres Badezimmerschränkchens liegt ein Lippenstift. Pink. Gloss.

»Sieh dich im Spiegel an, Sylvia. Was siehst du?«

»Ich weiß nicht.«

»Ach, komm schon. Was siehst du?«

»Mich.«

»Eine Hure. Trag den Lippenstift auf. Mach dich für mich schön.«

»Ich kann nicht.«

»Entweder du tust es für mich, oder sie tut es für mich.«

»Schon gut.«

»Jetzt die unterste Schublade. Darin liegt ein pinkfarbenes Täschchen. Nimm es.«

»Es ist nicht da.«

»Doch. Und lüg mich nicht wieder an.«

»Bestimmt nicht.«

»Bist du bereit?«

»Ja.«

Ich sage ihr, dass sie zur Wohnungstür gehen, die Autoschlüssel und das Täschchen mitnehmen soll.

»Mach die Tür auf, Sylvia. Immer hübsch einen Fuß vor den anderen.«

»Und Sie lassen Alice laufen?«

»Wenn du tust, was ich sage?«

»Sie tun ihr nichts?«

»Ich werde gut auf sie aufpassen. Sieh nur – Alice nickt. Sie ist glücklich. Sie wartet auf dich.«

Sylvia ist unten angekommen und öffnet die Haustür. Ich verbiete ihr, irgendjemanden anzusehen oder irgendwem Zeichen zu machen. Sie sagt, die Straße sei leer.

»Jetzt geh zu deinem Wagen. Steig ein. Schließ dein Telefon an die Freisprechanlage an. Du musst fahren und reden.«

»Ich habe keine Freisprechanlage.«

»Lüg mich nicht an, Sylvia. Der Adapter liegt im Handschuhfach.«

»Wohin fahre ich?«

»Du kommst zu mir. Ich werde dir den Weg beschreiben. Pass auf, dass du nirgendwo falsch abbiegst und weder die Hupe noch die Lichthupe betätigst. Das kriege ich mit. Enttäusch mich nicht. Fahr geradeaus durch den Kreisverkehr und dann rechts in die Sydney Road.«

»Warum tun Sie das? Was habe ich Ihnen getan?«

»Davon will ich lieber gar nicht erst anfangen.«

»Ich habe nichts getan. Alice hat nichts getan.«

»Ihr seid alle gleich.«

»Nein, das sind wir nicht. Ich bin nicht so, wie Sie sagen –«

»Ich habe dich beobachtet, Sylvia. Ich habe gesehen, wie du bist. Sag mir, wo du bist.«

»Am Museum.«

»Bieg in die Warminster Road und folge der Straße, bis ich dir neue Anweisungen gebe.«

Sylvia versucht eine neue Taktik, um zu mir vorzudringen. »Ich kann sehr gut zu Ihnen sein«, sagt sie zögernd. »Ich bin sehr gut im Bett. Ich kann Sachen machen. Was immer Sie wollen.«

»Ich weiß, dass du das kannst. Wie oft hast du deinen Mann betrogen?«

»Ich betrüge meinen Mann nicht –«

»Du lügst!«

»Ich sage die Wahrheit.«

»Ich möchte, dass du dich selbst ohrfeigst, Sylvia.«

Sie begreift nicht.

»Schlag dir ins Gesicht … zur Strafe.«

Ich gebe ihr einen Moment zu gehorchen. Als ich nichts höre, schlage ich das Telefon auf meine Faust. »Hast du das gehört, Sylvia? Alice hat wieder deine Strafe empfangen. Ihre Lippe blutet. Ich kann nichts dafür, Kleine, es ist Mammis Schuld.«

Sylvia schreit mich an aufzuhören, aber ich habe genug von ihrem erbärmlichen Gewimmer und ihren verseuchten Entschuldigungen gehört. Ich schlage das Telefon wieder und wieder auf meine Hand.

»Bitte tun Sie ihr nichts«, schluchzt sie. »Ich komme.«

»Alice ist so ein süßes Ding. Ich habe ihre Tränen gekostet. Sie schmecken wie Zuckerwasser. Hatte sie schon ihre Regel?«

»Sie ist erst elf.«

»Ich kann sie zum Bluten bringen. Ich kann sie aus Stellen bluten lassen, die du dir nicht einmal vorstellen kannst.«

»Nein, ich komme. Wo ist Alice?«

»Sie wartet auf dich.«

»Lassen Sie mich mit ihr reden.«

»Sie kann dich hören.«

»Ich liebe dich, Baby.«

»Wie sehr liebst du sie? Wirst du ihren Platz einnehmen?«

»Ja.«

»Komm zu mir, Sylvia. Sie wartet. Komm und hol sie nach Hause.«

24

Der Baum ist ein Riese mit weit ausgestreckten Armen. An einem Ast hängt ein lebloser weißer Körper. Nicht weiß. Nackt. Mit Kapuze.

Hinter den Ästen taucht auf der anderen Seite des Tals nach und nach eine monochrome Landschaft aus der Dunkelheit auf. Felder, unterteilt durch Hecken und Flecken mit immergrünem Gestrüpp. Gewundene Reihen von Buchen, die den Flussläufen folgen. Noch ist die Sonne nicht am kränklich dunkelviolett gefärbten Himmel zu sehen. Primeln, Schlüsselblumen und Narzissen sind noch unter der Erde. Farben könnte es auch gar nicht geben.

Das breite Stahltor ist mit blauweißem Polizeiband abgesperrt. Um eine nahe liegende Scheune herum sind Scheinwerfer aufgebaut. Das verwitterte Holz wirkt wie weiß getüncht von all dem Licht.

Die Zufahrt zum Bauernhof ist ebenfalls abgesperrt worden. Von Reifenspuren werden Fotos und Gipsabdrücke gemacht. Die Zufahrt mündet in eine schmale Straße, die in beiden Richtungen durch Polizeifahrzeuge blockiert ist.

Die Polizei hat eine provisorische Sperre eingerichtet. Ich muss einem Constable mit einem Klemmbrett meinen Namen nennen. Dann stapfe ich, die Pfützen meidend, weiter den Weg hinunter bis zu der Scheune, von wo aus ich über ein gepflügtes Feld hinweg die Stelle sehen kann, wo die Leiche hängt.

Den Rest der Strecke bis zu dem gut zwanzig Meter entfernten Baum lege ich über Laufbretter zurück. Die Scharen eines Pfluges haben die Umrisse einer Träne um seinen Stamm gezogen. Die gefurchte Erde ist mit Reif überzuckert.

Veronica Cray steht wie ein Henker neben der Leiche. Eine nackte Frau, die an einer Hand mit Handschellen an einen Ast gefesselt ist. Das Handgelenk unter dem geschlossenen Metallring ist wund und blutig. Ein weißer Kopfkissenbezug, der sich auf ihren Schultern bauscht, verhüllt ihren Kopf. Ihre Zehen berühren gerade eben den Boden.

Zu ihren Füßen liegt ein Handy. Der Akku ist leer. Sie trägt kniehohe Lederstiefel. Ein Absatz ist abgebrochen, der andere steckt im Schlamm. Ein Blitzlicht flackert in kurzen Abständen auf, sodass es aussieht, als würde sich die Leiche wie eine Puppe in einer Animation bewegen.

Derselbe Pathologe, der schon Christine Wheelers Auto in der Polizeigarage untersucht hat, ist bereits bei der Arbeit und gibt den Fotografen Anweisungen. Zumindest für die nächsten paar Stunden dient der Tatort der Beweissicherstellung.

Ruiz ist auch schon da und reibt sich gegen die Kälte über die Arme. Ich habe ihn im Pub geweckt und gesagt, er solle mich hier treffen.

»Du hast mich in einem tollen Traum gestört«, meinte er. »Ich war mit deiner Frau im Bett.«

»War ich auch dabei?«

»Wenn ich je davon träumen sollte, können wir keine Freunde mehr sein.«

Wir hören beide zu, wie der Pathologe Veronica Cray einen ersten vorläufigen Bericht erstattet. Die noch nicht amtliche Todesursache ist Erfrieren.

»Die Hypostase deutet darauf hin, dass sie hier gestorben ist. Aufrecht stehend. Es gibt keine Spuren sexueller Gewalt oder Anzeichen, dass sie sich gewehrt hat. Aber dazu kann ich Ihnen mehr sagen, wenn ich sie im Labor habe.«

»Was ist mit der Todeszeit?«, fragt sie.

»Die Totenstarre hat bereits eingesetzt. Normalerweise kühlt eine Leiche ein Grad pro Stunde ab, aber gestern Nacht hatten wir Temperaturen unter null. Sie könnte seit zwölf Stunden tot sein, vielleicht auch länger.«

Der Pathologe kritzelt seine Unterschrift auf ein Klemmbrett und kehrt zu seinen Leuten zurück. DI Cray macht mir ein Zeichen, ihr zu folgen. Wir gehen über die Bretter zum Baum.

Heute habe ich meinen Gehstock dabei, ein Indiz, dass die Wirkung der Medikamente nachlässt. Es ist ein schöner Stock aus poliertem Walnussholz mit einer Stahlspitze. Inzwischen ist es mir nicht mehr ganz so peinlich, ihn zu benutzen. Vielleicht habe ich aber auch bloß noch mehr Angst davor, dass mein Bein blockiert und ich umfalle.

Der Fotograf macht Nahaufnahmen von den Fingern der Frau. Sie hat schmale lackierte Nägel. In seiner Nacktheit ist ihr Körper von marmorner Blässe. Ich kann die süße Säure ihres Parfüms und Urins riechen.

»Wissen Sie, wer das ist?«

Ich schüttele den Kopf.

Den Stoff mit beiden Händen fassend, rollt DI Cray die Kapuze hoch, und Sylvia Furness starrt mich an. Ihr Kopf hängt nach vorne und ist unter dem Körpergewicht zu einer Seite verdreht. Ihr aschblondes Haar ist lockig verfilzt und an den Schläfen dunkler.

»Ihre Tochter Alice hat sie am späten Montagnachmittag als vermisst gemeldet. Alice wurde nach ihrer Reitstunde zu Hause abgesetzt und fand die Wohnungstür offen vor. Keine Spur von ihrer Mutter. Ihre Kleider lagen auf dem Boden. Am Dienstagmorgen wurde eine Vermisstenmeldung herausgegeben.«

»Wer hat die Leiche gefunden?«, frage ich.

Sie weist über meine Schulter auf einen Bauern, der auf dem Vordersitz eines Kleinlasters sitzt. »Gestern Nacht glaubte er, Füchse gehört zu haben. Also hat er gleich heute früh nachgesehen. Zuerst hat er Sylvia Furness' in der Scheune geparkten Wagen gefunden. Und dann die Leiche.«

Veronica Cray lässt die Kapuze wieder über Sylvias Gesicht fallen. Der Ort ihres Todes zeugt von einem Feingefühl für Surreal-Abstraktes und Schmerzhaft-Theatralisches; ein Hauch von Sägemehl und Schminke, als ob alles inszeniert sei, um von jemandem gefunden zu werden.

»Wo ist Alice jetzt?«

»Ihre Großeltern kümmern sich um sie.«

»Was ist mit ihrem Vater?«

»Er kommt aus der Schweiz zurückgeflogen. Er war auf Geschäftsreise.«

DI Cray stopft die Hände in die Taschen ihres Mantels.

»Ergibt das für Sie irgendeinen Sinn?«

»Noch nicht.«

»Es gibt keinen Hinweis auf einen Kampf. Sie ist weder vergewaltigt noch gefoltert worden. Sie ist erfroren, verdammt noch mal.«

Ich weiß, dass sie an Christine Wheeler denkt. Die Ähnlichkeiten lassen sich in keinem Fall ignorieren, aber für jede Ähnlichkeit könnte ich einen ebenso zwingenden Unterschied nennen.

Außerdem überlegt sie, ob Patrick Fuller beteiligt gewesen sein könnte. Er war am Sonntagvormittag aus dem Polizeigewahrsam entlassen worden, nachdem wegen des Diebstahls von Christine Wheelers Handy Strafanzeige gegen ihn erstattet worden war.

Uniformierte Beamte haben sich neben dem Schuppen versammelt und warten darauf, das angrenzende Feld zu durchkämmen. Veronica geht zu ihnen und lässt mich allein neben der Leiche zurück.

Vor neun Tagen habe ich Sylvia Furness durch eine offene Tür beim Umkleiden beobachtet, ihre von Stunden im Fitness-Studio gemeißelten Muskeln. Jetzt hat der Tod diese Skulptur versteinern lassen.

Ich gehe über die Laufbretter zum Rand des abgesperrten Bereichs und weiter den Hang zu einer mit Eichen bewachsenen Anhöhe hinauf. In dem Schlamm nützt mir mein polierter Spazierstock gar nichts. Ich klemme ihn unter den Arm.

Als die Sonne schließlich zwischen hohen weißen Wolken

durchbricht, wirkt der Himmel wie aus Porzellan. Der letzte Dunst hat sich verzogen, das Tal ist ganz aus dem Nebel getaucht und präsentiert sich mit gewölbten Brücken und mit Kühen gesprenkelten Weiden.

Ich versuche über den Zaun an der Grundstücksgrenze zu klettern, aber mein Bein blockiert, und ich falle in einen Graben mit kniehohem Gras und schlammigem Wasser. Wenigstens war es eine weiche Landung.

Ich drehe mich um und verfolge die Szene, beobachte, wie Sylvias Leiche vom Baum herabgenommen und auf eine Plastikplane am Boden gebettet wird. Die Natur ist ein herzloser Zuschauer. Egal, wie grausam eine Tat oder Katastrophe auch sein mag, Bäume, Felsen und Wolken bleiben ungerührt. Vielleicht ist die Menschheit deshalb so entschlossen, den letzten Baum zu fällen, den letzten Fisch zu fangen und den letzten Vogel abzuschießen. Wenn die Natur unserem Schicksal gegenüber so gleichgültig sein kann, warum sollten wir dann Mitgefühl für sie zeigen?

Sylvia Furness ist erfroren. Sie war im Besitz eines Handys, hat jedoch keine Hilfe gerufen. Er hat sie ins Gespräch verwickelt, bis der Akku leer war. Oder er war hier und hat sie damit verhöhnt.

Das Ganze war ein verdrehtes, sadistisches Theaterstück, aber was wollte der Künstler damit sagen? Er hat Lust aus ihren Schmerzen gezogen, hat in seiner Macht über Sylvia geschwelgt, aber warum hat er ihre Leiche so offensichtlich zur Schau gestellt? Ist das eine Botschaft oder eine Warnung?

Da ist er wieder, der Mann, der Johnny Cochrans entfernten Cousin kennt, der versucht hat, mit meinem gefallenen Engel zu reden. Ein richtiger Leichensammler, was? Der Sensenmann.

Ich beobachte, wie er über das Feld läuft und seine Schuhe ruiniert. Dann fällt er über den Zaun in einen Graben. Was für ein Clown!

Ich habe in meinem Leben genug Seelenklempner getroffen, Ärzte im Majorsrang, die mentale Einläufe verpassen und versuchen, Soldaten dazu zu bewegen, ihre Albträume ans Tageslicht zu zerren wie einen dampfenden Haufen Scheiße. Die meisten von ihnen waren die reinsten Scharlatane, bei denen ich immer das Gefühl hatte, ich tue ihnen einen Gefallen, wenn ich ihnen etwas erzählte. Anstatt mir Fragen zu stellen, saßen sie da und hörten zu – oder taten zumindest so.

Es ist wie in dem alten Witz mit den zwei Psychologen, die sich bei einem Ehemaligen-Treffen ihrer Uni über den Weg laufen, und der eine sieht alt und ausgezehrt aus, während der andere strahlend und jugendlich wirkt. Der ältere fragt: »Wie machst du das? Ich höre mir tagaus, tagein, Jahr um Jahr von morgens bis abends die Probleme anderer Menschen an, und das hat mich zu einem alten Mann gemacht. Was ist dein Geheimnis?«

Der jüngere antwortet: »Wer hört schon zu?«

Ich kannte mal einen Typen namens Felini. Er war mein erster befehlshabender Offizier in Afghanistan und hatte immer Albträume. Wir nannten ihn Felini, weil er behauptete, seine Familie stamme aus Sizilien und er hätte einen Onkel in der Mafia. Wie er richtig heißt, weiß ich nicht. Das sollten wir auch nicht wissen.

Felini war schon seit zwölf Jahren in Afghanistan. Zuerst hatte er mit Osama bin Laden gegen die Sowjets gekämpft, am Ende kämpfte er dann gegen ihn. In der Zwischenzeit beobachtete er für die CIA und die DEA die Opiumproduktion.

Er war der erste westliche Vertreter, der nach der Eroberung von Mazar-el-Sharif durch die Taliban 1998 in die Stadt kam. Er hat mir erzählt, was er sah. Die Taliban waren durch die Straßen gezogen und hatten mit Maschinenpistolen auf alles geschossen, was sich bewegte. Sie zogen von Haus zu Haus, trieben die Hazara zusammen und sperrten sie in Schiffscontainer aus Stahl, die in der sengenden Sonne standen. Sie vertrockneten oder erstickten. Andere warf man lebendig in Brunnen, die dann mit Bulldozern zugeschüttet wurden. Kein Wunder, dass Felini Albträume hatte.

Seltsamerweise hatte das seine Gefühle für die Taliban in keiner Weise beeinträchtigt. Er respektierte sie.

»Die Taliban wussten, dass sie die Einheimischen nie auf ihre Seite ziehen würden«, erklärte er mir. »Also erteilten sie ihnen eine Lektion. Jedes Mal, wenn sie ein Dorf verloren und später zurückeroberten, waren sie brutaler als zuvor. Vergeltung kann wirklich anstrengend sein, wenn man dazu verpflichtet ist«, sagte er. »Herzen und Köpfe der Menschen gewinnen, vergiss es. Das Herz reißt man ihnen raus, und den Kopf bricht man auf.«

Felini war der beste Verhörspezialist, den ich je gekannt habe. Es gab kein Körperteil, dem er keinen Schmerz zufügen konnte. Er hatte auch eine Theorie zum Islam. Er sagte, seit viertausend Jahren werde derjenige als Herrscher respektiert, der den dicksten Knüppel besitzt. Es ist die einzige Sprache, die die Araber verstehen – Sunniten, Schiiten, Kurden, Wahhabiten, Ismailiten, Palästinenser – scheißegal.

Aber genug mit der Nostalgie. Sie nehmen die Leiche der Schlampe ab.

Ein Vogel, der flatternd aus den Bäumen aufsteigt, erschreckt mich. Ich stütze mich auf dem obersten Draht des Zaunes ab und spüre die Kälte des Metalls.

Ein Dutzend Polizisten mit beschlagenem Atem schreitet, in einer Linie nebeneinander, langsam das Feld ab. Beim Anblick dieser seltsamen Prozession habe ich plötzlich das sichere Gefühl, nicht allein zu sein. Ich blicke angestrengt in den tieferen Schatten zwischen den Bäumen. Am Rand meines Blickfelds mache ich eine Bewegung aus. Ein Mann verbirgt sich hinter einem umgestürzten Baumstamm. Er trägt eine Wollmütze und hat etwas Dunkles vor dem Gesicht.

Spontan laufe ich auf ihn zu.

Er hört ein Geräusch, dreht sich um, steckt etwas in eine

Tasche, rappelt sich auf die Füße und läuft los. Ich rufe ihm zu, dass er stehen bleiben soll, doch er rennt weiter krachend durchs Unterholz. Sein Gesicht glänzt vor Schweiß, und er ist groß und schwerfällig, sodass ich mit jedem Schritt näher komme. Zuletzt bleibt er abrupt stehen. Ich kann nicht mehr abbremsen und ramme ihn aus vollem Lauf zu Boden.

Ich rappele mich auf die Knie und erhebe meinen Stock wie eine Axt. »Keine Bewegung!«

»Mensch, Alter, ganz ruhig.«

»Wer sind Sie?«

»Ich bin Fotograf und arbeite für eine Presseagentur.«

Er richtet sich auf. Ich blicke auf seine Tasche, deren Inhalt sich auf dem feuchten Laub verteilt hat. Eine Kamera mit Blitz, Teleobjektive, Filter, ein Notizbuch …

»Wenn was kaputt ist, werden Sie verdammt noch mal dafür bezahlen«, sagt er und begutachtet seine Ausrüstung.

Meine Rufe haben Monk alarmiert, der den Zaun ungleich sportlicher überwindet als ich zuvor.

»Scheiße!«, sagt er. »Cooper.«

»Guten Morgen, Monk.«

»Für Sie immer noch Detective Constable Abbott.« Monk zerrt ihn auf die Füße. »Dies ist ein Tatort, außerdem ein Privatgrundstück, das Sie unbefugt betreten haben.«

»Sie können mich mal.«

»Beamtenbeleidigung, noch ein Vergehen.«

»Ich bitte Sie.«

»Den Film.«

»Ich hab keinen Film. Das ist eine Digitalkamera.«

»Dann geben Sie mir die verdammte Speicherkarte.«

»Die Menschen haben ein Recht darauf, diese Bilder zu sehen«, sagt Cooper. »Es liegt im öffentlichen Interesse.«

»Ja, klar, eine Frau hängt in einem Baum; eine Geschichte von enormem öffentlichen Interesse.«

Ich lasse die beiden streiten. Monk wird gewinnen. Er ist über 1,90 Meter groß. Wieder siegt die Natur.

Ich klettere über ein Tor und folge der Straße bis zu der Polizeiabsperrung. DI Cray steht neben einer großen Thermoskanne und rührt Zucker in ihren Tee. Sie starrt auf meine Hose.

»Ich bin hingefallen.«

Sie schüttelt den Kopf und hält inne, als vor uns der weiße Leichensack auf einer Bahre zu einem wartenden Transporter gebracht wird.

»Was bringt jemanden wie Sylvia Furness dazu, sich auszuziehen, die Wohnung zu verlassen und hierherzukommen?«

»Ich glaube, er hat ihre Tochter benutzt.«

»Aber sie war bei der Reitstunde.«

»Erinnern Sie sich, was Fuller gesagt hat? Als er Christine Wheeler am letzten Freitag auf dem Weg traf, hat sie nach ihrer Tochter gefragt.«

»Darcy war in der Schule.«

»Richtig. Aber was, wenn Christine das nicht wusste? Was, wenn er sie von etwas anderem überzeugt hat?«

DI Cray atmet tief durch und streicht sich über ihr kurzes Haar, das einen Moment niedergedrückt wird und sich dann gleich wieder aufrichtet. Ich ertappe sie dabei, mich anzustarren wie ein merkwürdiges Exemplar, das sie zufällig entdeckt hat und nicht benennen kann.

Zu meiner Rechten höre ich einen Aufruhr, mehrere Leute brüllen durcheinander. Reporter und Kamerateams haben die Polizeiabsperrung durchbrochen. Mindestens ein Dutzend uniformierte Polizisten und Beamte in Zivil stellen sich ihnen entgegen.

Ein Reporter schlägt einen Haken und taucht unter der Barriere hindurch. Ein Detective reißt ihn zu Boden, und beide landen im Schlamm.

Veronica Cray seufzt wissend und kippt ihren Tee aus.

»Fütterungszeit.«

Kurz darauf ist sie in dem Gedränge verschwunden, und ich kann kaum noch ihren Kopf ausmachen. Sie befiehlt den Journalisten zurückzutreten … und noch ein Stück. Jetzt sehe ich sie wieder. Im Licht der Fernsehkameras ist ihr Gesicht weißer als der Vollmond.

»Mein Name ist Detective Inspector Veronica Cray. Heute Morgen um 7.55 Uhr wurde an dieser Stelle die Leiche einer Frau gefunden. Erste Anzeichen weisen auf verdächtige Todesumstände hin. Wir werden ihren Namen erst bekannt geben, wenn die engsten Verwandten informiert werden konnten.«

Jedes Mal, wenn sie eine Pause macht, flackert ein Dutzend Blitzlichter auf, die Fragen prasseln beinahe genauso schnell.

»Wer hat die Leiche gefunden?«

»Stimmt es, dass sie nackt war?«

»Gibt es Anzeichen für ein Sexualverbrechen?«

Einige der Fragen werden beantwortet, andere abgewehrt. DI Cray blickt direkt in die Kameras, bleibt ruhig und geschäftsmäßig und antwortet knapp und präzise.

Als sie die improvisierte Pressekonferenz für beendet erklärt, gibt es wütende Proteste, aber sie drängt sich bereits durch die Menge und zerrt mich zu einem wartenden Wagen.

»Ich mache mir keine Illusionen über meine Arbeit, Professor. Meistens geht es in meinem Beruf ziemlich geradlinig zu. Der durchschnittliche Mörder ist besoffen, wutentbrannt und dumm. Er ist weiß, Ende zwanzig, hat einen niedrigen IQ und ist als gewalttätig aktenkundig. Er gerät in eine Kneipenschlägerei oder kann das Genörgel seiner Ehefrau nicht mehr ertragen und schlägt ihr mit einem Hammer den Schädel ein. Diese Art von Gewaltverbrechen kann ich verstehen.«

Ohne es auszusprechen, sagt sie, dass dieser Fall anders liegt.

»Ich habe Geschichten über Sie gehört. Es heißt, Sie können Dinge über Menschen sagen, sie verstehen, sie deuten wie Teeblätter in einer Tasse.«

»Ich mache klinische Beobachtungen und gebe Einschätzungen.«

»Ist mir egal, wie Sie es nennen, jedenfalls scheinen Sie gut in so was zu sein. Sie achten auf Details. Sie entdecken gerne Muster. Ich will, dass Sie für mich ein Muster finden. Ich will wissen, wer das getan hat. Ich will wissen, warum und wie er es getan hat. Und ich will diesen kranken Wichser daran hindern, es noch einmal zu tun.«

25

Das Haus ist still. Fetzen von klassischer Musik wehen durch den Flur. Der Esstisch ist an die Wand geschoben, in der Mitte des Raumes ist nur ein einzelner Stuhl zurückgeblieben.

Darcy trägt eine tief sitzende Trainingshose und ein bauch- und schulterfreies grünes Top, das ihre blasse Haut betont. Ihr kastanienbraunes Haar ist zu einem straffen Knoten hochgesteckt.

Sie legt ein Bein auf die Lehne des Stuhls, die Zehen ausgestreckt, und beugt sich vor, bis ihre Stirn ihr Knie berührt. Die Konturen der Schulterblätter unter ihrer Haut sehen aus wie gestutzte Flügel.

Diese Stellung hält sie eine Minute, bevor sie mit dem Oberkörper langsam wieder hochkommt und einen Arm über ihren Kopf führt, als wollte sie in die Luft malen. Jede Bewegung, jedes Senken einer Schulter, jedes Strecken einer Hand, geschieht mit präzise kontrolliertem Kraftaufwand. Nichts wirkt gezwungen, nichts vergeudet. Sie ist noch kaum eine Frau und bewegt sich doch schon mit so viel Anmut und Selbstvertrauen.

Sie setzt sich auf den Boden, spreizt die Beine und beugt sich vor, bis ihr Kinn den Boden berührt. Ihr extrem gedehnter und offener jugendlicher Körper wirkt dabei kein bisschen vulgär, sondern athletisch und schön.

Sie öffnet die Augen.

»Ist dir nicht kalt?«, frage ich.

»Nein.«

»Wie oft trainierst du?«

»Ich sollte es zwei Mal täglich tun.«

»Du bist sehr gut.«

Sie lacht. »Kennen Sie sich mit Ballett aus?«, fragt sie.

»Nein.«

»Man sagt, ich hätte den Körper einer Tänzerin«, sagt sie. »Lange Beine und einen kurzen Rumpf.« Sie steht auf und wendet mir ihr Profil zu. »Selbst wenn ich gerade stehe, biegt sich das Knie leicht nach hinten, sehen Sie? Dadurch entsteht im *Pointé* eine geradere Linie.« Sie stellt sich auf die Zehenspitzen. »Ich kann meine Zehen so strecken, dass sie mit dem Knie eine vertikale Linie bilden. Sehen Sie?«

»Ja. Du bist sehr anmutig.«

Sie lacht. »Ich habe O-Beine und einen Watschelgang.«

»Ich hatte einmal eine Patientin, die Ballerina war.«

»Warum ist sie zu Ihnen gekommen?«

»Sie war magersüchtig.«

Darcy nickt traurig. »Manche Mädchen müssen hungern. Ich habe meine Regel erst mit fünfzehn bekommen. Außerdem habe ich eine Rückgratverkrümmung, teilausgerenkte Wirbel und Stressfrakturen im Hals.«

»Warum machst du es dann?«

Sie schüttelt den Kopf. »Sie würden es nicht verstehen.«

Sie stellt die Zehen nach außen.

»Das ist ein *Pas de chat*. Ich gehe aus der ersten Position ins *Demi-Plié*, springe mit dem linken Fuß ab und strecke mein rechtes Bein ins *Retiré*. In der Luft ziehe ich auch mein linkes Bein ins *Retiré*, sodass meine Beine eine Raute bilden. Sehen Sie? Das machen die vier kleinen Schwäne, wenn sie in *Schwanensee* tanzen. Sie haken sich unter und machen sechzehn *Pas de chats*.« Eine fließende scheinbare Leichtigkeit lässt sie durch jeden der Sprünge schweben.

»Können Sie mir helfen, meinen *Pas de deux* zu üben?«

»Was ist denn das?«

»Kommen Sie. Ich zeige es Ihnen.«

Sie nimmt meine Hände und legt sie an ihre Hüften. Es fühlt sich an, als könnten sich meine Fingerspitzen in ihrem Kreuz berühren.

»Ein bisschen tiefer«, sagt sie. »Genau so.«

»Ich weiß nicht, was ich tue.«

»Das macht nichts. Beim *Pas de deux* achtet niemand auf den Mann, weil alle damit beschäftigt sind, der Ballerina zuzuschauen.«

»Was muss ich machen?«

»Mich hochhalten, wenn ich springe.«

Mühelos hebt sie ab. Wenn überhaupt, fühlt es sich eher so an, als würde ich sie nach unten ziehen, statt hochzuheben. Ich spüre ihre nackte Haut unter meinen Fingern.

Sie wiederholt den Sprung ein halbes Dutzend Mal. »Sie können mich jetzt loslassen«, sagt sie dann und lächelt kokett.

»Vielleicht mögen Sie kein Ballett. Ich kann auch andere Tänze.« Sie löst den Knoten in ihrem Haar und lässt es ins Gesicht fallen. Dann lässt sie langsam die Hüften kreisen, geht mit gespreizten Knien in die Hocke und streicht verführerisch über ihre Schenkel und ihren Schoß.

Es ist schamlos provozierend. Ich zwinge mich dazu, den Blick abzuwenden.

»So solltest du nicht tanzen.«

»Warum nicht?«

»So was solltest du nicht vor Fremden machen.«

»Aber Sie sind doch kein Fremder.«

Jetzt macht sie sich über mich lustig. Pubertierende Mädchen sind die komplizierteste Lebensform im bekannten Universum. Es verblüfft mich immer wieder, wie sie es schaffen, einen so in Verlegenheit zu bringen. Mit wenig mehr als einem Blick, dem Aufblitzen nackter Haut oder einem abschätzigen Grinsen können sie einem Mann das Gefühl geben, uralt, aufdringlich und irgendwie lüstern zu sein.

»Ich muss mit dir reden.«

»Worüber?«

»Deine Mutter.«

»Ich dachte, Sie hätten mich schon alles gefragt.«

»Noch nicht.«

»Kann ich mich dabei weiter dehnen?«

»Natürlich.«

Sie setzt sich auf den Boden und spreizt breit die Beine.

»Hast du in den letzten Monaten mit irgendjemandem über deine Mutter geredet? Hat vielleicht jemand Fragen zu ihr oder zu dir gestellt?«

Sie zuckt die Achseln. »Ich glaube nicht. Ich kann mich nicht erinnern. Was ist denn los? Was ist passiert?«

»Es hat einen weiteren Todesfall gegeben. Die Polizei wird dich wahrscheinlich noch einmal befragen wollen.«

Darcy unterbricht ihre Dehnübungen und sieht mich direkt an. Ihre Augen strahlen nicht mehr vor Energie oder Belustigung.

»Wer?«

»Sylvia Furness. Es tut mir leid.«

Ein winziger Laut bleibt in Darcys Kehle stecken. Sie schlägt die Hände vor den Mund, als wollte sie ihn daran hindern zu entweichen.

»Kennst du Alice?«, frage ich.

»Ja.«

»Kanntest du Sylvia gut?«

Sie schüttelt den Kopf.

Ich weiß nicht genug, um Darcy zu erklären, was heute oder vor zehn Tagen geschehen ist. Ihre Mutter und Sylvia Furness waren Geschäftspartnerinnen, aber was hatten sie sonst noch gemeinsam? Der Mann, der sie umgebracht hat, wusste Dinge über sie. Er hat sie aus einem bestimmten Grund ausgewählt.

Deshalb muss diese Suche nicht nach vorne, sondern zurück nach hinten gehen. Adressbücher. Kalender. Brieftaschen. E-Mails. Briefe. Telefonnachrichten. Die Aktivitäten beider Opfer müssen zurückverfolgt werden – wo waren sie, mit wem haben sie gesprochen, welche Läden haben sie aufgesucht, wo haben sie sich die Haare frisieren lassen? Welche gemeinsamen Freunde hatten sie? Waren sie Mitglied desselben Fitness-Clubs? Waren sie Patientinnen beim selben Arzt, Kundinnen bei derselben Reinigung, hatten sie dieselbe Putzfrau? Und eine wichtige Frage: Wo haben sie ihre Schuhe gekauft?

Ein Schlüssel klappert im Schloss. Julianne, Charlie und Emma platzen mit glänzenden Einkaufstüten aus Papier und vor Kälte roten Wangen in den Flur. Charlie trägt ihre Schuluniform, Emma neue Stiefel, die zu groß aussehen, aber in die sie im Laufe des Winters hineinwachsen wird.

Julianne sieht Darcy an. »Hast du dich zum Tanzen umgezogen, oder möchtest du eine schwere Lungenentzündung bekommen?«

»Ich habe trainiert.«

Julianne wendet sich mir zu. »Und was hast du gemacht?«

»Er hat mir geholfen«, sagt Darcy.

Julianne bedenkt mich mit einem jener unergründlichen Blicke, die unsere Kinder auf der Stelle jede Missetat gestehen und unerwünschte Zeugen Jehovas im Eilschritt Richtung Tor fliehen lassen.

Ich setze Emma auf den Tisch und ziehe den Reißverschluss ihrer Stiefel auf.

»Wo bist du heute Morgen hingefahren?«, fragt Julianne.

»Ich hatte einen Anruf von der Polizei.«

Irgendetwas an meinem Ton lässt sie herumfahren. Unsere Blicke treffen sich. Ohne dass ein weiteres Wort gesprochen wird, weiß sie, dass es noch einen Todesfall gegeben hat. Darcy kitzelt Emma unter den Armen. Julianne sieht erst sie und dann mich an. Wieder wird kein Wort gewechselt.

Vielleicht passiert das mit Menschen, die seit sechzehn Jahren verheiratet sind: Es kommt so weit, dass sie wissen, was der andere denkt. Es passiert auch, wenn man mit einem so intuitiven und aufmerksamen Menschen wie Julianne verheiratet ist. Ich habe aus der Beobachtung menschlichen Verhaltens einen Beruf gemacht, aber wie die meisten Angehörigen meiner Profession bin ich ein miserabler Selbst-Analytiker. Dafür habe ich eine Frau. Sie ist gut. Besser als jeder Therapeut. Beängstigend gut.

»Können Sie mich in die Stadt fahren?«, fragt Darcy mich. »Ich brauche ein paar Sachen.«

»Du hättest mich fragen sollen. Ich hätte sie dir mitbringen können«, antwortet Julianne.

»Ich hab nicht daran gedacht.«

Julianne überspielt ihre Verärgerung mit einem schmallippigen Lächeln. Darcy geht nach oben, um sich umzuziehen.

Julianne fängt an, Lebensmittel auszupacken. »Sie kann nicht endlos hierbleiben, Joe.«

»Ich habe heute ihre Tante in Spanien angerufen und eine Nachricht hinterlassen. Außerdem rede ich mit der Rektorin ihrer Schule.«

Julianne nickt, nur teilweise zufrieden. »Nun, morgen führe ich Gespräche mit weiteren Kindermädchen. Wenn ich jemanden finde, brauchen wir das Gästezimmer. Darcy muss Platz machen.«

Sie öffnet die Kühlschranktür und legt die Eier einzeln in die Ablage.

»Erzähl mir, was heute Morgen passiert ist.«

»Eine weitere Frau ist tot.«

»Wer ist es?«

»Christine Wheelers Geschäftspartnerin.«

Julianne verschlägt es die Sprache. Sie starrt auf die Grapefruit in ihrer Hand und überlegt, ob sie im Begriff war, sie in den Kühlschrank zu legen oder herauszunehmen. Mehr will sie gar nicht hören. Mir sind Einzelheiten wichtig, ihr nicht. Sie schließt den Kühlschrank, geht um mich herum und nimmt ihr stummes Urteil mit nach oben.

Ich wünschte, ich könnte ihr begreiflich machen, dass ich nicht freiwillig in diese Geschichte hineingeraten bin. Ich habe nicht aus freien Stücken zugesehen, wie Christine Wheeler in den Tod gesprungen ist, es war nicht meine Entscheidung, dass ihre Tochter vor unserer Tür stand. Julianne hat immer meinen Gerechtigkeitssinn und meinen Hass auf alle Verlogenheit geliebt. Jetzt behandelt sie mich, als hätte ich nur noch meine

Kinder großzuziehen, ein paar Vorlesungen zu halten und darauf zu warten, dass Mr. Parkinson stiehlt, was er mir nicht schon genommen hat.

Selbst als Ruiz gestern zum Abendessen da war, hat es lange gedauert, bis sie sich entspannt hat.

»Ich bin überrascht, Vincent«, erklärte sie ihm. »Ich dachte, du hättest Joe das ausgeredet.«

»Was?«

»Diesen ganzen Unsinn.« Sie sah ihn über den Rand ihres Weinglases hinweg an. »Ich dachte, du bist in Pension. Warum spielst du nicht Golf?«

»Ehrlich gesagt, habe ich einen Auftragskiller engagiert, mich zu erledigen, wenn man mich je in karierter Hose aus dem Haus gehen sieht.«

»Kein Golfer.«

»Nein.«

»Und was ist mit Bowling oder einem Wohnwagen, mit dem du über Land fahren könntest?«

Ruiz lachte nervös und sah mich an, als ob er mich doch nicht mehr um mein Leben beneiden würde.

Aus dem ersten Stock dringen laute Stimmen. Julianne schreit Darcy an.

»Was machst du da? Weg von meinen Sachen.«

»Aua! Sie tun mir weh.«

Ich nehme zwei Stufen auf einmal und treffe die beiden in unserem Schlafzimmer an.

Julianne hält Darcys Unterarm so fest gepackt, dass das Mädchen sich ihrem Griff nicht entwinden kann. Darcy steht vorgebeugt und drückt beide Hände auf den Bauch, als wolle sie etwas verstecken.

»Was ist hier los?«

»Ich habe sie dabei erwischt, wie sie meine Sachen durchwühlt hat«, sagt Julianne. Ich blicke zu der Schminkkommode. Die Schubladen stehen auf.

»Hab ich nicht«, sagt Darcy.

»Was hast du denn gemacht?«

»Nichts.«

»Wie nichts sieht es aber nicht aus«, erwidere ich. »Was hast du gesucht?«

Sie wird rot. Ich habe sie noch nie erröten sehen.

Sie richtet sich auf und lässt die Arme sinken. Im Schritt ihrer Trainingshose ist ein dunkelroter Fleck sichtbar.

»Ich habe meine Regel bekommen. Ich habe im Bad nachgesehen, aber ich habe keine Slip-Einlagen gefunden.«

Julianne wirkt gedemütigt. Sie lässt Darcy los und versucht, sich zu entschuldigen.

»Es tut mir so leid. Du hättest etwas sagen sollen. Du hättest mich doch fragen können.«

Ich stehe immer noch ratlos da, als sie Darcy bei der Hand nimmt und ins Bad führt. Bevor sie die Tür schließt, begegnen sich unsere Blicke. Normalerweise ist Julianne so selbstsicher und unerschütterlich, aber in Darcys Gegenwart wird sie ein anderer Mensch, und dafür gibt sie mir die Schuld.

26

Ich war einunddreißig Jahre alt, als ich begriff, was es heißt, jemanden sterben zu sehen. Ein paschtunischer Taxifahrer mit Schuppenflechte an den Gelenken hauchte vor meinen Augen sein Leben aus. Wir haben ihn gezwungen, fünf Tage lang zu stehen, bis seine Füße zu der Größe von Fußbällen angeschwollen waren und die Fesseln in seine Knöchel schnitten. Er schlief nicht. Er aß nicht.

Das ist eine offiziell genehmigte »Stress-and-duress-Position«. Sie steht im Handbuch. Schlagt es nach. SK 46/34.

Er hieß Hamad Mowhoush und war an einem Kontrollpunkt in Südafghanistan verhaftet worden, nachdem zwei Royal Marines bei einem Bombenanschlag getötet und drei weitere, darunter ein Kumpel von mir, verwundet worden waren.

Wir zogen Hamad einen Schlafsack über den Kopf und schnürten ihn mit Draht zu. Dann rollten wir ihn über den Boden und setzten uns auf seine Brust. Dabei versagte sein Herz.

Es gibt Leute, die behaupten, Folter wäre keine wirksame Methode, verlässliche Informationen zu bekommen, weil die Starken dem Schmerz trotzen, während die Schwachen alles gestehen, damit er aufhört. Das ist richtig. Meistens ist es vollkommen zwecklos, aber wenn man schnell handelt und den Schock der Verhaftung mit der Angst vor der Folter verknüpft, kann man einem Menschen alle möglichen Geheimnisse entlocken.

Kriegsgefangene durften wir die Häftlinge nicht nennen. Es waren PUCs (»persons under control«). Das Militär liebt Abkürzungen. Sie sind eine Form bürokratischer Verharmlosung. Wie auch die Bezeichnung »Vernehmung unter Zwang«. Dafür wurde ich ausgebildet.

Als ich Hamad zum ersten Mal sah, hatte man ihm einen Sack über den Kopf gezogen und mit Kabelbinder verschnürt. Felini übergab ihn mir. »Fuck a PUC«, sagte er grinsend. »Smoke him later.«

»Fuck a PUC« bedeutete, ihn zu verprügeln. »Smoke« hieß die Anwendung einer Stressposition. Felini ließ Leute mit ausgestreckten Armen und einem 20-Liter-Benzinkanister in jeder Hand bei nahezu 40 Grad in der Sonne stehen.

Wir entwickelten auch ein paar eigene Techniken. Manchmal spritzten wir sie mit Wasser ab, rollten sie im Dreck und prügelten sie mit Leuchtstäben, bis sie im Dunkel strahlten.

Wir haben Hamads Leiche in Kalk begraben. Danach konnte ich tagelang nicht schlafen, weil ich mir dauernd vorstellte, wie seine Leiche sich aufblähte und Gase aus seiner Brust austraten, sodass es klang, als würde er noch atmen. Ich denke heute noch manchmal an ihn. Dann wache ich nachts mit einem Druck auf der Brust auf und male mir aus, wie ich unter der Erde liege und Kalk auf meiner Brust brennt.

Ich habe keine Angst vor dem Tod. Ich weiß, dass es etwas Schlimmeres gibt, als unter der Erde zu liegen oder gequält, gefoltert und mit Knicklichtern verprügelt zu werden. Ich habe es am Donnerstag, dem 17. Mai, kurz nach Mitternacht erlebt. Da habe ich Chloe zum letzten Mal gesehen. Sie saß noch im Schlafanzug auf dem Beifahrersitz eines Wagens und wurde mir geraubt.

Das war vor neunundzwanzig Sonntagen.

Zehn Erinnerungen an meine Tochter:

1) *Die Blässe ihrer Haut.*
2) *Gelbe Shorts.*
3) *Eine selbst gebastelte Vatertagskarte mit zwei aufgeklebten Figuren, einer großen und einer kleinen, die sich an den Händen halten.*
4) *Das Märchen von Hans und der Bohnenranke, das ich ihr erzählt habe, aber ohne den Teil, in dem der Riese aus den gemahlenen Knochen von Hans Brot backen will.*

5) *Die Platzwunde über ihrem linken Auge nach einem Sturz, die mit zweieinhalb Stichen genäht werden musste. (Kann man etwas mit einem halben Stich nähen? Vielleicht habe ich mir das ausgedacht, um sie zu beeindrucken.)*
6) *Ihr Auftritt als Indianer-Squaw in der Schulaufführung von Peter Pan.*
7. *Ein Europapokalrückspiel in München, zu dem wir gefahren sind, obwohl ich das einzige Tor verpasst habe, als ich die Schokolinsen aufheben musste, die sie unter ihrem Sitz verstreut hatte.*
8) *Der Spaziergang am Strand von St. Mawes in unserem letzten gemeinsamen Urlaub.*
9) *Ihr Stolz, nachdem ich ihr beigebracht hatte, ohne Stützräder Fahrrad zu fahren.*
10) *Ihre zahme Ente, die ich einschläfern musste, nachdem ein Fuchs in den Stall eingebrochen war und ihr einen Flügel ausgerissen hatte.*

Das Telefon klingelt. Ich öffne die Augen. Schwere Vorhänge und lichtdichte Jalousien machen den Raum fast vollkommen dunkel. Ich greife nach dem Hörer.

»Ja.«

»Ist da Gideon Tyler?« Ein lupenreiner Belfaster Akzent.

»Wer will das wissen?«

»Die Post.«

»Woher haben Sie diese Nummer?«

»Wir haben sie in einem Päckchen gefunden.«

»Was für ein Päckchen?«

»Sie haben vor sieben Wochen ein Päckchen an Chloe Tyler aufgegeben. Wir konnten es leider nicht zustellen. Die Adresse ist entweder nicht mehr aktuell oder falsch.«

»Wer sind Sie?«

»National Return Letter Centre. Wir bearbeiten die unzustellbaren Sendungen.«

»Können Sie es bei einer anderen Adresse versuchen?«

»Welche andere Adresse?«

»Sie müssen doch Unterlagen haben … im Computer. Geben Sie den Namen Chloe Tyler ein, und schauen Sie, was sich ergibt. Sie können es auch mit Chloe Chambers probieren.«

»Derlei Möglichkeiten stehen uns nicht zur Verfügung, Sir. Wohin sollen wir das Paket zurücksenden?«

»Ich will es nicht zurückhaben. Ich will, dass es zugestellt wird.«

»Das war leider nicht möglich, Sir. Was können wir stattdessen für Sie tun?«

»Ich hab das Scheißporto bezahlt. Und Sie stellen das Paket zu.«

»Ich muss Sie bitten, nicht zu fluchen, Sir. Wir dürfen auflegen, wenn Kunden ausfallend werden.«

»Leck mich am Arsch!«

Ich knalle den Hörer auf die Gabel. Er titscht einmal auf und bleibt dann still liegen. Das Telefon klingelt erneut. Wenigstens habe ich es nicht demoliert.

Mein Vater ruft an. Er will wissen, wann ich ihn besuchen komme.

»Morgen.«

»Wann denn morgen?«

»Nachmittags.«

»Um wie viel Uhr nachmittags?«

»Ist doch egal – du gehst sowieso nie irgendwohin.«

»Vielleicht gehe ich zum Bingo.«

»Dann komme ich eben am Vormittag.«

27

Alice Furness hat drei Tanten, zwei Onkel, zwei Großeltern und einen Urgroßvater, die sich anscheinend gegenseitig in der Demonstration von Mitgefühl überbieten wollen. Alice kann keinen Schritt tun, ohne dass einer von ihnen an ihre Seite eilt, sie fragt, wie sie sich fühlt, ob sie Hunger hat oder ob man etwas für sie tun kann.

Ruiz und ich werden gebeten, im Wohnzimmer zu warten. Die große Doppelhaushälfte am Stadtrand von Bristol gehört Sylvias Schwester Gloria, die den Clan offensichtlich zusammenhält. Sie ist in der Küche und diskutiert mit den anderen Familienmitgliedern, ob man uns erlauben soll, Alice zu befragen.

Der Urgroßvater ist nicht dabei. Er sitzt uns in einem Sessel gegenüber und starrt uns an. Er heißt Henry und ist älter als Methusalem (einer der Sprüche meiner Mutter).

»Gloria«, brüllt Henry und blickt stirnrunzelnd zur Küche.

Seine Tochter kommt. »Was ist denn, Dad?«

»Diese Burschen wollen unsere Alice befragen.«

»Das wissen wir, Grandad. Darüber sprechen wir gerade.«

»Na, dann macht voran. Lasst sie nicht warten.«

Gloria wirft uns ein entschuldigendes Lächeln zu und eilt zurück in die Küche.

Sylvia Furness muss die Jüngste gewesen sein. Ihre älteren Schwestern sind bereits in die lange ungewisse Phase des mittleren Alters eingetreten, in denen Jahre kein getreuer Maßstab des Lebens mehr sind. Ihre Ehemänner sind nicht so lautstark oder weniger interessiert – ich sehe sie durch die Terrassentür im Garten hinter dem Haus rauchen und Männersachen besprechen.

Die Debatte in der Küche wird hitzig. Ich höre eine ordentliche Portion Vulgärpsychologie und Klischees. Sie wollen Alice beschützen, was verständlich ist, aber sie hat schon mit den Detectives gesprochen.

Eine Übereinkunft wird getroffen. Eine Tante wird bei der Befragung von Alice zugegen sein – eine dünne Frau in einem dunklen Rock und Strickjacke. Sie heißt Denise und zieht wie ein Zauberkünstler scheinbar unerschöpfliche Vorräte an Papiertaschentüchern aus dem Ärmel.

Alice muss von ihrem Computer weggelockt werden. Sie ist ein mürrischer, präpubertärer Teenager mit nach unten gezogenen Mundwinkeln und Apfelbäckchen, die eher ihrer Diät als ihrer Knochenstruktur zuzuschreiben sind. Sie trägt Jeans und einen Rugby-Pullover, und ihre Arme hat sie um ein Bündel weißes Fell geschlungen – ein Kaninchen mit langen, rosa geränderten Ohren, die eng an seinem Körper anliegen.

»Hallo, Alice.«

Sie beachtet mich nicht, sondern bittet stattdessen um eine Tasse Tee und Gebäck. Denise gehorcht ohne Zögern.

»Wann wird dein Vater zurückerwartet?«, frage ich.

Sie zuckt die Achseln.

»Du musst ihn doch vermissen. Ist er oft weg?«

»Ja.«

»Was macht er?«

»Er ist Drogendealer.«

Denise atmet scharf ein. »Das ist nicht sehr nett, Liebes.«

Alice korrigiert sich. »Er arbeitet für eine Pharmafirma.« »Das war bloß ein Witz«, erklärt sie ihrer Tante schniefend.

»Sehr witzig«, sagt Ruiz.

Alice kneift die Augen zusammen, argwöhnisch, ob sie ihm trauen soll.

»Erzähl mir von Montagnachmittag«, sage ich.

»Ich bin nach Hause gekommen, und Mum war nicht da. Sie hat auch keinen Zettel hingelegt – ich hab eine Weile gewartet, aber dann hab ich Hunger gekriegt.«

»Was hast du dann gemacht?«

»Ich hab Tante Gloria angerufen.«

»Wer hatte einen Schlüssel zu eurer Wohnung?«

»Mum und ich.«

»Sonst noch jemand.«

»Nein.«

Ruiz windet sich auf seinem Stuhl. »Hat deine Mum je Männer zu euch nach Hause eingeladen?«

Sie kichert. »Freunde, meinen Sie?«

»Ja, männliche Freunde.«

»Also, sie mochte Mr. Pelicos, meinen Englischlehrer. Wir nennen ihn Pelikan, wegen seiner große Nase. Und manchmal kommt Eddie aus der Videothek nach der Arbeit vorbei und bringt DVDs mit. Ich darf sie nicht gucken. Er und Mum benutzen den Fernseher in ihrem Schlafzimmer.«

Denise versucht, sie zu bremsen. »Meine Schwester war glücklich verheiratet. Ich finde nicht, dass Sie Alice solche Fragen stellen sollten.«

Sie zieht ein frisches Taschentuch aus ihrem Ärmel. Das Kaninchen ist nach oben gekrabbelt und schmiegt sich unter Alice' Kinn. Sie kichert. Das Lächeln verwandelt sie.

»Hat es einen Namen?«, frage ich.

»Noch nicht.«

»Dann muss es ganz neu sein.«

»Ja, ich hab es gefunden.«

»Wo?«

»In einer Kiste vor unserer Tür.«

»Wann?«

»Am Montag.«

»Als du von der Reitstunde nach Hause gekommen bist?«

Sie nickt.

»Erzähl mir genau, was du vorgefunden hast.«

Sie seufzt. »Die Wohnungstür stand offen. Auf der Fußmatte stand eine Kiste. Mum war nicht zu Hause.«

»War bei der Kiste auch ein Brief?«

»Nein, auf der Seite stand bloß mein Name.«

»Weißt du, wer sie für dich dort abgestellt hat?«

Alice schüttelt den Kopf.

»Hast du je mit jemandem darüber geredet, dass du dir ein Kaninchen wünschst?«

»Nein, ich dachte, es wäre von meinem Dad. Er redet dauernd von weißen Kaninchen und Alice im Wunderland.«

»Aber es war nicht von deinem Dad?«

Erneutes Kopfschütteln – ihr Pferdeschwanz wippt.

»Wer könnte dir sonst ein Kaninchen schicken?«

Sie zuckt mit den Schultern.

»Es ist wirklich wichtig, Alice. Hast du mit irgendjemanden über deine Mum oder Kaninchen oder Alice im Wunderland gesprochen? Es könnte ein Bekannter deiner Mutter gewesen sein oder ein Fremder. Jemand, der einen Vorwand gefunden hat, sich mit dir zu unterhalten.«

Sie geht in die Defensive. »Wie soll ich mich daran erinnern? Ich rede dauernd mit Leuten.«

»Dies ist jemand, an den du dich bestimmt erinnerst. Denk scharf nach.«

Ihr Tee wird kalt. Sie streichelt die Ohren des Kaninchens, damit sie sich aufrichten.

»Vielleicht war da jemand.«

»Wer?«

»Ein Mann. Er hat gesagt, er wäre inkognito. Ich wusste nicht, was das bedeutet.«

»Wo hast du ihn getroffen?«

»Ich war mit Mum aus.«

Alice erzählt von der Party, zu der sie mit Sylvia gegangen ist, um den Junggesellinnenabschied einer Freundin zu feiern. Sie stand neben der Musikbox, als ein Mann mit Sonnenbrille sie angesprochen hat. Sie haben über Musik und Pferde geredet, und er hat angeboten, ihr noch eine Limonade zu kaufen. Er hat aus Alice im Wunderland zitiert.

»Woher wusste er deinen Namen?«

»Ich hab's ihm gesagt.«

»Hast du ihn je zuvor gesehen?«

»Nein.«

»Kannte er den Namen deiner Mutter?«

»Ich weiß nicht. Er wusste, wo wir wohnen.«

»Woher?«

»Keine Ahnung. Ich hab es ihm nicht gesagt. Er wusste es einfach.«

Ich gehe die Geschichte noch mehrmals mit ihr durch, türme Schichten von Details aufeinander, packe Fleisch und Sehnen auf das Gerippe. Ich will nicht, dass sie etwas umschreibt oder auslässt. Sie muss sich an seine genauen Worte erinnern.

Er war etwa so groß wie ich, mit dünnem blondem Haar, älter als ihre Mutter, jünger als ich. Alice kann sich nicht erinnern, was er anhatte, und hat auch keine Tätowierungen, Ringe oder sonstige auffällige Kennzeichen bemerkt, abgesehen von der Sonnenbrille.

Sie gähnt. Die Unterhaltung beginnt, sie zu langweilen.

»Hat er mit deiner Mutter gesprochen?«, fragt Ruiz.

»Nein, das war der andere.«

»Der andere?«

»Der Mann, der uns nach Hause gefahren hat.«

Ruiz entlockt ihr eine weitere Beschreibung, diesmal von einem jüngeren Mann, Anfang dreißig mit Locken und Ohrring. Er hat mit ihrer Mutter getanzt und angeboten, sie nach Hause zu fahren.

Wieder geht ihre Tante dazwischen. »Ist das wirklich notwendig? Die arme Alice hat der Polizei doch schon alles erzählt.«

Plötzlich hält Alice das Kaninchen mit ausgestreckten Armen von sich. Auf ihrer Jeans ist ein feuchter Fleck.

»Iiih, es hat mich angepinkelt. Wie eklig!«

»Du hast es zu fest angefasst«, sagt ihre Tante.

»Hab ich nicht.«

»Du solltest es nicht dauernd mit dir herumschleppen.«

»Es ist mein Kaninchen.«

Das Tier wird auf dem Küchentisch abgesetzt. Alice will sich umziehen. Es ist mir nicht gelungen, ihr ein Gefühl für die Dringlichkeit der Situation zu vermitteln, und sie ist des Redens überdrüssig. Sie starrt mich vorwurfsvoll an, als wäre das Ganze irgendwie meine Schuld – der Tod ihrer Mutter, der Fleck auf ihrer Jeans, das allgemeine Durcheinander in ihrem Leben.

Jeder geht anders mit Trauer um, und Alice empfindet einen Schmerz, den ich mir nicht einmal vorstellen kann. Ich habe mehr als zwanzig Jahre mit dem Studium menschlichen Verhaltens zugebracht, habe Patienten behandelt und mir ihre Zweifel und Ängste angehört, aber keine Erfahrung und kein psychologisches Fachwissen der Welt werden es mir je möglich machen nachzuempfinden, was ein anderer Mensch fühlt. Ich kann dieselbe Tragödie erleben oder dieselbe Katastrophe überleben, aber meine Gefühle werden wie die der anderen immer einzigartig und auf ewig privat sein.

Es ist kalt, aber nicht eisig. Kahle Bäume, um die Stromleitungen herum brutal zurückgeschnitten, zeichnen sich blass vor einem lavendelfarbenen Himmel ab. Ruiz schiebt die Hände tief in die Taschen und entfernt sich von dem Haus. Er humpelt leicht auf dem rechten Bein, das sich nie ganz von einer alten Schussverletzung erholt hat.

Ich schließe zu ihm auf und bemühe mich, Schritt zu halten. Jemand hat Darcy nach dem Tod ihrer Mutter Ballettschuhe geschickt – ohne beigelegten Brief oder Absender. Wahrscheinlich hat dieselbe Person auch das Kaninchen für Alice dagelassen. Sind das Visitenkarten oder Kondolenzgaben?

»Hast du schon einen Ansatzpunkt, was den Typen betrifft?«, fragt Ruiz.

»Noch nicht.«

»Ich wette zwanzig Pfund, dass es ein Exfreund oder Liebhaber ist.«

»Von beiden Frauen?«

»Vielleicht gibt er einer die Schuld dafür, dass seine Beziehung zu der anderen zerbrochen ist.«

»Und worauf gründet sich diese Theorie?«

»Bauchgefühl.«

»Und du bist sicher, dass es keine Blähung ist?«

»Wir könnten wetten.«

»Ich wette nicht.«

Wir sind beim Wagen angekommen. Ruiz lehnt sich an die Tür. »Mal angenommen, du hast recht, und er zielt auf die Töchter ab – wie macht er es? Darcy war in der Schule. Alice ist auf ihrem Pferd geritten. Sie waren nicht in Gefahr.«

Ich habe keine einfache Erklärung. Dazu braucht es eine andere Ebene der Vorstellungskraft, einen Salto in die Verzweiflung.

»Wie beweist er eine solche Lüge?«, fragt Ruiz.

»Er muss Dinge über die Töchter wissen – nicht bloß ihren Namen und ihr Alter, sondern intime Details. Er könnte in den Wohnungen gewesen sein, sie unter einem Vorwand getroffen oder beobachtet haben.«

»Eine Mutter würde doch garantiert die Schule oder den Reitstall anrufen. Man glaubt nicht einfach jemandem, der behauptet, die eigene Tochter in seiner Gewalt zu haben.«

»Da irrst du dich. Du legst niemals auf. Ja, du willst es überprüfen. Du willst die Polizei anrufen. Du willst um Hilfe schreien. Aber was du auf keinen Fall tun wirst, ist auflegen. Du kannst nicht riskieren, dass er recht hat. Du willst es nicht riskieren.«

»Und was machst du stattdessen?«

»Du redest immer weiter. Du tust genau das, was er sagt. Du bleibst am Telefon und fragst immer wieder nach einem Beweis, während du gleichzeitig unentwegt darum betest, dass du dich irrst.«

Ruiz wiegt sich auf seinen Absätzen vor und zurück und betrachtet mich in einer Art angewidertem Staunen.

Passanten gehen auf dem Bürgersteig an uns vorbei und mustern uns missbilligend oder neugierig.

»Und das ist deine Theorie?«

»Sie passt zu den bekannten Details.«

Ich habe erwartet, dass er mir widerspricht. Ich dachte, es würde die Einbildungskraft überfordern, sich vorzustellen, dass jemand auf der Grundlage einer Annahme oder aus rationaler Angst von einer Brücke springt oder sich an einen Baum kettet.

Stattdessen räuspert er sich.

»Ich kannte einmal einen Mann in Nordirland, der mit einem Laster voll Sprengstoff in eine Armee-Kaserne gerast ist, weil die IRA seine Frau und zwei Kinder als Geiseln hielt. Seiner jüngsten Tochter hatten sie vor seinen Augen die Kehle durchgeschnitten.«

»Was ist passiert?«

»Bei der Explosion kamen zwölf Soldaten ums Leben ... und er selbst.«

»Und was geschah mit seiner Familie?«

»Die IRA ließ sie laufen.«

Wir verstummen beide. Manche Gespräche brauchen kein Schlusswort.

28

Charlie ist im Garten vor dem Haus und schießt einen Ball gegen den Zaun. Sie trägt ihre Fußballschuhe und ihr altes Trikot der Camden Tigers.

»Was ist los?«

»Nichts.«

Der Ball prallt noch härter von der Bretterwand ab.

»Trainierst du für das große Probetraining?«, frage ich.

»Nee.«

»Warum nicht?«

Sie fängt den Ball mit beiden Händen und starrt mich mit dem Blick ihrer Mutter an.

»Weil das Probetraining heute war und du mich hinfahren solltest, also habe ich es verpasst. Vielen Dank, Dad. Super Aktion.«

Sie lässt den Ball fallen und nimmt ihn so hart volley, dass er mir beinahe den Kopf abreißt, als er an mir vorbeischießt.

»Ich mache es wieder gut«, versuche ich mich zu entschuldigen. »Ich rede mit dem Trainer. Du kriegst ein anderes Probetraining.«

»Mach dir keine Gedanken. Ich will keine Vergünstigungen«, sagt sie. Könnte sie ihrer Mutter noch ähnlicher sein?

Julianne ist in der Küche, ein Handtuch wie einen Turban um das frisch gewaschene Haar gewickelt. Dadurch geht sie mit wiegenden Hüften wie eine Afrikanerin mit einem Tonkrug auf dem Kopf.

»Charlie ist wütend auf mich.«

»Ja.«

»Du hättest anrufen sollen.«

»Ich habe es versucht. Dein Handy war ausgeschaltet.«

»Warum konntest du sie nicht fahren?«

»Weil ich Kindermädchen interviewen musste«, faucht sie mich an. »Du hast ja keins gefunden.«

»Tut mir leid.«

»Entschuldige dich nicht bei mir.« Sie blickt aus dem Fenster zu Charlie. »Es geht übrigens, glaube ich, nicht nur um das Fußballtraining.«

»Wie meinst du das?«

Sie wählt ihre Worte mit Bedacht. »Du und Charlie, ihr habt immer etwas zusammen unternommen, Besorgungen, Spaziergänge, aber seit Darcy bei uns ist, warst du zu beschäftigt. Ich denke, sie ist möglicherweise ein bisschen eifersüchtig.«

»Auf Darcy?«

»Sie denkt, du hast sie vergessen.«

»Aber das habe ich nicht.«

»Außerdem hat sie Probleme in der Schule. Ein Junge, der sie ständig hänselt.«

»Sie wird schikaniert?«

»Ich weiß nicht, ob es so ernst ist.«

»Wir sollten mit der Schule reden.«

»Sie will versuchen, es selbst zu klären.«

»Wie?«

»Auf ihre Art.«

Ich höre immer noch den Fußball gegen die Wand donnern. Ich verabscheue die Vorstellung, dass Charlie sich vernachlässigt fühlt. Und es gefällt mir noch weniger, dass Julianne diese Dinge erfahren hat, während sie mir entgangen sind. Ich bin immer zu Hause. Ich bin die erste verfügbare Bezugsperson, der hauptsächliche Betreuer, und ich war unaufmerksam.

Julianne löst das Handtuch, lässt die feuchten Locken in ihr Gesicht fallen und tupft sie mit dem weichen Handtuch zwischen ihren Handflächen trocken.

»Darcys Tante hat angerufen«, sagt sie. »Sie kommt zur Beerdigung aus Spanien.«

»Das ist gut.«

»Sie will Darcy mit zurück nach Spanien nehmen.«

»Was sagt Darcy dazu?«

»Sie weiß es noch nicht. Ihre Tante will es ihr von Angesicht zu Angesicht sagen.«

»Sie wird nicht glücklich sein.«

Julianne zieht demonstrativ eine Braue hoch. »Dafür sind wir nicht verantwortlich.«

»Du behandelst Darcy, als hätte sie etwas falsch gemacht«, sage ich.

»Und du behandelst sie, als wäre sie deine Tochter.«

»Das ist unfair.«

»Erklär Charlie, was fair ist.«

»Manchmal kannst du eine richtige Zicke sein.«

Der Satz ist mit mehr Wut und Bedeutung aufgeladen, als wir beide erwartet haben. Ein Ausdruck verletzter Hilflosigkeit breitet sich in ihren Augen aus, aber sie will nicht, dass ich Zeuge ihres Unglücks werde. Sie nimmt ihr Handtuch und ihre Zärtlichkeit mit nach oben. Ich höre ihre Schritte auf der Treppe und sage mir, dass sie übertrieben reagiert. Irgendwann wird sie es verstehen.

Ich klopfe behutsam an die Tür des Gästezimmers.

Nach einer kleinen Ewigkeit wird die Tür geöffnet. Darcy ist barfuß und trägt Dreiviertel-Leggins und ein T-Shirt. Ihre Haare fallen offen auf ihre Schultern.

Ohne mich anzusehen, setzt sie sich wieder auf die zerwühlten Laken des Bettes, zieht die Knie an die Brust und schlingt ihre Arme darum. Die Vorhänge sind zugezogen, Schatten sammeln sich in den Ecken des Zimmers.

Ich bemerke zum ersten Mal ihre Füße. Die Zehen sind missgebildet und mit Schwielen, Blasen und wunden Stellen bedeckt. Der kleine Zeh ist unter die anderen verdreht, als wollte er sich verstecken, der große Zeh ist geschwollen und hat einen verfärbten Nagel.

»Sie sind hässlich«, sagt sie und bedeckt ihre Füße mit einem Kissen.

»Was ist mit ihnen passiert?«

»Ich bin Tänzerin, schon vergessen? Eine meiner Ballettlehrerinnen hat immer gesagt, Pointé-Schuhe seien die letzten noch legalen Folterwerkzeuge.«

Ich schiebe eine Zeitschrift beiseite und hocke mich auf eine Ecke des Bettes, weil es keinen anderen Platz gibt.

»Über Pointé-Schuhe wollte ich mit dir reden«, sage ich.

Sie lacht. »Fürs Ballett sind Sie ein bisschen alt.«

»Das Paket, das bei deiner Schule abgegeben wurde, erzähl mir davon.«

Sie beschreibt einen in braunes Papier eingeschlagenen Schuhkarton ohne Karte, nur mit ihrem in Großbuchstaben geschriebenen Namen beschriftet.

»Gibt es außer deiner Mutter noch jemanden, der dir ein solches Geschenk machen würde?«

Sie schüttelt den Kopf.

»Das ist sehr wichtig, Darcy. Ich möchte, dass du über die vergangenen Wochen nachdenkst. Hast du jemanden kennengelernt oder mit einem Fremden gesprochen? Hat dir vielleicht irgendjemand Fragen über deine Mutter gestellt?«

»Ich war im Internat.«

»Okay, aber du hattest doch bestimmt freie Wochenenden. Bist du einkaufen gewesen? Hast du die Schule aus irgendeinem anderen Grund verlassen?«

»Ich bin zum Vortanzen nach London gefahren.«

»Hast du dort mit jemandem gesprochen?«

»Mit den Lehrern und den anderen Tänzerinnen.«

»Was ist mit der Zugfahrt?«

»Da war so ein Typ … Er saß mir gegenüber.«

»Und du hast mit ihm geredet?«

»Nicht sofort.« Sie streicht sich den Pony hinter die Ohren. »Es sah aus, als wäre er eingeschlafen. Ich bin in den Speisewagen gegangen, und als ich zurückkam, fragte er mich, ob ich Tänzerin wäre. Er meinte, er könne das an meinem Gang sehen – wegen der Spreizfüße, verstehen Sie. Es kam mir seltsam vor, dass er so viel über Ballett wusste.«

»Wie sah er aus?«

Sie zuckt die Achseln.

»Wie alt?«

»Nicht so alt wie Sie. Er trug eine Sonnenbrille wie Bono. Ich glaube, er war so ein Möchtegern.«

»Ein Möchtegern?«

»Einer dieser älteren Typen, die versuchen, cool auszusehen.«

»Hat er mit dir geflirtet?«

Sie zuckt die Schultern. »Kann sein. Ich weiß nicht.«

»Würdest du ihn wiedererkennen?«

»Glaub schon.«

Sie beschreibt ihn. Es könnte derselbe Mann sein, der mit Alice gesprochen hat, obwohl seine Haare dunkler und länger waren und er andere Kleidung trug.

»Ich möchte etwas versuchen«, erkläre ich ihr. »Leg dich hin und mach die Augen zu.«

»Warum?«

»Keine Angst, es passiert nichts, du musst nur die Augen schließen und an jenen Tag denken. Stell ihn dir bildlich vor. Mal dir aus, du würdest wieder in den Zug steigen, einen Platz finden und deine Tasche im Gepäcknetz abstellen.«

Ihre Lider fallen zu.

»Siehst du es vor dir?«

Sie nickt.

»Beschreibe mir den Waggon. Auf welchem Platz sitzt du?«

»In der dritten Reihe von hinten in Fahrtrichtung.«

Ich frage sie, was sie anhatte. Wo sie ihre Tasche abgestellt hat. Wer noch in dem Waggon war.

»In der Reihe vor mir saß ein kleines Mädchen, das zwischen den Sitzen hindurchgelinst hat. Ich habe Guck-Guck mit ihr gespielt.«

»An wen kannst du dich noch erinnern?«

»An einen Typen im Anzug. Er hat übermäßig laut telefoniert.« Sie überlegt. »Und an einen Touristen mit einem Ahornblatt auf dem Rucksack.«

Ich fordere sie auf, sich auf den Mann zu konzentrieren, der sich ihr gegenübergesetzt hat. Was hatte er an?

»Ich weiß nicht mehr. Ein Hemd, glaube ich.«

»Welche Farbe?«

»Blau mit Kragen.«

»Hatte es eine Aufschrift?«

»Nein.«

Ich komme zu seinem Gesicht. Seinen Augen. Seinem Haar. Seinen Ohren. Zug um Zug beginnt sie, ihn detaillierter zu beschreiben. Seine Hände. Seine Finger. Seine Unterarme. Er trug eine silberne Armbanduhr, aber keine Ringe.

»Wann hast du ihn zuerst gesehen?«

»Als er sich mir gegenüber hingesetzt hat.«

»Bist du sicher? Ich will, dass du noch weiter zurückgehst. Wer stand auf dem Bahnsteig, als du in Cardiff in den Zug gestiegen bist?«

»Ein paar Leute. Der Rucksacktourist war da. Ich habe eine Flasche Wasser gekauft. Ich kannte die Verkäuferin an dem Kiosk. Sie hatte sich die Haare gefärbt, seit ich sie zum letzten Mal gesehen hatte.«

Sie muss noch weiter zurückgehen. »Hast du angestanden, als du deine Fahrkarte gekauft hast?«

»Ich weiß nicht mehr.«

»Stell dir den Fahrkartenschalter vor. Guck dir die Gesichter an. Wen siehst du?«

Sie runzelt die Stirn und dreht den Kopf auf dem Kissen von einer Seite zur anderen. »Den Mann aus dem Zug.«

»Wo?«

»Auf dem Treppenabsatz bei den Fahrkartenautomaten.«

»Derselbe Mann?«

»Ja.«

»Bist du dir sicher.«

»Ja, ich bin mir sicher.«

Sie richtet sich auf und reibt sich die Oberarme, als wäre ihr plötzlich kalt.

»Habe ich etwas Falsches getan?«, fragt sie.

»Nein.«

»Weshalb fragen Sie nach ihm?«

»Vielleicht ist es gar nichts.«

Sie zieht sich die Bettdecke über die Schultern und lehnt sich an die Wand. Ihr Blick streift mich auf seltsame Weise.

»Kennen Sie dieses Gefühl, dass etwas Schreckliches passieren wird?«, fragt sie. »Etwas Furchtbares, das Sie nicht aufhalten können, weil Sie nicht wissen, was es ist.«

»Ich weiß nicht. Vielleicht. Warum fragst du?«

»So ein Gefühl hatte ich an diesem Freitag, als ich Mum nicht erreichen konnte. Ich wusste, dass irgendwas nicht stimmt.« Sie lässt den Kopf sinken und starrt auf ihre Knie. »Ich habe an dem Abend für sie gebetet, aber das war wohl zu spät, was? Niemand hat mich erhört.«

29

DI Cray hat sechs Kartons bei uns zu Hause anliefern lassen. Am Morgen müssen sie wieder im Einsatzraum des Reviers sein. Ein Kurier wird sie kurz nach Mitternacht abholen.

In den Kartons befinden sich Zeugenaussagen, Rekonstruktionen zeitlicher Abläufe, Telefonunterlagen und Tatortfotos zu beiden Morden. Ich habe es geschafft, sie von Julianne unbemerkt ins Haus zu schmuggeln.

Ich schließe die Tür zu meinem Arbeitszimmer ab, setze mich und nehme mir den ersten Karton vor. Mein Mund fühlt sich trocken an, aber diesmal kann ich es nicht meinen Tabletten zuschreiben. Vor mir stehen in Kartons verpackt die Belege zweier Leben und zweier Tode. Nichts wird diese Frauen wieder zurückbringen, und nichts kann ihre Gefühle weiter verletzen, trotzdem fühle ich mich wie ein ungebetener Gast, der ihre Unterwäsche durchwühlt. Fotos. Zeugenaussagen. Abläufe. Videos. Versionen der Vergangenheit.

Es heißt, ein Mal ist ein Ereignis, zwei Mal ist Zufall, und drei Mal ist ein Muster. Ich habe nur zwei Verbrechen, über die ich nachdenken kann. Die beiden Opfer, Christine Wheeler und Sylvia Furness, waren gleich alt. Sie sind zusammen zur Schule gegangen. Beide waren Mütter junger Töchter. Ich versuche mir ihr jeweiliges Leben vorzustellen, die Orte, an denen sie waren, die Menschen, die sie getroffen, die Erfahrungen, die sie gemacht haben.

In nur achtundvierzig Stunden haben die Detectives eine Biografie von Sylvia Furness, geborener Ferguson, zusammengetragen. Geboren 1972, aufgewachsen in Bath, Schülerin an der Oldfield School for Girls. Ihr Vater war Transportunternehmer, ihre Mutter Krankenschwester. Sylvia ging in Leeds auf die Universität, brach das Studium jedoch im zweiten Jahr ab, um ausgiebig zu reisen. Sie arbeitete auf Charterschiffen in der Karibik, wo sie in St. Lucia auf den Westindischen Inseln ihren Ehemann Richard Furness kennenlernte. Er hatte sein Studium für ein Jahr unterbrochen, um Jachten reicher Europäer zu überführen. Sie heirateten 1994. Ein Jahr später kam Alice. Richard Furness machte seinen Abschluss an der Universität von Bristol und hat seither für zwei große Pharmaunternehmen gearbeitet.

Sylvia war ein Party-Girl, das sich gerne mit Freundinnen traf und tanzen ging. Christine dagegen war still, kein bisschen abenteuerlustig, fleißig und zuverlässig, hatte keinen Freund und kein aktives Sozialleben. Die beiden Frauen hätten nicht unterschiedlicher sein können.

Interessanterweise hat Sylvia einen Kursus in Selbstverteidigung belegt. Karate. In diesem Fall hat es ihr nicht geholfen, sich zu wehren. Man hat keinerlei Spuren eines Kampfes gefunden. Sie hat sich gefügt. Der Kissenbezug über ihrem Kopf war eine Allerweltsmarke. Die Handschellen gehörten ihrem Ehemann – erworben in einem Sex-Shop in Amsterdam –, »um ihr Liebesleben aufzupeppen«.

Woher wusste der Mörder von den Handschellen? Er muss in Sylvias Wohnung gewesen sein, eingeladen oder auch nicht. Sie hat keinen Diebstahl oder Einbruch gemeldet. Vielleicht hat Ruiz recht, und es ist ein ehemaliger Liebhaber oder Freund.

Ich fange an, laut zu denken und mit ihm zu reden, um zu verstehen, wie ein Jäger von seiner Sorte denkt und fühlt. »Du wusstest so viel über sie – über ihre Häuser, ihre Aktivitäten, ihre Töchter, ihre Schuhe … Hast du ihnen gesagt, was sie anziehen sollen?«

Es klopft. Ich drehe den Schlüssel und öffne die Tür einen Spalt.

Es ist Julianne. »Was ist los?«

»Nichts.«

»Ich habe dich mit jemandem reden hören.«

»Mit mir selbst.«

Sie versucht, unter meinem Arm hindurch auf meinen Schreibtisch zu spähen. »Warum hast du abgeschlossen?«

»Es gibt Dinge, die die Mädchen nicht sehen sollen.«

Ihre Augen werden schmal. »Du tust es wieder, stimmt's? Du bringst dieses Gift in unser Haus.«

»Nur für heute Abend.«

Sie schüttelt den Kopf. Ihre Stimme klingt flach. »Ich hasse Geheimnisse. Ich weiß, dass die meisten Menschen welche haben, aber ich hasse sie.«

Sie dreht sich um. Ich sehe ihre nackten Füße unter dem Bademantel den Flur hinunter verschwinden. *Was ist mit deinen Geheimnissen*?, will ich sagen, aber sie ist schon fort, und die Frage bleibt unausgesprochen. Ich schließe die Tür und drehe den Schlüssel im Schloss.

Der zweite Karton enthält Fotos von den Tatorten, beginnend mit Gesamtaufnahmen aus der Distanz bis hin zu Detailfotos von einzelnen Körperteilen. Nach der Hälfte der Alben kann ich nicht mehr. Ich stehe auf, vergewissere mich, dass die Tür abgeschlossen ist, trete ans Fenster und starre durch die kahlen Äste der Kirschbäume auf den Friedhof hinter der Kirche.

Mir bleiben noch zwei Stunden, bis der Kurier kommt. Ich nehme einen Notizblock und lege jeweils ein Foto von Christine Wheeler und Sylvia Furness nebeneinander auf den Schreibtisch. Keine Nacktfotos, sondern normale Porträts. Darunter stelle ich mit Fotos von beiden Tatorten eine krassere Collage zusammen.

Wegen der Kapuze über ihrem Kopf springen die Bilder von Sylvia einen eher an. Ihre Füße berühren nur mit Mühe den Boden. Sie musste auf Zehenspitzen stehen. Nach wenigen Minuten müssen ihre Beine höllisch geschmerzt haben. Mit fortschreitender Erschöpfung sackten ihre Fersen ab, sodass ihr mit Handschellen gefesseltes Handgelenk das ganze Gewicht tragen musste. Weitere Schmerzen.

Die Kapuze, die Blöße und eine Stressposition, das riecht nach Folter und Exekution. Je länger ich die Bilder anstarre, desto vertrauter erscheinen sie mir. Dies sind Bilder von einem anderen Schauplatz – Bilder aus dem Krieg.

Das Abu-Ghraib-Gefängnis im Irak wurde zum Synonym für Folter und körperliche Misshandlung. Bilder von nackten, angeleinten Gefangenen mit Kapuzen über dem Kopf, verhöhnt und gedemütigt, gingen um die ganze Welt. Einige mussten in Stresspositionen verharren, auf Zehenspitzen und mit ausgestreckten oder schmerzhaft nach hinten gebundenen Armen stehen. Schlafentzug, Erniedrigung, extreme Hitze oder Kälte, Hunger und Durst, das sind die Kennzeichen von Verhören unter Folter.

Es dauerte sechs Stunden, Christine Wheelers Willen zu brechen. Wie viel Zeit hatte er mit Sylvia Furness? Sie wurde seit dem Montagnachmittag vermisst und am Mittwochmorgen tot aufgefunden – ein Zeitfenster von sechsunddreißig Stunden, von denen sie zwei Drittel tot war. Normalerweise dauert es Tage, Menschen einer Gehirnwäsche zu unterziehen und ihre Verteidigungsmechanismen zu knacken. Wer immer das war, hat es geschafft, Sylvia in zwölf Stunden zu brechen. Das ist unglaublich.

Es war keine Blutgier. Er hat nicht auf sie eingetreten oder -geprügelt. Er hat sich diese Frauen nicht durch Misshandlung unterworfen. An ihren Leichen gab es keine Spuren, die auf Schläge oder irgendeine andere Form physischer Gewalt hindeuteten. Er hat Worte benutzt. Wo lernt ein Mensch diese spezielle Fähigkeit? Dafür ist Training nötig. Ausbildung.

Ich ziehe einen senkrechten Strich auf einer Seite meines Notizbuches, überschreibe die linke Hälfte mit *Was ich weiß* und beginne, verschiedene Punkte zu notieren.

Es handelt sich um vorsätzliche, entspannte, ja, beinahe euphorische Verbrechen, die Ausdruck einer verderbten Lust sind. Er hat sorgfältig ausgewählt, was seine Opfer an- beziehungsweise ausgezogen haben. Er kannte den Inhalt ihrer Kleiderschränke. Er kannte ihr Make-up, wusste, wann sie allein zu Hause waren. Und die Schuhe waren ihm wichtig.

Ich fange wieder an, laut zu denken. »Warum diese Frauen? Was haben sie dir getan? Haben sie dich ignoriert? Dich ausgelacht? Dich verlassen?

Sylvia Furness hat sich bestimmt nicht leicht gefügt. Sie war kein Unschuldslamm. Du musst sie zermürbt und zu diesem Baum geschickt haben, deine Stimme immer in ihrem Ohr. Aber was hast du gesagt? Man muss sehr versiert sein, um so viel Kontrolle über einen anderen Menschen auszuüben, um den Willen einer Frau zu brechen. Du hast das nicht zum ersten Mal gemacht.

Ich bin Typen wie dir begegnet. Ich habe gesehen, wozu sexuelle Sadisten fähig sind. Diese Frauen haben jemanden oder etwas verkörpert, das du verachtest. Sie waren sowohl symbolische als auch sorgfältig ausgewählte Ziele – deshalb sind sie sich auch so unähnlich. Sie waren Schauspielerinnen, gecastet in deinem Stück, weil sie über ein bestimmtes Aussehen, das richtige Alter oder einen anderen Faktor verfügten.

Was sind die Bestandteile deiner Fantasie? Ein Faktor ist die öffentliche Demütigung. Du wolltest, dass man sie findet. Du hast diese Frauen gezwungen, nackt durch die Gegend zu paradieren. Sylvias Leiche war aufgehängt wie ein Stück Fleisch, Christine hatte das Wort ›Hure‹ auf ihren Bauch geschmiert.

Das erste Verbrechen ergab keinen Sinn. Es war zu öffentlich, zu entblößt. Warum hast du nicht einen privateren Ort gewählt, ein leeres Haus oder einen abgelegenen Bauernhof? Du wolltest, dass Christine gesehen wird. Es war ein Element deiner abnormen Inszenierung.

Du hast es getan, weil du Befriedigung daraus ziehst. Vielleicht war das nicht dein Ausgangsmotiv, aber es ist zum entscheidenden Antrieb geworden. Irgendwann hat sich in deiner Fantasie sexuelles Begehren mit Wut und dem Bedürfnis vermischt, andere zu beherrschen. Du hast gelernt, Schmerz und Folter zu erotisieren. Du hast darüber fantasiert – in deinen

Träumen Frauen genommen, gedemütigt, bestraft und zerbrochen. Erniedrigt. Entwertet. Zerstört.

Du bist pedantisch. Du machst dir Notizen, findest möglichst viel über deine Opfer heraus, indem du sie und ihre Häuser beobachtest. Du weißt, wann sie morgens zur Arbeit gehen, wann sie nach Hause kommen und abends das Licht ausmachen.

Ich kenne die genauen Details deiner Planung nicht, deshalb weiß ich nicht, wie eng du dieser Strategie gefolgt bist, aber du warst bereit, Risiken einzugehen. Was, wenn man Christine Wheeler auf der Brücke gerettet oder Sylvia Furness entdeckt hätte, bevor die Kälte ihr Herz stillstehen ließ, sie hätten dich identifizieren können.

Das ergibt keinen Sinn ... es sei denn ... es sei denn ... sie haben dein Gesicht nie gesehen! Du hast in ihr Ohr geflüstert, ihnen gesagt, was sie tun sollen. Und sie haben gehorcht, aber sie haben dein Gesicht nicht gesehen.«

Ich schiebe das Notizbuch beiseite, lehne mich zurück und schließe die Augen, ausgelaugt, müde und zitternd.

Es ist spät. Im Haus ist es still. Hinter dem matten Glas des Lampenschirms an der Decke sehe ich die Motten, die darin verendet sind, und eine Glühbirne, eine zerbrechliche Glashülle mit einem glühenden Faden. Menschen benutzen Glühbirnen häufig, um Ideen zu symbolisieren. Ich nicht. Meine Ideen nehmen Gestalt an in Bleistiftstrichen auf einem weißen Blatt, weiche, abstrakte Linien, die langsam bestimmter werden, Licht, Schatten und Klarheit erlangen.

Ich habe den Mann, der Christine Wheeler und Sylvia Furness getötet hat, nie getroffen, aber ich habe plötzlich das Gefühl, als sei er meinem Geist, Fleisch und Blut entsprungen mit einer Stimme, die in meinen Ohren nachhallt. Er ist keine Einbildung mehr, kein Rätsel und nicht mehr nur ein Produkt meiner Fantasie. Ich habe gesehen, wie er denkt und fühlt.

30

Die Tür wird nur einen Spalt geöffnet. Sein mit grauen Stoppeln übersätes Gesicht blickt mir entgegen.

»Du kommst spät.«

»Ich hatte einen Job.«

»Heute ist Sonntag.«

»Ich muss trotzdem arbeiten.«

Er dreht sich um und schlurft mit an den Fersen flappenden, ausgelatschten Pantoffeln den Flur hinunter.

»Was für einen Job denn?«

»Ich musste ein paar Schlösser austauschen.«

»Hast du Geld dafür gekriegt?«

»Das war der Sinn der Sache.«

»Ich brauche ein bisschen Geld.«

»Was ist mit deiner Rente?«

»Aufgebraucht.«

»Wofür hast du sie ausgegeben?«

»Scheißchampagner und Kaviar.«

Er trägt eine an den Ellbogen fast durchgescheuerte Schlafanzugjacke, die er in eine hochgeschnittene Hose gestopft hat, die am Bauch spannt und im Schritt praktisch gar keinen Platz mehr hat. Vielleicht fällt einem der Schwanz ab, wenn man ein bestimmtes Alter erreicht hat.

Wir sind im Wohnzimmer. Es riecht nach alten Fürzen und altem Bratfett. Die beiden einzigen Möbelstücke sind ein Sessel und ein Fernseher.

Ich zücke meine Brieftasche. Er versucht, über meine Hände hinwegzulinsen, um zu sehen, wie viel ich dabei habe. Ich gebe ihm vierzig Pfund.

Er zieht seine Hose hoch und lässt sich in den Sessel sinken, wo sein Hintern die von ihm selbst eingesessene Kuhle füllt. Sein Kinn sackt auf seine Brust, und sein Blick richtet sich auf den Fernseher, sein Lebenserhaltungssystem.

»Guckst du dir das Spiel an, Pop?«, frage ich.

»Welches?«

»Everton gegen Liverpool.«

Er schüttelt den Kopf.

»Ich hab dir extra Kabel gekauft, damit du die großen Spiele sehen kannst.«

Er grunzt. »Man sollte nicht dafür bezahlen müssen, Fußball zu gucken. Es ist, als würde man für sein Trinkwasser bezahlen. Das mach ich nicht.«

»Ich bezahle.«

»Das spielt keine Rolle.«

Der Bildschirm ist der einzige farbige Punkt im Zimmer. Er spiegelt sich als buntes Rechteck in seinen Augen wider.

»Gehst du nachher noch weg?«

»Nö.«

»Ich dachte, du wolltest zum Bingo.«

»Ich spiel kein Bingo mehr. Diese falschen Fotzen haben gesagt, ich dürfe nicht mehr kommen.«

»Warum nicht?«

»Weil ich sie beim Tricksen erwischt habe.«

»Wie kann man denn beim Bingo tricksen?«

»Jedes verdammte Mal fehlt mir eine beschissene Zahl. Nur eine Zahl. Falsche Fotzen.«

Ich habe immer noch eine Tüte mit Lebensmitteln in der Hand. Ich trage sie in die Küche und biete ihm an, etwas zu kochen. Ich habe eine Dose Schinken, Baked Beans und Eier gekauft.

Im Spülbecken stapelt sich dreckiges Geschirr. Eine Kakerlake erklimmt den Rand einer Tasse und sieht mich an wie einen unbefugten Eindringling. Sie huscht eilig davon, als ich die Essensreste von den Tellern in einen Treteimer kratze und den Wasserhahn aufdrehe. Rumpelnd springt die Gastherme an.

»Du hättest die Army nie verlassen dürfen«, ruft er. »Die Army ist wie eine Familie.«

Ja, klar, tolle Familie!

Er redet irgendeinen Mist über Kumpel und Kameradschaft, obwohl er in Wahrheit nie im Krieg gekämpft hat. Den Falkland-Krieg hat er verpasst, weil er nicht schwimmen konnte.

Ich lächle still vor mich hin. Das stimmt nicht ganz. Er war medizinisch untauglich. Er hat sich eine Hand im Verschluss einer 155-Millimeter-Kanone eingeklemmt und fast alle Finger gebrochen. Darüber ist der alte Sack immer noch verbittert. Weiß der Himmel, warum. Welcher halbwegs normale Mensch wünscht sich, in einem Krieg um ein paar öde Felsen im Südatlantik mitgekämpft zu haben?

Er jammert weiter und übertönt dabei sogar den Fernseher.

»Das ist das Problem mit den Soldaten heutzutage. Sie sind zu weich, verwöhnt. Samthandschuhe, Federkissen, Luxusfraß…«

Ich brate mehrere Scheiben Schinken und schlage darüber die Eier auf. Die Bohnen in der Mikrowelle aufzuwärmen geht schnell.

Pop wechselt das Thema. »Wie geht es meiner Enkeltochter?«

»Gut.«

»Wieso bringst du sie nie mit?«

»Sie lebt nicht bei mir, Pop.«

»Ja, aber der Richter hat dir doch –«

»Was der Richter gesagt hat, spielt keine Rolle. Sie lebt nicht bei mir.«

»Aber du siehst sie doch, oder? Du sprichst mit ihr.«

»Ja, klar«, lüge ich.

»Und warum bringst du sie dann nicht mal mit? Ich will sie sehen.«

Ich blicke mich in der Küche um. »Sie mag nicht hierherkommen.«

»Warum nicht?«

»Weiß nicht.«

Er grunzt.

»Sie geht inzwischen wahrscheinlich zur Schule.«

»Ja.«

»Auf welche Schule?«

Ich antworte nicht.

»Bestimmt auf irgend so eine schicke Privatschule wie ihre Mutter. Sie war immer zu gut für jemanden wie dich. Ihren Vater konnte ich nie leiden. Als ob seine Scheiße nicht stinken würde. Hat jedes Jahr einen anderen Wagen gefahren.«

»Das waren Firmenwagen.«

»Na, jedenfalls hat er auf dich herabgesehen.«

»Hat er nicht.«

»Und ob. Wir waren nicht sein Kaliber. Golfclub, Skiurlaub … Hat die ganze piekfeine Hochzeit bezahlt.« Er hält inne und wird dann ganz aufgeregt. »Vielleicht solltest du Unterhalt fordern. Sie vor Gericht zerren. Deinen Anteil einklagen.«

»Ich will ihr Geld nicht.«

»Dann gib es mir.«

»Nein.«

»Warum nicht? Mir steht auch irgendwas zu.«

»Ich hab dir diese Wohnung gekauft.«

»Ja, ein verdammter Palast.«

Er kommt in die Küche geschlurft und setzt sich. Ich serviere ihm das Essen. Er ertränkt alles in brauner Sauce. Sagt nicht Danke, wartet nicht auf mich.

Ich frage mich, ob er beim Blick in den Spiegel das Gleiche sieht wie die anderen Menschen: eine nutzlose Blase voller Pisse und Blähungen. Das sehe ich. Der Mann hat kein Recht, mir Vorträge zu halten. Er ist eine unflätige, winselnde Schmierspur auf der Welt, und manchmal wünsche ich, er würde einfach sterben oder wenigstens abrechnen.

Ich weiß nicht, warum ich mir die Mühe mache, ihn zu besuchen. Wenn ich mich daran erinnere, was er mir angetan hat, bedeutet es schon viel, wenn ich ihm nicht ins Gesicht spucke. Er wird sich nicht daran erinnern. Er wird sagen, das denke ich mir aus.

Seine Prügel waren nie so schlimm wie das lang gezogene Vorspiel. Ich wurde zur Treppe geschickt, wo ich die Hose herunterlassen und mit gekreuzten Armen durchs Geländer meine Handgelenke fassen musste. So stand ich da und wartete und wartete, die Stirn an das Holz gepresst.

Das erste Geräusch, das ich hörte, war das Surren des Kabels, kurz bevor es traf. Er benutzte ein altes Toaster-Kabel mit Stecker, den er als Griff in der Hand hielt.

Das Seltsame an diesen Schlägen war, dass sie mich gelehrt haben, mein Bewusstsein zu spalten. Ich bin nicht erst mit sechzehn von zu Hause weggegangen. Ich habe mein Zuhause schon Jahre früher verlassen, als ich an diesem Geländer hing. Ich habe mein Zuhause verlassen, als dieses Kabel durch die Luft surrte und meine nackte Haut traf.

Früher habe ich mir ausgemalt, was ich ihm antun würde, wenn ich groß und stark genug bin. Damals hatte ich noch nicht viel Fantasie. Ich dachte daran, ihn zu schlagen oder ihm den Schädel einzutreten. Das ist heute anders. Ich kann mir Tausende Arten vorstellen, ihm Schmerzen zu bereiten. Ich kann mir vorstellen, wie er mich anbettelt, sterben zu dürfen. Vielleicht denkt er sogar, dass er schon tot ist. Das ist mir schon mal passiert. Ein algerischer Terrorist, der in den Bergen nördlich von Gardez als Talibankämpfer verhaftet worden war, fragte mich, ob er in der Hölle sei.

»Noch nicht«, antwortete ich. »Aber wenn du erst dort bist, wird es dir vorkommen wie ein Ferienlager.«

Pop schiebt seinen Teller weg, reibt sich das Kinn und sieht mich verschlagen an. Mit dem Gehabe eines Mannes, der die ganze Welt übers Ohr haut, zieht er eine Gin-Flasche aus dem Schrank unter der Spüle.

»Willst du einen?«

»Nein.«

Ich sehe mich um, auf der Suche nach einer Ablenkung oder einem Vorwand zu gehen.

»Musst du noch irgendwohin?«, fragt er.

»Ja.«

»Du bist doch gerade erst gekommen.«

»Ein Job.«

»Noch mehr Schlösser reparieren?«

»Ja.«

Er schnaubt angewidert. »Da musst du ja im Geld schwimmen.«

Er setzt zu einer weiteren Klage über sein Leben an und erklärt mir, dass ich nutzlos, egoistisch und eine verdammte Enttäuschung sei.

Ich betrachte seinen Hals. Ich könnte ihn problemlos brechen. Zwei Hände, die Daumen an die richtigen Stellen gedrückt, und er hört auf zu reden … und zu atmen. Es ist nicht anders, als würde man ein Kaninchen töten.

Er quatscht weiter, blabla, sein Mund geht auf und zu und kippt seine Scheiße über die Welt. Vielleicht hatte der Algerier doch recht mit der Hölle.

31

Ein Schatten fällt auf die Scheibe, dann wird die Tür geöffnet. Veronica Cray dreht sich um und marschiert den Flur herunter.

»Haben Sie die Sonntagszeitungen gesehen, Professor?«

»Nein.«

»Sie sind voll mit Sylvia Furness – Titelseite, Seite drei. Seite fünf... Monk hat gerade angerufen. In der Trinity Road stehen zwei Dutzend Reporter.«

Ich folge ihr in die Küche, wo sie an den Herd tritt und mit Töpfen und Pfannen zu hantieren beginnt. Ein Sonnenstrahl, der durchs Fenster fällt, lässt das Grau an ihren Haarwurzeln hervortreten.

»Das ist der feuchte Traum jedes Boulevardreporters. Zwei Opfer – attraktive Frauen aus der weißen Mittelschicht. Mütter. Beide nackt. Geschäftspartnerinnen. Die eine springt von einer Brücke, die andere hängt an einem Baum wie eine Rinderhälfte. Sie sollten sich ein paar der Theorien zu Gemüte führen, die die Journaille entwickelt hat – Dreiecksbeziehungen, lesbische Affären, abgelegte Liebhaber.«

Sie macht den Kühlschrank auf und nimmt einen Karton mit Eiern, Butter, ein paar Streifen Frühstücksspeck und eine Tomate heraus. Ich stehe noch immer.

»Setzen Sie sich. Ich mache Ihnen Frühstück.« So wie sie es sagt, klingt es, als stünde ich auf der Speisekarte.

»Das ist wirklich nicht nötig.«

»Für Sie vielleicht nicht – ich bin seit fünf Uhr auf. Wollen Sie Kaffee oder Tee?«

»Kaffee.«

Sie schlägt die Eier in einer Schüssel auf und verarbeitet sie mit präzisen, geübten Schlägen zu einem flüssigen Schaum. Auf dem Tisch liegen ein Dutzend aufgeschlagene Zeitungen, und von allen Seiten lächelt mir Sylvia Furness entgegen.

Die Ermittlung konzentriert sich auf ihre Hochzeitsplanungsagentur Blissful, die jetzt unter Konkursverwaltung steht. Die unbezahlten Rechnungen und letzten Mahnungen hatten sich im Laufe von zwei Jahren aufgetürmt, aber Christine Wheeler hatte die Gerichtsvollzieher durch regelmäßige Bargeldspritzen in Schach gehalten, vor allem durch Hypotheken auf ihr Haus. Eine Schadenersatzklage wegen einer möglichen Lebensmittelvergiftung erwies sich als der Tropfen, der das Fass zum Überlaufen brachte. Sie hatte zwei Kredite nicht bedient. Die Aasgeier begannen zu kreisen.

Zeichner der Polizei sollen sich mit Darcy und Alice zusammensetzen. Die beiden sollen getrennt voneinander befragt werden, um festzustellen, ob man mit ihrer Hilfe ein Phantombild des Mannes erstellen kann, mit dem sie wenige Tage vor dem Tod ihrer Mütter gesprochen haben.

Die Mädchen haben ihn, was Größe und Statur angeht, in etwa gleich beschrieben, aber Darcy erinnert sich daran, dass er dunkles Haar hatte, während Alice sich sicher ist, dass er blond war. Natürlich kann man sein Erscheinungsbild verändern, aber Augenzeugenbeschreibungen sind notorisch unzuverlässig. Nur sehr wenige Menschen können sich an mehr als eine Handvoll Merkmale erinnern: Geschlecht, Alter, Größe, Haarfarbe und Rasse. Das reicht aber nicht, um ein wirklich präzises Phantombild zu erstellen, und ein schlechtes Phantombild richtet mehr Schaden an, als es nützt.

DI Cray nimmt die Speckstreifen aus der Pfanne, teilt die Eier und schiebt sie auf eine dicke Scheibe Toast.

»Wollen Sie Tabasco auf Ihre Eier?«

»Klar.«

Sie gießt Kaffee und Milch ein.

Derweil folgt die Ermittlungskommission einem Dutzend

weiterer Spuren. Eine Verkehrsüberwachungskamera hat am Montag um 16.08 Uhr in der Warminster Road Sylvia Furness' Wagen registriert. Ein unidentifizierter silberner Transporter fuhr hinter ihr über die Ampel. Vor einer Woche hat ein ähnlich aussehendes Auto die Clifton Suspension Bridge überquert, zwanzig Minuten, bevor Christine Wheeler über den Sicherheitszaun kletterte. Die gleiche Marke, das gleiche Modell. Keine der Überwachungskameras hat das Nummernschild ganz erfasst.

Sylvia Furness erhielt am Montag um 16.15 Uhr einen Anruf, der von einem Mobiltelefon kam, das vor zwei Monaten unter Vorlage zweifelhafter Papiere in einem Laden im Süden Londons gekauft wurde. Mit einem zweiten, am selben Tag erworbenen Handy wurde um 16.42 Uhr Sylvias Mobiltelefon angerufen, dieselbe Vorgehensweise wie bei Christine Wheeler. Ein Anruf überlappte den anderen. Der Anrufer hat Sylvia vom Festnetztelefon auf ihr Handy transferiert und sich dabei womöglich vergewissert, dass der Kontakt nicht abbrach.

DI Cray isst hastig und genehmigt sich einen Nachschlag. Der heiße Kaffee, mit dem sie jeden Bissen hinunterspült, muss ihre Kehle verbrennen. Zuletzt wischt sie sich den Mund mit einer Papierserviette ab.

»Die Spurensicherung ist auf etwas Interessantes gestoßen. Spermaspuren von zwei verschiedenen Männern auf dem Bettlaken.«

»Weiß der Ehemann davon?«

»Sie hatten offenbar ein Arrangement – eine offene Ehe.«

Jedes Mal, wenn ich diesen Ausdruck höre, denke ich an ein kleines zerbrechliches Boot in einem Ozean voller Scheiße. DI Cray spürt meine Skepsis und kichert.

»Erzählen Sie mir nicht, Sie sind ein Romantiker, Professor.«

»Ich glaube schon. Was ist mit Ihnen?«

»Die meisten Frauen sind romantisch – sogar eine Frau wie ich.«

Es klingt wie mit Bedacht geäußert, und ich nehme es als Eröffnung.

»Mir sind die Fotos eines jungen Mannes aufgefallen. Ist er Ihr Sohn?«

»Ja.«

»Wo ist er jetzt?«

»Erwachsen. Er lebt in London. Irgendwann gehen sie offenbar alle nach London – wie Schildkröten, die an denselben Strand zurückkehren.«

»Vermissen Sie ihn?«

»Schläft Dolly Parton auf dem Rücken?«

Ich will innehalten und diesem Bild nachsinnen, aber ich frage weiter. »Wo ist sein Vater?«

»Was soll das werden? Ein Quiz?«

»Es interessiert mich.«

»Sie sind neugierig.«

»Bloß wissbegierig.«

»Tja, also, ich bin keiner von Ihren verdammten Patienten«, sagt sie unerwartet heftig und wirkt dann leicht verlegen. »Wenn Sie es unbedingt wissen wollen, ich war acht Monate verheiratet. Das waren die längsten Jahre meines Lebens. Und mein Sohn ist das einzig Gute, was daraus hervorgegangen ist.«

Sie nimmt meinen Teller und wirft das Besteck in die Spüle. Sie dreht den Wasserhahn auf und schrubbt das Geschirr, als wollte sie mehr als nur Rührei abwaschen.

»Haben Sie ein Problem mit Psychologen?«, frage ich.

»Nein.«

»Vielleicht liegt es an mir?«

»Nichts für ungut, Professor, aber vor hundert Jahren brauchten die Leute noch keine Seelenklempner, um klarzukommen. Sie brauchten keine Therapie, keine Beruhigungsmittel, keine Selbsthilfebücher oder das beschissene Secret. Sie haben einfach ihr Leben gelebt.«

»Vor hundert Jahren sind die Leute nur fünfundvierzig geworden.«

»Was wollen Sie denn damit sagen? Dass uns ein längeres Leben unglücklich macht?«

»Es gibt uns mehr Zeit, unglücklich zu sein. Unsere Erwartungen haben sich verändert. Überleben reicht nicht mehr. Wir wollen Erfüllung.«

Sie antwortet nicht, was jedoch kein Zeichen der Zustimmung ist. Ihr ganzes Gebaren deutet vielmehr auf irgendeine Episode in der Vergangenheit hin, eine Familiengeschichte oder einen Besuch bei einem Psychologen oder Psychiater.

»Liegt es daran, dass Sie lesbisch sind?«, frage ich.

»Haben Sie ein Problem damit?«

»Nein.«

»Gertrude Stein hat Hemingway einmal erklärt, er hätte Probleme, Homosexualität zu akzeptieren, weil der homosexuelle Akt von Männern hässlich und abstoßend sei, während bei Frauen das Gegenteil zuträfe.«

»Ich versuche, die Menschen nicht nach ihrer sexuellen Neigung zu beurteilen.«

»Aber Sie beurteilen sie schon, jeden Tag in Ihrem Behandlungszimmer.«

»Ich habe keine klinische Praxis mehr, aber als ich noch eine hatte, habe ich versucht, Menschen zu helfen.«

»Hatten Sie je einen Patienten, der seine Homosexualität nicht akzeptiert hat?«

»Ja.«

»Haben Sie versucht, ihn in Ordnung zu bringen?«

»Es gab nichts in Ordnung zu bringen. Ich kann die Sexualität eines Menschen nicht verändern. Ich kann ihm helfen, sich selber anzunehmen und mit seinem eigenen Sosein zu leben.«

DI Cray trocknet sich die Hände ab, nimmt wieder Platz, greift nach ihren Zigaretten und zündet sich eine an.

»Haben Sie das psychologische Profil fertig?«

Ich nicke. Reifen auf knirschendem Kies kündigen einen Besucher an. Safari Roy ist gekommen, um sie in die Trinity Road zu fahren.

»Ich habe heute Morgen eine Einsatzbesprechung. Sie sollten mitkommen.«

Roy klopft, betritt das Haus und nickt uns zu.

»Fertig, Boss?«

»Ja. Der Prof kommt mit uns.«

Roy sieht mich an. »Ich hab immer ein Plätzchen frei.«

Im Einsatzraum geht es geschäftiger und lauter zu als beim letzten Mal. Mehr Detectives und ziviles Hilfspersonal sind versammelt, die die Daten beider Verbrechen erfassen und abgleichen. Das Ganze ist jetzt offiziell eine Mordermittlung mit einer Sonderkommission.

Sylvia Furness hat ihre eigene Tafel neben der von Christine Wheeler bekommen. Dicke schwarze Linien verbinden Verwandte, Kollegen und gemeinsame Freunde.

Die Sonderkommission hat sich in zwei Teams aufgeteilt. Ein Team hat bereits Hunderte von Stunden damit zugebracht, jede Person aufzuspüren, die sich in Leigh Woods aufgehalten hat, Fahrzeughalter ausfindig zu machen, Alibis zu überprüfen und die Aufnahmen der Überwachungskameras zu studieren.

Außerdem hat man sich auf Christine Wheelers Schulden und ihre Geschäfte mit einem lokalen Kredithai namens Tony Naughton konzentriert, dessen Name in ihren Telefonunterlagen aufgetaucht ist. Naughton wurde befragt, hat jedoch für Freitag, den 5. Oktober, ein Alibi. Ein halbes Dutzend Gäste bestätigt, dass er sich vom Nachmittag bis zur Sperrstunde in einem Pub aufgehalten hat. Es ist dasselbe halbe Dutzend, das ihm jedes Mal ein Alibi liefert, wenn er von der Polizei vernommen wird.

Ich höre, wie Veronica Cray alle Anwesenden auf den Stand der vergangenen vierundzwanzig Stunden bringt.

»Der Mörder von Sylvia Furness wusste von den Handschellen, das heißt, wir könnten es mit einem Exfreund, Liebhaber oder sonst jemandem zu tun haben, der Zutritt zu ihrer Wohnung hatte. Ein Vertreter, ein Fensterputzer, ein Freund …«

»Was ist mit dem Ehemann?«, fragt Monk.

»Er war zusammen mit seiner sechsundzwanzigjährigen Sekretärin in Genf.«

»Er hätte jemanden anheuern können.«

Sie nickt. »Wir schauen uns seine Telefonunterlagen und seine E-Mails an.«

Sie verteilt Aufgaben und wirft mir einen kurzen Blick zu. »Professor O'Loughlin hat ein psychologisches Profil erstellt. Ich übergebe jetzt an ihn.«

Meine Notizen stehen auf einem Blatt Papier in meiner Jackentasche. Ich ziehe es hervor und blicke darauf wie auf einen Spickzettel. Ich hebe bewusst die Füße an, um nicht zu schlurfen, als ich vor die Versammlung trete. Das ist einer der Tricks, die ich lernen musste, seit Mr. Parkinson da ist. Ich stehe ein wenig breitbeinig und versuche, nicht mit dem ganzen Körper mitzugehen, wenn ich den Kopf wende.

»Der Mann, nach dem Sie suchen, ist ein versierter und erfahrener sexueller Sadist«, erkläre ich und halte kurz inne, um in ihre Gesichter zu blicken. »Er wollte diese Frauen nicht bloß töten, er wollte sie physisch und psychisch vernichten; er wollte intelligenten, lebensprühenden Frauen den letzten Fetzen Hoffnung, Glauben und Menschlichkeit rauben.

Sie suchen nach einem Mann, der etwa so alt ist wie seine Opfer oder älter. Seine Planung, seine Selbstsicherheit und das Maß an Selbstkontrolle deuten auf Reife und Erfahrung hin.

Er ist überdurchschnittlich intelligent, sehr eloquent und offenbar trügerisch charmant. Deshalb haben seine Freunde, Arbeitskollegen und Trinkkumpane wahrscheinlich keine Ahnung von seinen sadistischen Neigungen.

Seine Bildungsabschlüsse entsprechen wahrscheinlich nicht seiner Intelligenz. Er langweilt sich schnell und hat vermutlich die Schule oder ein Studium abgebrochen.

Seine organisatorischen Fähigkeiten und sein methodisches Vorgehen deuten auf eine militärische Ausbildung hin, doch er hat einen Punkt erreicht, an dem er Befehle nur noch befolgt, wenn er die Person, die sie erteilt, respektiert. Aus diesem Grund ist er vermutlich selbstständig oder arbeitet allein. Die Zeitpunkte der Morde lassen auf flexible Arbeitszeiten, Nacht- oder Wochenendtätigkeiten schließen.

Er stammt wahrscheinlich aus der Gegend, jemand, der Straßen, Entfernungen und Straßennamen kennt. Er hat beide Opfer über das Telefon dirigiert. Er wusste, wo sie wohnen, kannte ihre Telefonnummern und wusste, wann sie allein sein würden. Das alles hat Planung und Recherche erfordert.

Er lebt mit einiger Sicherheit allein oder mit einem älteren Elternteil zusammen. Er braucht die Freiheit, zu kommen und zu gehen, ohne sich vor einer Ehefrau oder Partnerin zu rechtfertigen. Er war vielleicht früher einmal verheiratet, und sein Hass auf Frauen könnte aus dieser oder einer anderen gescheiterten Beziehung oder einem Kindheitsproblem mit seiner Mutter herrühren.

Dieser Mann achtet peinlich genau darauf, möglichst keine Spuren zu hinterlassen. Bis auf das Handy, das er Christine Wheeler überlassen hat, haben wir nichts von ihm. Er tarnt seine Aktionen – kauft verschiedene Handys unter falschen Namen, ruft aus unterschiedlichen Telefonzellen an und bleibt ständig in Bewegung.

Die Opfer waren gezielt ausgewählt. Die Frage, die wir beantworten müssen, lautet, warum und wie. Sie waren Freundinnen und Geschäftspartnerinnen. Sie sind zusammen zur Schule gegangen. Sie hatten Dutzende gemeinsamer Freunde und möglicherweise Hunderte gemeinsamer Bekannter. Sie haben in derselben Stadt gelebt, hatten denselben Frisör und gaben ihre Kleider in dieselbe Reinigung. Finden Sie heraus, warum er sie ausgewählt hat, dann sind wir seiner Ergreifung einen großen Schritt näher.«

Ich mache eine Pause und blicke auf meine Notizen, um mich zu vergewissern, dass ich nichts ausgelassen habe. Mein linker Zeigefinger hat zu zittern begonnen, aber meine Stimme ist nach wie vor fest. Ich wippe sanft auf den Zehen und beginne, auf und ab zu gehen. Ihre Augen folgen mir.

»Ich glaube, unser Täter hat jede der beiden Frauen davon überzeugt, dass sie keine andere Wahl hatte, als zu tun, was er sagte, weil sonst ihre Tochter leiden würde. Das deutet darauf hin, dass er verbal extrem selbstsicher ist; was seine körperliche Selbstsicherheit betrifft, würde ich jedoch ein Fragezeichen setzen. Er hat diese Frauen nicht mit brutaler Gewalt übermannt. Er hat sie mit seiner Stimme eingeschüchtert und unter Kontrolle gebracht. Vielleicht fehlt ihm der Mut für eine direkte Konfrontation.«

»Er ist ein Feigling«, sagt Monk.

»Oder er ist nicht besonders kräftig.«

DI Cray hätte gerne praktischere Informationen. »Für wie wahrscheinlich halten Sie es, dass es ein Exfreund oder verschmähter Liebhaber war?«

»Für nicht sehr wahrscheinlich.«

»Warum?«

»Wenn eines der beiden Opfer entkommen oder gerettet worden wäre, hätte es einen alten Freund oder Liebhaber identifizieren können. Ich bezweifle, dass der Täter dieses Risiko eingehen würde. Und es gibt noch einen anderen Aspekt. Hätten die Frauen seine Befehle so umfassend befolgt, wenn sie ihn gekannt hätten? Eine unbekannte Stimme ist beängstigender, einschüchternder –«

Irgendjemand hustet. Ich stutze und frage mich, ob das ein Signal ist. Ich höre gedämpfte Kommentare.

»Das bringt mich zu einem weiteren Punkt«, sage ich. »Möglicherweise hat er seine Opfer gar nicht direkt berührt.«

Niemand reagiert. Monk meldet sich als Erster. »Wie meinen Sie das?«

»Vielleicht haben die Opfer ihn gar nicht zu Gesicht bekommen.«

»Aber Sylvia Furness war mit Handschellen an einen Baum gefesselt.«

»Das hätte sie auch selbst machen können.«

»Und was ist mit der Kapuze?«

»Auch das könnte sie selbst gewesen sein.«

Ich erläutere die Spurenlage. Das Feld war schlammig. Unter dem Baum hat man nur ein Paar Fußabdrücke gefunden. Es gab keinerlei Anzeichen für sexuelle Gewalt oder einen Kampf. Keine anderen Reifenspuren führten zu dem Feld.

»Damit will ich nicht sagen, dass er die Tatorte nicht vorher besichtigt hat – er hat sie sorgfältig ausgewählt. Außerdem war er meiner Ansicht nach in der Nähe – darauf deutet das Handysignal hin. Aber ich glaube nicht, dass sie ihn gesehen hat. Ich glaube nicht, dass er sie körperlich berührt hat.«

»Gehirnwäsche«, sagt Roy.

Ich nicke.

Ich höre pfeifende Seufzer und skeptisches Grunzen. Das übersteigt ihr Fassungsvermögen.

»Warum? Was ist sein Motiv?«, fragt DI Cray.

»Rache. Wut. Sexuelle Befriedigung.«

»Was – sollen wir uns eins aussuchen?«

»Es ist alles drei. Dieser Mann ist ein sexueller Sadist. Es geht ihm nicht darum, Frauen zu töten. Es ist viel persönlicher. Er demütigt sie. Er vernichtet sie psychisch, weil er hasst, was sie repräsentieren. Vielleicht hatte er ein Problem mit seiner eigenen Mutter, einer Exfrau oder einer ehemaligen Freundin. Vielleicht entdecken Sie sogar, dass sein erstes Opfer Auslöser seines Grolls war.«

»Sie meinen Christine Wheeler?«, fragt Monk.

»Nein. Sie war nicht die Erste.«

Ungläubiges Schweigen.

»Es gibt weitere Opfer?«, fragt DI Cray.

»Mit an Sicherheit grenzender Wahrscheinlichkeit.«

»Wann? Wo?«

»Beantworten Sie diese Fragen, und Sie haben ihn. Der Mann, der das getan hat, hat auf diesen Moment hin gearbeitet – er hat geprobt und seine Techniken verfeinert.«

Veronica Cray wendet den Blick ab und starrt stumm und so angestrengt aus dem Fenster, dass ich mich frage, ob sie gerne fliehen und in ein anderes Leben verschwinden würde. Selbst erfahrene Polizeibeamte und Mitarbeiter psychiatrischer Einrichtungen haben ihre Probleme mit der Tatsache, dass jemand intensive, ja, euphorische Lust beim Quälen und Töten eines anderen Menschen empfindet.

Plötzlich reden alle durcheinander. Ich werde mit Fragen, Meinungen und Einwänden konfrontiert. Einige der Detectives wirken richtiggehend eifrig, aufgekratzt von der Aussicht auf die Jagd. Vielleicht ist meine Denkungsart verkehrt, aber ich kann in einem Mord nichts Anregendes oder Anspornendes sehen.

Für diese Männer und Frauen ist die Aufklärung eines Verbrechens eine Berufung, eine Sehnsucht, in einer gebrochenen Welt eine moralische Ordnung wiederherzustellen, ein Mittel, Fragen von Schuld und Unschuld, Gerechtigkeit und Strafe zu erkunden. Für mich ist die einzig interessante Person das Opfer, das alles auslöst. Ohne ihn oder sie wäre keiner von uns hier.

Die Besprechung ist beendet. DI Cray begleitet mich nach unten.

»Wenn Sie mit Ihren Vermutungen über den Mann recht haben, wird er wieder töten, oder nicht?«

»Irgendwann.«

»Können wir ihn bremsen?«

»Vielleicht können Sie mit ihm kommunizieren.«

»Wie das?«

»Er ist nicht darauf aus, die Polizei in ein Katz-und-Maus-Spiel zu verwickeln, aber er liest bestimmt Zeitung, hört Radio, sieht fern. Er hat Anschluss, und das bedeutet, dass Sie ihm eine Botschaft senden können.«

»Was sollen wir sagen?«

»Sagen Sie ihm, dass Sie ihn verstehen. Die Medien bedenken ihn mit wenig schmeichelhaften Attributen. Lassen Sie ihn die Missverständnisse richtigstellen. Würdigen Sie ihn nicht herab. Bringen Sie ihn nicht gegen sich auf. Er will Respekt.«

»Und was haben wir davon?«

»Wenn Sie ihn zu einem Anruf bewegen können, heißt das, Sie haben ein Ergebnis diktiert. Es ist ein kleiner Schritt. Der erste.«

»Wer überbringt die Botschaft?«

»Es muss ein festes Gesicht sein. Es darf keine Frau sein. Es muss ein Mann sein.«

DI Cray hebt ein wenig das Kinn, als hätte irgendetwas am Horizont ihre Aufmerksamkeit geweckt.

»Wie wär's mit Ihnen?«

»Nein, nicht ich.«

»Warum nicht?«

»Ich bin kein Detective.«

»Das ist doch egal. Sie kennen diesen Mann. Sie wissen, wie er tickt.«

Ich stehe im Foyer und höre mir all die Argumente an, die sie auflistet, ohne mir Gelegenheit zum Einspruch zu geben. Aus dem Hof rast ein Polizeiwagen mit heulender Sirene, die meine Proteste übertönt.

»Das wäre also entschieden. Entwerfen Sie eine Erklärung. Ich setze eine Pressekonferenz an.«

Die elektrischen Türen gleiten auf, und ich trete hinaus. Der Klang der Sirene ist verhallt und hat nur ein Gefühl von Veränderung und Verlust hinterlassen. In dem Bewusstsein, dass sie mich weiter beobachtet, senke ich den Kopf und lasse meine Arme und Beine schwingen.

32

Überall Blumen – an den Zaun und an Baumstämme gelehnt. In der Mitte des größten Kranzes klemmt ein Foto von Christine Wheeler in einer Plastikhülle.

Darcy trägt ein Kostüm von Julianne und einen schwarzen Wintermantel, dessen Saum beim Gehen beinahe den Boden berührt. Sie steht in einem Kreis auf der anderen Seite des Grabes neben ihrer Tante – die heute Morgen aus Spanien eingetroffen ist – und ihrem Großvater, der, eine karierte Decke über den Beinen, im Rollstuhl sitzt.

Ihre Tante ist eine große Frau, die breitbeinig und stämmig dasteht wie beim Abschlag eines Golfballs und nicht, als wolle sie Beileidsbekundungen entgegennehmen. Der Wind ruiniert ihre Frisur und drückt ihre Haare an einer Seite platt an den Kopf.

Dies ist nicht meine erste Beerdigung, aber sie fühlt sich irgendwie verkehrt an. Die Trauernden sind zu jung. Es sind Christines alte Schulfreundinnen und Kommilitonen. Einige hatten nichts Passendes zum Anziehen im Kleiderschrank und haben sich statt für Schwarz für ein gedämpftes Grau entschieden. Sie wissen nicht, was sie sagen sollen, also stehen sie flüsternd in Grüppchen herum und werfen Darcy bekümmerte Blicke zu.

Alice späht aus dem Schatten ihrer Tante Gloria hervor. Ihr Vater ist aus Genf zurück. Er trägt einen schwarzen Anzug und telefoniert mit seinem Handy. Unsere Blicke treffen sich, ehe seiner nach rechts schweift und er seine Hand auf Alices Schulter legt. Als Nächstes muss er seine Frau beerdigen. Ich kann mir nicht vorstellen, wie es wäre, Julianne zu verlieren. Ich will es mir nicht vorstellen.

Auf der anderen Seite des Friedhofs haben Fernsehteams und Fotografen auf einem Hügel hinter Leitkegeln und Absperrband Position bezogen. Uniformierte Beamte halten sie von den Trauergästen fern.

Safari Roy und Monk stehen Schulter an Schulter und sehen aus wie Sargträger. DI Cray hält sich ein wenig abseits. Sie hat einen Blumenkranz mitgebracht, den sie auf den mit einem Teppich aus Kunstrasen bedeckten, braunen Erdhügel legt.

Ein Leichenwagen fährt leise brummend durch das Tor. Der gewundene Weg liegt tiefer als die umliegenden Rasenflächen, sodass seine Räder zu sehen sind und es scheint, als würde das Fahrzeug auf uns zu schweben.

Juliannes Schulter streift meine, und sie fasst mit ihrer rechten Hand meine zitternde linke. Sie hält sie still, als wollte sie mein Geheimnis wahren.

Ruiz gesellt sich zu uns. Ich habe ihn seit gestern nicht gesehen.

»Wo warst du?«

»Ich hatte was zu erledigen.«

»Möchtest du das vielleicht ein wenig erläutern?«

Er blickt zu Darcy. »Ich habe ihren Vater gesucht.«

»Ernsthaft?«

»Ja.«

»Hat sie dich darum gebeten?«

»Nö.«

»Sie hat ihn nie kennengelernt!«

»Ich meinen Vater auch nicht«, meint er achselzuckend. »Ich dachte, er hätte es vielleicht trotzdem gerne gewusst. Falls sich herausstellt, dass er ein Axtmörder ist, gebe ich Darcy seine Adresse nicht.«

Der Sarg ist mit einer Winde über das Grab gehievt worden. Auf dem polierten Holz türmen sich Blumen. Darcy weint. Ihre Tante wirkt teilnahmslos. Eine Frau legt den Arm um Darcys Schulter. Sie wirkt elend mit rot geränderten Augen. Über einem langen grauen Rock trägt sie einen schwarzen Mantel.

Plötzlich erkenne ich den Mann neben ihr – Bruno Kaufman. Es muss seine Exfrau Maureen sein. Bruno hat erwähnt, dass sie eine Schulfreundin von Christine war, was bedeutet, dass sie auch mit Sylvia zur Schule gegangen ist. Mein Gott, sie hat in etwas mehr als einer Woche zwei Freundinnen verloren. Kein Wunder, dass sie so erschüttert aussieht.

Bruno hebt einen Finger zu einem beiläufigen Gruß in meine Richtung.

Der Pfarrer will anfangen. Seine vor Kälte belegte Stimme trägt nicht weit. Meine Gedanken schweifen weiter über die Gräber und Wiesen hinweg jenseits der Bäume und des Geräteschuppens zu einem Friedhofsarbeiter, der das Geschehen beobachtet. Er pellt ein Ei und wirft die Schalen in eine braune Papiertüte.

Erde zu Erde, Asche zu Asche, Staub zu Staub … Ist irgendjemandem schon aufgefallen, dass Friedhöfe wie Komposthaufen riechen? Sie haben Blut und Knochen über die Rosen gesprenkelt. Es steigt mir direkt in die Nase.

Die Trauernden sind in Schwarz wie Krähen, die um ein überfahrenes Tier flattern. Ich spüre ihre Trauer, aber es kommt mir nicht traurig genug vor. Ich kenne wahre Traurigkeit. Es ist das Geräusch eines Kindes, das seine Geburtstagsgeschenke ohne mich öffnet und Kleider trägt, die ich bezahlt habe. Das ist traurig.

Der Psychologe ist auch da; er ist wie einer dieser B-Promis, die noch zur Eröffnung eines Testaments kommen würden. Diesmal hat er seine Frau mitgebracht, die viel zu scharf für jemanden wie ihn ist. Aber vielleicht macht sein Gezitter das Vorspiel ja interessanter.

Wer ist sonst noch da? Die Lesbe von der Polizei und ihre Stummfilm-Trottel-Bullenbrigade. Darcy, die Tänzerin, ist stoisch und tapfer. Wir sind uns am Tor kurz begegnet, und in ihrem Blick flackerte so etwas wie Wiedererkennen auf, als wüsste sie nicht mehr genau, ob sie mich kennt. Doch dann bemerkte sie meinen Overall und die Schubkarre und verwarf den Gedanken.

Der Pfarrer erzählt der Trauergemeinde, dass der Tod nur der Beginn einer Reise ist, ein Märchen, das durch die Jahrhunderte widerhallt. Brüste beben, Tränen tropfen, dabei ist der Boden schon feucht genug. Warum trifft der Tod die Menschen jedes Mal wie ein Schock? Obwohl er doch bestimmt die fundamentalste aller Wahrheiten ist. Wir leben. Wir sterben. Dieses Ei zum Beispiel. Wäre es befruchtet und warm gehalten worden, hätte vielleicht ein Küken daraus werden können. Stattdessen wurde es in kochendes Wasser geworfen und zu einem Imbiss verarbeitet.

Köpfe senken sich zum stillen Gebet. Mäntel flattern im auffrischenden Wind um Knie. Die Äste über mir ächzen wie die Leiber toter Seelen.

Ich muss los. Ich habe Orte aufzusuchen … Schlösser zu knacken … Willen zu brechen.

Der Gottesdienst ist vorbei. Wir gehen über die Wiese bis auf den Weg. Ein feuchtwarmer Duft steigt von den Blumenbeeten auf, und am perlgrauen Himmel fliegen Zugvögel in Formation Richtung Süden.

Bruno Kaufman fasst meinen Arm. Ich stelle ihm Julianne vor. Er verbeugt sich übertrieben.

»Wo hat Joseph Sie versteckt?«, fragt er.

»Nirgendwo speziell«, erwidert sie, fröhlich auf seinen Flirt eingehend.

Wir stehen den anderen Trauergästen im Weg. Darcy geht in Begleitung mehrerer Freundinnen ihrer Mutter, die ihr offenbar alle die Hand drücken und übers Haar streichen wollen. Ihre Tante schiebt ihren Großvater den Weg hinauf und beklagt sich über die Steigung.

»Überall Polizisten, alter Junge«, sagt Bruno und wirft einen Blick zu Monk und Safari Roy. »Sie stechen hervor wie lila Kühe.«

»Ich hab noch nie eine lila Kuh gesehen.«

»In Madison, Wisconsin, gibt es jede Menge bunter Kühe«, sagt er. »Keine echten. Skulpturen. Eine Touristenattraktion.«

Er hebt an, eine Anekdote aus seiner Zeit an der University of Wisconsin zu erzählen. Eine Böe weht seinen Pony nach oben, wo er, der Schwerkraft trotzend, einen Moment verharrt. Bruno erzählt die Geschichte für Julianne. Ich blicke an ihm vorbei und bemerke Maureen.

»Wir haben uns noch nicht kennengelernt«, spreche ich sie an. »Das mit Christine und Sylvia tut mir sehr leid. Ich weiß, dass Sie mit beiden befreundet waren.«

»Meine beiden besten Freundinnen«, sagt sie mit stockendem Atem.

»Wie geht es Ihnen?«

»Mir geht es gut.« Sie schnäuzt sich die Nase. »Ich habe Angst.«

»Wovor haben Sie Angst?«

»Meine beiden besten Freundinnen sind tot. Das macht mir Angst. Die Polizei ist in mein Haus gekommen und hat mich befragt, das macht mir Angst. Bei lauten Geräuschen schrecke ich zusammen. Ich verriegele die Türen, blicke beim Fahren in den Rückspiegel… und das macht mir auch Angst.«

Sie schiebt das durchgeweichte Papiertaschentuch in ihre Manteltasche und zieht ein neues aus einer Plastikverpackung. Ihre Hände zittern.

»Wann haben Sie sie zum letzten Mal gesehen?«

»Vor zwei Wochen. Wir haben ein kleines Privatklassentreffen gefeiert.«

»Was für ein Privatklassentreffen?«

»Nur wir vier – die alte Clique aus Oldfield. Wir waren zusammen auf der Schule.«

»Das hat Bruno erwähnt.«

»Wir haben uns in unserem Lieblingspub verabredet. Helen hat es organisiert.«

»Helen?«

»Eine andere Freundin: Helen Chambers.« Sie lässt den Blick über den Friedhof schweifen. »Ich dachte, sie würde kommen. Es ist seltsam. Helen hat das Wiedersehen organisiert; sie war der Grund für unser Treffen. Wir hatten sie alle seit Jahren nicht gesehen, aber sie ist nicht gekommen.«

»Warum nicht?«

»Ich weiß es nicht. Sie hat weder angerufen noch eine Mail geschickt.«

»Sie haben gar nichts von ihr gehört?«

Sie schüttelt schniefend den Kopf. »Das ist ziemlich typisch für Helen. Sie ist berühmt dafür, zu spät zu kommen oder sich in ihrem eigenen Garten zu verlaufen.« Sie blickt an mir vorbei. »Das meine ich ernst. Suchtrupps mussten losgeschickt werden.«

»Wo wohnte sie?«

»Ihr Vater hatte ein Landhaus mit einem riesigen Garten, also sollte ich mich vielleicht nicht über sie lustig machen.«

»Wie lange haben Sie sie nicht mehr gesehen?«

»Seit sieben Jahren. Fast acht.«

»Wo ist sie gewesen?«

»Sie hat geheiratet und ist nach Nordirland und dann nach Deutschland gezogen. Chris und Sylvia waren Brautjungfern. Ich sollte Trauzeugin sein, aber Bruno und ich haben damals in Amerika gelebt, und ich konnte nicht zur Hochzeit kommen. Ich habe ihr per Video alles Gute gewünscht.«

Maureens Augen schimmern. »Wir haben uns alle gegenseitig versprochen, in Kontakt zu bleiben, aber Helen schien einfach davonzutreiben. Ich habe ihr zum Geburtstag und zu Weihnachten Karten geschickt. Hin und wieder kam aus heiterem Himmel ein nichtssagender Antwortbrief. Aus Wochen wurden Monate und dann Jahre. Wir haben uns aus den Augen verloren. Traurig.«

»Und dann hat sie sich bei Ihnen gemeldet?«

»Vor einem halben Jahr hat sie uns allen – Christine, Sylvia und mir – eine E-Mail geschickt und berichtet, dass sie ihren Mann verlassen hätte. Sie wollte einen Urlaub mit ihrer Tochter machen – um den Kopf frei zu bekommen – und dann heimkehren. Vor einem Monat schickte sie uns dann eine weitere E-Mail, in der sie erzählte, sie sei zurück und wolle sich mit uns treffen. Sie hat das Lokal ausgewählt: das Garrick's Head in Bath. Kennen Sie es?«

Ich nicke.

»Da waren wir früher dauernd – bevor wir alle geheiratet und Kinder bekommen haben. Wir haben ein paar Drinks genommen, herumgealbert und sind manchmal noch zu einem Club los. Sylvia hat für ihr Leben gerne getanzt.«

Maureens Hände haben aufgehört zu zittern, aber sie kommt nicht zur Ruhe. Sie redet, als ob ein verstoßenes Leben zurückgekehrt sei, um sie zu holen. Eine verlorene Freundin. Eine Stimme aus der Vergangenheit.

»Als ich gehört habe, dass Christine Selbstmord begangen haben soll, habe ich es keine Sekunde geglaubt. Sie würde sich nie auf diese Weise umbringen. Sie würde Darcy nie alleinelassen.«

»Erzählen Sie mir von Sylvia.«

Maureen lächelt traurig. »Sie war ein wildes Mädchen, aber nicht auf eine üble Art. Manchmal habe ich mir Sorgen um sie gemacht. Sie war der Höhenflug-oder-Absturz-Typ und ist viel zu viele Risiken eingegangen. Gott sei Dank war sie mit einem Mann wie Richard verheiratet, der sehr nachsichtig war.«

Ihre Augen sind feucht, doch ihre Wimperntusche scheint wasserfest.

»Wissen Sie, was ich am meisten an Sylvia geliebt habe?«

Ich schüttele den Kopf.

»Ihre Stimme. Ich vermisse ihr Lachen.« Sie blickt sich auf dem Friedhof um. Die Sonne fällt auf ein glänzendes Stück Rasen. »Ich vermisse sie alle beide. Ich vermisse die Gewissheit, sie wiederzusehen. Ständig denke ich, dass sie mich gleich anrufen, mir eine SMS schicken oder auf eine Tasse Kaffee reinschneien ...«

Sie schweigt wieder, länger als vorher, ehe sie stirnrunzelnd den Kopf hebt. »Wer tut so etwas?«

»Ich weiß es nicht.«

»Bruno sagt, Sie helfen der Polizei.«

»So gut ich kann.«

Sie blickt zu Bruno, der Julianne gerade erklärt, dass man die frühesten versteinerten Belege für Rosen 35 Millionen Jahre zurückdatieren kann und dass Sappho 600 v. Chr. eine »Ode an die Rose« geschrieben hat, in der sie sie die Königin der Blumen nannte.

»Woher weiß er solche Sachen?«, frage ich.

»Er sagt das Gleiche über Sie.«

Sie blickt beinahe zärtlich zu ihm hinüber. »Früher habe ich ihn geliebt, dann habe ich ihn gehasst, und jetzt hänge ich irgendwo dazwischen. Er ist kein schlechter Mensch, wissen Sie.«

»Ich weiß.«

33

Autos parken in der Einfahrt und auf dem Fußweg vor dem Wheeler-Haus. Darcy empfängt die Trauergäste und nimmt Mäntel und Handtaschen entgegen. Sie sieht mich an, als wäre ich gekommen, um sie zu retten.

»Wann können wir gehen?«, flüstert sie.

»Du hältst dich großartig.«

»Ich glaube nicht, dass ich das noch viel länger aushalte.«

Weitere Gäste treffen ein. Wohn- und Esszimmer sind voll. Julianne fasst meine linke Hand, während wir die Grüppchen von Trauernden umschiffen und uns einen Weg zwischen ausgestreckten Teetassen und Tellern mit Schnittchen und Kuchen bahnen.

Ruiz hat ein Bier gefunden.

»Willst du jetzt etwas über Darcys Vater hören?«, fragt er.

»Hast du ihn gefunden?«

»Ich komme ihm näher. Sein Name stand nicht in der Geburtsurkunde, aber ich habe eine Bestätigung für die Ehe gefunden. Im Kirchenregister. Großartige Einrichtung.«

Julianne umarmt ihn. »Können wir über etwas anderes reden?«

»Wie Renten zum Beispiel?«, gibt Ruiz zurück. »Oder vielleicht Fusionen und feindliche Übernahmen?«

»Sehr witzig.«

Sie knufft ihn zum Spaß. Ruiz trinkt noch einen Schluck Bier und genießt die Situation. Ich lasse die beiden allein und suche Darcys Tante. Sie regelt den Verkehr in der Küche, winkt durch eine Tür Schnittchen-Platten heraus, während sie durch die andere schmutziges Geschirr entgegennimmt. Auf der Arbeitsfläche stehen diverse Speisen, und der Duft von Tee und Gebäck hängt schwer in der Luft.

Kerry Wheeler ist eine große Frau mit der Sonnenbräune aus Spanien und schwerem Schmuck. Die Haut unterhalb ihres Halses ist fleckig, ihr Lippenstift in den Mundwinkeln verschmiert.

»Nennen Sie mich Kerry«, sagt sie und gießt kochendes Wasser in eine Teekanne. Der Dampf hat ihre Dauerwelle geplättet, und sie versucht, sie mit angefeuchteten Fingern wieder aufzubauschen.

»Können wir reden?«, frage ich.

»Klar, ich würde für mein Leben gerne eine rauchen.«

Sie zieht eine Schachtel Zigaretten aus der Handtasche, nimmt ein großes Glas Wein, das sie hinter den Keksdosen versteckt hatte, und trägt beides die drei Stufen hinunter in den Garten.

»Wollen Sie auch eine?«

»Ich rauche nicht.«

Sie zündet sich eine Zigarette an.

»Ich habe gehört, Sie wären berühmt.«

»Nein.«

Sie atmet aus und blickt den verwehenden Rauchschwaden nach. Ich bemerke die violetten Adern auf der Rückseite ihrer Knöchel und wunde Haut an den Stellen, an denen ihre hochhackigen Schuhe gescheuert haben.

»Ich konnte es kaum erwarten, dass die Beerdigung vorbei ist«, sagt sie. »Es war so kalt, als ob es jeden Moment schneien könnte. Verrücktes Wetter. Bin ich nicht mehr gewöhnt. Ich lebe schon zu lange in der Sonne.«

»Wegen Darcy.«

»Ja. Ich wollte mich sowieso noch dafür bedanken, dass Sie sich um sie gekümmert haben. Das wird jetzt nicht mehr nötig sein.«

»Fliegen Sie zurück nach Spanien?«

»Übermorgen.«

»Haben Sie es Darcy schon gesagt?«

»Mache ich noch.«

»Wann?«

»Ich habe gerade meine Schwester beerdigt. Das hatte Vorrang.«

Sie zieht ihre Jacke enger an ihre Brust und saugt an ihrer Zigarette. »Ich habe nicht darum gebeten, verstehen Sie?«

»Worum?«

»Um Darcy.« Das Weinglas klappert gegen ihre Zähne. »Kinder sind schwierig. Egoistisch. Deshalb habe ich keine.« Sie sieht mich an. »Haben Sie Kinder?«

»Ja.«

»Dann wissen Sie ja, was ich meine.«

»Eigentlich nicht«, widerspreche ich leise. »Darcy möchte auf die Ballettschule in London gehen.«

»Und wer soll das bezahlen?«

»Ich glaube, sie hat vor, das Haus zu verkaufen.«

»Das Haus!« Die große Frau lacht. Sie hat gelbe Zähne voller Füllungen. »Das Haus gehört der Bank. Genau wie das Auto. Und die Möbel. Der Bank gehört die ganze beschissene Chose.«

Sie rülpst in ihre Faust und schnippt die Zigarette in den Garten, wo sie funkensprühend im Rasen landet. »Meine Schwester – die große Geschäftsfrau – setzt ein verdammtes Testament auf, wo es nichts zu vererben gibt. Und selbst wenn noch etwas übrig ist, nachdem ich das Haus verkauft habe, ist die kleine Miss noch zu jung, um zu erben. Ich bin ihr rechtlicher Vormund. So steht es im Testament.«

»Ich finde, Sie sollten mit Darcy über Spanien reden. Sie wird nicht dorthin wollen.«

»Das ist nicht ihre Entscheidung.«

Kerry reibt sich die Fersen, als wollte sie die Durchblutung ihrer Füße beleben.

»Ich denke, Sie sollten trotzdem mit ihr reden.«

Ein vielschichtiges Schweigen und ein Seufzer. »Ich weiß Ihre Sorge wirklich zu schätzen, Mr. O'Loughlin.«

»Nennen Sie mich Joe.«

»Nun gut, Joe, wir müssen alle Kompromisse machen. Darcy braucht jemanden, der sich um sie kümmert. Und ich bin ihre einzige Verwandte.«

Ich spüre meine wachsende Verärgerung. Ich bin richtig wütend. Ich schüttle den Kopf und schiebe die Hände tiefer in die Taschen.

»Sie glauben, dass ich das Falsche tue«, sagt sie.

»Ja.«

»Das ist ein weiterer Vorteil meines Alters – das braucht mich einen Scheißdreck zu kümmern.«

Als ich ins Haus zurückkomme, spürt Julianne sofort, dass etwas nicht stimmt. Sie sieht mich fragend an. Mein linker Arm zittert.

»Können wir gehen?«, fragt sie.

»Lass mich erst noch mit Darcy reden.«

»Um dich zu verabschieden.«

Das ist eine Feststellung, keine Frage.

Ich sehe im Wohnzimmer und im Esszimmer nach, in der Halle und dann oben. Darcy sitzt in ihrem Zimmer am Fenster und starrt in den Garten.

»Versteckst du dich?«

»Ja«, sagt sie.

Der Raum ist voller Band-Poster und Stofftiere, eine Zeitkapsel aus Darcys Kindheit, die unglaublich weit entfernt scheint. Ich bemerke Papierfetzen auf dem Boden und einen wahllosen Stapel Beileidskarten auf ihrem Bett. Jemand hat sie eilig und achtlos aufgerissen.

»Du hast Karten gelesen.«

»Nein, ich habe sie so gefunden.«

»Wann?«

»Eben – als ich nach Hause gekommen bin.«

»Wer hat sie geöffnet?«

Sie zuckt mit den Achseln, spürt jedoch die Anspannung in meiner Stimme. Ich frage, ob das Haus abgeschlossen war, wer Schlüssel hatte, wo sie die Karten und Briefe gefunden hat...

»Sie lagen auf dem Bett.«
»Fehlt eine?«
»Das weiß ich nicht.«
Ich blicke aus dem Fenster auf eine Reihe junger Pappeln, die an der Straßenecke endet. Ein silberner Van fährt auf der Suche nach einer Hausnummer langsam die Straße hinunter.
»Können wir jetzt gehen?«
»Diesmal nicht.«
»Was soll das heißen?«
»Du bleibst hier bei deiner Tante.«
»Aber sie fliegt zurück nach Spanien.«
»Sie möchte, dass du mit ihr kommst.«
»Nein! Nein!« Darcy sieht mich vorwurfsvoll an.
»Das kann ich nicht. Das mache ich nicht. Was ist mit meinem Ballett-Stipendium? Ich habe einen Studienplatz gewonnen.«
»Spanien kann auch wie ein Urlaub sein.«
»Ein Urlaub! Ich kann nicht plötzlich aufhören zu tanzen und dann irgendwann wieder anfangen. Ich war noch nie in Spanien. Ich kenne dort niemanden.«
»Du hast deine Tante.«
»Die mich hasst.«
»Nein, das stimmt nicht.«
»Reden Sie mir ihr.«
»Das habe ich schon.«
»Habe ich irgendwas falsch gemacht?«
»Natürlich nicht.«
Ihre Unterlippe zittert. Dann wirft sie sich mir plötzlich an die Brust und schlingt ihre Arme um meinen Hals.
»Lass mich mit dir nach Hause kommen.«
»Das geht nicht, Darcy.«
»Bitte. Bitte.«
»Es geht wirklich nicht. Tut mir leid.«
Was folgt, ist nicht so sehr ungeplant als vielmehr unvorstellbar. Manche Sprünge schafft man nur in der Sphäre zwischen

Herz und Hirn. Darcy hebt den Kopf und presst ihre Lippen auf meine. Ich spüre ihren Atem, ihre Zunge, unerfahren, tastend. Sie schmeckt nach Kartoffelchips und Cola. Sie drängt ihre Hüften gegen meine und bietet mir ihren Körper an.

In meinem Kopf drängen sich sieben Visionen des Wahnsinns. Ich löse ihre Hände sanft von meinem Körper und halte sie fest. Sie blinzelt mich verzweifelt an.

Ihr Jackett ist aufgeknöpft, ihre Bluse von einer Schulter gerutscht, ein BH-Träger entblößt.

»Ich liebe dich.«

»Sag das nicht.«

»Aber es ist wahr. Ich liebe dich mehr als sie.«

Sie tritt einen Schritt zurück, lässt das Jackett von den Schultern gleiten, zerrt ihre Bluse hoch und entblößt ihren BH.

»Willst du mich nicht? Ich bin kein Kind mehr.« Ihre Stimme klingt anders.

»Bitte, Darcy.«

»Lass mich bei dir bleiben.«

»Das geht nicht.«

Sie schüttelt den Kopf und beißt sich auf die Lippe, um nicht zu weinen. Sie begreift sofort. Mit diesem Moment hat sich alles verändert. Ich kann sie nie wieder mit zu mir nach Hause nehmen – jetzt nicht mehr – nicht nach ihrem Angebot. Ihre Tränen sind nicht dazu gedacht, mich emotional zu erpressen oder umzustimmen. Es sind bloß Tränen.

»Bitte geh«, sagt sie. »Ich will allein sein.«

Ich schließe die Tür und lehne mich von außen dagegen. Ich habe ihren Geschmack im Mund und kann noch ihr Zittern spüren. Mein Gefühl ist Furcht: Furcht vor Entdeckung, Furcht vor dem, was sie getan hat, und der Frage, inwieweit ich dafür verantwortlich bin. Menschliches Verhalten ist mein vermeintliches Fachgebiet, aber manchmal bin ich erstaunt über meine tiefe Ahnungslosigkeit. Wie kann man Psychologe sein und so wenig über das Thema wissen? Das menschliche Bewusstsein ist komplex und unberechenbar, ein Meer aus Ungewissheit.

Und mir bleibt nichts anderes übrig, als Wasser zu treten oder auf ein fernes Ufer zuzuschwimmen.

Julianne wartet unten an der Treppe. »Ist alles okay?«, fragt sie. Kann sie in meinen Augen etwas erkennen?

»Es ist eingebrochen worden. Ich muss die Polizei anrufen.«

»Jetzt?«

»Fahr du schon nach Hause. Ich muss noch bleiben.«

»Und wie kommst du nach Hause?«

»Ruiz ist noch hier.«

Sie stellt sich auf die Zehenspitzen und küsst mich sanft auf den Mund. Dann lehnt sie sich zurück und blickt mir in die Augen.

»Bist du sicher, dass alles okay ist?«

»Mir geht es gut.«

Eine Stunde später haben Polizisten die Trauergäste ersetzt. Die Karten und Umschläge sind ins Labor abtransportiert, Türen und Fenster auf Anzeichen eines gewaltsamen Eindringens untersucht worden. Nichts wurde gestohlen.

Für mich gibt es keinen Grund mehr, hier zu sein, und jeden Grund zu gehen. Ich muss immer wieder an Darcys Kuss und die nachfolgende Verlegenheit denken. Es war uns beiden peinlich, aber sie ist in einem Alter, in dem sie an jeder Zurückweisung zerbrechen kann. Ich lebe täglich mit dem Unbehagen der Peinlichkeit, in jedem Zittern einer Hand und jedem Sturz, weil ein Bein blockiert hat.

Außerdem geht mir nicht aus dem Sinn, was Maureen über das Wiedersehen und den Verlust ihrer beiden besten Freundinnen gesagt hat. Vielleicht hatten die Morde gar nichts mit geschäftlichen Problemen und Christine Wheelers Schulden bei einem Kredithai zu tun. Es war persönlicher. Warum sollte jemand Beileidskarten öffnen? Was hat er gesucht?

Darcy ist immer noch oben. Ihre Tante redet in der Küche mit den Polizisten. Ich trete aus dem Haus und warte, bis meine

Augen sich an die Dunkelheit gewöhnt haben. Ruiz wartet im Wagen. Die Heizung pustet warme Luft gegen die Windschutzscheibe.

»Ich muss dich um einen weiteren Gefallen bitten.«

»Hast du überhaupt noch welche gut?«

»Einen.«

»Da hab ich wohl den Überblick verloren.«

»Ich möchte, dass du jemanden suchst. Sie heißt Helen Chambers.«

»Hast du nicht schon genug Frauen in deinem Leben?«

»Sie ist mit Christine Wheeler und Sylvia Furness zur Schule gegangen. Sie wollten sich vor vierzehn Tagen treffen, aber sie ist nicht erschienen.«

»Letzte bekannte Adresse?«

»Ihre Familie wohnt irgendwo in der Gegend von Frome. Hat ein großes Landhaus.«

»Das sollte nicht allzu schwer sein.«

Wir biegen von unserem Parkplatz auf die Straße ab, und ein Paar entgegenkommende Scheinwerfer blendet mich. Ruiz schaltet das Radio ein. Sinatra schmalzt von einer Lady, die nie mit Fremden flirtet oder auf die Würfel anderer Männer pustet.

Es ist schon nach Mitternacht, als ich nach Hause komme. Das Haus ist dunkel. Dahinter erhebt sich schwarz der Kirchturm vor einem dunkelvioletten Himmel. Ich schließe leise die Tür, ziehe die Schuhe aus und gehe nach oben.

Emma liegt, alle viere weit von sich gestreckt auf ihrer Decke. Ich falte ihre Beine darunter und ziehe die Decke bis an ihr Kinn. Sie rührt sich nicht. Charlies Tür steht einen Spalt breit offen. Ihre Lavalampe taucht das Zimmer in einen rosafarbenen Schimmer. Charlie liegt auf der Seite, die Hand dicht an ihrem Mund.

Auch Julianne schläft. Ich ziehe mich im Bad aus und putze mir die Zähne, bevor ich neben sie ins Bett schlüpfe. Sie dreht sich um, schlingt Arme und Beine um mich und drückt ihre Brüste an meinen Rücken.

»Es ist spät«, flüstert sie.

»Tut mir leid.«

»Wo ist Darcy?«

»Bei ihrer Tante.«

Sie greift mit resoluter Entschlossenheit nach meinem Schwanz, formt mit Daumen und Fingern einen Ring. Dann beugt sie sich nach unten und nimmt ihn in den Mund. Als ich bereit bin, hockt sie sich rittlings auf mich und drückt mich aufs Bett.

Ihre Schenkel sind offen. Sie rutscht ein wenig nach hinten, nimmt mich in sich auf und atmet scharf ein. Sie legt meine Hände auf ihre Brüste. Ihre Brustwarzen sind hart. Ich muss mich gar nicht bewegen, sondern nur zusehen, wie sie sich aufbäumt und wieder fallen lässt, meine Kapitulation annimmt, ihren Höhepunkt sucht und meinen steuert.

Es fühlt sich nicht an wie Versöhnungs- oder Neuanfangssex. Es ist eher wie ein leiser Seufzer, der die Glut aufleuchten lässt. Hinterher legt Julianne ihren Kopf auf meine Brust, und ich höre ihr beim Einschlafen zu.

Nach etwa einer Stunde schiebe ich ihren Kopf auf das Kissen, schlüpfe aus dem Bett und schleiche auf Zehenspitzen in mein Arbeitszimmer. Ich schließe die Tür, bevor ich das Licht anmache und nach der Hotelrechnung aus Rom suche. Ich ziehe sie zwischen den Seiten meines Notizbuchs hervor und reiße sie in kleine Stücke, die ich in den Papierkorb rieseln lasse.

34

Ich kann verstehen, warum ein Mann eine Maschine statt eines menschlichen Wesens mit Zuneigung überschütten könnte. Maschinen sind zuverlässiger. Man dreht einen Schlüssel, legt einen Schalter um, tritt aufs Gaspedal, und sie bringen die Leistung, wenn es drauf ankommt.

Ich habe nie einen Sportwagen besessen – nie einen begehrt –, aber jetzt habe ich einen. Er gehört einem Futures-Trader, der in einer der Luxuswohnungen mit Blick auf den Queen Square wohnt. Einen Ferrari F430 Spider kann man nicht von der Straße stehlen – nicht ohne die Alarmanlage zu deaktivieren, die Eingeweide des Lenkradschlosses herauszureißen und die Wegfahrsperre zu überlisten. Es ist viel einfacher, dem reichen Sack, dem der Wagen gehört, die Schlüssel zu klauen. Er hat sie auf die Verkleidung der Heizung direkt neben der Wohnungstür gelegt, neben dem Schlüssel für die Tiefgarage und den Fahrerhandschuhen aus Leder.

Das Einzige, was ich nicht ausschalten kann, ist das »Vehicle Tracking System«. Sobald er den Wagen als gestohlen meldet, muss ich mich von meinem feuchten Traum auf Rädern verabschieden.

Ich fahre mit dem Spider an einem Montagmorgen durch die Straßen und beobachte die Reaktionen, die er hervorruft, die bewundernden, ehrfürchtigen, neidischen Blicke. Er muss nicht einmal fahren, um die Aufmerksamkeit auf sich zu ziehen.

Viele Typen, die ich bei der Army kannte, waren von Autos besessen. Die armen Schweine verbrachten ihr Berufsleben in Schützenpanzerwagen oder einem Challenger mit sechs Vorwärts- und zwei Rückwärtsgängen, die mit sechzig Kilometer pro Stunde durch die Landschaft tuckerten. Deshalb strebten sie in ihrer Freizeit nach mehr Eleganz und Tempo. Sportwagen. Manche waren bis über beide Ohren verschuldet, aber das war ihnen egal. Es ging allein darum, den Traum zu leben.

Ich parke den Spider in einer ruhigen Straße. Der Tau auf dem Bürgersteig trocknet langsam, und Sonnenlicht fällt durch die Zweige der Platanen. Ich nehme einen Stadtplan und breite ihn auf der Kühlerhaube aus. Der Motor tickt beim Abkühlen.

Ich warte. Er wird bald kommen. Da ist er, in Blazer und grauer Hose schlurft er durch das Laub.

Er hat den Ferrari gesehen. Er bleibt stehen und betrachtet seine Konturen. Seine Hand zuckt, möchte den glänzenden Lack berühren und über die Kurven streichen.

»Nette Karre.«

»Will ich doch hoffen.«

»Ihrer?«

»Ich habe den Schlüssel.«

Er geht einmal langsam um den Spider herum. Seine Schultasche hängt über einer Schulter.

»Wie schnell?«, fragt er.

Ich falte den Stadtplan. »Sagen wir mal, ich könnte in zwölf Sekunden vierhundert Meter weiter sein.«

»Wenn Sie sich nicht verfahren hätten.« Er grinst.

»Ja, Klugscheißer, vielleicht kannst du mir helfen.«

Er geht in die Hocke und späht durch das getönte Fenster auf der Fahrerseite.

»Wohin wollen Sie?«

»Beacon Hill. Seymour Road.«

»Beacon Hill ist nicht weit. In die Richtung muss ich auch.«

»Zu Fuß?«

»Mit dem Bus.«

Ich zeige ihm den Stadtplan. Er zeigt mir seine Schule und den Weg dorthin. Ich kann die Zahnpasta in seinem Atem rie-

chen und sehe eine jüngere Version meiner selbst vor mir, voller Potenzial, bereit, es mit der Welt aufzunehmen.

»Kann ich mal einen Blick reinwerfen?«, fragt er.

»Klar.«

Er öffnet die Tür.

»Setz dich ans Steuer.«

Er stellt seine Schultasche im Rinnstein ab, rutscht auf den Sitz, greift das Lenkrad mit beiden Händen und setzt sich in Position. Jeden Moment wird er anfangen, das Geräusch eines aufheulenden Motors zu imitieren.

»Super.«

»Könnte man sagen.«

»Wie schnell fährt er Spitze?«

»Dreihundertfünfzehn Stundenkilometer. Er hat einen 4.3-Liter-V8-Motor mit vierhundertneunzig PS und einem Drehmoment von vierhundertfünfundsechzig.«

»Was ist die höchste Geschwindigkeit, die Sie je damit gefahren sind?«

»Du bist doch kein Bulle, oder?«

»Nein.« Er lacht.

»Zweihundertneunzig.«

»Ohne Scheiß?«

»Er hat geschnurrt wie ein Kätzchen. Aber der echte Kick ist die Beschleunigung. Von null auf hundert in vier Sekunden. Geht ab wie ein Zäpfchen.«

Jetzt habe ich ihn an der Angel. Es ist mehr als Neugier. Es ist heißes männliches Begehren. Es ist wie eine Sexfantasie, die ein Junge sich erträumt, bevor er eine Frau gekostet hat. Geschwindigkeit. Eine Maschine. Liebe auf den ersten Blick.

»Wie viel hat er gekostet?«, flüstert er.

»Hat deine Mum dir nicht beigebracht, dass es unhöflich ist, solche Fragen zu stellen?«

»Ja, schon, aber sie fährt einen Ford Astra.«

Ich lächle. »Wohl eher kein Auto-Freak, was?«

»Nein.«

»Wann kriegst du deinen Führerschein?«

»In neun Monaten.«

»Und bekommst du dann auch ein Auto?«

»Ich glaube nicht, dass Mum sich das leisten kann. Vielleicht könnte mein Vater mir helfen.«

Seine Finger schließen sich um den Schaltknüppel. Die andere Hand am Steuer, blickt er durch die Windschutzscheibe und malt sich aus, um die Kurven zu schießen.

»Wann geht dein Bus?«, frage ich.

Er sieht auf die Uhr. »Scheiße!«

»Keine Sorge. Ich fahr dich.«

»Echt?«

»Ja. Steig ein. Schnall dich an.«

35

Es ist schon nach neun. Ich liege im Bett und starre an die Decke. Von unten höre ich Schritte, Lachen und Kinderreime. Ich komme mir vor, als hätte ich meine Lieblingsseifenoper im Radio eingeschaltet und würde einer weiteren Episode im Leben der O'Loughlins zuhören.

Mit geputzten Zähnen, gewaschenem Gesicht und mit Medikamenten versorgt, stapfe ich nach unten. Aus dem Wohnzimmer dringt Gelächter. Ich lausche an der Tür. Julianne interviewt Kindermädchen. Die meisten Fragen scheint Emma zu stellen.

In der Küche isst Ruiz einen Toast und liest meine Zeitung.

»Morgen«, sage ich.

»Morgen.«

»Kriegst du im Pub nichts zu essen?«

»Dort ist einfach nicht die gleiche Atmosphäre wie hier.«

Ich gieße mir eine Tasse Kaffee ein und setze mich ihm gegenüber.

»Ich habe Helen Chambers' Familie ausfindig gemacht. Sie lebt auf dem Daubeney Estate bei Westbury. Das sind knapp fünfzig Kilometer von hier. Ich habe angerufen, aber nur einen Anrufbeantworter erreicht. Helen Chambers steht weder im Wählerverzeichnis noch im Telefonbuch.«

Er spürt, dass ich nur mit halbem Ohr zuhöre.

»Was ist los?«

»Nichts.«

Er wendet sich wieder der Zeitung zu. Ich nippe an meinem Kaffee.

»Hast du je Albträume?«, frage ich. »Ich meine, du hast es

mit ziemlich hässlichen Sachen zu tun gehabt – Morde, Vergewaltigungen, vermisste Kinder. Kehren diese Erinnerungen nicht irgendwann zurück?«

»Nein.«

»Was ist mit Catherine McBride?« Sie war eine ehemalige Patientin von mir. So habe ich Ruiz kennengelernt. Ruiz hat in ihrem Mordfall ermittelt.

»Was ist mit ihr?«

»Sie erscheint noch immer manchmal in meinen Träumen. Und jetzt erscheint mir Christine Wheeler.«

Ruiz faltet die Zeitung wieder zusammen. »Spricht sie mit dir?«

»Nein, nichts in der Richtung.«

»Aber du siehst Tote?«

»So wie du es sagst, klingt es verrückt.«

Er gibt mir mit der Zeitung einen festen Klaps auf den Hinterkopf.

»Was sollte das?«

»Das war ein Weckruf.«

»Warum?«

»Du hast mir mal erklärt, dass ein Arzt einem Patienten nichts nützt, wenn er selbst an der Krankheit stirbt. Werd nicht weich in der Birne. Du sollst hier der Gesunde sein.«

Das Daubeney Estate liegt gut drei Kilometer nördlich von Westbury auf der Grenze zwischen Somerset und Wiltshire. Die sanft geschwungene Landschaft ist mit kleinen Bauernhöfen sowie mit Seen und Stauseen gesprenkelt, randvoll vom Regen der letzten Wochen.

Ruiz sitzt am Steuer seines Mercedes. Die Federung ist so weich, dass es sich anfühlt wie in einem Wasserbett auf Rädern.

»Was wissen wir über die Familie?«, frage ich.

»Bryan und Claudia Chambers. Er ist Besitzer einer Baufirma, die große Aufträge in der Golfregion ausführt. Bis das

Daubeney Estate in den 1980ern aufgeteilt und verkauft wurde, war es eines der größten Güter des Landes. Den Chambers' gehören das Herrenhaus und viereinhalb Hektar Land.«

»Was ist mit Helen?«

»Sie ist Einzelkind und hat 1988 die Oldfield Girls School in Bath abgeschlossen – im selben Jahr wie Christine Wheeler und Sylvia Furness. Sie hat an der Bristol University Wirtschaftswissenschaft studiert und vor acht Jahren geheiratet. Seitdem lebt sie im Ausland.«

Er hebt den Zeigefinger vom Lenkrad. »Da ist es.«

Wir biegen in eine Einfahrt ein, die durch ein drei Meter hohes Eisentor zwischen zwei Steinsäulen gesichert ist. Ansonsten ist das Gelände von einer Betonmauer umgeben, aus deren Krone Glasscherben ragen wie gezackte Blumen.

Ich drücke auf den Knopf der Gegensprechanlage am Tor und warte.

»Wer ist da?«, fragt eine Stimme.

»Ist dort Mr. Chambers?«

»Nein.«

»Ist er zu Hause?«

»Er ist im Moment nicht zu sprechen.«

»Ist Helen Chambers zu Hause?«

»Soll das komisch sein oder was?« Sein Akzent ist walisisch.

Ich sehe Ruiz an, der die Schultern zuckt.

»Mein Name ist Joseph O'Loughlin. Ich muss unbedingt mit einem Mitglied der Familie sprechen.«

»Dafür müssen Sie mir schon mehr Informationen geben.«

»Es geht um eine polizeiliche Ermittlung. Sie betrifft auch die Tochter der Chambers'.«

Pause. Vielleicht muss er neue Anweisungen einholen.

Dann meldet die Stimme sich wieder. »Wer ist bei Ihnen?«

Ich spähe durch die Windschutzscheibe. Auf einem Pfahl, der das Tor um etwa sieben Meter überragt, ist eine Überwachungskamera montiert. Er beobachtet uns.

Ruiz beugt sich über mich hinweg zum Beifahrerfenster. »Ich bin ein Detective Inspector im Ruhestand. Ich habe früher für die London Metropolitan Police gearbeitet.«

»Im Ruhestand?«

»Sie haben mich richtig verstanden.«

»Es tut mir leid, aber Mr. und Mrs. Chambers sind beide nicht zu sprechen.«

»Wann wäre es denn am günstigsten, sie zu sprechen?«, frage ich.

»Schreiben Sie einen Brief.«

»Ich würde lieber eine Nachricht hinterlassen.«

Das Tor bleibt fest geschlossen. Ruiz steigt aus, geht um den Mercedes und streckt seine Glieder. Die Kamera schwenkt und verfolgt jeden seiner Schritte. Er klettert auf einen umgestürzten Baum und blickt über die Mauer.

»Können Sie das Haus sehen?«, frage ich.

»Nein.« Er blickt nach links und nach rechts. »Interessant.«

»Was?«

»Bewegungsmelder und noch mehr Kameras. Ich weiß, dass die Reichen zu Nervosität neigen. Für den Fall, dass die Revolution kommt und so. Aber das ist die reinste Festung. Was hat der Kerl zu verbergen?«

Stiefel knirschen auf Kies. Von der anderen Seite des Tores kommt ein Mann auf uns zu. Er trägt Jeans, ein kariertes Hemd und einen Regenmantel und sieht aus wie ein Gärtner; neben ihm läuft ein riesiger deutscher Schäferhund mit schwarz-braunem Fell.

»Halten Sie sich von der Mauer fern«, befiehlt er.

Ruiz klettert von dem Baum und sucht Blickkontakt mit mir.

»Schöner Tag«, sage ich.

»Ja«, sagt der Mann mit dem Hund. Wir wissen beide, dass wir lügen.

Ruiz ist neben den Wagen getreten und drückt hinter seinem

Rücken fest und lange auf den Rufknopf der Gegensprechanlage.

Der deutsche Schäferhund mustert mich, als überlegte er, welches Bein er zuerst frisst. Sein Herrchen macht sich mehr Sorgen um Ruiz und die Frage, wie bedrohlich er werden könnte.

Ruiz nimmt den Finger von dem Knopf der Gegensprechanlage.

»Ja, wer ist da?«, fragt eine Frauenstimme.

»Mrs. Chambers?«, erwidert Ruiz.

»Ja.«

»Verzeihung, aber Ihr Gärtner sagte, Sie wären nicht zu Hause. Ein Irrtum offensichtlich. Mein Name ist Vincent Ruiz, und ich war früher Detective Inspector bei der London Metropolitan Police. Dürften wir Sie vielleicht kurz sprechen?«

»Worum geht es?«

»Um zwei Freundinnen Ihrer Tochter – Christine Wheeler und Sylvia Furness. Erinnern Sie sich an sie?«

»Ja.«

»Haben Sie die Zeitung gelesen?«

»Nein. Warum? Was ist passiert?«

Ruiz sieht mich an. Sie weiß es nicht.

»Ich fürchte, sie sind tot, Mrs. Chambers.«

Schweigen. Rauschen.

»Sie sollten wirklich mit Skipper reden«, sagt sie gepresst.

Meint sie den Gärtner oder den Hund?

»Er steht direkt neben mir«, sagt Ruiz. »Er ist ans Tor gekommen, um uns zu empfangen. Sehr charmanter Bursche. Bestimmt ein absoluter Experte in Sachen Rosenzucht.«

Sie wirkt überrumpelt. »Er kann eine Narzisse nicht von einem Hartriegel unterscheiden.«

»Ich auch nicht«, sagt Ruiz. »Können wir reinkommen? Es ist wichtig.«

Nach einem hohlen Klicken schwingt das Tor nach innen auf. Skipper muss einen Schritt zurücktreten. Er wirkt nicht besonders glücklich.

Ruiz setzt sich ans Steuer und hebt, als wir langsam an ihm vorbeifahren, die Hand zu einem flapsigen Salut, bevor er die Reifen auf dem Kies durchdrehen lässt.

»Er sieht gar nicht aus wie ein Gärtner«, stelle ich fest.

»Ein ehemaliger Soldat«, sagt Ruiz. »Siehst du, wie er steht? Er demonstriert seine Kraft nicht, sondern tarnt sie, bis er sie braucht.«

Giebel und Dachfirst tauchen zwischen den Bäumen auf. Ruiz rollt langsam über ein Gitter und kommt vor dem Haupthaus zum Stehen. Das große Doppelportal muss mindestens fünfzehn Zentimeter dick sein. Nur ein Flügel öffnet sich, und Claudia Chambers späht heraus, eine schlanke, immer noch attraktive Frau Ende fünfzig in Khakihose und Kaschmirjacke.

»Danke, dass Sie uns empfangen«, sage ich und stelle uns vor.

Sie bietet uns nicht die Hand an, sondern führt uns durch eine Marmorhalle in ein großes Wohnzimmer voller Perserteppiche und passender Chesterfield-Sofas sowie Bücherregalen in den Nischen links und rechts des Kamins, in dem ein Feuer vorbereitet ist, aber nicht brennt. Auf dem Kaminsims und einigen Beistelltischen stehen Fotos, die den Lebenslauf eines Kindes von der Geburt über das Kleinkindalter bis zum jungen Mädchen nachzeichnen. Der erste verlorene Zahn, der erste Schultag, der erste Schneemann, das erste Fahrrad. Ein Leben voller Premieren.

»Ihre Tochter?«, frage ich.

»Unsere Enkelin«, antwortet sie.

Sie weist auf das Sofa und möchte, dass wir Platz nehmen.

»Kann ich Ihnen etwas anbieten? Tee vielleicht?«

»Gerne, danke«, antwortet Ruiz für uns beide.

Wie hergezaubert erscheint eine mollige Frau in der Tür. Zu Claudias Füßen muss es irgendwo unter dem Teppich oder an der Seite des Sofas eine versteckte Klingel geben.

Claudia gibt Anweisungen, und das Hausmädchen verschwindet. Claudia wendet sich uns wieder zu, nimmt auf dem

Sofa gegenüber Platz und legt die Hände in den Schoß. Alles an ihrem Verhalten wirkt verschlossen und abwehrend.

»Die arme Christine und die arme Sylvia. War es ein Unfall?«

»Nein, das glauben wir nicht.«

»Was ist passiert?«

»Sie wurden ermordet.«

Sie blinzelt. Kummer breitet sich als feuchter Glanz über ihre Pupillen. Mehr Gefühle wird sie nicht zeigen.

»Christine ist von der Clifton Suspension Bridge gesprungen«, sage ich. »Wir glauben, sie wurde genötigt.«

»Genötigt?«

»Sie wurde gezwungen zu springen«, erklärt Ruiz.

Claudia schüttelt heftig den Kopf, als wollte sie die Information abwehren.

»Sylvia ist erfroren. Sie wurde mit Handschellen an einen Baum gefesselt aufgefunden.«

»Wer sollte so etwas tun?«, fragt Claudia, der Welt nicht mehr ganz so gewiss.

»Sie haben es nicht im Fernsehen oder in der Zeitung gesehen?«

»Ich verfolge die Nachrichten nicht. Es deprimiert mich.«

»Wann haben Sie Christine und Sylvia zum letzten Mal gesehen?«

»Seit Helens Hochzeit gar nicht mehr; sie waren Brautjungfern.« Sie zählt die verflossene Zeit an den Fingern ab. »Acht Jahre. Meine Güte, ist das wirklich schon so lange her?«

»Hatte Ihre Tochter noch Kontakt zu ihren Freundinnen?«

»Das weiß ich nicht. Helen ist mit ihrem Mann ins Ausland gegangen. Sie kam nur selten nach Hause.«

Das Hausmädchen kommt mit einem Tablett. Kanne und Teetassen wirken beinahe zu zierlich, um kochendes Wasser zu fassen. Claudia gießt uns Tee ein, beinahe spürbar darauf konzentriert, ein Zittern ihrer Hände zu unterdrücken.

»Nehmen Sie Milch oder Zucker?«

»Milch.«

»Schwarz«, sagt Ruiz.

Sie rührt ihren Tee um, ohne mit dem Löffel den Rand der Tasse zu berühren, während ihre Gedanken für einen Moment offenbar weit fortschweifen, bevor sie in das Zimmer zurückkehren.

Draußen hört man knirschende Reifen auf dem Kies. Sekunden später wird die Haustür aufgerissen, eilige Schritte durchqueren die Halle. Bryan Chambers legt einen Auftritt hin, der einem Mann seiner Größe gemäß ist; er platzt ins Zimmer, anscheinend wild entschlossen, irgendjemanden zu schlagen.

»Wer zum Teufel sind Sie?«, brüllt er. »Was machen Sie in meinem Haus?«

Er hat schütteres Haar, große Hände und einen dicken Hals. Sein Kopf glänzt wie ein Helm.

Ruiz ist bereits auf den Beinen. Ich brauche etwas länger.

»Schon gut, Schatz«, sagt Claudia. »Christine und Sylvia ist etwas Schreckliches zugestoßen.«

Aber damit gibt sich Bryan Chambers nicht zufrieden. »Wer hat Sie geschickt?«

»Verzeihung?«

»Wer hat Sie hierhergeschickt? Diese Frauen haben nichts mit uns zu tun.«

Er ist offensichtlich im Bilde über Christine und Sylvia. Warum hat er es seiner Frau nicht erzählt?

»Beruhige dich, Schatz«, sagt Claudia.

»Sei einfach still«, bellt er sie an. «Überlass das mir.«

Skipper ist mit ihm ins Zimmer gekommen und hat sich hinter uns aufgebaut. Er hat etwas in der rechten Hand, was er unter der Jacke verbirgt.

Ruiz dreht sich zu ihm um. »Wir wollen niemanden beunruhigen. Wir wollten uns lediglich nach Helen erkundigen.«

»Spielen Sie keine Spielchen mit mir!«, gibt Bryan Chambers höhnisch zurück. »Er hat Sie geschickt, stimmt's?«

Ich sehe Ruiz an. »Ich weiß nicht, wovon Sie sprechen. Wir

helfen der Polizei bei der Untersuchung der beiden Morde. Beide Opfer waren Freundinnen Ihrer Tochter.«

Chambers wendet sich Ruiz zu. »Sie sind Polizist?«

»Ich war mal einer.«

»Was soll das heißen?«

»Ich bin in Rente.«

»Sie sind also Privatdetektiv?«

»Nein.«

»Das heißt, der ganze Mist ist kein bisschen offiziell?«

»Wir wollten bloß Ihre Tochter Helen sprechen.«

Er schlägt die Hände zusammen und lacht entrüstet. »Also, das setzt dem Ganzen die Krone auf.«

Ruiz wird langsam ärgerlich. »Vielleicht sollten Sie den Rat Ihrer Frau befolgen und sich beruhigen, Mr. Chambers.«

»Wollen Sie mich einschüchtern?«

»Nein, Sir, wir möchten bloß ein paar Antworten.«

»Was hat meine Helen damit zu tun?«

»Vor vier Wochen hat sie Christine Wheeler, Sylvia Furness und Maureen Bracken, einer weiteren Schulfreundin, eine E-Mail geschickt und für den 21. September, einen Freitagabend, ein Treffen in einem Pub in Bath verabredet. Die anderen kamen, aber Helen nicht. Sie haben nichts von ihr gehört. Wir hoffen herauszufinden, warum nicht.«

Bryan Chambers starrt mich ungläubig an. Der manische Glanz seiner Augen ist einer fiebrigen Ungewissheit gewichen.

»Was Sie da andeuten, ist unmöglich«, sagt er. »Meine Tochter kann keine E-Mails verschickt haben.«

»Warum nicht?«

»Sie ist vor drei Monaten gestorben; sie und meine Enkelin sind in Griechenland ertrunken.«

Plötzlich scheint der Raum nicht mehr groß genug, um die Verlegenheit zu verbergen. Die Luft ist stickig und scharf geworden. Ruiz sieht mich an, bringt jedoch kein Wort heraus.

»Das tut mir sehr leid«, erkläre ich ihnen. Ich weiß nicht, was ich sonst noch sagen soll. »Wir hatten keine Ahnung.«

Bryan Chambers ist nicht an Entschuldigungen oder Erklärungen interessiert.

»Sie ist bei einem Fährunglück ums Leben gekommen«, sagt Mrs. Chambers, die immer noch aufrecht auf der Sofakante sitzt. »Die Fähre ist in einem Sturm gesunken.«

Ich erinnere mich an die Geschichte. Es war im Spätsommer, ein Tornado in der Ägäis. Schiffe wurden beschädigt, Jachten zerstört. Mehrere Urlaubsorte mussten evakuiert werden, und vor einer der Inseln sank eine Passagierfähre. Dutzende von Touristen wurden gerettet. Andere Passagiere ertranken.

Ich sehe mich in dem Raum um und betrachte die Fotos. Die Chambers' haben einen Schrein für ihre tote Enkelin errichtet.

»Bitte gehen Sie jetzt«, sagt Bryan Chambers.

Skipper unterstreicht die Forderung, indem er die Tür aufhält. Ich betrachte immer noch die Bilder einer blonden Enkelin mit heller Haut und Zahnlücke, die einen Luftballon hält und Geburtstagskerzen auspustet…

»Verzeihen Sie, dass wir Sie gestört haben«, sage ich. »Und unser herzliches Beileid zu Ihrem Verlust.«

Ruiz senkt den Kopf. »Vielen Dank für den Tee, Mam.«

Weder Bryan noch Claudia antworten.

Skipper begleitet uns hinaus und bezieht, die Hand noch immer unter seiner Öljacke, Posten vor der Tür. Bryan Chambers taucht neben ihm auf.

Ruiz hat den Mercedes schon angelassen. Die Beifahrertür steht auf. Ich drehe mich noch einmal um.

»Was haben Sie gedacht, wer uns geschickt hätte, Mr. Chambers?«

»Wiedersehn«, sagt er.

»Werden Sie von irgendjemandem bedroht?«

»Fahren Sie vorsichtig.«

36

Wir biegen aus dem Waldweg in eine Nebenstraße ein, der wir bis Trowbridge folgen. Der Mercedes schwebt durch die Senken. Sinatra singt gedämpft.

»Das ist vielleicht eine scheißverrückte Familie«, murmelt Ruiz. »Die Rädchen drehen sich noch, aber der Hamster ist tot. Hast du Chambers' Gesicht gesehen? Ich dachte, der kriegt einen Herzinfarkt.«

»Er hat vor irgendwas Angst.«

»Vor was? Vor dem dritten Weltkrieg?«

Ruiz fängt an, die Sicherheitsmaßnahmen aufzuzählen. Kameras, Bewegungsmelder und Alarmanlagen. Und Skipper, der aussieht wie von der SAS geklont.

»Typen wie er verdienen als Leibwächter in Bagdad fünf Riesen die Woche. Was macht er hier?«

»Wiltshire ist sicherer.«

»Vielleicht hat Chambers Geschäfte mit den falschen Leuten gemacht. Das ist das Problem mit diesen großen Firmen. Es geht zu wie freitagabends im Kino. Jemand versucht immer, eine Titte zu grapschen oder einen Finger in die Sahne zu stecken.«

»Blumige Metapher.«

»Findest du?«

»Meine Töchter gehen nie ins Kino.«

»Abwarten.«

Wir nehmen die A363 durch Bradford-on-Avon und streifen die Kuppe von Bathampton Down. Vor uns schmiegt sich Bath Spa gemütlich ins Tal. Eine Reklametafel verkündet: *Ihr Traum vom Ruhestand liegt direkt vor Ihnen*. Ruiz findet, dass das Bath ziemlich gut auf den Punkt bringt, diesen schwefligen Geruch von Alter und Geld.

Eine Frage geht mir nicht aus dem Kopf: Wie konnte eine Tote per E-Mail ein Wiedersehen mit ihren Freundinnen organisieren? Irgendjemand hat die Nachrichten verschickt. Wer immer es war, muss Zugriff auf Helen Chambers' Computer oder ihre Log-in-Daten gehabt haben. Oder er hat ihre Identität gestohlen und ein neues E-Mail-Konto eröffnet. Wenn ja, warum? Es ergibt keinen Sinn. Welches Interesse könnte jemand daran haben, vier alte Freundinnen zusammenzubringen?

Es könnte der Mörder gewesen sein. Vielleicht hat er sie zusammengeführt und ist ihnen dann nach Hause gefolgt. Das würde jedenfalls erklären, wie er seine Opfer ins Visier genommen, ihren Wohnort, Arbeitsplatz und Lebensrhythmus ausgekundschaftet hat. Aber es erklärt immer noch nicht, was Helen Chambers damit zu tun hat.

»Wir müssen mit Maureen Bracken reden«, sage ich. »Sie ist die Einzige, die zu dem Wiedersehen gegangen ist und noch lebt.«

Ruiz sagt nichts, aber ich weiß, dass er das Gleiche denkt wie ich. Irgendjemand muss sie warnen.

Die Oldfield School liegt inmitten von Bäumen und schlammigen Sportplätzen mit Blick auf das Avon-Tal. Ein Schild auf dem Parkplatz fordert Besucher auf, sich im Büro zu melden.

Vor dem Büro sitzt eine einsame Schülerin, die die Beine unter ihrem Plastikstuhl baumeln lässt. Sie trägt einen blauen Rock, eine weiße Bluse und einen dunkelblauen Pullover mit Schwanmotiv. Sie blickt kurz auf und wartet dann schweigend weiter.

Hinter einem Schiebefenster taucht eine Schulsekretärin auf. An der Wand hinter ihr hängt ein großer Stundenplan mit verschiedenfarbigen Blöcken, ein Meisterwerk der Logistik, das 850 Schülerinnen, 34 Klassenzimmer und 15 Fächer koordiniert. Den Betrieb einer Schule zu organisieren ist, als würde man als Fluglotse ohne Radar arbeiten.

Die Sekretärin streicht mit dem Finger über den Stundenplan und tippt zwei Mal auf das Brett. »Mrs. Bracken unterrichtet Englisch im Anbau, Raum 2b.« Sie sieht auf die Uhr. »Es ist fast Mittag. Sie können im Flur oder im Lehrerzimmer auf sie warten. Die Treppe hoch und dann rechts. Jacquie wird es Ihnen zeigen.«

Die Schülerin hebt den Kopf und wirkt erleichtert. Was immer sie angestellt hat, der Urteilsspruch ist aufgeschoben.

»Hier entlang«, sagt sie, stößt die Tür auf, steigt flink die Stufen hinauf und wartet auf dem Absatz auf uns. An einem Schwarzen Brett wird für einen Design-Wettbewerb, eine Foto-AG und das Anti-Aggressions-Prinzip der Schule geworben.

»Und was hast du angestellt?«, fragt Ruiz.

Jacquie sieht ihn einfältig an. »Ich bin aus dem Unterricht geflogen.«

»Weshalb?«

»Sie sind doch nicht von der Schulbehörde, oder?«

»Sehe ich so aus?«

»Nein«, gibt sie zu. »Ich habe meiner Theaterlehrerin rasende Mittelmäßigkeit vorgeworfen.«

Ruiz lacht. »Also nicht bloß irgendeine Mittelmäßigkeit, was?«

»Nein.«

Es klingelt. Schüler strömen um uns herum auf die Flure. Warnende »Nicht rennen!«-Rufe gehen in lautem Lachen unter.

Jacquie hat das Klassenzimmer erreicht und klopft an die Tür. »Besuch für Sie, Miss.«

»Danke.«

Maureen Bracken trägt ein knielanges dunkelgrünes Kleid mit einem braunen Ledergürtel und Pumps, die ihre kräftigen Waden betonen. Ihr Haar ist zurückgesteckt, und sie trägt nur einen Hauch von Lidschatten und Lippenstift.

»Was ist los?«, fragt sie sofort. Ihre Finger sind voller Filzstiftspuren.

»Möglicherweise gar nichts«, versuche ich sie zu beruhigen.

Ruiz hat ein Spielzeug von ihrem Pult genommen – ein Plüschtier am Ende eines Stifts.

»Konfisziert«, erklärt sie. »Sie sollten mal meine Sammlung sehen.«

Sie ordnet einen Stapel Aufsätze und verstaut sie in einer Mappe. Ich sehe mich um. »Sie unterrichten an Ihrer alten Schule?«

»Ja, wer hätte das gedacht?«, erwidert sie. »Als Schülerin war ich ein echter Wildfang. Allerdings nicht so schlimm wie Sylvia. Deshalb haben sie ständig versucht, uns zu trennen.«

Sie ist nervös, deshalb möchte sie reden. Ich lasse sie, weil ich weiß, dass ihr irgendwann der Dampf ausgehen wird.

»Mein Berufsberater hat mir erklärt, dass ich als arbeitslose Schauspielerin am Ende bloß kellnern würde, und ich hatte einen Lehrer, Mr. Halliday, mein Englischlehrer, der meinte, ich sollte darüber nachdenken, selbst Lehrerin zu werden. Meine Eltern lachen sich bis heute kaputt.«

Sie blickt ängstlich zu Ruiz und wieder zu mir.

»Sie haben gesagt, Helen Chambers hätte Ihnen eine E-Mail geschickt, um das Wiedersehen zu organisieren.«

Sie nickt.

»Die E-Mail muss von jemand anderem stammen.«

»Warum?«

»Helen ist vor drei Monaten gestorben.«

Die Mappe gleitet aus ihren Händen, die Aufsätze segeln flatternd zu Boden. Fluchend bückt sie sich und versucht, sie mit zitternden Händen einzusammeln.

»Wie?«, fragt sie im Flüsterton.

»Sie ist ertrunken. Es war ein Fährunglück in Griechenland. Ihre Tochter war bei ihr. Wir haben heute Morgen mit ihren Eltern gesprochen.«

»Oh, die armen, armen Menschen … die arme Helen.«

Ich hocke neben ihr auf dem Boden, sammle die Blätter ein und packe sie wahllos gebündelt wieder in die Mappe. In Maureen hat sich eine Leere aufgetan, die in ihrem Herzschlag nachhallt. Sie ist unversehens an einem dunklen Ort und lauscht einem dumpfen monotonen Rhythmus in ihrem Kopf.

»Aber wenn Helen vor drei Monaten gestorben ist, wie konnte sie … ich meine … sie …«

»Die E-Mail muss jemand anderer geschrieben haben.«

»Wer?«

»Wir hatten gehofft, dass Sie das vielleicht wissen.«

Sie schüttelt bebend und mit feuchten Augen den Kopf, als würde sie ihre Umgebung plötzlich nicht mehr wiedererkennen und als wüsste sie nicht, wo sie als Nächstes sein muss.

»Es ist Mittagspause«, erkläre ich ihr.

»Oh, richtig.«

»Kann ich die E-Mail mal sehen?«

Sie nickt. »Kommen Sie mit ins Lehrerzimmer. Dort steht ein Computer.«

Wir folgen ihr den Flur hinunter und eine weitere Treppe hinauf. Durch die Fenster dringt Schwatzen und Lachen und füllt jeden noch so stillen Winkel.

Zwei Schülerinnen warten vor dem Lehrerzimmer. Sie wollen eine Verlängerung der Abgabefrist eines Referats. Maureen gibt ihnen bis Montag und schickt sie ihrer Wege.

Das Lehrerzimmer ist fast völlig leer bis auf das Fossil von einem Mann, der mit geschlossenen Augen auf einem Stuhl sitzt. Ich denke, er schläft, bis ich die Ohrstöpsel bemerke. Er rührt sich nicht, als Maureen sich an den Computer setzt und sich mit Benutzernamen und Passwort einloggt. Sie öffnet den Eingangsordner und scrollt rückwärts die Eingangsdaten ab.

Helen Chambers' Mail hat die Betreffzeile: *Ratet mal, wer wieder in der Stadt ist?* Sie wurde am 16. September mit Kopie an Christine Wheeler und Sylvia Furness gesendet.

Hi, Mädels,
ich bin's. Ich bin wieder im Lande und freue mich, euch alle wiederzusehen. Wie wär's, wenn wir uns am nächsten Freitag im Garrick's Head treffen? Schampus und Chips für alle – wie früher.
Ich kann nicht glauben, dass es schon acht Jahre her ist. Ich hoffe, ihr seid alle dicker und schlechter in Schuss als ich (ja, du auch, Sylvia). Vielleicht lasse ich mir für den Anlass sogar die Beine enthaaren.
Wer nicht kommt, ist selber Schuld. Garrick's Head am Freitag um 19.30 Uhr. Ich kann es kaum erwarten.
Alles Liebe.
Helen.

»Klingt es nach ihr?«, frage ich.

»Ja.«

»Kommt Ihnen irgendwas daran seltsam vor?«

Maureen schüttelt den Kopf. »Wir waren dauernd im Garrick's Head. In unserem letzten Jahr in Oldfield hatte Helen als Einzige ein Auto. Sie hat uns immer alle nach Hause gefahren.«

Die Mail wurde über einen Web-Server versandt. Es ist leicht, ein Mail-Konto zu eröffnen und ein Passwort und einen Benutzernamen zu bekommen.

»Sie sagten, sie hätte Ihnen davor schon mal gemailt.«

Wieder sucht sie Helens Namen. Die Mail ist am 29. Mai eingegangen.

Liebe Mo, beginnt sie. Mo ist offenbar Maureens Spitzname.

Lange nicht gesehen… und auch nichts gehört. Tut mir leid, dass ich eine so faule Briefschreiberin bin, aber ich hatte meine Gründe. Die letzten paar Jahre waren ziemlich hart – mit einer Menge Veränderungen und Herausforderungen. Die große Neuigkeit ist, dass ich meinen Mann verlassen habe. Es ist eine lange traurige Geschichte, die ich jetzt nicht ausbreiten will. Lass mich nur sagen, dass es für uns nicht funktioniert hat. Lange Zeit war ich sehr orientierungslos, aber jetzt liegt das Schlimmste fast hinter mir.

Im nächsten halben Jahr mache ich mit meiner wundervollen Tochter Chloe Urlaub. Wir lassen uns den Kopf frei pusten und erleben ein paar Abenteuer, die lange überfällig sind.

Bleib auf Empfang. Ich schreib dir, wann ich nach Hause komme. Wir treffen uns im Garrick's Head zu einer Sause mit der alten Clique. Gibt es dort immer noch Schampus und Chips?

Ich vermisse dich und Sylvia und Christine. Es tut mir leid, dass ihr so lange nichts von mir gehört habt. Ich werde es erklären.

Alles Liebe für alle
Helen

Ich lese beide Mails noch einmal. Sprache und Duktus sind ähnlich, genau wie der leicht flapsige Ton und die Vorliebe für kurze Sätze. Nichts wirkt gezwungen oder künstlich, aber als die zweite Mail verfasst wurde, war Helen Chambers schon tot.

Als sie schrieb, »dass sie das Schlimmste fast hinter sich« habe, bezog sie sich vermutlich auf ihre Ehe.

»Gab es sonst irgendwas?«, frage ich. »Briefe, Postkarten, Anrufe ...«

Maureen schüttelt den Kopf.

»Wie war Helen?«, frage ich.

Sie lächelt. »Hinreißend.«

»Ein bisschen genauer brauche ich es schon.«

»Ich weiß, tut mir leid.« Die Farbe ist in ihre Wangen zurückgekehrt. Sie blickt zu ihrem Kollegen, der sich auf seinem Stuhl nach wie vor nicht gerührt hat.

»Helen war immer die Vernünftige. Sie hatte als Letzte von uns einen Freund. Sylvia hat jahrelang versucht, sie mit allen möglichen Typen zu verkuppeln. Helen fühlte sich nicht unter Druck. Manchmal tat sie mir leid.«

»Warum?«

»Sie hat immer erzählt, dass ihr Vater sich einen Sohn gewünscht habe, weshalb sie seine Erwartungen nie ganz erfüllen konnte. Sie hatte einen Bruder. Der war aber gestorben, als Helen noch klein war. Irgendein Unfall mit einem Traktor.«

Maureen dreht sich mit ihrem abgesessenen Drehstuhl und schlägt die Beine übereinander. Ihre aufeinandergepressten Lippen zucken in den Mundwinkeln.

»Es hat sich einfach irgendwie ergeben. Ich glaube, ihr Mann mochte uns nicht besonders. Sylvia meinte, er wäre eifersüchtig, weil wir uns so nahestanden.«

»Erinnern Sie sich an seinen Namen?«

»Gideon.«

»Sind Sie ihm je begegnet?«

»Einmal. Helen und Gideon sind zum sechzigsten Geburtstag ihres Vaters aus Nordirland gekommen. Die Leute waren für ein ganzes Wochenende eingeladen, aber Helen und Gideon sind schon am Samstag nach dem Mittagessen wieder gefahren. Irgendwas war passiert. Ich weiß nicht, was.

Gideon war extrem verschlossen. Offenbar hatte er zur Hochzeit nur seinen Vater eingeladen, der sich dann total betrunken und seinen Sohn vor den anderen Gästen blamiert hat.«

»Was macht dieser Gideon denn?«

»Er ist irgendwas beim Militär, aber wir haben ihn nie in Uniform gesehen. Wir haben immer Witze darüber gemacht, dass er so eine Art Spion sein müsse wie aus *Spooks*, der Fernsehserie, wissen Sie? Helen hat Christine einmal einen Brief geschrieben, und auf dem Umschlag war ein roter Stempel, der besagte, der Brief wäre aus Sicherheitsgründen durchleuchtet und gelesen worden.«

»Wo wurde der Brief denn aufgegeben?«

»In Deutschland. Nach der Hochzeit waren sie erst in Nordirland und sind später nach Deutschland gegangen.«

Eine andere Lehrerin hat das Lehrerzimmer betreten. Sie nickt uns zu, neugierig, was es mit unserer Anwesenheit auf sich hat, nimmt ein Handy aus einer Schreibtischschublade und geht wieder nach draußen, um zu telefonieren.

Maureen schüttelt den Kopf, als wollte sie ihn auslüften. »Die armen Mr. und Mrs. Chambers.«

»Kannten Sie sie gut?«

»Eigentlich nicht. Mr. Chambers war groß und laut. Ich erinnere mich an einen Tag, als er versuchte, sich in eine Reithose und Gummistiefel zu zwängen, um auf die Jagd zu gehen. Was für ein skurriler Anblick das war! Ich hatte fast mehr Mitleid mit dem Pferd als mit den Füchsen.« Sie lächelt. »Wie geht es ihnen?«

»Sie sind traurig.«

»Und sie haben offenbar vor irgendwas Angst«, fügt Ruiz hinzu, der aus dem Fenster auf den Schulhof blickt. »Fällt Ihnen ein möglicher Grund dafür ein?«

Maureen schüttelt den Kopf und sieht mich aus braunen Augen eindringlich an. Eine weitere Frage liegt ihr auf der Zunge.

»Haben Sie eine Ahnung, warum? Ich meine, wer immer Chris und Sylvia das angetan hat, was wollte er?«

»Ich weiß es nicht.«

»Glauben Sie, dass er jetzt aufhören wird?«

Ruiz wendet sich vom Fenster ab. »Haben Sie Kinder, Maureen?«

»Einen Sohn.«

»Wie alt ist er?«

»Sechzehn. Warum?«

Sie weiß die Antwort, stellt die Frage aus lauter Nervosität aber trotzdem.

»Können Sie vielleicht irgendwo für ein paar Tage unterkommen?«, frage ich.

Angst flackert in ihren Augen auf. »Ich könnte Bruno fragen, ob er uns aufnehmen kann.«

»Das wäre vielleicht eine gute Idee.«

Das Handy in meiner Tasche vibriert. Es ist Veronica Cray.

»Ich habe versucht, Sie zu Hause zu erreichen, Professor. Ihre Frau wusste nicht, wo Sie sind.«

»Was kann ich für Sie tun, DI Cray?«

»Ich suche Darcy Wheeler.«

»Sie ist bei ihrer Tante.«

»Nicht mehr. Sie ist gestern Nacht abgehauen. Hat eine Tasche gepackt und ein wenig Schmuck ihrer Mutter mitgenommen. Ich dachte, sie hätte vielleicht versucht, Sie zu erreichen? Sie mag Sie offensichtlich.«

Mein Mund wird staubtrocken.

»Ich glaube kaum, dass sie das tun wird.«

Veronica Cray fragt nicht, warum. Und ich werde es ihr nicht sagen.

»Sie haben gestern nach der Beerdigung mit ihr geredet. Was für einen Eindruck hatten Sie da von ihr?«

»Sie war aufgewühlt. Ihre Tante will, dass sie nach Spanien zieht.«

»Es gibt Schlimmeres im Leben.«

»Nicht für Darcy.«

»Sie hat Ihnen also nichts gesagt… oder anvertraut?«

»Nein.« Mein schlechtes Gewissen macht die Wörter so schwer, dass ich sie kaum über die Lippen bringe. »Was werden Sie unternehmen?«, frage ich.

»Ich dachte, ich lasse ein, zwei Tage verstreichen und sehe, was passiert.«

»Sie ist erst sechzehn.«

»Alt genug, um allein zurück nach Hause zu finden.«

Ich will widersprechen. Sie wird mir nicht zuhören. Für DI Cray ist es eine zusätzliche Komplikation, die sie nicht gebrauchen kann. Darcy ist weder entführt worden, noch stellt sie eine Bedrohung für sich selbst oder die Allgemeinheit dar. Die Polizei wird sich kein Bein ausreißen, um einen entlaufenen Teenager zu suchen. Derweil ist für den Nachmittag um drei Uhr eine Pressekonferenz angesetzt worden. Ich soll eine Erklärung abgeben und mich direkt an den Mörder wenden.

Nach Beendigung des Anrufs berichte ich Ruiz die Neuigkeiten.

»Sie taucht schon wieder auf«, sagt er, als hätte er das schon ein Dutzend Mal erlebt. Vielleicht hat er das ja auch. Mich beruhigt es nicht. Ich rufe Darcys Handy an und erreiche nur die Mailbox:

»*Hi, hier bin ich. Bin zurzeit nicht zu erreichen. Hinterlasst eine Nachricht nach dem Piepton. Am besten kurz und nett – genau wie ich …*«

Es piept.

»Hi, hier ist Joe. Ruf mich an …« Was kann ich sonst noch sagen? »Ich will bloß wissen, ob es dir gut geht. Die Leute machen sich Sorgen. Ich auch. Also, ruf mich an, okay? Bitte.«

Ruiz hört zu.

Ich drücke auf eine andere Taste, und Julianne nimmt ab.

»Die Polizei sucht dich«, sagt sie.

»Ich weiß. Darcy ist weggelaufen.«

Das sich anschließende Schweigen soll Gleichgültigkeit ausdrücken, aber sie schwankt zwischen Sorge und Verärgerung.

»Weiß man, wo sie sein könnte?«

»Nein.«

»Kann ich irgendwas tun?«

»Vielleicht ruft Darcy an oder kommt vorbei. Halte die Augen offen.«

»Ich werde im Dorf nachfragen.«

»Gute Idee.«

»Wann kommst du nach Hause?«

»Bald. Ich muss zu einer Pressekonferenz.«

»Ist es danach vorbei?«

»Bald.«

Julianne will, dass ich Ja sage. »Ich habe ein Kindermädchen gefunden. Sie ist aus Australien.«

»Na, dafür kann sie ja nichts.«

»Sie fängt morgen an.«

»Das ist gut.«

Sie wartet, will, dass ich noch etwas sage. Das Schweigen spricht eine andere Sprache.

»Hast du deine Tabletten genommen?«

»Ja.«

»Ich muss Schluss machen.«

»Okay.«

Sie legt auf.

37

Der Konferenzsaal in der Polizeistation an der Trinity Road ist ein karger fensterloser Raum mit Plastikstühlen und Neonleuchten an der Decke. Alle Plätze sind besetzt, und auch an den meisten Wänden lehnen Journalisten.

Die überregionalen Zeitungen haben ihre Starreporter geschickt, anstatt sich auf ihre Korrespondenten in der Provinz zu verlassen. Ich erkenne einige von ihnen – Luckett vom *Telegraph*, Montgomery von der *Times* und Pearson von der *Daily Mail*. Einige von ihnen kennen mich auch.

Ich beobachte das Treiben durch eine Seitentür. Monk dirigiert die Kamerateams und versucht, jeden Streit im Keim zu ersticken. Dann nickt er mir zu. DI Cray tritt in einer weißen Bluse und einem pechschwarzen Jackett als Erste auf. Ich folge ihr auf das leicht erhöhte Podium, auf dem ein langer Tisch steht, an dessen Vorderkante Mikrofone und Aufnahmegeräte mit den Logos und Frequenzen der jeweiligen Sender geklebt sind.

Scheinwerfer werden eingeschaltet, Blitzlichter flackern auf. DI Cray gießt sich ein Glas Wasser ein und gibt den Journalisten Zeit, sich zu beruhigen.

»Meine Damen und Herren, vielen Dank für Ihr Kommen«, sagt sie zur Begrüßung. »Ein paar Worte zum Verlauf dieser Pressekonferenz. Ich werde eine Erklärung mit den bisher bekannten Fakten vorlesen und dann an Professor Joseph O'Loughlin übergeben. Anschließend gibt es begrenzte Gelegenheit, Fragen zu stellen.

Wie Sie wissen, ist eine Sonderkommission zur Untersuchung des Mordes an Sylvia Furness gebildet worden. Inzwischen haben wir einen zweiten verdächtigen Todesfall in die Ermittlung einbezogen – den von Christine Wheeler, die am Freitag vor einer Woche von der Clifton Suspension Bridge gesprungen ist.«

Ein Foto von Christine Wheeler wird auf eine Leinwand hinter DI Cray projiziert, ein Schnappschuss aus einem Spaßbad. Christines Haare sind nass, und sie posiert in Sarong und T-Shirt.

Erstauntes Murmeln im Auditorium. Viele der Anwesenden haben Christine Wheeler sterben sehen. Wieso ist aus einer offensichtlichen Selbstmörderin ein Mordopfer geworden?

Derweil präsentiert DI Cray die Fakten – Alter, Größe, Haarfarbe, Ehestand und ihre Karriere als Hochzeitsplanerin. Es folgen die Details vom Tag ihres Todes. Christines letzter Weg wird skizziert, die Telefonate, der Marsch durch Leigh Woods, bekleidet nur mit Regenmantel und hochhackigen Pumps. Dazu werden Bilder gezeigt, die von den Überwachungskameras an der Brücke aufgenommen wurden.

Die Reporter werden ungeduldig. Sie verlangen eine Erklärung, aber DI Cray lässt sich nicht hetzen. Sie listet die genauen Daten der Telefonate auf. Bestimmte Einzelheiten werden zurückgehalten. Die Ballettschuhe, die bei Darcys Schule abgegeben wurden, und das Kaninchen, das vor Alice Furness' Tür abgelegt wurde, bleiben unerwähnt. Es sind Details, die nur der Mörder wissen kann, sodass man sie nutzen kann, um einen ernsthaften Anrufer von sensationsgierigen Trittbrettfahrern zu unterscheiden.

DI Cray ist fertig und stellt mich vor. Ich blättere durch meine Notizen und räuspere mich.

»In meinem Beruf begegne ich manchmal Menschen, die mich gleichermaßen faszinieren wie abstoßen. Der Mann, der diese Verbrechen begangen hat, fasziniert und stößt mich ab. Er ist intelligent, wortgewandt, manipulativ, sadistisch, brutal und erbarmungslos. Er hat nicht mit der Faust zugeschlagen. Er hat diese Frauen vernichtet, indem er ihre schlimmsten Ängste ausgenutzt hat. Ich möchte begreifen, warum. Ich möchte seine Motive verstehen und wissen, warum er diese Frauen ausgewählt hat.

Wenn er jetzt zuhört, uns im Fernsehen sieht oder diesen Appell in der Zeitung liest, möchte ich, dass er Kontakt mit mir aufnimmt. Ich möchte, dass er mir hilft zu verstehen.«

Weiter hinten im Saal entsteht ein kleiner Aufruhr. Ich mache eine Pause. Veronica Cray erstarrt alarmiert. Ich folge ihrem Blick. Assistant Chief Constable Fowler drängt sich durch den blockierten Eingang. Köpfe drehen sich in seine Richtung. Seine Ankunft ist zum Ereignis geworden.

Der einzige freie Platz ist am Tisch auf dem Podium. Der Assistant Chief Constable orientiert sich kurz und marschiert dann durch den Mittelgang nach vorne. Er legt seine Mütze mit seinen Lederhandschuhen auf den Tisch und setzt sich.

»Fahren Sie fort«, brummt er.

Ich zögere, blicke zu Cray und dann wieder auf meine Notizen.

Jemand stellt eine Frage. Zwei weitere kommen hinterher. Ich versuche, sie zu ignorieren. Montgomery, der Mann von der *Times*, ist aufgesprungen.

»Sie sagten, er habe ihre schlimmsten Ängste ausgenutzt. Was genau meinen Sie damit? Ich habe Aufnahmen von Christine Wheeler auf der Clifton Suspension Bridge gesehen. Sie ist gesprungen. Niemand hat sie gestoßen.«

»Sie wurde bedroht.«

»Wie wurde sie bedroht?«

»Lassen Sie mich erst ausreden, dann beantworte ich Fragen.«

Weitere Reporter stehen auf und wollen nicht mehr warten. DI Cray versucht zu intervenieren, aber Fowler ist schneller am Mikrofon und verlangt Ruhe.

»Dies ist eine förmliche Presseerklärung und kein Frei-für-alle-Spektakel«, dröhnt er. »Entweder Sie stellen Ihre Fragen nacheinander, oder Sie bekommen gar nichts.«

Die Reporter nehmen wieder Platz. »So ist es viel besser«, sagt Fowler, der die Versammlung mustert wie ein enttäuschter Schuldirektor, den es juckt, den Rohrstock auszupacken.

Jemand hebt die Hand. Es ist Montgomery. »Wie hat er sie bedroht, Sir?«

Die Frage ist an Fowler gerichtet, der das Mikrofon näher zu sich heranzieht.

»Wir untersuchen die Möglichkeit, dass dieser Mann die Frauen eingeschüchtert und manipuliert hat, indem er ihre Töchter ins Visier nahm. Es gibt Spekulationen, dass er die Töchter bedrohte, um die Mütter zur Kooperation zu zwingen.«

Es ist, als hätte er eine Wasserbombe über dem Raum abgeworfen, und dreißig Hände schießen in die Höhe. Fowler zeigt auf einen Reporter. Die Presseerklärung ist zu einem Frage-und-Antwort-Spiel geworden.

»Wurden die Töchter verletzt?«

»Nein, die Töchter wurden nicht angerührt, aber beiden Frauen wurde offenbar etwas anderes vorgespiegelt.«

»Wie?«

»Das wissen wir im Moment noch nicht.«

DI Cray ist wütend. Die Spannung am Tisch ist unverkennbar. Pearson von der *Daily Mail* wittert seine Chance.

»Assistant Chief Constable, Professor O'Loughlin hat eben gesagt, er möchte den Mörder verstehen. Ist das auch Ihr Wunsch?«

Fowler lehnt sich zurück. »Nein.«

»Warum nicht, Sir?«

»Professor O'Loughlins Unterstützung ist für diese Ermittlung nicht von entscheidender Bedeutung.«

»Das heißt, Sie können in seinem Täterprofil keinen Nutzen erkennen?«

»Absolut gar keinen.«

»Aber warum ist er dann hier?«

»Diese Frage werde ich nicht beantworten.«

Die erhobenen Hände werden wieder gesenkt. Die Reporter sehen gerne mit an, wie Pearson den Assistant Chief Constable so lange piekst, bis er einen Nerv trifft. Veronica Cray versucht dazwischenzugehen, aber Fowler gibt das Mikro nicht auf.

Pearson lässt nicht locker. »Professor O'Loughlin hat gesagt, er wäre von dem Mörder fasziniert. Sind Sie auch fasziniert, Assistant Chief Constable?«

»Nein.«

»Er hat gesagt, er möchte, dass der Mörder ihn anruft. Finden Sie das nicht wichtig?«

»Es ist mir schnurzpiepegal, was der Professor möchte«, faucht Fowler. »Ihr Journalisten guckt einfach zu viel Fernsehen. Ihr glaubt, Mordfälle würden von Psychologen, Wissenschaftlern und Hellsehern gelöst. Unsinn! Morde werden durch solide, gute, altmodische Polizeiarbeit aufgeklärt, indem man an Türen klopft, Zeugen befragt und Aussagen aufnimmt.«

Spucketröpfchen landen auf dem Mikro, als Fowler sich vorbeugt und mit ausgestrecktem Zeigefinger jedes seiner Argumente betont.

»Was die Polizei bei dieser Ermittlung nicht gebrauchen kann, ist ein Universitätsprofessor, der nie eine Verhaftung vorgenommen hat, nie in einem Streifenwagen gefahren ist und nie einem gewalttätigen Verbrecher gegenüberstand, uns aber erzählen will, wie wir unseren Job zu machen haben. Und man braucht auch keinen Abschluss in Psychologie, um zu erkennen, dass wir es mit einem perversen Feigling zu tun haben, der sich schwache, verletzliche Opfer aussucht, weil er keine Frau kriegen oder festhalten kann oder als Kind nicht lange genug gestillt wurde.

Das Profil, das Professor O'Loughlin erstellt hat, besteht meiner Ansicht nach den Na-und?-Test nicht. Ja, wir suchen nach einem Mann aus der Gegend, zwischen dreißig und fünfzig, der zu unterschiedlichen Zeiten arbeitet und Frauen hasst. Das ist ziemlich offensichtlich, sollte man meinen. Dafür braucht es keine verdammte Wissenschaft.

Der Professor möchte, dass wir diesem Mann Respekt erweisen. Er möchte ihm mitfühlend und verständnisvoll die Hand entgegenstrecken. Das sehe ich anders. Dieser Täter ist Abschaum und wird allen Respekt, den er verdient, im Gefängnis bekommen, denn genau dort wird er landen.«

Alle Augenpaare im Raum sind auf mich gerichtet. Ich stehe unter Beschuss, aber was kann ich tun? DI Cray fasst meinen Unterarm. Sie will nicht, dass ich antworte.

Es werden weiter Fragen gerufen:

»Wie bedroht er die Töchter?«

»Wurden die Frauen vergewaltigt?«

»Stimmt es, dass er sie gefoltert hat?«

»Wie wurden sie gefoltert?«

Fowler ignoriert sie. Er setzt seine Mütze auf und rückt sie gerade. Dann schlägt er seine Handschuhe von einer Hand in die andere und marschiert den Mittelgang hinunter, als würde er den Paradeplatz verlassen.

Blitzlichter flackern auf. Die Fragen gehen weiter:

»Wird er wieder töten?«

»Warum hat er diese Frauen ausgewählt?«

»Glauben Sie, dass er sie kannte?«

Veronica Cray legt eine Hand auf das Mikro und flüstert mir etwas ins Ohr. Ich nicke und trete wütend und beschämt ab. Im Saal erhebt sich Protestgeheul. Das Ganze ist von einer Pressekonferenz zu einer Hetzjagd geworden.

DI Cray dreht sich langsam um und bedenkt den Saal mit einem grimmigen Blick, der Erklärung genug ist. Die Pressekonferenz ist beendet.

38

Veronica Cray stapft den Flur hinunter wie ein Kapitän, der die Brücke seines sinkenden Schiffs verlässt und sich in seine Kajüte zurückzieht, während die anderen die Rettungsboote zu Wasser lassen.

»Das war ein absolut beschissenes Fiasko.«

»Es hätte auch schlimmer kommen können«, murmele ich, immer noch wie betäubt von Fowlers boshaften Attacken.

»Inwiefern hätte es noch schlimmer kommen können?«

»Zumindest haben wir die Leute zur Vorsicht ermahnt.«

Im Einsatzraum klingeln Telefone. Ich habe keine Ahnung, was für Anrufe eingehen und wie die ernsthaften Informationen herausgefiltert werden.

Viele Detectives meiden meinen Blick. Die Nachricht meiner öffentlichen Demütigung hat sich bereits zu ihnen herumgesprochen. Die meisten haben schon ihre Feierabendgesichter aufgesetzt und schlagen die Zeit tot, bis sie endlich ihre Mäntel anziehen und gehen können.

DI Cray schließt die Tür zu ihrem Büro. Ich setze mich vor ihren Schreibtisch. Ohne das »Rauchen verboten«-Schild zu beachten, zündet sie sich eine Zigarette an und öffnet das Fenster einen Spalt. Mit der Fernbedienung schaltet sie einen kleinen Fernseher ein, der in der Ecke eines Aktenschranks steht. Sie sucht einen Nachrichtensender und stellt den Ton stumm.

Ich weiß, was sie vorhat. Sie wird sich bestrafen, indem sie sich eine Aufzeichnung der Pressekonferenz ansieht.

»Wollen Sie einen Drink?«

»Nein danke.«

Sie greift in einen Schirmständer und zieht eine Flasche Scotch heraus. Ein Kaffeebecher muss als Glas herhalten. Ich beobachte, wie sie sich einschenkt und die Flasche wieder in ihrem Versteck verschwinden lässt.

»Ich habe eine ethische Frage an Sie, Professor«, sagt sie und spült den Whisky herunter wie Mundwasser. »Ein Boulevard-Reporter und ein Assistant Chief Constable sind in einem brennenden Fahrzeug eingeklemmt, und Sie können nur einen von beiden retten. Was tun Sie?«

»Ich weiß nicht.«

»Es gibt nur ein wahres Dilemma: Gehen Sie essen oder ins Kino?«

Sie lacht nicht. Sie meint es ernst.

Auf ihrem Schreibtisch liegt eine mit einer gelben Haftnotiz versehene Mappe mit Ausdrucken aus dem Police National Computer. Die Datenbank ist auf ähnliche Verbrechen durchsucht worden. Sie reicht mir das Deckblatt.

In Bristol haben zwei Dealer eine Prostituierte gefoltert, die sie als Polizeispitzel verdächtigten. Sie nagelten sie an einen Baum und vergewaltigten sie mit einer Flasche.

Ein Schauermann aus Felixstowe erwischte seine Frau bei seiner Heimkehr mit dem Nachbarn im Bett. Er fesselte den Nachbarn an einen Stuhl und quälte ihn mit dem Lockenstab seiner Frau.

Zwei deutsche Geschäftspartner zerstritten sich über die Aufteilung von Gewinnen, einer von ihnen floh nach Manchester. Dort wurde er tot in einem Hotelzimmer aufgefunden, die Arme über eine Tischplatte gestreckt, die Finger abgetrennt.

»Das ist alles«, sagt sie und zündet sich an der Kippe der alten eine neue Zigarette an. »Keine Handys, keine Töchter, keine Drohungen. Wir haben einen Scheißdreck.«

Zum ersten Mal fallen mir die Ringe unter ihren Augen und die Falten in ihrem Gesicht auf, und ich frage mich, wie viel sie in den letzten zehn Tagen geschlafen hat.

»Sie suchen nach der offensichtlichen Antwort«, sage ich.

»Was soll das heißen?«

»Wenn Sie auf der Straße einen Mann in einem weißen Kittel mit einem Stethoskop um den Hals sehen, denken Sie sofort, er ist Arzt. Und ausgehend von dieser Annahme stellen Sie weitergehende Vermutungen an. Wahrscheinlich hat er ein schnelles Auto, ein schickes Haus und eine Vorzeige-Ehefrau; er macht gerne Urlaub in Frankreich; sie zieht Italien vor. Sie gehen jedes Jahr Ski laufen.«

»Worauf wollen Sie hinaus?«

»Wie wahrscheinlich ist es, dass Sie sich irren? Eins zu zwanzig oder eins zu fünfzig? Möglicherweise ist er kein Arzt. Er könnte ein Lebensmittelkontrolleur oder Laborassistent sein, der zufällig ein Stethoskop aufgehoben hat, das jemand hat fallen lassen. Vielleicht ist er unterwegs zu einem Kostümfest. Wir vermuten Dinge und liegen damit auch meistens richtig, aber manchmal eben nicht. Dann müssen wir quer denken, außerhalb der Kästchen. Die naheliegende Schlussfolgerung ist normalerweise die richtige, aber nicht immer. Und nicht in diesem Fall.«

Veronica Cray sieht mich mit einem vagen Lächeln unverwandt an und wartet.

»Ich glaube nicht, dass die Morde etwas mit der Hochzeitsplanungsagentur zu tun haben«, sage ich. »Ich denke, Sie sollten einen anderen Ansatz versuchen.«

Ich erzähle ihr von der Wiedersehensfeier der alten Schulfreundinnen im Garrick's Head eine Woche vor Christine Wheelers Tod. Sylvia Furness war auch dabei. Das Treffen wurde per E-Mail verabredet, aber die Person, die die Einladung angeblich verschickt hat, war drei Monate zuvor bei einem tragischen Fährunglück in Griechenland ertrunken. Der Versender der E-Mail hat in ihrem Namen ein Konto eröffnet oder hatte Zugang zu ihrem Passwort und ihrem Benutzernamen.

»Das heißt, wir suchen nach Verwandten, Freunden, ihrem Ehemann …«

»Ich würde mit dem Ehemann anfangen. Sie haben sich getrennt. Sein Name ist Gideon Tyler. Möglicherweise ist er bei den britischen Streitkräften in Deutschland.«

DI Cray will mehr wissen. Ich schildere unseren Besuch im Stoneleigh Manor, wo Bryan und Claudia Chambers hinter Sicherheitskameras, Bewegungsmeldern und Glasscherben auf der Mauerkrone leben wie Gefangene.

»Gideon Tyler kannte beide Opfer. Sie waren Brautjungfern bei Helen Chambers' Hochzeit.«

»Was wissen Sie über dieses Fährunglück?«

»Nur, was ich damals in der Zeitung gelesen habe.«

DI Cray blinzelt mich träge an, als ob sie zu lange auf einen Punkt gestarrt hätte.

»Okay, wir haben es mit einem Einzeltäter zu tun. Er wurde entweder in die Wohnungen der Opfer eingeladen oder ist eingebrochen. Er kannte Einzelheiten ihrer Garderobe, ihres Make-ups, wusste von Sylvias Handschellen. Er kannte ihre Telefonnummern und wusste, was für Autos sie fuhren. Er hat zufällige Treffen mit ihren Töchtern inszeniert, um an Informationen zu kommen. Sind wir uns so weit einig?«

»So weit.«

»Und derselbe Mann ist in das Haus der Wheelers eingebrochen und hat die Beileidskarten aufgerissen.«

»Eine logische Vermutung.«

»Er hat etwas gesucht.«

»Oder jemanden.«

»Sein nächstes Opfer?«

»Diesen Schluss würde ich nicht automatisch ziehen, aber es ist auf jeden Fall eine Möglichkeit.«

Veronica Crays Miene verrät nichts. Gefühle wären so störend wie ein Muttermal oder ein nervöser Tick.

»Ist diese Maureen Bracken in Gefahr?«

»Durchaus möglich.«

»Nun, ich kann sie nicht unter Polizeischutz stellen, solange es keine konkrete Drohung oder eindeutige Beweise dafür gibt, dass sie Ziel eines geplanten Verbrechens ist.«

Ich habe keine konkreten Beweise, sondern nur eine Vermutung. Eine Theorie.

DI Cray blickt zum Fernseher und drückt auf die Fernbedienung. Eine Nachrichtensendung beginnt. Bilder der Pressekonferenz flackern über den Bildschirm. Ich werde es mir nicht ansehen. Dabei gewesen zu sein war peinlich genug.

Draußen ist der Tag vergangen. Meine Kleider und meine Gedanken fühlen sich an wie mit einer schmutzigen Folie überzogen. Ich bin müde. Des Redens. Der Leute. Müde, mir zu wünschen, dass die Dinge einen Sinn ergeben.

Christine Wheeler und Sylvia Furness sind auch müde geworden. Es war, als hätte der Mörder einen Schnellvorlaufknopf gedrückt und ihnen Jahre ihres Lebens gestohlen, Jahrzehnte guter wie schlechter Erfahrungen. Er hat ihre Kraft verzehrt, ihren Widerstand, ihren Lebenswillen und dann zugesehen, wie sie gestorben sind.

Julianne hatte recht. Die Toten bleiben tot, egal, was passiert. Das verstehe ich vom Kopf her, aber nicht in dem Hohlraum, der das Pochen in meiner Brust widerhallen lässt. Das Herz hat Gründe, die der Verstand nicht erfassen kann.

39

Ich streiche über die aufgeschlagenen Seiten des Schuljahrbuchs. Freundinnen stehen hinter und neben ihr. Einige haben sich seit 1988 überhaupt nicht verändert. Andere sind fett geworden und haben ihre Haare gefärbt. Und nur ein oder zwei sind aufgeblüht wie späte Rosen inmitten von Unkraut.

Überraschend viele sind in der Gegend geblieben. Haben geheiratet. Kinder bekommen. Sich scheiden lassen. Leben getrennt. Eine ist an Brustkrebs gestorben. Eine lebt in Neuseeland. Zwei wohnen zusammen.

Der Fernseher läuft. Ich zappe mich durch die Sender, aber es gibt nichts Vernünftiges. Eine laufende Schlagzeile am unteren Bildrand weckt meine Aufmerksamkeit. Darin ist von einer Jagd nach einem Doppelmörder die Rede.

Eine hübsche Plastikfrau liest die Nachrichten vor, den Blick leicht nach links gerichtet, wo wahrscheinlich der Teleprompter steht. Sie gibt an einen Reporter ab, der in eine Kamera spricht, weise nickend und mit der ganzen Aufrichtigkeit eines Arztes, der hinter seinem Rücken eine Spritze verbirgt.

Dann wird in einen Konferenzsaal umgeschaltet. Die Bullenlesbe und der Seelenklempner sitzen nebeneinander wie Laurel und Hardy.

Sie reden mit Reportern. Die meisten Fragen werden von einem leitenden Polizeibeamten beantwortet, der wegen irgendwas schwer verkniffen ist. Ich drehe den Ton lauter.

»... dass wir es mit einem perversen Feigling zu tun haben, der sich schwache, verletzliche Opfer aussucht, weil er keine Frau kriegen oder festhalten kann oder als Kind nicht lange genug gestillt wurde.

Das Profil, das Professor O'Loughlin erstellt hat, besteht meiner Ansicht nach den Na-und?-Test nicht. Ja, wir suchen nach einem Mann aus der Gegend, zwischen dreißig und fünfzig, der zu unterschiedlichen Zeiten arbeitet und Frauen hasst. Das ist ziemlich offensichtlich, sollte man meinen. Dafür braucht es keine verdammte Wissenschaft.

Der Professor möchte, dass wir diesem Mann Respekt erweisen. Er möchte ihm mitfühlend und verständnisvoll die Hand entgegenstrecken. Das sehe ich anders. Dieser Täter ist Abschaum und wird allen Respekt, den er verdient, im Gefängnis bekommen, denn genau dort wird er landen …«

Der Medienzirkus endet im Tumult. Die Plastikfrau kündigt eine andere Geschichte an.

Wer sind diese Leute? Sie haben keine Ahnung, mit wem sie es zu tun haben und wozu ich fähig bin. Die denken, es ist ein Spiel. Die denken, ich bin ein blutiger Laie.

Ich kann durch Wände gehen.

Ich kann die Köpfe der Menschen öffnen.

Ich kann hören, wie Stifte einrasten und Zylinder sich drehen.

Klick … klick … klick …

40

Ich wache eingewickelt in meine Decke und mit einem Kopfkissen in der Hand auf. Ich habe verpasst, wie Julianne aufgewacht ist und sich angezogen hat. Ich mag es, ihr zuzusehen, wenn sie in Dämmerung und Kälte aufsteht und ihr Nachthemd über den Kopf zieht. Mein Blick wird von ihren kleinen braunen Brustwarzen und der Mulde in ihrem Kreuz direkt über dem Gummizug ihres Slips angezogen.

Heute Morgen ist sie schon unten und macht Frühstück für die Mädchen. Von draußen dringen andere Geräusche an mein Ohr – ein Traktor auf der Straße, ein bellender Hund, Mrs. Nutall, die ihre Katzen ruft. Ich ziehe die Vorhänge auf und begutachte den Tag. Blauer Himmel. Hohe Wolken.

Auf dem Friedhof steht ein Mann und betrachtet die Grabsteine. Er wischt sich die Augen und hat eine kleine Vase mit Blumen in der Hand. Vielleicht hat er seine Ehefrau, seine Mutter oder seinen Vater verloren. Heute ist vielleicht ein Jubiläum oder ein Geburtstag. Er bückt sich, gräbt eine kleine Kuhle, stellt die Vase hinein und schichtet Erde darum.

Manchmal frage ich mich, ob ich mit den Mädchen zu einem Gottesdienst gehen sollte. Ich bin nicht besonders religiös, aber ich fände es schön, wenn sie ein Gespür für das Unbekannte bekämen. Ich möchte nicht, dass sie von Wahrheit und Gewissheit zu besessen sind.

Ich ziehe mich an und gehe nach unten. Charlie sitzt in ihrer Schuluniform in der Küche. Ein paar weiche Strähnen haben sich aus ihrem Pferdeschwanz gelöst und rahmen ihr Gesicht.

»Ist der Frühstücksspeck für mich?«, frage ich und nehme einen Streifen.

»Meiner ist es nicht. Ich esse keinen Speck«, sagt Charlie.
»Seit wann?«
»Seit ewig.«
Ewig, das ist ein Wort, das seit meiner Schulzeit offenbar eine neue Bedeutung bekommen hat.
»Warum nicht?«
»Ich bin Vegetarierin. Meine Freundin Ashley sagt, dass wir keine wehrlosen Tiere töten sollten, um unsere Lust auf Lederschuhe und Speck-Sandwiches zu befriedigen.«
»Wie alt ist Ashley?«
»Dreizehn.«
»Und was macht ihr Vater?«
»Er ist ein Kapitalist.«
»Weißt du, was das ist?«
»Nicht genau.«
»Wie willst du Eisen zu dir nehmen, wenn du kein Fleisch isst?«
»Mit Spinat.«
»Du hasst Spinat.«
»Broccoli.«
»Hasst du genauso.«
»Vier der fünf Elemente reichen auch.«
»Es gibt fünf?«
»Sei nicht so sarkastisch, Dad.«
Julianne ist mit Emma die Zeitungen holen gegangen. Ich mache mir einen Kaffee und stecke zwei Scheiben Toast in den Toaster. Das Telefon klingelt.
»Hallo?«
Niemand antwortet. Ich höre leises Verkehrsrauschen, quietschende Bremsen, Fahrzeuge, die langsamer werden und wieder beschleunigen. Der Anrufer muss sich in der Nähe einer Kreuzung oder Verkehrsampel aufhalten.
»Hallo? Hören Sie mich?«
Nichts.
»Bist du das, Darcy?«

Immer noch keine Antwort. Mir ist, als würde ich jemanden atmen hören. Die Verkehrsampel ist wieder umgesprungen. Autos fahren an.

»Sag einfach irgendwas, Darcy, sag mir, dass es dir gut geht.«

Dann ist die Leitung tot. Ich beende das Gespräch und wähle die Nummer von Darcys Handy. Wieder meldet sich nur die Mailbox mit derselben Nachricht wie beim letzten Mal.

Ich warte auf den Piepton.

»Darcy. Nächstes Mal rede mit mir.«

Ich lege auf. Charlie hat zugehört.

»Warum ist sie weggelaufen?«

»Wer hat dir erzählt, dass sie weggelaufen ist?«

»Mum.«

»Darcy will nicht bei ihrer Tante in Spanien wohnen.«

»Sie könnte bei uns wohnen«, sagt Charlie.

»Ich dachte, du magst sie nicht.«

Sie zuckt die Achseln und gießt sich noch ein Glas Orangensaft ein. »Sie war ganz okay. Sie hatte super Klamotten.«

»Das ist alles?«

»Na ja, nicht alles. Sie tut mir leid, wegen dem, was mit ihrer Mutter passiert ist.«

Julianne kommt mit Emma zur Tür herein. »Wer tut dir leid?«

»Darcy.«

Julianne sieht mich an. »Hast du etwas von ihr gehört?«

Ich schüttle den Kopf.

Julianne trägt ein schlichtes Kleid und eine Strickjacke und sieht glücklicher, jünger und entspannter aus. Emma krabbelt immer wieder zwischen ihren Beinen hindurch. Julianne hält sittsam den Saum nach unten.

»Kannst du Charlie zur Schule fahren? Sie hat ihren Bus verpasst.«

»Klar.«

»In einer Viertelstunde kommt das neue Kindermädchen.«

»Die Australierin?«

»Du sagst das, als ob sie eine Strafgefangene wäre.«

»Ich habe nichts gegen Australier, aber wenn sie Cricket erwähnt, muss sie gehen.«

Julianne verdreht die Augen. »Ich dachte, nachdem Imogen jetzt angekommen ist, könnten wir heute Abend vielleicht essen gehen. Ein Wir-Date.«

»Ein Wir-Date. Hmmmm.« Ich packe Emma und hebe sie auf meinen Schoß. »Nun ja, vielleicht habe ich keine Zeit. Ich muss erst in meinem vollen Terminkalender nachsehen. Aber ich will nicht, dass du irgendwelche voreiligen Schlüsse ziehst, wenn ich zusage.«

»Ich? Niemals. Obwohl ich vielleicht meine schwarze Unterwäsche anziehe.«

Charlie hält sich die Ohren zu. »Ich weiß, wovon ihr redet, und es ist sooo eklig.«

»Was ist eklig?«, fragt Emma.

»Ach, nichts«, sagen wir alle im Chor.

Früher hatten Julianne und ich regelmäßig »Wir-Dates«, Abende für uns, an denen wir einen Babysitter engagiert haben. Am ersten dieser Abende habe ich extra an die Haustür geklopft und Blumen mitgebracht. Das fand Julianne so süß, dass sie das Essen auslassen und direkt mit mir ins Schlafzimmer verschwinden wollte.

Das Telefon klingelt wieder. Ich bin überrascht, wie schnell ich abnehme. Alle starren mich an.

»Hallo.«

Wieder antwortet niemand.

»Bist du das, Darcy?«

»Ist Julianne da?«, fragt eine männliche Stimme.

»Wer ist denn da?«

»Dirk.«

Enttäuschung schlägt in Verärgerung um. »Haben Sie eben schon mal angerufen?«

»Verzeihung?«

»Haben Sie vor etwa zehn Minuten schon mal angerufen?«

Er beantwortet die Frage nicht. »Ist Julianne da oder nicht?«

Sie nimmt mir den Hörer aus der Hand und geht mit dem Telefon nach oben ins Arbeitszimmer. Durch die Geländersprossen beobachte ich, wie sie die Tür hinter sich schließt.

Das Kindermädchen trifft ein. Sie ist genau so, wie ich sie mir vorgestellt habe: voller Sommersprossen, fotogen und mit einem australischen Singsang-Akzent geschlagen, der sich anhört, als würde sie ständig Fragen stellen. Sie heißt Imogen und hat einen beachtlichen Vorbau. Ich weiß, dass das unglaublich sexistisch klingt, aber ich spreche auch nicht von normal groß, sondern echt riesig.

Laut Julianne war Imogen eindeutig die qualifizierteste Bewerberin für den Job. Sie hat jede Menge Erfahrung, hat sich im Gespräch gut präsentiert und ist bereit, zusätzliche Babysitterdienste zu übernehmen. Aber keiner dieser Faktoren hat den Ausschlag dafür gegeben, dass Julianne sie engagiert hat. Imogen ist keine Konkurrenz. Sie ist nicht im Geringsten bedrohlich, es sei denn, sie würde sich aus Versehen auf jemanden setzen.

Ich trage ihre Koffer nach oben. Sie findet ihr Zimmer super. Das Haus ist auch super, genau wie der Fernseher und mein klappriger Escort. Alles ist insgesamt »absolut super«.

Julianne ist immer noch am Telefon. Es gibt offenbar irgendein Problem bei der Arbeit. Oder sie hat Telefonsex mit Dirk.

Ich habe Dirk nie kennengelernt. Ich kann mich nicht mal an seinen Nachnamen erinnern – trotzdem finde ich ihn mit geradezu irrationaler Inbrunst unsympathisch. Ich hasse seine Stimme, ich hasse es, dass er meiner Frau Geschenke macht, mit ihr auf Reisen geht und sie an ihrem freien Tag anruft. Vor allem hasse ich es, dass sie so bereitwillig für ihn lacht.

Als Julianne mit Charlie schwanger war und eine erschöpfte, tränenreiche »Ich-fühl-mich-so-dick«-Phase durchmachte, habe ich überlegt, wie ich sie aufheitern könnte, und uns eine Reise nach Jamaika gebucht. Sie hat den ganzen Flug über gekotzt. Am Flughafen wurden wir von einem Minibus abgeholt, der uns zu unserer wunderschönen, tropischen, von Bougainvillea und Hibiskus umrankten Ferienanlage brachte. Wir zogen uns um und gingen zum Strand. Ein nackter schwarzer Mann kam an uns vorbei. Splitternackt mit baumelndem Gemächt. Als Nächstes trafen wir eine nackte Frau, vollkommen textilfrei mit einer Blume im Haar. Julianne sah mich seltsam an. Ihr schwangerer Bauch drohte ihren Sarong zu sprengen.

Schließlich wies ein lächelnder junger Jamaikaner in der weißen Kluft des Personals auf meine Hose.

»Ausziehen, Mann.«

»Verzeihung?«

»Das ist ein Nacktbadestrand.«

Plötzlich fiel mir der Werbespruch aus dem Prospekt wieder ein. »Eine Woche unartig sein.« Erst dann fiel der Groschen. Ich hatte meiner hochschwangeren Frau eine Woche all inclusive in einer Nudisten-Anlage gebucht, in der »Sex on the beach« nicht nur der Name eines Cocktails war.

Julianne hätte mich umbringen sollen. Stattdessen ist sie in Gelächter ausgebrochen. Sie hat so heftig gelacht, dass ich befürchtete, ihre Fruchtblase könne platzen und unser erstes Kind könnte von einem Jamaikaner namens »Tripod« mit nichts außer Sonnenmilch auf der Haut zur Welt gebracht werden. So hat sie schon lange nicht mehr gelacht.

Nachdem ich Charlie bei der Schule abgeliefert habe, mache ich einen Umweg über die Bath Library. Sie ist im ersten Stock des Podium Centre in der Northgate Street untergebracht und über eine Rolltreppe zu erreichen. Die Bibliothekarinnen sind hinter einer doppelten Glastür und einem Tresen rechts des Eingangs eingepfercht.

»Im Sommer gab es ein Fährunglück in Griechenland«, erkläre ich einer von ihnen. Sie hat eine Druckerpatrone ausgetauscht. Zwei ihrer Fingerspitzen sind schwarz.

»Daran erinnere ich mich«, sagt sie. »Ich habe Urlaub in der Türkei gemacht. Es gab heftige Stürme. Unser Campingplatz wurde überflutet.«

Sie beginnt, mir eine Geschichte zu erzählen, die von nassen Schlafsäcken, einer Beinahe-Lungenentzündung und zwei in einer Waschküche verbrachten Nächten handelt. Daher überrascht es nicht, dass sie sich an das Datum erinnern kann. Es war die letzte Juliwoche.

Ich bitte darum, die archivierten Zeitungen der betreffenden Wochen zu sehen, und entscheide mich für den *Guardian* und die *Western Daily Press*, eine Lokalzeitung. Die Bibliothekarin verspricht, sie mir zu bringen.

Ich wähle einen Schreibtisch in einer ruhigen Ecke und warte. Die Bibliothekarin braucht einen kleinen Rollwagen, um die Bände zu transportieren. Ich helfe ihr, den ersten auf den Schreibtisch zu hieven.

»Wonach suchen Sie?«, fragt sie und lächelt abwesend.

»Das weiß ich noch nicht.«

»Na, dann viel Glück.«

Ich blättere vorsichtig die Seiten um und überfliege die Schlagzeilen. Es dauert nicht lange, bis ich gefunden habe, wonach ich suche.

»VIERZEHN TOTE BEI FÄHRUNGLÜCK
IN GRIECHENLAND«

Im Ägäischen Meer ist eine Rettungsaktion für Überlebende einer griechischen Fähre angelaufen, die in einem Sturm vor der Insel Patmos gesunken ist.

Wie die griechische Küstenwache bestätigt, sind vierzehn Menschen ums Leben gekommen, acht weitere werden vermisst, nachdem die *Argo Hellas* elf Meilen nordöstlich des Hafens von Patmos gesunken ist. Mehr als vierzig Passagiere – überwiegend ausländische Touristen – wurden von einheimischen Fischern und Sportbooten aus dem Wasser gerettet. Die Überlebenden wurden auf Patmos medizinisch versorgt. Die meisten hatten Schnittwunden, Prellungen oder Unterkühlungen erlitten. Acht schwer verletzte Passagiere wurden in Krankenhäuser nach Athen geflogen.

Nick Barton, ein an der Rettungsaktion beteiligter englischer Hotelbesitzer, sagte, dass sich an Bord der Fähre Briten, Deutsche, Italiener, Australier und Einheimische befunden haben.

Die achtzehn Jahre alte Fähre sank kurz nach 21.30 Uhr (18.30 GMT) nur fünfzehn Minuten nach dem Ablegen im Hafen von Patmos. Überlebende berichteten, die hohen Wellen hätten die Fähre überspült, die so schnell voll Wasser gelaufen und gesunken sei, dass viele Passagiere keine Schwimmwesten mehr anlegen konnten, bevor sie von Bord sprangen.

Schwerer Seegang und starke Winde haben die Suche nach weiteren Überlebenden behindert. Griechische Flugzeuge schossen die ganze Nacht Leuchtraketen ab. Auch ein Hubschrauber von der *HMS Invincible* der Royal Navy unterstützte die Suche.

Ich blättere weiter und verfolge den Fortgang der Geschichte. Die Fähre sank am 24. Juli in einem Sturm, der in der gesamten Ägäis umfangreiche Schäden verursachte. Bei der Insel Skiros lief ein Containerschiff auf Grund, weiter südlich im kretischen Meer zerbrach ein maltesischer Tanker in zwei Hälften und sank.

Die Überlebenden der Schiffskatastrophe erzählten den Reportern ihre Geschichte. In den letzten Sekunden vor dem endgültigen Versinken der *Argo Hellas* klammerten sich Passagiere an die Reling und sprangen von Bord. Andere saßen unter Deck fest, als die Fähre unterging.

Einundvierzig Menschen überlebten die Tragödie, es gab siebzehn offiziell bestätigte Todesopfer. Zwei Tage später konnten griechische Taucher nach einer Wetterberuhigung drei weitere Leichen aus dem Wrack bergen, sechs Personen wurden jedoch weiterhin vermisst, ein Amerikaner, eine ältere Französin, zwei Griechen und eine britische Mutter mit ihrer Tochter. Das müssen Helen und Chloe gewesen sein, aber ihre Namen werden erst mehrere Tage später erstmals erwähnt.

Ein Artikel in der *Western Daily Press* berichtet, dass Bryan Chambers nach Griechenland fliegen wolle, um seine Tochter und seine Enkelin zu suchen. Er wird als Geschäftsmann aus Wiltshire bezeichnet, der »um ein Wunder bete« und Vorbereitungen treffe, eine eigene Suchaktion auf die Beine zu stellen, nachdem die offizielle Suche nach Helen und Chloe erfolglos geblieben ist.

Am 31. Juli berichtet ein weiterer Artikel, dass Mr. Chambers ein leichtes Flugzeug gechartert habe, mit dem er Strände und felsige Buchten der Inseln sowie der türkischen Festlandsküste absuchen werde. Neben dem Artikel waren Fotos von Mutter und Tochter abgebildet, die unter Helens Ehenamen reisten. Auf dem Urlaubsschnappschuss sitzen sie auf einer Felsmauer mit Fischerbooten im Hintergrund. Helen trägt einen Sarong und eine Jackie-O-Sonnenbrille, Chloe weiße Shorts, Sandalen und ein pinkfarbenes Top mit Spaghetti-Trägern.

Eine Woche nach dem Untergang der Fähre wurde die offizielle Suche nach Überlebenden beendet und die weiterhin vermissten Helen und Chloe für vermutlich tot erklärt. Das Interesse der Zeitungen an der Geschichte erlosch nach und nach. Die einzige weitere Erwähnung von Mutter und Tochter findet sich in einer Notiz über eine Gebetswache in einem Nato-Stützpunkt in Deutschland, wo sie gelebt hatten. Die seerechtliche Ermittlung hat Aussagen von Überlebenden aufgenommen, aber endgültige Ergebnisse könnten noch Jahre auf sich warten lassen.

Mein Handy vibriert stumm. In der Bibliothek ist es verboten zu telefonieren. Ich trete vor den Haupteingang und drücke auf den grünen Knopf.

»Hör mal, alter Junge«, dröhnt Bruno Kaufmans Stimme in mein Ohr, »ich weiß, dass du glücklich verheiratet und ein glühender Verfechter der Institution Ehe bist, aber musstest du meiner Exfrau unbedingt raten, bei mir einzuziehen?«

»Es ist nur für ein paar Tage, Bruno.«

»Ja, aber es wird mir viel länger vorkommen.«

»Maureen ist reizend. Warum hast du sie gehen lassen?«

»Sie hat mich fortgejagt. Nun ja, genauer gesagt hat sie versucht, mich anzufahren. Ich musste aus dem Weg springen. Sie saß am Steuer eines Range Rover.«

»Warum hat sie das getan?«

»Sie hat mich mit einer meiner Forschungsassistentinnen erwischt.«

»Mit einer Studentin?«

»Mit einer Doktorandin«, verbessert er mich, als fände er die Vermutung, dass er seine Frau mit jemand ohne akademischem Grad betrogen haben könnte, ehrenrührig.

»Ich wusste gar nicht, dass du einen Sohn hast.«

»Ja, Jackson. Seine Mutter verwöhnt ihn. Ich besteche ihn. Wir sind eine typische dysfunktionale Familie. Glaubst du, Maureen ist ernsthaft in Gefahr?«

»Es ist eine reine Vorsichtsmaßnahme.«

»Ich habe sie noch nie so verängstigt gesehen.«

»Pass auf sie auf.«

»Keine Sorge, alter Junge. Bei mir ist sie sicher.«

Als ich den Anruf beendet habe, vibriert mein Handy wieder. Diesmal ist es Ruiz. Er hat etwas, was er mir zeigen möchte. Wir verabreden uns zum Mittagessen im Fox & Badger. Ich muss ihn einladen, weil ich an der Reihe bin. Ich weiß nicht, seit wann ich »an der Reihe« bin, aber ich bin froh, dass er da ist.

Ich stelle den Wagen zu Hause ab und erklimme den Hügel zu dem Pub zu Fuß. Ruiz hat einen Tisch in der Ecke gewählt, wo die Decke herunterzuhängen scheint. Die Balken sind mit Pferdegeschirr dekoriert.

»Deine Runde«, sagt er und drückt mir ein leeres Pint-Glas in die Hand.

Ich gehe zum Tresen, wo ein halbes Dutzend schwerfälliger Einheimischer mit geröteten Gesichtern auf den Barhockern hockt, unter ihnen auch Nigel, der Zwerg, dessen Füße einen halben Meter über dem Boden baumeln.

Ich nicke. Sie nicken zurück. Das geht in diesen Breiten von Somerset schon als längere Unterhaltung durch.

Hector, der Wirt, zapft ein Pint Guiness und holt mir ein Lemon Squash, während der Schaum sich setzt. Ich stelle das frische Pint vor Ruiz ab. Er betrachtet die Bläschen, die an die Oberfläche steigen und spricht möglicherweise ein stilles Gebet an den Gott der Fermentierung.

»Auf kaltes Bier und krummbeinige Frauen.« Er hebt sein Glas, und ein halbes Pint ist verschwunden.

»Hast du je die Möglichkeit in Betracht gezogen, dass du Alkoholiker sein könntest?«

»Nee. Alkoholiker gehen zu Therapiesitzungen, erwidert er. »Ich gehe nicht zu so was.« Er stellt sein Glas ab und betrachtet meinen Squash. »Du bist bloß neidisch, weil du dieses Zuckerwasser trinken musst.«

Er klappt sein Notizbuch auf, die gleiche von einem Gummiband zusammengehaltene Sammlung welliger Seiten in einem angestoßenen marmorierten Einband, die er immer mit sich herumträgt.

»Ich habe beschlossen, Bryan Chambers mal ein bisschen genauer unter die Lupe zu nehmen. Ein Kumpel von mir im Handelsministerium hat den Namen in seinen Computer eingegeben. Chambers ist absolut sauber; keine Bußgelder, keine Gerichtsverfahren, keine unkoscheren Verträge: Der Mann ist sauber …«

Er klingt enttäuscht.

»Also habe ich beschlossen, seinen Namen auch noch mal in den National Police Computer zu füttern, über den Freund eines Freundes …«

»Der vermutlich namenlos bleiben soll?«

»Genau. Er heißt Namenlos. Also, Namenlos hat sich heute

Morgen zurückgemeldet. Vor einem halben Jahr hat Chambers eine einstweilige Verfügung gegen Gideon Tyler erwirkt.«

»Gegen seinen Schwiegersohn?«

»Ja. Tyler darf sich dem Haus und Chambers' Büro nur bis zu einer halben Meile nähern. Er darf nicht anrufen, weder E-Mails noch SMS schicken und auch nicht vor dem Tor vorbeifahren.«

»Warum?«

»Das ist das Nächste.« Er zieht eine neue Seite aus seiner Zettelsammlung. »Ich habe Gideon Tyler überprüft. Ich meine, wir wissen nichts über den Kerl außer seinen Namen, für den er auf dem Schulhof wahrscheinlich ohne Ende Prügel bezogen hat.«

»Wir wissen, dass er beim Militär ist.«

»Genau. Also habe ich im Verteidigungsministerium angerufen und mit der Personalabteilung gesprochen. Aber sobald ich Gideon Tylers Namen erwähnte, verhielten sie sich verklemmter als eine Jungfrau auf Gefängnisbesuch. Sie haben total dichtgemacht.«

»Warum bloß?«

»Ich weiß nicht. Entweder schützen sie ihn, oder er ist ihnen peinlich.«

»Oder beides.«

Ruiz lehnt sich auf seinem Stuhl zurück, dehnt seinen Rücken und streckt die Arme hinter den Kopf. Ich kann seine Wirbel knacken hören.

»Daraufhin habe ich Namenlos gebeten, Gideon Tyler zu überprüfen.« Auf dem Stuhl neben ihm liegt ein Umschlag. Er öffnet ihn und zieht mehrere Blätter heraus. Das oberste ist ein polizeiliches Formblatt zur Erstattung einer Anzeige. Es trägt das Datum des 22. Mai 2007. Angehängt ist eine Zusammenfassung der Fakten.

Ich überfliege die Details. Die Anzeige wurde erstattet gegen Gideon Tyler, dem Belästigung und Drohanrufe bei Bryan und Claudia Chambers vorgeworfen werden. Des Weiteren wird er beschuldigt, in Stonebridge Manor eingebrochen und das Haus durchsucht zu haben, während sie schliefen. Er ist Aktenschränke und Schreibtische durchgegangen, hat Telefonunterlagen, Kontoauszüge und E-Mails kopiert. Außerdem wird behauptet, er habe auf noch ungeklärte Weise den gesicherten Waffenschrank im Haus aufgebrochen und eine Schrotflinte entwendet. Als Mr. und Mrs. Chambers am nächsten Morgen aufwachten, fanden sie die geladene Waffe zwischen sich in ihrem Bett vor.

Ich blättere weiter, um den Ausgang der Geschichte zu lesen, aber es gibt keinen.

»Was ist passiert?«

»Nichts.«

»Was soll das heißen?«

»Tyler wurde nie angeklagt. Unzureichende Beweise.«

»Was ist mit Fingerabdrücken, Faserspuren, irgendwas?«

»Nichts.«

»Hier heißt es, er habe Drohanrufe gemacht.«

»Nicht zurückzuverfolgen.«

Kein Wunder, dass die Chambers' so paranoid waren, als wir sie besucht haben.

Ich blicke auf das Datum des Polizeiberichts. Helen und Chloe Tyler haben noch gelebt, als Tyler ihre Familie angeblich belästigt hat. Er muss sie gesucht haben.

»Was wissen wir über die Trennung?«, fragt Ruiz.

»Nichts bis auf die E-Mail, die Helen ihren Freundinnen geschickt hat. Sie muss vor Tyler weggelaufen sein, und er war nicht glücklich darüber.«

»Glaubst du, dass er es gewesen sein könnte?«

»Vielleicht.«

»Warum sollte er die Freundinnen seiner Frau umbringen?«

»Um sie zu bestrafen.«

»Aber sie ist tot!«

»Vielleicht spielt das keine Rolle. Er ist wütend. Er fühlt sich betrogen. Helen hat ihm seine Tochter weggenommen. Sie hat sie vor ihm versteckt. Jetzt will er zurückschlagen und jeden bestrafen, der ihr nahestand.«

Ich werfe einen weiteren Blick auf den Polizeibericht. Gideon Tyler wurde von Detectives vernommen. Er muss ein Alibi gehabt haben. Laut Maureen war er in Deutschland stationiert. Wann ist er nach Großbritannien zurückgekommen?

»Haben wir seine aktuelle Adresse?«, frage ich.

»Ich habe eine letzte bekannte Adresse und den Namen seines Vermieters. Willst du ihm einen Besuch abstatten?«

Ich schüttele den Kopf. »Um den soll die Polizei sich kümmern. Ich rede mit Veronica Cray.«

41

Das Fenster hat vier Scheiben, die das Schlafzimmer in Quadranten unterteilt. Sie ist nackt, frisch aus der Dusche, das nasse Haar in einen rosafarbenen Turban gewickelt, die Wangen gerötet.

Nette Beine, nette Titten, netter Körper – das komplette Paket mit allen Extras. Ein Mann könnte eine Menge Spaß mit einer solchen Frau haben.

Sie löst das Handtuch um ihren Kopf, beugt sich vor und lässt mit schwingenden Brüsten ihre nassen Haare ins Gesicht fallen. Sie trocknet die feuchten Locken und wirft sie wieder in den Nacken.

Als Nächstes hebt sie einen Fuß und trocknet die Haut zwischen ihren Zehen. Dann kommt die Bodylotion, die in die Haut einmassiert wird, beginnend mit den Knöcheln und dann weiter nach oben. Das ist besser als Porno. Komm, Baby, noch ein bisschen höher … zeig mir, was du hast …

Irgendetwas lässt sie den Kopf zum Fenster wenden. Ihre Augen starren direkt in meine, aber sie kann mich nicht sehen. Stattdessen betrachtet sie ihr Spiegelbild, dreht sich nach links und rechts, streicht mit der Hand über Bauch, Pobacken und Hüfte auf der Suche nach Schwangerschaftsstreifen oder Alterserscheinungen.

Sie setzt sich mit dem Rücken zu mir an einen Schminktisch und föhnt sich das Haar, bevor sie es mit einem weiteren Gerät glättet. Ich kann ihr Spiegelbild sehen. Sie zieht Grimassen und studiert jede Falte in ihrem Gesicht, zerrt, zupft und piekst. Weitere Cremes und Tinkturen werden aufgetragen.

Zu beobachten, wie eine Frau sich anzieht, ist viel erotischer, als ihr beim Ausziehen zuzusehen. Es ist ein Tanz ohne Musik, ein Schlafzimmerballett, in dem jede Bewegung so routiniert und leicht wirkt. Das ist keine billige Nutte, die in einer halbseidenen Bar oder einem Sex-Club strippt. Sie ist eine echte Frau mit einer echten Figur. Ein Slip gleitet über ihre Beine und Schenkel. Weiß, möglicherweise mit blauem Bund, das kann ich von hier aus nicht erkennen. Sie schiebt die Arme in die Träger eines passenden BHs, hebt und teilt ihre Brüste, rückt die Körbchen zurecht, bis er bequem sitzt.

Was wird sie anziehen? Sie hält ein Kleid an ihren Körper … ein zweites … und ein drittes. Es ist entschieden. Sie setzt sich aufs Bett und streift langsam eine Strumpfhose über ihren rechten Fuß, Knöchel und weiter das Bein hinauf. Sie lehnt sich auf dem Bett zurück und zieht den schwarzen, undurchsichtigen Stoff über Po und Schenkeln glatt.

Sie steht wieder auf, schlüpft in das Kleid und lässt den Saum bis knapp über die Knie fallen. Sie ist fast fertig. Eine Wendung nach links und ein prüfender Blick auf ihr Spiegelbild in der Fensterscheibe, dann eine Wendung nach rechts.

Ihre Armbanduhr liegt auf der Fensterbank. Sie nimmt sie, schiebt sie über ihr Handgelenk und wirft einen Blick darauf. Dann sieht sie aus dem Fenster in die Dämmerung hinaus. Am Himmel ist der erste Stern auszumachen. Wünsch dir was, mein Engel. Und verrate niemandem, was.

42

Das Restaurant liegt am Fluss mit Blick auf renovierte und in Wohnungen umgewandelte Lagerhäuser und Fabriken am anderen Ufer. Julianne hat Wein bestellt.

»Möchtest du mal probieren?«, fragt sie, weil sie weiß, dass ich es vermisse. Ich trinke einen Schluck aus ihrem Glas. Der Sauvignon explodiert süß, kalt und scharf auf meinem Gaumen und weckt Sehnsucht nach mehr. Ich schiebe ihr das Glas wieder hin, berühre dabei ihre Finger und frage mich, mit wem sie zuletzt eine Flasche Wein geteilt hat. War es Dirk? Und hat er den Klang ihrer Stimme geliebt, in dem so viele Sprachen schön klingen?

Julianne sieht mich kurz von der Seite an.

»Würdest du mich wieder heiraten, wenn du alles noch mal von vorne machen könntest?«

»Natürlich würde ich das. Ich liebe dich.«

Sie wendet den Blick Richtung Fluss, der in den Farben der Navigationslichter schimmert.

»Wo kam denn die Frage her?«

»Eigentlich von nirgendwo«, antwortet sie. »Ich habe mich bloß gefragt, ob du es bedauert hast, nicht ein bisschen länger gewartet zu haben. Du warst erst fünfundzwanzig.«

»Und du warst zweiundzwanzig. Das war egal.«

Sie trinkt noch einen Schluck und bemerkt meine Besorgnis. Sie drückt lächelnd meine Hand. »Guck nicht so. Ich fühle mich bloß alt, das ist alles. Manchmal blicke ich in den Spiegel und wünsche mir, ich wäre jünger. Dann fühle ich mich schuldig, weil ich so viel habe, wofür ich dankbar sein kann.«

»Du bist nicht alt. Du bist wunderschön.«

»Das sagst du immer.«

»Weil es wahr ist.«

Sie schüttelt hilflos den Kopf. »Ich weiß, dass ich nicht so eitel und ichbezogen sein sollte. Du bist derjenige, der alles Recht hätte, unsicher und bitter zu sein.«

»Ich bin überhaupt nicht bitter. Ich habe dich. Ich habe die Mädchen. Das ist genug.«

Sie mustert mich wissend. »Wenn das genug ist, warum hast du dich dann in diese Mordermittlung gestürzt?«

»Man hat mich gebeten.«

»Du hättest Nein sagen können.«

»Ich habe eine Gelegenheit gesehen zu helfen.«

»Ach, komm, Joe, du wolltest die Herausforderung. Du hast dich gelangweilt. Es hat dir nicht gefallen, mit Emma allein zu Hause zu hocken. Sei wenigstens ehrlich.«

Ich greife nach meinem Wasserglas. Meine Hand zittert. »Ich weiß, wie du bist, Joe«, fährt Julianne sanfter fort. »Du versuchst, Darcys Mutter im Nachhinein zu retten, aber das geht nicht. Sie ist tot.«

»Ich kann verhindern, dass eine andere dasselbe Schicksal erleidet.«

»Vielleicht. Du bist ein guter Mensch. Die Menschen liegen dir am Herzen. Darcy liegt dir am Herzen. Das liebe ich an dir. Aber du musst verstehen, warum ich Angst habe. Ich will nicht, dass du in die Sache verwickelt wirst, nicht nach dem letzten Mal. Du hast deinen Teil geleistet. Du hast deine Zeit geopfert. Von jetzt an kann jemand anderer der Polizei helfen.«

Ich sehe, wie die Gefühle ihre Augen überfluten, und will sie unbedingt glücklich machen.

»Ich habe nicht darum gebeten, in den Fall verwickelt zu werden. Es ist einfach passiert«, sage ich.

»Zufällig.«

»Genau. Und manchmal können wir Zufälle nicht einfach außer Acht lassen. So wie wir nicht an einem Unfall vorbeifahren und einfach so tun können, als hätten wir nichts gesehen. Wir müssen stehen bleiben. Wir rufen einen Krankenwagen. Wir versuchen zu helfen…«

»Und dann überlassen wir die Sache den Fachleuten.«

»Was, wenn ich einer der Fachleute bin?«

Julianne runzelt die Stirn und presst die Lippen aufeinander. »Vielleicht muss ich nächste Woche nach Italien«, verkündet sie unvermittelt.

»Warum?«

»Es gibt Schwierigkeiten bei dem Verkauf des italienischen Fernsehsenders. Einer der internationalen Anteilseigner hält uns hin. Wenn wir keine neunzig Prozent Zustimmung kriegen, ist der Deal geplatzt.«

»Wann fliegst du?«

»Montag.«

»Mit Dirk.«

»Ja.« Sie klappt die Speisekarte auf. »Imogen ist ja jetzt da. Sie wird dir helfen, auf Emma aufzupassen.«

»Wie ist dieser Dirk so?«

Sie blickt nicht von der Speisekarte auf. »Eine Naturgewalt.«

»Was soll das heißen?«

»Er ist lebhaft und sehr direkt. Manche Leute finden ihn ätzend und rechthaberisch. Ich denke, er ist jemand, an den man sich gewöhnen kann.«

»Hast du dich an ihn gewöhnt?«

»Ich verstehe ihn besser als die meisten anderen. Er ist sehr gut in seinem Job.«

»Ist er verheiratet?«

Sie lacht. »Nein.«

»Was ist daran so komisch?«

»Die Vorstellung, dass Dirk verheiratet ist.«

Ich höre, wie sich der Stoff ihrer Strumpfhose reibt, als sie die Beine übereinanderschlägt. Ihr Blick ist nicht mehr auf die Speisekarte konzentriert. Sie ist irgendwo anders. Mir fällt auf, wie sehr sie sich verändert hat, seit sie arbeitet, wie unbeteiligt sie manchmal sein kann. Mitten in einem Gespräch scheint sie plötzlich tausend Meilen weit weg zu sein.

»Ich würde deine Kollegen gerne mal kennenlernen«, sage ich.

Ihr Blick findet zu mir zurück. »Wirklich?«

»Du klingst überrascht.«

»Ich bin überrascht. Du hast nie das geringste Interesse gezeigt.«

»Tut mir leid.«

»Am nächsten Samstag gibt es eine Feier – unser zehnjähriges Jubiläum. Ich hätte nicht gedacht, dass du mitkommen wolltest.«

»Warum nicht?«

»Ich habe dir schon vor Wochen davon erzählt.«

»Daran kann ich mich nicht erinnern.«

»Eben.«

»Ich will mitkommen. Es wird bestimmt nett.«

»Bist du sicher?«

»Ja. Wir können uns ein Hotelzimmer nehmen. Ein ganzes Wochenende daraus machen.«

Mein Fuß tastet unter dem Tisch nach ihrem, weniger sanft als beabsichtigt. Sie zuckt zurück, als hätte ich versucht, sie zu treten. Ich entschuldige mich und spüre, wie mein Herz vibriert. Nur dass es nicht mein Herz ist, sondern mein Handy.

Ich lege die Hand auf die Jackentasche und wünsche, ich hätte es ausgeschaltet. Julianne trinkt einen Schluck Wein und bemerkt mein Dilemma. »Willst du nicht drangehen?«

»Tut mir leid.«

Ihr Achselzucken ist nicht ambivalent oder offen für Interpretationen. Ich weiß, was sie denkt. Ich klappe mein Handy auf. Auf dem Display leuchtet DI Crays Nummer auf.

»Ja.«

»Wo sind Sie?«

»In einem Restaurant.«

»Sagen Sie mir die Adresse. Ich schicke einen Wagen.«

»Warum?«

»Maureen Bracken wird seit sechs Uhr heute Abend vermisst. Ihr Exmann hat die Haustür sperrangelweit offen vorgefunden. Ihr Wagen ist weg. Ihre Handynummer ist besetzt.«

Mein Herz schlägt bis zum Hals. »Wo ist ihr Sohn?«

»Zu Hause. Er ist zu spät vom Fußballtraining heimgekommen. Irgendjemand hat sein Handy geklaut. Als er noch einmal in der Umkleidekabine nachsehen wollte, ist er dort eingeschlossen worden.«

Mein brennender Blick geht direkt durch Julianne hindurch. DI Cray redet immer noch.

»Oliver Rabb versucht das Handy zu orten. Es sendet nach wie vor ein Signal.«

»Wo ist Bruno?«

»Ich habe ihm gesagt, er solle zu Hause warten für den Fall, dass seine Exfrau anruft. Ein Polizist ist bei ihm. Zehn Minuten, Professor. Warten Sie vor dem Eingang.«

Damit ist der Anruf beendet. Ich sehe Julianne an. Ihre Miene verrät nicht die geringste Spur ihrer Gedanken.

Ich erkläre ihr, dass ich wegmuss. Ich erkläre ihr, warum. Sie steht wortlos auf und holt ihren Mantel. Wir haben noch nicht bestellt. Wir haben noch nicht gegessen. Sie winkt nach der Rechnung und bezahlt den Wein.

Ich folge ihr durch das Restaurant, sehe die fließenden Bewegungen ihrer wiegenden Hüften unter ihrem Kleid, die in ein paar Schritten mehr sagen können als die meisten Menschen in einem stundenlangen Gespräch. Ich begleite sie zum Wagen. Sie steigt ein. Es gibt keinen Abschiedskuss. Ihre Miene ist eine unergründliche Mischung aus Enttäuschung und Trennung. Ich will ihr nachlaufen, den Augenblick zurückholen, aber es ist zu spät.

43

Ängste und Fantasien. Sie beginnen als ein kaum merkliches Zittern in mir, eine summende Klinge, die in das weiche, feuchte Gewebe schneidet und größere Höhlen öffnet, die immer noch nicht groß genug sind, um meiner Lunge zu erlauben, sich auszudehnen.

Ich habe mit Bruno gesprochen. Er ist ein anderer Mensch. Kleiner. Es ist nach Mitternacht. Maureen wird noch immer vermisst. Ihr Handy hat aufgehört zu senden. Oliver Rabb hat das erlöschende Signal bis zu einem Telefonmast am südlichen Rand des Victoria-Parks in Bath verfolgt. Polizisten durchkämmen die Straßen der Umgebung.

In dieser Geschichte fügen sich Zufälligkeiten und kleine Begebenheiten aneinander und komplizieren das Bild, anstatt es klarer zu machen. Die E-Mails. Das Wiedersehen. Gideon Tyler. Ich habe keinen konkreten Beweis dafür, dass er dahintersteckt. Ruiz hat seine letzte bekannte Adresse aufgesucht. Es war niemand zu Hause.

Veronica Cray hat zwei offizielle Anfragen mit der Bitte um Informationen an das Verteidigungsministerium gesandt, das sich nach wie vor ausschweigt. Wir wissen nicht, ob Tyler noch in der Army ist oder den Dienst quittiert hat. Wann hat er Deutschland verlassen? Wie lange ist er schon zu Hause? Was hat er seitdem gemacht?

Kurz nach fünf Uhr morgens wird Maureens Wagen in der Queen Street unweit der Tore des Victoria-Parks gefunden. Zwei auf steinernen Säulen stehende Löwen wachen über das Fahrzeug. Die Scheinwerfer sind an. Die Fahrertür steht offen. Maureens Handy liegt auf dem Sitz. Der Akku ist leer.

Der Victoria-Park umfasst eine Fläche von 57 Hektar und hat sieben Eingänge. Ich blicke durch den Gitterzaun in die Dunkelheit. Der Himmel ist eine Stunde vor Dämmerung schwarz-violett, die Luft eiskalt. Wir könnten tausend Polizisten jedes Blatt einzeln umdrehen lassen und Maureen trotzdem nicht finden.

Stattdessen haben wir zwei Dutzend Beamte mit reflektierenden Westen und Taschenlampen. Die Hundestaffel wird um sieben eintreffen. Über uns kreist ein Hubschrauber, der mit einem Lichtstrahl am Boden vertäut scheint.

Wir gehen paarweise vor. Ich bin in Begleitung von Monk. Seine langen Beine sind wie dafür geschaffen, im Dunkeln durch offenes Gelände zu stapfen, seine Stimme ist wie ein Nebelhorn. Ich halte eine Taschenlampe in der einen und meinen Gehstock in der anderen Hand und betrachte den silbernen Widerschein des Lichtstrahls auf dem feuchten Gras und den Bäumen.

Wir folgen einem Kiesweg, bis wir die Tennisplätze und die Minigolfanlage hinter uns haben, ehe wir einen Hügel zur Rechten erklimmen. Auf der höher gelegenen Seite des Parks zeichnen sich die klassizistischen Terrassen des Royal Crescent vor dem Himmel ab. Lichter gehen an. Die Leute haben den Hubschrauber gehört.

Zwischen den Bäumen bewegen sich zwei Dutzend Taschenlampen wie aufgeblähte Glühwürmchen, die nicht auffliegen können. Parklaternen schimmern wie gelbe Bälle verschwommen im Morgendunst.

Monk hat ein Funkgerät dabei. Plötzlich bleibt er stehen und hält es ans Ohr. Die Nachricht wird von Rauschen unterbrochen. Ich schnappe nur ein paar Wörter auf. Maureens Name wird erwähnt und etwas über eine Pistole.

»Kommen Sie, Professor«, sagt Monk und packt meinen Arm.

»Was ist los?«

»Sie lebt.«

Halb rennend, halb humpelnd versuche ich, mit ihm Schritt zu halten. Wir folgen der Royal Avenue in westlicher Richtung zum Fischteich und Abenteuerspielplatz. Diesen Teil des Victoria-Parks kenne ich. Ich war schon mit Charlie und Emma hier und habe zugesehen, wie Heißluftballone zu ihren Flügen in der Dämmerung aufgestiegen sind.

Der alte viktorianische Musikpavillon erhebt sich aus der Dunkelheit wie eine riesige Kuchenform, die in der Mitte durchgeschnitten und unweit des Teichs weggeworfen wurde. Tief hängende Zweige strecken sich in die Lücken zwischen den Bäumen.

Dann sehe ich sie. Maureen. Sie kniet nackt vor dem Sockel der Bühne, die Arme in einer klassischen Stressposition ausgebreitet. Sie müssen stark schmerzen und jede Minute schwerer werden. In der rechten Hand hält sie fest umklammert eine Pistole, die zusätzliches Gewicht bedeutet. Sie trägt eine schwarze Schlafmaske, wie man sie auf Langstreckenflügen bekommt.

Ein Lichtstrahl blendet mich. Ich schirme meine Augen mit der Hand ab. Safari Roy lässt die Taschenlampe sinken.

»Ich habe eine SE angefordert.«

Ich sehe Monk fragend an.

»Eine Sondereinheit«, erklärt er.

»Ich glaube nicht, dass sie jemanden erschießen wird.«

»Das ist Vorschrift. Sie hat eine Feuerwaffe.«

»Hat sie irgendjemanden bedroht?«

Roy sieht mich ungläubig an. »Also ich finde, diese Waffe sieht verdammt bedrohlich aus. Jedes Mal, wenn wir näher kommen, fuchtelt sie damit herum.«

Ich blicke zu Maureen, die mit gesenktem Kopf kniet. Neben ihrer Augenmaske trägt sie noch etwas. Kopfhörer.

»Sie kann Sie nicht hören«, sage ich.

»Wie meinen Sie das?«

»Sehen Sie die Kopfhörer? Die sind wahrscheinlich an ein Handy angeschlossen. Sie spricht mit jemandem.«

Roy saugt zwischen den Zähnen Luft ein.

Es passiert wieder. Er isoliert sie.

DI Cray trifft schwer atmend ein. Ihre Hosenumschläge sind feucht, und sie trägt eine Skimütze aus Wolle, die ihr Gesicht vollkommen rund aussehen lässt. »Wo hat sie die Waffe her, verdammt noch mal?«

Niemand antwortet. Aufgeschreckt durch den Lärm flattert eine fette Ente aus den Gräsern am Ufer des Teichs auf. Einen Moment scheint sie über das Wasser zu laufen, bevor sie an Höhe gewinnt und abhebt.

Maureen muss völlig unterkühlt sein. Wie lange hockt sie schon hier draußen? Der Motor ihres Wagens war kalt, die Scheinwerfer hatten die Batterie fast ausgelaugt. Maureen wurde vor zwölf Stunden zum letzten Mal gesehen. Er hatte alle Zeit, ihren Willen zu brechen, schreckliche Gedanken in ihren Kopf zu pflanzen, Gift in ihr Ohr zu träufeln.

Wo ist er? Er beobachtet das Ganze. Die Polizei sollte den Park abriegeln und Straßensperren errichten. Nein. Sobald er bemerkt, dass die Polizisten ausschwärmen, würde er Maureen wahrscheinlich befehlen, etwas mit der Pistole anzustellen. Wir müssen leise vorgehen – von außen nach innen.

Zunächst müssen wir das Telefonat beenden. Es muss irgendeine Möglichkeit geben, den nächsten Telefonmast isoliert stillzulegen. Terroristen benutzen Handys, um Bomben zu zünden. Für diesen Fall gibt es garantiert einen Blackoutschalter, um jede Kommunikation zu unterbrechen.

Maureen hat sich nicht bewegt. Mit der Maske sehen ihre Augen aus wie schwarze Höhlen. Ihre Arme zittern unkontrolliert. Die Pistole ist zu schwer, um sie hochzuhalten. Unter ihr ist ein dunkler Fleck auf dem Betonboden.

Irgendwie muss ich den Bann brechen, in den er sie geschlagen hat. In Maureens Kopf läuft eine Gedankenschleife wie bei Zwangsneurotikern, die sich immer die Hände waschen, alle Türschlösser kontrollieren oder die Lichter in einer bestimmten Reihenfolge löschen müssen. Er hat diese Gedanken in ihren Kopf gesetzt, und sie kann sie nicht mehr loswerden.

Es dämmert langsam. Der Wind ist vollkommen abgeflaut. Von Ferne höre ich Sirenen. Die Sondereinheit. Sie kommen mit Waffen.

Maureens Arme sinken. Sie werden zu schwer. Bei einem Sturmangriff könnten die Polizisten sie vielleicht entwaffnen, bevor sie einen Schuss abgeben kann.

Veronica Cray macht ihren Leuten ein Zeichen, sich zurückzuhalten. Schließlich kann ich ihre Aufmerksamkeit erregen. »Lassen Sie mich mit ihr reden.«

»Sie kann Sie nicht hören.«

»Lassen Sie es mich versuchen.«

»Warten Sie auf die SE.«

»Sie kann die Waffe nicht mehr viel länger halten.«

»Das ist gut.«

»Nein. Er wird sie zwingen, vorher irgendetwas damit zu tun.«

Sie sieht Monk an. »Besorgen Sie ihm eine kugelsichere Weste.«

»Ja, Boss.«

Die Weste wird aus einem Wagen geholt. Die Gurte werden gelöst und um meine Brust gezurrt. Monk umarmt mich wie ein Tangotänzer. Die Weste ist enger, als ich vermutet hatte, trotzdem massig. Ich zögere einen Moment. Der Himmel ist türkis- und malvenfarben angelaufen. Ein paar Meter von Maureen entfernt bleibe ich stehen und rufe ihren Namen. Ich nehme meinen Stock und eine Decke und gehe langsam auf Maureen zu, ohne die Pistole in ihrer rechten Hand aus den Augen zu lassen.

Etwa fünfzehn Meter von ihr entfernt bleibe ich stehen und rufe erneut ihren Namen. Sie reagiert nicht. Die Kopfhörer haben sie von ihrer Umgebung isoliert. Ich kann das schmale Kabel erkennen, das zwischen ihren Brüsten zu dem Handy zwischen ihren Knien läuft.

Ich wiederhole ihren Namen lauter. Sie richtet die Pistole auf mich – erst zu weit nach links, dann nach rechts. Er sagt ihr, wohin sie zielen soll.

Ich gehe nach links. Der Lauf der Waffe folgt mir. Wenn ich mich plötzlich auf sie stürzen würde, hätte sie möglicherweise nicht genug Zeit zu reagieren. Vielleicht könnte ich ihr die Pistole entwinden.

Das ist dumm. Töricht. Ich kann Juliannes protestierende Stimme hören. »Warum bist du derjenige, der sich in die Gefahr stürzt?«, fragt sie. »Warum kannst du nicht der sein, der in die andere Richtung rennt und laut um Hilfe ruft?«

Ich habe jetzt die Stufen zu dem Pavillon erreicht. Ich hole mit meinem Stock aus und schlage hart auf das Geländer. Der Ton hallt in dem dunklen Park wider, verstärkt durch die Dunkelheit. Maureen zuckt zusammen. Sie hat das Geräusch gehört.

Ich schlage noch einmal auf das Geländer, zwei Mal, drei Mal, um ihre Aufmerksamkeit von der Stimme in ihrem Ohr abzulenken. Sie schüttelt den Kopf. Sie beugt ihren linken Arm und zieht die Maske von ihren Augen. Sie blinzelt in meine Richtung, versucht, ihren Blick zu fokussieren. Ihr Gesicht ist tränenüberströmt. Der Lauf der Waffe hat sich nicht bewegt. Sie will mich nicht erschießen.

Ich mache Maureen ein Zeichen, den Kopfhörer abzunehmen. Sie schüttelt den Kopf. Ich hebe einen Finger und forme mit den Lippen die Worte: »Eine Minute.«

Sie weigert sich erneut. Sie hört auf ihn, nicht auf mich.

Ich mache einen Schritt auf sie zu. Die Hand mit der Pistole wird ruhiger. Ich frage mich, wie widerstandsfähig diese Westen sind. Würden Sie ein Projektil aus dieser Entfernung aufhalten?

Maureen nickt ins Leere und nimmt die Kopfhörermuschel von ihrem linken Ohr. Er hat es ihr befohlen. Er will, dass sie mich hört.

»Erinnern Sie sich an mich, Maureen?«

Ein kurzes Nicken.

»Wissen Sie, wo Sie sind?«

Ein weiteres Nicken.

»Ich weiß, was passiert ist, Maureen. Jemand redet mit Ihnen. Sie können ihn in diesem Moment hören.« Eine Strähne ist ihr in die Augen gefallen. »Er sagt, dass er jemanden in seiner Gewalt hat. Jemanden, der Ihnen nahesteht.«

Verzweifelte Bestätigung.

»Das stimmt nicht, Maureen. Er hat Jackson nicht in seiner Gewalt. Er lügt.«

Sie schüttelt den Kopf.

»Hören Sie mir zu. Jackson ist zu Hause bei Bruno. Er ist in Sicherheit. Erinnern Sie sich, was Christine und Sylvia passiert ist? Das Gleiche. Er hat Christine erzählt, dass er Darcy hätte, und Sylvia vorgemacht, er hätte Alice. Aber es war nicht wahr. Darcy und Alice lebten. Sie waren nie in Gefahr.«

Sie will mir glauben.

»Ich weiß, dass er sehr überzeugend ist, Maureen. Er weiß Dinge über Sie, stimmt's?«

Sie nickt.

»Und er weiß Dinge über Jackson. Wo er zur Schule geht. Wie er aussieht.«

Maureen schluchzt. »Er ist heute nicht zur üblichen Zeit nach Hause gekommen… Ich habe gewartet… und Jackson dann auf dem Handy angerufen.«

»Jemand hat es gestohlen.«

»Ich habe ihn schreien hören.«

»Das war ein Trick. Jackson wurde nach dem Fußballtraining in der Umkleidekabine eingeschlossen. Aber jetzt ist er befreit und in Sicherheit.«

Ich versuche, nicht auf den Lauf der Waffe zu starren. Jetzt ergeben die Puzzleteile ein vollständiges Bild. Er muss Jacksons Handy gestohlen und ihn in der Umkleidekabine eingeschlossen haben. Seine Hilferufe hat er aufgenommen und Maureen dann per Telefon vorgespielt.

Sie hörte ihren Sohn um Hilfe schreien. Das hat gereicht, sie zu überzeugen. Es hätte die meisten Menschen überzeugt. Es hätte auch mich überzeugt.

Maureen fuchtelt mit dem Lauf der Waffe herum, als wollte sie in die Luft malen. Ihr rechter Zeigefinger ist um den Abzug gelegt. Ihre Hände sind halb erfroren. Selbst wenn sie den Finger lösen wollte, könnte sie es wahrscheinlich nicht.

Am Rand meines Blickfelds sehe ich dunkle Gestalten zwischen den Bäumen und durch das Gebüsch schleichen. Die Sondereinheit. Sie haben Gewehre.

»Hören Sie mir zu, Maureen. Sie können mit Jackson reden. Legen Sie die Waffe weg, und wir rufen ihn an.« Ich ziehe mein Handy aus der Tasche. »Ich rufe Bruno an, und er wird Jackson ans Telefon holen.«

Ich kann die Veränderung, die in ihr vonstattengeht, spüren. Sie hört mir zu. Sie will mir glauben … will hoffen. Dann reißt sie ebenso plötzlich mit einem halb verschluckten Atemzug die Augen auf und drückt die Muschel des Kopfhörers wieder ans Ohr.

»NEIN, HÖREN SIE NICHT AUF IHN«, schreie ich.

Ihr Blick flackert. Der Lauf der Pistole beschreibt eine Acht in der Luft. Das Risiko, dass sie mich trifft, steht etwa fünfzig zu fünfzig.

»JACKSON IST IN SICHERHEIT! EHRENWORT.«

In ihrem Kopf ist ein Schalter umgelegt worden. Sie hört mir nicht mehr zu. Sie legt die zweite Hand an die Waffe. Sie wird es tun. Sie wird den Abzug drücken. Bitte erschieß mich nicht, Maureen.

Ich stürze mich auf sie. Mein linkes Bein blockiert und reißt mich zu Boden. Im selben Moment explodiert die Luft, und Maureens Körper zuckt. Ein roter Dunst breitet sich über meine Augen. Ich blinzele dagegen an. Sie sackt nach vorne, das Gesicht zuerst, die Hüften in die Luft, als hätte sie sich dem neuen Tag unterworfen.

Das Handy fällt klappernd auf den Boden, gefolgt von der Pistole, die sich einmal überschlägt und bis unter mein Kinn rutscht.

Irgendetwas in mir ist aufgebrochen; ein schwarzes Vakuum

voll brodelnder Wut. Ich nehme das Handy und brülle: »DU KRANKES, PERVERSES SCHWEIN!«

Die Schmähung hallt in meinem Kopf wider. Schweigen. Unterbrochen vom Geräusch eines Atems. Ruhig. Leise.

Menschen rennen auf mich zu. Ein Polizeibeamter in kugelsicherer Weste geht ein paar Schritte vor mir in die Hocke und richtet sein Gewehr auf mich.

»Werfen Sie die Waffe weg, Sir.«

Meine Ohren dröhnen noch immer. Ich betrachte die Pistole in meiner Hand.

»Sir, werfen Sie die Waffe weg.«

44

Die Sonne ist aufgegangen und hinter grauen Wolken verborgen, die so tief hängen, dass sie von Hand gemalt sein könnten. Zwischen den Säulen wurden weiße Plastikplanen gespannt, die den Bereich abschirmen, wo Maureen Bracken gefallen ist.

Sie lebt. Das Geschoss ist unter ihrem rechten Schlüsselbein eingedrungen, knapp fünfzehn Zentimeter unterhalb der rechten Schulter. Der Scharfschütze der Polizei hatte sie gezielt verletzen, aber nicht töten wollen.

Im Bristol Royal Infirmary warten Chirurgen darauf, sie zu operieren. Maureen ist mit einem Krankenwagen dorthin unterwegs, der von zwei Streifenwagen eskortiert wird. Derweil durchkämmen weitere Beamte den Victoria-Park, und die Außenzäune werden patrouilliert.

Der Bereich um den Musikpavillon ist in zwei Ringen abgesperrt, die den Zugang einschränken, damit das Team der Spurensicherung den Tatort gründlich untersuchen kann. Ich beobachte sie auf der Treppe sitzend, eine silberne Aludecke um die Schultern gewickelt. Das Blut in meinem Gesicht ist zu einem bröckeligen Schorf getrocknet, der abblättert, wenn ich mit den Fingern darüberstreiche.

Veronica Cray kommt auf mich zu. Ich balle die linke Faust und öffne die Hand wieder, aber sie hört nicht auf zu zittern.

»Wie geht es Ihnen?«

»Gut.«

»So sehen Sie aber nicht aus. Ich kann Sie nach Hause bringen lassen.«

»Ich bleib noch eine Weile.«

DI Cray betrachtet mich nachdenklich und blickt dann auf den Ententeich, wo die Zweige einer Weide in das von Schaum verschmutzte Wasser hängen. Für Tylers letzte bekannte Adresse ist wiederholt und dringlich ein Durchsuchungsbefehl beantragt worden. Detectives befragen die Nachbarn und suchen nach Verwandten. Sein Leben wird in jeder Hinsicht dokumentiert und überprüft.

»Glauben Sie, dass er es getan haben könnte?«

»Ja.«

»Was hofft er durch die Ermordung der Freundinnen seiner Frau zu erreichen?«

»Er ist ein sexueller Sadist. Einen anderen Grund braucht er nicht.«

»Aber Sie glauben, er hat einen?«

»Ja. Der Einbruch im Haus der Chambers', die Anrufe und Drohungen, all das begann, als Helen ihn verlassen und sich mit Chloe versteckt hat. Gideon hat versucht, sie zu finden.«

»Okay, das verstehe ich, aber jetzt sind sie tot.«

»Vielleicht ist Gideon so wütend und verbittert, dass er jeden vernichten will, der Helen nahestand. Sexuelle Sadisten brauchen wie gesagt nicht nach weiteren Gründen zu suchen. Sie werden von vollkommen anderen Impulsen gesteuert.«

Ich vergrabe das Gesicht in den Händen. Ich bin müde. Mein Verstand ist müde. Aber er kann nicht aufhören zu arbeiten. Jemand ist bei Christine Wheeler eingebrochen und hat die Beileidskarten geöffnet. Er hat nach einem Namen oder einer Adresse gesucht.

»Es gibt eine mögliche Erklärung«, sage ich. »Gideon glaubt nicht, dass sie tot ist. Vielleicht denkt er, dass Helens Familie und ihre Freundinnen sie verstecken oder Informationen über ihren Aufenthaltsort haben.«

»Deshalb foltert er sie?«

»Und wenn das nicht das gewünschte Ergebnis bringt, tötet er sie, um Helen dadurch zu zwingen, aus ihrem Versteck zu kommen.«

Veronica Cray scheint weder schockiert noch überrascht. Geschiedene und getrennte Paare tun sich häufig furchtbare Dinge an. Sie kämpfen um die Kinder, entführen sie oder vollbringen Schlimmeres. Helen Chambers war acht Jahre mit Gideon Tyler verheiratet. Und jetzt kann sie ihm selbst im Tod nicht entkommen.

»Ich sage Monk, er soll Sie nach Hause fahren.«

»Ich möchte Tylers Wohnung sehen.«

»Warum?«

»Es könnte mir helfen, ihn zu verstehen.«

Die Luft im Polizeiwagen ist muffig und verbraucht und riecht nach Schweiß und künstlicher Wärme. Wir folgen der Bath Road von Verkehrsampel zu Verkehrsampel bis nach Bristol.

Ich lehne mich auf dem speckigen Stoffbezug zurück. Nichts an diesen Straßen ist vertraut. Nicht das von Stahlgürteln geschützte Gaswerk, nicht die Unterführungen und Eisenbahnbrücken oder die grauen Betontürme.

Wir biegen von der Hauptstraße ab und kommen unvermittelt in ein Ödland aus verfallenden Häuserreihen, Fabriken, Drogenhöhlen, Mülleimern, verbarrikadierten Läden, streunenden Katzen und Frauen, die einem im Auto einen blasen.

Gideon Tyler lebt an der Fishpond Road im Schatten der M32. Die Behausung ist eine alte Werkstatt mit einem asphaltierten Hof, der von einem Zaun mit Stacheldrahtkrone geschützt wird. In dem Gitterzaun haben sich leere Plastiktüten verfangen, und auf dem Hof trippeln Tauben im Kreis wie Gefängnisinsassen beim Hofgang.

Der Vermieter Mr. Swingler ist mit den Schlüsseln gekommen. In seinen Doc Martens, Jeans und engem T-Shirt sieht er aus wie ein uralter Skinhead. Es gibt vier Schlösser. Mr. Swingler hat nur einen Schlüssel. Die Polizisten fordern ihn auf zurückzutreten.

Sie holen drei Mal mit einer Ramme aus. Angeln brechen splitternd aus dem Holz, und die Eingangstür gibt nach. Die

Polizisten gehen leicht vorgebeugt voran und schwenken die gezückten Waffen von Zimmer zu Zimmer.

»Sauber.«

»Sauber.«

»Sauber.«

Ich muss mit Mr. Swingler draußen warten. Der Vermieter sieht mich an. »Wie viel stemmen Sie?«

»Verzeihung?«

»Wie viel stemmen Sie beim Bankdrücken?«

»Keine Ahnung.«

»Ich schaffe fast zweihundertzwanzig Pfund. Was glauben Sie, wie alt ich bin?«

»Ich weiß nicht.«

»Achtzig.« Er präsentiert seinen Bizeps. »Ziemlich gut, was?«

Wahrscheinlich wird er mich gleich zum Armdrücken herausfordern.

Das Erdgeschoss ist freigegeben. Monk sagt, ich könne hereinkommen. Es riecht nach Hund und feuchten Zeitungen. Jemand hat den Kamin benutzt, um Papiere zu verbrennen.

Die Arbeitsflächen in der Küche sind sauber, die Schränke aufgeräumt. Teller und Tassen sind in exakt gleichen Abständen auf den Regalen aufgereiht. In der Speisekammer sieht es genauso aus. Vorräte wie Reis und Linsen sind in luftdichten Metallbehältern verstaut, daneben Konservendosen und H-Milch. Es sind Vorräte für eine Belagerung oder Katastrophe.

Das Bett im ersten Stock ist abgezogen. Die Laken liegen frisch gewaschen und gefaltet auf der Matratze, bereit zur Inspektion. Das Badezimmer ist geschrubbt und gescheuert worden. Ich stelle mir vor, wie Gideon die Fugen zwischen den Kacheln mit der Zahnbürste säubert.

Jedes Haus, jeder Kleiderschrank, jeder Einkaufskorb verrät etwas über einen Menschen, und das ist auch hier so. Dies ist der Wohnsitz eines Soldaten, eines Mannes, für den feste Abläufe und Regeln wesentlicher Bestandteil des Lebens sind. In seinem Kleiderschrank befinden sich fünf grüne Hemden, sechs Paar Socken, ein Paar schwarze Stiefel, eine Feldjacke, ein Paar Handschuhe mit grünem Futter, ein Poncho … Seine Socken sind ordentlich aufgerollt, die Hemden exakt gefaltet und nicht einfach aufgehängt.

Aus der Betrachtung dieser Details kann ich Vermutungen ableiten. In der Psychologie geht es um Wahrscheinlichkeiten und Erwartungen; statistische Glockenkurven, mit deren Hilfe man menschliches Verhalten vorhersagen kann.

Die Menschen haben Angst vor Gideon, wollen nicht über ihn sprechen oder würden am liebsten so tun, als gäbe es ihn gar nicht. Er ist wie eins dieser Monster, die ich aus Emmas Gutenachtgeschichten herauszensiere, damit sie keine Albträume bekommt.

Bewahre doch vor Jammerwoch … die Zähne knirschen, Krallen kratzen!

Im Innenhof ruft jemand nach einem Hundeführer. Ich steige die Treppe hinauf und benutze eine Hintertür und ein Seitentor, um zur Werkstatt zu gelangen. Hinter einem Rolltor aus Metall spielt ein Hund verrückt.

»Ich möchte ihn sehen.«

»Wir sollten auf den Hundeführer warten«, sagt Monk.

»Heben Sie das Tor nur ein paar Zentimeter an.«

Ich knie mich auf den Boden und lege den Kopf auf den Boden. Monk bricht das Schloss auf und stemmt das Rolltor erst ein Stück und dann noch ein bisschen weiter nach oben. Das Tier wirft sich wütend knurrend gegen das Metall.

In einem Spiegel über einem Waschbecken sehe ich kurz sein Spiegelbild, eine flüchtige Erscheinung gefletschter Zähne und braunen Fells.

Meine Eingeweide kribbeln. Ich erkenne den Hund wieder. Ich habe ihn schon einmal gesehen. Er ist knurrend und zähnefletschend aus Patrick Fullers Tür gestürmt, um den Polizisten, die sein Herrchen verhaften wollten, an die Kehle zu gehen. Was macht er hier?

45

Das Kreischen einer Sirene attackiert die Gehörgänge der Passanten, als der Streifenwagen sich einen Weg durch den dichten Verkehr bahnt, mit flackerndem Blaulicht, Augen gleich, die vor Kummer irre geworden sind.

Auf leer gefegten Straßen durchqueren wir Bristol, den Temple Way hinunter, vorbei an der Temple Meads Station, weiter über die York Road und die Coronation Road. Mein Herz pocht. Wir hatten Patrick Fuller in Gewahrsam. Ich habe Veronica Cray überredet, den ehemaligen Soldaten laufen zu lassen.

Zwanzig Minuten rauschen in einem Wirbel aus Geschwindigkeit und heulenden Sirenen an mir vorbei. Wir stehen auf dem Bürgersteig vor Fullers Wohnblock. Ich erkenne den grauen Beton und die Roststreifen unter den Fensterrahmen wieder.

Um uns herum halten weitere Streifenwagen quer auf der Straße. DI Cray gibt ihrer Truppe Anweisungen. Niemand beachtet mich. Ich werde nicht gebraucht. Überschüssiges Inventar.

Maureen Brackens Blut ist auf meiner Jacke getrocknet. Von weitem sieht es aus, als hätte ich zu rosten begonnen wie ein Zinnsoldat auf der Suche nach einem Herzen. Ich versuche Ruhe zu bewahren. Mein linker Daumen und Zeigefinger drehen Pillen. Ich halte den Gehstock in meiner linken Faust, um sie ruhig zu halten.

Ich folge den Polizisten nach oben. Sie haben keinen Durchsuchungsbefehl. Veronica Cray hebt die Faust und klopft.

Die Tür geht auf. Eine junge Frau steht uns gegenüber, einen dunklen Flur im Rücken. Sie trägt ein schulter- und bauchfreies Glitzertop, Jeans und Sandaletten. Über den Bund ihrer Jeans quillt eine Speckrolle.

Eine nicht mehr ganz junge Frau, die man vor einem Jahrzehnt möglicherweise hübsch genannt hätte und die sich jetzt immer noch anzieht wie ein Teenager, weil sie nicht wahrhaben will, dass der Lack langsam ab ist.

Es ist Fullers jüngere Schwester. Sie wohnt in seiner Wohnung. Ich bekomme Fetzen ihrer Antworten mit, aber nicht genug, um zu verstehen, was passiert ist. Veronica Cray führt sie in die Wohnung und lässt mich im Flur stehen. Ich versuche, mich an dem Constable in der Tür vorbeizudrücken, aber er versperrt mir den Weg.

DI Cray sieht mich und nickt dem Constable zu, worauf dieser mich passieren lässt.

»Das ist Cheryl«, erklärt sie. »Ihr Bruder Patrick ist offenbar Patient der Fernwood Clinic.«

Ich kenne das Krankenhaus. Eine private psychiatrische Einrichtung in Bristol.

»Wann wurde er aufgenommen?«, frage ich.

»Vor drei Wochen.«

»Ein stationärer Patient?«

»Sieht so aus.«

Cheryl zieht eine Zigarette aus einer zerknitterten Packung und streicht sie zwischen ihren Fingern glatt. Sie sitzt mit zusammengepressten Knien auf der Sofakante, sichtlich nervös.

»Warum ist Patrick in Fernwood?«, frage ich sie.

»Weil die Army ihn verrückt gemacht hat. Er kam schwer verletzt aus dem Irak zurück. Er wäre fast gestorben. Sie mussten seinen Trizeps neu aufbauen, ihn aus anderen Muskeln zusammenflicken. Es hat Monate gedauert, bevor er auch nur den Arm heben konnte. Seitdem ist er verändert, nicht mehr der Alte, verstehen Sie? Er hat Albträume.«

Sie zündet die Zigarette an und pustet ein Geschoss aus Qualm aus.

»Der Army war das scheißegal. Die haben ihn rausgeschmissen. Haben gesagt, er wäre von seinen Anlagen her ungeeignet. Was soll denn das heißen, Scheiße noch mal?«

»Was sagen die Ärzte in Fernwood?«

»Die sagen, Patrick würde unter einer posttraumatischen Stressstörung leiden. Kein Wunder nach dem, was passiert ist. Die Army hat ihn ausgelutscht. Dann haben sie ihm einen Orden gegeben und ihn vor die Tür gesetzt.«

»Kennen Sie einen gewissen Gideon Tyler?«

Cheryl zögert. »Er ist ein Freund von Pat. Gideon hat Pat den Platz in Fernwood besorgt.«

»Woher kennen die beiden sich?«

»Sie waren zusammen bei der Army.«

Sie drückt die Zigarette in einem Aschenbecher aus und zieht eine neue aus der Packung.

»Am Freitag vor einer Woche hat die Polizei in dieser Wohnung eine Person verhaftet.«

»Na, Pat war es jedenfalls nicht«, sagt sie.

»Wer hätte es sonst sein können?«

Cheryl fährt sich mit der Zunge über die Zähne und verschmiert Lippenstift auf dem Zahnschmelz. »Gideon, nehme ich an.« Sie zieht heftig an ihrer Zigarette und blinzelt gegen den Qualm an. »Er hat nach der Wohnung gesehen, seit Pat in Fernwood ist. Ist immer gut, wenn jemand ein Auge drauf hat. Die kleinen schwarzen Scheißer aus der Wohnanlage würden einem auch noch den zweiten Vornamen klauen, wenn man sie lässt.«

»Wo wohnen Sie?«, frage ich sie.

»In Cardiff. Zusammen mit meinem Freund Gerry. Ich komme alle paar Wochen nach Bristol, um Pat zu besuchen.«

Veronica Cray starrt gequält und schmallippig zu Boden. »Wir haben hier einen Hund angetroffen. Einen Pitbull.«

»Ja, Capo«, erwidert Cheryl. »Er gehört Pat. Gideon passt auf ihn auf.«

»Haben Sie ein Foto von Patrick?«, frage ich.

»Klar. Irgendwo.«

Sie steht auf und streicht den dünnen Baumwollstoff über ihren Schenkeln glatt. Auf hohen Absätzen schwankend drückt sie sich Brust an Brust an Monk vorbei und lächelt ihn vage an.

Sie fängt an, Schubladen aufzuziehen und Kleiderschranktüren zu öffnen.

»Wann waren Sie zum letzten Mal hier?«, frage ich.

»Vor zehn oder zwölf Tagen.« Asche fällt von ihrer brennenden Zigarette auf ihre Jeans und weiter auf den Boden. »Ich war gekommen, um Pat zu besuchen. Gideon war hier und hat sich aufgeführt, als ob das seine Wohnung wäre.«

»Inwiefern?«

»Er ist ein verdammt seltsamer Typ, wissen Sie. Ich nehme an, das macht die Army aus ihnen. Macht die Leute fertig, verdreht ihnen das Hirn. Dieser Gideon ist unfassbar jähzornig. Ich hab bloß mal sein Schrotthandy benutzt. Für einen einzigen Anruf. Und er ist total ausgerastet. Ein beschissener Anruf.«

»Sie haben eine Pizza bestellt«, sage ich.

Cheryl sieht mich an, als hätte ich ihr ihre letzte Zigarette geklaut. »Woher wissen Sie das?«

»Bloß geraten.«

DI Cray wirft mir einen Blick von der Seite zu.

Cheryl hat im obersten Regal ein Fotoalbum gefunden.

»Ich hab Gideon erklärt, dass er genauso wie Patrick nach Fernwood gehört. Hier bin ich jedenfalls nicht geblieben. Ich hab Gerry angerufen, und er hat mich abgeholt. Er wollte Gideon eine verpassen, und das hätte er auch locker gekonnt, aber ich hab ihm gesagt, er soll es lassen.«

Sie hält uns das vor ihren Brüsten aufgeschlagene Album hin.

»Das ist Pat. Das wurde bei seiner Abschiedsparade aufgenommen. Er sah todschick aus.«

Patrick Fuller trägt eine Paradeuniform und hat dunkelbraunes, an den Seiten rasiertes Haar. Er grinst schräg in die

Kamera und sieht aus, als hätte er gerade seinen Schulabschluss gemacht. Was noch entscheidender ist, er ist nicht der Mann, den die Polizei vor neun Tagen festgenommen hat und den ich in der Trinity Police Station befragt habe.

Cheryl zeigt mit dem Fingernagel auf ein weiteres Foto. »Da ist er noch mal.«

Eine Gruppe von Soldaten nach einem Basketballspiel. Patrick hockt in einer Hose mit Tarnmuster lässig am Rande des Courts, sein muskulöser, nackter Oberkörper glänzt vor Schweiß.

Cheryl blättert weiter. »Irgendwo müsste hier auch ein Bild von Gideon sein.«

Sie kann es nicht finden. Sie blättert zurück und sucht von neuem.

»Komisch. Es ist weg.«

Sie zeigt auf ein leeres Quadrat auf der Seite. »Ich bin ganz sicher, dass es hier war.«

Manchmal sagt eine Lücke in einem Album genauso viel wie ein Foto. Gideon hat es entfernt. Er will nicht, dass man sein Gesicht kennt. Aber das ist egal. Ich erinnere mich an ihn. Seine blassgrauen Augen und seine schmalen Lippen. Ich erinnere mich, wie er, das Gesicht von Ticks und Zuckungen verzerrt, über unsichtbare Mausefallen auf dem Boden gestiegen ist. Er hat wirr geredet und fantastische Geschichten erfunden. Eine wahrlich perfekte Theatervorstellung.

Ich habe meine berufliche Laufbahn auf die Fähigkeit gestützt, sagen zu können, wann jemand lügt, vorsätzlich ausweichend oder falsch antwortet, aber Gideon Tyler hat mich total blamiert. Seine Lügen waren beinahe perfekt, weil er es geschafft hat, das Gespräch zu kontrollieren, abzulenken und abzuschweifen. Es gab keine kurzen Lücken, wenn er sich etwas Neues ausgedacht oder ein Detail zu viel erfunden hat. Nicht einmal seine unbewussten motorischen Reaktionen lieferten irgendeinen Hinweis; seine Pupillenerweiterung, Porengröße, Muskeltonus, Durchblutung der Haut und die Atmung waren im Rahmen der normalen Parameter.

Ich habe Veronica Cray überredet, ihn freizulassen. Ich habe erklärt, er könne Christine Wheeler unmöglich gezwungen haben, von der Clifton Suspension Bridge zu springen. Ich habe mich geirrt.

Veronica Cray erteilt Anweisungen. Safari Roy macht sich hektisch kritzelnd Notizen. Sie will eine Liste von Tylers Freunden, Verwandten, Armykameraden und Exfreundinnen.

»Sucht sie auf. Setzt sie unter Druck. Einer von ihnen muss wissen, wo er ist.«

Seit wir Fullers Wohnung verlassen haben, hat sie kein Wort zu mir gesagt. Blamage ist ein eigenartiges Gefühl – ein Flattern im Bauch. Die öffentlichen Beschuldigungen werden später kommen, aber die privaten beginnen sofort. Zuschreibungen. Verurteilungen. Bestrafungen.

Die Fernwood Clinic ist in einer unter Denkmalschutz stehenden, stattlichen Villa untergebracht, inmitten von fünf Morgen Garten und Wald am Rand von Durdham Down. Die Zufahrtsstraße ist ein Privatweg.

Der medizinische Leiter empfängt uns in seinem Büro. Sein Name ist Dr. Caplin, und er begrüßt uns, als wären wir zu einem Jagdwochenende auf sein Anwesen gekommen.

»Ist es nicht prachtvoll?«, sagt er mit einem Blick aus dem großen Erkerfenster. Er bietet uns Erfrischungen an und nimmt wieder Platz.

»Ich habe von Ihnen gehört, Professor O'Loughlin«, sagt er. »Irgendjemand hat mir erzählt, dass Sie in die Gegend gezogen sind. Ich dachte, Ihr Lebenslauf würde vielleicht irgendwann auf meinem Schreibtisch landen.«

»Ich praktiziere nicht mehr als klinischer Psychologe.«

»Wie schade. Wir könnten jemanden mit Ihrer Erfahrung brauchen.«

Ich sehe mich in seinem Büro um. Eine Mischung aus Laura Ashley und Ikea mit einem Touch von Hitech. Dr. Caplins Krawatte passt fast perfekt zu den Vorhängen.

Ich weiß ein wenig über die Fernwood Clinic. Sie gehört einer Privatfirma und ist darauf ausgerichtet, sich um all jene zu kümmern, die sich die beträchtlichen Honorare leisten können.

»Welche Störungen behandeln Sie?«

»Wir sind auf Essstörungen und Suchtbehandlung spezialisiert, dazu ein wenig allgemeine Psychiatrie.«

»Wir interessieren uns für Patrick Fuller, einen ehemaligen Soldaten.«

Dr. Caplin schürzt die Lippen. »Wir behandeln eine ganze Reihe Militärs, aktive Soldaten ebenso wie Veteranen«, sagt er. »Das Verteidigungsministerium überweist zahlreiche Patienten an uns.«

»Ist Krieg nicht wunderbar?«, murmelt Veronica Cray.

Dr. Caplin zuckt zusammen, und seine haselnussbraune Iris scheint vor gerechtem Zorn zerspringen zu wollen.

»Wir leisten wichtige Arbeit, Detective Inspector. Wir helfen Menschen. Es ist nicht meine Aufgabe, die Außenpolitik oder Kriegsführung unserer Regierung zu kritisieren.«

»Ja, selbstverständlich«, sage ich. »Ich bin sicher, Ihre Arbeit ist von enormer Bedeutung. Wir sind auch nur an Patrick Fuller interessiert.«

»Sie haben am Telefon angedeutet, dass Patrick Fuller Opfer eines Identitätsdiebstahls geworden sein könnte.«

»Ja.«

»Sie werden bestimmt verstehen, Professor, dass ich mit Ihnen keine Einzelheiten der Therapie besprechen kann.«

»Das verstehe ich voll und ganz.«

»Sie wollen also nicht seine Krankenakte einsehen?«

»Nicht, solange er keinen Mord gesteht«, sagt DI Cray.

Das Lächeln des Arztes ist längst erloschen. »Das verstehe ich. Was soll er denn angestellt haben?«

»Genau das wollen wir feststellen«, sagt DI Cray. »Wir möchten mit Patrick Fuller sprechen und erwarten Ihre volle Kooperationsbereitschaft.«

Dr. Caplin tastet seinen Kopf ab, als wollte er dessen Ausmaße überprüfen.

»Ich versichere Ihnen, Detective Inspector, diese Klinik ist ein Freund der Avon & Somerset Police. Ich persönlich pflege eine überaus herzliche Beziehung zu Ihrem Assistant Chief Constable Fowler.«

Von allen Namen, die er hätte fallen lassen können, wählt er ausgerechnet diesen. Veronica Cray zuckt nicht mit der Wimper.

»Nun, Doktor, ich werde ihm Ihre besten Grüße ausrichten. Ich bin sicher, er wird Ihre Kooperationsbereitschaft ebenso zu schätzen wissen wie ich.«

Dr. Caplin nickt befriedigt.

Er nimmt eine Akte von seinem Tisch und klappt sie auf.

»Patrick Fuller leidet unter einer posttraumatischen Stressstörung und allgemeinen Angstzuständen. Er ist suizidgefährdet und wird von Schuldgefühlen wegen des Verlusts einiger Kameraden im Irak geplagt. Patrick ist bisweilen desorientiert und verwirrt. Außerdem leidet er unter zum Teil sehr heftigen Stimmungsschwankungen.«

»Wie heftig?«, fragt DI Cray.

»Er stellt kein ernsthaftes Sicherheitsrisiko dar, und sein Benehmen war bisher vorbildlich. Wir machen echte Fortschritte.«

Das will ich bei dreitausend Pfund pro Woche auch hoffen.

»Warum haben die Psychiater der Army diese Störungen nicht diagnostiziert?«, frage ich.

»Patrick war keine Überweisung der Army.«

»Aber seine Probleme stehen im Zusammenhang mit seinem Militärdienst?«

»Das ist vertraulich.«

»Wer hat ihn hierhergebracht?«

»Ein Freund.«

»Gideon Tyler?«

»Ich sehe nicht ein, inwiefern das für die Polizei von irgendeinem Belang wäre.«

Veronica Cray hat sich das nun lange genug angehört. Sie ist aufgesprungen, beugt sich über den Schreibtisch und fixiert Caplin mit einem Blick, der seine Augen weitet.

»Ich glaube nicht, dass Sie den Ernst der Lage vollständig begriffen haben, Dr. Caplin. Gideon Tyler ist Tatverdächtiger in einer Mordermittlung. Patrick Fuller ist möglicherweise ein Komplize. Wenn also keine konkreten medizinischen Bedenken vorliegen, dass Mr. Fuller durch eine Vernehmung psychische Schäden davontragen könnte, bitte ich Sie jetzt zum letzten Mal, ihn uns verfügbar zu machen, andernfalls komme ich mit einem Haftbefehl für ihn und für Sie wegen Behinderung einer polizeilichen Ermittlung zurück. Und dann kann Ihnen nicht einmal Ihr Mr. Fowler helfen.«

Dr. Caplin stottert eine komplett unverständliche Antwort. Jede Spur von Selbstgefälligkeit ist wie weggewischt. Veronica Cray redet immer noch.

»Professor O'Loughlin ist Facharzt für Psychiatrie. Er wird bei der Vernehmung anwesend sein. Wenn sich Patrick Fuller zu irgendeinem Zeitpunkt erregt oder sich sein Zustand verschlechtert, wird der Professor bestimmt für sein Wohlbefinden Sorge tragen.«

Nach einer kurzen Pause greift Dr. Caplin zum Telefonhörer.

»Bitte informieren Sie Mr. Fuller, dass er Besuch hat.«

Der Raum ist mit einem Bett, einem Stuhl, einem kleinen Fernseher auf einem Ständer und einer Kommode karg möbliert. Patrick ist viel kleiner, als ich ihn mir nach den Fotos vorgestellt habe. Aus dem attraktiven, dunkelhaarigen Soldaten in Paradeuniformen ist eine blasse, zerknitterte Kopie in weißem Unterhemd mit gelben Rändern in den Achselhöhlen und einer Jogginghose geworden, die unterhalb seiner Hüftknochen hängt, die unter der Haut vorstehen wie Türknäufe.

Um seine rechte Achselhöhle ist von der Operation hartes, vernarbtes Gewebe zurückgeblieben, und er hat abgenommen.

Seine Muskeln sind verschwunden, sein Hals ist so dünn, dass sein Adamsapfel beim Schlucken aussieht wie ein Krebsknoten.

Ich ziehe mir einen Stuhl heran und setze mich ihm gegenüber, sein ganzes Blickfeld einnehmend. DI Cray hält sich offenbar ganz gerne im Hintergrund. Fernwood ist ihr unbehaglich.

»Hallo, Patrick, ich heiße Joe.«

»Wie geht's?«

»Gut, und Ihnen?«

»Langsam besser.«

»Das ist gut. Gefällt es Ihnen hier?«

»Es ist okay.«

»Haben Sie Gideon Tyler gesehen?«

Die Frage überrascht ihn nicht. Er steht so stark unter Medikamenten, dass seine Stimmungen und Bewegungen auf einem Level eingeebnet sind.

»Seit Freitag nicht mehr.«

»Wie oft kommt er Sie besuchen?«

»Mittwochs und freitags.«

»Heute ist Mittwoch.«

»Dann wird er wohl bald kommen.«

Er kneift sich mit seinen langen Fingern rastlos in sein Handgelenk. Ich erkenne die roten Abdrücke, die sie hinterlassen.

»Wie lange kennen Sie Gideon schon?«

»Seit ich zu den Paras gekommen bin. Er war echt knallhart. Hat mir ständig in die Eier getreten, aber das war nur, weil ich so faul war.«

»Er war Offizier?«

»Und ob. Voll der Streber. Second Lieutenant.«

»Gideon ist nicht bei den Paras geblieben?«

»Nee, er ist zum grünen Schleim gegangen.«

»Was ist das?«

»Army Intelligence Corp. Wir haben immer alle möglichen Witze über die gemacht.«

»Was für Witze?«

»Das sind keine richtigen Soldaten, wissen Sie. Die kleben den ganzen Tag irgendwelche Landkarten zusammen und malen mit Buntstiften.«

»Hat Gideon das auch gemacht?«

»Hat er nie gesagt.«

»Er muss doch irgendwas erwähnt haben.«

»Wenn er mir was erzählt hätte, hätte er mich umbringen müssen.« Er lächelt und sieht die Krankenschwester an. »Wann krieg ich mein Gebräu? Heiß und flüssig.«

»Gleich«, sagt die Krankenschwester.

Patrick kratzt die Narben unter seinem Arm.

»Hat Gideon Ihnen erzählt, warum er zurück nach England gekommen ist?«

»Nee. Er hat sowieso nie viel geredet.«

»Seine Frau hat ihn verlassen.«

»Hab ich gehört.«

»Kannten Sie sie?«

»Gideon hat gesagt, sie wäre eine dreckige Nutte.«

»Sie ist tot.«

»Dann ist es ja gut.«

»Seine Tochter ist auch tot.«

Patrick zuckt zusammen und lässt seine Zunge über die Wange rollen.

»Wie kann Gideon es sich leisten, die Rechnungen einer solchen Klinik zu bezahlen?«

Patrick zuckt die Achseln. »Er hat reich geheiratet.«

»Aber jetzt ist sie tot.«

Er sieht mich einfältig an. »Haben wir das nicht schon besprochen?«

»Hat Gideon Sie am letzten Montag besucht?«

»Wann war Montag?«

»Vor zwei Tagen.«

»Ja.«

»Und an dem Montag davor?«

»So weit zurück kann ich mich nicht erinnern. Könnte der Tag gewesen sein, an dem er mich zum Essen eingeladen hat. Wir sind im Pub gewesen. Weiß nicht mehr, wo. Sie sollten in der Besucherliste nachgucken. Ankunft. Abfahrt.«

Patrick kneift sich wieder ins Handgelenk, offenbar ein Auslösemechanismus, der verhindern soll, dass seine Gedanken abschweifen, damit er weiter ansprechbar bleibt.

»Warum interessieren Sie sich so für Gideon?«

»Wir würden gerne mit ihm reden.«

»Warum sagen Sie das nicht gleich?« Er zieht ein Handy aus der Tasche seiner Trainingshose. »Ich ruf ihn an.«

»Nicht nötig. Geben Sie mir einfach die Nummer.«

Patrick drückt schon auf die Tasten. »Sie haben so viele Fragen. Fragen Sie ihn am besten einfach direkt.«

Ich sehe Veronica Cray. Sie schüttelt den Kopf.

»Legen Sie auf«, dränge ich Patrick.

Aber es ist schon zu spät. Er gibt mir das Handy.

Irgendjemand geht dran. »Hey, hey, wie geht's meinem Lieblingsbekloppten?«

Es entsteht eine Pause. Ich sollte auflegen. Ich tue es nicht.

»Hier ist nicht Patrick«, sage ich.

Eine weitere Pause dehnt sich. »Woher haben Sie den Apparat?«

»Er hat ihn mir gegeben.«

Erneutes Schweigen. Gideons Verstand arbeitet auf Hochtouren. Dann höre ich ihn lachen. Ich stelle mir vor, wie er lächelt.

»Hallo, Professor. Sie haben mich gefunden.«

DI Cray streicht mit den Fingern über ihre Kehle. Sie will, dass ich auflege. Tyler weiß, dass er identifiziert ist, und niemand verfolgt den Anruf.

»Wie geht es Patrick?«, fragt Gideon.

»Er sagt, es gehe ihm besser. Muss teuer sein, ihn hier behandeln zu lassen.«

»Freunde kümmern sich. Das ist Ehrensache.«

»Warum haben Sie vorgegeben, er zu sein?«

»Die Polizei hat die Wohnung gestürmt. Niemand hat mich gefragt, wie ich heiße. Alle sind davon ausgegangen, dass ich Patrick bin.«

»Und Sie haben diese Lüge aufrechterhalten.«

»Ich hatte meinen Spaß.«

Patrick sitzt auf dem Bett, hört mit und lächelt verstohlen. Ich stehe auf und gehe an der Schwester vorbei in den Flur. Veronica Cray folgt mir und flüstert mir barsch ins Ohr.

Gideon redet immer noch mit mir. Er nennt mich Mr. Joe.

»Warum suchen Sie immer noch nach Ihrer Frau?«, frage ich.

»Sie hat etwas genommen, was mir gehört.«

»Was hat sie genommen?«

»Fragen Sie sie.«

»Das würde ich tun, aber sie ist tot. Sie ist ertrunken.«

»Wenn Sie meinen, Mr. Joe.«

»Sie glauben es nicht?«

»Ich kenne sie besser als Sie«, schnarrt er, triefend vor Hass.

»Was haben Sie mit Christine Wheelers Handy gemacht?«

»Ich habe es gefunden.«

»Das ist aber ein Zufall. Sie finden das Telefon einer der ältesten Freundinnen Ihrer Frau.«

»Ja, das Leben schreibt die merkwürdigsten Geschichten.«

»Haben Sie ihr gesagt, sie soll von der Brücke springen?«

»Ich weiß nicht, wovon Sie reden.«

»Was ist mit Sylvia Furness?«

»Der Name klingt irgendwie vertraut. Ist sie eine Wetterfee vom Fernsehen?«

»Sie haben sie gezwungen, sich mit Handschellen an einen Baum zu ketten. Sie ist erfroren.«

»Viel Glück dabei, das zu beweisen.«

»Maureen Bracken lebt. Sie wird Sie identifizieren. Die Polizei wird Sie finden, Gideon.«

Er feixt. »Sie reden einen Haufen Scheiße, Mr. Joe. Bis jetzt haben Sie mir von einem Selbstmord, einem Tod durch Erfrieren und dem Opfer eines Polizeischützen erzählt. Das hat alles nichts mit mir zu tun. Sie haben nicht ein einziges Indiz, das mich direkt mit einem dieser Fälle in Verbindung bringt.«

»Wir haben Maureen Bracken.«

»Ich habe die Frau nie gesehen. Fragen Sie sie.«

»Das habe ich getan. Sie sagt, sie hätte Sie einmal getroffen.«

»Sie lügt.«

Er spricht die Worte zwischen den Zähnen, als ob er auf einem Samenkorn kauen würde.

»Helfen Sie mir, etwas zu verstehen, Gideon. Hassen Sie Frauen?«

»Meinen Sie intellektuell, physisch oder als eine Unterart?«

»Sie sind misogyn.«

»Ich wusste, dass es ein Wort dafür gibt.«

Jetzt macht er sich über mich lustig. Er denkt, er wäre schlauer als ich. Und bis jetzt hat er Recht.

Ich höre eine Schulklingel im Hintergrund. Kinder rennen und schreien.

»Vielleicht könnten wir uns treffen«, sage ich.

»Klar. Wir können mal zusammen Mittag essen gehen.«

»Wie wär's jetzt gleich?«

»Tut mir leid, ich hab schon was vor.«

»Was machen Sie denn?«

»Ich warte auf einen Bus.«

In dem nachfolgenden Schweigen hört man das Zischen einer Luftbremse. Ein Dieselmotor klopft und rumpelt.

»Ich muss Schluss machen, Professor. War nett, mit Ihnen zu plaudern. Grüßen Sie Patrick von mir.«

Er beendet das Gespräch.

Ich drücke auf Wahlwiederholung, aber das Handy ist abgeschaltet.

Ich sehe DI Cray an und schüttele den Kopf. Sie tritt mit Anlauf gegen einen Papierkorb, der gegen die gegenüberliegende Wand prallt und, wegen der frischen Beule sich ungleichmäßig hin- und herwiegend, auf dem Teppich liegen bleibt.

46

Die Tür geht mit einem Zischen auf. Schüler drängeln in den Bus. Einige haben Masken aus Pappmaché, andere ausgehöhlte Kürbisse in der Hand. In zwei Wochen ist Halloween.

Da ist sie; sie trägt einen karierten Rock, eine schwarze Strumpfhose und einen flaschengrünen Pullover. Sie findet einen Platz in der Mitte des Busses und lässt ihre Schultasche neben sich fallen. Aus ihrem Pferdeschwanz haben sich ein paar Strähnen gelöst.

Ich schwinge auf meinen Krücken an ihr vorbei. Sie blickt nicht auf. Alle Plätze sind besetzt. Mich auf meinen Stöcken vor und zurück wiegend, starre ich einen der Schuljungen an. Er macht Platz. Ich setze mich.

Die älteren Jungen haben die hinteren Plätze okkupiert und rufen aus dem Fenster ihren Kumpeln auf der Straße etwas zu. Der Anführer hat eine Zahnspange und Flaum am Kinn. Er beobachtet das Mädchen. Sie knibbelt an ihren Fingernägeln.

Der Bus ist ein Stück gefahren und hält jetzt noch mal an, um weitere Fahrgäste aufzunehmen. Der Junge mit der Zahnspange kommt nach vorne. Er geht an mir vorbei, beugt sich über den Sitz und schnappt sich ihre Schultasche. Sie versucht, sie ihm zu entreißen, doch er kickt sie über den Boden. Sie bittet ihn freundlich. Er lacht. Sie erklärt ihm, er solle erwachsen werden.

Ich stelle mich hinter ihn. Es sieht aus, als würde ich ihm einen Klaps in den Nacken geben, eine freundliche – väterliche – Geste. Aber meine Finger haben sich von beiden Seiten um seine Wirbelsäule geschlossen. Seine Augen quellen hervor, und er balanciert mit den dicken Sohlen seiner Schuhe auf den Zehenspitzen.

Seine Kumpel kommen auf mich zu. Einer sagt, ich solle ihn loslassen. Ich starre ihn an. Die Jungen verstummen. Der Busfahrer, ein schlammfarbener Sikh mit einem Turban, blickt in den Rückspiegel.

»Gibt es ein Problem?«, fragt er.

»Ich glaube, dem Jungen ist schlecht«, sage ich. »Er braucht frische Luft.«

»Soll ich anhalten?«

»Er nimmt einen späteren Bus.« Ich sehe den Jungen an. »Nicht wahr?« Ich bewege meine Hand. Sein Kopf nickt.

Der Busfahrer hält an, und ich führe den Jungen zur hinteren Tür.

»Wo ist seine Tasche?«

Irgendjemand reicht sie nach vorne.

Ich lasse ihn los. Er fällt taumelnd auf die Bank der Bushaltestelle. Die Tür schließt sich zischend. Wir fahren wieder los.

Das Mädchen sieht mich unsicher an. Ihre Schultasche liegt jetzt unter ihren verschränkten Armen auf ihrem Schoß.

Ich setze mich auf den Platz vor ihr und lehne meine Krücken an den Haltegriff.

»Weißt du, ob dieser Bus über die Bradford Road fährt?«, frage ich.

Sie schüttelt den Kopf:

Ich öffne eine Flasche Wasser. »Ich kann diese Karten an den Bushaltestellen nie lesen.«

Sie antwortet immer noch nicht.

»Ist es nicht erstaunlich, dass wir Wasser in Plastikflaschen kaufen? Als ich klein war, hätte man auf der Suche nach Wasser in Flaschen verdursten können. Mein alter Herr sagt, es ist eine Schande. Bald müssen wir auch noch für frische Luft bezahlen.«

Keine Reaktion.

»Vermutlich sollst du dich nicht von Fremden ansprechen lassen.«

»Nein.«

»Das ist okay. Das ist ein guter Rat. Kalt heute, findest du nicht auch? Vor allem für einen Freitag.«

Sie schnappt nach dem Köder. »Heute ist nicht Freitag. Heute ist Mittwoch.«

»Bist du sicher?«

»Ja.«

Ich trinke noch einen Schluck Wasser.

»Welchen Unterschied macht es, welchen Tag wir haben?«, fragt sie.

»Nun, weißt du, jeder Wochentag hat seinen eigenen Charakter. Samstage sind geschäftig. Sonntage sind langsam. Freitage sollen voller Versprechen sein. Montage… na ja, jeder hasst Montage.«

Sie lächelt und wendet den Blick ab. Einen kurzen Moment sind wir Verschworene. Ich betrete die Welt ihrer Gedanken, sie die meine.

»Der Junge mit der Zahnspange – war das ein Freund von dir?«

»Nein.«

»Er macht dir Probleme?«

»Ja, schon irgendwie.«

»Du versuchst, ihm aus dem Weg zu gehen, aber er taucht immer wieder auf?«

»Wir nehmen denselben Bus.«

Sie kapiert, was ich andeuten will.

»Hast du Brüder?«, frage ich sie.

»Nein.«

»Weißt du, wie man jemandem einen Kniestoß versetzt? Das solltest du tun, ramm ihm dein Knie du-weißt-schon-wohin.«

Sie wird rot. Süß.

»Möchtest du einen Witz hören?«

Sie antwortet nicht.

»Eine Frau steigt mit ihrem Baby in einen Bus, und der Fahrer sagt: ›Das ist das hässlichste Baby, das ich je gesehen habe.‹ Die Frau ist außer sich, aber sie bezahlt den Fahrschein und

setzt sich. Ein anderer Passagier sagt: ›Das dürfen Sie ihm nicht durchgehen lassen. Gehen Sie zurück und sagen Sie ihm die Meinung. Ich halt so lange den Affen für Sie.‹«

Diesmal ernte ich ein echtes Lachen. Es ist das Süßeste, was man je gehört hat. Sie ist ein Pfirsich, ein süßer, süßer Pfirsich.

»Wie heißt du?«

Sie antwortet nicht.

»Richtig, du sollst ja nicht mit Fremden reden, hatte ich ganz vergessen. Dann muss ich dich wohl einfach Schneeflöckchen nennen.«

Sie starrt aus dem Fenster.

»Das ist meine Haltestellte«, sage ich und ziehe mich hoch. Eine Krücke fällt in den Gang. Sie bückt sich und hebt sie für mich auf.

»Was ist mit Ihrem Bein passiert?«

»Nichts.«

»Warum brauchen Sie dann Krücken?«

»Damit ich im Bus einen Sitzplatz kriege.«

Sie lacht wieder.

»War nett, mit dir zu plaudern, Schneeflöckchen.«

47

Maureen Bracken ist an Schläuche angeschlossen, die Flüssigkeiten zuführen oder ableiten. Vor zwei Tagen wurde sie angeschossen, gestern ist sie aufgewacht, blass, erleichtert und nur mit vagen Erinnerungen daran, was geschehen ist. Alle paar Stunden gibt die Schwester ihr Morphium, und sie döst wieder ein.

Sie steht im Bristol Royal Infirmary unter Polizeischutz. Das Gebäude ist ein Wahrzeichen in einer Stadt mit herzlich wenig Sehenswürdigkeiten. In der Halle haben ehrenamtliche Helferinnen mit blau-weißen Schärpen einen Empfangstresen aufgebaut. Sie sehen aus wie greise Schönheitsköniginnen, die ihren Wettbewerb um vierzig Jahre verpasst haben.

Ich erwähne Maureen Brackens Namen, und ihr Lächeln erstirbt. Ein Polizist wird von oben gerufen. Ruiz und ich warten in der Halle und blättern an dem kleinen Kiosk in Zeitungen.

Aus einem sich öffnenden Fahrstuhl dröhnt Brunos Stimme.

»Gott sei Dank, ein freundliches Gesicht. Bist du gekommen, um das alte Mädchen ein bisschen aufzuheitern?«

»Wie geht es ihr?«

»Sie sieht schon besser aus. Ich hatte ja keine Ahnung, dass eine Kugel so einen Schlamassel anrichten kann. Schrecklich. Aber die wichtigen Körperteile sind intakt, das ist die Hauptsache.«

Er wirkt ehrlich erleichtert. Die nächsten paar Minuten tauschen wir Klischees darüber aus, wohin es mit der Welt gekommen ist.

»Ich sause kurz los, um was Anständiges zu essen zu besorgen«, sagt er. »Ich kann schließlich nicht zulassen, dass sie diesen Krankenhausfraß isst. Voller Metaerreger.«

»Es ist nicht so übel, wie du denkst«, sage ich.

»Nein, es ist noch schlimmer«, sagt Ruiz.

»Meinst du, die haben hier was dagegen?«, fragt Bruno.

»Ganz bestimmt nicht.«

Mit einem Winken verschwindet er durch die automatische Tür.

Aus dem Aufzug tritt in diesem Moment ein Detective. Er sieht italienisch aus und hat einen Bürstenhaarschnitt und eine Pistole im tief hängenden Halfter unter seinem Jackett. Ich erkenne ihn von den Einsatzbesprechungen in der Trinity Road wieder.

Er begleitet uns nach oben, wo ein zweiter Polizist den Flur zu Maureen Brackens Zimmer in einem sicheren Flügel des Krankenhauses bewacht. Die Detectives tasten Besucher und medizinisches Personal mit Metalldetektoren ab.

Als ich die Tür öffne, blickt Maureen von einer Zeitschrift auf und lächelt nervös. Ihre Schulter ist bandagiert, und sie trägt den Arm in einer Schlinge. Schläuche verschwinden unter dem Verband und ihrer Bettdecke.

Sie hat sich geschminkt – für Bruno, nehme ich an. Und der normalerweise gesichtslose Raum ist mit dutzenden von Karten, Bildern und Zeichnungen geschmückt. Über ihrem Bett hängt ein Spruchband mit goldenen und silbernen Fransen. Darauf steht *Gute Besserung*. Hunderte von Schülerinnen haben unterschrieben.

»Sie sind eine sehr beliebte Lehrerin«, sage ich.

»Sie wollen mich alle besuchen kommen«, erwidert sie lachend. »Natürlich nur während der Schulzeit, damit sie eine Entschuldigung haben, den Unterricht zu schwänzen.«

»Wie fühlen Sie sich?«

»Besser.« Sie richtet sich ein wenig auf, und ich schiebe das Kissen in ihrem Rücken zurecht. Ruiz ist im Flur geblieben und erzählt sich mit den Detectives unanständige Witze über Krankenschwestern.

»Sie haben Bruno knapp verpasst«, sagt Maureen.

»Ich habe ihn unten getroffen.«

»Er ist losgegangen, um mir bei Mario's ein Mittagessen zu besorgen. Ich hatte auf einmal Appetit auf Pasta und Salat mit Rucola und Parmesan. Es ist, als wäre ich wieder schwanger, und Bruno verwöhnt mich, aber verraten Sie ihm nicht, dass ich das gesagt habe.«

»Bestimmt nicht.«

Sie blickt auf ihre Hände. »Tut mir leid, dass ich versucht habe, Sie zu erschießen.«

»Das ist okay.«

Ihre Stimme bricht kurz. »Es war schrecklich... was er über Jackson gesagt hat. Ich habe ihm wirklich geglaubt, wissen Sie. Ich habe wirklich geglaubt, er würde es tun.«

Maureen erzählt, was geschehen ist. Jede Mutter und jeder Vater kennt das Gefühl, in einem Supermarkt, auf einem Spielplatz oder auf einer vollen Straße sein Kind aus den Augen zu verlieren. Zwei Minuten werden zu einer Ewigkeit. Nach zwei Stunden ist man praktisch zu allem fähig. Für Maureen war es noch schlimmer. Sie musste zuhören, wie ihr Sohn um Hilfe rief, und sich dabei vorstellen, dass er Schmerzen und den Tod erlitt. Der Anrufer hat ihr gesagt, sie werde Jackson nie wieder sehen, nie seine Leiche finden, nie die Wahrheit erfahren.

Ich sage, dass ich sie verstehe.

»Wirklich?«, fragt sie.

»Ich glaube schon.«

Sie schüttelt den Kopf und blickt auf ihre verletzte Schulter. »Ich glaube nicht, dass irgendjemand das verstehen kann. Ich hätte mir den Lauf der Waffe auch in den Mund geschoben. Ich hätte abgedrückt. Ich hätte alles getan, um Jackson zu retten.«

Ich setze mich auf einen Stuhl neben ihrem Bett.

»Haben Sie die Stimme erkannt?«

Sie schüttelt wieder den Kopf. »Aber ich weiß, dass es Gideon war.«

»Woher?«

»Er hat nach Helen gefragt, wollte wissen, ob sie geschrieben, angerufen oder mir eine Mail geschickt hätte. Nein, habe ich ihm erklärt. Ich habe gesagt, dass Helen tot ist und dass es mir leidtut, aber er hat gelacht.«

»Hat er gesagt, warum er glaubt, dass sie noch lebt?«

»Nein, aber er hat auch mich überzeugt.«

»Wie?«

Sie sucht stockend nach Worten. »Er war sich so sicher.«

Maureen wendet den Blick ab und sucht eine Ablenkung. Sie will nicht mehr über Gideon Tyler reden.

»Helens Mutter hat mir eine Karte mit Besserungswünschen geschickt«, sagt sie und zeigt auf den Nachttisch. Sie dirigiert mich zu einer Karte mit einer handgemalten Orchidee in Pastellfarben. Claudia Chambers hat geschrieben:

Manchmal führt Gott die besten Menschen in Versuchung, weil er weiß, dass sie widerstehen werden. Unsere Gedanken und Gebete sind bei dir. Werde bitte ganz schnell gesund.

Ich stelle die Karte wieder auf den Tisch.

Maureen hat die Augen geschlossen und verzieht vor Schmerzen das Gesicht. Die Wirkung des Morphiums lässt nach. Irgendeine Erinnerung steigt auf und schafft sich Raum. Sie öffnet den Mund.

»Mütter sollten immer wissen, wo ihre Kinder sind.«

»Warum sagen Sie das?«

»Das hat er zu mir gesagt.«

»Gideon?«

»Ich dachte, er wollte mich verhöhnen, aber ich bin mir nicht mehr sicher. Bei allem, was er gesagt hat, war es vielleicht das Einzige, was keine Lüge war.«

48

Die Anwaltskanzlei Spencer, Rose & Davis liegt in einem modernen Büroblock gegenüber der Guildhall neben den Gerichten. Das Foyer sieht aus wie eine moderne Zitadelle und erhebt sich fünf Stockwerke hoch bis zu einem gewölbten Glasdach, das von einem Zickzack aus weißen Rohren durchzogen wird.

Es gibt einen Wasserfall, einen Teich und einen Wartebereich mit schwarzen Ledersofas. Ruiz und ich beobachten einen Mann im Nadelstreifenanzug, der in einem gläsernen Doppellift auf unsere Ebene herabschwebt.

»Siehst du den Anzug von dem Typen?«, flüstert Ruiz. »Der ist mehr wert als meine komplette Garderobe.«

»Meine Schuhe sind mehr wert als deine komplette Garderobe«, erwidere ich.

»Das ist brutal.«

Der Mann im Nadelstreifenanzug spricht kurz mit der Empfangssekretärin und kommt, seine Jacke aufknöpfend, auf uns zu. Er stellt sich nicht vor, sondern fordert uns lediglich auf, ihm zu folgen.

Der Fahrstuhl trägt uns nach oben. Die Topfpflanzen werden kleiner, die Koikarpfen schrumpfen zu Goldfischen.

Wir werden in ein Büro geführt, in dem ein über siebzigjähriger Anwalt hinter einem großen Schreibtisch sitzt, der ihn noch eingefallener aussehen lässt. Er erhebt sich ein paar Zentimeter von seinem Lederstuhl und setzt sich wieder, entweder zum Zeichen seines Alters oder des Maßes an Respekt, den uns entgegenzubringen er bereit ist.

»Ich bin Julian Spencer«, stellt er sich vor. »Ich vertrete

Chambers Construction und bin ein alter Freund von Bryans Familie. Mr. Chambers haben Sie ja bereits kennengelernt.«

Bryan Chambers bietet uns nicht die Hand an. Er trägt einen Anzug, den kein Schneider der Welt bequem aussehen lassen könnte. Manche Männer sind einfach dazu gemacht, Overalls zu tragen.

»Ich glaube, die Umstände waren ein wenig unglücklich«, sage ich.

»Sie haben sich mit einem Trick Zutritt zu meinem Grundstück verschafft und meine Frau beunruhigt.«

»In diesem Fall bitten wir um Entschuldigung.«

Mr. Spencer versucht, die Wogen zu glätten, indem er Mr. Chambers schnalzend zur Ruhe ermahnt wie ein Schuldirektor.

Ein alter Freund der Familie, hat er gesagt. Die Verbindung erscheint mir nicht direkt naheliegend – ein Anwalt des alten Geldes und Establishments und ein Millionär aus der Arbeiterklasse.

Der Mann im Nadelstreifenanzug ist im Zimmer geblieben. Er steht mit verschränkten Armen am Fenster.

»Die Polizei sucht Gideon Tyler«, sage ich.

»Das wird auch verdammt noch mal Zeit«, brummt Mr. Chambers.

»Wissen Sie, wo er ist?«

»Nein.«

»Wann haben Sie zuletzt mit ihm gesprochen?«

»Ich spreche ständig mit ihm. Ich brülle ihn am Telefon an, wenn er wieder mitten in der Nacht anruft und nichts sagt, sondern nur leise atmet.«

»Sind Sie sicher, dass er es ist?«

Chambers starrt mich an, als würde ich an seinem Verstand zweifeln. Unsere Blicke treffen sich, und ich betrachte sein Gesicht. Große Männer neigen zu großer persönlicher Ausstrahlung, aber auf sein Leben ist ein Schatten gefallen, unter dem er sichtlich gewelkt ist.

Er steht auf, läuft im Zimmer auf und ab, spreizt die Finger, ballt die Fäuste und öffnet die Hände wieder.

»Tyler ist in unser Haus eingebrochen – mehr als einmal –, ich weiß nicht, wie oft. Ich habe neue Schlösser einbauen lassen, Kameras und Alarmanlagen installiert, aber es hat nichts genützt. Er ist trotzdem durchgekommen. Er hat Nachrichten hinterlassen. Warnungen. Tote Vögel in der Mikrowelle, ein Gewehr in unserem Bett. Die Katze meiner Frau war in den Wasserkasten einer Toilette gestopft.«

»Und das haben Sie alles der Polizei gemeldet?«

»Ich hatte die Nummer schon als Kurzwahl gespeichert. Sie haben einen Scheißpfad zu meinem Haus getrampelt, aber sie waren so gut wie komplett nutzlos.« Er sieht Ruiz an. »Sie haben ihn nicht verhaftet. Sie haben keine Anklage erhoben. Sie meinten, es gäbe keine Beweise. Die Anrufe waren von verschiedenen Handys aus gemacht worden, die man nicht zu Tyler zurückverfolgen konnte. Es gab weder Fingerabdrücke noch Faserspuren, keine Aufnahmen der Sicherheitskameras. Wie ist das möglich?«

»Er ist vorsichtig«, sagt Ruiz.

»Oder sie schützen ihn?«

»Warum?«

Bryan Chambers zuckt die Achseln. »Was weiß ich? Das ergibt alles keinen Sinn. Ich lasse das Haus jetzt rund um die Uhr von sechs Wachleuten bewachen. Aber das reicht immer noch nicht.«

»Wie meinen Sie das?«

»Gestern Nacht hat jemand den See bei Stonebridge Manor vergiftet«, erklärt er. »Wir hatten viertausend Fische – Schleien, Plötzen und Brassen –, alle tot.«

»Tyler?«

»Wer sonst?«

Der große Mann ist stehen geblieben. Zumindest für den Moment ist sein Feuer ausgebrannt.

»Was will Gideon?«, frage ich.

Julian Spencer antwortet für ihn. »Das hat Mr. Tyler nicht deutlich gemacht. Zuerst wollte er seine Frau und seine Tochter finden.«

»Das war vor dem Fährunglück.«

»Ja. Er wollte nicht akzeptieren, dass die Ehe zu Ende war, und suchte Helen und Chloe. Er hat Bryan und Claudia beschuldigt, sie zu verstecken.«

Der Anwalt zieht einen Brief aus seinem Schreibtisch, um sein Gedächtnis aufzufrischen.

»Mr. Tyler hat bei einem deutschen Gericht das gemeinsame Sorgerecht für seine Tochter erwirkt. Er wollte, dass seine Frau und seine Tochter mit einem internationalen Haftbefehl gesucht werden.«

»Die beiden haben sich in Griechenland versteckt«, sagt Ruiz.

»Ganz recht.«

»Nach der Tragödie hat Mr. Tyler seine Belästigungen doch bestimmt aufgegeben?«

Bryan Chambers stößt ein höhnisches Lachen aus, das in einen Hustenanfall umschlägt. Der alte Anwalt gießt ihm ein Glas Wasser ein.

»Das verstehe ich nicht. Helen und Chloe sind tot. Warum sollte Tyler Sie weiter terrorisieren?«

Bryan Chambers sackt in seinem Stuhl nach vorne und lässt die Schultern in einer Pose totaler Kapitulation sinken. »Ich dachte, es ginge ihm ums Geld. Helen hätte eines Tages das Haus geerbt. Ich dachte, Tyler wollte in irgendeiner Form ausgezahlt werden. Ich habe ihm zweihunderttausend Pfund angeboten, wenn er uns in Ruhe lässt. Er wollte das Geld nicht.«

Wieder schnalzt der alte Anwalt missbilligend mit der Zunge.

»Und etwas anderes hat er nicht verlangt?«

Chambers schüttelt den Kopf. »Der Mann ist ein Psychopath. Ich habe es aufgegeben, ihn verstehen zu wollen. Ich will das Schwein fertigmachen. Ich will, dass er dafür bezahlt…«

Julian Spencer ermahnt ihn, keine Drohungen auszustoßen.

»Ich scheiß auf die Vorsicht! Meine Frau schluckt Tabletten gegen ihre Depression. Sie schläft nicht mehr. Sehen Sie meine Hände?« Chambers streckt sie über den Tisch. »Wollen Sie wissen, warum sie so ruhig sind? Tabletten. Das hat Tyler uns angetan. Wir stehen beide unter Medikamenten. Er hat unser Leben zu einem einzigen Elend gemacht.«

Bei unserer ersten Begegnung dachte ich, Bryan Chambers Wut und Heimlichtuerei seien Symptome von Paranoia. Jetzt habe ich mehr Mitgefühl. Er hat seine Tochter und seine Enkelin verloren, und seine geistige Gesundheit ist ernsthaft in Gefahr.

»Erzählen Sie mir von Gideon«, bitte ich ihn. »Wann haben Sie ihn kennengelernt?«

»Helen hat ihn mit nach Hause gebracht. Ich fand von Anfang an, dass er kalt wie ein Fisch war.«

»Wieso?«

»Er hat immer den Eindruck gemacht, als kenne er die Geheimnisse aller anwesenden Leute, ohne dass einer seines kannte. Er war offensichtlich beim Militär, wollte jedoch nicht über die Army oder seine Arbeit reden – nicht mal mit Helen.«

»Wo war er stationiert?«

»In Chicksands in Bedfordshire. Dort ist so ein Ausbildungszentrum der Army.«

»Und danach?«

»Nordirland und dann Deutschland. Er war oft unterwegs. Er hat Helen nicht gesagt, wohin, aber es gab Hinweise, sagte sie. Afghanistan, Ägypten, Marokko, Polen, Irak …«

»Irgendeine Ahnung, was er gemacht hat?«

»Nein.«

Ruiz ist zum Fenster gegangen und bewundert die Aussicht. Gleichzeitig mustert er den Mann im Nadelstreifenanzug von der Seite. Ruiz ist intuitiver als ich. Ich suche bei der Beurteilung eines Menschen nach verräterischen Anzeichen, er erspürt Sie.

Ich frage Mr. Chambers nach der Ehe seiner Tochter. Ich möchte wissen, ob der Bruch plötzlich kam oder sich lange hingezogen hat. Manche Paare klammern sich an nichts weiter als Vertrautheit und Routine, lange nachdem das eigentliche Gefühl verschwunden ist.

»Ich liebe meine Tochter, Professor, aber ich behaupte nicht, Frauen besonders gut zu verstehen, nicht mal meine eigene Frau«, sagt er und schnäuzt sich die Nase. »Sie liebt mich – erklären Sie das mal.«

Er faltet das Taschentuch zwei Mal und steckt es wieder in seine Hosentasche.

»Mir hat es nicht gefallen, wie Gideon Helen manipuliert hat. In seiner Gegenwart war sie ein anderes Mädchen. Als sie geheiratet haben, wollte Gideon, dass sie blond ist. Sie ging zum Frisör, aber das Resultat war eine Katastrophe. Am Ende hatte sie dann helle, rötlich gelbe Haare. Sie war schon verlegen genug, aber Gideon hat es noch schlimmer werden lassen. Er hat sich bei der Hochzeit über sie lustig gemacht und sie vor ihren Freundinnen gedemütigt. Dafür habe ich ihn gehasst.

Bei der Feier wollte ich mit ihr tanzen. Das ist eine Tradition – der Vater tanzt mit der Braut. Gideon hat Helen gezwungen, ihn um Erlaubnis zu fragen. Es war ihr Hochzeitstag, Herrgott noch mal! Welche Braut muss um Erlaubnis fragen, wenn sie auf ihrer Hochzeit mit ihrem Vater tanzen will?«

Etwas zuckt in seinem Gesicht, ein unwillkürlicher Reflex.

»Als sie nach Nordirland gezogen sind, hat Helen immer mindestens zwei Mal pro Woche angerufen und lange Briefe geschrieben. Dann hörten die Anrufe und die Briefe nach und nach auf. Gideon wollte nicht, dass sie mit uns Kontakt hält.«

»Warum nicht?«

»Ich weiß nicht. Es kam mir vor, als wäre er eifersüchtig auf ihre Familie und ihre Freundinnen. Wir haben Helen immer seltener gesehen. Wenn sie zu Besuch kamen, blieben sie nie länger als eine Nacht oder zwei, bevor Gideon den Wagen wieder packte. Helen lächelte kaum und sprach nur noch flüsternd, aber sie war loyal zu Gideon und hat kein Wort gegen ihn gesagt.

Als sie mit Chloe schwanger war, hat sie ihrer Mutter erklärt, sie solle sie nicht besuchen kommen. Später haben wir erfahren, dass Gideon das Baby nicht wollte. Er war außer sich vor Wut und verlangte, dass sie es abtreiben ließ. Helen weigerte sich.

Ich weiß das nicht mit Sicherheit, aber ich glaube, er war eifersüchtig auf sein eigenes Kind. Können Sie sich das vorstellen? Seine Einstellung hat sich eigenartigerweise komplett geändert, nachdem Chloe geboren war. Er war verzückt. Gebannt. Das Leben hat sich beruhigt. Sie waren glücklicher.

Gideon wurde nach Osnabrück in Deutschland versetzt, die Basis der britischen Streitkräfte dort. Sie zogen in eine von der Army gestellte Wohnung. In den Quartieren für Familien gab es viele andere Frauen und Kinder. Helen schaffte es, etwa einmal im Monat zu schreiben, aber bald blieben die Briefe wieder aus, und sie konnte ohne seine Erlaubnis keinen Kontakt zu uns aufnehmen.

Jeden Abend fragte Gideon sie, wo sie gewesen war, wen sie getroffen hatte und was geredet worden war. Helen musste sich wortwörtlich an ganze Gespräche erinnern. Wenn sie das nicht konnte, beschuldigte Gideon sie, zu lügen oder Geheimnisse vor ihm zu haben. Sie musste sich aus dem Haus schleichen und ihre Mutter von einer öffentlichen Telefonzelle aus anrufen, weil sie wusste, dass ein Gespräch von zu Hause oder ihrem Handy auf der Telefonrechnung auftauchen würde.

Selbst wenn Gideon dienstlich unterwegs war, musste Helen vorsichtig sein. Sie war sich sicher, dass sie von Leuten beobachtet wurde, die ihm Bericht erstatteten.

Seine Eifersucht war wie eine Krankheit. Jedes Mal, wenn sie zu einem geselligen Anlass ausgingen, zwang er Helen, allein in einer Ecke zu sitzen. Wenn ein anderer Mann mit ihr sprach, wurde er wütend. Er verlangte, genau zu wissen, was geredet worden war – Wort für Wort.«

Bryan Chambers wiegt seinen Oberkörper nach vorne und faltet die Hände, als würde er darum beten, schon früher etwas zur Rettung seiner Tochter unternommen zu haben.

»Nach seinem letzten Einsatz wurde Gideons Verhalten noch unberechenbarer. Ich weiß nicht, was passiert ist. Laut Helen wurde er distanziert, launisch, gewalttätig …«

»Er hat sie geschlagen?«, fragt Ruiz.

»Nur ein einziges Mal – mit dem Handrücken ins Gesicht. Helens Lippe war aufgeplatzt. Sie drohte, ihn zu verlassen. Er hat sich entschuldigt. Er hat geweint. Hat sie angefleht zu bleiben. Sie hätte damals gehen sollen. Sie hätte weglaufen sollen. Aber jedes Mal, wenn sie kurz davor war, bröckelte ihre Entschlossenheit wieder.«

»Was ist bei seinem letzten Einsatz passiert?«

Chambers zuckt die Schultern. »Ich weiß es nicht. Er war in Afghanistan. Helen hat etwas davon erzählt, dass ein Freund getötet und ein anderer schwer verwundet wurde.«

»Haben Sie in diesem Zusammenhang den Namen Patrick Fuller schon einmal gehört?«

Er schüttelt den Kopf.

»Als Gideon zurückkam, verlangte er plötzlich, dass Helen noch ein Kind bekommen sollte, einen Jungen. Er wollte einen Jungen, den er nach seinem toten Freund benennen konnte. Er hat ihre Anti-Baby-Pille in der Toilette weggespült, aber Helen hat andere Methoden gefunden, eine Schwangerschaft zu verhindern.

Wenig später erhielt Gideon die Erlaubnis, außerhalb der Quartiere für verheiratete Soldaten zu wohnen. Er mietete einen Bauernhof in der Einöde, zehn Meilen von der Garnison entfernt. Helen hatte kein Telefon und kein Auto. Sie und Chloe waren völlig isoliert. Er hat die Welt um sie herum immer kleiner werden lassen, bis sie nur noch für die drei passte.

Helen wollte Chloe auf ein Internat in England schicken, aber Gideon weigerte sich. Stattdessen ging sie in die Schule der Garnison. Gideon fuhr sie jeden Morgen dorthin. Von dem Moment an, in dem Helen ihnen nachwinkte, sah sie den ganzen Tag keinen Menschen mehr. Trotzdem verhörte Gideon sie jeden Abend darüber, was sie getan und wen sie getroffen hatte. Wenn sie sich verhaspelte oder zögerte, wurde seine Befragung noch härter.«

Der große Mann ist wieder aufgestanden, ohne seinen Redefluss zu unterbrechen.

»An dem speziellen Tag entdeckte er beim Nachhausekommen Reifenspuren in der Einfahrt. Er beschuldigte Helen, einen Besucher empfangen zu haben. Sie bestritt es. Er behauptete, sie hätte einen Liebhaber. Helen schwor ihm, dass das nicht wahr sei.

Er drückte ihren Kopf auf den Küchentisch und schnitt sich mit einem Messer ein x in die Hand. Dann ballte er die Faust, sodass das Blut in ihre Augen tropfte.«

Die Narbe ist mir aufgefallen, als ich Tyler in der Trinity Road befragt habe.

»Die Ironie der Geschichte war«, fährt Chambers fort und kneift die Augen zu, »dass die Reifenspuren nicht von einem Besucher oder gar Liebhaber stammten. Gideon hatte vergessen, dass er am Tag vorher mit einem anderen Wagen von der Garnison nach Hause gefahren war. Die Spuren stammten von ihm selbst.

In jener Nacht wartete Helen, bis Gideon schlief. Sie nahm einen Koffer, den sie unter der Treppe versteckt hatte, und weckte Chloe. Sie trauten sich nicht, die Autotüren zu schließen, weil sie keinen Lärm machen wollten. Der Wagen ist nicht sofort angesprungen, die Zündung kreiselte wieder und wieder. Helen wusste, dass Gideon von dem Geräusch aufwachen würde.

Er hüpfte barfuß, ein Bein in einer hastig halb übergestreiften Hose, die Stufen vor der Haustür herunter. Der Motor sprang an. Helen trat aufs Gaspedal. Gideon rannte ihnen die Einfahrt hinunter nach, aber sie bremste nicht. Beim Einbiegen in die Straße flog Chloes Tür auf. Meine Enkelin rutschte durch den Sicherheitsgurt. Helen packte sie und zog sie wieder in den Wagen. Dabei hat sie Chloes Arm gebrochen, aber sie ist nicht stehen geblieben, sondern immer weiter gefahren, weil sie die ganze Zeit dachte, dass Gideon sie verfolgen würde.«

Bryan Chambers atmet geräuschvoll ein und hält die Luft an. Eigentlich will er aufhören zu reden. Er wünscht sich, dass er das schon vor zehn Minuten getan hätte, aber die Geschichte hat eine Eigendynamik, die sich nicht so leicht aufhalten lässt.

Statt nach Calais fuhr Helen in die entgegengesetzte Richtung, nach Österreich und weiter nach Italien. Sie hielt nur zum Tanken. Von einer Autobahnraststätte rief sie ihre Eltern an. Bryan Chambers bot an, sie nach Hause fliegen zu lassen, aber sie wollte sich Zeit zum Nachdenken nehmen.

Chloes Arm wurde in einem Krankenhaus in Mailand geschient. Bryan Chambers wies telegrafisch Geld an – genug, um die Krankenhausrechnung zu bezahlen, neue Kleidung zu kaufen und ein paar Monate unbeschwert reisen zu können.

»Sie haben Helen überhaupt nicht gesehen?«, frage ich.

Er schüttelt den Kopf.

»Ich habe mit ihr telefoniert ... und mit Chloe. Sie haben uns Postkarten aus der Türkei und aus Griechenland geschickt.«

Seine Stimme klingt belegt. Diese Andenken sind ihm kostbar – letzte Worte, letzte Briefe, letzte Fotos. Jeder Fetzen wird wie ein Schatz gehütet.

»Warum wusste keine von Helens Freundinnen, dass sie ertrunken ist?«, fragt Ruiz.

»Die Zeitungen haben ihren Ehenamen verwendet.«

»Aber es gab keine Todesanzeige oder einen Hinweis auf ihre Beerdigung?«

»Es gab keine Beerdigung.«

»Warum nicht?«

»Wollen Sie wissen, warum?« Seine Augen lodern. »Wegen Tyler! Ich hatte Angst, er würde auftauchen und irgendetwas machen, um die Beerdigung zu vermiesen. Wir konnten uns nicht richtig von unserer Tochter und unserer Enkelin verabschieden, weil dieses kranke Schwein einen Zirkus daraus gemacht hätte.«

Seine Brust bebt. Der plötzliche Ausbruch scheint seine restliche Wut ausgelaugt zu haben.

»Wir haben eine private Trauerfeier abgehalten«, murmelt er.

»Wo?«

»In Griechenland.«

»Warum in Griechenland?«

»Weil wir sie dort verloren haben. Dort waren sie glücklich. Wir haben auf einer felsigen Landspitze mit Blick auf eine Bucht, in der Chloe immer geschwommen ist, eine kleine Gedenkstätte für sie errichtet.«

»Eine Gedenkstätte«, sagt Ruiz. »Und wo sind ihre Leichen?«

»Die Leichen wurden nie geborgen. In diesem Teil des Ägäischen Meers gibt es heftige Strömungen. Ein Marinetaucher hat Chloe gefunden. Ihre Schwimmweste hatte sich an den Metallsprossen einer Leiter am Heck der Fähre verfangen. Er hat die Schwimmweste aufgeschnitten, aber die Strömung hat ihre Leiche fortgerissen, und er hatte nicht mehr genug Sauerstoff in seiner Flasche, um ihr nachzuschwimmen.«

»Und er war sich ganz sicher?«

»Sie trug noch ihren Gipsverband. Es war Chloe.«

Das Telefon klingelt. Der alte Anwalt blickt auf die Uhr. Die Zeit wird in 15-Minuten-Intervallen gemessen, denn viertelstundenweise kann abgerechnet werden. Ich frage mich, welches Honorar er für diese Konsultation von seinem »alten Freund« verlangen wird.

Ich danke Mr. Chambers dafür, dass er sich die Zeit genommen hat, und stehe langsam auf. Die Abdrücke auf dem Lederpolster beginnen sich wieder aufzulösen.

»Wissen Sie, ich habe daran gedacht, ihn umzubringen«, sagt Bryan Chambers. Julian Spencer versucht dazwischenzugehen, aber Bryan tut ihn winkend ab. »Ich habe Skipper gefragt, was es kosten würde. Wen müsste ich bezahlen? Ich meine, man liest doch ständig von so was.«

»Ich bin sicher, Skipper hat Freunde«, sagt Ruiz.

»Ja«, bestätigt Chambers nickend. »Ich weiß nicht, ob ich einem von ihnen trauen würde. Wahrscheinlich würden sie ein halbes Haus ausradieren.«

Er sieht Julian Spencer an. »Keine Sorge. Das ist nur Gerede. Claudia würde es nie zulassen. Sie glaubt an einen Gott, vor dem sie sich verantworten muss.« Er schließt kurz die Augen und öffnet sie wieder, als würde er hoffen, die Welt könnte in der Zwischenzeit besser geworden sein.

»Haben Sie Kinder, Professor?«

»Zwei.«

Er sieht Ruiz an, der zwei Finger hochhält.

»Man hört niemals auf, sich Sorgen zu machen«, sagt Chambers. »Man macht sich Sorgen während der Schwangerschaft, der Geburt, des ersten Jahres und in jedem weiteren Jahr, das folgt. Man macht sich Sorgen, wenn sie mit dem Bus unterwegs sind, eine Straße überqueren, Fahrrad fahren, auf Bäume klettern... In Zeitungen liest man Artikel über schreckliche Dinge, die Kindern zustoßen, und man bekommt Angst. Und die geht nie weg.«

»Ich weiß.«

»Und dann denkt man, dass sie viel zu schnell groß werden, und plötzlich hat man nichts mehr zu sagen. Man will, dass sie den perfekten Freund und den idealen Ehemann finden. Man will, dass sie ihren Traumjob bekommen. Man will sie vor jeder Enttäuschung und jedem Liebeskummer bewahren, aber man kann es nicht. Man hört nie auf, Vater oder Mutter zu sein. Man hört nie auf, sich Sorgen zu machen. Und wenn man Glück hat, ist man in der Nähe, um die Scherben aufzusammeln.«

Er wendet sich ab, aber ich kann das Spiegelbild seines gequälten Gesichts in der Scheibe sehen.

»Haben Sie ein Foto von Tyler?«, frage ich.

»Vielleicht zu Hause. Er mochte keine Kameras – nicht mal bei der Hochzeit.«

»Und vielleicht ein Bild von Helen? Ich habe noch kein richtiges Foto von ihr gesehen. In den Zeitungen war ein Schnappschuss abgedruckt, der vor dem Untergang der Fähre in Griechenland gemacht wurde.«

»Das war das aktuellste Foto, das wir hatten«, erklärt er.

»Haben Sie noch andere Bilder?«

Er zögert und sieht Julian Spencer an, bevor er seine Brieftasche aufklappt und ein passbildgroßes Foto herausnimmt.

»Wann wurde das aufgenommen?«, frage ich.

»Vor ein paar Monaten. Helen hat es aus Griechenland geschickt. Wir mussten einen neuen Pass für sie beantragen, auf ihren Mädchennamen.«

»Darf ich mir das mal ausleihen?«

»Warum?«

»Manchmal hilft es mir, ein Verbrechen zu verstehen, wenn ich ein Foto des Opfers habe.«

»Und Sie glauben, Helen ist ein Opfer?«

»Ja, sie war das erste.«

Seit Verlassen der Kanzlei hat Ruiz noch kein Wort gesagt. Ich bin sicher, er hat eine Meinung, die er mir jedoch erst mitteilen wird, wenn er so weit ist. Vielleicht ist das ein Vermächtnis seiner früheren Tätigkeit, jedenfalls ist er von einer Keine-Zeit-kein-Platz-Aura umgeben, die ihn von den üblichen Konversationsregeln dispensiert. Aber ich muss auch zugeben, dass er seit seiner Pensionierung spürbar milder geworden ist. Die Kräfte in ihm haben ein Gleichgewicht gefunden, und er hat seinen Frieden mit dem Schutzheiligen gemacht, der über die Atheisten wacht. Schließlich gibt es einen Schutzheiligen für alles andere, warum also nicht auch für Ungläubige?

Alle schimmernden Facetten dieses Falls verschieben sich ständig in einem Kraftfeld aus Gefühlen und Trauer. Mir fiel es schwer, mich auf bestimmte Details zu konzentrieren, weil ich so damit beschäftigt war, mich um unmittelbare Sorgen wie Darcy und ihre Zukunft zu kümmern. Jetzt möchte ich einen Schritt zurückmachen in der Hoffnung, die Dinge in einem Zusammenhang sehen zu können, aber es ist nicht leicht, den Blick von einer Bergwand zu lösen.

Ich kann verstehen, warum Bryan und Claudia Chambers so wütend und ungastlich waren, als wir sie auf ihrem Anwesen besucht haben. Gideon Tyler hat ihnen überall aufgelauert. Er ist ihren Autos gefolgt, hat ihre Briefe geöffnet und obszöne Souvenirs hinterlassen.

Die Polizei konnte diese Belästigung nicht abstellen, also haben die Chambers' ihre Kooperation eingestellt und eigene Sicherheitsmaßnahmen ergriffen. Sie haben eine Rund-um-die-Uhr-Bewachung mit Alarmanlagen, Bewegungsmeldern, Sperren und Leibwächtern organisiert. Ihre Logik kann ich begreifen, aber die von Gideon nicht. Warum sucht er noch immer nach Helen und Chloe, wenn es das ist, was er tut?

Nichts an Gideon ist arglos oder spontan. Er ist ein Tyrann, ein Sadist und ein Kontrollfetischist, der sich sorgfältig und systematisch daran gemacht hat, die Familie seiner Frau zu vernichten und alle ihre Freundinnen zu töten.

Nicht aus reiner Lust – jedenfalls nicht am Anfang. Er hat Helen und Chloe gesucht. Jetzt ist es anders. Meine Gedanken wandern zu Christine Wheelers Handy zurück. Warum hat Gideon es behalten? Warum hat er es nicht weggeworfen oder in Christines Wagen zurückgelassen? Stattdessen hat er es in Patrick Fullers Wohnung mitgenommen, wo Patricks Schwester es ahnungslos benutzte, um eine Pizza zu bestellen, was seinen Plan um ein Haar hätte scheitern lassen.

Gideon hat ein Ladegerät gekauft. Die Polizei hat die Quittung gefunden. Er hat das Handy aufgeladen, um die Speicherkarte einzusehen. Er dachte, das würde ihn vielleicht zu Helen und Chloe führen. Aus demselben Grund ist er während der Beerdigung in Christine Wheelers Haus eingebrochen und hat die Beileidskarten geöffnet. Er muss gehofft haben, dass Helen zur Beerdigung kommen oder zumindest eine Karte schicken würde.

Was weiß Gideon, was wir nicht wissen? Leidet er unter Wahnvorstellungen, leugnet er die Realität, oder hat er Informationen, die allen anderen entgangen sind? Was nützt ein Geheimnis, wenn niemand sonst von seiner Existenz weiß?

Ruiz hat den Mercedes in einem Parkhaus hinter den Gerichtsgebäuden geparkt. Er schließt auf, setzt sich ans Steuer und starrt über die Dächer, wo Möwen kreisen wie Zeitungsblätter in einem Aufwind.

»Tyler glaubt, dass seine Frau noch lebt. Ist es möglich, dass er recht hat?«

»Praktisch nein«, antwortet er. »Es gab eine Gerichtsverhandlung zur Feststellung der Todesursache sowie eine seerechtliche Untersuchung.«

»Hast du irgendwelche Kontakte zur griechischen Polizei?«

»Keine.«

Ruiz sitzt mit geschlossenen Augen reglos hinter dem Steuer, als würde er dem trägen Puls seines eigenen Blutes lauschen. Wir wissen beide, was zu tun ist. Wir müssen uns den Untergang der Fähre genauer ansehen. Es muss Zeugenaussagen, eine Passagierliste und Fotos geben ... Irgendjemand muss mit Helen und Chloe gesprochen haben.

»Du glaubst Chambers nicht?«

»Es war die eine Hälfte einer traurigen Geschichte.«

»Und wer hat die andere?«

»Gideon Tyler.«

49

Emma ist aufgewacht und wimmert und schnieft, noch in den Fängen eines Traumes. Ich schlüpfe halbwach aus dem Bett und verfluche die Kälte des Bodens und die Steifheit meiner Beine.

Sie hat die Augen fest zugekniffen und dreht den Kopf von einer Seite zur anderen. Ich lege eine Hand auf ihre Brust, die fast ihren gesamten Brustkorb bedeckt. Sie öffnet die Augen. Ich hebe sie hoch und drücke sie an mich. Ihr Herz rast.

»Alles gut, Schätzchen. Es war nur ein Traum.«

»Ich hab ein Monster gesehen.«

»Es gibt keine Monster.«

»Es wollte dich fressen. Es hat deine Arme geesst und eins von deinen Beinen.«

»Mir geht es gut. Siehst du. Zwei Arme. Zwei Beine. Weißt du noch, was ich dir gesagt habe? Es gibt keine Monster.«

»Sie sind bloß in der Fantasie.«

»Ja.«

»Und wenn es zurückkommt?«

»Du musst von etwas anderem träumen. Wie wär's zum Beispiel, wenn du von deinen Geburtstagspartys träumst, von Toast mit bunten Streuseln und Gummibärchen.«

»Und Marshmallows.«

»Ja.«

»Ich mag Marshmallows. Die rosa, nicht die weißen.«

»Die schmecken alle gleich.«

»Für mich nicht.«

Ich setze sie wieder ab, decke sie zu und gebe ihr einen Kuss auf die Wange.

Julianne ist in Rom. Sie ist am Mittwoch geflogen. Ich habe sie nicht mehr gesehen. Als ich von der Fernwood Clinic nach Hause kam, war sie schon weg.

Gestern Abend habe ich mit ihr telefoniert. Dirk ist an ihr Handy gegangen, als ich anrief. Er meinte, Julianne wäre beschäftigt und würde später zurückrufen. Ich habe eine Stunde gewartet und dann noch mal angerufen. Julianne hat gesagt, sie hätte meine Nachricht nicht bekommen.

»Ihr macht Überstunden«, sage ich.

»Wir sind fast fertig.«

Sie klang müde. Die Italiener hätten neue Forderungen, sagte sie. Sie und Dirk würden den Vertrag komplett neu aufsetzen und noch mal mit den Hauptinvestoren sprechen. Die Details habe ich nicht verstanden.

»Kommst du trotzdem morgen nach Hause?«

»Ja.«

»Willst du immer noch, dass ich mit auf die Party komme?«

»Wenn du möchtest.« Enthusiastische Zustimmung klingt anders. Sie fragte nach den Mädchen, nach Imogen und Ruiz, der gestern zurück nach London gefahren ist. Ich erklärte ihr, dass alles in Ordnung sei.

»Hör mal, ich muss Schluss machen. Gib den beiden Mädchen einen Kuss von mir.«

»Mach ich.«

»Tschüss.«

Julianne legte als Erste auf. Ich saß da, den Hörer in der Hand, und lauschte, als ob etwas an der Stille mir versichern würde, dass in der Tat alles in Ordnung war, sie morgen nach Hause kommen und dann mit mir ein wundervolles Wochenende in London verbringen würde. Aber es fühlte sich nicht so an. Ich malte mir aus, dass Dirk ein Hotelzimmer mit ihr teilte, Anrufe auf ihrem Handy entgegennahm und beim Zimmerservice ein Frühstück für zwei bestellte. Solche Gedanken hatte ich nie zuvor, ich habe nie Zweifel gehabt oder gegrübelt; und jetzt weiß ich nicht, ob ich paranoid bin (weil Mr. Parkinson einem das unweigerlich antut) oder ob mein Verdacht begründet ist.

Julianne hat sich verändert, aber das gilt auch für mich. Als wir uns kennenlernten, fragte sie mich manchmal, ob sie irgendwas zwischen den Zähnen hätte oder etwas mit ihren Kleidern nicht stimmte, weil die Leute sie ständig anstarrten. Sie war sich ihrer Schönheit so wenig bewusst, dass sie die Bewunderung, die sie erregte, gar nicht als solche erkannte.

Das kommt heute nicht mehr so häufig vor. Sie ist vorsichtiger und argwöhnischer gegenüber Fremden. Das liegt an den Geschehnissen vor drei Jahren. Sie schenkt Fremden kein Lächeln und Bettlern kein Geld mehr und bietet Menschen, die sich verirrt haben, auch nicht mehr an, ihnen den Weg zu zeigen.

Emma ist wieder eingeschlafen. Ich klemme ihre Stoffelefanten an das Gitter ihres Bettchens und schließe leise die Tür.

»Alles in Ordnung?«, fragt Charlies Stimme am anderen Ende des Flurs.

»Alles okay. Sie hatte einen Albtraum. Geh wieder schlafen.«

»Ich muss mal aufs Klo.«

Sie trägt eine weite Schlafanzughose, die tief auf der Hüfte sitzt. Ich hätte nie gedacht, dass sie irgendwann mal richtige Hüften und eine Taille bekommt. Sie war immer ein gerader Strich in der Landschaft.

»Kann ich dich was fragen?« Sie bleibt in der Tür zum Bad stehen.

»Klar.«

»Darcy ist weggelaufen.«

»Ja.«

»Kommt sie zurück?«

»Das hoffe ich.«

»Okay.«

»Was, okay?«

»Nichts. Bloß okay.« Dann: »Warum will Darcy nicht bei ihrer Tante leben?«

»Sie glaubt, sie wäre alt genug, auf sich selbst aufzupassen.«

Charlie lehnt sich nickend an den Türrahmen. Haarsträhnen fallen bogenförmig in ihr Gesicht und verdecken ein Auge. »Ich weiß nicht, was ich machen würde, wenn Mum sterben würde.«

»Niemand stirbt. Sei nicht so makaber.«

Sie ist verschwunden. Ich schleiche auf Zehenspitzen zurück in mein Bett und liege wach. Die Decke scheint weit entfernt. Das Kissen neben mir ist kalt.

Es gibt nichts Neues von Gideon Tyler. Veronica Cray hat ein oder zwei Mal angerufen, um mich auf dem Laufenden zu halten. Gideon ist weder im Wählerverzeichnis eingetragen, noch steht sein Name in einem Telefonbuch. Er hat kein Konto und keine Kreditkarte bei einer britischen Bank. Er hat keinen Arzt und kein Krankenhaus aufgesucht. Er hat keinen Mietvertrag unterzeichnet oder eine Kaution hinterlegt. Mr. Swingler hat die Miete für sechs Monate bar im Voraus erhalten. Manche Menschen gehen vorsichtig durch die Welt, aber Gideon hat kaum einen Fußabdruck hinterlassen.

Sicher wissen wir offenbar nur, dass er 1969 in Liverpool geboren wurde. Sein Vater Eric Tyler ist ein Blechstanzer im Ruhestand und lebt in Bristol. Knochig, zäh und feindselig erklärte er den Polizisten, die ihn befragen wollten, durch den Briefschlitz, sie sollten sich verpissen, und weigerte sich, ohne Durchsuchungsbefehl die Tür zu öffnen. Als er schließlich doch befragt wurde, jammerte er darüber, dass seine Kinder ihn verhungern ließen.

Es gibt einen zweiten, älteren Sohn, der eine kleine Firma für Bürobedarf in Leicester leitet und behauptet, Gideon seit einem Jahrzehnt nicht mehr gesehen oder gesprochen zu haben.

Mit achtzehn ging Gideon zur Army. Er diente im ersten Golfkrieg und als Friedenssoldat im Kosovo nach dem Bosnienkrieg. Laut Patrick Fuller wechselte er Mitte der 1990er zum Army Intelligence Corps, dem Nachrichtendienst des Heeres, und von Bryan Chambers wissen wir, dass er im Defence Intelligence & Security Center in Chicksands in Bedfordshire ausgebildet wurde.

Zunächst war er in Nordirland stationiert und wurde später als Teil der Soforteingreifkräfte der Nato (IRF) nach Osnabrück in Deutschland versetzt. Normalerweise sind britische Soldaten nur vier Jahre im Auslandseinsatz, aber aus irgendeinem Grund ist Gideon länger geblieben. Warum?

Jedes Mal, wenn ich darüber nachdenke, was er getan hat und wozu er fähig ist, spüre ich wachsende Panik. Sexuelle Sadisten bleiben nicht ruhig. Sie gehen nicht weg.

Alle seine Handlungen waren mit kühlem Kopf geplant und geradezu euphorisch ausgeführt. Er denkt, er wäre schlauer als die Polizei, das Militär, der Rest der Menschheit. Jedes seiner Verbrechen war ein kleines bisschen perverser und theatralischer als das vorherige. Er ist Künstler, kein Metzger – das will er uns sagen.

Seine nächste Tat wird die schlimmste werden. Gideons Versuch, Maureen Bracken zu ermorden, ist gescheitert, weshalb seinem nächsten Opfer eine besondere Bedeutung zukommt. Veronica Cray und ihre Truppe spüren jede ehemalige Schulfreundin, Kommilitonin und Kollegin von Helen Chambers auf, vor allem die mit Kindern. Es ist eine gewaltige Aufgabe. Sie hat nicht genug Leute, um alle unter Polizeischutz zu stellen. Sie kann ihnen nur ein Foto von Gideon Tyler zeigen und sie auf seine Methoden hinweisen.

Das sind die Gedanken, die mich in den Schlaf begleiten, die im Schatten lauern wie das Echo von Schritten, die mir folgen.

Samstagmorgen. Es gibt Pflichten zu erledigen, bevor ich nach London aufbreche. Im Dorf gibt es ein großes Fest.

Läden, Vereine und andere kommunale Gruppierungen haben Stände aufgebaut und schmücken ihre Tische mit Flaggen, Wimpeln und lustigen Schildern. Es gibt gebrauchte Bücher, selbst gebackenen Kuchen, Kunsthandwerk, urheberrechtlich fragwürdige DVDs und einen Stapel billiger Wörterbücher aus der mobilen Bibliothek.

Penny Havers, die in einem Schuhladen in Bath arbeitet, hat stapelweise Kartons mitgebracht – die meisten Schuhe gibt es nur in einer Größe, entweder riesig oder winzig, dafür aber sehr billig.

Charlie schlendert mit mir durchs Dorf. Ich weiß, wie das Spiel läuft. Sobald sie einen Jungen entdeckt, bleibt sie ein Stück zurück und tut, als wäre sie allein. Und wenn keine Jungs in der Nähe sind, muss ich mit ihr an Ständen stehen bleiben und mir Modeschmuck und Kleider angucken, die sie nicht braucht.

Alle sind aufgeregt wegen der alljährlichen Rugby-Partie zwischen Wellow und dem drei Meilen entfernten Nachbardorf Morton St. Philip. Das Match ist für den Nachmittag auf dem Sportplatz hinter dem Dorfgemeinschaftshaus angesetzt.

Wellow ist eines jener Dörfer, die bis Mitte der 80er Jahre praktisch unentdeckt blieben, ehe die Bevölkerung durch Pendler und Städter, die es ans Meer zog, stark anwuchs. Laut den Einheimischen ist der Strom mittlerweile stark abgeebbt. Die Immobilienpreise sind für die Wochenendurlauber, die ins Schaufenster des hiesigen Immobilienmaklers starren und von einem kleinen Steinhäuschen mit von Rosen umrankter Eingangstür träumen, unbezahlbar geworden. Der Tagtraum dauert sowieso nur so lange, wie man auf der M4 zurück nach London im Stau steht, und ist am Montagmorgen komplett vergessen.

Charlie will eine Halloween-Maske kaufen: ein Gummimonster mit im Dunkeln leuchtenden Haaren. Ich sage Nein. Emma hat jetzt schon Albträume.

Vor dem Postamt steht ein Polizist und leitet den Besucherverkehr auf die Felder der Umgebung um. Ich denke an Veronica Cray. Sie ist in London und will an die Türen des Verteidigungs- und des Außenministeriums klopfen, um herauszufinden, warum niemand über Tyler sprechen möchte. Bis jetzt hat sie lediglich eine einzeilige Erklärung des Generalstabschefs bekommen: »Major Gideon Tyler hat sich unerlaubt von der Truppe entfernt.«

Zehn Wörter. Es könnte ein Vertuschungsversuch sein oder eine Leugnung. Vielleicht ist es auch ein klassisches Beispiel wahrer britischer Knappheit. Egal, das Ergebnis bleibt dasselbe – ein unbehagliches, nachhallendes, nicht zu fassendes Schweigen.

Bis auf das Polizeifoto von Gideon, das vor zehn Tagen unter dem Namen Patrick Fuller von ihm gemacht wurde, gibt es kein Bild, das nicht mindestens zehn Jahre alt ist. Die Überwachungskamera, die ihn am 19. Mai bei der Einreise nach Großbritannien gefilmt hat, zeigt einen Mann mit tief ins Gesicht gezogener Baseballmütze.

Die Beweise gegen ihn sind zwingend, beruhen aber ausschließlich auf Indizien. Er hatte Christine Wheelers Handy. Alice Furness hat ihn als den Mann identifiziert, mit dem sie vier Tage vor dem Verschwinden ihrer Mutter in dem Pub gesprochen hat. Darcy wird nach wie vor vermisst, würde ihn jedoch möglicherweise ebenfalls wiedererkennen. Maureen Bracken hat Gideon nur ein Mal getroffen, vor sieben Jahren. Sie hat seine Stimme nicht wiedererkannt, aber der Mann, mit dem sie gesprochen hat, fragte nach Helen Chambers.

Bisher konnte die Polizei Gideon nicht mit irgendeinem der anderen Handys, die bei den Angriffen benutzt wurden, in Verbindung bringen. Sie waren entweder gestohlen oder unter falschen Namen gekauft worden.

Charlie redet mit mir: »Erde an Dad, Erde an Dad. Hörst du mich?«

Es ist ein Spruch ihrer Mutter. Sie wühlt sich durch eine Stange mit Kleidern auf der Suche nach dunkler Gothicmode.

»Hast du was von dem mitgekriegt, was ich gesagt habe?«

»Nein, tut mir leid.«

»Manchmal bist du wirklich ein hoffnungsloser Fall.« Wieder klingt sie wie Julianne. »Es ging um Darcy.«

»Was ist mit ihr?«

»Warum kann sie nicht bei uns wohnen?«

»Sie hat ihre eigene Familie. Und außerdem haben wir nicht genug Platz.«

»Wir könnten Platz schaffen.«

»So funktioniert das nicht.«

»Aber ihre Tante hasst sie.«

»Wer hat dir das erzählt?«

Ihr Zögern ist Beweis genug. Charlie macht es noch schlimmer, indem sie sich in einer Kiste mit Puppenkleidern vergräbt. Sie meidet meinen Blick.

»Hast du mit Darcy gesprochen?«

Anstatt zu lügen, entscheidet sie sich, lieber gar nicht zu antworten.

»Wann hast du mit ihr gesprochen?«

Charlie sieht mich an, als wäre es meine Schuld, dass sie kein Geheimnis für sich behalten kann.

»Bitte, Schätzchen. Ich habe mir Sorgen gemacht. Ich muss wissen, wo sie ist.«

»In London.«

»Du hast mit ihr geredet?«

»Hm-hm.«

»Warum hast du mir das nicht erzählt?«

»Sie hat gesagt, das dürfte ich nicht. Sie hat gesagt, du würdest sie suchen kommen. Sie hat gesagt, du würdest sie zwingen, mit ihrer Tante, die raucht und stinkt wie ein Esel, nach Spanien zu gehen.«

Ich bin eher erleichtert als wütend. Darcy wird seit fünf Tagen vermisst und hat auf keinen meiner Anrufe und auf keine SMS reagiert. Charlie macht reinen Tisch. Sie und Darcy haben fast täglich miteinander telefoniert oder sich SMS geschrieben. Darcy wohnt in London und verbringt ihre Zeit mit einem älteren Mädchen, einer ehemaligen Tänzerin des Royal Ballet.

»Ich möchte, dass du sie für mich anrufst.«

Charlie zögert. »Muss ich?«

»Ja.«

»Und was ist, wenn sie dann nicht mehr meine Freundin sein will?«

»Das ist wichtiger.«

Charlie zieht ihr Handy aus der Tasche und tippt die Nummer ein.

»Sie ist nicht da«, sagt sie. »Soll ich ihr eine Nachricht hinterlassen?«

Ich überlege kurz. In vier Stunden bin ich in London.

»Sag ihr, sie soll dich anrufen.«

Charlie hinterlässt eine Nachricht. Danach nehme ich ihr das Handy aus der Hand und gebe ihr meins.

»Wir tauschen, nur für heute. Meine Anrufe beantwortet Darcy nicht, aber deine wird sie beantworten.«

Charlie runzelt mürrisch die Stirn. Sie hat zwei niedliche kleine Falten über der Nase.

»Wenn du meine SMS liest, rede ich nie wieder mit dir!«

50

Ruiz lehnt an einer Parkbank, isst ein Sandwich und trinkt Kaffee. Er beobachtet einen Lieferwagen, der rückwärts aus einer engen Gasse setzt. Jemand gibt dem Fahrer Anweisungen, weiter nach links oder rechts zu steuern. Schließlich klopft eine Hand auf das Rolltor.

»Weißt du, was eine Schattenseite des Ruhestands ist?«, fragt Ruiz.

»Was denn?«

»Man hat nie einen freien Tag. Keinen Urlaub oder ein langes Wochenende.«

»Mir blutet das Herz.«

Von der Parkbank blickt man auf die Themse. Das blasse Nachmittagslicht wirft kaum einen Schimmer auf das schmutzig braune Wasser. Ruderteams und Touristenboote ziehen weiße Gischt hinter sich her, die über die Oberfläche treibt und an dem glänzenden Schlick kleben bleibt, den die Ebbe freigelegt hat.

Am anderen Ufer liegt das alte Wasserwerk von Barn Elms. South London könnte ebenso gut ein anderes Land sein. Das ist das Besondere an London. Es ist weniger eine Metropole als eine Ansammlung von Dörfern. Chelsea ist anders als Clapham, Clapham ist anders als Hammersmith, das wieder anders ist als Barnes, das sich von einem Dutzend anderer Viertel unterscheidet. Die Trennlinie ist manchmal vielleicht nur so breit wie ein Fluss, aber wenn man von einem Ort zum nächsten kommt, verändert sich das gesamte Ambiente.

Julianne ist aus Rom zurück. Ich wollte sie in Heathrow abholen, aber sie meinte, die Firma hätte einen Wagen geschickt, weil sie noch mal ins Büro müsse. Wir wollen uns später im Hotel treffen und gemeinsam zur Party gehen.

»Möchtest du noch einen Kaffee?«, fragt Ruiz.

»Nein danke.«

Ruiz' Wohnung liegt auf der anderen Straßenseite. Er tut so, als wäre die Themse ein Gewässer in seinem Vorgarten oder als würde ihm dieser spezielle Abschnitt des Flusses persönlich gehören. Die Parkbank ist sein Gartenmöbel, auf dem er mehrere Stunden am Tag verbringt, angelt und die Morgenzeitungen liest. Gerüchten zufolge hat er noch nie etwas gefangen, was nichts mit der Wasserqualität oder dem Fischbestand der Themse zu tun hat. Angeblich benutzt er keinen Köder. Ich habe ihn nie gefragt, ob das stimmt. Manche Fragen bleiben besser unausgesprochen.

Wir nehmen unsere leeren Becher mit zurück ins Haus und in die Küche. Die Tür zum Waschraum steht offen. Kleider quellen aus dem Trockner, leichte, hübsche Frauensachen: ein karierter Rock, ein malvenfarbener BH und Söckchen. Ich stelle mir Ruiz nicht als einen Mann vor, in dessen Leben Frauen vorkommen, obwohl er drei Mal verheiratet war.

»Möchtest du mir vielleicht irgendwas mitteilen?«, frage ich.

Er wirft einen Blick auf den Wäschekorb. »Ich glaube nicht, dass sie dir passen würden.«

»Du hast Besuch?«

»Meine Tochter.«

»Wann ist sie nach Hause gekommen?«

»Schon vor einer Weile.« Er macht die Tür zu. Er will das Thema offensichtlich nicht vertiefen.

Ruiz' Tochter Claire ist Tänzerin in New York. Ihre problematische Beziehung zu ihrem Vater weist gewisse Parallelen zur globalen Erwärmung auf – ein Schmelzen der Eiskappen, ein Anstieg der Meere, ein wieder zu Wasser gelassenes Boot –, immer begleitet von einem Chor skeptischer Stimmen, die über den Ausgang argwöhnen.

Wir gehen ins Wohnzimmer. Auf einem Couchtisch sind Dokumente und Mappen über den Untergang der *Argo Hellas* ausgebreitet. Ruiz setzt sich und zieht sein ramponiertes Notizbuch aus der Tasche.

»Ich habe mit dem Leiter der Ermittlungen, mit dem Coroner und mit dem dortigen Polizeichef gesprochen.« Lose Seiten quellen unter dem Einband hervor, als er umblättert. »Es war eine gründliche Untersuchung. Das sind die Zeugenaussagen und eine Kopie des Untersuchungsberichts. Sie sind gestern per Kurier eingetroffen, und ich habe sie am Abend gelesen. Mir ist nichts Außergewöhnliches aufgefallen.

Drei Personen haben ausgesagt, dass Helen und Chloe an Bord der Fähre waren; einer von ihnen ist ein Marinetaucher, der auch zum Bergungsteam gehörte.«

Ruiz gibt mir seine Aussage und wartet, bis ich sie gelesen habe. Der Taucher schildert, dass er an jenem Tag vier Leichen geborgen hat. Die Sicht unter Wasser betrug weniger als zehn Meter, und eine tückische Strömung erschwerte die Aufgabe zusätzlich.

Beim fünften Tauchgang des Tages fand er die Leiche eines jungen Mädchens, die sich an den Metallsprossen einer Leiter bei einer Winde für die Rettungsboote auf der Steuerbordseite direkt am Heck verfangen hatte. Der Taucher schnitt die Gurte der Schwimmweste auf, aber die Strömung riss ihm die Leiche aus den Händen, und er hatte nicht mehr genug Sauerstoff in seiner Flasche, um ihr nachzuschwimmen.

»Er hat Chloe anhand eines Fotos identifiziert«, sagt Ruiz. »Das Mädchen hatte einen Gipsarm. Es entspricht der Darstellung ihres Großvaters.«

Ich spüre, dass Ruiz trotz der Aussage nicht vollständig zufrieden ist.

»Ich habe den Taucher überprüft. Er ist ein Veteran mit zehnjähriger Berufserfahrung, einer der erfahrensten Taucher, die sie haben.«

»Und?«

»Die Navy hat ihn im vergangenen Jahr für sechs Monate suspendiert, weil er es versäumt hatte, Ausrüstung ordnungsgemäß zu überprüfen, weshalb ein Rekrut beinahe ertrunken wäre. Angeblich trinkt der Mann gerne einen, aber das ist nur ein Gerücht.«

Ruiz überreicht mir eine zweite Zeugenaussage. Sie stammt von einem kanadischen Studenten auf Europareise. Er hat laut eigenen Angaben kurz nach Ablegen der Fähre mit Helen und Chloe gesprochen. Sie saßen in einem Passagiersalon auf der Steuerbordseite. Chloe war seekrank, und der Rucksacktourist bot ihr eine Tablette an.

»Ich habe mit seiner Familie in Vancouver gesprochen. Nach dem Untergang der Fähre sind seine Eltern nach Griechenland geflogen und haben versucht, ihn zur Heimkehr zu bewegen, aber er wollte weiterreisen. Der Junge ist immer noch auf Tour.«

»Müsste er sein Studium mittlerweile nicht wieder aufgenommen haben?«

»Er hat sein Urlaubssemester offensichtlich verlängert.«

Die letzte Aussage stammt von einer Deutschen namens Yelena Schäfer, die ein Hotel auf Patmos betreibt. Sie hat Mutter und Tochter zur Fähre gebracht und ihnen zum Abschied nachgewinkt.

Ruiz berichtet, dass er versucht hat, das Hotel anzurufen, das jedoch den Winter über geschlossen ist.

»Ich habe immerhin einen alten Hausmeister erreicht, aber der Typ war zerstreuter als ein Professor mit Alzheimer. Er sagt, er könne sich an Helen und Chloe erinnern. Sie hätten im Juni drei Wochen in dem Hotel gewohnt.«

»Und wo ist Yelena Schäfer jetzt?«

»Im Urlaub. Das Hotel öffnet erst im Frühling wieder.«

»Vielleicht hat sie noch Verwandte in Deutschland.«

»Ich ruf den Hausmeister noch mal an. Besonders hilfsbereit war er allerdings nicht.«

Ruiz hat die Vorhänge offen gelassen. Durchs Fenster sehe

ich Jogger an der Themse entlanglaufen und höre, wie sich die Möwen um Leckerbissen im Schlick zanken.

Ruiz gibt mir den Bericht des Seenotrettungsdienstes, der die Namen der Toten, Vermissten und Überlebenden auflistet. Eine offizielle Passagierliste gab es nicht. Die Fähre verkehrte regelmäßig zwischen den Inseln und wurde von Touristen und Einheimischen benutzt, die häufig einfach irgendwo an und wieder von Bord gingen und ihre Überfahrt erst auf dem Schiff selbst bezahlten. Helen und Chloe haben aller Wahrscheinlichkeit nach bar bezahlt, um nicht durch den Einsatz einer Kreditkarte eine Spur zu hinterlassen.

Bryan Chambers hat gesagt, dass er seiner Tochter zum letzten Mal am 16. Juni telegrafisch Geld von einem Konto auf der Isle of Man an eine Bank auf Patmos angewiesen hat.

Welche anderen Beweise haben wir dafür, dass Helen und Chloe an Bord der *Argo Hellas* waren? Ihr Gepäck wurde drei Meilen östlich der Stadt an den Strand gespült. Ein großer Koffer. Ein einheimisches Fischerboot hat eine kleinere Tasche aus dem Wasser gefischt, die Chloe gehörte.

Ruiz zieht ein gebundenes Buch hervor, dessen Einband mit einer aus Zeitschriften ausgeschnittenen Collage von Bildern verziert ist. Die Pappe ist vom Wasser aufgequollen, das Namensschild unleserlich.

»Das war bei den persönlichen Sachen. Es ist Chloes Tagebuch.«

»Wie bist du darangekommen?«

»Ich habe ein paar höfliche Lügen erzählt. Ich solle es der Familie überstellen.«

Ich schlage das Buch auf und streiche über die vom getrockneten Salz gewellten Seiten. Es ist eher ein Skizzenblock als ein regelmäßig geführtes Tagebuch. Es enthält Postkarten, Fotos, Ticketabschnitte und Zeichnungen, hin und wieder auch einen Eintrag oder eine Beobachtung. Chloe hat zwischen den Seiten Mohnblumen gepresst. Man kann erkennen, wo Staub- und Blütenblätter die Seiten verfärbt haben.

Die brüchigen Seiten dokumentieren die Reise von Mutter und Tochter – vor allem über die Inseln. Hin und wieder werden andere Menschen erwähnt: ein türkisches Mädchen, mit dem Chloe sich angefreundet hat, sowie ein Junge, der ihr beigebracht hat, wie man Fische fängt.

Die Flucht aus Deutschland wird nicht erwähnt, aber Chloe schreibt über den Arzt in Italien, der ihren Arm eingegipst hat. Er hat als Erster darauf unterschrieben und daneben ein Bild von Pu dem Bären gemalt.

Mithilfe der Postkarten und der erwähnten Ortschaften kann ich Helens Route rekonstruieren. Sie muss den Wagen verkauft oder irgendwo stehen gelassen haben, bevor sie einen Bus über die Berge nach Jugoslawien und weiter nach Griechenland nahmen.

Tage bleiben unbelegt. Wochen verschwinden. Mutter und Tochter bewegten sich immer weiter fort von Deutschland, überquerten die Grenze zur Türkei und folgten der Küste. Auf einem Campingplatz in Fethiye am Rand der Ägäis kam ihre Reise schließlich zu einem vorläufigen Ende. Chloes Arm verheilte nicht richtig. Sie wurde ein weiteres Mal in einem Krankenhaus untersucht und noch einmal geröntgt. Helen schrieb eine Postkarte an ihren Vater und malte ein Bild von ihm. Die Karte wurde offensichtlich nie abgeschickt.

Chloe macht den Eindruck eines intelligenten, unbeschwerten Mädchens, das ihre Schulfreundinnen in Deutschland und ihre Katze Tinkerbell vermisst, die von allen nur »Tinkle« gerufen wurde, weil so das Glöckchen um ihren Hals bimmelte, wenn sie versuchte, im Garten Vögel zu jagen.

Der letzte Eintrag stammt vom 22. Juli, zwei Tage vor dem Untergang der *Argo Hellas*. Chloe freute sich auf ihren Geburtstag. In gut zwei Wochen wäre sie sieben geworden.

Als ich die letzten Seiten noch einmal rückwärts durchgehe, spüre ich, dass Helen und Chloe endlich angefangen hatten, sich zu entspannen. Auf Patmos blieben sie länger als an irgendeinem anderen Ort in den letzten zwei Monaten.

Ich schließe Chloes Tagebuch und streiche über die Collage auf dem Einband.

Wenn man etwas zu angestrengt betrachtet, wird man manchmal regelrecht blind, weil das Bild sich in unser Unterbewusstes eingebrannt hat und unverändert bleibt, selbst wenn etwas Neues geschieht, das unsere Aufmerksamkeit wecken sollte. Genauso kann der Wunsch, Dinge zu vereinfachen oder eine Situation als Ganzes zu sehen, uns dazu verleiten, nicht passende Details außer Acht zu lassen, anstatt sie zu erklären.

»War bei den Sachen, die geschickt wurden, auch ein Foto von Helen Chambers?«, frage ich Ruiz.

»Wir haben doch schon ein Foto von ihr.«

Plötzlich ahnt er, worauf ich hinauswill.

»Was? Du glaubst, es ist eine andere Frau?«

»Nein, ich will nur sichergehen.«

Er lehnt sich zurück und mustert mich. »Du bist genauso schlimm wie Gideon – du glaubst nicht, dass sie tot sind.«

»Ich will wissen, warum er glaubt, dass sie noch leben.«

»Weil er Wahnvorstellungen hat oder ihren Tod leugnet.«

»Oder er weiß etwas.«

Ruiz steht mit steifen Knien und schmerzverzerrtem Gesicht auf. »Wenn Helen und Chloe noch leben, wo sind sie dann?«

»Sie verstecken sich.«

»Wie haben sie ihren Tod vorgetäuscht?«

»Ihre Leichen wurden nie gefunden. Ihr Gepäck hätte man auch so ins Meer werfen können.«

»Und was ist mit den Zeugenaussagen?«

»Chambers hat genug Geld, um sehr überzeugend zu sein.«

»Das ist aber ziemlich weit hergeholt« sagt Ruiz. »Ich habe mit dem Büro des Coroner gesprochen. Helen und Chloe sind offiziell für tot erklärt worden.«

»Können wir die Leute bitten, uns ein Foto von Helen Chambers zu faxen? Ich möchte bloß sichergehen, dass wir von derselben Frau reden.«

Veronica Crays Zug zurück nach Bristol geht um sechs. Ich möchte vorher noch mit ihr reden. Ein Minicab chauffiert uns über die Fulham Palace Road durch Hammersmith und Shepherd's Bush. Auf der rechten Seite ist die Federung des Taxis praktisch völlig hinüber. Vielleicht klemmt unter der Vorderachse ein Fußgänger.

Ruiz sitzt neben mir und schweigt. Busse gondeln auf der Innenspur und bleiben immer wieder stehen, um die in Schlangen aufgereihten Menschen an den Haltestellen aufzunehmen. Gesichter starren aus den Fenstern oder dösen, den Kopf an die Scheibe gelegt.

Ich gehe immer wieder die Details des Fährunglücks durch. Die Leichen von Helen und Chloe wurden nicht geborgen, was jedoch nicht heißt, dass sie überlebt haben müssen. Gideon hat weder einen schlüssigen Beweis für das eine noch für das andere. Vielleicht sucht er danach – einen Beweis für ihren Tod oder einen Beweis, dass sie noch leben. Aber das kann nicht alles sein. Seine Verbrechen sind zu sadistisch. Er hat viel zu viel Spaß dabei, um damit aufzuhören.

Veronica Cray wartet in einem Café in der Nähe von Gleis eins. Ihr Mantel ist aufgeknöpft und hängt auf den Boden. Sie und Ruiz grüßen sich wortlos. Das Einzige, was sie gemeinsam haben, ist ihr Beruf und die Gabe, durch Schweigen Bände zu sprechen.

Wir ziehen Stühle zu uns heran und blicken auf die Uhr. Veronica Cray hat fünfzehn Minuten Zeit.

»Das Verteidigungsministerium will die Ermittlung übernehmen«, verkündet sie.

»Was soll das heißen?«

»Tyler hat sich unerlaubt von der Truppe entfernt. Sie behaupten, er wäre immer noch einer der Ihren. Sie wollen die Verhaftung vornehmen.«

»Was haben Sie gesagt?«

»Ich hab gesagt, sie könnten mich mal. Zwei Frauen sind tot, und das ist meine Ermittlung. Und ich werde ganz bestimmt nicht klein beigeben, bloß weil irgendein Sesselpupser in Khakihosen, der jedes Mal einen Steifen kriegt, wenn ein Panzer vorbeirollt, das gerne so hätte.«

Ihre gallige Entschlossenheit steht im krassen Gegensatz zu der Umsicht, mit der sie Zucker in ihren Tee gibt und vorsichtig umrührt. Sie nimmt die Tasse zwischen Daumen und Zeigefinger und trinkt sie halb leer, ohne dass ihr die dampfende Flüssigkeit etwas auszumachen scheint. Ihr blasser flacher Hals sieht aus, als würde sich darin eine Faust auf und ab bewegen.

Sie stellt die Tasse ab und berichtet, was sie über Gideon Tyler herauskriegen konnte. Von einem Kontaktmann bei der Royal Ulster Constabulary hat sie erfahren, dass er vier Jahre bei TCG (Tasking and Co-ordination Group) in Armagh eingesetzt war, einer Einheit des militärischen Geheimdienstes, die auf Überwachungen und Verhöre spezialisiert war.

»Kein Wunder, dass er so schwer zu finden ist«, sagt Ruiz. »Diese Typen wissen, wie man jemanden verfolgt, ohne selbst bemerkt zu werden. Die sind dazu ausgebildet, auf mögliche Beobachter oder zufällige Augenzeugen zu achten.«

»Und woher wollen Sie das so genau wissen?«, fragt DI Cray.

»Ich habe mal eine Zeit lang in Belfast gearbeitet«, antwortet Ruiz, ohne es weiter auszuführen.

Es gefällt DI Cray offensichtlich nicht, im Unklaren gelassen zu werden, aber sie fährt fort. »Das Department of Immigration hat eine Akte über Tyler. In den letzten sechs Jahren hat er mehrfach Reisen nach Pakistan, Polen, Ägypten, Somalia, Afghanistan und Irak unternommen. Die jeweiligen Aufenthalte haben unterschiedlich lange gedauert: nie kürzer als eine Woche und nie länger als einen Monat.«

»Warum Ägypten und Somalia?«, fragt Ruiz. »Dort ist die britische Armee doch gar nicht im Einsatz.«

»Möglicherweise hat er einheimische Sicherheitskräfte ausgebildet.«

»Das erklärt aber noch nicht die Heimlichtuerei.«

»Gegenspionage.«

»Klingt schon plausibler.«

»Maureen Bracken hat erzählt, dass Christine und Sylvia immer gewitzelt haben, Gideon wäre ein Spion.«

Ich betrachte die Liste der besuchten Länder: Afghanistan, Irak, Polen, Pakistan, Ägypten und Somalia. Er ist ein ausgebildeter Verhörspezialist, ein Experte darin, Verdächtigen Informationen zu entlocken – Kriegsgefangenen, Häftlingen, Terroristen …

Das Bild von Sylvia Furness, mit einer Kapuze über dem Kopf an einem Ast hängend, tritt mir vor Augen. Und ein zweites Bild: Maureen Bracken, kniend mit verbundenen Augen und ausgestreckten Armen. Sensorische Deprivation, Desorientierung und Demütigung, das stammt aus der Werkzeugkiste von Verhörspezialisten und Folterknechten.

Wenn Gideon glaubt, dass Helen und Chloe noch leben, liegt es nahe, dass er annimmt, dass jemand die beiden versteckt. Bryan und Claudia Chambers, Christine Wheeler, Sylvia Furness und Maureen Bracken.

DI Cray sieht mich fest an. Ruiz sitzt reglos da, den Blick nach oben gewandt, als würde er einem einfahrenden Zug oder einem Echo aus seiner Vergangenheit lauschen.

»Angenommen, Sie haben recht und Tyler glaubt, die beiden leben noch«, sagt Veronica Cray, »warum versucht er, sie aufzuscheuchen? Welchen Sinn hat das? Helen wird nicht zu ihm zurückkommen, und er wird nie wieder dieselbe Luft wie seine Tochter atmen.«

»Er will sie nicht zurück. Er will seine Frau dafür bestrafen, dass sie ihn verlassen hat, und er will seine Tochter sehen. Tyler wird von Angst und Hass angetrieben. Angst davor, wozu er selber fähig ist. Und Angst, seine Tochter niemals wiederzusehen. Aber sein Hass ist noch stärker. Er hat eine ganz eigene Struktur.«

»Was soll das heißen?«

»Sein Hass ist von einer Art, die verlangt, dass wir beiseitetreten; sein Hass negiert die Rechte anderer, er säubert, er vergiftet, er diktiert, was Gideon glaubt. Der Hass ist es, der ihn aufrechterhält.«

»Wen wird er als Nächstes attackieren?«

»Das lässt sich nicht sagen. Helens Familie ist geschützt, aber sie muss noch jede Menge anderer Freundinnen haben.«

DI Cray stützt sich fest auf ihre Knie und sucht Trost im Anblick der polierten Spitzen ihrer Schuhe. Eine Bahnsteigansage zerreißt die Luft. Sie muss los.

Sie knöpft ihren Mantel zu, steht auf, verabschiedet sich und hastet mit beunruhigender Zielstrebigkeit durch die Halle zu ihrem bereitstehenden Zug. Ruiz sieht ihr nach und kratzt sich die Nase.

»Glaubst du, dass in Cray eine schlanke Frau steckt, die herauskommen möchte?«

»Zwei.«

»Sollen wir noch einen trinken gehen?«

Ich sehe auf die Uhr. »Ein anderes Mal. Juliannes Party geht um acht los. Ich möchte ihr noch ein Geschenk kaufen.«

»Was für ein Geschenk denn?«

»Schmuck ist immer nett.«

»Nur, wenn du eine Affäre hast.«

»Was soll das heißen?«

»Teure Geschenke sind Ausdruck von schlechtem Gewissen.«

»Sind sie nicht.«

»Je teurer der Schmuck, desto tiefer die Schuldgefühle.«

»Du bist ein bemitleidenswert argwöhnischer Mann.«

»Ich war drei Mal verheiratet. Ich kenn mich mit so was aus.«

Ruiz beobachtet mich von der Seite. Ich spüre, wie meine linke Hand zuckt.

»Julianne war viel weg. Auf Reisen. Ich vermisse sie. Deshalb dachte ich, ich kauf ihr vielleicht was Besonderes.«

Meine Entschuldigung klingt zu eifrig. Ich sollte einfach die

Klappe halten. Ich werde Ruiz nicht von Juliannes Boss, der Zimmerservicerechnung, der Wäsche und den Anrufen erzählen. Und ich werde auch Darcys Kuss und Juliannes Frage, ob ich sie noch liebe, nicht erwähnen. Ich werde gar nichts sagen – und er wird nicht fragen.

Das ist eine der großen Paradoxien von Männerfreundschaften, eine Art unausgesprochener Kodex: Man fragt nicht nach, es sei denn, man ist ganz unten.

51

Die zentrale Halle des Natural History Museum ist zu einem prähistorischen Urwald umdekoriert worden. Affen, Reptilien und Vögel scheinen sich zwischen den Terracotta-Wänden und hoch aufragenden Bogen zu tummeln. Das Skelett eines Diplodocus ist grün angestrahlt.

Ich bin frisch geduscht, sauber rasiert, mit Tabletten gedopt und in meiner besten Abendgarderobe, die seit zwei Jahren nicht mehr an die Luft gekommen ist. Julianne hat mir erklärt, ich solle bei Mos Bros einen Smoking ausleihen, aber warum sollte man einen absolut intakten alten ungenutzt im Schrank hängen lassen?

Ich bin allein gekommen. Julianne hat es nicht rechtzeitig ins Hotel geschafft. Weitere Probleme bei der Arbeit, hat sie gesagt, ohne das näher zu erklären. Sie kommt mit Dirk und dem Vorstandsvorsitzenden Eugene Franklin direkt zur Party. Die hundert oder mehr ihrer versammelten Kollegen werden gefüttert und von Kellnern getränkt, die mit Champagnergläsern auf silbernen Tabletts über den Mosaikfußboden schreiten. Die Männer tragen schwarze Abendgarderobe, die wesentlich schicker ist als meine. Die Frauen verströmen Eleganz in tief ausgeschnittenen und gewagt rückenfreien Cocktailkleidern und Stöckelschuhen. Die meisten sind berufstätige Paare, Risikokapitalgeber, Banker und Buchhalter. In den Achtzigern waren sie die »Masters of the Universe«, jetzt geben sie sich damit zufrieden, über Großkonzerne zu herrschen.

Ich weiß, dass ich Orangensaft trinken sollte, finde jedoch keinen. Ich nehme an, ein Glas Champagner kann nicht schaden. Ich gehe nicht oft auf Partys. Lange Abende und Alkohol stehen auf meiner Liste der zu meidenden Dinge. Mr. Parkinson könnte vorbeikommen, könnte meinen linken Arm mitten im Biss oder Schluck blockieren und mich erstarrt zurücklassen wie die ausgestopften Primaten im ersten Stock.

Julianne müsste mittlerweile hier sein. Ich stelle mich auf die Zehenspitzen und sehe mich über die Köpfe hinweg nach ihr um. Am Fuß der Treppe sehe ich eine wunderschöne Frau in einem fließenden Seidenkleid, das in ihrem Kreuz und zwischen den Brüsten in elegant geschwungenen Falten fällt. Ich erkenne sie erst gar nicht. Es ist Julianne. Das Kleid habe ich noch nie gesehen. Ich wünschte, ich hätte es ihr gekauft.

Irgendjemand rempelt mich stolpernd an und verschüttet dabei Champagner.

»Das sind die verdammten Absätze«, entschuldigt sie sich und bietet mir eine Serviette an.

Sie ist groß, gertenschlank und auf gutem Weg, sich zu betrinken. Zwischen ihren Fingern klemmt eine Champagnerflöte.

»Sie sind offensichtlich eine bessere Hälfte«, sagt sie.

»Verzeihung?«

»Irgendjemandes Ehemann«, erklärt sie.

»Woran haben Sie das erkannt?«

»Sie wirken so verloren. Ich bin übrigens Felicity. Die Leute nennen mich Flip.«

»Ich bin Joe.«

»Mr. Joe.«

»Joe O'Loughlin.«

Sie reißt überrascht die Augen auf. »Sie sind also der mysteriöse Ehemann. Ich dachte, Julianne trägt einen falschen Ehering.«

»Wer trägt einen falschen Ehering?«, unterbricht uns eine kleinere, schwer toplastige Frau.

»Niemand. Das ist Juliannes Mann.«

»Wirklich?«

»Warum sollte sie einen falschen Ehering tragen?«, frage ich.

Flip fischt sich ein neues Glas Champagner vom Tablett eines vorbeikommenden Kellners.

»Um unerwünschte Verehrer abzuschrecken natürlich, aber das funktioniert auch nicht immer. Manche Männer sehen darin eine Herausforderung.«

Die kleine Frau kichert, und ihr Dekolleté bebt. Sie ist so klein, dass ich ihr nicht ins Gesicht sehen kann, ohne das Gefühl zu haben, in ihren Ausschnitt zu starren.

Julianne redet mit mehreren Männern am Fuße der Treppe. Sie müssen wichtig sein, denn die normalen Sterblichen halten sich am Rand und lauern nervös auf eine Gelegenheit, in das Gespräch einzusteigen. Ein großer dunkelhaariger Mann flüstert Julianne etwas ins Ohr. Er streicht über ihre Wirbelsäule und lässt seine Hand kurz in ihrem Kreuz liegen.

»Sie müssen sehr stolz auf sie sein«, sagt Flip.

»Ja.«

»Sie leben in Cornwall, nicht wahr?«

»In Somerset.«

»Julianne kommt mir irgendwie nicht vor wie ein Mädchen vom Lande.«

»Inwiefern?«

»Sie ist so glamourös. Erstaunlich, dass Sie sie so weit von zu Hause weglassen.«

Der Mann, der mit Julianne redet, hat sie zum Lachen gebracht. Sie schließt die Augen und befeuchtet mit der Zungenspitze ihre Lippen.

»Wer ist der Mann neben ihr?«, frage ich.

»Oh, das ist Dirk Cresswell. Haben Sie ihn schon kennengelernt?«

»Nein.«

Dirks Hand ist tiefer gewandert und streicht über die Falten, die über Juliannes Po fallen. Gleichzeitig scheint er angestrengt auf den Ausschnitt ihres Kleides zu starren.

»Vielleicht sollten Sie sie besser retten«, sagt Flip lachend.

Ich bin schon auf dem Weg, dränge mich entschuldigend

zwischen Schultern und Ellbogen hindurch, während ich versuche, meinen Champagner nicht zu verschütten. Ich bleibe stehen und kippe den Rest hinunter.

Irgendjemand hat die Treppe erklommen und klopft mit einem Löffel vernehmlich an sein Glas. Er ist älter und Respekt einflößender. Das muss Eugene Franklin sein, der Vorstandsvorsitzende. Gespräche verklingen. Das Publikum verstummt.

»Vielen Dank«, sagt er und entschuldigt sich für die Unterbrechung. »Wir wissen alle, warum wir heute Abend hier sind.«

»Um uns zu betrinken«, johlt irgendjemand.

»Alles zu seiner Zeit, ja«, erwidert Eugene, »aber Bollinger auf Kosten der Firma trinken Sie, weil heute unser Geburtstag ist. Die Franklin Equity Group wird zehn Jahre alt.«

Das löst allgemeinen Jubel aus.

»An dem einen oder anderen Geschmeide, das man hier heute bewundern kann, wird deutlich, dass es zehn sehr erfolgreiche Jahre waren und ich Ihnen allen viel zu viel Geld zahle.«

Julianne lacht mit den anderen und sieht Eugene Franklin voller Erwartung an.

»Bevor wir uns über die Maßen amüsieren, möchte ich einigen Leuten danken«, fährt er fort. »Mit dem heutigen Tag haben wir den größten Deal in der Geschichte der Firma unter Dach und Fach gebracht. Es ist ein Deal, an dem etliche von uns seit fast fünf Jahren gearbeitet haben und der uns sehr frohe Weihnachten garantiert, wenn die Bonus-Saison kommt.

Sie kennen ja alle Dirk Cresswell. Wie Dirk war auch ich einmal jung und attraktiv. Auch ich war ein Freund der Ladys, bis ich erkannt habe, dass es ein paar wichtigere Dinge im Leben gibt als Sex.« Er macht eine Pause. »Man nennt es Ehefrau. Und ich hatte zwei davon.«

Irgendjemand aus dem Publikum ruft: »Dirk hatte schon Dutzende von Ehefrauen – bloß nicht seine eigenen.«

Eugene Franklin lacht zusammen mit allen anderen.

»Ich möchte mich persönlich bei Dirk dafür bedanken, dass er unseren größten Deal klargemacht hat. Und ich möchte mich auch bei der Frau bedanken, die ihm dabei geholfen hat, bei der wunderschönen, talentierten und –« Eine weitere Pause. »– multilingualen Julianne O'Loughlin.«

Inmitten von Applaus und Jubel zwinkern und stoßen die Menschen sich an. Dirk und Julianne werden auf die Treppe gebeten. Sie nimmt das Lob entgegen wie eine errötende Braut. Gläser werden erhoben. Ein Trinkspruch wird ausgebracht.

Jetzt ist es unmöglich, zu ihr vorzudringen. Sie ist Mittelpunkt eines öffentlichen Liebesfests. Ich ziehe mich an den Rand zurück und beobachte das Treiben.

Mein Handy vibriert. Charlies Handy. Ich halte es ans Ohr und drücke auf die grüne Taste.

»Hallo«, sagt Darcy in Erwartung, mit meiner Tochter zu sprechen. Ich kann sie bei dem Lärm kaum verstehen.

»Leg nicht auf.«

Sie zögert.

»Und mach Charlie keine Vorwürfe. Ich hab es erraten.«

»Ich will, dass du aufhörst, mich anzurufen und mir SMS zu schicken.«

»Ich will bloß wissen, ob es dir gut geht.«

»Mir geht es prima. Hör auf, mich anzurufen. Meine ganze Mailbox ist voll. Es kostet mich Geld, deine Nachrichten abzuhören.«

Ich biege hinter der Garderobe links ab und finde eine Nische unter einer Steintreppe.

»Sag mir nur, wo du bist.«

»Nein.«

»Wo wohnst du?«

»Bei einem Freund.«

»In London?«

»Hörst du nie auf, Fragen zu stellen?«

»Ich fühle mich verantwortlich –«

»Bist du aber nicht! Okay? Du bist nicht verantwortlich. Ich bin alt genug, um auf mich selbst aufzupassen. Ich hab einen Job. Ich verdiene Geld. Ich werde tanzen.«

Ich erzähle ihr von Gideon Tyler. Er könnte der Mann sein, mit dem sie im Zug gesprochen hat, als sie zum Vortanzen nach London gefahren ist. Für die Polizei ist es wichtig, dass sie sich sein Foto ansieht.

Sie überlegt. »Und du versuchst nicht, mich reinzulegen?«

»Nein.«

»Und du hörst auf, mich anzurufen?«

»Jedenfalls nicht mehr so oft.«

Sie überlegt noch ein bisschen länger. »Okay. Ich melde mich morgen. Ich muss jetzt zurück zur Arbeit.«

»Wo arbeitest du?«

»Du hast es versprochen.«

»Okay. Keine Fragen.«

Ich schlendere zurück zur Party, nehme einen weiteren Drink und dann noch einen. Ich schnappe Fetzen von Gesprächen auf, in denen Männer ihre Ansichten über den Aktienmarkt, die Stärke des US-Dollars und die Eintrittspreise bei Twickenham austauschen. Ihre Frauen und Partnerinnen interessieren sich mehr für die Gebühren von Privatschulen und die besten Skiorte für den kommenden Winter.

Julianne legt einen Arm um meine Hüfte.

»Wo bist du gewesen?«

»Überall.«

»Du hast dich doch nicht versteckt?«

»Nein, Darcy hat angerufen.«

Ihr Blick umwölkt sich einen Moment, bevor sie ihre Zweifel beiseiteschiebt.

»Geht es ihr gut?«

»Das behauptet sie jedenfalls. Sie ist in London.«

»Wo wohnt sie?«

»Ich weiß es nicht.«

Julianne streicht über ihre Hüfte, um ihr Kleid zu glätten.

»Dein Kleid ist absolut umwerfend.«

»Danke.«

»Wann hast du es gekauft?«

»In Rom.«

»Das hast du mir gar nicht erzählt.«

»Es war mein Bonus.«

»Dirk hat es dir gekauft?«

»Er hat gesehen, wie ich es bewundert habe. Ich wusste nicht, dass er es kaufen würde. Er hat mich überrascht.«

»Ein Bonus wofür?«

»Wie bitte?«

»Du hast gesagt, es wäre ein Bonus gewesen.«

»Ach ja, für die ganzen Überstunden. Wir haben so hart gearbeitet. Ich bin total erschöpft.«

Sie scheint nicht zu bemerken, wie heiß es in dem Raum geworden ist, wie beschwerlich das Atmen.

Sie nimmt meine Hand. »Ich möchte, dass du Dirk kennenlernst. Ich habe ihm erzählt, wie schlau du bist.«

Ich werde durch die Menge geführt, die sich für uns teilt. Dirk und Eugene plaudern unter dem Gebiss eines Dinosauriers, der aussieht, als wollte er sie fressen, mit Kollegen. Wir warten und hören zu. Jede Äußerung, die Dirk macht, ist die Verkündung eines persönlichen Prinzips: überheblich, laut und dogmatisch. Als eine Lücke im Gespräch entsteht, schaltet Julianne sich ein.

»Dirk, das ist Joe, mein Mann. Joe, das ist Dirk Cresswell.«

Er hat einen furchterregenden Händedruck, einen Finger zermalmenden Zeig-mir-das-Weiße-in-deinen-Augen-Griff. Ich versuche, dagegenzuhalten. Er lächelt.

»Arbeiten Sie auch im Finanzsektor, Joe?«, fragt er.

Ich schüttele den Kopf.

»Sehr weise. Was machen Sie? Stimmt, ich erinnere mich, dass Jules erwähnt hat, dass Sie Seelenklempner sind.«

Ich werfe einen Blick auf Julianne. Eugene Franklin hat sie etwas gefragt, deshalb hört sie nicht mehr zu. Dirk kehrt mir unvermittelt den Rücken zu. Nicht ganz, nur eine Schulter. Andere in der Runde sind interessanter oder leichter zu beeindrucken. Ich komme mir vor wie ein Lakai, der mit der Mütze in der Hand darauf wartet, seiner Wege geschickt zu werden.

Ein Kellner kommt mit einem Tablett Canapés vorbei. Dirk macht eine Bemerkung über die Foie gras, die nicht schlecht sei, meint er, obwohl er in einem kleinen Restaurant in Montparnasse schon bessere gegessen habe, einem Lieblingslokal von Hemingway übrigens.

»Sie schmeckt ziemlich gut, wenn man aus Somerset kommt«, sage ich.

»Ja«, erwidert Dirk. »Zum Glück kommen wir nicht alle aus Somerset.«

Er erntet einen Lacher. Ich möchte seiner absolut geraden Nase mit meiner Faust eine Delle verpassen. Er redet weiter in dünkelhaftem und selbstgefälligem Ton über Paris, der direkt durch mich hindurchschneidet und mich an alles erinnert, was ich schon immer am Typ des Schulhoftyrannen gehasst habe.

Ich verdrücke mich unauffällig und begebe mich auf die Suche nach einem weiteren Drink. Ich begegne Flip wieder, die mir ihren Freund vorstellt, der Dealer ist.

»Aktien, nicht Drogen«, sagt er.

Ich frage mich, wie oft er diesen Spruch wohl schon angebracht hat.

Mittlerweile habe ich die Grenze von angeheitert zu angetrunken längst überschritten. Eigentlich sollte ich gar nichts mehr trinken, aber immer, wenn ich überlege, auf Mineralwasser umzusteigen, finde ich mich mit einer frisch gefüllten Champagnerflöte in der Hand wieder.

Kurz vor Mitternacht mache ich mich auf die Suche nach Julianne. Ich bin betrunken. Ich will gehen. Sie ist nicht mehr unter dem Dinosaurier und auch nicht auf der Tanzfläche. Ich gehe die Treppe hinauf und spähe in dunkle Ecken. Ich weiß, es ist verrückt, aber ich erwarte sie mit Dirks Zunge im Mund und seinen Händen unter ihrem Kleid anzutreffen. Ich bin überraschenderweise nicht wütend oder verbittert. Es ist die Manifestation einer Gewissheit, mit der ich seit Wochen lebe.

Ich gehe durch den Haupteingang nach draußen. Da ist sie. Sie steht mit dem Rücken an eine steinerne Säule gelehnt. Dirk steht vor ihr und versperrt ihr mit einer an die Säule gestemmten Hand den Weg.

Er sieht mich kommen. »Wenn man vom Teufel spricht. Amüsieren Sie sich gut?«

»Ja, danke.« Ich wende mich an Julianne. »Wo bist du gewesen?«

»Ich habe dich gesucht. Dirk meinte, er hätte dich nach draußen gehen sehen.«

»Nein.«

Dirks Hand gleitet nach unten und berührt ihre Schulter.

»Bitte nehmen Sie die Hände von ihr«, sage ich und erkenne meine eigene Stimme kaum wieder.

Julianne reißt die Augen auf.

Dirk grinst. »Da scheinen Sie irgendwas in den falschen Hals gekriegt zu haben, mein Freund.«

Julianne versucht, das Ganze mit einem Lachen zu überspielen. »Komm, Joe. Ich denke, es wird Zeit zu gehen. Ich hole meinen Mantel.«

»Zu viel Champagner, mein Freund. Kommt in den besten Familien vor.«

»Ich bin nicht Ihr Freund. Und rühren Sie meine Frau nie wieder an.«

»Bitte um Verzeihung«, sagt er. »Ich bin ein äußerst haptischer Mensch.« Wie zum Beweis hält er die Hände hoch. »Tut mir leid, wenn es ein Missverständnis gegeben hat.«

»Es gibt kein Missverständnis«, erwidere ich. »Ich weiß, was Sie machen. Genau wie alle anderen hier. Sie wollen mit meiner Frau schlafen. Vielleicht haben Sie das sogar schon getan. Und dann gockeln Sie los und prahlen damit vor Ihren Kumpeln aus dem Club bei einem Golfwochenende an der Algarve oder einem Jagdausflug in Schottland.

Sie sind Mr. Hole in One, Dirk mit dem Killerblick. Sie flirten mit den Frauen anderer Männer, laden sie zum Essen ins Sketch's ein und anschließend in ein kleines Boutique-Hotel mit Bademänteln im Partnerlook und einem Whirlpool im überdimensionierten Bad.

Sie versuchen, sie mit Namedropping zu beeindrucken – immer nur Vornamen natürlich: Nigella und Charles, Madonna und Guy, Victoria und David – weil Sie glauben, dass es Sie in den Augen dieser Frauen attraktiver macht, aber unter Ihrem Sonnenstudio-Teint und ihrer 75-Euro-Frisur sind Sie nur ein überbezahlter und hochgejubelter Verkäufer, der nicht mal sich selber verkaufen kann.«

Um uns herum hat sich eine Menschentraube gebildet, niemand möchte die Pausenschlägerei verpassen, vor allem wenn jemand den Schulhoftyrannen herausgefordert hat. Julianne drängt sich eilig zurück durch die Schaulustigen, weil sie ahnt, dass etwas Furchtbares im Schwange ist. Sie ruft meinen Namen. Sie fleht mich an, still zu sein, und zerrt an meinem Arm, aber es ist zu spät.

»Wie Sie sehen, kenne ich Typen wie Sie, Dirk. Ich kenne ihr mieses, überhebliches Grinsen und ihre Herablassung gegenüber Kellnern, Händlern und Verkäuferinnen. Mit Sarkasmus und anmaßender Förmlichkeit wollen Sie die Tatsache übertünchen, dass Sie keinen wirklichen Einfluss und keine echte Macht haben.

Das versuchen Sie zu kompensieren, indem Sie das nehmen, was anderen Männern gehört. Sie reden sich ein, es wäre die Herausforderung, die Sie erregt, die Jagd, aber die Wahrheit ist, dass Sie eine Frau nicht länger als ein paar Wochen halten können, weil jede Frau ziemlich schnell herausfindet, dass Sie ein großspuriger, arroganter, egozentrischer Wichser sind, und dann sind Sie am Arsch.«

»Bitte, Joe, nichts weiter. Bitte halt den Mund.«

»Mir fallen Kleinigkeiten an Menschen auf, Dirk. An Ihnen zum Beispiel. Ihre Fingernägel sind flach und gelblich. Ein

Symptom von Eisenmangel. Vielleicht ein Problem mit den Nieren. Ich an Ihrer Stelle würde ein bisschen sparsamer mit dem Viagra umgehen, solange ich nicht mit dem Arzt gesprochen habe.«

52

Als ich in unserem Hotelzimmer ankomme, hat Julianne sich schon im Bad eingeschlossen. Ich klopfe an die Tür.

»Geh weg.«

»Bitte mach auf.«

»Nein.«

Ich presse mein Ohr an die Tür und bilde mir ein, das leise seidene Rascheln ihres Kleides zu hören. Vielleicht kniet sie und presst ihr Ohr gegenüber von meinem an die andere Seite der Tür.

»Warum tust du das, Joe? Jedes Mal wenn ich glücklich bin, machst du irgendwas, um es zu verderben.«

Ich atme tief ein. »Ich habe eine Rechnung aus Italien gefunden. Du hast sie weggeworfen.«

Sie antwortet nicht.

»Für den Zimmerservice. Champagner, Bacon, Eier, Pfannkuchen … mehr, als du je essen könntest.«

»Du bist meine Rechnungen durchgegangen?«

»Ich habe sie gefunden.«

»Du hast den Müll durchwühlt und mir nachspioniert.«

»Ich hab nicht spioniert. Ich weiß, was du normalerweise zum Frühstück isst. Obst. Joghurt. Müsli …«

Meine Gewissheit und meine Einsamkeit sind jetzt so intensiv, dass sie perfekt zu passen scheinen. Ich bin betrunken. Ich zittere. Die Ereignisse des Abends fallen mir wieder ein.

»Ich habe gesehen, wie Dirk dich angeguckt hat. Er konnte seine Hände nicht von dir lassen. Und ich habe die abfälligen Bemerkungen und das Getuschel gehört. Jeder im Raum hat gedacht, dass du mit ihm schläfst.«

»Und du auch! Du denkst, ich vögele mit Dirk. Du denkst, ich habe ein Frühstück bestellt, nachdem wir die ganze Nacht gefickt haben.«

Sie hat es noch nicht geleugnet. Sie hat nichts erklärt.

»Warum hast du mir nichts von dem Kleid erzählt?«

»Er hat es mir erst gestern geschenkt.«

»Waren die Dessous auch ein Bonus… ein Geschenk von ihm?«

Schließlich erhebt sie die Stimme: »Ich möchte, dass du sorgfältig nachdenkst, bevor du mir die Frage stellst, Joe.«

»Was soll das heißen?«

»Du willst wissen, ob ich mit Dirk vögele? Frag mich. Aber denk dran, was sterben wird, wenn du es tust. Vertrauen. Nichts kann es zurückbringen, Joe. Ich will, dass du das begreifst.«

Die Tür geht auf. Ich mache einen Schritt zurück. Julianne trägt einen weißen Bademantel, dessen Gürtel fest zugezogen ist. Ohne mich anzusehen, legt sie sich aufs Bett. Die Matratzenfedern geben kaum nach unter ihrem Gewicht.

Ihr Kleid liegt auf dem Badezimmerfußboden. Ich unterdrücke den Drang, es aufzuheben, zu betasten, in Fetzen zu zerreißen und in der Toilette hinunterzuspülen.

»Ich werde nicht fragen«, sage ich.

»Aber du denkst es trotzdem. Du denkst, dass ich untreu war.«

»Ich bin mir nicht sicher.«

Sie verstummt. Die Traurigkeit schnürt einem die Luft ab.

»Es war ein Witz«, flüstert sie. »Wir haben bis tief in die Nacht gearbeitet, um den Deal abzuschließen und lose Enden zu verknüpfen. Ich war fertig. Völlig ausgelaugt. Es war zu spät, um noch in London anzurufen, also habe ich Eugene die Nachricht gemailt. Er hat sie erst gesehen, als er am nächsten Morgen ins Büro kam. Er hat seiner Sekretärin gesagt, sie solle mein Hotel anrufen und mir ein Sektfrühstück ordern. Sie wusste nicht, was sie auswählen sollte, worauf er meinte: ›Dann bestellen Sie alles, was auf der verdammten Karte steht.‹

Ich habe noch geschlafen. Der Zimmerservice hat an die Tür geklopft und drei Servierwagen mit Essen hereingerollt. Ich habe in der Küche angerufen und gesagt, es müsse ein Irrtum vorliegen. Dort hat man mir erklärt, meine Firma hätte das Frühstück bestellt.

Dirk rief mich aus seinem Zimmer an. Bei ihm hatte Eugene das Gleiche veranlasst. Ich war zu müde zum Essen. Ich habe mich umgedreht und bin wieder eingeschlafen.«

Meine linke Hand zittert in meinem Schoß. »Warum hast du das nicht erwähnt? Ich hab dich am Bahnhof abgeholt, und du hast mir nichts davon erzählt.«

»Du hattest gerade mit angesehen, wie eine Frau von einer Brücke gesprungen war, Joe.«

»Du hättest es mir später erzählen können.«

»Eugene wollte einen Witz machen. Ich fand es nicht besonders komisch. Ich hasse es, Essen zu vergeuden.«

Mein Smoking fühlt sich an wie eine Zwangsjacke. Ich sehe mich in dem Hotelzimmer mit seinem Pseudoluxus und der austauschbaren Möblierung um. Es ist die Art Etablissement, in die Dirk die Ehefrau eines anderen einladen würde.

»Ich habe beobachtet, wie er dich angesehen hat … auf deine Brüste gestarrt, seine Hand auf deinen Rücken gelegt und sie tiefer hat wandern lassen. Das habe ich mir nicht eingebildet. Genauso wenig wie das Getuschel und die Andeutungen.«

»Die habe ich auch gehört«, erwidert sie. »Und ich habe sie ignoriert.«

»Er hat dir Dessous gekauft … und dieses Kleid.«

»Na und! Glaubst du, ich schlafe mit Männern, die mir Sachen kaufen. Was wäre ich denn dann in deinen Augen, Joe? Glaubst du das wirklich von mir?«

»Nein.«

Ich setze mich aufs Bett. Sie scheint zusammenzuzucken und von mir abzurücken. Der Alkohol ist als pochender Schmerz in meinem Kopf angekommen. Durch die offene Badezimmertür sehe ich mein Spiegelbild und erkenne mich kaum wieder.

Julianne spricht.

»Jeder weiß, dass Dirk ein Schmierlappen ist. Du solltest mal die Witze unter den Sekretärinnen hören. Der Mann lässt seine Visitenkarte in der Damentoilette liegen, als würde er um Kunden werben. Im Sommer hat Sally, Eugenes Sekretärin, ihn mal so richtig bloßgestellt. Mitten im Büro hat sie ihm die Hose geöffnet, seinen Penis gepackt und gesagt: Das ist alles, was du hast? Ich hätte gedacht, bei jemandem, der so viel darüber redet wie du, Dirk, würde ein bisschen mehr Substanz dahinterstecken. Du hättest ihn sehen sollen. Ich dachte, er hätte seine Zunge verschluckt.«

Ihre Stimme klingt matt und bar jeder Emotion, unfähig, sich eine Oktave über ihre Enttäuschung oder Traurigkeit zu erheben.

»Früher hättest du es einem Mann nie durchgehen lassen, dich so anzufassen wie Dirk heute Abend.«

»Früher brauchte ich diesen Job auch noch nicht.«

»Er will, dass die Leute denken, er würde mit dir schlafen.«

»Und das ist nur ein Problem, wenn die Leute ihm glauben.«

»Warum hast du mir nicht von ihm erzählt?«

»Das habe ich. Du hast nie zugehört. Jedes Mal, wenn ich die Arbeit erwähne, schaltest du ab. Es ist dir egal, Joe. Meine Karriere ist dir nicht wichtig.«

Ich will es abstreiten. Ich will ihr vorwerfen, dass sie das Thema wechselt und versucht, von ihrer Schuld abzulenken.

»Glaubst du, dass ich freiwillig entschieden habe, dich und die Mädchen so oft allein zu lassen?«, fragt sie. »Wenn ich nicht zu Hause bin, denke ich jeden Abend vor dem Einschlafen an euch. Ich denke nur deshalb nicht immer an euch, weil ich einen Job zu erledigen habe. Ich muss arbeiten. Das haben wir entschieden. Wir haben beschlossen, um der Mädchen und deiner Gesundheit willen aus London wegzuziehen.«

Ich will widersprechen, aber Julianne ist noch nicht am Ende.

»Du weißt nicht, wie schwer es ist … von zu Hause fort zu sein«, sagt sie. »Sachen zu verpassen, anzurufen und zu hören, dass Emma einen neuen Tanzschritt gelernt hat oder auf einem Bein zu hüpfen oder Dreirad zu fahren. Zu erfahren, dass Charlie ihre erste Regel hat oder in der Schule tyrannisiert wird. Aber weißt du, was am meisten wehtut? Als Emma neulich hingefallen ist und sich wehgetan hatte, hat sie nach dir gerufen. Sie wollte deinen Trost, deine Umarmung. Welche Mutter kann ihr eigenes Kind nicht trösten?«

»Du bist zu streng mit dir selbst«, sage ich und strecke die Hand aus, um sie zu umarmen. Sie schüttelt sie ab. Dieses Privileg habe ich verwirkt. Ich muss es zurückgewinnen. Normalerweise bin ich so gut mit Worten, aber jetzt fällt mir nichts ein, um sie von ihrer Enttäuschung über mich zu befreien, ihr Herz zu gewinnen, ihr Junge zu sein.

Ich habe mir zahllose Male gesagt, dass es eine harmlose Erklärung für das Hotelfrühstück, die Dessous und die Anrufe geben müsse, aber anstatt es zu glauben, habe ich Wochen damit zugebracht, Juliannes Schuld zu beweisen.

Schwankend stehe ich auf. Die Vorhänge sind offen. Kalte Scheinwerfersäulen tasten sich über die Kensington High Street. Jenseits der gegenüberliegenden Dächer erhebt sich die glänzende Kuppel der Royal Albert Hall.

»Ich kenne dich nicht mehr, Joe«, flüstert Julianne. »Du bist traurig. Du bist so traurig. Und du trägst diese Traurigkeit mit dir herum, oder sie hängt über dir wie eine Wolke, die alle um dich herum ansteckt.«

»Ich bin nicht traurig.«

»Doch, das bist du. Du machst dir Sorgen um deine Krankheit. Du sorgst dich um mich. Du sorgst dich um die Mädchen. Deswegen bist du traurig. Du glaubst, du wärst noch derselbe, Joe, aber das stimmt nicht. Du traust den Menschen nicht mehr. Du öffnest dich ihnen nicht und strengst dich nicht an, sie kennenzulernen. Du hast keine Freunde.«

»Habe ich wohl. Was ist mit Ruiz?«

»Der Mann, der dich einst wegen Mordes verhaftet hat.«

»Dann eben Jock.«

»Jock will mit mir schlafen.«

»Jeder Mann, den ich kenne, will mit dir schlafen.«

Sie sieht mich mitleidig an.

»Wie schafft es ein so intelligenter Mann wie du, so dumm und selbstgerecht zu sein? Ich sehe, was du tust, Joe. Ich sehe, wie du dich täglich beobachtest, die Symptome musterst und sie dir einbildest. Du willst irgendjemandem die Schuld für dein Parkinson anlasten, aber es gibt keinen Schuldigen. Es ist einfach passiert.«

Ich muss mich verteidigen.

»Ich bin noch derselbe wie früher. Du bist diejenige, die mich anders sieht. Ich bringe dich nicht mehr zum Lachen, denn wenn du mich anguckst, siehst du meine Krankheit. Du bist diejenige, die distanziert und abwesend ist. Du denkst immer an die Arbeit oder an London. Selbst wenn du zu Hause bist, bist du mit den Gedanken woanders.«

»Versuch doch mal, dich selbst zu analysieren«, faucht Julianne. »Wann hast du zum letzten Mal richtig gelacht, Joe? So, dass du Bauchschmerzen und Tränen in den Augen hattest?«

»Was soll denn diese Frage jetzt?«

»Du hast panische Angst davor, dich zu blamieren. Du hast Angst davor, vor aller Augen zu stürzen oder sonstwie Aufmerksamkeit zu erregen, aber du hast nichts dagegen, mich in aller Öffentlichkeit bloßzustellen. Was du heute gemacht hast, vor meinen Freunden – ich habe mich noch nie so geschämt… Ich… ich…« Ihr fehlen die Worte. Sie setzt neu an.

»Ich weiß, dass du intelligent bist, Joe. Ich weiß, dass du Menschen lesen kannst, dass du ihre Psyche zerpflücken und ihre Schwächen bloßlegen kannst, aber es sind gute Menschen – sogar Dirk –, und sie haben es nicht verdient, lächerlich gemacht und gedemütigt zu werden.«

Sie presst ihre Hände zwischen die Knie. Ich muss sie zurückgewinnen. Selbst die schlechteste Versöhnung mit Julianne wird besser sein als jeder Pakt, den ich mit mir selbst schließen könnte.

»Ich dachte, ich würde dich verlieren«, jammere ich.

»Oh, du hast ein viel größeres Problem, Joe«, sagt sie. »Vielleicht bin ich schon weg.«

53

Der Minutenzeiger ist an Mitternacht vorbeigeklickt, der Sekundenzeiger rennt dem neuen Tag entgegen. Das Haus ist dunkel. Die Straße ist still. Seit einer Stunde beobachte ich, wie der Mond über den Schieferdächern und dem Gitterwerk der Äste aufgeht und Schatten in den Garten und an die Mauern unter dem Dachvorsprung wirft.

Die Lichter von Bath lassen den Himmel kränklich-gelb schimmern, und der Gestank der Komposthaufen verstärkt das Gefühl von Verfall und Fäulnis noch. Die Mischung ist zu nass. Ein guter Kompost hängt von dem richtigen Verhältnis von Feuchtigkeit und Trockenheit ab: Küchenabfälle, Blätter, Kaffeesatz, Eierschalen und geschreddertes Papier. Wenn es zu feucht wird, stinkt es. Wenn es zu trocken ist, rottet es nicht.

Ich weiß diese Dinge, weil mein Vater dreißig Jahre lang ein Stück Brachland hinter den Eisenbahngleisen bei Abbey Wood gepachtet hatte. Dort hatte er einen Schuppen, und ich weiß noch, wie ich in verdreckten Schuhen zwischen den Gartengeräten und Blumentöpfen gestanden habe.

In den Lumpen und mit dem alten Hut, die er im Garten trug, sah mein Vater aus wie eine Vogelscheuche. Er pflanzte vor allem Kartoffeln, die er in einem von getrocknetem Schlamm starren Jutesack nach Hause brachte. Ich musste sie im Spülbecken mit einer Bürste abschrubben. Ich erinnere mich an eine Geschichte, die er von einem Mann erzählt hat, der zusammen mit seinen Kartoffeln eine alte Granate aus dem Zweiten Weltkrieg ausgegraben und das erst beim Putzen bemerkt hatte. Die Wucht der Explosion schleuderte ihn hinaus in den Garten. Danach war ich immer vorsichtig.

Ich blicke wieder auf die Uhr. Es ist Zeit.

Ich gehe geduckt im Schatten einer Mauer auf der rechten Seite des Gartens bis zur Ecke des Hauses, dränge mich durch die Büsche und spähe in die Fenster. Es gibt keine Alarmanlage und keine Hunde. An der Wäscheleine flattert ein vergessenes Handtuch wie eine Hand, die niemandem zuwinkt.

Ich kauere mich vor die Hintertür und entrolle den Stoffbeutel mit meinem Werkzeug: Diamantpicks, Extraktoren, Comb-Picks, Schlangen, Flachhaken und einem Spanner aus schwarzem Federstahl, den ich mir aus einem Inbusschlüssel selbst gebastelt habe, indem ich ein Ende mit einem Stößel abgeflacht habe.

Ich verschränke die Finger und strecke die Arme vor den Körper, bis sich winzige, in der Gelenkflüssigkeit eingeschlossene Gasblasen ausdehnen und mit einem Knacken platzen.

Das Schloss ist ein Profilzylinder-Schloss. Der Zylinder dreht sich im Uhrzeigersinn vom Türrahmen weg. Ich schiebe eine Schlange in den Schlüsselkanal, spüre, wie sie über die Stifte gleitet, und erhöhe mit dem Spanner vorsichtig den Druck. Minuten vergehen. Das Schloss ist nicht leicht zu knacken. Ich mache mehrere vergebliche Anläufe. Einer der mittleren Stifte lässt sich nicht weit genug hochschieben, wenn der Pick darübergleitet.

Ich löse die Spannung und beginne von vorne, wobei ich mich dieses Mal zunächst auf die hinteren Stifte konzentriere. Ich versuche mit leichter Spannung und moderatem Druck den Punkt zu ertasten, an dem ein Stift die Scherlinie erreicht und der Zylinder sich ein weiteres winziges Stück drehen lässt.

Schließlich sind alle Stifte heruntergedrückt. Der Schlosskern rotiert im Gehäuse, der Riegel dreht sich, die Tür geht auf. Ich trete rasch ein, schließe sie hinter mir und nehme die Stablampe aus meiner Hemdtasche. Der schmale Lichtstrahl schweift über eine Waschküche und die dahinterliegende Küche. Ich taste mich vor, versuche, möglichst wenig Gewicht auf die Füße zu legen, und lausche dabei auf das Knarren der Dielen.

Die Arbeitsfläche in der Küche ist bis auf ein Glasgefäß mit Teebeuteln und einem Zuckertopf leer. Der elektrische Wasserkocher ist noch warm. Das Licht der Stablampe erfasst die Etiketten diverser Metalldosen: Mehl, Reis, Pasta. In einer Schublade ist Besteck, in einer anderen lagern gefaltete Geschirrtücher, in einer dritten ein Sammelsurium aus Haarklammern, Bleistiften, Gummibändern und Batterien.

Es ist ein nettes Haus. Geschmackvoll. Ein Flur verbindet die vorderen und die hinteren Räume. Links liegt das Wohnzimmer.

Ein blau gepolstertes Sofa mit großen Kissen steht vor einem Couchtisch und einem Fernseher auf einem Podest. Auf dem Kaminsims reihen sich kleine Metalltiere neben einem Hochzeitsfoto, einem selbst gebastelten Kunstwerk, von Hand gedrehten Kerzen, einem Porzellanpferd und einem Spiegel mit muschelbesetztem Rahmen. Mein Blick fällt auf mein Spiegelbild. Ich sehe aus wie ein langbeiniges schwarzes Insekt, ein Jäger der Nacht auf Raubzug.

Sie schlafen im ersten Stock, und es zieht mich zu ihnen. Auf jeder Treppenstufe bleibe ich stehen und lausche auf ein Knarren. Vom oberen Flur gehen vier Türen ab. Eine muss ins Bad führen, die anderen zu den Schlafzimmern.

Ich höre ein Summen wie von einem hinter Glas eingesperrten Insekt. Ein MP3-Player. Schneeflöckchen ist mit den Stöpseln im Ohr eingeschlafen. Ihre Zimmertür ist offen. Das Bett steht unter dem Fenster. Der Mond wirft ein kleines helles Rechteck auf den Boden. Ich knie mich neben ihr Bett und lausche ihrem leisen süßen Atem. Sie sieht aus wie ihre Mutter, sie hat das gleiche ovale Gesicht und die dunklen Haare.

Ich beuge mich ganz dicht über sie und atme im Gleichklang mit ihr. Die Stofftiere sind in eine Kiste in der Ecke verbannt worden. Pu der Bär ist von Harry Potter und überbezahlten Fußballstars verdrängt worden.

Ich habe auch einmal in einem Haus wie diesem gewohnt. Meine Tochter hat in einem Zimmer am Ende des Flurs ge-

schlafen. Ich frage mich, was sie jetzt macht, ob sie an den Fingernägeln kaut oder auf der Seite schläft. Hat sie ihr Haar wachsen lassen, trägt sie es offen? Ich frage mich, ob sie intelligent ist, mutig und was sie von mir denkt.

Ich ziehe mich zurück, schließe leise die Tür und wende mich den anderen Zimmern zu. Ich lege mein Ohr an die Türen und horche, ob dahinter jemand schläft oder ob es still ist. Ich öffne eine weitere Tür zu einem leeren Zimmer. Das Doppelbett ist mit einer Patchwork-Überdecke zugedeckt, auf der ein paar Zierkissen verteilt sind. Ich schiebe meine Hand auf der Suche nach einem Nachthemd darunter, finde jedoch keins.

Ich lege die Hand auf den Messingknauf der Kleiderschranktür und spitze erneut die Ohren. Nichts. Ich wühle mich durch die Kleider und nehme ihre Witterung auf, den Geruch, auf den ich aus bin. Dazu ihr Deodorant und Parfüm. Künstliche Düfte. Während des Dschungeltrainings hat man uns beigebracht, nie Seife, Rasierschaum oder Deodorants zu benutzen. Künstliche Düfte können einen Soldaten verraten. Wenn man im Dschungel überleben will, muss man eins mit ihm werden, wie die Tiere.

Frauen riechen nicht, wie Frauen riechen sollten. Es kommt aus einer Flasche. Künstlich hergestellt. Deodorierend. Diese Frau hat hübsche Kleider, aber sie sind eigenartig uniform: knielange Röcke, dunkle Strumpfhosen und Strickjacken – wie eine Stewardess, aber nicht so glamourös. Ich werde es genießen, ihren Willen zu brechen.

Auf dem Boden des Kleiderschranks stehen Schuhkartons. Ich nehme die Decke ab. Slingpumps, zehenfreie Sandalen, Pumps, Ballerinas, Schuhe mit Keilabsätzen. Sie mag Stiefel. Sie hat vier Paare, zwei spitze mit Fick-mich-Absätzen. Weiches Leder, italienisch, teuer. Ich stecke meine Nase hinein und atme tief ein.

Ich setze mich an die Schminkkommode und gehe ihre Lippenstifte durch. Das leuchtende Zinnoberrot ist am besten; es passt perfekt zu ihrer Hautfarbe. Und die Malachitkette in der

Samtschatulle wird sehr hübsch aussehen auf ihrer nackten Haut.

Ich strecke mich auf dem Bett aus und starre an die Decke. Eine viereckige Luke in der Ecke führt auf den Speicher. Ich könnte mich dort verstecken und über sie wachen wie ein Engel. Ein Racheengel.

Ich höre Schritte auf dem Flur. Jemand ist aufgewacht. Eine Frau. Ich warte und frage mich, ob ich sie töten muss. Am anderen Ende des Flurs rauscht eine Toilettenspülung. Rohre rumpeln leise, als der Wasserkasten wieder vollläuft. Wer immer es war, sie ist mit ihrem Mundgeruch und ihren verquollenen Augen zurück ins Bett gegangen. Sie wird mich nicht finden.

Ich erhebe mich vom Bett, schließe die Kleiderschranktür und vergewissere mich, dass alles wieder an seinem Platz ist. Dann gehe ich zurück in den Flur, die Treppe hinunter in die Küche und wieder zur Hintertür hinaus.

Am Ende des Gartens bleibe ich stehen, beobachte, wie sich die Kiefern im Wind biegen, und spüre die ersten Tropfen eines eisigen Regens. Ich habe mein Territorium markiert und unsichtbare Kampflinien gezogen. Beeil dich, Morgen.

54

Als wir geheiratet haben, haben Julianne und ich uns versprochen, dass wir nie wütend auf den anderen einschlafen würden. Gestern Nacht ist es nun geschehen. Meine Entschuldigungen wurden ignoriert. Meine Annäherungsversuche abgewiesen. Wir haben unter demselben weißen Laken geschlafen, aber es hätte auch eisiges Ödland sein können

Um zehn haben wir, unser romantisches Wochenende abkürzend, aus dem Hotel ausgecheckt. Auf der Zugfahrt nach Bath Spa hat Julianne Zeitschriften gelesen, während ich aus dem Fenster gestarrt und darüber gegrübelt habe, was sie in der Nacht zu mir gesagt hat. Vielleicht stecke ich wirklich im Elend und suche nach jemandem, dem ich die Schuld dafür geben kann, was mir passiert ist. Ich dachte, ich hätte die fünf Stadien der Trauer überwunden, aber vielleicht verlieren sie sich nie.

Selbst auf dem Weg vom Bahnhof nach Hause neben ihr in einem Taxi sage ich mir immer wieder, dass es nur ein Streit war. Ehepaare überstehen so etwas immer wieder. Eigenheiten werden vergeben, Gewohnheiten angenommen, Kritik bleibt unausgesprochen.

Das Taxi hält vor dem Haus. Emma kommt den Weg zum Tor heruntergerannt und schlingt ihre Arme um meinen Hals. Ich hebe sie zu mir hoch.

»Ich habe gestern Nacht ein Gespenst gesehen, Daddy.«

»Wirklich? Wo denn?«

»In meinem Zimmer. Es hat gesagt, ich soll weiterschlafen.«

»Das war aber ein vernünftiges Gespenst.«

Julianne bezahlt das Taxi mit der Firmen-Kreditkarte. Emma redet immer noch. »Charlie hat gesagt, es wäre ein weibliches Gespenst gewesen, aber das stimmt nicht. Ich hab ihn gesehen.«

»Und habt ihr euch unterhalten?«

»Nicht lange.«

»Was hast du gesagt?«

»Ich hab gesagt: Wer bist du? Und er hat gesagt: ›Schlaf weiter.‹«

»Das ist alles?«

»Ja.«

»Hast du ihn nach seinem Namen gefragt?«

»Nein.«

»Wo ist Charlie?«

»Sie ist mit dem Fahrrad weggefahren.«

»Wann ist sie weggefahren?«

»Ich weiß nicht. Ich kann die Uhr noch nicht lesen.«

Julianne hat den Taxifahrer bezahlt. Emma windet sich aus meinem Arm und gleitet an meiner Brust hinunter. Sobald ihre Schuhe den Boden berühren, rennt sie zu ihrer Mutter.

Imogen ist nach draußen gekommen, um uns mit den Reisetaschen zu helfen. Sie hat zwei Nachrichten für mich. Die erste ist von Bruno Kaufman. Er will mit mir über Maureen reden und fragt, ob sie für ein paar Wochen verreisen sollten, wenn sie aus dem Krankenhaus entlassen wird.

Die zweite Nachricht ist von Veronica Cray und besteht aus vier Wörtern: »Tyler ist gelernter Schlosser.«

Ich rufe sie auf der Wache in der Trinity Road an. Ihre Antworten werden vom Summen eines Fax-Geräts begleitet.

»Ich dachte, Schlosser müssten eine Zulassung haben.«

»Nein.«

»Wo hat er gelernt?«

»Bei der Armee. Er übernimmt Nachtschichten für einen lokalen Schlüsseldienst namens T.B. Henry und fährt einen silbernen Transporter. Wir haben das Nummernschild mit dem eines Fahrzeugs abgleichen können, das die Brücke überquert hat, zwanzig Minuten bevor Christine Wheeler über den Sicherheitszaun geklettert ist.«

»Arbeitet er von einem Büro oder einer Werkstatt aus?«

»Nein.«

»Und wie nehmen die Kunden Kontakt auf?«

»Über eine Handynummer.«

»Können Sie sie zurückverfolgen?«

»Das Mobiltelefon sendet kein Signal mehr. Oliver Rabb ist alarmiert und beobachtet die Nummer genau. Wenn Tyler sich wieder einschaltet, werden wir es sofort erfahren.«

In ihrem Büro klingelt ein anderes Telefon. Sie muss Schluss machen.

Ich frage sie, ob ich irgendetwas tun kann, aber sie hat schon aufgelegt.

Julianne ist oben und packt ihre Sachen aus. Emma hilft ihr, indem sie auf dem Bett herumhüpft.

Ich rufe Charlie an. Sie hat noch immer mein Handy.

»Hi.«

»Ihr seid früher nach Hause gekommen?«

»Ja. Wo bist du?«

»Bei Abbie.«

Abbie ist ebenfalls zwölf und die Tochter eines einheimischen Bauern, dessen Hof an der Norton Lane etwa eine Meile außerhalb von Wellow liegt.

»Hey, Dad, ich kenn einen neuen Witz«, sagt Charlie.

»Erzähl ihn mir, wenn du nach Hause kommst.«

»Ich will ihn dir aber jetzt erzählen.«

»Okay, dann leg los.«

»Eine Mutter steigt mit ihrem Baby in einen Bus, und der Fahrer sagt: ›Das ist ja das hässlichste Baby, das ich je gesehen habe.‹ Die Frau ist echt wütend, aber sie bezahlt und setzt sich. Ein anderer Passagier sagt: ›Das dürfen Sie ihm nicht durchgehen lassen. Gehen Sie zurück und sagen Sie ihm die Meinung. Ich halt so lange den Affen für Sie.‹«

Charlie bricht in dreckiges Lachen aus. Ich stimme mit ein.
»Bis gleich.«
»Bin schon unterwegs.«

55

Es beginnt mit einer Nummer: zehn Ziffern, drei Mal die Sechs. (Was für manche Unglück verheißt.) Dann folgt das Klingeln…

»Hallo?«

»Spreche ich mit Mrs. O'Loughlin?«

»Ja.«

»Der Frau von Professor O'Loughlin?«

»Ja, wer ist denn da?«

»Ich fürchte, Ihre Tochter Charlie hatte einen kleinen Unfall. Sie ist vom Fahrrad gefallen. Ich glaube, sie hat in einer Kurve die Kontrolle verloren. Sie fährt manchmal ganz schön tollkühn. Ich möchte, dass Sie wissen, dass sie absolut unversehrt und in guten Händen ist. In meinen.«

»Wer sind Sie?«

»Das sagte ich doch gerade. Ich bin die Person, die auf Charlie aufpasst.«

Ihre Stimme zittert leicht, ein unbestimmtes Rumoren drohender Gefahr, etwas Großes, Schwarzes und Verhängnisvolles am Horizont, das auf sie zurast.

»Sie ist ein so hübsches kleines Ding, Ihre Charlie. Sie sagt, sie heißt eigentlich Charlotte. Sie sieht aus wie eine Charlotte, aber Sie erlauben, dass sie sich kleidet wie ein Junge.«

»Wo ist sie? Was haben Sie mit ihr gemacht?«

»Sie liegt gleich neben mir. Nicht wahr, Schneeflöckchen? Hübsch wie ein Pfirsich, ein süßer, süßer Pfirsich …«

Innerlich schreit sie. Angst hat jede feuchte warme Höhle ihrer Brust ausgefüllt.

»Ich möchte mit Charlie sprechen. Rühren Sie sie nicht an. Bitte. Lassen Sie mich mit ihr sprechen.«

»Das geht nicht. Sie ist mit einem Socken geknebelt.«

In diesem Moment beginnt es, der erste Sprung in ihrem Kopf tut sich auf, ein winziger Riss, der die weichen ungeschützten Teile ihrer Seele freilegt. Ich höre, wie die Hysterie durch ihren Körper vibriert. Sie ruft Charlies Namen. Sie fleht. Sie schmeichelt. Sie weint.

Und dann höre ich eine andere Stimme. Der Professor nimmt ihr das Telefon ab.

»Wer sind Sie? Was wollen Sie?«

»Wollen? Brauchen? Ich will, dass Sie Ihre Frau wieder ans Telefon holen.«

Eine Pause entsteht. Ich habe nie verstanden, was die Leute meinten, wenn sie sagen, eine Pause sei bedeutungsschwanger. Bis jetzt. Diese Pause ist bedeutungsschwanger, trächtig mit tausend Möglichkeiten.

Julianne schluchzt. Der Professor legt seine Hand auf die Sprechmuschel. Ich höre nicht, was er sagt, aber ich nehme an, er erklärt ihr, was sie tun soll.

»Holen Sie Ihre Frau wieder ans Telefon, sonst muss ich Charlie bestrafen.«

»Wer sind Sie?«

»Sie wissen, wer ich bin, Joe.«

Es entsteht eine weitere Pause.

»Gideon?«

»Oh, gut, duzen wir uns. Hol deine Frau zurück ans Telefon.«

»Nein.«

»Du glaubst, ich hätte Charlie nicht. Du glaubst, ich bluffe. Du hast der Polizei gesagt, ich wäre ein Feigling. Ich sag dir, was ich mache. Ich lege auf, ficke dein kleines Mädchen, und dann rufe ich zurück. Ich schlage vor, in der Zwischenzeit versuchst du, sie zu finden. Los, lauf. Versuch's auf der Norton Lane, da habe ich sie gefunden.«

»Nein! Nein! Leg nicht auf!«

»Hol Julianne zurück ans Telefon.«

»Sie ist zu aufgewühlt.«

»Hol sie ans Telefon, oder du siehst Charlie nie wieder.«

»Hör mir zu, Gideon. Ich weiß, warum du das tust.«

»Gib mir deine Frau.«

»Sie ist nicht in der Lage …«

»ES IST MIR SCHEISSEGAL, WOZU SIE IN DER LAGE IST.«

»Okay, okay. Einen Moment.«

Er hält den Hörer wieder zu. Er sagt seiner Frau, dass sie auf der Festnetzleitung die Polizei anrufen soll. Ich nehme ein zweites Handy und tippe die Nummer ein. Das Telefon klingelt. Julianne nimmt ab.

»Hallo, Mrs. O'Loughlin.«

Ein abgerissenes Schluchzen bleibt ihr im Hals stecken.

»Wenn Sie sich dieses Telefon von Ihrem Mann abnehmen lassen, stirbt Ihre Tochter.«

Das Schluchzen wird lauter.

»Bleiben Sie dran, Mrs. O'Loughlin.«

»Was wollen Sie?«

»Ich will dich.«

Sie antwortet nicht.

»Darf ich dich Julianne nennen?«

»Ja.«

»Ich möchte dir etwas sagen, Julianne. Wenn dein Mann dir noch mal den Hörer aus der Hand nimmt, werde ich deine Tochter erst ein bisschen vergewaltigen. Dann schneide ich Stücke von ihrem Körper ab und schlage mit einem Hammer Nägel in ihre Hand. Und hinterher, das verspreche ich dir, steche ich ihr ihre hübschen blauen Augen aus und schicke sie dir in einer Schachtel.«

»Nein! Nein! Ich rede mit Ihnen.«

»Du allein kannst Charlie retten.«

»Wie?«

»Weißt du noch, wie du die Babys in deinem Bauch ernährt hast, als du schwanger warst? Baby Emma und Baby Charlie. Nun, dieses Telefon ist wie eine Nabelschnur. Du kannst Char-

lie am Leben erhalten, indem du in der Leitung bleibst. Legst du auf, stirbt sie. Lässt du dir das Telefon von irgendjemandem abnehmen, stirbt sie. Hast du verstanden?«

»Ja.« Sie atmet tief ein und wappnet sich. Sie ist stark. Eine Herausforderung.

»Ist dein Mann da, Julianne? Flüstert er in dein Ohr, so wie ich in Charlies Ohr flüstere? Was sagt er? Erzähl mir, was er sagt, sonst muss ich ihr ein paar blaue Flecken verpassen.«

»Er sagt, dass Sie sie nicht haben. Er sagt, Sie bluffen. Er sagt, Charlie ist bei ihrer Freundin.«

»Hat er versucht, sie anzurufen?«

»Ihre Nummer ist besetzt.«

»Er sollte sie suchen gehen.«

»Das macht er jetzt auch.«

»Gut. Er sollte draußen nachsehen … im Dorf. Er sollte zu Abbie fahren. Was ist mit dem Kindermädchen?«

»Sie sucht auch.«

»Vielleicht finden sie sie. Könnte sein, dass ich bluffe. Was glaubst du?«

»Ich weiß es nicht.«

»Kannst du auf deinem Telefon die Nummer des Anrufers sehen, Julianne?«

»Ja.«

»Schau sie dir an. Erkennst du sie?«

Ihre Antwort ist mehr ein Stöhnen, eine abgewürgte Bestätigung, die in ihrem Hals stecken zu bleiben droht und kaum über ihre Lippen will.

»Wessen Nummer ist es?«

»Die Handynummer meines Mannes.«

»Was macht Charlie mit Joes Telefon?«

»Sie haben getauscht.«

»Glaubst du mir jetzt?«

»Ja. Bitte tun Sie ihr nichts.«

»Ich werde sie zur Frau machen, Julianne. Alle Mütter wollen, dass ihre Töchter heranwachsen und Frauen werden.«

»Sie ist noch ein Kind.«

»Jetzt noch, aber nicht, wenn ich mit ihr fertig bin.«

»Nein. Nein. Bitte rühren Sie sie nicht an. Ich tue alles, was Sie wollen.«

»Alles?«

»Ja.«

»Denn wenn du es nicht machst, wird Charlie es tun.«

»Ich tue, was Sie sagen.«

»Zieh dich aus, Julianne. Den Rock und das hübsche Top – das mit dem silbernen Faden. Ja, ich weiß, was du anhast. Ich weiß alles über dich, Julianne. Ich habe Charlies Jeans schon ausgezogen. Ich musste sie leider aufschneiden. Ich war ganz vorsichtig. Ich kann gut mit einer Schere umgehen. Ich könnte meine Initialen in ihren Bauch ritzen. Dann hätte sie ein Andenken an mich. Und jeder Mann, der sie je nackt sieht, weiß, dass ich zuerst da war … in jedem Loch.«

»Nein, nicht.«

»Ziehst du dich aus?«

»Ja.«

»Zeig es mir.«

Sie zögert.

»Stell dich ans Schlafzimmerfenster und zieh die Vorhänge auf – dann kann ich dich sehen.«

»Werden Sie sie freilassen?«

»Das liegt ganz an dir.«

»Ich mache, was Sie wollen.«

»Charlie nickt. Wie süß. Ja, richtig, das ist deine Mummy am Telefon. Willst du ihr hallo sagen? Tut mir leid. Mummy hat nicht getan, worum ich sie gebeten habe, also kannst du nicht mit ihr sprechen. Bist du am Fenster, Julianne?«

»Ja.«

»Zieh die Vorhänge auf, damit ich dich sehen kann.«

»Und Sie tun Charlie nichts?«

»Mach einfach die Vorhänge auf.«

»Okay.«

»Du brauchst Make-up. Auf deiner Schminkkommode, der zinnoberrote Lippenstift. Ich möchte, dass du ihn aufträgst und die Malachitkette aus der Samtschatulle anlegst.«

»Woher wissen Sie –«

»Ich weiß alles über dich … alles über Charlie … alles über deinen Mann.«

»Bitte lassen Sie Charlie laufen. Ich habe getan, was Sie gesagt haben.«

»Nacktsein allein reicht nicht, Julianne.«

»Was?«

»Es reicht nicht. Charlie kann mir mehr geben.«

»Aber Sie haben gesagt –«

»Du hast doch bestimmt nicht erwartet, dass ich so einen Hauptgewinn einfach wieder hergebe. Weißt du, was ich tun will, Julianne? Nachdem ich deiner Tochter jetzt alle Kleider vom Leib geschnitten habe, möchte ich sie von der Kehle bis zur Fotze öffnen, damit ich in sie hineinkriechen kann. Dann halte ich ihr Herz in den Händen, während ich sie von innen nach außen ficke.«

Ihr langer Schrei hallt in meinen Ohren wider wie eine explodierende Granate.

Ein weiterer Stift ist eingerastet.

Das Schloss ist beinahe offen.

Ihr Wille gibt nach.

Erinnerungen fühlen sich an wie Materie. Erinnerungen sind das Einzige, was real ist. Ich renne den Mill Hill hinunter über die Brücke und zwischen Hecken den nächsten Hügel hinauf.

Ich habe Charlie vor zwanzig Minuten angerufen. Ihre Freundin Abbie wohnt etwa eine Meile die Norton Lane hinunter. Wie lange braucht man mit dem Fahrrad für die Strecke? Sie wird jeden Moment um die Ecke kommen, mit strampelnden Beinen, den Kopf gesenkt und den Rumpf gebeugt, als würde sie bei der Tour de France mitfahren.

Ich versuche, sie auf dem Handy zu erreichen. Ich habe ihr

meinen Apparat gegeben. Wir haben getauscht, damit ich mit Darcy reden konnte. Es ist besetzt. Mit wem spricht sie?

Die Norton Lane ist ein gewundener schmaler Asphaltstreifen, gesäumt von Hecken, Rotdornbüschen und Zäunen. Wenn sich zwei Fahrzeuge begegnen, muss eins von beiden zurücksetzen oder in eine Haltebucht ausweichen, um den entgegenkommenden Wagen oder Traktor vorbeizulassen. An manchen Stellen sind die Hecken hoch und ungestutzt und verwandeln die Straße in eine grüne Schlucht, die nur hin und wieder von Toren unterbrochen wird, die zu den Höfen oder Feldern führen.

Zwischen den gewundenen Zweigen kann ich einen Farbtupfer ausmachen, eine Frau, die ihren Hund ausführt. Mrs. Aymes. Sie arbeitet im Dorf als Putzfrau.

»Haben Sie Charlie gesehen?«, rufe ich.

Wütend, dass ich sie erschreckt habe, schüttelt sie den Kopf.

»Ist sie hier vorbeigekommen? Sie war mit dem Fahrrad unterwegs.«

»Ich hab kein Fahrrad gesehen«, sagt sie mit schwerem Akzent.

Ich laufe weiter über eine kleine Brücke über einen Bach, der in der Nähe in einem Wasserfall in ein Tal stürzt.

Gideon hat sie nicht. Gideon gibt nur vor, Kinder zu entführen. Physische Konfrontation ist nicht sein Stil. Manipulation. Ausbeutung. Wahrscheinlich beobachtet er mich in diesem Moment und lacht. Oder er beobachtet Julianne. Er redet mit ihr.

Von der Hügelkuppe blicke ich auf das Dorf hinab. Ich rufe Veronica Cray an. Keuchend und in Fetzen berichte ich, was geschehen ist.

»Tyler sagt, er hätte meine Tochter. Er sagt, er will sie vergewaltigen und töten. Er telefoniert mit meiner Frau. Sie müssen ihn stoppen.«

»Wo sind Sie?«, fragt DI Cray.

»Ich suche Charlie. Sie sollte mittlerweile zu Hause sein.«

»Wann haben Sie zuletzt mit ihr gesprochen?«

Ich kann nicht klar denken. »Vor einer halben Stunde.«

DI Cray versucht, mich zu beruhigen. Sie möchte, dass ich rational reagiere. Es wäre nicht das erste Mal, dass Tyler blufft. Das ist seine Masche.

»Er muss irgendwo in der Nähe sein«, sage ich. »Wahrscheinlich hat er das Haus beobachtet. Sie sollten das Dorf abriegeln. Die Straßen sperren.«

»Ich kann nicht ein ganzes Dorf abriegeln, solange ich nicht sicher bin, dass ein Kind verschleppt worden ist.«

»Orten Sie das Signal seines Handys.«

»Ich schicke ein paar Streifenwagen. Gehen Sie zurück zu Ihrer Frau.«

»Ich muss Charlie finden.«

»Gehen Sie zurück nach Hause, Joe.«

»Was ist, wenn er nicht blufft?«

»Lassen Sie Julianne nicht allein.«

Auf der Kuppe des nächsten Hügels zeichnen sich die Umrisse des Hofes vor dem Himmel ab. Ein halbes Dutzend Scheunen und Geräteschuppen aus Blech, Holz und Backstein drängen sich um einen Hof, auf dem mehrere unasphaltierte Wege zusammenlaufen. In einer Ecke stehen unbenutzte alte Landmaschinen, unter deren rostenden Fahrgestellen Unkraut wuchert. Bei den meisten habe ich keine Ahnung, wofür man sie benutzt. Das Bauernhaus ist das erste an der Straße. Hunde in einem Zwinger bellen aufgeregt.

Abbie öffnet die Tür.

»Ist Charlie hier?«

»Nein.«

»Wann ist sie gegangen?«

»Schon vor Urzeiten.«

»In welche Richtung ist sie gefahren?«

Sie mustert mich irritiert. »Es gibt nur eine Richtung.«

»Hast du gesehen, wie sie losgefahren ist?«

»Hm-hm.«

»War sonst noch jemand auf der Straße?«

Sie schüttelt den Kopf. Ich mache ihr Angst. Ich bin schon umgekehrt und laufe über den Hof zurück zur Straße. Ich kann sie nicht verpasst haben. Wohin soll sie sonst gefahren sein? Bis nach Norton St. Philip sind es zwei Meilen. Und Charlie wäre garantiert nicht zwei Meilen in die entgegengesetzte Richtung von zuhause gefahren.

Ich rufe sie erneut auf dem Handy an. Warum telefoniert sie immer noch?

Der Rückweg verläuft die meiste Zeit bergab. An den Hoftoren bleibe ich stehen und steige auf die Metallstreben, um eine bessere Sicht über die Felder zu haben.

Als ich wieder über die Brücke komme, blicke ich in die Gräben zu beiden Seiten der Straße. An manchen Stellen wuchern Brombeeren und Brennnesseln hüfthoch. Am Rand des Asphalts erkenne ich Reifenspuren. Ein Fahrzeug muss am Straßenrand gehalten haben, um ein anderes vorbeizulassen.

Dann sehe ich, halb verborgen von Unkraut, das Fahrrad. Ich wollte Charlie ein Rad mit Aluminiumrahmen kaufen, aber sie hat sich für ein Modell aus mattschwarzem Stahl mit Blitzen auf der Stange und stoßgefederter Vordergabel entschieden.

Ich stapfe durch Nesseln und Dornen, um das Rad aus dem Gebüsch zu zerren. Das Vorderrad ist von einem Aufprall verbogen und eingedrückt. Ich schreie ihren Namen. Aus den Bäumen steigt flatternd ein Schwarm Krähen auf.

Mein Arm zittert. Mein Bein. Meine Brust. Ich mache einen Schritt und breche beinahe zusammen. Ich mache einen weiteren und stürze. Ich versuche aufzustehen. Es geht nicht. Ich schlucke hart, lasse das Fahrrad fallen und erklimme die Böschung zur Straße. Dann renne ich los wie ein Verrückter. Die Schrecken von zu später Einsicht und Bedauern haben mir die Luft abgeschnürt, sodass ich Charlies Namen nicht mehr über die Lippen bringe.

Beim Anstieg auf den Mill Hill blockiert plötzlich mein

linkes Bein in der Vorwärtsbewegung, und ich falle der Länge nach hin. Schmerz spüre ich keinen. Ich rappele mich wieder auf die Füße und renne in einem sonderbar stolpernden Stechschritt weiter.

Zwei Mädchen auf Pferden trappeln in meine Richtung. Eine erkenne ich wieder, eine Freundin von Charlie. Ich winke und rudere mit den Armen. Eines der Pferde scheut. Ich rufe ihnen zu, sie sollen Charlie suchen, und werde wütend, als sie nicht sofort gehorchen.

Ich kann nicht bleiben. Ich muss nach Hause. Ich habe versucht, Julianne anzurufen. Die Nummer ist besetzt. Gideon redet mit ihr.

Hinter der High Street blicke ich suchend auf die Fußwege. Vielleicht hat irgendjemand Charlie nach einem Sturz gefunden. Nicht Gideon; jemand anderer – ein guter Samariter.

Als ich zum Haus komme, sehe ich Julianne nackt und mit von Lippenstift verschmiertem Mund vor dem Schlafzimmerfenster stehen. Ich nehme zwei Stufen auf einmal, reiße die Tür auf, zerre sie vom Fenster weg, breite die Überdecke über ihre Schultern und nehme ihr das Telefon aus der Hand. Gideon ist noch am Apparat.

»Hallo, Joe, hast du Charlie gefunden? Denkst du immer noch, dass ich bluffe? Nichts für ungut, aber ich hab es dir ja gesagt.«

»Wo ist sie?«

»Bei mir natürlich, ich würde dich nie anlügen.«

»Beweise es.«

»Wie bitte?«

»Du sollst beweisen, dass du sie hast.«

»Welchen Körperteil soll ich dir schicken?«

»Hol sie ans Telefon.«

»Hol du Julianne wieder ans Telefon.«

»Nein. Ich will etwas von Charlie hören.«

»Ich glaube nicht, dass du in der Position bist, irgendwelche Forderungen zu stellen, Joe.«

»Ich werde keine Spielchen mit dir spielen, Gideon. Beweise mir, dass du Charlie hast, dann können wir reden. Ansonsten habe ich kein Interesse.«

Ich drücke auf den roten Knopf des Mobiltelefons und beende das Gespräch.

Julianne stürzt sich schreiend auf mich und versucht, mir das Telefon aus der Hand zu reißen.

»Vertrau mir. Ich weiß, was ich tue.«

»Leg nicht auf! Leg nicht auf!«

»Setz dich. Bitte. Vertrau mir.«

Das Telefon klingelt. Ich gehe ran. »Hol meine Tochter ans Telefon!«

Gideon explodiert. »MACH DAS VERDAMMT NOCH MAL JA NIE WIEDER MIT MIR!«

Ich lege auf.

Julianne schluchzt. »Er wird sie umbringen. Er wird sie umbringen.«

Das Telefon klingelt.

»ICH SCHWÖRE, WENN DU DAS NOCH MAL MACHST, WERDE ICH –«

Ich drücke auf den Knopf und würge ihn ab.

Er ruft wieder an.

»WILLST DU, DASS SIE STIRBT? WILLST DU, DASS ICH SIE UMBRINGE? ICH MACH ES SOFORT!«

Ich lege auf.

Julianne kämpft mit mir um das Handy und trommelt mit beiden Fäusten gegen meine Brust. Ich muss das Telefon außerhalb ihrer Reichweite halten.

»Lass mich mit ihm reden. Lass mich reden«, schreit sie.

»Ich weiß, was ich tue.«

»Leg nicht auf.«

»Zieh dir einfach was an und geh nach unten. Die Polizei kommt gleich. Du musst sie reinlassen.«

Ich versuche, selbstbewusst zu klingen, aber tief drinnen habe ich solche Angst, dass ich kaum richtig funktioniere. Ich weiß nur, dass Gideon bis jetzt die Fäden gezogen hat wie ein Marionettenspieler, der alles unter Kontrolle hat. Ich muss dieses Muster durchbrechen, ich muss ihn bremsen.

Die erste Regel bei jeder Geiselverhandlung ist das Beharren auf einem Lebensbeweis. Gideon will nicht verhandeln. Noch nicht. Ich muss dafür sorgen, dass er seine Pläne überdenkt und seine Methode ändert.

Das Telefon klingelt wieder.

Gideon tobt: »HÖR GUT ZU, DU WICHSER. ICH SCHLITZE SIE AUF. ICH SCHAUE ZU, WIE IHRE EINGEWEIDE DAMPFEN –«

Ich lege auf, während Julianne nach dem Telefon hechtet und auf dem Boden landet. Ich bücke mich, um ihr aufzuhelfen. Sie schlägt meine Hand weg und starrt mich an, das Gesicht vor Wut und Angst verzerrt.

»DAS WARST DU! DU HAST DAS ÜBER UNS GEBRACHT«, kreischt sie und stößt mit dem Finger nach mir. Dann senkt sie die Stimme zu einem Flüstern. »Ich habe dich gewarnt! Ich habe dir gesagt, misch dich nicht ein. Ich wollte nicht, dass du diese Familie mit deinen kranken, verdrehten Patienten, Psychopathen und Sadisten infizierst, mit denen du dich so gut auskennst.«

»Wir bekommen sie wieder«, sage ich, aber Julianne hört nicht zu.

»Charlie, die arme Charlie.« Sie lässt sich stöhnend aufs Bett fallen und schluchzt laut. Ihr Kopf hängt über ihren nackten Schenkeln. Es gibt nichts, womit ich sie trösten könnte. Ich kann mich selber nicht trösten.

Das Telefon klingelt. Ich nehme ab.

»Hallo, Dad. Ich bin's.«

Mir bricht das Herz.

»Hallo, Schätzchen, geht es dir gut?«

»Ich hab mir am Bein wehgetan. Mein Fahrrad ist kaputt. Tut mir leid.«

»Das war nicht deine Schuld.«

»Ich hab Ang–«

Sie kann den Satz nicht beenden. Das Wort bleibt unvollendet. Ich höre, wie Klebeband von einer Rolle gerissen wird.

»Verabschiede dich von ihr, Joe, denn du wirst sie nicht wiedersehen. Glaubst du, du könntest mich verarschen? Du hast ja keine Ahnung, wozu ich fähig bin.«

»Charlie hat nichts mit all dem zu tun!«

»Nennen wir sie einen Kollateralschaden.«

»Warum hast du sie genommen?«

»Ich will das, was du hast.«

»Deine Frau und deine Tochter sind tot.«

»Tatsächlich?«

»Nimm mich stattdessen.«

»Dich will ich nicht.«

Ich höre, wie weiteres Klebeband von der Rolle gerissen wird.

»Was machst du?«

»Ich packe mein Geschenk ein.«

»Lass uns über deine Frau reden.«

»Warum? Hast du sie gefunden?«

»Nein.«

»Na, ich hab ja jetzt eine neue Freundin zum Spielen. Sag Julianne, ich rufe sie später an und schildere ihr alle Details.«

Bevor ich noch eine Frage stellen kann, ist die Leitung tot. Ich wähle die Nummer, aber Gideon hat das Handy ausgeschaltet.

Julianne sieht mich nicht an. Ich wickle die Decke um ihre Schultern. Sie weint nicht. Sie schreit mich nicht an. Die einzigen Tränen sind meine eigenen, die in meinem Innern strömen. Nie sind sie so frei geflossen.

56

Ein Dutzend Detectives und doppelt so viele uniformierte Polizisten haben das Dorf und die Zufahrtsstraßen abgeriegelt. Transporter und LKWs werden durchsucht, Autofahrer befragt.

Veronica Cray ist mit Safari Roy in der Küche. Sie sehen mich mit einer Mischung aus Respekt und Mitleid an. Ich frage mich, ob ich, konfrontiert mit dem Unglück anderer, genauso wirke.

Julianne hat zwei Mal geduscht und Jeans und einen Pullover angezogen. Sie hat die Körpersprache eines Vergewaltigungsopfers, die Arme starr vor der Brust verschränkt, als wollte sie verzweifelt etwas festhalten, das zu verlieren sie sich nicht leisten kann. Sie sieht mich nicht an.

Oliver Rabb hat zwei neue Handys, die er orten kann – meins und das Mobiltelefon, das Gideon benutzt hat, als er Julianne zum ersten Mal angerufen hat. Er sollte in der Lage sein, die Signale zu lokalisieren, die die Telefone bis vor etwa einer Stunde gesendet haben, ehe Gideon den Kontakt abgebrochen hat.

Zweihundert Meter nordwestlich des Dorfes steht ein zehn Meter hoher Funkmast auf einem Feld. Der nächste Mast befindet sich auf dem Baggridge Hill eine Meile südlich, der zweitnächste am Rand von Peasedown St. John, zwei Meilen westlich.

»Wichtig ist, dass Tyler wieder anruft«, sagt DI Cray.

»Das wird er«, sage ich und starre auf Juliannes Handy, das auf dem Küchentisch liegt. Er kannte ihre Nummer. Er kannte unsere Festnetznummer. Er wusste, was sie anhatte und welcher Lippenstift und welcher Schmuck auf ihrer Schminkkommode lagen.

Julianne hat mir nicht genau erzählt, was Gideon gesagt hat. Wenn sie eine Patientin in meiner Praxis wäre, würde ich sie auffordern, zu reden, Dinge in einen Zusammenhang zu stellen, das Trauma zu bewältigen. Aber sie ist keine Patientin. Sie ist meine Frau, und ich will die Einzelheiten nicht wissen. Ich will so tun, als wäre nichts passiert.

Gideon Tyler ist in meinem Haus gewesen. Er hat alles, was wichtig ist, genommen – Vertrauen, Seelenfrieden, Ruhe. Er hat meinen Kindern beim Schlafen zugesehen. Emma hat gesagt, sie hätte ein Gespenst gesehen. Sie ist aufgewacht und hat mit ihm gesprochen. Er hat Julianne isoliert, ihr gesagt, welchen Lippenstift sie auftragen und welchen Schmuck sie anlegen soll. Er hat sie dazu gezwungen, sich nackt ans Schlafzimmerfenster zu stellen.

Ich habe immer versucht, dunkle Gedanken beiseitezuschieben, und mir vorgestellt, dass meiner Familie nur Gutes widerfahren würde. Beim Blick in Charlies süßes, blasses, sich veränderndes Gesicht habe ich beinahe geglaubt, ich könnte sie vor Schmerzen und einem gebrochenen Herzen bewahren. Jetzt ist sie weg. Julianne hat recht. Es ist meine Schuld. Ein Vater sollte seine Kinder beschützen, sie sicher behüten und, wenn es sein muss, sein Leben für sie geben.

Ich sage mir immer wieder, dass Gideon Tyler Charlie nichts antun wird. Es ist wie ein Mantra in meinem Kopf, aber die Botschaft bringt keinen Trost. Außerdem sage ich mir, dass Leute wie Gideon – Sadisten und Psychopathen – selten sind. Heißt das, Charlie gehört zu den wenigen, die Pech hatten? Niemand soll mir damit kommen, dass das Leben in einer freien Gesellschaft seinen Preis hat. Nicht diesen Preis. Nicht, wenn es um meine Tochter geht.

An die Festnetzleitung des Hauses werden Aufnahmegeräte angeschlossen, und ein Scanner ist programmiert worden, um die Handygespräche aufzufangen. Unsere SIM-Karten sind in Handys mit GPS-Funktion transferiert worden. Ich frage, warum. DI Cray sagt, es sei eine Vorsichtsmaßnahme. Möglicherweise wollen sie eine mobile Fangschaltung versuchen.

Gerahmt von dem Fenster sieht das Dorf aus wie die Illustration aus einem Kinderbuch mit großen bauchigen Wolken, die von Sonnenstrahlen gestreift werden. Imogen und Emma sind nach nebenan zu Mrs. Nutall gegangen. Nachbarn sind nach draußen gekommen, um die Polizeiwagen und Transporter vor dem Haus zu bestaunen. Sie unterhalten sich beiläufig, tauschen Höflichkeiten aus und tun so, als würden sie nicht verstohlen die von Haus zu Haus gehenden Detectives beobachten. Die Kinder sind nach drinnen gescheucht worden, weggesperrt vor der unbekannten Gefahr, die in ihren Straßen lauert.

Ich höre, wie oben erneut die Dusche läuft. Julianne versucht ein weiteres Mal, das Geschehene abzuwaschen. Wie lange ist das jetzt her? Drei Stunden. Egal, was geschieht, dieser Tag wird sich in Charlies Gedächtnis graben. Die Erinnerung an Gideon Tylers Gesicht, an seine Worte und seine Berührungen wird sie verfolgen.

Monk duckt sich in der Tür, als er die Küche betritt und den Raum unversehens kleiner wirken lässt. Er sieht DI Cray an und schüttelt den Kopf. Die Polizei hat an jede Tür geklopft, Bewohner befragt und Charlies Weg zurückverfolgt. Nichts.

Ich weiß, was sie denken. Gideon ist weg. Er hat es geschafft zu entkommen, bevor die Polizei die Straßen abgeriegelt hat. Seit 12.42 Uhr hat keines der beiden Handys, die Gideon benutzt hat, ein Signal gesendet. Er weiß garantiert, dass wir ihn darüber orten können. Deswegen wechselt er so häufig die Telefone und schaltet sie zwischendurch aus.

Wie auf Stichwort trifft in diesem Moment Oliver Rabb ein. Wie ein nervöser Stadtstreicher schlurft er, eine Laptoptasche über der Schulter, eine karierte Mütze auf dem Kopf, den Weg zum Haus hinauf. Auf der Türmatte streift er sorgfältig den Dreck von seinen Schuhen.

Er baut seinen Laptop auf dem Küchentisch auf und lädt die

neuesten Daten der am nächsten gelegenen Basisstationen herunter, um das Signal zu triangulieren.

»In Gegenden wie dieser ist es schwieriger«, erklärt er und streicht unsichtbare Falten aus seiner Hose. »Es gibt weniger Sendemasten.«

»Ich will keine Ausreden hören«, sagt Veronica Cray.

Oliver kehrt an den Bildschirm zurück. Im Garten versammeln sich Detectives an den sonnigen Stellen und stampfen mit den Füßen auf, um sich warm zu halten.

Oliver schnaubt.

»Was ist?«

»Beide Anrufe liefen über denselben Mast – den nächsten.« Er macht eine Pause. »Aber ihr Ausgangspunkt liegt außerhalb dieser Gegend.«

»Was bedeutet das?«

»Er war nicht im Dorf, als er Sie angerufen hat. Er hatte die Gegend bereits verlassen.«

»Aber er wusste, was Julianne anhatte. Er hat sie gezwungen, sich ans Schlafzimmerfenster zu stellen.«

Oliver zuckt die Achseln. »Dann muss er sie irgendwann vorher gesehen haben.«

Er wendet sich wieder dem Bildschirm zu und erläutert Charlies Bewegungen. Sie hatte mein Handy in der Tasche, dessen Kontrollsignal von einem Mast südlich von Wellow empfangen wurde, solange sie bei Abbie war. Das Signal veränderte sich, als sie gegen Mittag von dem Bauernhof aufbrach. Eine Analyse der Stärke deutet darauf hin, dass sie nach zuhause unterwegs war. Auf diesem Weg hat Gideon sie von ihrem Fahrrad gestoßen und in die entgegengesetzte Richtung verschleppt.

Oliver ruft ein Satellitenfoto auf, das er mit einer Karte unterlegt, auf der die Standpunkte der Telefonmasten verzeichnet sind.

»Sie sind bis zur Wells Road in südlicher Richtung gefahren und dann weiter nach Westen durch Radstock und Midsomer Norton.«

»Wo endete das Signal?«

»Am Stadtrand von Bristol.«

DI Cray beginnt, Befehle zu erteilen, hebt die Absperrung des Dorfes auf und teilt die Beamten neu ein. Ihre Stimme klingt metallisch, als würde sie von einem von Oliver Rabbs Satelliten abprallen. Das Zentrum der Ermittlung entfernt sich von meinem Haus.

DI Cray winkt Oliver Rabb zu. »Wir wissen, dass Tyler zwei Handys hat. Wenn er eins von beiden einschaltet, will ich, dass Sie ihn orten. Ich will nicht wissen, wo er gestern oder vor einer Stunde war – ich will wissen, wo er jetzt ist.«

Julianne wartet oben im Flur in einer Ecke zwischen dem Fenster und dem Schlafzimmer. Ihr dunkles Haar ist von der Dusche noch feucht und verfilzt.

Sie hat sich wieder umgezogen und trägt jetzt eine dunkle Hose, eine Strickjacke aus Kaschmir und nur eine Spur von Lidschatten und Rouge. Ich bin fassungslos, wie schön sie ist. Im Vergleich dazu fühle ich mich uralt und klapprig.

»Was denkst du?«

»Glaub mir, das willst du nicht wissen«, erwidert sie. Ich erkenne ihre Stimme kaum wieder.

»Ich glaube nicht, dass er Charlie etwas antun will.«

»Das weißt du nicht«, flüstert sie.

»Ich kenne ihn.«

Julianne blickt auf und sieht mich herausfordernd an. »Das will ich nicht hören, Joe, denn wenn du einen solchen Mann kennst – wenn du verstehst, warum er das macht –, dann frage ich mich, wie du nachts schlafen kannst. Wie du … du …«

Sie bringt den Satz nicht zu Ende. Ich versuche, sie zu umarmen, aber sie versteift sich und windet sich aus meinen Armen.

»Du kennst ihn nicht«, sagt sie anklagend. »Du hast gesagt, er würde bluffen.«

»Bis jetzt hat er das auch getan. Ich glaube nicht, dass er ihr etwas antun wird.«

»Er tut ihr schon jetzt etwas an. siehst du das nicht? Allein dadurch, dass er sie entführt hat.«

Sie wendet sich wieder dem Fenster zu. »Du hast das über uns gebracht«, wirft sie mir vor.

»Das hätte ich nie erwartet. Wie sollte ich das ahnen?«

»Ich habe dich gewarnt.«

»Ich bin fünfundvierzig, Julianne«, erwidere ich mit brechender Stimme. »Ich kann nicht den Rest meines Lebens nur an der Seitenlinie stehen. Ich kann den Menschen nicht den Rücken zuwenden oder mich weigern, ihnen zu helfen.«

»Du hast Parkinson.«

»Trotzdem habe ich noch ein Leben zu leben.«

»Du hattest ein Leben … mit uns.«

Sie spricht in der Vergangenheitsform. Es geht nicht um Dirk, die Hotelrechnung oder meinen Eifersuchtsanfall auf der Firmenparty. Es geht um Charlie. Und neben all der Angst und Ungewissheit in ihrem Gesicht erkenne ich etwas, was zu sehen ich nicht erwartet habe. Verachtung. Abscheu.

»Ich liebe dich nicht mehr«, sagt sie ausdruckslos, kalt. »Nicht richtig – nicht so wie früher.«

»Es gibt kein Richtig oder Falsch. Es gibt nur Liebe.«

Sie schüttelt den Kopf und wendet sich ab. Ich habe das Gefühl, dass etwas Lebenswichtiges aus meiner Brust geschnitten worden ist. Mein Herz. Sie lässt mich im Flur stehen. Ein unsichtbarer Faden zupft an meinen Fingern, wie von einem zuckenden Puppenspieler gezogen. Vielleicht hat er auch Parkinson.

Die Türen stehen offen. Das Haus ist kalt. Seit einer Stunde ist das Team der Spurensicherung bei der Arbeit, bestäubt glatte Oberflächen auf der Suche nach Fingerabdrücken und saugt Fasern auf. Einige der Beamten erkenne ich vom Sehen wieder. Jetzt weichen sie meinem Blick aus. Sie müssen ihre Arbeit erledigen.

Gideon ist gelernter Schlosser. Er kann praktisch jede Tür

öffnen: ein Haus, eine Wohnung, ein Lager, ein Büro … Es gibt Tausende leer stehender Immobilien in Bristol, und in jeder könnte er Charlie verstecken.

Veronica Cray hat sich mit Monk und Safari Roy in der Küche beraten und bittet uns jetzt zu einer Taktikbesprechung.

»Wir müssen entscheiden, was wir tun, wenn er wieder anruft«, sagt sie. »Wir müssen vorbereitet sein. Oliver braucht Zeit, um die Quelle zu bestimmen und zu orten, deshalb ist es wichtig, Tyler so lange wie möglich am Telefon zu halten.«

Sie sieht Julianne an. »Trauen Sie sich das zu?«

»Ich mache es«, antworte ich für sie.

»Vielleicht spricht er nur mit Ihrer Frau«, erwidert DI Cray.

»Wir haben ihn gezwungen, mit mir zu sprechen. Bieten Sie ihm keine andere Option.«

»Und wenn er ablehnt?«

»Er will ein Publikum. Lassen Sie ihn mit mir reden. Julianne ist nicht stark genug.«

Sie wird wütend. »Sprich nicht von mir, als wäre ich nicht anwesend.«

»Ich will dich bloß schützen.«

»Ich brauche keinen Schutz.«

Ich will widersprechen, aber sie explodiert. »Sag kein Wort mehr, Joe. Rede nicht für mich. Und rede nicht mit mir.«

Ich weiche zurück, wie um einem Schlag auszuweichen. Diese Feindseligkeit hat alle verstummen lassen. Niemand sieht mich an.

»Sie sollten sich beide beruhigen«, sagt DI Cray.

Als ich aufstehen will, spüre ich Monks Hand auf meiner Schulter, die mich auf meinen Stuhl drückt. Veronica Cray wendet sich an Julianne und skizziert die möglichen Szenarien. Bis jetzt hat DI Cray mir immer Respekt entgegengebracht und meinen Rat geschätzt. Jetzt glaubt sie, meine Urteilskraft sei kompromittiert. Ich bin zu persönlich betroffen. Auf meine Einschätzungen ist kein Verlass mehr. Die ganze Szene hat etwas Traumartiges und Verqueres bekommen. Die anderen verhalten sich professionell und besonnen. Ich bin ramponiert und habe die Kontrolle verloren.

Veronica Cray möchte die Operation in die Trinity Road verlegen, damit die Polizei leichter reagieren kann. Unsere Festnetzleitung wird in den Einsatzraum umgeleitet.

Julianne beginnt mit kaum hörbarer Stimme Fragen zu stellen. Sie will weitere Details der Strategie wissen. Oliver Rabb braucht mindestens fünf Minuten, um einen Anruf zu verfolgen und das Signal anhand der drei nächstgelegenen Sendemasten zu triangulieren. Wenn die Uhren in den Basisstationen perfekt synchronisiert sind, kann er den Standort des Anrufers möglicherweise auf hundert Meter genau bestimmen.

Es ist nicht narrensicher. Signale können durch Gebäude, Gelände und Wetterbedingungen beeinträchtigt werden. Wenn Gideon sich in geschlossene Räume zurückzieht, verändert sich die Stärke des Signals. Wenn die Uhren auch nur eine Mikrosekunde voneinander abweichen, könnte das einen Unterschied von zig Metern ausmachen. Mikrosekunden und Meter – darauf ist das Leben meiner Tochter reduziert worden.

»Wir haben einen GPS-Tracker installiert, dazu eine Freisprechanlage in Ihrem Wagen. Vielleicht verlangt er von Ihnen, durch irgendwelche Reifen zu springen. Für eine mobile Fangschaltung sind wir noch nicht so weit, also müssen Sie ihn hinhalten.«

»Wie lange?«, flüstert sie.

»Noch ein paar Stunden.«

Julianne schüttelt heftig den Kopf. Es muss schneller gehen.

»Ich weiß, dass Sie Ihre Tochter zurückhaben wollen, Mrs. O'Loughlin, aber wir müssen zunächst Ihre Sicherheit gewährleisten. Dieser Mann hat zwei Frauen getötet. Ich brauche ein paar Stunden, um Hubschrauberstaffeln und die Teams für die mobile Fangschaltung in Bereitschaft zu haben. Bis dahin müssen wir ihn hinhalten.«

»Das ist Wahnsinn«, sage ich.

DI Cray nickt Monk zu. Ich spüre, wie er meinen Arm packt. »Kommen Sie, Professor, gehen wir ein Stück spazieren.«

Ich versuche, mich dem Griff seiner Pranke zu entwinden, aber er packt noch fester zu. Den anderen Arm legt er um meine Schulter. Von weitem wirkt es wahrscheinlich wie eine freundliche Geste, aber ich kann mich nicht rühren. Er führt mich aus der Küche durch die Hintertür in den Garten und den Weg neben der Wäscheleine hinunter. Ein einsames Handtuch flattert wie eine vertikale Fahne im Wind.

Ich spüre einen abgestandenen, unangenehmen Geruch in der Lunge. Er geht von mir aus. Die Wirkung meiner Medikamente hat plötzlich aufgehört. Mein Kopf, meine Schultern und Arme zucken und winden sich wie eine Schlange.

»Alles in Ordnung?«, fragt Monk.

»Ich brauche meine Tabletten.«

»Wo sind sie?«

»Oben neben meinem Bett. Das weiße Plastikfläschchen. Levodopa.«

Er verschwindet im Haus. Polizeibeamte und Detectives beobachten die Freak-Show von der Straße aus. Parkinson-Patienten reden viel davon, ihre Würde zu wahren. Ich habe keine mehr. Manchmal stelle ich mir vor, dass ich so enden werde. Als sich windender, zuckender Schlangenmensch oder als lebensgroße Statue, gefangen in versteinerter Positur, unfähig, mir die Nase zu kratzen oder die Tauben zu verscheuchen.

Monk kommt mit meinen Tabletten und einem Glas Wasser zurück. Er muss meinen Kopf festhalten, um mir die Tabletten auf die Zunge zu legen. Wasser kleckert auf mein Hemd.

»Tut es weh?«, fragt er.

»Nein.«

»Hab ich es irgendwie schlimmer gemacht?«

»Es ist nicht Ihre Schuld.«

Levodopa ist die goldene Standardtherapie gegen Parkinson. Es soll den Tremor reduzieren und die plötzliche Erstarrung von Gliedmaßen verhindern.

Meine Bewegungen werden gleichmäßiger. Ich kann das Wasserglas halten und noch einen Schluck trinken.

»Ich möchte wieder rein.«

»Das geht nicht«, sagt er. »Ihre Frau möchte Sie nicht dabeihaben.«

»Sie weiß nicht, was sie sagt.«

»Auf mich hat sie einen ziemlich entschlossenen Eindruck gemacht.«

Worte, meine besten Waffen, haben mich unversehens im Stich gelassen. Ich blicke an Monk vorbei und sehe, wie Julianne in einem Mantel zu einem Polizeiwagen geführt wird. Veronica Cray geht neben ihr.

Monk lässt mich bis zum Tor kommen.

»Wohin fahren Sie?«, rufe ich.

»In die Zentrale.«

»Lassen Sie mich mit Julianne reden.«

»Sie will im Moment nicht mit Ihnen reden.«

Julianne ist auf dem Rücksitz des Wagens verschwunden. Bevor die Tür zugeschlagen wird, zieht sie den Mantel unter ihre Schenkel. Ich rufe ihren Namen, aber sie reagiert nicht. Der Motor wird angelassen.

Ich sehe ihnen nach. Sie irren sich. Jede Faser meines Seins in mir sagt mir, dass sie sich irren. Ich kenne Gideon Tyler. Ich weiß, wie sein Verstand funktioniert. Er wird Julianne zerstören. Es spielt keine Rolle, dass sie die stärkste, mitfühlendste, intelligenteste Frau ist, die ich kenne. Darauf hat er es abgesehen. Je mehr sie empfindet, desto stärker wird er sie beschädigen.

Die anderen Wagen fahren auch los. Monk bleibt. Ich folge ihm zurück ins Haus und setze mich an den Tisch, während er eine Tasse Tee kocht und die Telefonnummern von Juliannes und meinen Verwandten zusammensucht. Imogen und Emma sollen heute irgendwo anders übernachten. Meine Eltern wohnen näher. Juliannes Eltern sind vernünftiger. Monk kümmert sich darum.

Derweil sitze ich mit geschlossenen Augen am Küchentisch und rufe mir Charlies Gesicht in Erinnerung, ihr schiefes Lächeln, ihre blassen Augen, die winzige Narbe auf der Stirn von dem Tag, an dem sie mit vier Jahren von einem Baum gefallen ist.

Ich atme tief durch und rufe Ruiz an. Im Hintergrund jubelt eine Menschenmenge. Er ist bei einem Rugby-Spiel.

»Was gibts?«

»Charlie. Er hat Charlie entführt.«

»Wer? Tyler?«

»Ja.«

»Bist du sicher?«

»Er hat Julianne angerufen. Ich habe mit Charlie gesprochen.«

Ich berichte ihm von Charlies Fahrrad im Straßengraben und den Anrufen. Während ich erzähle, höre ich, wie Ruiz sich aus der Menge entfernt und eine ruhigere Stelle sucht.

»Was willst du jetzt machen?«, fragt er.

»Weiß nicht«, krächze ich. »Wir müssen sie zurückbekommen.«

»Bin schon auf dem Weg.«

Nach dem Gespräch starre ich auf das Telefon, als könnte ich es mit schierer Willenskraft zum Klingeln bewegen. Ich möchte Charlies Stimme hören. Ich versuche, mich an ihre letzten Worte zu erinnern, bevor Gideon sie entführt hat. Sie hat mir einen Witz über eine Frau in einem Bus erzählt. Die Pointe fällt mir nicht mehr ein, aber sie hat gelacht und gelacht.

Jemand klingelt an der Tür. Monk macht auf. Der Pfarrer ist gekommen, um seine Hilfe anzubieten. Ich habe ihn nach unserem Umzug nach Wellow nur ein Mal getroffen. Er hat uns zum Gottesdienst eingeladen, eine Einladung, der wir immer noch nicht gefolgt sind. Ich wünschte, ich könnte mich an seinen Namen erinnern.

»Ich dachte, Sie möchten vielleicht beten«, sagt er leise.

»Ich bin nicht gläubig.«

»Schon in Ordnung.«

Er macht einen Schritt nach vorne, sinkt auf die Knie und bekreuzigt sich. Ich sehe Monk an, der meinen Blick erwidert, unsicher, wie er reagieren soll.

Der Pfarrer hat den Kopf gesenkt und die Hände gefaltet.

»Gütiger Gott, ich bitte dich, die kleine Charlotte O'Loughlin zu beschützen und sicher zu ihrer Familie zurückzubringen…«

Ohne nachzudenken, hocke ich unsehens neben ihm auf den Knien und senke den Kopf. Manchmal geht es in einem Gebet weniger um Worte als um das reine Gefühl.

57

Wenn ein Mann nichts sein Eigen nennen kann, findet er Wege, sich in den Besitz von anderen zu bringen.

Zum Beispiel dieses Haus. Der arabische Geschäftsmann, dem es gehört, ist noch weg, wie ein Zugvogel über den Winter in den Süden geflogen. Vor seiner Rückkehr wird ein Hausmeister die Räume lüften und die Kissen aufschütteln. Einen Gärtner gibt es auch. Er kommt im Sommer zwei Mal die Woche, im Winter jedoch nur einmal, weil das Gras nicht mehr wächst und die welken Blätter zu verrottenden Haufen zusammengeharkt wurden.

Wie ich mich erinnere, ist das Haus groß und plump mit einem Turmzimmer mit Blick auf die Brücke. Eine Wetterfahne zeigt ständig nach Osten. Fenster und Türen sind gesichert.

Der Garten ist feucht und riecht nach Fäulnis. Das Seil einer Schaukel ist auf einer Seite ausgefranst und gerissen, sodass der Sitz halb zwischen Ast und Boden baumelt. Ich gehe darunter her an den Gartenmöbeln vorbei bis zu einem Holzschuppen. Die Tür ist mit einem Vorhängeschloss verriegelt. Ich gehe in die Hocke, schiebe einen Pick in das Schlüsselloch und lasse ihn über die Stifte gleiten. Diese Art Schloss war die erste, die ich je zu knacken gelernt habe. Stundenlang habe ich vor dem Fernseher geübt.

Der Zylinder dreht sich. Ich nehme das Vorhängeschloss vom Bügel und ziehe die Tür auf. Licht fällt auf den Lehmboden. Auf einem Metallregal stehen Blumentöpfe, Keimschalen und alte Farbdosen, in einer Ecke Gartengeräte. In der Mitte des Schuppens parkt ein Sitzmäher.

Ich trete einen Schritt zurück und betrachte die Ausmaße des

Schuppens. Er bietet mir gerade genug Raum zum Stehen. Ich räume die Metallregale leer und schiebe sie auf eine Seite. Den Sitzmäher rolle ich hinaus auf den Rasen, Farbdosen und Säcke mit Dünger schleppe ich in die Garage.

Die Rückwand des Schuppens ist jetzt freigelegt. Ich nehme eine Spitzhacke und lockere den Boden auf. Die festgetretene Erde zerbröckelt zu einem Puzzle aus trockenem Lehm. Hin und wieder mache ich eine Pause, um die aufgelockerte Erde mit einer Schaufel wegzuschippen. Nach einer Stunde höre ich auf und lehne mich in der Hocke an den Griff des Spatens. Dann trinke ich einen Schluck Wasser aus dem Hahn für den Gartenschlauch draußen. Das Loch in der Erde ist inzwischen knapp 30 Zentimeter tief und nimmt fast die gesamte Länge des Schuppens ein. Lang genug, um es mit der Fasergipsplatte auszulegen, die ich in der Garage gefunden habe, aber ich möchte es noch tiefer haben.

Ich mache mich wieder an die Arbeit, schleppe Eimer auf Eimer mit der ausgehobenen Erde und verteile sie auf dem Komposthaufen. Zwischen den Ästen der Bäume sinkt die Sonne. Vielleicht sollte ich nach dem Mädchen sehen.

Sie liegt in einem Schlafzimmer im zweiten Stock auf einer nackten Matratze auf einem Bettgestell aus Eisen. Sie trägt ein gestreiftes Oberteil, eine Strickjacke, Jeans und Sneakers und hat sich zusammengerollt, um sich unsichtbar zu machen.

Sie kann mich nicht sehen – ihre Augen sind verbunden. Die Hände sind mit Plastikschnur auf dem Rücken gefesselt, ihre Füße mit einer Kette, die ihr gerade genug Spiel zum Humpeln lässt. Weit kann sie ohnehin nicht laufen. Um ihren Hals liegt eine Schlinge, die an einen Heizkörper geknotet ist. Das Seil ist lang genug, dass sie das kleine Badezimmer mit Toilette und Waschbecken erreichen kann. Das weiß sie noch nicht. Wie ein blindes Kätzchen klammert sie sich an das weiche Bett und ist noch nicht zu Erkundungsgängen bereit.

Sie spricht.

»Hallo? Ist da jemand?«

Sie lauscht.

»Hallo ... kann mich jemand hören?«

Dann lauter: »HILFE! HILFE BITTE! HILFE!«

Ich drücke auf Aufnahme. Der Kassettenrekorder springt an. Schrei, meine Kleine, schrei, so laut du kannst.

Eine kleine Lampe wirft ihren Schein in das Zimmer, aber nicht bis in meine Ecke. Sie testet ihre Handfesseln, windet die Schultern von links nach rechts und versucht, ihre Hände zu befreien. Die Plastikfesseln schneiden in ihre Handgelenke.

Sie stößt mit dem Kopf an die Wand, dreht sich auf den Rücken, hebt die Beine und tritt mit beiden Füßen gegen die Holzvertäfelung. Das ganze Haus scheint zu zittern. Sie tritt wieder und wieder, verzweifelt und voller Angst.

Dann wölbt sie sich nach hinten und bildet mit dem Körper eine Brücke von den Schultern zu den Füßen. Sie streckt die Beine in die Luft, dreht sich in der Hüfte, zieht die Knie an die Brust und weiter bis an ihre Ohren. Sie hat sich zu einer Kugel zusammengerollt. Jetzt schiebt sie ihre gefesselten Handgelenke in ihr Kreuz und unter der Hüfte und dem Po hindurch. Es sieht aus, als ob sie sich etwas auskugeln oder verrenken müsste.

Sie schiebt ihre Hände über ihre Füße und kann die Beine wieder entfalten. Wie raffiniert! Ihre Hände sind jetzt vor statt hinter ihrem Körper. Sie reißt sich das Klebeband von den Augen und wendet sich der Lampe zu. Sie kann mich in meiner dunklen Ecke noch immer nicht sehen.

Sie löst die Schlinge um ihren Hals, streift sie über den Kopf und starrt auf ihre angeketteten Füße und gefesselten Hände. Sie hat sich die Haut aufgeschürft. Blut sickert über die weißen Plastikstreifen.

In diesem Moment klatsche ich laut in die Hände. Der spöttische Applaus hallt in dem stillen Zimmer wider wie ein Pistolenschuss. Das Mädchen schreit auf und will wegrennen, aber die Kette um ihre Füße reißt sie zu Boden.

Ich packe ihren Nacken, drücke sie auf den Boden, hocke

mich rittlings auf sie und spüre, wie die Luft aus ihrer Lunge gepresst wird. Ich greife eine Strähne ihres Haares, ziehe ihren Kopf nach hinten und flüstere in ihr Ohr.

»Du bist ein sehr schlaues Mädchen, Schneeflöckchen. Diesmal muss ich gründlicher sein.«

»Nein! Nein! Nein! Bitte. Lassen Sie mich gehen.«

Die erste Schlaufe des Klebebands versiegelt ihre Nase und blockiert ihre Atemwege. Die zweite Runde bedeckt ihre Augen. Ich packe ihre Haare und gehe ziemlich grob zu Werke. Weitere Klebestreifen hüllen ihre Stirn und ihr Kinn in Plastik ein. Sie wirft panisch den Kopf hin und her. Bald liegt nur noch ihr Mund frei. Als sie ihn zum Schreien öffnet, schiebe ich den Schlauch zwischen ihren Lippen und Zähnen hindurch bis in ihren Rachen. Sie würgt. Ich ziehe den Schlauch wieder ein Stück heraus. Das Klebeband löst sich quietschend von der Rolle, als ich weitere Schlaufen davon um ihren Kopf wickele.

Ihre Welt ist dunkel geworden. Ich höre, wie sie pfeifend durch den Schlauch atmet.

»Hör mir zu, Schneeflöckchen«, sage ich leise zu ihr. »Wehr dich nicht. Je mehr du dich wehrst, desto schlechter bekommst du Luft.«

Sie ringt immer noch mit meinem Arm. Ich halte das Ende des Schlauches mit einem Finger zu. Sie erstarrt panisch am ganzen Körper.

»So leicht ist es, Schneeflöckchen. Ich kann deinen Atem mit einem Finger stilllegen. Nicke, wenn du mich verstehst.«

Sie nickt. Ich nehme meinen Finger weg. Sie saugt durch den Schlauch Luft ein.

»Atme ganz normal«, erkläre ich ihr. »Es ist eine Panikattacke, sonst nichts.«

Ich hebe sie wieder aufs Bett, wo sie sich sofort zusammenrollt.

»Hast du ein Bild des Zimmers im Gedächtnis?«, frage ich.

Sie nickt.

»Knapp drei Meter rechts von dir ist eine Toilette neben

einem Waschbecken. Die kannst du erreichen. Ich zeige es dir.«

Ich hebe sie hoch, setze ihre Füße auf den Boden und zähle die Schritte ab, die sie humpelnd bis zum Waschbecken macht. Ich lege ihre Hände auf den Beckenrand. »Der Hahn für das kalte Wasser ist rechts.«

Dann zeige ich ihr die Toilette und lasse sie sich darauf hinsetzen.

»Ich werde deine Hände vor dem Körper lassen, aber wenn du die Maske abnimmst, muss ich dich bestrafen. Hast du verstanden?«

Sie reagiert nicht.

»Ich halte den Schlauch zu, wenn du meine Frage nicht beantwortest. Lässt du die Maske in Ruhe?«

Sie nickt.

Ich bringe sie zurück zum Bett und setze sie aufrecht hin. Ihr Atem geht gleichmäßiger. Ihre schmale Brust hebt und senkt sich. Ich mache einen Schritt zurück, schalte ihr Handy ein und warte, bis das Display aufleuchtet. Dann wähle ich die Kamera-Funktion und halte das Bild fest.

»Sei jetzt still. Ich muss eine Weile weg. Wenn ich zurückkomme, bringe ich dir was zu essen mit.«

Sie schüttelt den Kopf und schluchzt in die Maske.

Ich verlasse das Haus und gehe die Stufen hinunter. Die Garage steht in einem kleinen Wäldchen. Mein Van parkt neben einem Range Rover, der dem Araber gehört. Den Schlüssel hat er hilfsbereit an einem Haken in der Speisekammer zurückgelassen, neben einem Dutzend ordentlich beschrifteter anderer, für den Sicherungskasten und den Briefkasten. Seltsamerweise konnte ich den Schlüssel für den Schuppen nicht finden. Aber das ist kein Grund zur Sorge.

»Heute nehmen wir den Range Rover«, verkünde ich mir selber.

»Sehr wohl, Sir.«

An einem Tag ein Ferrari Spider, am nächsten ein Range Rover – das Leben ist gut.

Das Garagentor hebt sich automatisch. Kies knirscht unter den Reifen.

Ich biege rechts in die Bridge Road und wieder rechts in die Clifton Down Road ein. Ich schlängele mich über den Victoria Square und fahre die Queen's Road hinunter. Einkaufsbummler schwärmen über die Bürgersteige, und der dichte Verkehr des Sonntagnachmittags hat die Kreuzungen verstopft. Ich steuere ein mehrstöckiges Parkhaus neben der Eishalle an und kurve auf der Suche nach einem freien Platz die Betonrampen hoch.

Der Range Rover verriegelt sich mit einem beruhigenden Klicken und einem Blinken der Lichter. Ich gehe die Treppe hinunter ins Freie und folge der Frogmore Street, bis ich in der Menge der Einkaufenden und Touristen untergetaucht bin.

Vor mir liegt die geschwungene Fassade des Council House, jenseits davon die Kathedrale. Die Ampeln springen um. Gänge werden eingelegt. Ein Bus mit offenem Oberdeck gondelt zwischen Dieseldämpfen aus den Auspuffrohren dahin. Ich warte an der Ampel und schalte das Handy ein. Das Display leuchtet mit einem Singsang-Ton auf.

Menü. Optionen. Letzte gewählte Nummer.

Sie meldet sich voller Hoffnung. »Charlie?«

»Hallo, Julianne, hast du mich vermisst?«

»Ich möchte mit Charlie sprechen.«

»Ich fürchte, sie ist beschäftigt.«

»Ich muss wissen, dass es ihr gut geht.«

»Vertrau mir.«

»Nein. Ich will ihre Stimme hören.«

»Bist du sicher?«

»Ja.«

Ich drücke auf die Play-Taste und spiele die Aufnahme ab. Charlies Schreie dringen in ihr Ohr, zerfetzen ihr Herz und vertiefen die Risse in ihrer Seele.

Ich stoppe das Band. Juliannes Atem geht zitternd.

»Hört dein Mann zu?«

»Nein.«

»Was hat er über mich gesagt?«

»Er sagt, Sie werden Charlie nichts tun. Er sagt, Sie tun Kindern nichts.«

»Und du glaubst ihm?«

»Ich weiß nicht.«

»Was hat er noch über mich gesagt?«

»Er sagt, Sie wollen Frauen bestrafen ... mich bestrafen. Aber ich habe Ihnen doch gar nichts getan. Charlie hat nichts getan. Bitte lassen Sie mich mit ihr reden.«

Ihr Gejammer fängt an, mir auf die Nerven zu gehen.

»Warst du je untreu, Julianne?«

»Nein.«

»Du lügst mich an. Du bist genau wie alle anderen. Du bist eine verschlagene, verlogene, verräterische Hure mit einem Pestloch zwischen den Beinen und einem weiteren im Gesicht.«

Eine an der Ampel wartende Fußgängerin hat den letzten Satz mitgehört. Sie reißt die Augen auf. Ich beuge mich näher zu ihr und sage: »Buh!« Sie sucht so hastig das Weite, dass sie fast über die eigenen Füße stolpert.

Ich überquere die Straße und gehe durch die Parkanlage vor der Bristol Cathedral. Mütter schieben Kinderwagen. Ältere Paare sitzen auf Parkbänken. Tauben flattern von dem Dachgesims der Kathedrale auf.

»Ich frage dich noch einmal, Julianne, warst du je untreu?«

»Nein«, schluchzt sie.

»Und was ist mit deinem Chef? Du rufst ihn ständig an. Du bleibst bei ihm in London.«

»Er ist ein Freund.«

»Ich habe gehört, wie du mit ihm geredet hast, Julianne. Ich habe gehört, was du gesagt hast.«

»Nein ... nein. Ich will nicht darüber reden.«

»Weil die Polizei dieses Gespräch mithört«, sage ich. »Du

hast furchtbare Angst, dass dein Mann die Wahrheit erfahren könnte. Soll ich es ihm sagen?«

»Er kennt die Wahrheit.«

»Soll ich ihm sagen, dass du es leid warst, in seinem Bett zu liegen und seinen pickeligen Rücken zu betrachten, und deshalb eine Affäre hattest?«

»Bitte nicht. Ich möchte bloß mit Charlie reden.«

Ich spähe durch den feinen Nieselregen zu den Gebäuden auf der anderen Seite der Park Street. Auf dem Weinmuseum kann ich die Umrisse eines Telefonmasts ausmachen. Wahrscheinlich ist es der nächste.

»Ich weiß, dass dieser Anruf aufgezeichnet wird, Julianne. Wahrscheinlich ist es die reinste Party-Line. Und dein Job ist es, mich so lange wie möglich am Telefon zu halten, damit sie das Signal orten können.«

Sie zögert. »Nein.«

»Du bist keine sehr gute Lügnerin. Ich habe mit einigen der besten Lügner gearbeitet, und sie haben mich nie lange angelogen.«

Ich überquere das College Green im Schatten der Kathedrale und blicke in die Anchor Road. In einem Umkreis von knapp einem Kilometer gibt es garantiert fünfzehn Telefonmasten. Wie lange brauchen sie, um mich zu finden?

»Charlie ist sehr geschmeidig, nicht wahr? Wie sie ihren Körper verbiegen kann. Sie kann ihre Knie bis an die Ohren ziehen. Sie macht mich sehr glücklich.«

»Bitte rühren Sie sie nicht an.«

»Dafür ist es längst zu spät. Du solltest hoffen, dass ich sie nicht umbringe.«

»Warum tun Sie das?«

»Frag deinen Mann.«

»Er ist nicht hier.«

»Warum nicht? Habt ihr beiden euch gestritten? Hast du ihn rausgeschmissen? Gibst du ihm die Schuld für all das?«

»Was wollen Sie von uns?«

»Ich will, was er hat.«

»Das verstehe ich nicht.«

»Ich will, was mir gehört.«

»Ihre Frau und Ihre Tochter sind tot.«

»Hat er dir das erzählt?«

»Ihr Verlust tut mir sehr leid, Mr. Tyler, aber wir haben Ihnen in keiner Weise etwas getan. Bitte lassen Sie Charlie frei.«

»Hat sie schon ihre Regel?«

»Was spielt das für eine Rolle?«

»Ich will wissen, ob sie schon einen Eisprung hat. Vielleicht pflanze ich ein Baby in sie. Du könntest Großmutter werden, eine bezaubernde Omi.«

»Nehmen Sie stattdessen mich.«

»Warum sollte ich eine Großmutter wollen? Ich will ganz ehrlich zu dir sein, Julianne, du bist eine wirklich gut aussehende Frau, aber deine Tochter ist mir lieber. Es ist nicht so, dass ich auf kleine Mädchen stehe. Ich bin nicht pervers. Siehst du, Julianne, wenn ich sie ficke, ficke ich dich. Wenn ich ihr wehtue, tue ich dir weh. Ich kann dich so berühren, wie du es dir nicht mal vorstellen kannst, ohne auch nur einen Finger an dich zu legen.«

Ich blicke nach links und rechts. Leute laufen an mir vorbei, manchmal rempelt mich jemand an und entschuldigt sich. Ich lasse den Blick über die vor mir liegende Straße schweifen.

»Ich mache alles, was Sie wollen«, schluchzt sie.

»Alles?«

»Ja.«

»Ich glaube dir nicht. Du musst es beweisen.«

»Wie?«

»Du musst es mir zeigen.«

»Okay, aber nur, wenn Sie mir Charlie zeigen.«

»Das kann ich tun. Ich zeige sie dir gleich jetzt. Ich schicke dir etwas.«

Ich drücke auf eine Taste, und das Foto wird gesendet. Ich warte lauschend auf ihre Reaktion. Da ist sie! Ein scharfes Ein-

atmen, ein erstickter Schrei. Ihr fehlen die Worte, während sie auf den mit Klebeband umwickelten Kopf ihrer Tochter starrt, die durch einen Schlauch im Mund atmet.

»Grüß deinen Mann, Julianne. Sag ihm, dass er nicht mehr viel Zeit hat.«

Polizeiwagen fahren in südlicher Richtung über die St. Augustine's Parade. Ich besteige einen Bus in die Gegenrichtung und beobachte die vorbeirasenden Streifenwagen. Ich lehne den Kopf an die Fensterscheibe und blicke die Christmas Steps hinunter, die rechts von mir abfallen.

Fünf Minuten später steige ich vor dem Kreisverkehr in der Lower Maudlin Street wieder aus, strecke die Arme über den Kopf und spüre, wie meine Wirbel knacken.

Der Bus ist um eine Ecke gebogen. Eingeklemmt zwischen zwei Sitzen und eingewickelt in ein Hamburger-Papier sendet das Handy weiter. Aus den Augen, aus dem Sinn.

58

Sniffy schmiegt ihren knochigen Kopf an meinen Knöchel und streift schnurrend um meine Unterschenkel. Im Kühlschrank finde ich eine halbleere, mit Alufolie bedeckte Dose Katzenfutter. Ich gebe ein paar Löffel davon in ihren Fressnapf und gieße ihr einen Schluck Milch ein.

Der Küchentisch ist mit den Trümmern vom Tage bedeckt. Emma hatte Käsebrote und Saft zum Mittagessen. Die Krusten hat sie liegen lassen. Das hat Charlie auch immer gemacht. »Meine Haare sind lockig genug«, erklärte sie mir mit fünf. »Ich glaube, ich habe genug Krusten gegessen.«

Charlies Geburt werde ich nie vergessen. Sie kam zwei Wochen zu spät in einer bitterkalten Januarnacht. Ich nehme an, sie wollte bleiben, wo es warm war. Der Gynäkologe führte ein Prostaglandin-Zäpfchen ein und meinte, die Wirkung werde frühestens in acht Stunden einsetzen, weshalb er nach Hause ins Bett gehen werde. Bei Julianne setzten derweil beschleunigte Wehen ein, nach drei Stunden war der Muttermund völlig geöffnet. Der Gynäkologe schaffte es nicht mehr rechtzeitig zurück ins Krankenhaus. Charlie wurde von einer großen schwarzen Hebamme zur Welt gebracht, die mich im Kreißsaal herumschickte wie ein Hündchen, das stubenrein abgerichtet werden musste.

Julianne wollte, dass ich neben ihrem Gesicht blieb, ihre Stirn abwischte und ihre Hand hielt. Ich habe ihr nicht gehorcht. Sobald ich den dunklen Schopf des Babys zwischen ihren Schenkeln auftauchen sah, wollte ich nirgendwo mehr hin. Ich hatte einen Platz in der ersten Reihe bei der besten Show der Stadt.

»Es ist ein Mädchen«, sagte ich zu Julianne.

»Bist du sicher?«

Ich sah noch einmal nach. »Oh ja.«

Dann meine ich mich an eine Art Wettbewerb zu erinnern, wer von uns beiden als Erster weinen würde – das Baby oder ich. Charlie hat gewonnen, weil ich gemogelt und mein Gesicht abgewandt habe. Nie war ich so zufrieden, die volle Anerkennung für etwas zu genießen, mit dem ich so wenig zu tun hatte.

Die Hebamme gab mir eine Schere, um die Nabelschnur durchzuschneiden. Sie wickelte Charlie und drückte sie mir in die Arme. Es war Charlies Geburtstag, aber ich war derjenige, der alle Geschenke bekam. Ich trug sie zu einem Spiegel und betrachtete unser Abbild. Sie öffnete ihre tiefblauen Augen und sah mich an. Bis zum heutigen Tag bin ich nie wieder so angeguckt worden.

Julianne war erschöpft eingeschlafen. Charlie tat es ihr nach. Ich wollte sie wecken. Ich meine, welches Kind verschläft seinen Geburtstag? Ich wollte, dass sie mich noch einmal so ansah, als ob ich der erste Mensch wäre, den sie je gesehen hatte.

Der brummende Kühlschrank verstummt mit einem leisen Rumpeln, und in der plötzlichen Stille spüre ich ein leises, dauerndes Beben in mir, das sich ausdehnt und meine Lunge füllt. Ich fühle mich abgekoppelt. Mir ist kalt. Meine Hände haben aufgehört zu zittern. Mir ist, als wäre ich unvermittelt von einem geruch- und farblosen, unsichtbaren Gas gelähmt. Verzweiflung.

Ich höre nicht, wie die Tür geöffnet wird. Die Schritte im Flur höre ich auch nicht.

»Hallo.«

Ich öffne die Augen. In der Küche steht Darcy in Hut, Jeansjacke und Flickenjeans.

»Wie bist du hergekommen?«

»Ein Freund hat mich mitgenommen.«

Ich wende mich zur Tür und sehe Ruiz, zerknittert, besorgt

und um den Hals noch immer seine auf Halbmast sitzende Rugby-Krawatte.

»Wie geht's, Joe?«

»Nicht so gut.«

Er schlurft näher. Wenn er mich umarmt, breche ich in Tränen aus. Darcy tut es für ihn, legt ihre Arme um meinen Hals und drückt mich an sich.

»Ich hab es im Radio gehört«, sagt sie. »Ist es derselbe Mann – der, den ich im Zug getroffen habe?«

»Ja.«

Sie streift ihre regenbogenfarbenen Handschuhe ab. Ihre Wangen glühen von dem plötzlichen Temperaturwechsel.

»Wie habt ihr beiden euch denn gefunden?«, frage ich.

Darcy sieht Ruiz an. »Ich habe mehr oder weniger bei ihm gewohnt.«

»Seit wann?«

»Seit ich weggelaufen bin.«

Mir fallen die Kleider im Trockner von Ruiz' Waschküche wieder ein, der karierte Rock in dem Wäschekorb. Ich hätte ihn erkennen müssen. Darcy trug ihn an dem Tag, an dem sie zum ersten Mal bei uns aufkreuzte.

Ich sehe Ruiz an. »Du hast gesagt, deine Tochter wäre zu Besuch.«

»Ist sie auch«, erwidert er und tut meinen Ärger mit dem gleichen leichten Achselzucken ab, mit dem er seinen Mantel abstreift.

»Claire ist Tänzerin«, fügt Darcy hinzu. »Wusstest du, dass sie am Royal Ballet ausgebildet wurde? Sie sagt, es gibt für Leute wie mich ein Stipendium für besondere Härtefälle. Sie will mir bei der Bewerbung helfen.«

Ich höre nach wie vor nicht auf den Sinn ihrer Worte, sondern warte immer noch auf eine Erklärung von Ruiz.

»Die Kleine brauchte ein paar Tage Ruhe. Ich dachte, es könnte nicht schaden.«

»Ich habe mir Sorgen um sie gemacht.«

»Du bist nicht für sie verantwortlich«, stellt er mit einem leicht scharfen Unterton fest, der mich grübeln lässt, wie viel er weiß.

Darcy redet immer noch. »Vincent hat meinen Vater gefunden. Ich habe ihn getroffen. Es war ziemlich seltsam, aber ganz okay. Ich dachte, er würde besser aussehen, wäre größer oder vielleicht berühmt, aber er ist nur ein gewöhnlicher alter Typ. Ganz normal. Er importiert Lebensmittel. Kaviar. Das sind Fischeier. Er hat mich probieren lassen. Das nenn ich eklig. Er meint, es würde schmecken wie ein Hauch Meeresgischt, aber ich fand, es schmeckt wie Scheiße.«

»Na, na«, sagt Ruiz, und Darcy sieht ihn verlegen an.

Ruiz hat mir gegenüber Platz genommen und die Hände flach auf den Tisch gelegt. »Ich hab den Kerl überprüft. Wohnt in Cambridge. Verheiratet. Zwei Kinder. Er ist in Ordnung.«

Dann wechselt er das Thema und fragt nach Julianne.

»Sie ist mit der Polizei weggefahren.«

»Solltest du nicht bei ihr sein?«

»Sie will mich nicht dabeihaben, und die Polizei hält mich für einen Risikofaktor.«

»Risikofaktor, interessante Einschätzung. Andererseits habe ich deine Ideen auch oft für gefährlich subversiv gehalten.«

»Ich bin ja wohl kaum ein Radikaler.«

»Eher ein Kandidat für die Rotarier.«

Er neckt mich, aber mir fehlt die Kraft für ein Lächeln.

Darcy fragt nach Emma. Sie ist weg. Meine Eltern haben sie zusammen mit Imogen mit nach Wales genommen. Meine Mutter brach in Tränen aus, als sie Charlies Zimmer sah, und hörte nicht auf zu schluchzen, bis mein Vater ihr eine Kurpackung Papiertaschentücher in die Hand drückte und erklärte, sie solle im Wagen warten. Dann hielt mir Gottes Leibarzt im Wartestand seine übliche Ohren-steif-halten-Rede.

Alle meinen es gut. Drei meiner Schwestern haben mich angerufen und versichert, dass sie meine Unerschütterlichkeit bewundern und für uns beten. Leider habe ich kein Interesse, mir

Klischees und tröstende Worte anzuhören. Ich möchte Türen eintreten und Bäume rütteln, bis ich Charlie zurückhabe.

Ruiz sagt Darcy, sie soll oben ein Bad einlaufen lassen. Sie gehorcht sofort. Er beugt sich näher zu mir.

»Weißt du noch, was ich dir darüber gesagt habe, dass du gesund im Kopf bleiben musst, Professor? Stirb nicht an der Krankheit.« Er lutscht ein Bonbon, das an seinen Zähnen klappert. »Ich kenn mich mit Tragödien aus. Wenn sie dich eins lehren, dann, dass man in Bewegung bleiben muss. Und genau das wirst du jetzt tun. Du wäschst dich, ziehst dich um, und dann finden wir deine Tochter.«

»Wie?«

»Darüber denken wir nach, wenn du wieder runterkommst. Aber ich verspreche dir eins. Ich werde dieses Schwein finden. Es ist mir egal, wie lange es dauert. Und wenn ich ihn gefunden habe, werde ich die Wände mit seinem Blut streichen. Bis zum letzten Tropfen.«

Ruiz geht hinter mir die Treppe hinauf. Darcy hat ein sauberes Handtuch gefunden. Sie steht in der Tür zu Charlies Zimmer und beobachtet uns.

»Danke«, sage ich zu Ruiz.

»Bedanken kannst du dich, wenn ich etwas getan habe, um es zu verdienen. Komm runter, wenn du fertig bist. Ich muss dir etwas zeigen.«

59

Ruiz entfaltet einen Zettel und breitet ihn auf dem Küchentisch aus.

»Das wurde heute Nachmittag gefaxt«, sagt er. »Von der Seenotrettungszentrale in Piräus.«

Es ist das Faksimile eines Fotos – eine Frau mit kurzen dunklen Haaren und einem runden Gesicht, etwa Mitte dreißig. Ihre Personalien sind klein in eine Ecke gedruckt.

Helen Tyler (geborene Chambers)
Geburtstag: 6. Juni 1971
Britische Staatsbürgerin
Ausweis-Nr.: E754769
Hautfarbe: weiß
Größe: 1,75 Meter
Haarfarbe: braun
Augenfarbe: braun

»Ich habe noch mal angerufen, um sicherzugehen, dass kein Irrtum vorliegt«, sagt er. »Das ist das Foto, das bei der Suche nach Tylers Frau benutzt wurde.«

Ich starre auf das Bild, als erwartete ich, dass es plötzlich vertrauter werden würde. Obwohl die Frau etwa gleich alt ist, sieht sie der auf dem Passfoto, das Bryan Chambers mir gegeben hat, kein bisschen ähnlich. Sie hat kürzere Haare, eine höhere Stirn und andere Augen. Es kann nicht dieselbe Person sein.

»Was ist mit Chloe?«

Ruiz klappt sein Notizbuch auf und zieht ein Polaroid heraus. »Sie haben dieses Foto benutzt. Ein Gast des Hotels, in dem sie gewohnt haben, hat es gemacht.«

Das Mädchen erkenne ich wieder. Ihr blondes Haar leuchtet wie eine Fackel. Sie sitzt auf einer Schaukel. Das Gebäude im Hintergrund hat weiße Wände, an denen wilde Rosen an einem Spalier ranken.

Ich betrachte noch mal das gefaxte Foto auf dem Küchentisch.

Ruiz hat sich einen Scotch eingegossen und setzt sich mir wieder gegenüber.

»Wer hat den Griechen die Fotos gegeben?«, frage ich.

»Sie kamen über das Außenministerium und die britische Botschaft.«

»Und woher hatte das Außenministerium das Foto?«

»Von ihrer Familie.«

Die Behörden haben Helen und Chloe gesucht; sie brauchten Fotos, um die Leichen und Überlebenden in den Krankenhäusern zu identifizieren. Natürlich kann das falsche Foto auch versehentlich verschickt worden sein, aber irgendjemand müsste mittlerweile auf den Irrtum gestoßen sein. Die einzige andere Erklärung riecht nach Vertuschung.

Drei Personen haben ausgesagt, dass Helen und Chloe an Bord der Fähre waren: der Marinetaucher, der kanadische Student und die Geschäftsführerin des Hotels. Warum sollten sie lügen? Geld. So lautet die offensichtliche Antwort.

Es musste schnell über die Bühne gehen. Das Fährunglück war für Helen und Chloe die Gelegenheit zu verschwinden. Gepäck musste ins Meer geworfen werden. Mutter und Tochter wurden vermisst gemeldet. Bryan Chambers flog vier Tage nach dem Untergang der Fähre nach Griechenland, was bedeutet, dass Helen mit dem Geld ihres Vaters die Vorarbeiten erledigt haben musste.

Irgendjemand auf der Insel muss sie gesehen haben. Wo haben sie sich versteckt?

Ich nehme Helens Fotos, das Chambers mir in der Kanzlei

seines Anwalts gegeben hat, aus meiner Brieftasche. Das Bild wurde für einen neuen Pass gemacht – einen Pass auf ihren Mädchennamen, wie die Chambers' behaupten.

Seit Beginn ihrer Flucht aus Deutschland im Mai vermied Helen es, Kreditkarten zu benutzen, zu Hause anzurufen, E-Mails oder Briefe zu schicken. Sie tat, was sie konnte, um ihren Aufenthaltsort vor ihrem Mann zu verbergen. Dabei hätte es eine ihrer ersten Maßnahmen sein sollen, ihren Ehenamen abzulegen. Stattdessen wartete sie bis Mitte Juli, um einen neuen Pass zu beantragen.

Ich starre auf das aus Griechenland gefaxte Foto.

»Was, wenn niemand auf Patmos wusste, wie Helen und Chloe Tyler wirklich aussehen?«, frage ich.

»Wie meinst du das?«

»Was, wenn Mutter und Tochter bereits unter einem anderen Namen reisten?«

Ruiz schüttelt den Kopf. »Ich komme da nicht mit.«

»Helen und Chloe sind Anfang Juni auf der Insel angekommen. Sie haben ein Hotelzimmer genommen, sich unauffällig verhalten und alles in bar bezahlt. Sie reisten unter falschem Namen, weil sie wussten, dass Gideon sie suchte. Dann sinkt durch eine schreckliche Wendung des Schicksals an einem stürmischen Nachmittag die Fähre. Helen erkennt eine Möglichkeit, ganz zu verschwinden. Sie wirft ihr Gepäck ins Meer und meldet Helen und Chloe Tyler vermisst. Sie besticht einen Rucksacktouristen und einen Marinetaucher, damit diese gegenüber der Polizei lügen.«

Ruiz spinnt den Faden weiter. »Und der Rucksacktourist hat plötzlich genug Geld weiterzureisen, obwohl seine Eltern ihn zurückerwarten.«

»Und der diskreditierte Marinetaucher, der sich mit einem Disziplinarverfahren konfrontiert sieht, könnte das Geld bestimmt auch gut gebrauchen.«

»Was ist mit der Deutschen?«, fragt er. »Was hat sie zu gewinnen?«

Ich blättere die Zeugenaussagen noch einmal durch und ziehe ihre heraus. Yelena Schäfer, geboren 1971. Ich werfe einen Blick auf das Geburtsdatum und spüre ein Kribbeln.

»Wie lange war Helen in Deutschland?«

»Sechs Jahre.«

»Lange genug, um die Sprache fließend zu sprechen.«

»Du glaubst …?«

»Yelena ist eine Variante des Namens Helen.«

Ruiz beugt seinen Oberkörper vor und lässt die Hände zwischen den Knien hängen. Er sieht aus wie eine verwirrte antike Statue. Er schließt einen Moment die Augen, um die Details aus meiner Perspektive zu sehen.

»Du willst damit also sagen, die deutsche Geschäftsführerin des Hotels ist Helen Chambers?«

»Die Geschäftsführerin war die glaubwürdigste Zeugin, die die Polizei hatte. Warum sollte sie falsche Aussagen über eine englische Mutter und ihre Tochter machen, die Gäste des Hotels waren? Es war die perfekte Tarnung. Helen konnte Deutsch. Sie konnte vorgeben, Yelena Schäfer zu sein, und den Tod ihres früheren Ich bestätigen.«

Ruiz macht die Augen wieder auf. »Der Hausmeister klang nervös, als ich mit ihm gesprochen habe. Er hat gesagt, Yelena Schäfer wäre in Urlaub. Eine Tochter hat er nicht erwähnt.«

»Wie lautet die Nummer des Hotels?«

Ruiz findet sie in seinem Notizbuch. Ich rufe das Hotel an und warte. Eine schläfrige Stimme antwortet.

»Hallo, Internationaler Flughafen Athen. Wir haben eine Tasche gefunden, die vor ein paar Tagen nicht mit dem vorgesehenen Flug transportiert wurde. Laut Anhänger wurde die Tasche von einer Miss Yelena Schäfer eingecheckt, aber es gibt eine Unklarheit. Ist sie in Begleitung gereist?«

»Ja, mit ihrer Tochter.«

»Sechs Jahre alt?«

»Sieben.«

»Wohin ist sie geflogen?«

Der Hausmeister ist jetzt wacher. »Warum rufen Sie mitten in der Nacht an?«, fragt er wütend.

»Die Tasche wurde in das falsche Flugzeug verladen. Wir brauchen eine Nachsendeadresse.«

»Miss Schäfer muss den Verlust der Tasche doch gemeldet haben«, sagt er. »In dem Fall hat sie auch eine Nachsendeadresse angegeben.«

»Uns liegt aber keine vor.«

Er riecht den Braten. »Wer sind Sie? Von wo rufen Sie an?«

»Ich suche Yelena Schäfer und ihre Tochter. Es ist von entscheidender Wichtigkeit, dass ich sie finde.«

Er brüllt etwas Unverständliches und legt auf. Ich drücke auf Wahlwiederholung. Der Anschluss ist besetzt. Entweder er hat den Hörer daneben gelegt, oder er telefoniert. Vielleicht, um jemanden zu warnen.

Ich rufe in der Trinity Road an. Safari Roy ist der verantwortliche Leiter im Einsatzraum. DI Cray ist zum Abendessen gegangen. Ich gebe ihm Yelena Schäfers Namen und die wahrscheinlichen Daten, an denen sie mit ihrer Tochter von Athen abgeflogen ist.

Passagierlisten werden erst morgen früh zugänglich sein, erklärt er mir. Wie viele Flüge starten täglich von Athen aus? Hunderte. Und ich habe keine Ahnung, wohin Mutter und Tochter geflogen sind.

Ruiz legt die Hand auf das Lenkrad, als überließe er dem Mercedes das Steuern. Er wirkt entspannt und nachdenklich, aber ich weiß, dass sein Gehirn auf Hochtouren arbeitet. Ich glaube manchmal, er tut so, als wäre er kein großer Denker und ein bisschen begriffsstutzig, damit die Leute den Fehler begehen, ihn zu unterschätzen.

Darcy sitzt auf der Rückbank, eingestöpselt in ihre Musik. Vielleicht hätte ich mir nicht so viele Sorgen um sie machen müssen.

»Hast du Hunger?«, fragt Ruiz.

»Nein.«

»Wann hast du zum letzten Mal was gegessen?«

»Zum Frühstück.«

»Dann solltest du was essen.«

»Mir geht es gut.«

»Das sagst du dauernd, und irgendwann geht es dir auch wieder gut, aber nicht heute. Du solltest nicht erwarten, dass es dir gut geht. Es geht dir erst wieder gut, wenn Charlie zurück zu Hause ist … und Julianne, damit ihr wieder glückliche Familie spielen könnt.«

»Dafür ist es vielleicht schon zu spät.«

Er mustert mich von der Seite und blickt wieder auf die Straße.

»Wir kriegen sie zurück«, sagt er nach einem langen Schweigen.

Seit sie unser Haus verlassen hat, habe ich nichts von Julianne gehört. Monk hat den Kontakt zur Einsatzzentrale gehalten. Gideon hat wieder angerufen – über mein Handy. Er war irgendwo in der Innenstadt von Bristol in der Nähe der Kathedrale. Oliver Rabb konnte ihn nicht orten, bevor Tyler das Handy in einem Bus zurückgelassen hat. Das Mobiltelefon wurde vor einer Stunde im Busdepot abgeholt.

Es gibt keine Neuigkeiten von Charlie. Laut Monk ist alles getan worden, was getan werden konnte, aber das stimmt nicht. Vierzig Detectives arbeiten an dem Fall. Warum nicht vierhundert oder viertausend? In Radio und Fernsehen wurde ein Appell ausgestrahlt. Warum lässt man nicht sämtliche Sirenen auf allen Dächern heulen, durchsucht jedes Wohnhaus, Lager und Nebengebäude, jeden Bauernhof und jeden Hühnerstall? Warum fliegt man nicht Tommy Lee Jones ein, damit er die Suche organisiert?

Ruiz biegt in die Einfahrt von Stonebridge Manor ein. Im Licht der Scheinwerfer wirkt das Metalltor wie weiß gestrichen. Niemand antwortet auf das Klingeln. Ruiz drückt eine halbe Minute auf den Knopf. Stille.

Er steigt aus und späht durch die Stangen. Im Haus brennt Licht.

»Hey, Darcy, wie viel wiegst du?«, fragt Ruiz.

»So was fragt man ein Mädchen nicht«, gibt sie zurück.

»Meinst du, du könntest über diese Mauer klettern?«

Sie folgt seinem Blick. »Klar.«

»Pass auf die Scherben auf.«

Ruiz wirft seinen Mantel zum Schutz für ihre Hände über die Mauerkrone.

»Was machst du?«, frage ich.

»Aufmerksamkeit erregen.«

Darcy setzt den rechten Fuß in seine gefalteten Hände und wird auf die Mauer gehievt. Sie packt einen Ast und zieht sich, zwischen den zerbrochenen Flaschen balancierend, auf die Füße. Um die Balance zu wahren, hat sie die Arme ausgebreitet, aber es besteht keine Gefahr, dass sie fallen könnte. Haltung und Gleichgewicht sind bei ihr eine Frage stundenlanger Übung.

»Sie wird noch erschossen werden«, sage ich zu Ruiz.

»So genau könnte Skipper nie zielen«, antwortet er.

»Ich kann einem Eichhörnchen auf fünfzig Fuß Entfernung ein Auge ausschießen«, lässt sich eine Stimme aus der Dunkelheit vernehmen.

»Und ich dachte, Sie wären ein Naturfreund«, erwidert Ruiz. »Vermutlich sind Sie doch ein hundertprozentiger Redneck.«

Skipper tritt, ein Gewehr an die Brust gedrückt, in das Licht der Scheinwerfer. Darcy steht immer noch auf der Mauer.

»Kommen Sie runter, Miss.«

»Ganz sicher?«

Er nickt.

Darcy gehorcht, aber nicht wie erwartet. Sie springt auf ihn zu, und Skipper muss das Gewehr fallen lassen, um sie aufzufangen. Jetzt ist sie auf seiner Seite des Tors, worauf er überhaupt nicht gefasst war.

»Wir müssen Mr. und Mrs. Chambers sprechen«, sage ich.

»Sie sind nicht zu sprechen.«

»Das haben Sie beim letzten Mal auch gesagt«, erwidert Ruiz.

Skipper hält Darcy am Arm fest. Er weiß nicht, was er machen soll.

»Meine Tochter wird vermisst. Gideon Tyler hat sie.«

An der Art, wie sein Blick zu mir zuckt, erkenne ich, dass er ganz Ohr ist. Deswegen ist er hier – um Gideon Tyler am Eindringen zu hindern.

»Wo ist Tyler jetzt?«

»Das wissen wir nicht.«

Er blickt zu dem Wagen, als hätte er Angst, dass Gideon sich darin verstecken könnte. Dann zieht er ein Funkgerät aus der Tasche und meldet irgendwas ins Haus. Ich kann nicht hören, was er sagt, aber das Tor öffnet sich langsam. Skipper geht um den Wagen und blickt links und rechts die Straße hinunter, bevor er uns durchwinkt.

Bewegungsmelder links und rechts der Zufahrt flammen auf, als der Mercedes vorbeigleitet. Skipper sitzt auf dem Beifahrersitz, das Gewehr in seinem Schoß auf Ruiz gerichtet.

Ich sehe auf die Uhr. Charlie wird seit acht Stunden vermisst. Was soll ich Brian und Claudia Chambers sagen? Ich werde betteln. Ich werde mich an Strohhalme klammern. Und ich werde sie um genau das bitten, was Gideon verlangt – seine Frau und seine Tochter. Er hat mich von seinem Glauben überzeugt. Sie leben. Ich habe keine andere Wahl, als es zu akzeptieren.

Skipper begleitet uns die Treppe hinauf durch das Hauptportal ins Foyer. Wandlampen spiegeln sich in dem polierten Holzboden, aus dem Wohnzimmer dringt helleres Licht.

Bryan Chambers stemmt sich aus dem Sofa und strafft die Schultern.

»Ich dachte, wir hätten alles geklärt.«

Claudia sitzt ihm gegenüber. Auch sie steht auf und zupft ihren Rockbund zurecht. Ihre hübschen mandelförmigen Augen weichen meinem Blick aus. Sie hat einen mächtigen, dickfelligen und schwerfüßigen Mann geheiratet, strahlt jedoch eine eigene beherrschte Kraft aus.

»Das ist Darcy Wheeler«, sage ich. »Christines Tochter.«

Ihre ganze Trauer steht Claudia ins Gesicht geschrieben. Sie nimmt Darcys Hand und zieht das fast gleich große Mädchen sanft in ihre Arme.

»Es tut mir so leid«, flüstert sie. »Deine Mutter war meiner Tochter eine wunderbare Freundin.«

Bryan Chambers betrachtet Darcy mit einer Art Staunen. Er setzt sich wieder, beugt sich vor und klemmt seine Hände zwischen die Knie. Er ist unrasiert, und in den Mundwinkeln haben sich weiße Speichelreste abgesetzt.

»Gideon Tyler hat meine Tochter entführt«, verkünde ich.

Die nachfolgende erschütternde Stille enthüllt mehr über die Chambers', als eine Stunde in meiner Praxis mir je verraten könnte.

»Ich weiß, dass Helen und Chloe leben.«

»Sie sind verrückt«, sagt Bryan Chambers. »Sie sind genauso verrückt wie Tyler.«

Seine Frau versteift sich fast unmerklich, ihr Blick trifft kurz den ihres Mannes, ein Mikro-Gefühlsausdruck, der Hauch eines ausgetauschten Signals.

Das ist das Problem mit Lügen. Sie sind leicht zu erzählen, jedoch schwer zu verbergen. Manche Menschen können sie brillant vortragen, aber die meisten von uns tun sich schwer damit, weil unser Bewusstsein unseren Körper nicht komplett kontrolliert. Vom Herzschlag bis zur Gänsehaut gibt es Tausende Körperfunktionen und Reflexe, die nicht vom freien Willen kontrolliert werden und uns verraten.

Bryan Chambers hat sich abgewandt. Er gießt sich aus einer Kristallkaraffe einen Scotch ein. Ich beobachte, wie er das Glas ergreift. Seine Hand ist beinahe zu ruhig.

»Wo sind sie?«, frage ich.

»Verlassen Sie mein Haus!«

»Gideon hat es rausgekriegt. Deswegen belästigt er Sie, lauert Ihnen auf und quält Sie. Was weiß er?«

Er drückt das Glas in seiner Hand fester und wiegt sich auf den Fersen vor und zurück. »Wollen Sie mich einen Lügner nennen? Gideon Tyler hat uns das Leben zur Hölle gemacht. Und die Polizei hat nichts getan. Gar nichts.«

»Was weiß Gideon?«

Chambers sieht aus, als würde er jeden Moment explodieren. »Mein Tochter und meine Enkelin sind tot«, zischt er mit zusammengebissenen Zähnen.

Claudia steht neben ihm, ihre Augen hart und eisblau. Sie liebt ihren Mann. Sie liebt ihre Familie. Sie wird alles tun, was nötig ist, um sie zu schützen.

»Das mit Ihrer Tochter tut mir sehr leid«, flüstert sie. »Aber wir haben Gideon Tyler schon genug gegeben.«

Sie lügen – alle beide, aber ich kann nur mit den Füßen scharren und mich hilflos räuspern.

»Wir können ihn aufhalten«, wendet Ruiz ein. »Wir können dafür sorgen, dass er es nicht wieder tut.«

»Sie können ihn nicht mal finden«, gibt Bryan Chambers höhnisch zurück. »Niemand kann ihn finden. Er geht durch Wände.«

Ich sehe mich in dem Raum um, auf der Suche nach einem Grund, einem Einwand, einer Drohung, nach irgendetwas, das den Ausgang unserer Begegnung ändern könnte. Überall sind Bilder von Chloe, auf dem Kaminsims und den Beistelltischen und gerahmt an der Wand.

»Warum haben Sie den griechischen Behörden ein Foto gegeben, das nicht Helen zeigt?«, frage ich.

»Ich weiß nicht, wovon Sie reden«, sagt Bryan Chambers.

Ich ziehe das Fax der Fotografie aus der Tasche und breite es auf dem Tisch aus.

»Es ist eine Straftat, falsche Informationen zu einer polizeilichen Ermittlung zu geben«, sagt Ruiz. »Das gilt übrigens auch für Ermittlungen im Ausland.«

Bryans Gesicht läuft rot an. Ruiz weicht keinen Zentimeter zurück. Ich glaube, er versteht das Konzept von Nachgeben nicht, jedenfalls nicht, wenn es um vermisste Kinder geht. Davon hat es in seiner Laufbahn zu viele gegeben; Kinder, die er nicht retten konnte.

»Sie haben ein falsches Foto geschickt, weil Ihre Tochter noch lebt. Sie haben ihren Tod vorgetäuscht.«

Bryan Chambers geht leicht in Rücklage, bevor er zuschlägt, was ihn verrät. Ruiz weicht ihm aus und gibt ihm wie einem unartigen Schuljungen einen Klaps auf den Hinterkopf.

Das bringt Chambers erst richtig in Wallung. Brüllend rammt er Ruiz seinen Kopf in den Bauch, schlingt die Arme um ihn und drängt ihn bis an die Wand. Der Zusammenprall scheint das ganze Haus zu erschüttern. Die aufgestellten Bilderrahmen purzeln wie Dominosteine.

»Aufhören! Aufhören!«, kreischt Darcy. Sie steht mit glänzenden Augen und geballten Fäusten an der Tür. Plötzlich wirkt alles seltsam verlangsamt. Sogar das Ticken der alten Standuhr klingt wie ein träge tropfender Wasserhahn. Bryan Chambers hält sich den Kopf. Er hat eine Platzwunde über dem linken Auge. Sie ist nicht tief, blutet jedoch stark. Ruiz hält sich die Rippen.

Ich bücke mich und fange an, die Fotos aufzuheben. In einem Rahmen ist das Glas gesplittert. Es ist ein Schnappschuss von einer Geburtstagsfeier. Die Kerzen spiegeln sich leuchtend in Chloes Augen wider, während sie sich, die Wangen gebläht wie ein Posaunist, über den Kuchen beugt. Ich frage mich, was sie sich gewünscht hat.

Es ist kein ungewöhnliches Foto, aber irgendetwas daran kommt mir verkehrt vor. Ruiz hat ein Gedächtnis wie eine Lebendfalle, die Fakten verschließt und behält. Und zwar nicht irgendwelche nutzlosen Banalitäten wie Popsongs, Grand-National-Sieger und alle Rechtsverteidiger, die seit dem Krieg für Manchester United gespielt haben, sondern wichtige Details. Daten, Adressen, Beschreibungen.

»Wann wurde Chloe geboren?«, frage ich ihn.

»Am 27. Juli 2000.«

Bryan Chambers ist schlagartig ernüchtert. Claudia ist zu Darcy gegangen und versucht, sie zu trösten.

»Dann erklären Sie mir«, sage ich und zeige auf das Foto, »wie Ihre Enkelin sieben Kerzen auf ihrem Geburtstagskuchen auspusten kann, wenn sie zwei Wochen vor ihrem siebten Geburtstag gestorben ist?«

Ein in den Boden eingelassener Alarmknopf hat Skipper auf den Plan gerufen. Er trägt ein Schrotgewehr, diesmal allerdings nicht in der Armbeuge. Er hat es in Brusthöhe angelegt und schwenkt es hin und her.

»Sorgen Sie dafür, dass diese Leute mein Haus verlassen«, brüllt Bryan Chambers, der sich immer noch den Kopf hält. Blut ist über seine Augenbraue auf seine Wange geflossen.

»Wie viele Leute werden noch leiden müssen, wenn wir ihn jetzt nicht aufhalten?«, sage ich flehentlich.

Es spielt keine Rolle. Skipper schwenkt sein Gewehr. Darcy stellt sich vor ihn. Ich weiß nicht, woher sie den Mut nimmt.

»Schon gut« erkläre ich ihr. »Wir gehen.«

»Aber was ist mit Charlie?«

»Hier kommen wir nicht weiter.«

Nichts wird sich ändern. Die Verkehrtheit der Situation, die unmittelbar drohende Katastrophe, all das geht an den Chambers' vorbei, die offenbar in einer Dauerdämmerung von Angst und Verleugnung gefangen sind.

Zum zweiten Mal werde ich aus dem Haus eskortiert. Ruiz geht voran, gefolgt von Darcy. Auf dem Weg durch die Halle sehe ich aus den Augenwinkeln etwas Weißes am Treppengeländer aufleuchten. Ein barfüßiges Kind in einem weißen Nachthemd, das zwischen den gedrechselten Holzstäben hindurchspäht. Entrückt und fast wie nicht von dieser Welt steht es mit einer Puppe in der Hand da und sieht zu, wie wir gehen.

Ich bleibe wie angewurzelt stehen und starre zur Treppe. Die anderen drehen sich ebenfalls um.

»Du solltest schlafen«, sagt Claudia.

»Ich bin aufgewacht. Ich hab einen Knall gehört.«

»Das war nichts. Geh wieder ins Bett.«

Sie reibt sich die Augen. »Deckst du mich zu?«

Ich spüre den Pulsschlag meines Blutes unter der Haut. Bryan Chambers stellt sich mir in den Weg. Skipper hat das Gewehr im Anschlag. Von der Treppe hört man Schritte. Eine aufgeregt wirkende Frau erscheint und hebt das Kind hoch.

»Helen?«

Sie reagiert nicht.

»Ich weiß, wer Sie sind.«

Sie dreht sich zu mir um und streicht sich den Pony aus dem Auge. Sie hat den Kopf tief zwischen die Schultern gezogen und ihre dünnen Arme fest um Chloe geschlungen.

»Er hat meine Tochter.«

Sie antwortet nicht, sondern wendet sich ab und geht die Treppe hinauf.

»Nun sind Sie schon so weit gekommen. Helfen Sie mir.«

Sie ist wieder in ihrem Zimmer verschwunden, nicht gesehen, nicht gehört, nicht überzeugt.

60

Ich gehe über einen Teppich aus Blättern auf den Pflastersteinen und betrete das Esszimmer durch die Terrassentür. Die Möbel sind mit alten Laken bedeckt, die die Sessel und Sofas in formlose Klumpen verwandeln.

In einem kleinen Kamin liegt ein auf immer geschwärzter Kohlerost. Der Sims zeigt Spuren von zahllosen kleinen Nägeln, an denen Dutzende von Weihnachtsstrümpfen hingen, die alle nicht dem Araber gehörten.

Ich gehe die Treppe hinauf. Das Mädchen liegt still da. Sie hat nicht versucht, das Klebeband von ihrem Kopf zu wickeln. Wie gehorsam sie geworden ist. Wie gefügig.

Draußen geht ein kräftiger Wind, Zweige scheuern an der Mauer des Hauses. Hin und wieder hebt das Mädchen den Kopf und überlegt, ob das Geräusch mehr zu bedeuten hat. Jetzt hebt sie wieder den Kopf. Vielleicht hört sie mich atmen.

Sie richtet sich auf und setzt ihre angeketteten Füße vorsichtig auf den Boden. Dann beugt sie sich vor, bis ihre Hände den Heizkörper berühren. Sie tastet sich seitwärts hüpfend bis zur Toilette. Dort bleibt sie stehen und lauscht, bevor sie ihre Jeans herunterzieht. Ich höre verräterisches Plätschern.

Sie zieht ihre Jeans wieder hoch und findet das Waschbecken. Es gibt zwei Hähne, einen für warmes und einen für kaltes Wasser. Links und rechts. Sie dreht den Kaltwasserhahn auf und hält ihre Finger in den Strom. Dann senkt sie den Kopf und versucht den Schlauch in das Wasser zu halten. Es ist, als würde man einem unbeholfenen Vogel beim Trinken zusehen. Sie muss die Luft anhalten und das Wasser einsaugen. Es lan-

det in der falschen Röhre und löst einen Hustenanfall aus, nach dem sie schluchzend zu Boden sinkt.

Ich berühre ihre Hand. Sie schreit auf und schlägt bei dem Versuch, mir auszuweichen, mit dem Kopf gegen die Rohre.

»Ich bin's nur.«

Sie kann nicht antworten.

»Du warst sehr brav. Jetzt möchte ich, dass du stillhältst.«

Sie zuckt zusammen, als ich sie berühre. Ich führe sie zum Bett und lasse sie sich hinsetzen. Ich fange mit der unteren Klinge einer Schneiderschere in ihrem Nacken an und schnibbele langsam nach oben.

Schweiß und Körperwärme haben ihre Haare mit dem Band verklebt, sodass ich sie abschneiden muss. An klumpigen Büscheln aus Klebeband und Haaren zerrend, schneide ich durch ihre Locken. Es muss wehtun. Sie lässt sich nichts anmerken, bis ich das Klebeband möglichst abrupt von ihrem Gesicht reiße, um die Schmerzen so gering wie möglich zu halten. Sie schreit in den Schlauch und spuckt ihn aus.

Ich lege die Schere beiseite. Die »Maske« ist ab und liegt auf dem Boden wie die Haut eines ausgeweideten Tieres. Tränen, Schnodder und geschmolzener Klebstoff bedecken ihr Gesicht. Es gibt Schlimmeres.

Ich halte ihr eine Flasche Wasser an die Lippen. Sie trinkt gierig. Ein paar Tropfen fallen auf ihre Strickjacke. Sie wischt sich das Kinn an der Schulter ab.

»Ich habe dir etwas zu essen mitgebracht. Der Hamburger ist kalt, aber er müsste trotzdem noch ganz okay schmecken.«

Sie nimmt einen Bissen. Mehr nicht.

»Kann ich dir sonst irgendwas holen?«

»Ich will nach Hause.«

»Ich weiß.«

Ich ziehe mir einen Stuhl heran und setze mich ihr gegenüber. Sie sieht mich zum ersten Mal und weiß nicht, ob sie hingucken soll.

»Erinnerst du dich an mich?«

»Ja, Sie waren in dem Bus. Ihrem Bein geht es besser?«

»Es war gar nicht gebrochen. Ist dir kalt?«

»Ein bisschen.«

»Ich hol dir eine Decke.«

Ich nehme die Abdeckung eines der Sessel und lege sie um ihre Schultern. Sie weicht vor meiner Berührung zurück.

»Möchtest du noch einen Schluck Wasser?«

»Nein.«

»Vielleicht hättest du lieber eine Cola?«

Sie schüttelt den Kopf.

»Warum machen Sie das?«

»Um das zu verstehen, bist du noch zu jung. Iss deinen Hamburger.«

Schniefend beißt sie erneut ab. Das Zimmer scheint zu klein zu sein für das Schweigen.

»Ich habe auch eine Tochter. Sie ist jünger als du.«

»Wie heißt sie?«

»Chloe.«

»Wo ist sie jetzt?«

»Ich weiß nicht. Ich habe sie schon eine ganze Weile nicht mehr gesehen.«

Das Mädchen nimmt noch einen Bissen von dem Hamburger. »Als wir noch in London gewohnt haben, hatte ich eine Freundin, die Chloe hieß. Aber seit wir umgezogen sind, habe ich sie nicht mehr gesehen.«

»Warum seid ihr aus London weggezogen?«

»Mein Dad ist krank.«

»Was hat er denn?«

»Parkinson. Deshalb zittert er und muss Tabletten nehmen.«

»Davon habe ich schon gehört. Verstehst du dich gut mit deinem Dad?«

»Klar.«

»Was machst du denn so mit ihm?«

»Wir kicken mit einem Ball oder gehen wandern … Sachen halt.«

»Liest er dir vor?«

»Dafür bin ich wohl schon ein bisschen zu alt.«

»Aber früher hat er dir vorgelesen?«

»Ja, glaub schon. Er liest Emma vor.«

»Deiner Schwester?«

»Hm-hm.«

Ich sehe auf die Uhr. »Gleich muss ich noch mal kurz weg. Ich muss dich fesseln, aber ich werde deinen Kopf nicht mehr mit Klebeband umwickeln wie eben.«

»Bitte gehen Sie nicht.«

»Ich bin nicht lange weg.«

»Ich möchte nicht, dass Sie gehen.« Tränen schimmern in ihren Augen. Seltsam, nicht wahr? Sie hat mehr Angst vor dem Alleinsein als vor mir.

»Ich lass das Radio an. Dann kannst du Musik hören.«

Sie schnieft und rollt sich, den halb gegessenen Hamburger noch in der Hand, auf dem Bett zusammen.

»Werden Sie mich umbringen?«, fragt sie.

»Warum denkst du das?«

»Sie haben meiner Mum gesagt, dass Sie mich aufschneiden würden … dass Sie Sachen mit mir machen würden.«

»Du musst nicht alles glauben, was die Erwachsenen sagen.«

»Was bedeutet das?«

»Das, was es sagt.«

»Muss ich sterben?«

»Das hängt von deiner Mutter ab.«

»Was muss sie tun?«

»Deinen Platz einnehmen.«

Sie erschauert. »Ist das wahr?«

»Ja, das ist wahr. Und jetzt sei still, oder ich muss dir den Mund wieder zukleben.«

Sie zieht die Decke über sich, wendet mir den Rücken zu

und weicht in den Schatten zurück. Ich ziehe meine Schuhe und meinen Mantel an.

»Bitte lassen Sie mich nicht allein«, flüstert sie.

»Psst. Schlaf jetzt.«

61

Der Mercedes schwebt durch Straßen, die leer sind bis auf vereinzelte Gestalten, die hastend einen Nachtbus zu erreichen suchen oder aus dem Pub nach Hause wanken. Diese Fremden kennen mich nicht. Sie kennen Charlie nicht. Ihr Leben wird nie an das meine rühren. Die einzigen Menschen, die mir helfen können, sind nicht bereit, mir zuzuhören oder das Wagnis einzugehen, sich Gideon Tyler auszuliefern. Helen und Chloe leben. Ein Rätsel ist gelöst.

Schon bevor wir unser Haus erreichen, fallen mir unbekannte Fahrzeuge auf, die in der Straße parken. Ich weiß, was für Wagen meine Nachbarn fahren. Diese Autos gehören Fremden.

Als der Mercedes in die Einfahrt biegt, öffnen sich ein Dutzend Wagentüren gleichzeitig. Reporter, Fotografen und Kameraleute umzingeln den Mercedes, beugen sich über die Kühlerhaube und fotografieren durch die Windschutzscheibe. Reporter rufen Fragen.

Ruiz sieht mich an. »Was willst du tun?«

»Ich will ins Haus.«

Ich stoße die Tür auf und versuche, mich zwischen ihren Leibern hindurchzudrängen. Jemand zerrt an meiner Jacke, um mich aufzuhalten. Ein Mädchen versperrt mir den Weg und hält mir ein Aufnahmegerät unter die Nase.

»Glauben Sie, dass Ihre Tochter noch lebt, Professor?«

Was für eine Frage ist das?

Ich antworte nicht.

»Hat er Kontakt zu Ihnen aufgenommen? Hat er sie bedroht?«

»Bitte lassen Sie mich durch.«

Ich komme mir vor wie ein Wild, das von einem Rudel Löwen umzingelt ist, die nur darauf warten, mich zu erlegen. Jemand ruft: »Bleiben Sie stehen und geben Sie uns ein kurzes Statement. Wir versuchen nur zu helfen.«

Ruiz packt mich mit einem Arm, den anderen hat er um Darcy gelegt. Mit gesenktem Kopf kämpft er sich wie ein Rugbyspieler durch das Gedränge. Die Fragen prasseln weiter auf mich ein.

»Gibt es eine Lösegeldforderung?«

»Was glauben Sie, was er will?«

Monk öffnet die Haustür und schließt sie gleich wieder. Das Haus ist in grelles Scheinwerferlicht getaucht, das durch Spalten und Schlitze in Rollläden und Vorhängen dringt.

»Sie sind vor einer Stunde aufgetaucht«, sagt Monk. »Ich hätte Sie warnen sollen.«

Öffentlichkeit ist gut, sage ich mir. Vielleicht sieht irgendjemand Charlie oder Tyler und gibt der Polizei einen Hinweis.

»Neuigkeiten?«, frage ich Monk.

Er schüttelt den Kopf. Ich blicke an ihm vorbei zu dem Fremden, der in meiner Küche steht. Er trägt einen dunklen Anzug und ein steifes weißes Hemd und sieht nicht aus wie ein Polizist oder Reporter. Sein Haar hat die Farbe von poliertem Zedernholz, und das Licht spiegelt sich blitzend in seinen silbernen Manschettenknöpfen, als er sich durch sein Haar streicht.

Als ich näher komme, scheint der Fremde, die Hände hinter dem Rücken, Haltung anzunehmen, eine Pose, die auf Paradeplätzen einstudiert wurde. Er stellt sich als Lieutenant William Greene vor und wartet, bis ich ihm meine Hand anbiete, bevor er mir seine reicht.

»Was kann ich für Sie tun, Lieutenant?«

»Es geht eher darum, was wir für Sie tun können, Sir«, sagt er mit einem steifen Privatschulakzent. »Soweit ich weiß, hatten Sie Kontakt mit Major Gideon Tyler. Er ist eine Person von Interesse.«

»Von Interesse für wen?«

»Das Verteidigungsministerium, Sir.«

»Stellen Sie sich hinten an«, sagt Ruiz lachend.

Der Lieutenant ignoriert ihn. »Die Army arbeitet mit der Polizei zusammen. Wir möchten Major Tyler aufspüren und alle notwendigen Maßnahmen für die sichere Rückkehr Ihrer Tochter aktiv unterstützen.«

»Aktiv unterstützen?«, höhnt Ruiz. »Bis jetzt habt ihr Dreckskerle uns nur Hindernisse in den Weg gelegt.«

Lieutenant Greene bleibt unbeeindruckt. »Es gab Umstände, die eine vollständige Offenlegung der Fakten verhindert haben.«

»Tyler hat für den militärischen Geheimdienst gearbeitet?«

»Ja, Sir.«

»Was hat er gemacht?«

»Ich fürchte, diese Information unterliegt der Geheimhaltung.«

»Er war Verhörspezialist.«

»Er hat Informationen gesammelt.«

»Wann hat er die Armee verlassen?«

»Gar nicht. Er hat sich unerlaubt von der Truppe entfernt, nachdem seine Frau ihn verlassen hat. Er wird sich vor einem Kriegsgericht verantworten müssen.«

Der Lieutenant steht nicht mehr stramm. Seine Füße sind schulterbreit gespreizt, die polierten Spitzen leicht nach außen gerichtet, und er lässt die Arme hängen.

»Warum ist Tylers Dienstakte geheim?«, frage ich.

»Sein Einsatzbereich war sensibel.«

»Das ist doch alles heiße Luft«, sagt Ruiz. »Was hat der Typ gemacht?«

»Er hat Gefangene verhört«, nehme ich die Antwort des Lieutenant vorweg. »Er hat sie gefoltert.«

»Die britische Regierung lehnt den Einsatz von Folter ab. Wir halten uns strikt an die Genfer Konvention …«

»Sie haben das Schwein ausgebildet«, unterbricht Ruiz ihn.

Der Lieutenant antwortet nicht.

»Wir nehmen an, dass Major Tyler eine Art Nervenzusammenbruch erlitten hat. Er ist nach wie vor Offizier im Dienst der britischen Army, und ich bin als Verbindungsmann zur Avon and Somerset Police eingeteilt, um seine umgehende Verhaftung zu befördern.«

»Im Gegenzug für was?«

»Nach seiner Festnahme wird Major Tyler der Army überstellt.«

»Er hat zwei Frauen ermordet«, sagt Ruiz fassungslos.

»Er wird von Militärpsychologen untersucht werden, um seine Prozesstauglichkeit festzustellen.«

»Das ist doch ein Haufen Scheiße«, sagt Ruiz.

Im Augenblick ist mir alles egal. Von mir aus kann das Verteidigungsministerium Gideon Tyler haben, solange ich Charlie zurückbekomme.

Der Lieutenant wendet sich direkt an mich. »Die Army kann eine zivile Ermittlung mit gewissen Ressourcen und Technologien unterstützen. Wenn ich mich von Ihrer vollen Kooperationsbereitschaft überzeugt habe, bin ich autorisiert, diese Hilfe zu gewähren.«

»In welcher Hinsicht soll ich kooperieren?«

»Major Tyler hatte spezielle Dienstpflichten. Hat er mit Ihnen darüber gesprochen?«

»Nein.«

»Hat er irgendwelche Namen erwähnt?«

»Nein.«

»Hat er Örtlichkeiten erwähnt?«

»Nein. Er war ein sehr stiller Soldat.«

Lieutenant Greene zögert einen Moment und wählt seine Worte mit Bedacht.

»Wenn er Ihnen sicherheitsrelevante Details anvertraut hat, könnte eine unautorisierte Weitergabe dieser Informationen an Dritte zu einer Anklage nach dem Official Secrets Act führen. Im Falle einer Verurteilung ist auch eine Haftstrafe möglich.«

»Wollen Sie ihm drohen?«, geht Ruiz dazwischen

Der Lieutenant ist gut ausgebildet. Er wahrt die Fassung. »Wie Sie bereits bemerken, zeigen die Medien großes Interesse an Major Tyler. Wahrscheinlich werden die Journalisten Fragen stellen. Es wird eine gerichtliche Untersuchung zum Tod von Christine Wheeler und Sylvia Furness geben. Möglicherweise werden Sie als Zeuge aufgerufen. Ich rate Ihnen, Ihre Aussagen sorgfältig zu bedenken.«

Ich werde mit einem Mal wütend. Ich habe die Schnauze voll von dem ganzen Pack: von der Army und ihrer Doppelzüngigkeit und ihren Geheimnissen, von Bryan und Claudia Chambers und ihrer blinden Loyalität, von Helen Chambers und ihrer Schwäche, von den Reportern, der Polizei und meiner eigenen Hilflosigkeit.

Ruiz möchte zum zweiten Mal an diesem Abend zuschlagen. Ich sehe, wie er sich vor dem jüngeren Mann aufbaut, der die Bedrohung mit einem Ausdruck besorgter Unvermeidlichkeit beobachtet. Ich versuche, die Situation zu entschärfen.

»Sagen Sie mir, Lieutenant, wie wichtig ist Ihnen meine Tochter?«

Er versteht die Frage nicht.

»Sie wollen Gideon Tyler. Was, wenn meine Tochter im Weg ist?«

»Ihre Sicherheit hat für uns oberste Priorität.«

Das möchte ich gerne glauben. Ich möchte glauben, dass die besten Köpfe der britischen Army und ihres Stabs alles in ihrer Macht Stehende unternehmen, um Charlie zu retten. Leider war Gideon Tyler einer ihrer besten Köpfe, und was ist mit ihm geschehen?

Ich merke, dass ich stolpere, und halte mich mit zitternder Hand am Tisch fest.

»Vielen Dank für Ihre Hilfe, Lieutenant. Sie können Ihren Vorgesetzten versichern, dass ich mich absolut kooperativ verhalten werde. Ich werde sie in dem gleichen Maße unterstützen wie umgekehrt.«

Greene sieht mich an, unsicher, wie er diese Antwort deuten soll.

»Gideon Tylers Frau und Tochter leben. Sie wohnen im Haus ihrer Eltern.«

Ich beobachte seine Reaktion. Nichts. Ich spüre ein Kribbeln in den Fingerspitzen. Ich habe kein Geheimnis enthüllt, ich habe es lediglich aufgedeckt. Er wusste schon von Helen und Chloe.

In der erwartungsvollen Stille sickert mir die Wahrheit tröpfchenweise ins Bewusstsein. Stonebridge Manor wird von der Army bewacht. Ruiz ist es schon bei unserem ersten Besuch aufgefallen. Er meinte, Skipper wäre ein Exsoldat. Nicht »ex«, sondern aktiv – er ist Soldat im Dienst der Army. Die Kameras, Bewegungsmelder und Sicherheitslampen sind Teil einer laufenden Schutzmaßnahme. Die britische Army sucht Gideon Tyler schon viel länger als die Polizei.

Julianne hat ein Beruhigungsmittel genommen und schläft laut Veronica Cray. Der Arzt meint, man solle sie nicht stören.

»Wo übernachtet sie?«, frage ich.

»In einem Hotel.«

»Wo?«

»Temple Circus. Versuchen Sie nicht, sie anzurufen. Sie braucht wirklich Ruhe.«

»Ist jemand bei ihr?«

»Sie steht unter Bewachung.«

DI Cray atmet leise in den Hörer. Ich sehe sie vor mir mit ihrem kantigen Kopf, dem kurzen Haar und den braunen Augen. Ich tue ihr leid, aber das wird nichts an ihrer Entscheidung ändern. Meine Ehe ist nicht ihre Sorge.

»Wenn Sie Julianne sehen …« Ich überlege, was ich ihr ausrichten lassen möchte, aber mir fällt nichts ein. »Sehen Sie einfach nach ihr – vergewissern Sie sich, dass es ihr gut geht.«

Wir beenden das Gespräch. Darcy ist ins Bett gegangen. Ruiz betrachtet mich mit einem schweifenden Blick.

»Du solltest ein bisschen schlafen.«

»Mir geht es gut.«

»Leg dich hin. Mach die Augen zu. Ich wecke dich in einer Stunde.«

»Ich schlaf sowieso nicht.«

»Versuch es wenigstens. Heute Nacht können wir nichts mehr tun.«

Die Treppe ist steil. Das Bett ist weich. Ich starre in einer Art bewusstem Dämmerzustand an die Decke, erschöpft, aber zu ängstlich, um die Augen zu schließen. Was, wenn ich einschlafe? Was, wenn ich am Morgen aufwache, und nichts von all dem ist geschehen? Charlie sitzt in ihrer Schuluniform am Küchentisch, schlaftrunken und muffelig. Sie setzt zu einer langen Geschichte über einen nächtlichen Traum an, und ich höre nur mit halbem Ohr zu. Auf den Inhalt von Charlies Geschichten kommt es nie an. Wichtig ist, dass sie ein intelligentes, einzigartiges, tolles Mädchen ist. Was für ein Mädchen.

Ich schließe die Augen und liege still. Ich erwarte nicht, dass ich einschlafe. Aber ich hoffe, dass mich die Welt vielleicht ein paar Minuten zur Ruhe kommen lässt.

Irgendwo klingelt ein Telefon. Ich blicke zum Digitalwecker auf dem Nachttisch. Es ist 3.12 Uhr. Mein ganzer Körper zittert wie eine angeschlagene Stimmgabel.

Der Festnetzanschluss ist in die Trinity Road umgeleitet, und es ist auch nicht der Klingelton meines Handys. Vielleicht ist es Darcys Mobiltelefon im Gästezimmer. Nein, der Ton kommt von näher. Ich schlüpfe aus dem Bett und tappe über die kalten Bodendielen.

Das Klingeln hat aufgehört. Dann beginnt es von Neuem. Es kommt aus Charlies Zimmer … aus ihrer Kommode. Ich reiße die oberste Schublade auf und wühle zwischen ihren Socken und zusammengeknüllten Schulstrumpfhosen. In einem Paar gestreifter Fußballsocken spüre ich ein Vibrieren: ein Mobiltelefon. Ich zerre es heraus und klappe es auf.

»Hey, Joe, hab ich dich geweckt? Wie kannst du in Zeiten wie diesen schlafen? Mann, du bist echt kalt.«

Ich stöhne Charlies Namen. Ihre Matratze gibt unter dem Gewicht meines Körpers nach. Gideon muss das Handy dort deponiert haben, als er in unser Haus eingebrochen ist. Die Polizei hat nach Fingerabdrücken und Faserspuren gesucht, nicht nach Mobiltelefonen.

»Hör zu, Joe, ich hab mir gedacht, dass du bestimmt eine Menge über Huren weißt, wo du doch mit einer verheiratet bist.«

»Meine Frau ist keine Hure.«

»Ich habe mit ihr gesprochen. Ich habe sie beobachtet. Sie ist ein heißer Feger. Sie hätte mich gevögelt. Das hat sie mir gesagt. Sie hat mich angefleht, sie zu bumsen. ›Nimm mich, nimm mich, hat sie gesagt.‹«

»Das ist die einzige Art, wie du eine Frau kriegen kannst: Du musst ihre Tochter entführen.«

»Ach, ich weiß nicht. Ihr Boss vögelt sie. Und er unterschreibt ihre Gehaltsschecks, damit ist sie doch wohl eine Hure.«

»Das stimmt nicht.«

»Wo war sie denn Freitagabend?«

»In Rom.«

»Komisch, ich hätte schwören können, dass ich sie in London gesehen habe. Sie hat in einem Haus in Hampstead Heath übernachtet. Sie ist um acht gekommen und am nächsten Morgen um acht wieder gegangen. Gehört einem reichen Typen namens Eugene Franklin. Nettes Häuschen, billige Schlösser.«

Meine Brust schnürt sich zu. Ist das eine weitere von Gideons Lügen? Er macht es so mühelos, flicht gerade genug Wahrheit ein, um Zweifel und Verwirrung zu säen. Ich komme mir plötzlich vor wie ein Fremder in meiner Ehe. Ich will Julianne verteidigen. Ich will Beweise dafür vorbringen, dass er sich irrt. Aber meine Gegenargumente klingen kümmerlich, meine Ausflüchte schmecken schal, noch bevor ich sie über die Lippen bringe.

Charlies Schlafanzug quillt unter ihrem Kopfkissen hervor, ein pinkfarbenes Oberteil und eine Hose aus Flanell. Ich reibe den aufgerauten Stoff zwischen Daumen und Zeigefinger, wie um ihr Bild in allen Einzelheiten heraufzubeschwören.

»Wo ist Charlie?«

»Gleich hier.«

»Kann ich mit ihr sprechen?«

»Sie ist gefesselt, verschnürt wie ein Weihnachtstruthahn und bereit für die Füllung.«

»Warum hast du sie entführt?«

»Reim es dir selbst zusammen.«

»Ich weiß, wer du bist, Gideon. Du hast die Truppe unerlaubt verlassen. Du hast für den militärischen Geheimdienst gearbeitet. Die wollen dich zurückhaben.«

»Es ist immer schön, begehrt zu sein.«

»Warum sind die so scharf darauf, dich zu kriegen?«

»Das kann ich dir nicht verraten, Joe. Sonst muss ich dich womöglich umbringen. Ich habe dem Wort Geheimdienst eine neue Dimension gegeben. Ich bin einer jener Soldaten, die eigentlich gar nicht existieren sollten.«

»Du bist Verhörspezialist.«

»Ich weiß, wie man die richtigen Fragen stellt.«

Die Unterhaltung beginnt ihn zu langweilen. Er erwartet mehr von mir. Ich soll ihm eine Herausforderung bieten.

»Warum hat deine Frau dich verlassen?«

Ich höre seinen ruhigen, unbarmherzigen Atem.

»Du hast sie in die Flucht getrieben«, sage ich. »Du hast versucht, sie einzuschließen wie eine Prinzessin in einem Turm. Warum warst du so sicher, dass sie eine Affäre hatte?«

»Was soll das werden – eine beschissene Therapiesitzung?«

»Sie hat dich verlassen. Du konntest sie nicht auf Dauer glücklich machen. Wie hast du dich da gefühlt? Bis dass der Tod euch scheidet, habt ihr euch das nicht versprochen?«

»Die Schlampe ist gegangen Sie hat mir meine Tochter weggenommen.«

»Soweit ich weiß, ist sie nicht gegangen, sondern gerannt. Sie hat das Gaspedal durchgetreten und so schnell wie möglich das Weite gesucht. Hat dich mit halb heruntergelassener Hose in deiner Einfahrt stehen lassen.«

»Wer hat dir das erzählt? Hat sie dir das erzählt? Weißt du, wo sie ist?« Er schreit jetzt. »Willst du wissen, was wirklich passiert ist? Ich habe ihr ein Kind geschenkt. Ich habe ihr ein Haus gebaut. Ich habe ihr alles gegeben, was sie wollte. Und weißt du, wie sie mir ihre Dankbarkeit gezeigt hat? Sie hat mich verlassen und mir meine Chloe gestohlen. Soll sie elend verrecken und in der Hölle verrotten …«

»Du hast sie geschlagen.«

»Nein.«

»Du hast sie bedroht.«

»Sie lügt.«

»Du hast ihr Angst gemacht.«

»SIE IST EINE HURE!«

»Tief durchatmen, Gideon. Beruhige dich.«

»Sag mir nicht, was ich tun soll. Du vermisst deine Tochter, Joe. Aber ich habe meine seit fünf Monaten nicht mehr gesehen. Ich hatte auch mal ein Herz und eine Seele, aber eine Frau hat sie mir herausgerissen. Sie hat mich in tausend Stücke zerschlagen und nichts als ein glühendes Fädchen zurückgelassen, aber es brennt immer noch, Joe. Ich hege diese Flamme. Ein brennendes Licht gegen die Huren.«

»Vielleicht sollten wir über dieses Licht reden.«

»Und wie viel verlangst du pro Sitzung, Joe?«

»Für dich ist es umsonst. Wo wollen wir uns treffen?«

»Wie wird man Professor für Psychologie?«

»Es ist bloß ein Titel.«

»Aber du benutzt ihn. Machst du das, damit du schlauer erscheinst?«

»Nein.«

»Glaubst du, du bist intelligenter als ich, Joe?«

»Nein.«

»Tust du wohl. Du denkst, du weißt alles über mich. Du denkst, ich bin ein Feigling. Das hast du der Polizei erzählt. Du hast ein Profil von mir erstellt.«

»Das war, bevor ich wusste, wer du bist.«

»Hast du mich falsch eingeschätzt?«

»Ich kenne dich jetzt besser.«

Er lacht verächtlich. »Das ist der große Beschiss der Psychologen. Typen wie du steigen nie von ihrem Zaun herunter auf die eine oder andere Seite, sagen nie ihre Meinung. Alles wird in Klammern und Anführungszeichen gesetzt. Entweder das, oder ihr verdreht alles zu einer Frage. Als ob eure eigene Meinung nicht gut genug wäre. Ihr wollt hören, was alle anderen zu sagen haben. Ich kann mir vorstellen, wie du deine Frau vögelst und sie, während du sie nagelst, fragst: ›Für dich ist es offensichtlich gut, aber wie ist es für mich?‹«

»Du scheinst ja eine Menge über Psychologie zu wissen.«

»Ich bin Experte.«

»Hast du es studiert?«

»Im Feld.«

»Was soll das heißen?«

»Das soll heißen, dass Wichser wie du, die sich Fachleute nennen, nicht wissen, wie man die richtigen Fragen stellt.«

»Was für Fragen sollte ich denn stellen?«

»Folter ist ein kompliziertes Thema, Joe, ein verdammt kompliziertes Thema. In den fünfziger Jahren hat die CIA ein Forschungsprojekt durchgeführt und mehr als eine Milliarde Dollar ausgegeben, um den Code des menschlichen Bewusstseins zu knacken. Die brillantesten Köpfe des ganzen Landes haben daran gearbeitet – Leute aus Harvard, Princeton und Yale. Sie haben LSD ausprobiert, Meskalin, Elektroschocks, Sodium Pentothal. Nichts hat funktioniert.

Der Durchbruch gelang in McGill. Dort fand man heraus, dass ein Mensch, den man seiner Sinneswahrnehmungen beraubt, binnen achtundvierzig Stunden zu halluzinieren beginnt und irgendwann zusammenbricht. Stresspositionen beschleunigen diesen Effekt, aber es gibt etwas noch viel Wirkungsvolleres.«

Gideon macht eine Pause, damit ich frage, aber die Befriedigung will ich ihm nicht geben.

»Stell dir vor, du wärst blind, Joe, was wäre für dich das Kostbarste?«

»Mein Hörsinn.«

»Genau. Dein schwächster Punkt.«

»Das ist pervers.«

»Es ist kreativ.« Er lacht. »Genau das mache ich. Ich finde den schwächsten Punkt. Ich kenne deinen, Joe. Ich weiß, was dir nachts den Schlaf raubt.«

»Ich werde keine Spielchen mit dir spielen.«

»Doch, das wirst du.«

»Nein.«

»Entscheide dich.«

»Das verstehe ich nicht.«

»Ich möchte, dass du dich zwischen deiner hurenden Ehefrau und deiner Tochter entscheidest. Wen würdest du retten? Stell dir vor, sie sind in einem brennenden Gebäude eingeschlossen. Du rennst durch die Flammen und trittst die Tür ein. Sie liegen bewusstlos auf dem Boden. Du kannst sie nicht beide tragen. Wen rettest du?«

»Ich spiele nicht.«

»Es ist die perfekte Frage, Joe. Deshalb weiß ich mehr über Psychologie, als du je wissen wirst. Ich kann einen Willen brechen. Ich kann ein Bewusstsein in seine Einzelteile zerlegen und damit spielen. Einmal habe ich einen Typen davon überzeugt, dass er an eine Steckdose angeschlossen war, obwohl er nur ein paar Drähte im Ohr hatte. Er war ein Möchtegern-Selbstmordattentäter, dessen Bombenweste nicht explodiert ist. Er dachte, er käme als Märtyrer direkt in den Himmel, wo ihn bis in alle Ewigkeit Blowjobs von Jungfrauen erwarteten. Als ich mit ihm fertig war, war er überzeugt, dass es gar keinen Himmel gibt. Da fing er an zu beten. Verrückt, nicht? Überzeuge einen Typen davon, dass es keinen Himmel gibt, und das Erste, was er macht, ist, zu Allah zu beten. Er hätte zu mir beten sollen. Am Ende hat er mich nicht einmal mehr gehasst. Er wollte nur noch sterben und etwas mit in den Tod nehmen, das nicht meine Stimme oder mein Gesicht war.

Weißt du, Joe, es gibt einen Moment, in dem alle Hoffnung vergeht, aller Stolz schwindet, alle Erwartung, aller Glaube, alles Sehnen. Dieser Moment gehört mir. Dann höre ich den Klang.«

»Welchen Klang?«

»Den Klang einer zerbrechenden Seele. Es ist kein lautes Knacken wie von splitternden Knochen, wenn ein Rückgrat bricht oder ein Schädel birst. Auch nicht weich und feucht wie ein gebrochenes Herz. Es ist ein Klang, bei dem man sich fragt, wie viel Schmerz ein Mensch ertragen kann; ein Laut, der das Gedächtnis zerschmettert und die Vergangenheit in die Gegenwart einsickern lässt; ein Ton, so hoch, dass nur die Hunde der Hölle ihn hören können. Hörst du ihn?«

»Nein.«

»Jemand hat sich zu einer winzigen Kugel zusammengerollt und weint leise in eine endlose Nacht. Ist das nicht verdammt poetisch? Ich bin ein Dichter und weiß es nicht mal. Bist du noch da, Joe? Hörst du mir zu? Das werde ich mit Julianne machen. Und wenn ihre Seele zerbricht, zerbricht auch deine. Ich kriege zwei für den Preis von einem. Vielleicht rufe ich sie jetzt an.«

»Nein! Bitte. Rede mit mir.«

»Ich hab keine Lust mehr, mit dir zu reden.«

Er wird auflegen. Ich muss etwas sagen, um ihn aufzuhalten.

»Ich habe Helen und Chloe gefunden«, platze ich heraus.

Schweigen. Er wartet. Ich kann auch warten.

Er spricht als Erster. »Hast du mit ihnen geredet?«

»Ich weiß, dass sie leben.«

Eine weitere Pause.

»Du siehst deine Tochter, wenn ich meine sehe.«

»Das ist nicht so leicht.«

»Das ist es nie.«

Er ist weg. Das hohle Echo meines Atems hallt in dem leeren Zimmer wider, und ich sehe mein Abbild im Spiegel. Ich zittere am ganzen Körper und weiß nicht, ob es Parkinson, die Kälte oder etwas Elementareres, tiefer Sitzendes ist. Ich balle Charlies Schlafanzug in den Fäusten, wiege mich auf dem Bett vor und zurück und heule lautlos in die Nacht.

62

Der Lastenaufzug gleitet aus dem Kellergeschoss nach oben.

Es ist 5.10 Uhr, und der Flur ist verlassen. Ich zupfe am Ärmel meines Jacketts. Wann habe ich zum letzten Mal einen Anzug getragen? Das ist Monate her. Es muss bei meinem Besuch bei dem Militärgeistlichen gewesen sein, den meine Frau aufgesucht hatte. Er erklärte mir, ich könne alle Liebe der Welt mein Eigen nennen, ohne Vertrauen, Ehrlichkeit und Kommunikation würde es doch nicht funktionieren. Ich fragte ihn, ob er je verheiratet war. Er sagte Nein.

»Das heißt, Gott hat nicht geheiratet, Jesus hat nicht geheiratet, und Sie waren auch nie verheiratet?«

»Darum geht es nicht«, sagte er.

»Darum sollte es aber verdammt noch mal gehen«, erwiderte ich.

Er wollte mit mir diskutieren. Das ist das Problem mit Pfarrern, Priestern und anderen religiösen Wichsern. Jedes Mal kriegt man einen Vortrag über die Bedeutung von Ehe und Familie. Egal ob man Kunstrasen, die globale Erwärmung oder die Frage diskutiert, wer Prinzessin Diana ermordet hat, irgendwie kommen sie immer auf irgendeine bescheuerte Lektion über die Familie als Grundlage für Glückseligkeit, Toleranz unter den Rassen und Weltfrieden.

Ich biege in einen weiteren Gang, entdecke einen Notausgang und werfe einen Kontrollblick ins Treppenhaus. Leer. Am anderen Ende des Ganges befindet sich gegenüber dem Fahrstuhl eine kleine Lobby. An einem kleinen polierten Tisch mit einer Lampe stehen zwei Sessel. In einem sitzt mit übereinandergeschlagenen Beinen ein Detective und liest eine Zeitschrift.

Meine Finger schlüpfen in den Schlagring in meiner Hosentasche. Das Metall ist von meinem Körper vorgewärmt.

Als ich näher komme, blickt der Detective auf und setzt beide Füße auf den Boden. Seine rechte Hand ist außer Sichtweite.

»Lange Nacht.«

Er nickt.

»Ist sie fertig?«

»Man hat mir gesagt, ich soll sie nicht wecken.«

»Die Chefin will sie in der Zentrale.«

Er erkennt mich nicht. »Wer sind Sie?«

»Detective Sergeant Harris. Wir sind gestern zu viert aus Truro hochgekommen.«

»Wo ist Ihre Marke?«

Seine rechte Hand ist immer noch verdeckt. Ich stoße meine Faust in seinen Hals. Er sackt in sich zusammen und saugt durch seine zerschmetterte Luftröhre Blutblasen ein. Ich schiebe den Schlagring wieder in die Tasche, nehme seine Pistole und stopfe sie in meinen Hosenbund.

»Atmen Sie tief und langsam«, erkläre ich ihm. »Dann leben Sie länger.« Er kann nicht sprechen. Ich nehme das Funkgerät aus seiner Tasche. Er hat auch eine Schlüsselkarte für ihr Zimmer. Ein mattes Stöhnen und ein röchelnder Atem künden von seiner Bewusstlosigkeit. Sein Kopf sackt nach vorne. Ich klappe die Zeitschrift auf, breite sie über sein Gesicht und schlage seine Beine wieder übereinander. Er könnte auch schlafen.

Dann klopfe ich an die Tür. Es dauert einen Moment, bis sie antwortet. Die Tür wird einen Spalt breit geöffnet. Ihre Umrisse zeichnen sich vor einem Schleier aus weißem Licht aus dem Bad hinter ihr ab.

»Mrs. O'Loughlin, ich soll Sie zur Zentrale bringen.«

Sie blinzelt mich an. »Ist irgendetwas passiert? Hat man sie gefunden?«

»Sind Sie angezogen? Wir müssen los.«

»Ich hole meine Tasche.«

Ich stelle den Fuß in die Tür, damit sie nicht wieder zufällt, als sie auf nackten Füßen tappend im Bad verschwindet. Ich möchte ihr ins Zimmer folgen, um sicherzugehen, dass sie niemanden anruft. Ich blicke den Flur auf und ab. Warum braucht sie so lange?

Sie taucht wieder auf. Kleine Details ihrer Erscheinung verraten ihren inneren Kampf. Ihre Bewegungen wirken langsam und übertrieben. Ihr Haar ist nicht gebürstet. Die Ärmel ihrer Strickjacke sind lang gezogen und in ihren Fäusten geballt.

»Ist es kalt draußen?«

»Ja, Mam.«

Sie sieht mich an. »Sind wir uns gestern schon begegnet?«

»Ich glaube nicht.«

Ich halte ihr die Fahrstuhltür auf. Sie wirft einen Blick auf den schlafenden Detective und steigt ein. Die Tür schließt sich.

Sie drückt ihre Handtasche an ihren Körper und blickt nicht auf ihr Bild in der verspiegelten Wand.

»Hat er wieder angerufen?«

»Ja.«

»Wen?«

»Ihren Mann.«

»Geht es Charlie gut?«

»Darüber habe ich keine Informationen.«

Wir treten in die Halle des Hotels. Ich halte meine Hand nur Zentimeter hinter ihrem Rücken und weise auf die linke Drehtür. Die Halle ist leer bis auf einen Mann an der Rezeption und eine Frau, die mit einer Maschine den Marmorboden poliert.

Der Range Rover parkt um die Ecke. Sie bewegt sich zu langsam. Ich muss immer wieder stehen bleiben und auf sie warten. Ich öffne die Wagentür.

»Sind Sie sicher, dass wir uns nicht schon begegnet sind? Ihre Stimme kommt mir schrecklich bekannt vor.«

»Vielleicht haben wir schon mal telefoniert.«

63

Die Polizeizentrale in der Trinity Road schläft mit einem offenen Auge. Die unteren Stockwerke sind menschenleer, aber im Einsatzraum brennt immer noch Licht, und ein Dutzend Detectives haben die Nacht durch gearbeitet.

Die Tür zu Veronica Crays Büro ist geschlossen. Sie schläft.

Draußen ist es noch dunkel. Ich habe Ruiz geweckt und ihn gebeten, mich hierherzufahren. Vorher habe ich kalt geduscht, mich angezogen und meine Medikamente genommen.

Die Fotos der toten Christine Wheeler und Sylvia Furness blicken von den Tafeln herab. Daneben gibt es Luftaufnahmen der Tatorte, Obduktionsberichte und ein Gewirr von schwarzen Linien, die die Verbindungen zwischen gemeinsamen Freunden und Geschäftskontakte markieren.

Ich muss die Gesichter nicht ansehen. Ich wende den Kopf ab und entdecke eine neue Tafel mit einem neuen Foto – von Charlie. Es ist ein Schulfoto, auf dem sie das Haar zurückgebunden und ein rätselhaftes Lächeln aufgesetzt hat. Sie wollte nicht, dass das Bild gemacht wurde.

»Wir haben doch jedes Jahr eins machen lassen«, hatte Julianne gesagt.

»Dann brauchen wir ja nicht noch eins«, entgegnete Charlie.

»Aber ich vergleiche sie gerne miteinander.«

»Um zu sehen, wie viel ich gewachsen bin?«

»Ja.«

»Und dafür brauchst du ein Foto?«

»Wo hast du gelernt, so sarkastisch zu sein?«, hatte Julianne gefragt und mich angesehen.

Monk kommt mit den Morgenzeitungen. Auf der Titelseite ist ein Bild von mir, auf dem ich die Hand gegen die Kamera strecke, als wollte ich sie dem Fotografen aus den Händen reißen. Daneben ein Bild von Charlie, ein anderes, aus unserem Familienalbum. Julianne muss es ausgewählt haben.

Jemand hat Croissants und Gebäck bestellt. Der Geruch des frischen Kaffees weckt auch DI Cray, die mit zerknitterter Kleidung aus ihrem Büro tritt. Ihr Haar ist so kurz, dass es nicht gekämmt werden muss. Sie erinnert mich an ein Zugpferd, schwerfüßig und nicht leicht in Rage zu bringen, aber ungeheuer kraftvoll.

Monk berichtet ihr von den Ereignissen in unserem Haus, was ihre Laune nicht verbessert. Sie will, dass das Haus ein zweites Mal durchsucht wird und diesmal gründlich, jeder Schrank und jeder Durchgang für den Fall, dass weitere Überraschungen warten.

DI Cray hat Oliver Rabb herbestellt und ihn angewiesen, den Anruf zurückzuverfolgen. Er trägt die gleiche weite Hose und Fliege, die er schon gestern anhatte, dazu hat er einen wärmenden Schal um den Hals. Plötzlich bleibt er mitten im Einsatzraum stehen und klopft stirnrunzelnd seine Taschen ab, als hätte er auf dem Weg nach oben etwas verloren.

»Gestern hatte ich noch ein Büro. Ich muss es verlegt haben.«

»Am Ende des Ganges«, antwortet Veronica Cray. »Sie haben einen neuen Partner. Lassen Sie sich nicht von ihm herumkommandieren.«

Lieutenant William Greene sitzt bereits hinter den Glasscheiben eines kleinen Kabäuschens direkt neben der Funkzentrale.

»Ich kann nicht besonders gut mit anderen Menschen zusammenarbeiten«, sagt Oliver verdrossen.

»Klar können Sie das. Wenn Sie höflich fragen, lässt der Lieutenant Sie bestimmt mit seinen Militärsatelliten spielen.«

Oliver richtet sich gerade auf und rückt seine Brille zurecht, bevor er den Gang hinuntergeht.

Ich möchte mit Veronica Cray reden, bevor Julianne kommt. Sie schließt ihre Bürotür, nippt an ihrem Kaffee und verzieht das Gesicht, als hätte sie Zahnschmerzen. Über den Docks in der Ferne kreisen Möwen, und ein dünner Lichtstreifen öffnet den Horizont. Helen und Chloe Chambers leben, berichte ich ihr. Sie sind zu Hause.

Die Information rauscht scheinbar wirkungslos an DI Cray vorbei. Sie schüttet zwei Tütchen Zucker in ihren Kaffee, zögert und gibt noch ein drittes hinzu. Dann nimmt sie den dampfenden Becher und sieht mich über den Rand hinweg mit festem Blick an.

»Und was soll ich jetzt machen? Ich kann sie schlecht festnehmen.«

»Sie haben ihren eigenen Tod vorgetäuscht.«

»Im Moment ist mir mehr daran gelegen, Ihre Tochter zu finden, Professor. Ein Fall nach dem anderen.«

»Es ist derselbe Fall. Deswegen macht Tyler das alles. Wir können Helen und Chloe als Verhandlungsmasse benutzen.«

»Wir tauschen bestimmt nicht Ihre gegen seine Tochter aus.«

»Das weiß ich, aber wir können sie benutzen, um ihn aus seinem Versteck zu locken.«

Sie zündet sich eine Zigarette an. »Machen Sie sich Sorgen um Ihre eigene Tochter, Professor. Sie wird seit gestern Mittag vermisst.« Rauch steigt kräuselnd von ihrer Hand auf. »Ich kann Helen Chambers nicht zur Zusammenarbeit mit uns zwingen, aber ich schicke jemanden vorbei, der mit ihr redet.«

Sie reißt ihre Bürotür auf. »Lagebesprechung um sieben Uhr«, dröhnt ihre Stimme quer durch den Einsatzraum. »Ich will Antworten, Leute.«

Bald wird Julianne hier sein. Was soll ich ihr sagen? Die einzigen Worte, die sie hören will, müssten aus Charlies Mund kommen, geflüstert in ihr Ohr, während sie sie in den Armen hält.

Ich finde ein leeres Büro und setze mich im Dunkeln auf einen Stuhl. Die Sonne geht langsam auf und träufelt Farbtropfen in das Wasser der Welt. Bis vor ein paar Tagen hatte ich noch nie von Gideon Tyler gehört, aber jetzt kommt es mir vor, als hätte er mich schon seit Jahren beobachtet, hätte in der Dunkelheit gestanden und mit von Blut tropfenden Händen auf meine schlafende Familie herabgeblickt.

Er ist körperlich nicht imposant, kein Bodybuilder oder Kraftprotz. Gideons Stärke liegt vielmehr in seinem Intellekt, in seiner Planung und seiner Bereitschaft zu tun, was andere nicht begreifen.

Er ist ein Beobachter, der Charaktereigenschaften katalogisiert; ein Sammler von Indizien, die ihm etwas über die Menschen verraten. Die Art, wie sie reden, stehen und gehen. Welche Kleidung tragen sie? Welchen Wagen fahren sie? Stellen sie im Gespräch Augenkontakt her? Sind sie offen, vertrauensvoll, kokett oder eher verschlossen und introvertiert? Ich tue das auch – ich beobachte Menschen, aber bei Tyler ist es das Vorspiel für Unheil.

Er lauert auf jedes Zeichen von Schwäche. Er erkennt ein erlahmendes Herz, kann innere Stärke von einer Scharade unterscheiden und findet die Verwerfungslinien einer Psyche. Darin sind er und ich nicht so verschieden, aber wir haben unterschiedliche Ziele. Er demontiert die Psyche. Ich versuche, sie zu reparieren.

Oliver und Lieutenant William Greene beugen sich in ihrem goldfischglasartigen Büro über Computer und gleichen Daten ab. Sie bilden ein seltsames Paar. Der Lieutenant erinnert mich an einen Spielzeugsoldaten zum Aufziehen mit steifem Gang und starrem Blick. Fehlt nur ein großer Schlüssel, der sich zwischen seinen Schulterblättern dreht.

Die ganze Wand wird von einer großen Karte eingenommen, die von farbigen Stecknadeln und schwarzen Linien bedeckt ist, die sich überlappende Dreiecke bilden. Der letzte Anruf von Gideon Tyler kam vom Temple Circus im Zentrum von Bristol. Die Polizei sichtet die Aufnahmen der Überwachungskameras, um festzustellen, ob sie im Zusammenhang mit dem Anruf ein bestimmtes Fahrzeug identifizieren kann.

Das in Charlies Zimmer versteckte Handy ist am Freitag in einem Laden für Bootsbedarf in Princes Wharf abhandengekommen. Das Mobiltelefon, mit dem Gideon angerufen hat, konnte zu einem Telefonladen in Chiswick in London zurückverfolgt werden. Name und Adresse des Käufers sind die eines Studenten in einer Wohngemeinschaft in Bristol. Als Identitätsnachweis wurden eine Gasrechnung und eine Kreditkartenabrechnung (beide gestohlen) vorgelegt.

Ich studiere die Karte und versuche, die Legende zu begreifen und die Bedeutung der roten, grünen und schwarzen Stecknadeln zu verstehen. Es ist, als würde man ein neues Alphabet lernen.

»Das Bild ist noch nicht vollständig«, sagt der Lieutenant, »aber wir konnten die meisten Anrufe zurückverfolgen.«

Er erklärt, dass die farbigen Stecknadeln Gideon Tylers Anrufe sowie die Sendemasten markieren, die dem jeweiligen Signal am nächsten lagen. Die Dauer jedes Telefonats wurde zusammen mit dem Zeitpunkt und der Stärke des Signals protokolliert. Gideon hat kein Handy öfter als ein halbes Dutzend Mal benutzt und nie vom selben Standort aus angerufen. In fast jedem Fall wurde das Handy erst kurz vor dem Anruf ein- und anschließend sofort wieder ausgeschaltet.

Oliver führt mich, beginnend mit Christine Wheelers Verschwinden, durch die Chronologie. Mithilfe der Signale kann man Gideon Tyler in Leigh Woods und unweit der Clifton Suspension Bridge verorten, als sie gesprungen ist. Desgleichen war er in etwa hundert Metern Entfernung von Sylvia Furness, als sie mit Handschellen an einen Baum gekettet starb, sowie von Maureen Bracken, als sie eine Pistole auf mich richtete.

Ich betrachte die Karte nochmals und spüre, wie aus dem Papier eine konkrete Landschaft hervortritt. Unter den überwiegend roten, grünen und blauen Stecknadeln sticht eine weiße hervor.

»Was hat die zu bedeuten?«, frage ich.

»Das ist eine Anomalie«, erklärt Oliver.

»Eine Anomalie?«

»Es war kein Anruf. Das Mobiltelefon hat sich bei einem Sendemast angemeldet und sofort wieder ausgeschaltet.«

»Warum?«

»Vielleicht hat er sein Telefon eingeschaltet und es sich dann anders überlegt.«

»Oder es handelt sich um einen Irrtum«, schlägt der Lieutenant vor.

Oliver sieht ihn gereizt an. »Nach meiner Erfahrung passieren Irrtümer meistens aus einem Grund.«

Ich streiche mit den Fingerspitzen über die Stecknadelköpfe, als würde ich eine Blindenschrift lesen. Auf der weißen Stecknadel verharre ich.

»Wie lange war das Handy eingeschaltet?«

»Ungefähr vierzehn Sekunden«, sagt Oliver. »Das digitale Signal wird alle sieben Sekunden gesendet. Der markierte Mast hat es nur zwei Mal aufgefangen.«

Irrtümer und Anomalien sind der Fluch jedes Verhaltensforschers und Kognitionspsychologen. Wir suchen nach Mustern in den Daten, die unsere Theorie stützen, weshalb Anomalien so verheerend sind und weshalb unsere Theorien mit Glück gerade lange genug halten, bis eine bessere vorbeikommt.

Gideon war so sorgfältig darauf bedacht, keine digitalen oder sonstigen Spuren zu hinterlassen. Er hat kaum einen Fehler gemacht, von dem wir wissen. Patricks Schwester hat mit Christine Wheelers Handy eine Pizza bestellt – das ist der einzige, an den ich mich erinnern kann. Vielleicht war dies ein weiterer.

»Können Sie den Ausgangspunkt des Anrufs lokalisieren?«, frage ich.

Oliver hat seine Brille hochgeschoben und den Kopf in den Nacken gelegt, um mein ganzes Gesicht ins Blickfeld zu bekommen.

»Ich nehme an, das Signal könnte auch von anderen Masten empfangen worden sein.«

Der Lieutenant sieht ihn ungläubig an. »Das Telefon war nur etwa vierzehn Sekunden lang eingeschaltet. Das ist, als wollte man einen Furz in einem Wirbelsturm aufspüren.«

Oliver zieht die Augenbrauen hoch. »Was für eine blumige Metapher! Muss ich annehmen, dass die Armee diesem Job nicht gewachsen ist?«

Lieutenant Greene merkt, dass er herausgefordert wird, was er als leichte Beleidigung empfindet, weil er Oliver offensichtlich für einen kinnlosen, blassen, schlaffen Eierkopf hält, dessen Hände sich selbst in der eigenen Hosentasche verirren würden.

Ich versuche, die Spannung zu lösen. »Erklären Sie mir, was passiert, wenn Tyler wieder anruft.«

Oliver erklärt die Technik und die Vorzüge der Satellitenverfolgung. Dem Lieutenant scheint die Erörterung des Themas eher unbehaglich zu sein, so als fürchte er, dass militärische Geheimnisse enthüllt werden könnten.

»Wie schnell können Sie Tylers Anruf zurückverfolgen?«

»Das kommt drauf an«, sagt Oliver. »In einem Mobilfunknetz variiert die Signalstärke von Standort zu Standort. Durch Gebäude oder die Beschaffenheit des Geländes können tote Winkel und Funklöcher entstehen. Die lassen sich bis zu einem gewissen Grad einberechnen und durch Toleranzen ausgleichen, aber narrensicher ist es nicht. Im Idealfall brauchten wir Signale von mindestens drei Masten. Funkwellen bewegen sich in einer bekannten Frequenz, sodass wir ausrechnen können, welche Entfernung sie zurückgelegt haben.«

»Und wenn man nur von einem Mast ein Signal empfängt?«

»Dadurch bekommen wir zumindest die so genannte DOA – die *Direction of Arrival*, die Empfangsrichtung – sowie eine grobe Vorstellung von der Entfernung. Jeder Kilometer verzögert das Signal um drei Mikrosekunden.«

Oliver zieht einen Stift hinter seinem Ohr hervor und beginnt Masten und sich kreuzende Linien auf ein Blatt Papier zu zeichnen.

»Ein Problem bei der Analyse einer DOA könnte durch die Ablenkung des Signals durch ein Gebäude oder Hindernis entstehen. Die Signale sind nicht unbedingt zuverlässig. Signale von drei Basisstationen liefern uns hinreichend Informationen, um einen Standort zu triangulieren, wenn die Uhren der drei Basisstationen exakt synchronisiert sind.

Wir reden hier von Mikrosekunden«, fügt Oliver hinzu. »Aber unter Anwendung von Hyperbeln und linearer Algebra bei der Berechnung des Zeitunterschieds beim Empfang des Signals kann man ein Mobiltelefon orten. Dabei darf sich der Anrufer allerdings nicht bewegen. Wenn Tyler in einem Wagen, Bus oder Zug sitzt, funktioniert es nicht. Selbst wenn er ein Gebäude betritt, verändert sich die Signalstärke.«

»Wie lange muss er an einem Ort bleiben?«

Oliver und der Lieutenant sehen sich an. »Fünf, vielleicht zehn Minuten.«

»Und wenn er von einem Festnetzanschluss aus anruft?«

Der Lieutenant schüttelt den Kopf. »Das Risiko wird er nicht eingehen.«

»Und wenn wir ihn dazu zwingen?«

Er zieht die Brauen hoch. »Wie wollen Sie das hinkriegen?«

»Wie aufwändig ist es, die Mobilfunkmasten abzuschalten?«

»Dem würden die Mobilfunkgesellschaften niemals zustimmen. Sie würden zu viel Geld verlieren«, sagt Lieutenant Greene.

»Es wäre ja nicht lange. Vielleicht zehn Minuten.«

»Dadurch würden Tausende von Anrufen verhindert. Die Kunden wären sehr verärgert.«

Oliver scheint offener für die Idee. Er blickt zur Karte an der Wand. Die Mehrzahl von Gideons Anrufen kam aus dem Zentrum von Bristol, wo sich die Telefonmasten konzentrieren.

Weitere Mobilfunkdienste müssten kooperieren. Er denkt laut. »Ein abgegrenzter Bereich, vielleicht fünfzehn Masten.« Sein Interesse ist geweckt. »Ich weiß nicht, ob so was schon mal gemacht worden ist.«

»Aber es ist möglich.«

»Denkbar.«

Er wendet sich ab, hockt sich vor seinen Laptop und lässt die Finger über die Tastatur tanzen, während seine Brille immer weiter die Nase hinunterrutscht. Ich spüre, dass Oliver in der Gesellschaft von Computern glücklicher ist. Mit ihnen kann er logisch kommunizieren. Er versteht, wie sie Informationen verarbeiten. Einem Computer ist es egal, ob er sich die Zähne putzt, in der Badewanne die Zehennägel schneidet oder mit Socken ins Bett geht. Manche würden sagen, das ist wahre Liebe.

64

Plötzlich werden vor der Tür Rufe laut, Menschen rennen, Veronica Cray brüllt in dem allgemeinen Aufruhr Befehle, Polizisten hasten Richtung Fahrstuhl und Treppenhaus. Ich kann nicht verstehen, was sie sagt. Ein Detective rennt mich beinahe um und murmelt eine Entschuldigung, als er meinen Gehstock aufhebt.

»Was ist passiert?«

Er antwortet nicht.

Ein beunruhigtes Schaudern läuft über meine Schultern. Irgendwas stimmt hier nicht. Ich höre, wie Juliannes Name erwähnt wird. Ich brülle, um das Stimmengewirr zu übertönen.

»Sagen Sie mir, was passiert ist.«

Köpfe wenden sich mir zu und starren mich an. Niemand antwortet. Mein feuchter, weicher Atem erscheint mir lauter als die klingelnden Telefone und scharrenden Füße.

»Wo ist Julianne? Was ist passiert?«

»Einer unserer Beamten wurde schwer verletzt«, sagt Veronica Cray und zögert einen Moment, ehe sie weiterspricht. »Er hat das Hotelzimmer Ihrer Frau bewacht.«

»Er hat sie bewacht?«

»Ja.«

»Wo ist sie?«

»Wir suchen das Hotel und die umliegenden Straßen ab.«

»Sie wird vermisst?«

»Ja.« Sie macht eine Pause. »In der Hotelhalle und auf der Straße gibt es Überwachungskameras. Wir besorgen uns die Aufnahmen …«

Ich sehe, wie ihr Mund sich bewegt, ohne die Worte zu hören. Juliannes Hotel war in der Nähe von Temple Circus. Laut Oliver Rabb ist das exakt die Gegend, aus der Gideon mich um 3.15 Uhr angerufen hat. Er muss sie beobachtet haben.

Wieder hat sich alles verändert, hat sich zuckend meiner Vorstellung entwunden wie ein Fragment gesunden Menschenverstands, das in der Nacht abgebröckelt ist. Ich schließe kurz die Augen und versuche mir vorzustellen, ich wäre frei, doch stattdessen sehe ich nur meine eigene Hilflosigkeit. Ich verfluche Gideon Tyler. Ich werde nicht zulassen, dass er mir meine Familie nimmt. Ich werde nicht zulassen, dass er mich zerstört.

Bei der morgendlichen Einsatzbesprechung gibt es nur Stehplätze. Detectives hocken auf Schreibtischkanten, lehnen an Säulen, spähen über Schultern. Das Gefühl der Dringlichkeit ist durch den unfassbaren Schock noch größer geworden. Einer ihrer Leute liegt mit kollabierter Luftröhre und einem möglicherweise dauerhaften Hirnschaden wegen Sauerstoffmangels im Krankenhaus.

Veronica Cray steht auf einem Stuhl, damit alle sie sehen. Sie skizziert den Einsatz – eine Funknetzfangschaltung, zwei Dutzend ungekennzeichnete Polizeifahrzeuge sowie Helikopter der Hubschrauberstaffel.

»Ausgehend von den vorherigen Anrufen, vermuten wir, dass Gideon über sein Handy anrufen und während des Gesprächs in Bewegung bleiben wird. Phase eins ist Schutz. Phase zwei ist die Ortung des Anrufs. Phase drei ist Kontakt mit der Zielperson. Phase vier ist die Festnahme.«

Sie erklärt den geplanten Kommunikationsmodus. Zwischen den Wagen herrscht Funkstille. Jede Einheit hat ein Codewort und eine Nummer. Der Satz: »Fußgänger überfahren« plus Angabe der Straße und der nächsten Kreuzung ist das Signal zum Zugriff.

Jemand hebt die Hand. »Ist er bewaffnet, Boss?«

Cray blickt auf den Zettel in ihrer Hand. »Der Detective,

der Mrs. O'Loughlin bewacht hat, trug eine Dienstwaffe. Die wird ebenfalls vermisst.«

Das scheint die Entschlossenheit in dem Raum noch zu verstärken. Monk will wissen, warum man ihn festnehmen will, wenn man ihn aufgespürt hat. Warum folgt man Tyler nicht?

»Wir können es nicht riskieren, ihn zu verlieren.«

»Was ist mit den Geiseln?«

»Die finden wir, sobald wir Tyler haben.«

So wie DI Cray es vorträgt, klingt es wie die logische Vorgehensweise, aber ich vermute, dass ihr die Hände gebunden sind. Die Army will Tyler ergreifen und weiß genau, wo man den Hebel ansetzen muss. Niemand stellt ihre Entscheidung in Frage. Kopien von Tylers Foto werden herumgereicht. Detectives halten inne, um das Bild zu betrachten. Ich weiß, was sie sich fragen. Sie wollen wissen, ob es offensichtlich ist, ob man es sehen kann, ob jemand wie Tyler seine Verworfenheit wie ein Abzeichen oder eine Tätowierung am Leib trägt. Sie wollen glauben, dass sie die Bösartigkeit und Unmoral in einem anderen Menschen erkennen, dass sie es in seinen Augen oder in seinem Gesicht lesen können. Aber das können sie nicht. Die Welt ist voller zerbrochener Menschen, und die meisten Risse sind innerlich.

Auf der anderen Seite des Einsatzraumes wird ein Stuhl umgestoßen, ein Papierkorb segelt nach einem Tritt scheppernd durch die Luft. Ruiz drängt sich zwischen den Tischen hindurch und zeigt mit dem Finger auf Veronica Cray.

»Wie viele Beamte waren zu ihrer Bewachung eingeteilt?«

DI Cray bedenkt ihn mit einem eisigen Blick. »Ich würde Ihnen raten, sich zu beruhigen und sich daran zu erinnern, mit wem Sie reden.«

»Wie viele?«

Ihre Wut steht der seinen in nichts nach. »Ich werde diese Diskussion jetzt hier nicht führen.«

Die Detectives um mich herum erwarten den Zusammenprall der beiden Egos wie gebannt. Es ist, als würde man zwei wilden Tieren zusehen, die mit gesenktem Kopf aufeinander losgehen.

»Sie hatten einen Beamten zu ihrer Bewachung abgestellt. Was für einen verdammten Affenzirkus leiten Sie hier eigentlich?«

Cray bricht in eine zischende, von Kopfschütteln begleitete Tirade aus. »Das ist mein Einsatzraum und meine Ermittlung. Ich werde meine Autorität nicht in Frage stellen lassen. Schaffen Sie ihn hier raus«, faucht sie Monk an.

Der große Mann geht auf Ruiz zu. Ich trete zwischen die beiden.

»Sie sollten sich alle miteinander beruhigen.«

Cray und Ruiz starren sich wütend und trotzig an und einigen sich dann stumm auf einen geordneten Rückzug. Die Spannung löst sich unversehens, und die Detectives wenden sich ab, kehren pflichtbewusst an ihre Schreibtische zurück oder laufen nach unten zu den wartenden Wagen.

Ich folge DI Cray zurück in ihr Büro. Sie schnalzt verärgert mit der Zunge.

»Ich weiß, dass er ein Freund von Ihnen ist, Professor, aber der Mann ist eine preisgekrönte Nervensäge.«

»Er ist eine leidenschaftliche Nervensäge.«

Sie blickt mit starrem Blick aus dem Fenster, ihre Haut ist blass und teigig. Plötzlich schimmern Tränen in ihren Augenwinkeln. »Ich hätte es besser machen müssen«, flüstert sie. »Ich hätte die Sicherheit Ihrer Frau gewährleisten müssen. Das war meine Verantwortung. Es tut mir leid.«

Verlegenheit. Scham. Wut. Enttäuschung. Alles ist Maske, dabei will sie gar nichts verbergen. Nichts, was ich sagen könnte, würde sie trösten oder etwas an der Brutalität und Raubgier ändern, die diesen Fall von Beginn an durchzogen haben.

Ruiz klopft leise an die Tür.

»Ich möchte mich für meinen Ausbruch eben entschuldigen«, sagt er. »Das war absolut unangemessen.«

»Entschuldigung angenommen.«

Er wendet sich zum Gehen.

»Warte«, sage ich. »Ich möchte, dass du das auch hörst. Ich glaube, ich kann Gideon Tyler dazu bringen, an einem Standort zu bleiben.«

»Wie?«, fragt DI Cray.

»Wir bieten ihm seine Tochter an.«

»Aber wir haben sie nicht. Die Familie ist nicht zur Zusammenarbeit bereit, das haben Sie selbst gesagt.«

»Wir bluffen, genauso wie er bei Christine Wheeler, Sylvia Furness und Maureen Bracken geblufft hat. Wir überzeugen ihn davon, dass wir Helen und Chloe haben.«

Veronica Cray starrt mich ungläubig an. »Sie wollen ihn anlügen?«

»Ich will bluffen. Tyler weiß, dass seine Frau und seine Tochter leben. Und er weiß, dass wir die Mittel haben, sie hierher zu bringen. Wenn er sie sehen oder mit ihnen reden will, muss er zuerst Charlie und Julianne aufgeben.«

»Er wird Ihnen nicht glauben. Er wird einen Beweis verlangen«, sagt DI Cray.

»Ich muss ihn bloß in der Leitung halten und dazu bringen stillzustehen. Ich habe Chloes Tagebuch gelesen. Ich weiß, wo sie war. Ich kann ihn täuschen.«

»Und was ist, wenn er mit ihr reden will?«

»Dann sage ich, sie ist unterwegs oder will nicht mit ihm reden. Ich erfinde irgendeine Ausrede.«

DI Cray saugt geräuschvoll Luft durch ihre Nase ein, deren Flügel sich erst zusammenziehen und dann beim Ausatmen blähen. Ihre Kiefer mahlen.

»Wie kommen Sie darauf, dass er Ihnen das abkaufen wird?«

»Weil es das ist, was er glauben will.«

»Ich finde, das ist eine gute Idee«, schaltet sich Ruiz ein. »Bis jetzt hat uns Tyler herumgescheucht, als würde uns der Hintern glühen. Vielleicht hat der Professor recht, und wir können zur Abwechslung mal ihm ein bisschen Feuer unterm Arsch machen. Einen Versuch ist es wert.«

Di Cray zieht ein Päckchen Zigaretten aus der Schublade und wirft einen abschätzigen Blick auf das »Rauchen verboten«-Schild.

»Unter einer Bedingung«, sagt sie und zeigt mit der unangezündeten Zigarette auf Ruiz. »Sie fahren noch einmal zu Helen Chambers. Erklären Sie ihr, was wir vorhaben. Es wird langsam Zeit, dass jemand in dieser verdammten Familie Flagge zeigt.«

Beim Verlassen von DI Crays Büro lässt Ruiz mir den Vortritt.

»Du bist verrückt«, murmelt er, sobald wir außer Hörweite sind. »Du glaubst doch nicht ernsthaft, dass du diesen Typen täuschen kannst.«

»Warum hast du mir dann zugestimmt?«

Er zuckt die Achseln und seufzt reumütig. »Kennst du den Witz mit der Lehrerin, die vor ihre Klasse tritt und sagt: ›Wenn jemand denkt, dass er dumm ist, soll er jetzt aufstehen?‹ Schließlich rappelt sich der kleine Jimmy auf die Füße, und die Lehrerin fragt: ›Glaubst du wirklich, dass du dumm bist, Jimmy?‹ Worauf Jimmy sagt: ›Nein, Miss, ich wollte bloß nicht, dass Sie so alleine da stehen.‹«

65

Ich liege auf einer dünnen Matratze auf der anderen Seite des Zimmers und schaue das Mädchen beim Schlafen an. Sie wimmert im Traum und wirft den Kopf von einer Seite zur anderen. Das hat meine Chloe auch immer getan, wenn sie einen Albtraum hatte.

Ich stehe auf und gehe zu ihr. Sie ist ganz in den Fängen des Traumes. Ihr Körper bebt unter der Decke, während sie sich ihm zu entwinden sucht. Ich berühre sanft ihren Arm. Sie hört auf zu wimmern. Ich gehe zu meiner Matratze zurück.

»Sind Sie da?«

Ich antworte nicht.

»Bitte reden Sie mit mir.«

»Was willst du?«

»Ich will nach Hause.«

»Schlaf weiter.«

»Ich kann nicht.«

»Wovon hat dein Albtraum gehandelt?«

»Ich hatte keinen Albtraum.«

»Doch. Du hast gestöhnt.«

»Daran kann ich mich nicht erinnern.«

Sie wendet den Kopf zu den geschlossenen Vorhängen. An den Rändern fällt Licht ein, sodass ich ihre Gesichtszüge genauer ausmachen kann. Ihre Frisur habe ich ruiniert, aber Haare wachsen nach.

»Bin ich sehr weit weg von zuhause?«, fragt sie.

»Wie meinst du das?«

»In Kilometern. Ist es weit?«

»Nein.«

»Könnte ich es schaffen, wenn ich den ganzen Tag laufe?«

»Vielleicht.«

»Sie können mich freilassen, und ich könnte nach Hause laufen. Ich würde niemandem erzählen, wo Sie wohnen. Ich würde sowieso nie hierher zurückfinden.«

Ich stehe auf und mache eine Nachttischlampe an. Ihr Licht verscheucht die Schatten. Ich vernehme einen Laut von draußen und lege einen Finger auf den Mund.

»Ich habe nichts gehört«, sagt sie.

In der Ferne hört man einen Hund bellen.

»Vielleicht war es der Hund.«

»Ja.«

»Ich muss mal. Bitte gucken Sie mir nicht zu.«

»Ich kann mich umdrehen.«

»Sie könnten rausgehen.«

»Möchtest du das?«

»Ja.«

Ich gehe aus dem Zimmer in den Flur. Ich höre ihre schlurfenden Schritte und das Plätschern des Urins in der Schüssel.

Sie ist fertig. Ich klopfe.

»Kann ich wieder reinkommen?«

»Nein.«

»Warum nicht?«

»Ich hatte einen Unfall.«

Ich stoße die Tür auf. Sie steht im Bad und versucht einen dunklen Fleck im Schritt ihrer Jeans abzutupfen.

»Du solltest sie ausziehen. Ich trockne sie für dich.«

»Das ist schon okay.«

»Ich besorg dir was anderes zum Anziehen.«

»Ich will sie aber nicht ausziehen.«

»Du kannst deine nasse Jeans nicht anbehalten.«

Ich lasse sie allein und gehe in das große Schlafzimmer mit Wandkleiderschrank und Kommode. Hosen und Sweatshirts sind zu groß für sie, aber auf einem Bügel hängt ein weißer Bademantel. Er gehört einem Hotel. Selbst ein reicher Araber ist nicht darüber erhaben, einen Hotelbademantel zu stehlen. Vielleicht ist er deshalb so reich.

Ich nehme ihn mit in das andere Zimmer. Ich muss die Ketten um ihre Füße lösen, damit sie ihre Jeans ausziehen kann. Wieder besteht sie darauf, dass ich den Raum verlasse.

»Das Fenster ist verriegelt. Du kannst nicht fliehen.«

»Will ich auch nicht.«

Ich lausche an der Tür, bis sie mir sagt, dass ich wieder hereinkommen kann. Der Bademantel ist ihr zu groß und reicht ihr bis zu den Knöcheln. Ich nehme ihre Jeans und wasche sie in dem Waschbecken. Heißes Wasser gibt es nicht. Der Boiler ist ausgeschaltet. Ich wringe die nasse Hose aus und hänge sie über eine Stuhllehne.

Ich spüre, wie sie mich beobachtet.

»Haben Sie wirklich Darcys Mutter umgebracht?«

»Sie ist gesprungen.«

»Haben Sie ihr gesagt, dass sie springen soll?«

»Könnte jemand dich *dazu bringen zu springen?«*

»Ich weiß nicht. Ich glaube nicht.«

»Na, dann bist du wohl sicher.«

Ich krame in meinem Rucksack und hole eine kleine Dose Birnen heraus, die ich mit einem Dosenöffner aufmache.

»Hier. Du solltest was essen.«

Sie nimmt die Dose, fischt die glitschigen Obststücke heraus und saugt den Saft von ihren Fingern.

Ich halte ihr die Dose an die Lippen. Sie trinkt den Saft aus und wischt sich mit dem Ärmel den Mund ab. Dann lehnt sie sich zurück und wickelt den Bademantel enger um ihren Körper. Draußen wird es langsam hell, sodass sie mehr von dem Zimmer erkennen kann.

»Werden Sie mich töten?«

»Glaubst du das?«

»Ich weiß nicht.« Ihre Unterlippe ist aufgebissen.

Nun bin ich mit einer Frage an der Reihe. »Würdest du mich *töten, wenn du die Chance hättest?«*

Sie runzelt die Stirn. Zwei kleine Falten bilden sich über ihrer Nase. »Ich glaube nicht, dass ich das könnte.«

»Und wenn ich deine Familie bedrohen würde – deine Mutter, deinen Vater oder deine Schwester – würdest du mich dann töten?«

»Ich wüsste nicht, wie.«

»Und wenn du eine Pistole hättest?«

»Vielleicht. Glaub schon.«

»Dann sind wir beide also gar nicht so verschieden. Wir würden unter den richtigen Umständen beide töten. Du mich und ich dich.«

Sie zerdrückt eine einzelne Träne.

»Ich muss gleich noch mal weg.«

»Gehen Sie nicht.«

»Es dauert nicht lange.«

»Ich mag nicht allein sein.«

»Ich muss deine Füße wieder anketten.«

»Aber kleben Sie mir nicht das Gesicht zu.«

»Nur den Mund.«

Ich reiße ein Stück Klebeband von der Spule.

»Ich hab Sie vorhin gehört«, sagt sie, bevor ich ihr den Mund zukleben kann. »Sie haben das auch mit jemand anderem gemacht.«

»Wie meinst du das?«

»Ich habe gehört, wie Sie Klebeband von einer Spule wie dieser gerissen haben. Sie waren unten.«

»Das hast du gehört?«

»Ja. Ist noch jemand hier?«

»Du stellst zu viele Fragen.«

Ich schiebe den Bügel des Schlosses durch die Ketten um ihre Knöchel und lasse es einrasten.

»Ich werde dir wieder vertrauen, dass du dir das Klebeband nicht abreißt. Wenn du mich enttäuschst, muss ich dir wieder den Schlauch in den Hals schieben und deinen Kopf bedecken. Hast du verstanden?«

Sie nickt.

Ich klebe ihr den Mund mit einem großen Stück Klebeband zu. Tränen schimmern in ihren Augen. Sie drückt sich seitlich an der Wand entlang zu ihrer Matratze und rollt sich darauf zusammen. Ich kann ihr Gesicht nicht mehr sehen.

66

Das Handy auf dem Schreibtisch vibriert. Ich blicke durch die Scheibe zu Oliver Rabb und William Greene. Oliver nickt.

»Hallo?«

»Guten Morgen, Joe, hast du gut geschlafen?«

Gideon ruft aus einem Auto an. Ich höre das Motorengeräusch und das Surren des Asphalts unter den Reifen.

»Wo ist Julianne?«

»Sag mir nicht, du hast sie verloren. Wie achtlos, in weniger als vierundzwanzig Stunden seine Frau und seine Tochter zu verlieren. Das muss eine Art Rekord sein.«

»So ungewöhnlich ist es auch nicht«, erkläre ich ihm. »Du hast deine auch verloren.«

Er verstummt. Ich glaube nicht, dass ihm der Vergleich gefällt.

»Lass mich mit Julianne reden.«

»Nein, sie schläft. Sie ist wirklich eine Granate im Bett, Joe. Ich glaube, sie hat es richtig genossen, mal von einem richtigen Mann statt von einem Behinderten wie dir gevögelt zu werden. Sie ist abgegangen wie eine Handvoll Chinakracher, vor allem als ich ihr den Daumen in den Arsch geschoben habe. Später nehme ich sie noch einmal ran. Vielleicht auch beide zusammen, Mutter und Tochter.

Charlie war sehr brav. Gehorsam. Gefügig. Du wärst stolz auf sie. Jedes Mal, wenn ich sie ansehe, kriege ich so ein ganz warmes, flauschiges Gefühl im Bauch. Weißt du, dass sie im Schlaf wimmert wie eine Geliebte? Hast du meine Frau und meine Tochter gefunden?«

»Ja.«

»Wo sind sie?«

»Auf dem Weg.«

»Falsche Antwort.«

»Ich habe heute Morgen mit Chloe gesprochen. Sie ist ein aufgewecktes Mädchen. Sie hat eine Frage an dich.«

Er zögert. Oliver und William Greene kauern über ihren Computern. Dutzende von Polizeieinheiten sind in Bristol verteilt einsatzbereit, zwei Hubschrauber sind in der Luft. Ich blicke auf die Uhr. Wir reden seit drei Minuten.

»Was für eine Frage?«

»Sie will wissen, was aus ihrer Katze Tinkle geworden ist. Ich meine, sie hätte gesagt, das wäre eine Abkürzung für Tinkerbell. Sie hat gefragt, ob es Tinkle gut geht. Sie hofft, dass du sie bei den Hahns gelassen hast. Sie hat gesagt, die Hahns hätten einen Bauernhof nebenan.«

Gideons Atmung hat sich leicht verändert. Er hört mir mit voller Aufmerksamkeit zu. Über den Kopfhörer verfolge ich Oliver Rabbs Fortschritt.

»Wir haben einen starken Leistungspegel von sieben dBm. Die Signalstärke ist achtzehn Dezibel höher als der nächste Mast. Das Mobiltelefon ist weniger als einhundertfünfzig Meter von der Basisstation entfernt ...«

»Bist du noch da, Gideon? Was soll ich Chloe sagen?«

»Sag ihr, dass ich Tinkle zu den Hahns gebracht habe.«

»Das wird sie freuen.«

»Wo ist sie?«

»Auf dem Weg, wie schon gesagt.«

»Das ist doch irgendein Trick.«

»Sie hat mir von der Postkarte erzählt, die sie dir aus der Türkei geschickt hat.«

»Ich hab keine Postkarte bekommen.«

»Ihre Mutter hat ihr nicht erlaubt, sie abzuschicken. Weißt du noch, wie du ihr das Schnorcheln beigebracht hast? Sie hat von einem Boot aus geschnorchelt und unter Wasser Ruinen gesehen. Sie dachte, es wäre vielleicht Atlantis, die versunkene Stadt, aber sie wollte dich fragen.«

»Lass mich mit ihr reden.«

»Du kannst mit ihr reden, wenn ich Charlie sprechen kann.«

»Versuch nicht, mich zu verarschen, Joe. Hol Chloe ans Telefon. Ich will jetzt mit ihr sprechen.«

»Ich hab dir doch gesagt, sie ist nicht hier.«

Ich habe wieder Olivers Stimme im Ohr:

»Wir haben BMS-Signale von drei Sendemasten. Ich kann die DOA schätzen, aber er ist ständig in Bewegung, verlässt die Reichweite eines Mastes und wird von einem anderen übernommen. Sie müssen ihn dazu bringen stehen zu bleiben.«

»Sie haben in Griechenland gelebt, sind aber vor ein paar Tagen nach Hause gekommen. Sie werden beschützt.«

»Ich wusste, dass sie leben.«

»Ich versteh dich nur bruchstückhaft, Gideon. Vielleicht kannst du irgendwo anhalten.«

»Ich bleibe lieber in Bewegung.«

Ich habe so ziemlich alles ausgeschöpft, woran ich mich aus Chloes Tagebuch erinnere. Ich weiß nicht, wie lange ich dieses Spiel noch durchhalte. Da taucht Ruiz am anderen Ende des Einsatzraums auf, eilig und atemlos. Hinter ihm versucht Helen Chambers, die Hand ihrer Tochter umklammernd, Schritt zu halten. Chloe wirkt noch ganz benommen von der Eile, mit der man sie geweckt, angezogen und aus ihrem warmen Bett hierhergebracht hat.

Gideon ist immer noch in der Leitung.

»Deine Tochter ist hier.«

»Beweise es.«

»Erst wenn ich mit Charlie und Julianne gesprochen habe.«

»Du hältst mich wohl für einen Idioten. Du glaubst, ich wüsste nicht, was du da abziehen willst.«

»Sie hat blonde Haare. Braune Augen. Sie trägt Jeans und eine grüne Strickjacke. Sie ist mit ihrer Mutter gekommen. Die beiden reden mit Detective Inspector Cray.«

»Lass mich mit Chloe reden.«

»Nein.«

»Beweise mir, dass sie da ist.«

»Lass mich mit Charlie oder Julianne sprechen.«

Er knirscht mit den Zähnen. »Ich will, dass du etwas begreifst, Joe. Nicht alle, die du liebst, werden überleben. Ich wollte dir die Wahl geben, aber du gehst mir auf den Sack.«

»Lass mich mit meiner Frau und meiner Tochter sprechen.«

Sein kalter, kontrollierter Ton ist verschwunden. Er ist außer sich vor Wut. Er tobt. Er brüllt ins Telefon.

»HÖR ZU, DU SCHWANZLUTSCHER, HOL MEINE TOCHTER ANS TELEFON, ODER ICH VERGRABE DEINE KOSTBARE FRAU SO TIEF IN DER ERDE, DASS DU IHRE LEICHE NIE FINDEST.«

Ich kann mir seinen verzerrten Mund und fliegende Spucketröpfchen vorstellen. Im Hintergrund quietschen Bremsen, ein Auto hupt. Seine Konzentration lässt nach.

Oliver Rabb redet ebenfalls mit mir.

»Er ist gerade an einen neuen Mast weitergereicht worden. Signalstärke fünf dBM und fallend. Radius dreihundert Meter. Sie müssen dafür sorgen, dass er stehen bleibt.«

Ich nicke ihm durch die Scheibe zu.

»Beruhige dich, Gideon.«

»Sag mir nicht, was ich tun soll. Hol Chloe ans Telefon!«

»Was bekomme ich dafür?«

»Du darfst entscheiden, ob deine Frau oder deine Tochter überlebt.«

»Ich will sie beide zurück.«

Ich höre ein schmallippiges Lachen. »Ich schicke dir ein Andenken. Du kannst es dir rahmen lassen.«

»Was für ein Andenken?«

Das Handy vibriert an meinem Ohr. Ich halte das Telefon mit gestrecktem Arm von mir weg, als könnte es explodieren. Auf dem kleinen Display leuchtet ein Bild auf. Julianne liegt nackt und gefesselt mit wachsbleichem Körper, Mund und Augen zugeklebt, in einer Kiste. Ihr Bauch und ihre Schenkel sind mit Erdklumpen bedeckt.

Der dünne ranzige Gestank der Angst steigt mir in die Nase, und irgendetwas zieht sich hastig aus meiner Brusthöhle zurück und vergräbt sich in den Kammern meines Herzens. Jetzt kann ich ihn hören: den Ton, von dem Gideon gesprochen hat. Ein winziges Wesen weint leise in eine endlose Nacht. Der Klang einer zerbrechenden Seele.

»Bleib dran, Joe«, sagt er mit leise schmeichelnder Stimme. »Als ich sie zuletzt gesehen habe, hat sie noch gelebt. Ich lasse dir nach wie vor die Wahl.«

»Was hast du getan?«

»Ich habe ihr gegeben, was sie wollte.«

»Was soll das heißen?«

»Sie wollte den Platz ihrer Tochter einnehmen.«

Für das groteske Bild fehlen mir die Worte. Stattdessen malt meine Fantasie ein eigenes Bild, und ich sehe Juliannes atmenden Körper vor mir, im Dunkeln liegend und unfähig, sich zu bewegen, das Haar unter ihrem Kopf ausgebreitet.

»Bitte, bitte, tu das nicht«, flehe ich mit brechender Stimme.

»Hol meine Tochter ans Telefon.«

»Warte.«

Ruiz steht vor mir, zusammen mit Helen und Chloe. Er zieht zwei Stühle heran und macht ihnen ein Zeichen, sich hinzusetzen. Helen trägt Jeans und ein gestreiftes Top. Sie hält Chloes Hand fest und hat den Kopf zwischen die Schultern gezogen, ihr Gesicht ist eine zerbröckelte Maske. Zermürbt. Geschlagen.

Ich schirme das Telefon mit der Hand ab. »Danke.«

Sie nickt.

Chloes blonder Pony ist ihr über die Augen gefallen, und sie streicht ihn nicht zurück. Eine physische Barriere, hinter der sie sich verstecken kann.

»Er möchte mit Chloe sprechen.«

»Was soll sie sagen?«, fragt Helen.

»Sie muss einfach nur hallo sagen.«

»Das ist alles?«

»Ja.«

Chloe lässt die Beine baumeln und kaut an einem Fingernagel. Eine ausgeleierte grüne Strickjacke hängt bis zu ihren Oberschenkeln, und die enge Jeans lässt ihre Beine wie mit Denim verkleidete Stöcke aussehen.

Ich winke sie zu mir. Sie schleicht auf Zehenspitzen um den Schreibtisch, als hätte sie Angst, sich die Fersen zu verletzen. Ich halte den Hörer zu und spreche ihr lautlos die Worte vor, die sie sagen soll.

Dann hebe ich die Hand und klappe die Finger nacheinander ein. Der Countdown für Oliver. Fünf… vier… drei…

Chloe nimmt das Handy und flüstert. »Hallo, Daddy, ich bin's.«

… zwei… eins…

Ich lasse den Arm sinken. Auf der anderen Seite der Scheibe drückt Oliver auf einen Knopf oder legt einen Schalter um, und ein Dutzend Mobilfunkmasten sind stillgelegt.

Ich kann mir vorstellen, wie Gideon auf sein Handy starrt und sich fragt, was mit dem Signal passiert ist. Seine Tochter war eben noch da, aber ihre Worte wurden abgerissen. Fünfzehn Polizeieinheiten sind im Umkreis von einhundertfünfzig Metern um seinen letzten Standort in der Nähe der Prince Street Bridge in Einsatzbereitschaft. Veronica Cray ist auf dem Weg zu ihnen.

Chloe begreift nicht, was geschehen ist.

»Das hast du sehr gut gemacht«, sage ich und nehme ihr das Mobiltelefon aus der Hand.

»Wo ist er hin?«

»Er ruft bestimmt noch mal an. Wir wollen, dass er ein anderes Telefon benutzt.«

Ich blicke durch die Scheibe zu Oliver und Lieutenant Greene, die gemeinsam den Atem anzuhalten scheinen. Schon zwei Minuten. Wir können die Sendemasten nicht länger als zehn Minuten lahmlegen. Wie lange wird Gideon brauchen, um ein Festnetztelefon zu finden?

Los, komm.

Ruf an.

67

Zu dem Wenigen, woran ich mich aus meinem Physikunterricht erinnere, gehört die Gewissheit, dass sich nichts schneller bewegt als das Licht. Und wenn sich ein Mensch über längere Entfernungen in Lichtgeschwindigkeit bewegen könnte, würde die Zeit für ihn langsamer werden und irgendwann sogar stillstehen.

Ich habe meine eigenen Theorien über die Zeit. Angst dehnt sie. Panik lässt sie zu nichts zusammenschrumpfen. Jetzt rast mein Herz, mein Verstand ist hellwach, aber alles andere im Einsatzraum strahlt die Ruhe und Trägheit eines fetten Hundes aus, der an einem heißen Sonntagnachmittag im Schatten döst. Selbst der Sekundenzeiger der Uhr scheint vor jedem Ticken zu zögern, unsicher, ob er weitergehen oder ganz stehen bleiben soll.

Der Schreibtisch vor mir ist bis auf zwei Festnetztelefone leer, die mit der Zentrale verbunden sind. Oliver Rabb und Lieutenant Greene sitzen im Kommunikationsraum nebenan. Helen und Chloe warten in Veronica Crays Büro.

Ich knibbele an einem Flocken abblätternder Farbe an der Stuhllehne und starre die Telefone an, als könne ich sie mit meiner Willenskraft dazu zwingen zu klingeln. Wenn ich mich genug anstrenge, kann ich vielleicht vor mir sehen, wie Gideon anruft. In dem Ohrhörer zählt Oliver eine weitere Minute herunter. Acht sind vergangen. Meine Brust hebt und senkt sich. Entspann dich. Er wird anrufen. Er muss nur ein Festnetztelefon finden.

Es dauert einen Moment, bis ich begreife, dass das Telefon tatsächlich klingelt. Ich blicke zu Oliver Rabb. Er will, dass ich es vier Mal klingeln lasse.

Ich hebe ab.
»Hallo.«
»Wo ist Chloe, verdammt noch mal?«
»Warum hast du aufgelegt?«
Gideon explodiert. »Ich hab nicht aufgelegt. Die Leitung war plötzlich tot. Wenn das irgendein beschissener Trick ist…«
»Chloe hat gesagt, du hättest aufgelegt.«
»Es gibt keinen Empfang, du Arschloch. Guck doch mal auf dein Handy.«
»Hey, stimmt.«
»Hol Chloe ans Telefon.«
»Ich schicke jemanden, um sie zu holen.«
»Wo ist sie?«
»Nebenan.«
»Hol sie.«
»Ich stelle den Anruf zu ihr durch.«
»Ich weiß, was du vorhast. Hol sie sofort ans Telefon!«
Ich blicke zu Oliver und William Greene, die nach wie vor versuchen, den Anruf zurückzuverfolgen. Sie brauchen zu lange. Meine linke Seite bebt. Selbst als ich meinen linken Fuß auf den Boden setze, hört das Zittern nicht auf.
Ruiz schiebt Chloe ins Zimmer. Ich halte die Sprechmuschel zu.
»Alles okay?«
Sie nickt.
»Ich höre mit. Wenn du Angst kriegst, hältst du den Hörer zu und sagst es mir.«
Sie nickt und nimmt den Hörer des zweiten Telefons.
»Hallo, Daddy, ich bin's.«
»Hi, wie geht's dir?«
»Gut.«
»Tut mir leid, dass wir unterbrochen wurden, Baby. Und ich kann auch nur kurz telefonieren.«
»Ich hab einen Zahn verloren.«
»Wirklich?«

»Die Zahnfee hat mir zwei Geldstücke gegeben. Ich hab der Zahnfee einen Brief geschrieben. Mummy hat mir dabei geholfen.«

Chloe ist ein Naturtalent. Ohne es bewusst zu versuchen, bannt sie seine Aufmerksamkeit komplett und hält ihn in der Leitung.

»Ist deine Mum auch da?«

»Ja.«

»Hört sie zu?«

»Nein.«

Auf der anderen Seite der Scheibe reckt Oliver beide Daumen. Sie haben den Anruf zurückverfolgt. Chloe weiß nicht mehr, was sie sagen soll. Gideon stellt ihr Fragen. Manchmal nickt sie, anstatt zu antworten.

»Hast du Ärger?«, fragt sie ihn.

»Mach dir um mich keine Sorgen.«

»Hast du was Böses gemacht?«

Im Hintergrund höre ich das Sirenengeheul der näher kommenden Polizeiwagen. Gideon hat es auch gehört. Ich nehme Chloe den Hörer ab.

»Es ist vorbei«, sage ich. »Wo sind Charlie und Julianne?«

»Du Schwanzlutscher!«, schreit Gideon ins Telefon. »Du mieser Abschaum! Ich reiß dir ein neues Arschloch auf! Du bist tot! Nein, deine Frau ist tot! Du wirst sie nie lebend wiedersehen.«

Ich höre weitere Sirenen, quietschende Bremsen und Wagentüren, die aufgerissen werden. Glas splittert, und ein Schuss hallt aus dem Hörer. Bitte, Gott, erschießt ihn nicht.

Aus dem Einsatzraum ertönt Jubel. Fäuste werden gereckt. Irgendjemand ruft: »Wir haben das Schwein!«

Chloe sieht mich an, verwirrt, verängstigt. Ich presse noch immer den Hörer ans Ohr und lausche, wie mindestens zwanzig Waffen gespannt werden. Jemand ruft Gideon zu, dass er sich auf den Boden werfen und die Hände hinter den Kopf legen soll. Weitere Stimmen. Schwere Stiefel.

»Hallo? Ist da jemand? Hallo?«

Niemand hört mich.

»Kann mich irgendjemand hören? Heben Sie das Telefon auf!«, brülle ich. »Sagen Sie mir, was passiert ist.«

Dann meldet sich am anderen Ende eine Stimme. Es ist Veronica Cray.

»Wir haben ihn.«

»Was ist mit Charlie und Julianne?«

»Sie sind nicht bei ihm.«

68

Gideon Tyler sieht anders aus. Fitter. Schlanker. Kein stotternder Geschichtenerzähler und raffinierter Lügner mehr. Keine unsichtbaren Mausefallen auf dem Boden. Es scheint beinahe so, als könne er sich körperlich verwandeln, wenn er eine neue Persönlichkeit annimmt, seine echte.

Manche Dinge sind auch gleich. Seine dünnen blonden Haare, die schlaff über seine Ohren hängen, und die blassgrünen Augen hinter der Metallbrille mit rechteckigen Gläsern. Seine mit Handschellen gefesselten Hände liegen flach auf der Tischplatte. Die einzigen Anzeichen von Stress sind die Schwitzflecken in seinen Achselhöhlen.

Er ist am ganzen Körper durchsucht und von einem Arzt untersucht worden, Gürtel und Schnürsenkel sind ihm abgenommen worden, genau wie seine Uhr und seine persönlichen Sachen. Seitdem sitzt er allein in dem Verhörraum und starrt auf seine Hände, als könnte er die Handschellen mit seinem Willen sprengen, die Tür aufspringen und die Wärter verschwinden lassen.

Ich beobachte ihn durch ein Observationsfenster – einen Einwegspiegel im Verhörraum. Obwohl er mich nicht sehen kann, spüre ich, dass er weiß, dass ich hier bin. Hin und wieder blickt er auf und starrt in den Spiegel – nicht, um seine Miene zu studieren, sondern mit einem Blick, der sich jenseits davon mein Gesicht ausmalt.

Veronica Cray trifft sich oben mit zwei Anwälten der Army und dem Chief Constable. Die Army verlangt mit Hinweis auf nationale Sicherheitsinteressen das Recht, Gideon zu verhören. DI Cray wird kaum nachgeben. Mir ist es egal, wer die Fragen stellt. Jemand sollte in diesem Raum sein und Antworten verlangen, um meine Frau und meine Tochter wiederzufinden.

Hinter mir geht die Tür auf. Ruiz tritt aus dem dunklen Flur in den dunklen Beobachtungsraum, in dem kein Licht brennt, weil es durch den Spiegel leuchten und den versteckten Raum verraten könnte.

»Das ist er also.«

»Das ist er. Können wir nicht irgendwas tun?«

»Zum Beispiel?«

»Ihn zum Reden bringen. Ich meine, in einem Film würdest du da jetzt reingehen und ihn windelweich prügeln.«

»Früher vielleicht«, sagt Ruiz und klingt wirklich wehmütig.

»Streiten sie immer noch?«

Ruiz nickt.

»Das Militär schickt einen Hubschrauber. Sie wollen ihn zu einer Garnison bringen. Sie haben Angst, er könnte uns etwas erzählen. Die Wahrheit zum Beispiel.«

Veronica Cray wird ihre Zuständigkeit bestimmt nicht aufgeben. Und wenn sie bis zum Innenministerium oder zum Lord Chamberlain gehen muss. Sie hat zwei Morde, zwei Schießereien und zwei Entführungen aufzuklären. Die Debatten und juristischen Winkelzüge dauern zu lange. Gideon sitzt derweil vier Meter entfernt, summt vor sich hin und starrt in den Spiegel.

Er sieht nicht aus wie ein Mann, der den Rest seines Lebens im Gefängnis verbringen wird. Er sieht aus, als würde er sich nicht die geringsten Sorgen machen.

DI Cray betritt den Verhörraum. Monk setzt sich auf den zweiten Stuhl. Eine dritte Person, ein Anwalt der Army, bezieht hinter ihnen Posten, um, wenn nötig, unverzüglich einzugreifen. Alle Mikrofone sind aus dem Raum entfernt worden. Es gibt keine Notizblöcke und Bleistifte. Die Vernehmung wird nicht aufgezeichnet. Ich bezweifle, ob es überhaupt noch eine Akte über Gideons Festnahme und seine Fingerabdrücke gibt. Irgendjemand ist eisern entschlossen, jede Spur von ihm zu tilgen.

Veronica Cray gießt aus einer Plastikflasche Wasser in einen Plastikbecher. Sie legt den Kopf zurück und atmet tief ein. Tyler scheint ihren Hals mit Interesse zu beobachten.

»Wie Sie wahrscheinlich bemerkt haben, handelt es sich hierbei nicht um eine formelle Vernehmung«, sagt sie. »Nichts von dem, was Sie sagen, wird aufgezeichnet. Es kann also nicht gegen Sie verwendet werden. Sie müssen nur eine Frage beantworten. Wo sind Julianne und Charlotte O'Loughlin?«

Gideon drückt seinen Rücken gegen die Lehne des Stuhls, schiebt die Arme vor und legt die Hände mit gespreizten Fingern auf den Tisch.

»Ich werde nicht mit Ihnen reden«, flüstert er.

»Sie müssen mit mir reden.«

Er bewegt den Kopf von links nach rechts.

Gideon starrt in den Spiegel, durch ihn hindurch.

»Wo sind Julianne und Charlotte O'Loughlin?«

Er setzt sich kerzengerade hin. »Ich bin Major Gideon Tyler. Geboren am 6. Oktober 1969. Ich bin Soldat in der First Military Intelligence Brigade Ihrer Majestät.«

Er befolgt die militärischen Verhaltensregeln im Falle einer Gefangennahme – Name, Alter und Rang.

»Kommen Sie mir nicht mit dem Scheiß«, sagt Veronica Cray.

Gideon fixiert sie mit einem milchig-grauen Blick und sucht ihre Augen. »Muss schwer sein, als Lesbe bei der Polizei, als Mitglied im Leckschwesternclub auf das schwarze Dreieck zu stehen und sich die ganzen hämischen Kommentare anzuhören. Wie nennt man Sie hinter Ihrem Rücken?«

»Beantworten Sie meine Frage.«

»Beantworten Sie meine. Kriegen Sie es oft besorgt? Ich hab mich immer gefragt, ob Lesben viel Sex haben. Sie sind hässlich wie ein Hut voll Arschlöcher, also vermutlich eher nicht.«

Veronica Crays Stimme bleibt geschmeidig, aber ihr Nacken

ist puterrot. »Ich höre mir Ihre Fantasien ein anderes Mal an«, sagt sie.

»Oh, ich überlasse nie etwas der Fantasie, Detective Inspector. Das müssten Sie doch mittlerweile wissen.«

Diese Aussage ist auf schreckliche Weise wahr.

»Sie wandern für den Rest Ihres Lebens ins Gefängnis, Major Tyler. Dort stößt Leuten wie Ihnen gerne mal was zu. Sie werden verändert.«

Gideon lächelt. »Ich komme nicht ins Gefängnis, Detective Inspector. Fragen Sie ihn.« Er weist mit dem Kopf auf den Armyanwalt, der seinem Blick ausweicht. »Ich bezweifle, ob ich überhaupt aus diesem Gebäude komme. Haben Sie schon mal was von *Renditions* gehört, außerordentlichen Überstellungen? Geheimgefängnissen? Inoffiziellen Flügen?«

Der Anwalt tritt einen Schritt vor. Er will, dass die Vernehmung beendet wird.

Veronica Cray beachtet ihn gar nicht, sondern redet weiter. »Sie sind Soldat, Tyler, ein Mann, der nach Regeln lebt. Und ich meine nicht Dienstvorschriften oder einen militärischen Ehrenkodex. Ich spreche von Ihren eigenen Regeln, davon, an was Sie glauben, und Kindern wehzutun gehört nicht dazu.«

»Erzählen Sie mir nicht, was ich glaube«, erwidert Gideon und schrammt mit den Fersen über den Boden. »Reden Sie nicht von Ehre, der Königin oder dem Vaterland. Es gibt keine Regeln.«

»Sagen Sie mir, was Sie mit Mrs. O'Loughlin und ihrer Tochter gemacht haben.«

»Lassen Sie mich den Professor sehen.« Er wendet sich zum Spiegel. »Guckt er zu? Bist du da, Joe?«

»Nein, Sie werden mit mir reden«, sagt DI Cray.

Gideon hebt die Arme über den Kopf und streckt den Rücken, bis die Wirbel knacken, und schlägt dann mit beiden Fäusten auf den Tisch. Bei seiner Kraft klingt das Geräusch der auf den Tisch knallenden Metallhandschellen wie ein Schuss, alle im Zimmer bis auf DI Cray zucken zusammen. Gideon kreuzt die Arme an den Handgelenken und hält sie wie zur Abwehr vor seinen Körper. Dann reißt er die Hände auseinander, Blut spritzt quer über den Tisch und landet auf Veronica Crays Bluse.

Gideon hat sich mit den Kanten der Handschellen eine Schnittwunde in der linken Handfläche zugefügt. DI Cray sagt nichts, aber sie ist blass geworden. Sie schiebt ihren Stuhl zurück und betrachtet den dunkelroten Blutspritzer auf ihrer weißen Bluse. Dann entschuldigt sie sich, um sich umzuziehen.

Mit drei hastigen, steifen Schritten ist sie an der Tür. »Sagen Sie dem Professor, dass er kommen soll«, ruft er ihr nach. »Dann erzähle ich ihm, wie seine Frau gestorben ist.«

69

Ich treffe Veronica Cray im Flur vor dem Verhörraum. Sie sieht mich hilflos an und senkt den Blick, erschlagen von dem, was sie weiß und was sie nicht weiß. Der Blutfleck auf ihrer Bluse trocknet langsam.

»Die schicken einen Militärhubschrauber. Ich kann sie nicht aufhalten. Sie haben einen vom Innenministerium unterzeichneten Haftbefehl.«

»Was ist mit Charlie und Julianne?«

Die Schulterblätter unter ihrer Bluse zucken. »Ich kann nichts mehr machen.«

Genau das hatte ich befürchtet. Das Verteidigungsministerium ist mehr daran interessiert, Gideon zum Schweigen zu bringen, als meine Frau und meine Tochter zu finden.

»Lassen Sie mich mit ihm reden«, sage ich. »Er will mich sehen.«

Für einen Moment flimmert die Zeit. Der Tumult der Welt tritt in den Hintergrund.

DI Cray zieht eine Zigarette aus der Schachtel in ihrer Hose und steckt sie in den Mund. Ich bemerke das Zittern ihrer Hand. Wut. Enttäuschung. Frustration. Es könnte alles sein.

»Ich schaff den Armyanwalt aus dem Weg«, sagt sie. »Sie haben vielleicht maximal zwanzig Minuten. Nehmen Sie Ruiz mit. Er wird wissen, was zu tun ist.«

In ihren Worten schwingen vorher nicht gehörte Andeutungen mit. Sie wendet sich ab und geht langsam den Flur hinunter bis zur Treppe.

Ich betrete den Verhörraum, und die Tür fällt hinter mir zu. Einen Moment sind wir allein. Selbst die Luft in dem Zimmer scheint sich in ferne Ecken verzogen zu haben. Gideon kann nicht mehr aufspringen oder auf und ab laufen. Seine Handschellen sind mit Bolzen und eingelassenen Schrauben auf der Tischplatte fixiert worden. Ein Arzt hat die Schnittwunde an seiner Hand verbunden.

Ich komme näher, setze mich ihm gegenüber und lege meine Hände auf den Tisch. Mein linker Daumen und Zeigefinger trommeln einen stummen Zapfenstreich. Ich ziehe die Hand weg und klemme sie zwischen die Knie. Ruiz ist hinter mir in den Raum gekommen und hat leise die Tür geschlossen.

Gideon sieht mich fest und mit einem unbestimmten Lächeln an. In seinen Brillengläsern sehe ich die Trümmer meines Lebens gespiegelt.

»Hallo, Joe, in letzter Zeit was von deiner Frau gehört?«

»Wo ist sie?«

»Tot.«

»Das glaube ich dir nicht«

»Du hast sie getötet, als ich verhaftet wurde.«

Ich kann den Gestank seiner Eingeweide riechen, den ranzigen eiternden Hass auf die Frauen und die Welt.

»Sag mir, wo sie sind.«

»Du kannst nur eine von beiden haben. Ich habe dich aufgefordert zu wählen.«

»Nein.«

»Ich habe gar keine Wahl bekommen, als ich meine Frau und meine Tochter verloren habe.«

»Du hast sie nicht verloren. Sie sind vor dir weggelaufen.«

»Die Schlampe hat mich betrogen.«

»Das sind doch bloß Vorwände. Du bist besessen von deinem eigenen eingebildeten Anspruch. Du glaubst, weil du für dein Land gekämpft und dabei schreckliche Dinge getan hast, hättest du etwas Besseres verdient.«

»Nein. Nichts Besseres. Ich will nur, was alle anderen auch wollen. Aber was ist, wenn mein Traum mit deinem kollidiert? Was, wenn mein Glück auf deine Kosten geht?«

»Wir arrangieren uns irgendwie.«

»Das ist nicht genug«, sagt er und blinzelt langsam.

»Der Krieg ist vorbei, Gideon. Lass sie heimkehren.«

»Kriege sind nie zu Ende«, gibt er lachend zurück. »Kriege florieren, weil es immer noch genug Menschen gibt, die sie lieben. Manchmal trifft man Leute, die glauben, ein Einzelner könnte dazu beitragen, Kriege zu verhindern, aber das ist Blödsinn. Sie jammern, dass unschuldige Frauen und Kinder verwundet und getötet werden, Menschen, die den Kampf nicht freiwillig gewählt haben, aber ich wette, viele dieser vermeintlich Unschuldigen jubeln ihren Söhnen und Ehemännern zu, wenn sie in den Krieg ziehen. Sie stricken ihnen Socken. Schicken ihnen Lebensmittel.

Siehst du, Joe, nicht jeder Krieger trägt eine Waffe. Alte Männer in reichen Ländern sorgen dafür, dass Kriege geführt werden. Genau wie die Leute, die auf ihrem Sofa sitzen, Sky News gucken und sie wählen. Also erspar mir deine verlogenen Moralpredigten. Es gibt keine unschuldigen Opfer. Wir haben alle irgendeine Schuld auf uns geladen.«

Ich habe nicht vor, mit Gideon über die Moral des Krieges zu diskutieren. Ich will seine Rechtfertigungen und Ausreden, seine Auftrags- und Unterlassungssünden nicht hören.

»Bitte sag mir, wo sie sind.«

»Und was gibst du mir dafür?«

»Vergebung.«

»Ich will keine Vergebung für das, was ich getan habe.«

»Ich vergebe dir, wer du bist.«

Das scheint ihn kurz zu erschüttern.

»Sie kommen mich holen, oder?«

»Ein Hubschrauber ist unterwegs.«

»Wen haben sie geschickt?«

»Lieutenant Greene.«

Gideon blickt zum Spiegel. »Greenie! Hört er zu? Seine Frau Verity hat einen supersüßen Arsch. Jeden Dienstagnachmittag vögelt sie in einem billigen Hotel in Ladbroke Grove einen Lieutenant Colonel von der Versorgung. Einer der Jungs aus der Einsatzabteilung hat das Zimmer verwanzt. Was für ein Tape! Es ist schon im ganzen Regiment rumgereicht worden.« Er schließt feixend die Augen, als würde er die guten alten Zeiten noch einmal durchleben.

»Könntest du mir die Brille hochschieben, Joe?«, fragt er.

Sie ist auf seiner Nase hinuntergerutscht. Ich beuge mich vor, fasse das Gestell mit Daumen und Zeigefinger und schiebe es auf seinem Nasenrücken nach oben. Das Neonlicht spiegelt sich in den Gläsern und lässt seine Augen weiß erscheinen. Als er den Kopf zur Seite legt, sind sie wieder grau. Die Linsen scheinen sie nicht zu vergrößern.

»Sie werden mich umbringen, Joe«, flüstert er. »Und wenn ich sterbe, wirst du Julianne und Charlie nie finden. Die Uhr tickt – für jeden, aber meine tickt ein bisschen schneller als die meisten, und das gilt auch für deine Frau.«

Eine Spuckeblase platzt auf meiner Lippe, als ich den Mund aufmache, aber kein Wort herausbringe.

»Früher habe ich die Zeit gehasst«, sagt er. »Ich habe die Sonntage gezählt. Ich habe mir vorgestellt, wie meine Tochter ohne mich heranwächst. Das war nur mechanische Zeit, der Stoff, aus dem Uhren und Kalender gemacht sind. Aber jetzt handle ich mit etwas viel Tieferem. Ich sammle die Zeit anderer Leute. Ich nehme sie ihnen weg.«

So wie Gideon es sagt, klingt es, als könnten Menschen mit Jahren schachern. Sein Verlust wäre vielleicht mein Gewinn.

»Du liebst deine Tochter, Gideon. Ich liebe meine. Ich kann nicht mal ansatzweise nachvollziehen, was du durchgemacht hast, aber du wirst Charlie nicht sterben lassen. Das weiß ich.«

»Also ist sie diejenige, die du willst?«

»Ja.«

»Dann hast du deine Wahl getroffen?«

»Nein. Ich will sie beide. Wo sind sie?«

»Keine Wahl ist auch eine Wahl, schon vergessen?« Er lächelt. »Hast du deine Frau nach ihrer Affäre gefragt? Ich wette, sie hat es geleugnet, und du hast ihr geglaubt. Guck dir ihre SMS an. Ich hab sie gesehen. Sie hat eine an ihren Boss geschickt, in der sie schreibt, du hättest Verdacht geschöpft, weshalb sie sich nicht mehr treffen könnten. Willst du sie immer noch retten?«

Ein blutdunkler Schatten fällt auf mein Herz, und ich will mich vorbeugen, meinen Arm spannen wie einen Bogen und eine Faust in sein Gesicht rammen.

»Ich glaube dir nicht.«

»Guck dir ihre SMS an.«

»Das ist mir egal.«

Er bricht in ein heiseres Lachen aus. »Nein, das ist es nicht.«

Er sieht Ruiz an und dann wieder mich. »Ich erzähle dir, was ich mit deiner Frau gemacht habe. Ihr habe ich auch eine Wahl gelassen. Ich habe sie in eine Kiste gesperrt und ihr erzählt, dass ihre Tochter in einer Kiste neben ihr liegt. Sie könnte durch einen Schlauch atmen und am Leben bleiben, aber nur, indem sie ihrer Tochter die Luft nimmt.«

Seine Hände sind an den Tisch gekettet, trotzdem spüre ich, wie seine Finger in meinen Kopf greifen, zwischen die beiden Hälften des Kleinhirns stoßen und sie auseinanderreißen.

»Was meinst du, Joe? Wird sie Charlie die Luft stehlen, um ein bisschen länger zu leben?«

Ruiz stürzt quer durch den Raum und schlägt Gideon mit der Faust mit solcher Wucht ins Gesicht, dass er umgefallen wäre, wenn er nicht angekettet wäre. Ich höre das Brechen von Knochen.

Er packt Gideon zwischen den unteren Rippen und rammt ein Knie in seine Niere. Schmerz jagt durch Gideons Körper. Schweißausbrüche. Leere Lunge. Furcht. Fäkalien. Ruiz schreit ihn an, schlägt weiter mit den Fäusten auf sein Gesicht ein und will die Adresse erfahren. Eine gewalttätige, blutige Minute lang tobt er seine ganze Frustration aus. Er ist kein aktiver

Polizeibeamter mehr. Für ihn gelten die Regeln nicht. Das hat Veronica Cray gemeint.

Wellen des Schmerzes brechen sich über Gideons Körper. Sein Gesicht beginnt bereits anzuschwellen, aber er protestiert nicht und gibt keinen Mucks von sich.

»Gideon«, flüstere ich. Unsere Blicke treffen sich. »Ich lasse ihn machen. Das verspreche ich dir. Wenn du mir nicht sagst, wo sie sind, lasse ich ihn dich totschlagen.«

Auf seinen Lippen hat sich blutiger Schaum gebildet, und als er mit der Zunge über seine Zähne tastet, tüncht er sie rot. Ein gespenstisches Lächeln breitet sich über sein Gesicht, als seine Muskeln sich zusammenziehen und wieder entspannen.

»Mach es.«

»Was?«

»Foltere mich.«

Ich sehe Ruiz an, der seine Fäuste reibt. Seine Fingerknöchel sind aufgeplatzt.

»Foltere mich«, stachelt Gideon mich an. »Stell die richtigen Fragen. Zeig mir, wie gut du bist.«

Er sieht mich zögern und senkt den Kopf wie zur Beichte. »Was ist los? Erzählt mir nicht, dass du ein sentimentaler Moralist bist. Es wäre auf jeden Fall gerechtfertigt, mich zu foltern.«

»Ja.«

»Ich habe die Information, die du brauchst. Ich weiß genau, wo deine Frau und deine Tochter sind. Es ist nicht mal so, als ob du unsicher oder nur halbgewiss wärst. Selbst wenn du weniger als fünfzig Prozent überzeugt wärst, wäre es noch gerechtfertigt. Ich habe Menschen für weit weniger gefoltert. Ich habe sie gefoltert, weil sie zur falschen Zeit am falschen Ort waren.«

Er starrt auf seine Hände wie ein Mann, der seine Zukunft bedenkt und verwirft.

»Foltere mich. Zwing mich, es dir zu sagen.«

Ich habe das Gefühl, als hätte irgendjemand irgendwo ein

Schleusentor geöffnet und meine Feindseligkeit und Wut flössen ab. Mein Hass auf diesen Mann ist unbeschreiblich. Ich will ihm wehtun. Ich will ihn tot. Aber das wird keinen Unterschied machen. Er wird mir nicht sagen, wo sie sind.

Gideon will keine Vergebung, Gerechtigkeit oder Verständnis. Er hat im Blut eines furchtbaren Konflikts gebadet, hat auf Geheiß von Regierungen, Nachrichtendiensten und Geheimorganisationen außerhalb der Legalität operiert. Er hat Willen gebrochen, Geheimnisse beschafft, Leben zerstört und dafür zahllose andere gerettet. Es hat ihn verändert. Wie sollte es anders sein? Doch inmitten von all dem hat er sich an das eine Reine, Unschuldige, Unbefleckte in seinem Leben geklammert, an seine Tochter, bis sie ihm genommen wurde.

Ich kann Gideon hassen, aber ich kann ihn nicht mehr hassen als er sich selbst.

70

»Es gibt noch eine Anomalie«, sagt Oliver Rabb, rückt seine schief sitzende Fliege gerade und tupft sich die Stirn mit einem farblich passenden Taschentuch ab.

Als ich nicht antworte, redet er weiter. »Tyler hat sein Mobiltelefon um 7.35 Uhr noch einmal an- und wieder ausgemacht. Es war genau einundzwanzig Sekunden lang eingeschaltet.«

Die Information rauscht über mich hinweg.

Oliver sieht mich erwartungsvoll an. »Sie wollten doch, dass ich nach Anomalien Ausschau halte. Sie schienen der Ansicht zu sein, sie wären wichtig. Ich glaube, ich weiß, was er gemacht hat. Ein Foto.«

Schließlich dämmert mir die Erkenntnis, keine tiefe Einsicht oder eine blendende Vision. Manches ist klarer geworden, klarer als gestern.

Gideon hat ein Foto von Charlie und Julianne gemacht. Er hat seine Handykamera benutzt, sodass er sein Mobiltelefon einschalten musste. Die Anomalien lassen sich erklären. Sie stützen eine Theorie.

Oliver folgt mir nach oben in den Einsatzraum. Ich bekomme gar nicht richtig mit, ob die Detectives wieder an ihren Schreibtischen sitzen. Ich merke auch nicht, ob meine linke Hand Pillen dreht oder mein Arm unnatürlich schwingt. Das alles ist unwichtig.

Ich gehe direkt zur Karte an der Wand. Neben der ersten weißen Nadel steckt eine zweite. Oliver versucht, seine Theorie zu erklären.

»Gestern ereignete sich die Anomalie um 15.07 Uhr. Das Handy war vierzehn Sekunden eingeschaltet, ohne dass Tyler einen Anruf gemacht hat. Später hat er von demselben Telefon ein Foto an das Mobiltelefon Ihrer Frau geschickt.«

Er ruft das Bild von Charlie auf, auf dem ihr Kopf mit Klebeband umwickelt ist und ein Schlauch in ihrem Mund steckt. Ich kann förmlich hören, wie sie röchelnd durch die schmale Öffnung atmet.

»Die zweite Anomalie ereignete sich heute Morgen. Tyler hat von demselben Handy ein weiteres Foto geschickt – das Bild Ihrer Frau.«

Gideon wusste, dass die Polizei sein Handy orten konnte, wenn er es einschaltete. Er machte keine Fehler. Er machte sein Mobiltelefon jedes Mal aus einem Grund an. Zwei Signale. Zwei Fotos.

»Können Sie die Signale zurückverfolgen?«, frage ich.

»Mit nur einem Signal war es schwierig, aber jetzt ist es vielleicht möglich.«

Ich setze mich neben ihn, ohne zu begreifen, was er macht. Zahlen rauschen über den Bildschirm, als er das Programm nach Ergebnissen befragt, Error-Meldungen überschreibt und Probleme umschifft. Es sieht fast so aus, als würde Oliver die Software während ihrer Anwendung erst schreiben.

»Beide Signale wurden von einem zehn Meter hohen Mast in The Mall aufgefangen, einen guten halben Kilometer von der Clifton Suspension Bridge entfernt«, sagt er. »Die DOA weist auf einen Punkt westlich des Mastes hin.«

»Wie weit?«

»Ich werde die TOA – die Time of Arrival – mit der Verbreitungsgeschwindigkeit des Signals multiplizieren.«

Er tippt, redet und erstellt irgendeine Gleichung. Das Ergebnis gefällt ihm nicht.

»Irgendwo zwischen zwei- und zwölfhundert Metern.«

Oliver nimmt einen schwarzen Filzstift und markiert ein Gebiet in Form eines großen Tropfens. Das schmale Ende ist direkt bei dem Turm, das breite deckt dutzende von Straßen, einen Teil des Avon und die Hälfte von Leigh Woods ab.

»Ein zweiter GSM-Mast hat die Cell-ID ebenfalls empfangen und eine Bestätigung gesendet, aber da hatte der erste Mast schon Kontakt hergestellt.« Wieder zeigt er auf die Karte. »Der zweite Mast hier. Es ist derselbe Mast, über den auch der letzte Mobilfunkanruf zu Mrs. Wheeler lief, bevor sie gesprungen ist.«

Oliver kehrt an seinen Laptop zurück. »Hier haben wir eine andere Einfallsrichtung. Nordnordost. Das ergibt eine überlappende Connectivity.«

Die Technik fängt an, mich zu überfordern. Oliver steht wieder von seinem Stuhl auf und markiert einen zweiten tränenförmigen Bereich, der sich mit dem ersten überschneidet. Die Schnittmenge umfasst etwa tausend Quadratmeter, ein Dutzend Straßen. Wie lange würde es dauern, an jede Tür zu klopfen?

»Wir brauchen eine Satellitenkarte«, sage ich.

Oliver ist mir bereits einen Schritt voraus. Das Bild auf seinem Laptop verschwimmt zunächst, bevor es langsam scharf wird. Es ist, als würden wir aus dem All fallen. Topographische Details nehmen Gestalt an – Hügel, Flüsse, Straßen, die Hängebrücke.

Ich gehe zur Tür und rufe. »Wo ist DI Cray?«

Ein Dutzend Köpfe wenden sich in meine Richtung. »Sie ist beim Chief Constable.«

»Holen Sie sie her. Sie muss eine Suchaktion organisieren.«

Eine Sirene heult in den Nachmittag, ihr Ton steigt über die vollen Straßen in einen silbergrauen Himmel auf. So hat vor vier Wochen alles angefangen. Würde ich noch einmal in den Polizeiwagen steigen und zur Clifton Suspension Bridge fahren, wenn ich die Uhr zurückdrehen könnte?

Nein. Ich würde mich verdrücken. Ich würde Ausflüchte machen, ich wäre der Mann, der ich nach Juliannes Willen sein soll, ich würde mich abwenden und laut um Hilfe rufen.

Ruiz sitzt neben mir und hält sich an einem Haltegriff fest, als der Wagen um eine weitere Ecke biegt. Monk gibt auf dem Beifahrersitz Kommandos.

»Die Nächste links. Schneiden Sie diesem Arschloch den Weg ab. Spur wechseln. Überholen Sie den Bus. Merken Sie sich die Nummer von dem Wichser.«

Der Polizist am Steuer überfährt eine rote Ampel, ohne die quietschenden Bremsen und das laute Hupen zu beachten. Unser Konvoi besteht aus mindestens vier Polizeiwagen. Ein Dutzend weitere sind aus anderen Stadtteilen unterwegs. Ich höre den Funkverkehr mit.

In der Marlborough Street und der Queens Road hat sich ein Stau gebildet. Wir fahren auf die Gegenfahrbahn und weichen über den Gehsteig aus. Fußgänger stieben auseinander wie ein Schwarm Tauben.

Die Wagen treffen sich am Caledonia Place entlang eines schmalen Grünstreifens, der den Platz von der West Mall trennt. Wir befinden uns in einer wohlhabenden Gegend voll großer Reihenhäuser, Bed & Breakfast-Hotels und Pensionen. Manche sind vier Stockwerke hoch und in Pastellfarben gestrichen, mit außen liegenden Rohren und Blumenkästen. Dünne Rauchfahnen steigen aus den Schornsteinen auf und ziehen über den Fluss nach Westen.

Ein Bus mit zwanzig weiteren Polizisten trifft ein. Unerschütterlich in dem Tumult gibt DI Cray Anweisungen. Beamte gehen mit Fotos von Tür zu Tür, reden mit Nachbarn, registrieren leer stehende Häuser und Wohnungen. Irgendjemand muss irgendetwas gesehen haben.

Ich betrachte nochmals die auf der Kühlerhaube ausgebreitete Satellitenkarte. Statistiken sind keine Wissenschaft. Und nicht alles menschliche Verhalten lässt sich auf Zahlen und Gleichungen reduzieren, egal, was jemand wie Oliver Rabb vielleicht denkt. Orte sind bedeutsam. Reisen sind bedeutsam. Jede Exkursion oder Expedition, die wir unternehmen, ist eine Geschichte, eine innere Erzählung, der wir folgen, manchmal ohne es selber zu wissen. Was war Gideons Reise? Er hat damit geprahlt, durch Wände gehen zu können, aber er war eher wie eine Tapete in Menschengestalt, die sich überall einfügen und zum bloßen Hintergrund werden konnte, während er Häuser beobachtete und Einbrüche vorbereitete.

Er war hier, als Christine Wheeler gesprungen ist. Er hat ihr ins Ohr geflüstert. Er muss irgendwo in der Nähe gewesen sein. Ich betrachte die Häuserreihen und die Skyline. Die Clifton Suspension Bridge liegt knapp zweihundert Meter westlich. Ich kann den Gestank von Meer und Blut riechen. Einige der Häuser bieten vermutlich aus den oberen Stockwerken freie Sicht auf die Brücke.

Ein Mann radelt vorbei, ein Gummiband um sein Hosenbein, damit der Stoff nicht in die Kette gerät. Eine Frau führt ihren schwarzen Cockerspaniel auf dem Grünstreifen aus. Ich will sie aufhalten, ihre Oberarme packen und in ihre Gesichter brüllen, ob sie meine Frau und meine Tochter gesehen haben. Stattdessen stehe ich da und mustere die Straße auf der Suche nach etwas Ungewöhnlichem, Menschen am falschen Ort oder in falscher Kleidung, irgendetwas, was nicht hierher gehört, was sich zu sehr bemüht hierher zu gehören, oder aus einem anderen Grund ins Auge sticht.

Gideon hat bestimmt ein Haus und keine Wohnung gewählt, einen Ort, an dem er sich vor den neugierigen Blicken der Nachbarn sicher fühlte, abgelegen oder sichtgeschützt, mit einer Einfahrt oder einer Garage, damit er sein Fahrzeug von der Straße verschwinden lassen und Charlie und Julianne unbemerkt ins Haus bringen konnte. Vielleicht ein zum Verkauf stehendes Haus oder eins, das nur im Urlaub und an Wochenenden genutzt wird.

Ich gehe auf dem matschigen Grasstreifen an der Straße entlang. Die Bäume sind mit Drahtgeflecht geschützt, die Zweige zittern im Wind.

»Wohin zum Teufel gehen Sie?«, ruft DI Cray.

»Ich suche ein Haus.«

Ruiz schließt zu mir auf, dicht gefolgt von Monk, der nachgeschickt worden ist, um zu verhindern, dass wir Ärger heraufbeschwören. Bemüht, nicht zu stolpern, betrachte ich im Gehen die Skyline. Als ich an einer Häuserreihe vorbei ein Stück bergab gehe und in die Sion Lane einbiege, klappert mein Stock auf dem Pflaster. Ich kann die Brücke immer noch nicht sehen.

Die nächste Querstraße ist Westfield Place. Eine Haustür steht offen. Eine Frau mittleren Alters fegt die Treppe.

»Kann man von hier aus die Brücke sehen?«, frage ich.

»Nein, mein Lieber.«

»Und aus dem obersten Stock?«

»Der Makler hat es flüchtige Ausblicke genannt«, meint sie lachend. »Haben Sie sich verlaufen?«

Ich zeige ihr die Fotos von Charlie und Julianne. »Haben Sie eine der beiden schon mal gesehen?«

Sie schüttelt den Kopf.

»Und was ist mit diesem Mann?«

»An den würde ich mich erinnern«, sagt sie, obwohl vermutlich das Gegenteil wahr ist.

Wir gehen weiter den Westfield Place hinunter. Der Wind wirbelt Blätter und Bonbonpapiere auf, die einander im Rinnstein jagen. Ich überquere unvermittelt die Straße zu einer Mauer mit Steinkrone.

»Geben Sie mir Räuberleiter«, sagt Ruiz, steigt in Monks gefaltete Hände und lässt sich nach oben hieven, bis seine Unterarme auf der weiß gestrichenen Mauerkrone liegen.

»Ein Garten«, sagt er. »Das Haus liegt ein Stück weiter die Straße hoch.«

»Kannst du die Brücke sehen?«

»Von hier aus nicht, aber aus dem obersten Stock des Hauses vielleicht schon. Es gibt ein Turmzimmer.«

Er lässt sich wieder herab, und wir folgen der Mauer auf der Suche nach einem Tor. Monk marschiert jetzt voraus. Ich kann nicht mit seinen langen Beinen Schritt halten und muss alle paar Meter ein Stückchen rennen, um ihn einzuholen.

Steinsäulen markieren die Einfahrt. Das Tor steht offen. Reifen haben welkes Laub in den Pfützen zerdrückt. Hier ist vor kurzem ein Auto gefahren.

Das Haus ist riesig und wie aus einer anderen Zeit, auf der einen Seite von Efeu überwuchert, mit kleinen dunklen Fenstern, die durch das Blattwerk stoßen. An der westlichen Ecke des steilen Schrägdachs ragt ein achteckiger Turm in die Höhe.

Das Haus wirkt unbewohnt. Verschlossen. Vorhänge sind zugezogen, auf der Treppe und dem kleinen Säulengang vor dem Eingang hat sich Laub gesammelt. Ich folge Monk die Stufen hinauf. Er klingelt. Niemand antwortet. Ich rufe Charlies und Juliannes Namen und presse mein Gesicht an eine schmale Milchglasscheibe, um noch die kleinste Vibration einer Antwort zu vernehmen oder sie mir einzubilden.

Ruiz ist ums Haus gegangen, um in der Garage unter den Bäumen nachzusehen. Er verschwindet in einer Seitentür und kommt sofort wieder heraus.

»Es ist Tylers Van«, ruft er. »Er ist leer.«

In meinem Kopf machen sich taumelnde und hüpfende Gefühle breit. Hoffnung.

Monk telefoniert mit DI Cray. »Sagen Sie ihr, sie soll einen Krankenwagen schicken.«

Er richtet ihr die Nachricht aus und klappt das Telefon zu. Dann hebt er den Arm und drückt mit dem Ellbogen die Glasscheibe ein, die splitternd nach innen fällt. Er greift behutsam hinein, entriegelt die Tür und zieht sie auf.

In der schwarz-weiß gefliesten Halle gibt es einen Spiegel, einen Schirmständer und einen Beistelltisch, auf dem das Menü eines chinesischen Schnellrestaurants und ein Zettel mit diversen Notfallnummern liegen.

Das Licht funktioniert, aber die Schalter verschwinden beinahe im Blumenmuster der Tapete. Das Haus ist für den Winter geschlossen, Laken und Decken decken die Möbel zu, und der Kamin ist gekehrt. Ich stelle mir unsichtbare Gestalten vor, die lautlos in den Ecken lauern.

Drei Polizeiwagen fahren durchs Tor und wirbeln in der Einfahrt Kies auf. Türen werden aufgerissen. DI Cray führt die Beamten die Eingangstreppe hinauf.

Gideon hat gesagt, Julianne und Charlie wären in einer Kiste begraben und würden dieselbe Luft atmen. Ich will ihm nicht glauben. So vieles von dem, was er gesagt hat, war nur dazu gedacht, Menschen zu verletzen und zu brechen.

Ich stehe schwankend im Esszimmer, Licht flutet durch die Terrassentür. Auf dem Parkett sind schlammige Fußabdrücke zu sehen.

Ruiz ist nach oben gegangen. Er ruft mich. Zwei Stufen auf einmal nehmend, ziehe ich mich am Geländer hoch. Mein Stock gleitet mir aus der Hand und fällt klappernd auf die schwarzweißen Fliesen.

»Hier drinnen«, ruft er.

An der Tür bleibe ich stehen. Ruiz kniet neben einem schmalen Bett mit Eisengestell. Auf der Matratze liegt zusammengerollt ein Kind, Augen und Mund zugeklebt. Ich kann mich nicht erinnern, einen Laut von mir gegeben zu haben, aber Charlie wendet ihren Kopf meiner Stimme entgegen und stößt ein unterdrücktes Schluchzen aus. Sie wiegt den Kopf hin und her. Ich muss sie still halten, während Ruiz auf einer dünnen Matratze in einer anderen Ecke des Zimmers eine Schere findet.

Seine Hände zittern. Genau wie meine. Die Klingen der Schere öffnen und schließen sich behutsam, und ich ziehe das Klebeband ab. Staunend und mit offenem Mund starre ich Charlie an und kann noch immer nicht glauben, dass sie es ist. Ich blicke in ihre blauen Augen und sehe sie durch eine schimmernde Flüssigkeit, die sich nicht wegblinzeln lässt.

Sie ist dreckig, ihre Haare sind abgeschnitten. Ihre Haut ist aufgerissen. Ihre Handgelenke bluten. Sie ist das schönste Wesen, das je geatmet hat.

Ich drücke sie an meine Brust, wiege sie in meinen Armen. Ich will sie festhalten, bis sie aufhört zu weinen, bis sie alles vergessen hat. Ich will sie festhalten, bis sie sich nur noch an meine warme Umarmung, meine Worte in ihren Ohren und meine Tränen auf ihrer Stirn erinnert.

Charlie trägt einen Bademantel. Ihre Jeans hängt über dem Stuhl.

»Hat er …?« Die Worte bleiben mir im Hals stecken. »Hat er dich angefasst?«

Sie blinzelt mich verständnislos an.

»Hat er dich gezwungen, Sachen zu machen? Du kannst es mir erzählen. Es ist okay.«

Sie schüttelt den Kopf und wischt sich mit dem Ärmel die Nase ab.

»Wo ist deine Mum?«, frage ich.

Sie sieht mich stirnrunzelnd an.

»Hast du sie gesehen?«

»Nein. Wo ist sie?«

Ich sehe Monk und Ruiz an. Sie sind schon unterwegs. Das Haus wird durchsucht. Ich höre, wie Türen und Schränke geöffnet werden. Schwere Stiefel trampeln durch das Turmzimmer. Stille, die ein halbes Dutzend Herzschläge dauert, bevor die Stiefel sich wieder in Bewegung setzen.

Charlie legt den Kopf an meine Brust. Monk kommt mit einem Bolzenschneider zurück. Ich halte Charlies Knöchel fest, während er die Backen vorsichtig an die Kette legt und die Arme zusammendrückt, bis das Eisen bricht und die Kette rasselnd zu Boden gleitet.

Mittlerweile ist auch ein Krankenwagen eingetroffen. Die Sanitäter warten vor der Tür. Einer ist jung und blond und trägt einen Erste-Hilfe-Koffer.

»Ich will mich erst anziehen«, sagt Charlie plötzlich verlegen.

»Klar, lass dich bloß kurz untersuchen. Zur Sicherheit.«

Ich reiße mich los und gehe nach unten. Ruiz ist mit Veronica Cray in der Küche. Das Haus ist komplett durchsucht worden. Jetzt sind die Detectives in Garten und Garage ausgeschwärmt, stochern mit schweren Stiefeln im Laub und mustern den Komposthaufen.

Die Bäume an der Nordgrenze des Grundstücks sehen aus wie Skelette, der Schuppen wirkt verfallen und verlassen. Unter einer Ulme, unter der nach dem Regen Kolonien von Schirmpilzen gesprossen sind, rosten ein gusseiserner Tisch und dazu passende Stühle vor sich hin.

Ich gehe durch den Hintereingang an der Waschküche vorbei über den aufgeweichten Rasen. Ich habe das unheimliche Gefühl, als verstummten die Vögel, während der weiche Boden an meinen Schuhen saugt. Mein Stock versinkt in der Erde, als ich über Blumenbeete an Zitronenbäumchen in großen Tontöpfen vorbeigehe. Am rückwärtigen Zaun steht ein Verbrennungsofen aus Betonsteinen, daneben ein Stapel Gleisschwellen, die vermutlich als Gartenbegrenzung benutzt werden sollen.

Veronica Cray hat zu mir aufgeschlossen.

»Wir können binnen einer Stunde ein Boden-Radar hierhaben. In Wiltshire gibt es Leichensuchhunde.«

Vor dem Schuppen bleibe ich stehen. Das Schloss ist bei der Durchsuchung aufgebrochen worden, die Tür hängt schräg in rostenden Angeln. Drinnen riecht es nach Diesel, Dünger und Erde. In der Mitte des Schuppens steht ein großer Sitzmäher. Entlang der beiden Längswände stehen Metallregale, in einer Ecke Gartengeräte. Das Blatt der Schaufel ist sauber und trocken.

Los, Gideon, sprich mit mir. Sag mir, was du mit ihr gemacht hast. Du hast immer Halbwahrheiten erzählt. Du hast behauptet, du hättest sie so tief vergraben, dass ich sie nicht finden würde. Du hast gesagt, sie und Charlie würden dieselbe Luft atmen. Alle deine Taten waren wohlüberlegt. Sorgfältig geplant. Deine Lügen enthielten immer ein Körnchen Wahrheit, das es leichter macht, sie durchzuhalten.

Auf meinen Stock gestützt, hebe ich das Schloss und den aufgebrochenen Riegel auf und wische den Schlamm ab. In dem matten Metall kann man kleine silberne Kratzer erkennen.

Ich blicke wieder in den Schuppen, die Räder des Sitzmähers sind gedreht worden, um den Staub abzuwischen. Ich studiere die Regale, Pflanzkästen, Blattlaus-Spray und Unkrautvernichter. An einem Metallhaken hängt ein Gartenschlauch. Ich folge seinen Spulen, bis mir schwindelig wird. Das Ende hängt von dem Träger eines Metallregals nach unten.

»Helfen Sie mir, den Rasenmäher zu bewegen«, sage ich.

DI Cray setzt sich ans Steuer, ich schiebe von vorne, und sie lenkt den Mäher aus dem Schuppen. Der Boden darunter besteht aus festgetretener Erde. Ich versuche, das Regal zu verschieben, aber es ist mir zu schwer. Monk drängt mich beiseite, schlingt seine Arme um beide Träger und bewegt das Regal ruckelnd zur Tür. Pflanzkästen und Flaschen fallen scheppernd zu Boden.

Ich sinke auf die Knie und krieche vorwärts. Zur Wand hin, wo das Regal stand, wird die Erde weicher. Das Ende des Schlauches verläuft entlang einer an die Wand geschraubten Sperrholzplatte und scheint dahinter zu verschwinden.

Ich drehe mich zu Veronica Cray und Monk um.

»Da ist irgendwas hinter der Wand. Holen Sie Licht.«

Man lässt mich nicht graben. Man lässt mich nicht zusehen. Teams von jeweils zwei Beamten wechseln sich ab und tragen mit Schaufeln und Eimern den Boden ab. Sie arbeiten im Scheinwerferlicht eines Polizeiwagens, der in den Garten gefahren ist.

Ich schirme die Augen gegen das helle Licht ab und sehe Charlie durchs Küchenfenster. Der blonde Sanitäter hat ihr etwas Warmes zu trinken gegeben und eine Decke um ihre Schultern gelegt.

»Jemand, den du liebst, wird sterben«, hat Gideon mir erklärt. Er hat mich aufgefordert zu wählen. Ich konnte es nicht. Ich wollte es nicht. »Keine Wahl ist auch eine Wahl«, sagt er. »Ich werde Julianne entscheiden lassen.« Und dann hat er noch gesagt, dass ich mich an ihn erinnern würde. Egal, ob er heute sterben oder sein Leben im Gefängnis verbringen würde, vergessen würde er jedenfalls nicht von mir.

Julianne hat mir erklärt, dass sie mich nicht mehr liebt. Sie hat gesagt, ich sei nicht mehr der Mann, den sie geheiratet hat. Sie hatte recht. Dafür hat Mr. Parkinson gesorgt. Ich bin anders – nachdenklicher, grüblerischer und melancholischer. Die Krankheit hat mich nicht an einem Fels zerschmettert, aber sie ist wie ein Parasit, der seine Tentakel in mir zusammengerollt hat und meinen Körper übernimmt. Ich versuche, es mir nicht anmerken zu lassen. Aber es gelingt mir nicht.

Ich will nicht wissen, ob sie eine Affäre mit Eugene Franklin oder Dirk Cresswell hatte. Es ist mir egal. Nein, das stimmt nicht. Es ist mir nicht egal. Es ist mir bloß wichtiger, sie gesund zurückzubekommen. Das alles ist meine Schuld, aber es geht nicht um Erlösung oder um Linderung meines schlechten Gewissens. Julianne wird mir nie verzeihen. Das weiß ich. Ich werde ihr geben, was immer sie will. Ich werde ihr was auch immer versprechen. Ich werde gehen. Ich werde sie gehen lassen. Wenn sie nur lebt.

Monk ruft nach Hilfe. Zwei weitere Beamte kommen hinzu. Inzwischen ist die untere Kante des Sperrholzbretts freigelegt. Sie wollen die Wand einreißen.

Dreck und Staub schimmert im Licht der Scheinwerfer, das in die Höhle fällt. Darin liegt Juliannes Körper, zusammengerollt wie ein Embryo, die Knie am Kinn, die Hände hinter dem Kopf. Ich rieche einen Hauch von Urin und sehe ihre blau angelaufene Haut.

Die Hände anderer Männer greifen in die Öffnung und heben ihren Körper heraus. Monk übernimmt sie und trägt sie ins Licht. Er steigt über einen Erdhügel und legt sie auf eine Trage. Ihr Kopf ist mit Klebeband umwickelt. Im Licht der Scheinwerfer leuchtet ihr Körper silbern.

Eine blonde Notärztin reißt Julianne den Schlauch aus dem Mund, presst ihre Lippen darauf und bläst Sauerstoff in ihre Lunge, während das Klebeband abgeschnitten wird.

»Pupillen erweitert. Unterleib kalt. Stark unterkühlt«, sagt die Ärztin und ruft ihrer Partnerin zu: »Ich hab einen Puls.«

Sie drehen Julianne behutsam auf den Rücken und decken ihren nackten Körper zu. Die blonde Notärztin kniet auf der Liege und legt Hot-Packs in Juliannes Nacken.

»Was ist los?«, frage ich.

»Ihre Grundkörpertemperatur ist zu niedrig. Der Herzschlag ist unregelmäßig.«

»Dann wärmen Sie sie.«

»Wenn das nur so leicht wäre. Wir müssen sie ins Krankenhaus bringen.«

Sie zittert nicht. Sie bewegt sich überhaupt nicht. Eine Sauerstoffmaske wird über ihr Gesicht gestreift.

»Sie kommt zu sich.«

Julianne schlägt flatternd die Lider auf und blinzelt wie ein neugeborenes Kätzchen ins grelle Licht. Sie will etwas sagen, bringt jedoch nur ein schwaches Stöhnen heraus. Sie bewegt wieder die Lippen.

»Charlie ist in Sicherheit. Es geht ihr gut«, erkläre ich Julianne.

»Sagen Sie ihr, sie soll nicht reden«, weist die Notärztin mich an.

»Lieg einfach still.«

Aber Julianne hört nicht. Sie wirft den Kopf hin und her. Sie will etwas sagen. Ich drücke meine Wange an die Sauerstoffmaske. »Er hat gesagt, sie wäre in einer Kiste. Ich hab versucht, nicht zu atmen. Ich hab versucht, Luft zu sparen.«

»Er hat gelogen.«

Sie schiebt ihre Hand unter den Decken hervor und packt mein Handgelenk. Ihre Berührung fühlt sich an wie Eis.

»Ich habe daran gedacht, was du gesagt hast. Du hast gesagt, er werde Charlie nicht umbringen. Sonst hätte ich aufgehört zu atmen.«

Ich weiß.

Wir sind fast am Krankenwagen. Charlie kommt aus dem Haus über die Wiese gelaufen. Zwei Detectives versuchen sie aufzuhalten. Sie täuscht links an, duckt sich unter ihren Armen und rennt rechts vorbei.

Ruiz schlingt einen Arm um ihre Hüfte und trägt sie die letzten paar Meter. Sie stürzt sich auf Julianne und nennt sie Mummy. Das Wort habe ich sie Jahre nicht mehr benutzen hören.

»Vorsichtig. Nicht zu fest drücken«, mahnt die junge blonde Notärztin.

»Haben Sie Kinder?«, frage ich sie.

»Nein.«

»Dann werden Sie noch lernen, dass es nicht wehtut, wenn sie einen fest drücken.«

Epilog

Es ist ein typischer Frühlingstag, an dem der Morgennebel rasch verdunstet und der Himmel so hoch und blau ist, dass es unmöglich erscheint, dass das All eine dunkle Sphäre ist. Der Fluss sieht glasklar aus, seicht an den Ufern, wo der Kies sauber ist und kleine Strudel um die Gräser wirbeln.

Auf der anderen Seite des Tals sieht man zwischen knospenden Bäumen die Straße, die sich um eine Kirche schlängelt und auf der Anhöhe verschwindet.

»Hat irgendwas angebissen?«

»Nö«, sagt Charlie.

Ich habe ein Auge auf Emma, die mit Gunsmoke, einem goldfarbenen Labrador, spielt, den ich vor dem Tierheim gerettet habe. Er ist ein sehr aufrichtiger Hund, der mich für den klügsten Menschen hält, dem er je begegnet ist. Abgesehen davon, dass er treu ist, ist er praktisch zu nichts zu gebrauchen. Als Wachhund bricht er jedes Mal in lautes Bellen aus, wenn ich nach Hause komme, ignoriert jedoch fremde Besucher bis zu einer Stunde lang, bevor er sie plötzlich anknurrt, als hätte er gerade Myra Hindley beim Einstieg durch ein Fenster erwischt. Die Mädchen lieben ihn, und deshalb habe ich ihn auch.

Wir angeln an einem Fluss, knapp fünfhundert Meter von der Straße entfernt und durch ein Tor und über ein Feld zu erreichen. Unweit des Kiesbetts haben wir eine Picknickdecke auf dem begrasten Ufer ausgebreitet.

Charlie hat die Methode von Ruiz übernommen, ohne Köder zu angeln. Nicht aus philosophischen Gründen (oder zum Biertrinken), sie bringt es einfach nicht über sich, einen »lebenden und atmenden« Wurm auf einen Haken zu spießen.

»Was, wenn er eine ganze Regenwurmfamilie hat, die ihn vermisst, wenn er gefressen wird?«, wandte sie ein.

Ich versuchte ihr zu erklären, dass Regenwürmer geschlechtslos sind und keine Familien haben, aber das hat alles nur weiter kompliziert.

»Es ist bloß ein Wurm. Er hat keine Gefühle.«

»Woher weißt du das? Guck mal, er windet sich, um zu entkommen.«

»Er windet sich, weil er ein Wurm ist.«

»Nein. Er sagt: ›Bitte, spieß mich nicht auf diesen großen Haken.‹«

»Ich wusste gar nicht, dass du Wurmesisch sprichst.«

»Ich kann seine Körpersprache deuten.«

»Seine Körpersprache?«

»Ja.«

Danach habe ich aufgegeben. Jetzt angle ich mit Brot und sehe Emma zu, die es geschafft hat, sich mit Laichkraut im Haar in eine Pfütze zu setzen. Die Wurmdebatte geht an ihr vorbei. Gunsmoke ist auf der Jagd nach Kaninchen verschwunden.

Seit unserem Wegzug von London ist der Wechsel der Jahreszeiten spürbarer, der Zyklus von Tod und Wiedergeburt. An den Bäumen knospen Blüten, in allen Gärten leuchten Osterblumen.

Jener Nachmittag auf der Brücke liegt sechs Monate zurück. Herbst und Winter sind ins Land gegangen. Darcy ist an der Royal Ballet School in London. Sie wohnt noch immer bei Ruiz, droht jedoch ständig auszuziehen, wenn er nicht aufhört, sie wie ein Kind zu behandeln.

Von Gideon Tyler habe ich nichts mehr gehört. Es gab kein Kriegsgerichtsverfahren und keine offizielle Erklärung. Niemand scheint zu wissen, wo er festgehalten und ob er je vor Gericht gestellt wird. Veronica Cray hat mir erzählt, dass der Militärhubschrauber nach dem Start in Bristol noch einmal landen musste. Offenbar war es Gideon gelungen, das Schloss seiner Handschellen mit dem Gestell seiner Brille zu knacken.

Er zwang den Piloten zur Landung auf freiem Feld, wurde jedoch nach Angaben des Verteidigungsministeriums kurz darauf wieder gefasst.

Aber von Helen und Chloe habe ich gehört. Sie haben mir eine Postkarte aus Griechenland geschickt. Helen hat das Hotel für die Saison wieder eröffnet, und Chloe geht auf Patmos zur Schule. Viel stand nicht auf der Karte. Danke war die Quintessenz.

»Kann ich dich was fragen?«, setzt Charlie an und legt den Kopf zur Seite.

»Klar.«

»Glaubst du, dass du und Mum je wieder zusammenkommt?«

Die Frage bohrt sich wie ein Haken in meine Brust. Vielleicht fühlt sich so ein Regenwurm.

»Ich weiß nicht. Hast du deine Mum gefragt?«

»Ja.«

»Was sagt sie?«

»Sie wechselt das Thema.«

Ich nicke, hebe mein Gesicht in die Sonne und spüre die Wärme auf meinen Wangen. Diese warmen klaren Tage sind tröstlich. Sie sagen mir, dass der Sommer kommt. Sommer ist gut.

Julianne hat die Scheidung nicht eingereicht. Vielleicht tut sie das noch. Ich habe einen Deal gemacht. Einen Pakt. Ich sagte, wenn sie überlebt, würde ich alles tun, was sie verlangt. Sie hat mich aufgefordert auszuziehen. Also bin ich ausgezogen. Ich wohne in Wellington gegenüber dem Pub.

Sie lag noch im Krankenhaus, als sie mir erklärte, was sie wollte. Regen floss an den Fensterscheiben ihres Zimmers herunter. »Ich will nicht, dass du in unser Haus zurückkehrst«, sagte sie. »Ich will, dass du nie wieder zurückkommst.«

Sie hat mich schon einmal rausgeschmissen, aber das war anders. Damals sagte sie, dass sie mich liebte, aber nicht mit mir leben könnte. Einen ähnlichen Trostbrocken hat sie mir diesmal nicht hingeworfen. Sie gibt mir die Schuld für das Geschehene. Sie hat recht. Es war meine Schuld. Ich lebe jeden Tag mit diesem Wissen und beobachte Charlie genau auf Anzeichen eines posttraumatischen Stresssymptoms. Julianne beobachte ich auch und frage mich, wie sie damit klarkommt. Hat sie Albträume? Wacht sie in kaltem Schweiß auf und verriegelt Fenster und Türen?

Charlie kurbelt ihre Angelschnur ein. »Ich hab einen guten Witz für dich, Dad.«

»Wie geht er?«

»Was sagte eine schlaffe Brust zu der anderen?«

»Was?«

»Wenn wir nicht bald Verstärkung kriegen, ist Hängen im Schacht.« Sie lacht. Ich lache auch. »Meinst du, den sollte ich Mum erzählen?«

»Vielleicht lieber nicht.«

Ich betrachte mich nach wie vor als verheiratet. Trennung ist ein Geisteszustand, mit dem ich mich noch nicht abgefunden habe. Hector, der Pächter des Pubs, will, dass ich Mitglied des Clubs geschiedener Männer werde, deren inoffizieller Präsident oder Vorsitzender er ist. Sie sind nur zu sechst und treffen sich einmal im Monat, um ins Kino oder zusammen in die Kneipe zu gehen.

»Ich bin nicht geschieden«, habe ich ihm erklärt, aber das ist für ihn offenbar eine unbedeutende Formalität. Dann hielt er mir einen Vortrag, dass ich aus den Untiefen zurück in die Mitte des Stromes schwimmen müsse. Ich erklärte ihm, dass ich nicht der klassische Typ des Mitschwimmers sei. Ich war nie irgendwo Mitglied, in keinem Fitness-Studio, keiner Partei und keiner Kirche. Ich frage mich, was man in einem Club geschiedener Männer macht?

Ich will nicht allein sein. Ich will die langen leeren Momente nicht. Es erinnert mich zu sehr an miese Studentenwohnheimzimmer an der Uni, als ich zu Hause ausgezogen war und keine Freundin finden konnte.

Ich kann durchaus allein leben. Ich kriege es hin. Aber ich stelle mir ständig vor, dass Julianne das Gleiche denkt und irgendwann erkennen wird, dass sie zusammen glücklicher war als getrennt. Vater, Mutter, zwei Kinder, die Hamster, und den Hund könnte ich mitbringen. Wir könnten einkaufen gehen, Rechnungen bezahlen, Schulen auswählen, Filme angucken und so romantisch sein wie jedes normale Paar, mit Blumen an Valentins- und Jahrestagen.

Apropos Jahrestage, heute ist ein ganz besonderer, Emmas Geburtstag. Um drei muss ich sie zu ihrer Geburtstagsparty zu Hause abliefern. Wir holen die Angelschnüre ein und packen den Picknickkorb. Gunsmoke ist schmutzig und stinkt, sodass keines der Mädchen im Auto neben ihm sitzen will.

Wir lassen die Fenster offen. Es gibt viel Gekreische und Mädchengekicher, bis wir zu Hause ankommen, wo sie aus dem Wagen stürzen, als hätte es ein Stinkbombenattentat gegeben. Julianne sieht von der Tür aus zu. Sie bindet Luftballons ans Spalier und über den Briefkasten.

»Wie siehst du denn aus?«, sagt sie zu Emma »Wie bist du so nass geworden?«

»Wir waren angeln«, erklärt Charlie. »Wir haben nichts gefangen.«

»Bis auf eine Lungenentzündung«, sagt Julianne und scheucht sie nach oben, wo sie ein heißes Bad nehmen sollen.

Unsere Gespräche haben jetzt eine abstrakte Vertrautheit. Sie ist immer noch dieselbe Frau, die ich geheiratet habe. Sie hat braune Haare, ist wunderschön und kaum vierzig. Und ich liebe sie immer noch auf jede Art bis auf die eine, bei der wir Körperflüssigkeiten austauschen und morgens nebeneinander aufwachen. Jedes Mal, wenn ich sie im Dorf sehe, denke ich aufs Neue mit Staunen: Was hat sie je in mir gesehen, und wie konnte ich sie gehen lassen?

»Du hättest aufpassen sollen, dass Emma sich nicht nass macht«, sagt sie.

»Tut mir leid. Sie hatte so viel Spaß.«

Gunsmoke rennt durch den Garten und trampelt auf der Jagd nach einem Eichhörnchen die Frühlingsblumen nieder. Ich versuche, ihn zurückzurufen. Er bleibt stehen, hebt den Kopf, sieht mich an, als wäre ich unglaublich weise, und rennt dann weiter.

»Alles bereit für Emmas Party?«, frage ich.

»Die Gäste sollten bald hier sein.«

»Wie viele kommen denn?«

»Sechs kleine Mädchen aus dem Hort.«

Julianne hat die Hände in die Taschen ihrer Schürze gesteckt. Wir wissen, dass wir so endlos weiter über Stürme, die Reinigung der Abflüsse und Dünger für den Garten plaudern könnten. Wir haben beide nicht die Worte oder das Temperament, das zu teilen, was von unserer Intimität geblieben ist. Vielleicht ist das eine Form des Trauerns.

»Na, ich sollte Emma lieber fertig machen«, sagt sie und wischt sich die Hände ab.

»Okay. Sag den Mädchen, dass ich sie in der Woche besuchen komme.«

»Charlie schreibt mehrere Arbeiten.«

»Dann vielleicht am Wochenende.«

Ich lächle sie einnehmend an. Ich zittere nicht, als ich mich umdrehe und mit gleichmäßig pendelnden Armen und erhobenem Kopf zum Wagen gehe.

»He Joe«, ruft sie mir nach. »Du scheinst glücklicher zu sein.«

Ich drehe mich um. »Findest du?«

»Du lachst mehr.«

»Ich komme zurecht.«

DANK

Diese Geschichte wurde von wahren Begebenheiten in zwei Ländern angeregt, beruht jedoch nicht auf ihnen. Ohne David Hunt und John Little hätte sie nicht erzählt werden können, beide waren mir bei meinen Recherchen eine unschätzbare Hilfe. Des Weiteren haben unter anderen Georgie und Nick Lucas, Nicki Kennedy und Sam Edenborough meine Fragen beantwortet und an meiner Begeisterung Anteil genommen.

Wie immer bin ich meinen Lektorinnen und ihren Mitarbeitern verpflichtet, Stacy Creamer bei Doubleday in den USA und Ursula Mackenzie bei Little Brown in Großbritannien, außerdem meinem Agenten Mark Lucas und allen bei LAW.

Für ihre stetige Gastfreundschaft danke ich Richard, Emma, Mark und Sara und ihrem jeweiligen Nachwuchs. Auch meine eigenen Kinder sollen nicht unerwähnt bleiben – Alex, Charlotte und Bella, die trotz meiner flehentlichen Bitte, für immer so zu bleiben, wie sie sind, vor meinen Augen groß werden.

Nicht zuletzt danke ich Vivien, meiner Rechercheurin, Kritikerin, Leserin, Therapeutin, Geliebten und Ehefrau. Ich habe ihr versprochen, dass ich eines Tages die richtigen Worte finden werde.

Bitte lesen Sie weiter:

Ihre exklusive Leseprobe zum neuen
Psychothriller von Michael Robotham

Michael Robotham

Todeswunsch

Psychothriller

Deutsch von Kristian Lutze

(März 2011, ca. 480 Seiten,
ISBN 978-3-442-31249-8)

SIENNAS TAGEBUCH

ich sollte damit anfangen, meinen namen zu nennen, obwohl er eigentlich nicht wichtig ist. namen sind nur etiketten, in die wir hineinwachsen. wir mögen sie hassen oder ändern wollen, aber irgendwann passen wir zu ihnen.

als ich noch klein war, habe ich mich immer im wäschekorb versteckt, weil ich den geruch der arbeitskleidung meines vaters mochte und das gefühl hatte, ihm näher zu sein. er nannte mich immer sein »kleines rotkäppchen« und jagte mich wie ein wolf knurrend durchs zimmer, bis ich kichernd zusammenbrach. damals habe ich ihn geliebt.

als ich elf war, nahm ich ein teppichmesser aus dem schuppen meines vaters, kniff eine hautfalte an meinem oberarm zusammen und ritze sie auf. nicht sehr tief, aber tief genug, um eine weile zu bluten. ich weiß nicht, woher die idee kam, aber irgendwie gab es mir das, was ich brauchte. einen äußerlichen schmerz, der meinem inneren schmerz entsprach.

ich ritze mich nicht oft. manchmal einmal pro woche, einmal im monat, einmal habe ich ein halbes jahr durchgehalten. ich ritze meine handgelenke und meine unterarme auf, weil die jacke meiner schuluniform die narben verdeckt.

ein- oder zweimal habe ich zu tief geschnitten, doch ich habe es jedes mal geschafft, die wunde mit nadel und faden selbst wieder zu nähen. klingt wahrscheinlich schauerlich, aber es hat nicht sehr wehgetan, und ich habe die nadel vorher in kochendem wasser desinfiziert.

wenn ich blute, fühle ich mich ruhig und klar im kopf. es ist, als würde das gift in mir austropfen. selbst nachdem ich aufgehört habe zu bluten, taste ich liebevoll über die schnitte und gebe ihnen einen gutenachtkuss.

manche sind schnitte in jungfräuliche haut. andere sind alte, wieder geöffnete wunden. rasierklingen und teppichmesser funktionieren am besten. schnell und sauber. messer sind plump, und mit nadeln fließt nicht genug blut.

willst du wissen, warum? willst du wissen, warum jemand heimlich blutet? weil ich es verdiene. ich verdiene die strafe. ich bestrafe mich selbst. liebe ist schmerz und schmerz ist liebe, und die werden mich in der welt nie allein lassen.

jeder tropfen blut aus meinen adern ist ein beweis, dass ich lebe. jeder tropfen ist beweis, dass ich sterbe. jeder tropfen zieht das gift aus mir, rinnt über meine arme, rinnt über meine finger.

du glaubst, ich wäre masochistisch.
du glaubst, ich wäre selbstmordgefährdet.
du glaubst, du kennst mich.
du glaubst, du weißt noch, wie es war, vierzehn zu sein.
du glaubst, du verstehst mich.
tust du nicht.
ich blute für dich.

I

Wenn ich Ihnen nur eines über Liam Baker erzählen dürfte, wäre es dies: Als er achtzehn Jahre alt war, prügelte er ein Mädchen halbtot und machte sie zeitlebens zum Krüppel, gelähmt von der Hüfte abwärts. Und das alles nur, weil sie einen Eimer Popcorn über seinen Kopf gekippt hatte.

Kein anderes Ereignis war für Liam auch nur annähernd so prägend wie dieses. Weder der Tod seiner Mutter noch seine Begegnung mit Gott noch die drei Jahre, die er in einer forensisch-psychiatrischen Klinik verbracht hat – wobei alles letztlich mit jenem Moment in der Warteschlange vor dem Kino zusammenhängt, als jäh der Zorn in ihn hineinfuhr.

»Jener Moment« ist die Formulierung, die seine Psychiaterin gerade verwendet hat. Sie heißt Dr. Victoria Naparstek und sagt vor einem Mental Health Review Tribunal aus, einer Anhörungskommission, die über Liams mögliche Entlassung aus einer psychiatrischen Einrichtung entscheidet. Dr. Naparstek zählt seine Leistungen auf, als ob er vor seinem Universitätsabschluss stünde.

Dr. Naparstek ist eine gut aussehende Frau, jünger, als ich erwartet habe; sie ist Mitte dreißig und hat honigblondes Haar, das sie zurückgekämmt und mit einer Spange aus Schildpatt festgesteckt hat. Einzelne Strähnen haben sich gelöst und rahmen ihr Gesicht ein, dessen Züge sonst elfenhaft und spitz wirken würden. Trotz ihres Nachnamens spricht sie mit einem Glasgower Akzent, aber nicht rau und guttural, sondern in einem schottischen Singsang, der sie fröhlich und unbeschwert klingen lässt, auch wenn die Freiheit eines Menschen verhandelt wird. Ich frage mich, ob ihr bewusst ist, dass sie Eindruck vermittelt, jemanden mit den Augen eher zu verschlingen als zu erfassen. Vielleicht bin ich unfair.

Liam sitzt auf einem Stuhl neben ihr. Ich habe ihn seit vier Jahren nicht mehr gesehen, aber die Veränderung ist markant. Liam hat zugenommen und wirkt nicht mehr linkisch und unkoordiniert, statt einer Brille trägt er Kontaktlinsen, die seine normalerweise blassen Augen dunkler aussehen lassen.

Er trägt ein langärmeliges Hemd und Jeans, spitze, modische Schuhe und das Haar steif nach oben gegelt. Ich kann mir vorstellen, wie er sich auf die Anhörung vorbereitet und sich mit seiner Erscheinung besonders viel Mühe gegeben hat, weil er weiß, wie wichtig es ist, möglichst gut auszusehen.

Vor dem Fenster liegt ein von Mauern umgebener Hof mit Topfpflanzen und kleinen Bäumen. Ein Dutzend Patienten sind dort draußen, um sich die Beine zu vertreten, jeder abgekapselt in seiner eigenen Welt, ohne die Präsenz der anderen wahrzunehmen. Einige machen ein paar Schritte in eine Richtung, bleiben stehen, als hätten sie sich verirrt, und gehen dann ein paar Meter in eine andere. Andere marschieren mit pendelnden Armen den gesamten Umfang des Hofes ab wie auf einem Exerzierplatz. Ein junger Mann scheint sich an irgendein Publikum zu wenden, während ein anderer unter eine Bank gekrochen ist, als suche er Schutz vor einem imaginären Sturm.

Dr. Naparstek redet immer noch.

»In den Monaten, in denen ich Liam psychiatrisch betreut habe, habe ich einen jungen Mann mit Problemen kennengelernt, der sich ernsthaft bemüht, ein besserer Mensch zu werden. Er hat gelernt, seine Wut zu kontrollieren, und er hat seine soziale Kompetenz ungemein gesteigert. In den letzten vier Monaten hat er an unserem Hausgemeinschaftsprogramm teilgenommen und dort mit anderen Patienten zusammengelebt, die gemeinsam kochen, putzen, waschen und eigenverantwortlich Regeln aufstellen. Liam hat sich in dieser Gemeinschaft als ruhender Pol bewährt – eine Führungsfigur der Gruppe. Kürzlich gab es einen kritischen Zwischenfall, bei dem ein mit einem Messer bewaffneter männlicher Bewohner sich mit einer Geisel hinter einer Tür verbarrikadierte. Erst nach fünf Minuten konnten die Sicherheitsleute sich Zugang zum Haus verschaffen, und bis dahin hatte Liam die Lage bereits entschärft. Es war wirklich erstaunlich.«

Ich werfe einen Blick auf die drei Mitglieder des Anhörungsausschusses – einen Richter, einen Fachmediziner und einen Laien mit Erfahrungen im Bereich psychischer Erkrankungen – und frage mich, ob sie »erstaunt« aussehen. Vielleicht zeigen sie es nur nicht.

Der Ausschuss muss entscheiden, ob Liam freigelassen wird. So ist der übliche Ablauf. Wenn ein Straftäter als geheilt oder fast geheilt gilt, kann er ein Resozialisierungsprogramm mit der Aussicht durchlaufen, irgendwann entlassen zu werden. Er wird zur weiteren Behandlung aus einem Hochsicherheitskrankenhaus in eine regionale forensisch-psychiatrische Klinik verlegt. Bei positiver Entwicklung bekommt er zunehmend mehr Freigang, zunächst auf dem Gelände der Klinik, später in den Straßen der Umgebung, anfangs in Begleitung, später allein.

Ich bin in keiner offiziellen Funktion hier. Eigentlich sollte ich heute meinen halben Tag an der Bath University unterrichten, wo ich seit drei Jahren Psychologie lehre. So lange ist es her, seit ich meine Praxis aufgegeben habe. Vermisse ich sie? Nein. Sie lebt in mir weiter. Ich erinnere mich an jeden Patienten – die Ritzer, Trickser und Süchtigen, Narzissten, Psychopathen und Sexualstraftäter; diejenigen, die zu viel Angst hatten, in die Welt hinauszutreten, und die, die sie niederbrennen wollten.

Liam war einer von ihnen. Und ich habe ihn letztlich hierhergebracht, weil ich empfohlen habe, ihn in einer psychiatrischen Klinik unterzubringen, anstatt ihn in eine reguläre Haftanstalt zu stecken.

Dr. Naparstek ist fertig. Sie lächelt, flüstert etwas in Liams Ohr und drückt seine Schulter. Liams Blick wird glasig, ist jedoch nicht auf ihr Gesicht gerichtet. Er guckt in den Ausschnitt ihrer Bluse. Sie nimmt wieder Platz und schlägt die Beine unter ihrem grauen Rock übereinander.

Der Richter blickt auf. »Möchte sonst noch jemand vor dem Ausschuss sprechen?«

Es dauert einen Moment, bis ich mich aufgerappelt habe. Manchmal machen meine Beine nicht das, was sie sollen. Mein Gehirn sendet Botschaften, aber sie kommen nicht an oder wie die Londoner Busse alle auf einmal, sodass meine Gliedmaßen blockieren oder mich seitwärts, rückwärts oder manchmal auch vorwärts ziehen, als ob ich von einem schwachsinnigen Kleinkind ferngesteuert würde.

Der Zustand ist als Parkinson bekannt – eine fortschreitende, degenerative, chronische, aber nicht ansteckende Krankheit, die bedeutet, dass ich mein Gehirn verliere, aber nicht den Verstand. Ich will nicht sagen, dass es unheilbar ist. Eines Tages wird man bestimmt eine Therapie finden.

Ich stehe inzwischen einigermaßen fest auf beiden Füßen. »Ich bin Professor Joseph O'Loughlin. Ich hatte gehofft, Liam ein paar Fragen stellen zu können.«

Der Richter neigt den Kopf. »Was ist Ihr Interesse an diesem Fall, Professor?«

»Ich bin Psychologe. Liam und ich kennen uns. Ich habe das psychologische Gutachten vor dem Prozess verfasst.«

»Haben Sie Liam seither behandelt?«

»Nein. Ich möchte bloß den Kontext verstehen?«

»Den Kontext?«

»Ja.«

Dr. Naparstek hat sich umgedreht und starrt mich an. Sie wirkt nicht übermäßig begeistert. Ich begebe mich nach vorn.

Das Tageslicht, das schräg durch die vergitterten Fenster fällt, zeichnet geometrische Muster auf den glänzenden Linoleumboden.

»Hallo, Liam, erinnerst du dich an mich?«

»Ja.«

»Komm und setz dich hierher.«

Ich stelle zwei Stühle auf. Liam blickt zu Dr. Naparstek, die nickt. Er kommt nach vorn, größer, als ich ihn in Erinnerung habe, aber nicht mehr so selbstbewusst wie noch vor ein paar Minuten. Wir setzen uns gegenüber, sodass unsere Knie sich beinahe berühren.

»Schön, dich wiederzusehen. Wie geht es dir?«

»Gut.«

»Weißt du, warum wir heute hier sind?«

Er nickt.

»Dr. Naparstek und die Leute hier glauben, dass es dir besser geht und dass es Zeit ist, dass du hier rauskommst. Willst du das?«

Wieder nickt er.

»Und wohin würdest du gehen, wenn du entlassen wirst?«

»Ich würde mir eine Wohnung suchen. Und einen Job b-b-besorgen.«

Liam stottert nicht mehr so stark, wie ich es in Erinnerung habe. Wenn er nervös oder wütend ist, wird es schlimmer.

»Du hast keine Verwandten?«

»Nein.«

»Und die meisten deiner Freunde sind hier drinnen.«

»Ich f-f-finde neue Freunde.«

»Es ist schon eine Weile her, seit ich dich zum letzten Mal gesehen habe, Liam. Erzähl mir noch mal, warum du hier bist.«

»Ich hab etwas Böses getan, aber jetzt geht es mir besser.«

Da ist es: Eingeständnis und Rechtfertigung in einem Atemzug.

»Warum bist du noch mal hier?«

»Sie haben mich hierhergeschickt.«

»Ich hatte bestimmt einen Grund.«

»Ich hatte eine Per-Per-Persönlichkeitsstörung.«

»Weißt du, was das bedeutet?«

»Ich habe jemandem wehgetan, aber es war nicht meine Schuld. Ich konnte nichts dafür.« Er beugt sich vor, stützt die Ellenbogen auf die Knie und blickt zu Boden.

»Du hast ein Mädchen zusammengeschlagen. Du hast sie geschlagen und getreten. Du hast ihre Wirbelsäule zertrümmert. Du hast ihr den Kiefer und den Schädel gebrochen. Sie hieß Zoe Hegarty. Sie war sechzehn.«

Jeder dieser Fakten hallt wider, als würde ich neben seinem Ohr zwei Becken gegeneinanderschlagen, aber der Ausdruck in seinen Augen bleibt unverändert.

»Es tut mir leid.«

»Was tut dir leid?«

»Was ich g-g-getan habe.«

»Und jetzt hast du dich verändert?«

Er nickt.

»Was hast du getan, um dich zu ändern?«

Er sieht mich perplex an.

»So eine Feindseligkeit muss doch irgendwoher kommen, Liam. Was hast du getan, um anders zu werden?«

Er fängt an, von seinen Therapiesitzungen und den Workshops zu erzählen, an denen er teilgenommen hat, Wutkontrolle und soziales Kompetenztraining. Hin und wieder sieht er sich zu Dr. Naparstek um, aber ich fordere ihn auf, sich auf mich zu konzentrieren.

»Erzähl mir von Zoe.«

»Was ist mit ihr?«

»Wie war sie?«

Er schüttelt den Kopf. »Ich weiß nicht mehr.«

»Warst du in sie verknallt?«

Liam zuckt zusammen. »So w-w-war das nicht.«

»Du bist ihr aus dem Kino nach Hause gefolgt. Du hast sie von der Straße gezerrt. Du hast sie bewusstlos getreten.«

»Ich habe sie nicht vergewaltigt.«

»Von Vergewaltigung habe ich gar nichts gesagt. Hattest du das vor?«

Liam schüttelt den Kopf und zupft an seinen Hemdsärmeln. Sein Blick ist auf die gegenüberliegende Wand gerichtet, als würde er auf einer Leinwand ein unsichtbares Drama verfolgen, dass außer ihm niemand sehen kann.

»Du hast mir einmal erzählt, dass Zoe eine Maske getragen habe. Du hast gesagt, viele Menschen würden Masken tragen und wären nicht ehrlich. Trage ich eine Maske?«

»Nein.«

»Und was ist mit Dr. Naparstek?«

Die Erwähnung ihres Namens lässt ihn erröten.

»N-n-nein.«

»Wie alt bist du jetzt, Liam?«

»Zweiundzwanzig.«

»Erzähl mir von deinen Träumen.«

Er sieht mich blinzelnd an.

»Wovon träumst du?«

»Hier rauszukommen. Ein n-n-neues Leben anzufangen.«

»Masturbierst du?«

»Nein.«

»Ich glaube nicht, dass das stimmt, Liam.«

Er schüttelt den Kopf.

»Was ist los?«

»Sie sollten nicht über solche Sachen reden.«

»Das ist doch ganz natürlich für einen jungen Mann. Woran denkst du, wenn du masturbierst?«

»An Mädchen.«

»Hier gibt es aber nicht viele Mädchen. Die meisten Angestellten sind Männer.«

»M-M-Mädchen aus Zeitschriften.«

»Dr. Naparstek ist eine Frau. Wie oft siehst du Dr. Naparstek? Zwei Mal pro Woche? Drei Mal? Freust du dich auf eure Sitzungen?«

»Sie war gut zu mir.«

»Inwiefern war sie gut zu dir?«

»Sie urteilt nicht über mich.«

»Ich bitte dich, Liam, natürlich muss sie sich ein Urteil über dich bilden. Deswegen ist sie hier. Hast du je Fantasien über sie?«

Er sträubt sich. Gereizt. Unbehaglich.

»Sie sollten so was nicht sagen.«

»Was sollte ich nicht sagen?«

»Sachen über sie.«

»Sie ist eine sehr attraktive Frau, Liam. Ich sage nur, was ich denke.«

Ich blicke über seine Schulter hinweg. Dr. Naparstek scheint das Kompliment nicht zu goutieren. Sie hat sie Lippen fest aufeinandergepresst und spielt mit dem Anhänger ihrer Halskette.

»Was hast du lieber, Liam, Winter oder Sommer?«

»Sommer.«

»Tag oder Nacht?«

»Nacht.«

»Äpfel oder Apfelsinen?«

»Apfelsinen.«

»Kaffee oder Tee?«

»Tee.«

»Frauen oder Männer?«

»Frauen.«

»Rock oder Hose?«

»Rock.«

»Lang oder kurz?«

»Kurz.«

»Strümpfe oder Strumpfhose?«

»Strümpfe.«

»Lippenstiftfarbe?«

»Rot.«

»Und welche Farbe haben ihre Augen?«

»Blau.«

»Was trägt sie heute?«

»Einen Rock.«

»Welche Farbe hat ihr BH?«

»Schwarz.«

»Ich habe gar keinen Namen genannt, Liam. Von wem sprichst du?«

Er erstarrt verlegen und blickt mit hochrotem Kopf auf. Mir fällt auf, dass er mit dem linken Knie wippt – ein Reflex.

»Glaubst du, dass Dr. Naparstek verheiratet ist?«, frage ich.

»Ich w-w-weiß nicht.«

»Trägt sie einen Ehering?«

»Nein.«

»Vielleicht hat sie zu Hause einen Freund. Denkst du darüber nach, was sie macht, wenn sie hier weggeht? Wohin sie fährt? Wie ihr Haus aussieht? Was sie im Bett anhat? Vielleicht schläft sie nackt.«

Weiße Spucketropfen sammeln sich in seinen Mundwinkeln. Dr. Naparstek will der Befragung Einhalt gebieten, aber der Richter macht ihr ein Zeichen, sich wieder zu setzen.

Liam versucht sich umzudrehen, doch ich lege meine Hand auf seine Schulter und bewege meinen Mund dicht an sein Ohr. Ich kann Schweißperlen an seinen Haarwurzeln erkennen und einen Rest Rasierschaum hinter seinem Ohr.

»Du denkst ständig an sie, oder Liam?«, flüstere ich. »An den Duft ihrer Haut, ihr Shampoo, ihre zarte Ohrmuschel, den Schatten in der Mulde zwischen ihren Brüsten … jedes Mal, wenn du sie siehst, sammelst du weitere Details, damit du darüber fantasieren kannst, was du mit ihr machen willst.«

Liams Haut ist gerötet, sein Atem geht abgerissen.

»Du fantasierst davon, ihr nach Hause zu folgen – genau wie du Zoe Hegarty gefolgt bist. Sie von der Straße zu zerren. Sie betteln zu hören, dass du aufhören sollst.«

Plötzlich geht der Richter dazwischen. »Wir können Ihre Fragen nicht verstehen, Professor. Bitte sprechen Sie lauter.«

Der Bann ist gebrochen. Liam holt wieder Luft.

»Verzeihung«, sagte ich und blicke die Mitglieder des Anhörungsausschusses an. »Ich habe Liam gerade erzählt, dass ich Dr. Naparstek vielleicht zum Essen einladen werde.«

»A-a-aber S-S-Sie sind verheiratet.«

Er hat meinen Ehering bemerkt.

»Ich lebe getrennt. Vielleicht ist sie verfügbar.«

Wieder beuge ich mich vor.

»Ich führe sie zum Essen aus und nehme sie dann mit nach Hause. Ich wette, sie ist eine Granate im Bett, was meinst du? Die Keuschen und Anständigen, die immer so kühl und distanziert tun, gehen meistens ab wie eine Rakete. Vielleicht möchtest du mal darüber fantasieren.«

Liam hat wieder vergessen zu atmen. Sein Hirn summt in wütender Panik, kreischt wie ein E-Gitarrensolo.

»Regt dich das auf, Liam? Warum? Mal ganz ehrlich, sie ist nicht direkt dein Typ. Sie ist hübsch. Sie ist gebildet. Sie ist erfolgreich. Was sollte sie von einem erbärmlichen sadistischen Arschloch wie dir wollen?«

Liams Augen zucken hin und her, als habe er einen Adrenalinstoß direkt ins Gehirn bekommen. Er springt auf, stürzt sich auf mich und reißt mich um. Einen Moment lang taumelt die Welt rückwärts an mir vorbei, und ich spüre seine Daumen in meinen Augenhöhlen, seine pressenden Hände auf meinem Schädel. Außer meinem pochenden Herzen höre ich kaum etwas, bis schwere Stiefel über das Linoleum trampeln. Der tobende und keuchende Liam wird weggezerrt. Pfleger haben seine Arme gepackt und ihn hochgehoben, doch er tritt immer noch wutschnaubend um sich und brüllt heraus, was er mit mir machen wird.

Die Mitglieder des Anhörungsausschusses sind in Sicherheit gebracht worden oder in ein Nebenzimmer geflohen. Liam wird, gegen Türen und Wände tretend, den Korridor hinuntergeschleift. Victoria Naparstek ist mit ihm gegangen und versucht, ihn zu beruhigen.

Meine Augen tränen, durch die geschlossenen Lider sehe ich ein Kaleidoskop bunter Sterne, das sich zusammenfügt und explodiert. Ich schleppe mich zu einem Stuhl und wische mir mit einem Taschentuch die Wangen ab. Nach ein paar Minuten sehe ich wieder klar.

Ich klopfe mein Jackett ab, hebe meinen ramponierten Aktenkoffer auf und gehe durch Sicherheitsschleusen und verschlossene Türen zu dem Parkplatz, auf dem mein alter Volvo peinlich schäbig aussieht. Als ich gerade die Tür aufschließen will, stöckelt Victoria Naparstek auf hohen Absätzen unsicher über den unebenen Asphalt.

»Was zum Teufel war das eben? Es war total unprofessionell. Wie können Sie es wagen, darüber zu reden, was ich im Bett anhabe! Wie können Sie es wagen, über meine Unterwäsche zu sprechen!«

»Tut mir leid, wenn ich Sie beleidigt habe.«

»Es tut Ihnen leid! Ich könnte Sie wegen standeswidrigen Verhaltens verklagen. Ich sollte den Vorfall bei der British Psychological Society melden.«

Ihre braunen Augen lodern, ihre Nasenflügel sind zusammengekniffen.

»Es tut mir wirklich leid, wenn Sie die Sache so sehen. Ich wollte einfach herausfinden, wie Liam reagiert.«

»Nein, Sie wollten mir einen Fehler nachweisen. Haben Sie etwas gegen Liam oder gegen mich?«

»Ich kenne Sie nicht einmal.«

»Dann ist es also Liam, den Sie nicht leiden können?«

Der Vorwurf prallt gegen meinen Kopf, und mein linkes Bein zuckt. Ich fürchte, es lässt mich im Stich, und ich könnte etwas Peinliches tun wie ihr gegen das Schienbein treten.

»Ich habe nichts gegen Liam. Ich wollte mich nur vergewissern, dass er sich wirklich verändert hat.«

»Also haben Sie ihn reingelegt. Sie haben ihn gedemütigt. Sie haben ihn eingeschüchtert.« Sie kniff die Augen zusammen. »Ich habe Leute von Ihnen sprechen hören, Professor O'Loughlin, stets in ehrfürchtig gedämpftem Ton. Ich hatte sogar gehofft, heute vielleicht etwas von Ihnen lernen zu können. Stattdessen haben Sie meinen Patienten massiv eingeschüchtert, mich beleidigt und sich selbst als einen arroganten, herablassenden Frauenhasser entlarvt.«

Das klingt nicht einmal in ihrem schottischen Singsang fröhlich und unbeschwert. Von Nahem ist sie in der Tat eine sehr schöne Frau. Ich kann verstehen, dass ein Mann sich auf sie fixiert und darüber fantasiert, was sie im Bett trägt und welche Laute sie in wilder Leidenschaft von sich gibt.

»Er ist erschüttert. Verzweifelt. Sie haben seine Rehabilitation um Monate zurückgeworfen.«

»Dafür entschuldige ich mich nicht. Liam Baker hat es gelernt, Hilfsbereitschaft und Kooperation vorzutäuschen. Er spielt anderen vor, er sei ein besserer Mensch geworden. Er ist noch nicht reif für eine Entlassung.«

»Bei allem Respekt, Professor …«

Immer wenn ein Satz so anfängt, mache ich mich auf das Schlimmste gefasst.

»… ich habe in den vergangenen achtzehn Monaten mit Liam gearbeitet. Sie haben ihn vor seiner Verurteilung ein halbes Dutzend Mal gesehen. Ich glaube, ich bin eindeutig besser in der Lage als Sie, seinen therapeutischen Fortschritt zu beurteilen. Ich weiß nicht, was Sie Liam zugeflüstert haben, aber es war absolut unfair.«

»Unfair wem gegenüber?«

»Liam und mir.«

»Ich versuche, fair gegenüber Zoe Hegarty zu sein. Sie mögen da anderer Ansicht sein, Dr. Naparstek, aber ich glaube, dass ich Ihnen gerade einen Riesengefallen getan habe.«

»Ich mache diesen Job seit zehn Jahren, Professor«, schnaubt sie. »Ich weiß, wann jemand eine Bedrohung für die Gesellschaft darstellt.«

»Es ist nicht die Gesellschaft, um die ich mir Sorgen mache«, unterbreche ich sie. »Es ist sehr viel persönlicher.«

Dr. Naparstek stutzt. Ich kann förmlich sehen, wie ihr Verstand arbeitet – ihr präfrontaler Cortex stellt die Verbindung zwischen Liams Worten, seinen verstohlenen Blicken und seinem Wissen darüber her, welche Unterwäsche sie trägt und wo sie wohnt. Sie reißt die Augen auf, als die Erkenntnis ihre Amygdala erreicht, ihr Angstzentrum.

Der Volvo springt beim ersten Versuch an, was ihn verlässlicher macht als meinen eigenen Körper. Als sich der Schlagbaum hebt, werfe ich einen letzten Blick auf Dr. Naparstek, die noch immer auf dem Parkplatz steht und mir nachstarrt.

Um die ganze Welt des
GOLDMANN Verlages
kennenzulernen, besuchen Sie uns doch
im Internet unter:

www.goldmann-verlag.de

Dort können Sie
nach weiteren interessanten Büchern ***stöbern***,
Näheres über unsere ***Autoren*** erfahren,
in ***Leseproben*** blättern, alle ***Termine*** zu Lesungen und
Events finden und den ***Newsletter*** mit interessanten
Neuigkeiten, Gewinnspielen etc. abonnieren.

Ein ***Gesamtverzeichnis*** aller Goldmann Bücher finden
Sie dort ebenfalls.

Sehen Sie sich auch unsere ***Videos*** auf YouTube an und
werden Sie ein ***Facebook***-Fan des Goldmann Verlags!